中国美文欣赏

CHINA ELEGANT PROSE

曾学诚⊙主编

亲情 FAMILY

爱情 LOVE

友情 FRIENDSHIP

羊城晚报出版社

·广州·

图书在版编目（CIP）数据

中国美文欣赏 / 曾学诚主编. — 广州：羊城晚报出版社，2014.6
ISBN 978-7-5543-0104-3

I. ①中… II. ①曾… III. ①散文—中国—当代 IV. ①I267

中国版本图书馆 CIP 数据核字（2014）第 090186 号

中国美文欣赏

Zhongguo Meiwen Xingshang

主编：曾学诚

责任编辑：喻 彬
责任校对：雷小留
特邀编辑：曾飞扬 曾揭子康
美术编辑：宗婕聪
出版发行：羊城晚报出版社（广州市东风东路 733 号 邮编：510085）
购书电话：020-83812949 QQ：576392308
出 版 人：吴 江
经 销：广东新华发行集团股份有限公司
印 刷：广州市岭美彩印有限公司
规 格：787mm×1092mm 1/16 印张 23.25 字数 388 千
版 次：2014 年 7 月第 1 版 2014 年 7 月第 1 次印刷
书 号：ISBN 978-7-5543-0104-3 / I·185
定 价：60.00 元

美文的姿态

曾学诚

是夜，在朦胧的睡意中，我被一阵颠簸惊醒。恍然意识到，我这是在广州飞往他乡的夜班机上。好几个小时的空中旅途，我无聊得把航空杂志翻了又翻，坐不安、睡不稳，很后悔出发时没带上一本自己爱读的书来。

侧坐的女子似乎看出我的不安，递过来一本董桥的《记得》，说，如果喜欢就翻翻这本书吧。我伸手接过书，这是一本台湾版的《记得》，装帧独特，封面是浅绿的绫锻，只看封面就觉得舒心贵美。其实，我很早就喜欢董桥的散文，《青玉案》、《从前》、《旧情解构》、《记得》这些董桥的代表书籍，我都有收藏。

漫寂的旅途，竟然遇上和我有同样喜好的人。于是，我主动和侧坐的女子攀谈起来。这才发现，和我一样喜欢董桥散文的女子，不仅善解人意，容貌也是秀丽文雅。我突然想起徐志摩初见曼殊斐儿的诗句："我与你虽仅一度相见，但那二十分不死的时间！"彼时彼刻，我就是那二十分不死的时间的感觉。这样的感觉，我无以恰当的言辞来形容。古人用过的"羞花闭月"、"沉鱼落雁"……都似乎难于准确描叙旁边的女子。

董桥的《记得》，侧坐美丽优雅的女子，美文美人交相辉映，让我不免感叹。真正的美人不常见到，见了会令人浮想联翩；就像古人见了罗敷"耕者忘其犁，锄者忘其锄。"；真正的美文也是不常可以读到，读了会让人难以忘怀，犹如韩娥之歌"余音绕梁，三日不绝"。

若果说，美人的姿态是一份容貌，是回眸一笑百媚生，六宫粉黛无颜色。那么，美文的姿态是什么呢？一怀愁绪，一段衷肠，一腔热血，一生追求……还是，如孔子闻韶乐"三月不知肉味"之感概？！

我常常这么认为。

每一位美人都是这个世界上独一无二、不可复制的绝世佳著。读懂她，温馨无比，余韵绕梁，并将伴随着、温暖着、烘烤着一生的记忆！

每一篇美文都是一道独特的与众不同的风景，都是天造地设的人间大美。就像晓风残月、长河落日、古道碧草、长亭烟雨……她挂在人类共有的审美长廊，当人们经过时，都会有意无意地驻足流连、放眸欣赏。

最早从西方引入“美文”概念的周作人先生，是以“记述的”、“艺术的”叙事抒情定位美文，打破美文不能用白话的迷信，以一种独立文体的地位，让美文在中国文学史上树碑立传。作为一种独立文体，广义的美文，也是文学，修辞，诗歌艺术的总体，是一个与时俱进的概念。

在这本《中国美文欣赏》书中，一篇篇美文犹如一道道风格别致的风景。美文，美景，美人；爱情、亲情、友情。表达的都是人类最朴实的情感。像手心里攥着一把心灵的钥匙，可以让每一个人打开自己的心门。

“忽然之间，我想放下一些东西，放下回忆，放下旧事，放下迢遥的奢求，放下望不到边的欲望，然后把一切清零，让思绪宁静，让心随遇而安，让心在了无尘念的清净中慢慢地被融化。”曹建明在《那一晚的夜凤凰》里是这样叙述自己的心境。美文欣赏，赏的是什么？千人有千人的口味，百人有百人的喜好。但是，像曹建明的文字，细腻里娓娓道来，叙述中饱含抒情，读起来是一种惜怀的美感，怕是喜爱美文的人都会为这样的文字点个赞。

“一场花事，枯萎了，凋零了。

我看见天边一勾冷月，水里一茎残荷，以及满庭荒烟。

冬的阳光好温暖，怎么就暖不了我心里最深的苍凉。”杨红萍的《我在这里，你在哪里》是以情浸湿我们的眼帘和内心。更难得是整篇文字，没有沉溺在情汨中，凭着儿女情长和散落的文字去触摸艺术的体温，而是将一份真情的过往与现在拢在一起，穿插进行，既有生命的厚度与光亮，又有现实的观照与动人。

《文心雕龙·情采》云：“情者文之经，辞者理之纬；经正而后纬成，理定而后辞畅，此立文之本源也。”从古至今，历代文学家都讲究入文以真情实感，以为至情而生至文。李密的《陈情表》抒写对抚养自己成长的祖母的感激和乌鸟反哺的深情。清人余诚评云：“无一语不委婉动人，固是至性至情之文。”宋人赵与时在《宾退录》中引青城山隐士安子顺的话说：“读李令伯《陈情表》而不堕泪者，其人必不孝。”真情入文，情之动人。几乎是古往今来不朽的写作技巧。那些叙及家庭变故、骨肉亲情的作品之所以读来称道不已，都是以凄美的真情打动着读者。

“汉江岸，家乡的村庄是一处随意流动的风景，依旧在时光中，横卧在季节的入口，静默如初。”郭琳敏在她的《落花轻叹忆流年》里把当今和当今这个时代的人群、地域及其乡土文化，历历传习。这种感叹时光流年的记忆，来自于对故乡的热爱和情感的宣泄，来自于对美文本身美感的深刻把握。《落花轻叹忆流年》无疑是一篇上乘的情感美文之一。

江子，是当下国内散文界最为活跃的作家之一。他写自己熟悉的红土地，那些催人泪下，教人奋进的革命故事，让大散文的美文价值表现的淋漓尽致。江子的文笔朴实老道，有一种天然的浑厚感。他没有故作玄虚地创造文字的华丽，也没有把大地之美刻画的古板沉重，而是用质朴的文字塑像历史大地的英灵融合于心灵。

美文，与其他艺术一样都是独立的思想感情的表现。优美，生动、有趣，是现代语言艺术文学体裁的一种典范，追求较高的审美价值。语言美，修辞美，结构美，体裁美，意境美，思想美，性情美，文思美，是写作者追求创造真正美文的最高境界。

在当今这个时代，站在艺术的门前，以艺术为人生梦想，以艺术陶冶和确立自己的人，越来越少了。美文是语言艺术的集结，一篇美文的诞生，其实是一个人心灵的升华，艺术的美是人的内心品质和生命质量的验证。经典的、传世的美文，在很大程度上展现的其实就是人们尘世中的人生姿态和内心图画。一景生活片段，一声内心叹息，一丝灵魂骚动，构成角度各异的艺术差异。当一个美文作者，怀着自由的心境，万物皆空，抛弃一切功利，在静谧深邃的灵魂中与心灵对话，与众生环视晤谈，那种美妙的时刻，便是美文的诞生。

博尔赫斯在《神的文字》说："让写在虎皮上的神秘和我一起消亡吧。见过宇宙鲜明意图的人，不会考虑到一个人和他微不足道的幸福和灾难，尽管那个人就是他自己。"一个有责任感的作家，其写作的生命是永无穷期的。那些所有期望的梦想，其实就埋在涌动的血液，繁盛的骨髓，净懿的灵魂中，不断制造出创作的灵感。

夜悬孤灯，心在天际，捉梦为衣，拈月遥思，写作过程的美也是美文本来的美。美文不可多得，如同美人不易相逢一样。美文是文海中的美人，美人是人海中的美文。

学作文先学做人。写作，其实是心灵的一种煎熬，一种情感的折磨。但是，我们许多作者却甘愿接受这样的煎熬与折磨。正因为如此，纯文学仍然没有被社会冷落而推到悄无声息的角落。散文作家们，依然在这物欲横流、喧嚣浮躁的世界里，心静如水、青灯黄卷、浓墨淡汤、心无旁骛地耕耘着。依然在孤独的文学创作道路上，始终不懈地跋涉求索，义无反顾、一如既往！

这就是艺术真正的内涵，这就是美文真正的姿态！

Contents

目　录

落花轻叹忆流年

心中的那盏明灯

Contents 目录

人生若只如初见

深秋萧萧谁相忆

Contents

目录

落花轻叹忆流年

“月亮走，我也走，我给月亮赶牲口，趟过小河卖背篓。”一曲童谣，在心里早已定格成故乡的恋曲。落花轻叹的流年，如歌的行板，从来不曾停歇。最初的喜欢，永远都刻在生命的记忆之中。

（郭琳敏）

母亲和书

赵丽宏

又出了一本新书。第一本要送的，当然是我的母亲。在这个世界上，最关注我的，是她老人家。

母亲的职业是医生。年轻的时候，母亲是个美人，我们兄弟姐妹都没有她年轻时独有的那种美质。儿时，我最喜欢看母亲少女时代的老照片，她穿着旗袍，脸上含着文雅的微笑，比旧社会留下来的年历牌上那些美女漂亮得多，就是三四十年代上海滩那几个最有名的电影明星，也没有母亲美。母亲小时候上的是教会学校，受过很严格的教育。她是一个受到病人称赞的好医生。看到她为病人开处方时随手写出的那些流利的拉丁文，我由衷地钦佩母亲。在我童年的记忆里，母亲是个严肃的人，她似乎很少对孩子们做出亲昵的举动。而父亲则不一样，他整天微笑着，从来不发脾气，更不要说动手打孩子。因为母亲不苟言笑，有时候也要发火训人，我们都有点怕她。记得母亲打过我一次，那是在我七岁的时候。那天，我在楼下的邻居家里顽皮，打碎了一张清代红木方桌的大理石桌面，邻居上楼来告状，母亲生气了，当着邻居的面用巴掌在我的身上拍了几下，虽然声音很响，但一点也不痛。我从小就自尊心强，母亲打我，而且当着外人的面，我觉得很丢面子。尽管那几下打得不重，我却好几天不愿意和她说话，你可以说我骂我，为什么要打人？后来父亲悄悄地告诉我一个秘密："你不要记恨你妈妈，那几下，她是打给楼下告状的人看的，她才不会真的打你呢！"我这才原谅了母亲。

我后来发现，母亲其实和父亲一样爱我，只是她比父亲含蓄。上学后，我成了一个书迷，天天捧着一本书，吃饭看，上厕所也看，晚上睡觉，常常躺在床上看到半夜。对读书这件事，父亲从来不干涉，我读书时，他有时还会走过来摸摸我的头。而母亲却常常限制我，对我正在读的书，她总是要拿去翻一下，觉得没有问题，才还给我。如果看到我吃饭读书，她一定会拿掉我面前的书。一天吃饭时，我老习惯难改，一边吃饭一边翻一本书。母亲放下碗筷，板着脸伸手抢过我的书，说："这样下去，以后不许你再看书了。"我问她为什么，她说："读书是一辈子的事情，你现在这样读法，会把自己的眼睛毁了，将来想读书也没法读。"她以一个医生的看法，对我读书的坏习惯作了分析，她说："如果你觉得眼睛坏了也无所谓，你就这样读下去吧，将来变成个瞎子，后悔来不及。"我觉得母亲是在小题大做，并不当一回事。

其实，母亲并不反对我读书，她真的是怕我读坏了眼睛。虽然嘴里唠叨，可她还是常常从单位里借书回来给我读。《水浒传》、《说岳全传》、《万花楼》、《隋唐演义》、《东周列国志》、《格林童话》、《钢铁是怎样炼成的》、《牛虻》等书，就是她最早借来给我读的。我过八岁生日时，母亲照惯例给我煮了两个鸡蛋，还买了一本书送给我，那是一本薄薄的小书《卓娅和舒拉的故事》。在50年代，哪个孩子生日能得到母亲送的书呢？中学毕业后，我经历了不少人生的坎坷，成了一个作家。在我从前的印象中，父亲最在乎我的创作。那时我刚刚开始发表作品，知道哪家报刊上有我的文章，父亲可以走遍全上海的邮局和书报摊买那一期报刊。我有新书出来，父亲总是会问我要。我在书店签名售书，父亲总要跑来看热闹，他把因儿子的成功而生出的喜悦和骄傲全都写在脸上。而母亲，却从来不在我面前议论文学，从来不夸耀我的成功。我甚至不知道母亲是否读我写的书。有一次，父亲在我面前对我的创作问长问短，母亲笑他说："看你这得意的样子，好像全世界只有你儿子一个人是作家。"

父亲去世后，母亲一下子变得很衰老。为了让母亲从悲伤沉郁的情绪中解脱出来，我们一家三口带着母亲出门旅行，还出国旅游了一次。和母亲在一起，谈话的话题很广，却从不涉及文学，从不谈我的书。我怕谈这话题会使母亲尴尬，她也许会无话可说。去年，上海文艺出版社出版了我的一套自选集，四厚本，一百数十万字，字印得很小。我想，这样的书，母亲不会去读，便没有想到送给她。一次我去看母亲，她告诉我，前几天，她去书店了。我问她去干什么，母亲笑着说："我想买一套《赵丽宏自选集》。"我一愣，问道："你买这书干什么？"母亲回答："读啊。"看我不相信的脸色，母亲又淡淡地说："我读过你写的每一本书。"说着，她走到房间角落里，那里有一个被帘子遮着的暗道。母亲拉开帘子，里面是一个书橱。"你看，你写的书，一本也不少，都在这里。"我过去一看，不禁吃了一惊，书橱里，我这二十年中出版的几十本书都在那里，按出版的年份整整齐齐地排列着，一本也不少，有几本，还精心包着书皮。其中的好几本书，我自己也找不到了。我想，这大概是全世界收藏我的著作最完整的地方。看着母亲的书橱，我感到眼睛发热，好久说不出一句话。她收集我的每一本书，却从不向人炫耀，只是自己一个人读。其实，把我的书读得最仔细的，是母亲。母亲，你了解自己的儿子，而儿子却不懂得你！我感到羞愧。母亲微笑着凝视我，目光里流露出无限的慈爱和关怀。母亲老了，脸上皱纹密布，年轻时的美貌已经遥远得找不到踪影。然而在我的眼里，母亲却比任何时候都美。世界上，还有什么比母爱更美丽更深沉呢?

我那卖报的老父亲

姜琍敏

我的父亲是个卖报的。当你走在宽阔的马路上，偶遇一辆电单车，左冲右突地掠过你车头，骑车人已是古稀老者。在他车后架上摞起来一捆捆刚批来的报纸正等着他赶紧回去分发、零售，这老者就是我的父亲，倔强、勤劳、一刻也闲不下来的父亲。

父亲退休后并不缺钱花，却在小区里开了个小书店。进、销、送，基本独自操劳。后来又盯住报刊做。明明有人统一代送报刊，他嫌那到得晚，还要付报酬。父亲总是骑车自取，冬夏春秋风霜雨雪，从没有停顿过，总是呵呵一笑：这样蛮好，又便利邻里，又充实自己，再干一年吧。可一年又一年，至今已近 10 年了。

父亲卖报，是他命运的选择，也是他性格的必然。10 年前的父亲，原是苏州大学的系总支书记、副教授。再前推，他还是 1947 年参军的老干部，渡过江，打过仗，当过军代表。尔后调干读书、当讲师、教过书、出过书、挨过批。基本经历和所有同时代的老干部没什么两样。所不同的是，别人退休后含饴弄孙、品茶读报或发挥余热兼这兼那的居多，而一头扎进报刊队里叫卖起来的，大概只有他一个。早年的苏州报上曾发表过一篇赞颂父亲为“保持工农本色的好干部”的文章。而这，也许就是推动他的一种动力。

印象中的父亲，头发早就白透了，一脸的温和，脸上总是笑眯眯的。但除了衣袋里插着的两支笔和下班时夹着的讲义夹，和现在得空时在报摊上戴着老花镜读几行报，你没法从他身上找到更多大学教师或领导的斯文相。不修边幅，一年四季几乎从不见新衣服上身，是父亲的又一特色。少时曾有同学上我家，见父亲穿着土布工作服在院中挥汗拉锯，诧问道：原来你“爷”是木匠啊！

没错，父亲确曾堪称木匠。家中的一多半桌椅橱柜都是父亲做的。除此之外，贫困年间的父亲还常年在大院中种拾边地、养鸡鸭以贴补家用。搬进楼房后，他又摆弄了满满一阳台花草。也许因了这缘故，再加上心地坦然、劳动锻炼的结果吧，72 岁了，仍然保持了身子和精神硬朗的父亲，还能把车子骑得飞快……

今年春节我回家，远远看见父亲在小区里急急穿行，分送报纸。身上穿着的是我淘换给他的皮外套，皮面上已磨出斑斑花痕。我没有闪避，而是迎上去帮他送报。现在我早已不以父亲的外观或劳碌为耻了，相反，我为我勤劳一生的父亲骄傲。因为我早已为父，知道什么是人生的真谛。还因我已明白，一个人是否活得有意义，是否体面或尊严，本质上与他穿什么或干什么没多少关系，而与他怎么干或取何生活态度有关。父亲的人生观是什么，他这一生是否幸福，我不敢妄测，但我敢说，他一定活得坦然而自信。生命不息，劳动不止，自强不息而不尚虚荣地生活着；这样的人生不是最有价值的，至少也是值得自豪的。

血脉中的回声

江　子

在商业大厦的上空我猛然看到我爷爷的面孔。我一眼就能认出他来：一个没有童年的老人。他曾经为他识文断字而自豪，但这世界上早已没有他的立足之地。

——西川《方圆数里》

一

我的祖父是一个爱读《三国演义》的人，他熟悉《三国》中的每一个细节。我这么说一点也没有夸张。我不止听一个人这么说起过，我的祖父对《三国演义》一百二十回中的每一回都如数家珍。他熟悉《三国》里的每个重要人物的脾气、使用的兵器和与之相连的故事，就像熟悉他生活中的每一个人。他甚至能够完整地背诵出里面的许多诗句和精彩章节。

我的祖父远不是满腹经纶、动不动就对时局高谈阔论的饱学之士，也不是家中藏书万卷的书香门第的后裔。他只不过是个农民，一个略识文字的农民。因为他的父亲在故乡开了一家杂货店，家境还不算太坏，祖父年少时读过几年私塾。可是后来，祖父并没有依太祖父所愿成为吟诗作赋知书达理的白面书生，他成了一个乡村屠户，一个与时局毫无关联的乡村手艺人。

我的祖父年轻时多少还是有些过人之处。他生得膀粗腰圆，体型彪悍威武，俨然古籍里的壮士。他的力气非常人所能比，曾经与人打赌，搬起祠堂里约三百斤重的铁钟围着天井迈步；又用牙齿咬过一大箩筐黄豆当当当上楼。他甚至徒手打死过蟒蛇，其场面至今被人说起都啧啧赞叹不已。他还懂得一些拳脚，喜欢与故乡方圆十里八乡的江湖人士切磋武艺，再加上他重情义，讲义气，便与许多人都成了拜把子的兄弟，甚至离故乡百里的吉安府都有他的金兰之交。可是他的脾气并不是太好。他一不顺心就会暴跳如雷，有谁得罪他了，他会提着削骨尖刀把人追得抱头鼠窜，让20世纪30年代初的故乡鸡飞狗跳。而他高兴的时候，他豪爽的无遮无拦的笑声响遏行云，五里犹闻。

我的祖父天生是个军人胚子。我想如果祖父参了军，他会成为一个许世友式的英雄也说不定。祖父成长的年代，正是乱世，军阀混战，中原大地狼烟四起。毛泽东率领秋收起义队伍浴血罗霄，然后是抗日战争和解放战争，然后是中华人民共和国宣告成立……

故乡所属的吉水，亦是一块烈士洒血的战场。位于赣江以东的离故乡百余里的水南镇，正是以毛泽东麾下大将黄公略命名的公略县治所在地。毛泽东撰文赞赏的、与方志敏式的根据地齐名的李文林根据地的创建者李文林，就是吉水人氏。而跟随毛泽东马上夺天下者，更是数以万计，后来成为共和国少将的吉水人，就有十多人。

乱世从军，正是热血男儿建功立业的征途。狼烟四起，正召唤天下英雄中原浴血华山论剑。英雄不问出处，壮士起于草莽，虽战死疆场又何惧哉！脑袋掉了碗口大的疤，二十年后又是一条好汉。

祖父没有成为一名军人是因为命运。他曾经两次磨刀霍霍要投奔军营，第一次，他走到红军正在招兵买马的镇上，并且真的穿上了几天军服，可还没有走上战场，身体一直像牛一般壮实的祖父竟然莫名其妙地生了一场大病，他不得已被部队遣送回了故乡。第二次，祖父与村里的一帮壮实男子走了几十里路去投奔红军，可正遇上军营已按计划招满了人，暂时又没有足够的粮草养活更多的人，花光了盘缠的祖父和乡亲无奈只好返回故乡。

祖父没有像古籍里写的那样得遇贵人相助，被能够左右历史的人慧眼相识。他多少有些时运不济。祖父后来再没有行伍参军的打算。当然其中的玄机不甚了了。也许是与太祖父从中作梗，要留下祖父为他延续香火有关，也许两次投军失败以后，祖父自认为自己天生没有行伍的命，便含恨绝了念头。

从此，娶妻生子，种地杀猪，直到终老。这是命运的着意安排，祖父焉能不从？

二

大约在20世纪30年代中期，行伍参军的梦想破灭以后，我的祖父托人到吉安府购买了一套《三国演义》，他花了三块半银圆。这对一个乡村屠户来说，算得上是一笔不菲的开支。至今依然活着的祖母每说到这事就忿忿然：“这老棺材！”他花上三块半银圆买下的，为什么不是《水浒》《红楼梦》或者别的什么？这其中隐含了祖父怎样的趣味和机缘？

遥想20世纪三四十年代，一盏昏黄的煤油灯下，我年轻的祖父劳作之余，床头振衣坐起，拿起其中的一卷，小心打开昨夜折叠的地方，又开始了对《三国》的阅读。满纸的烽烟四起，而深夜展读的祖父如坐拥江山的君王，所有的文字都化为英雄和美人，城池和兵马，刀枪剑戟和时运玄机：关云长青龙偃月刀，温酒斩华雄；张翼德大闹坂桥，一吼乱曹营；曹孟德横槊赋诗，文韬武略；赵子龙单骑救主，义薄云天；周瑜浔阳点将，英姿勃发；诸葛亮羽扇轻摇，江山渐改颜色。城池霎时易主，主公危在旦夕。上天助我草船借箭，锦囊妙计又解重围。屋内半夜沁凉，而纸上正与马超格杀的许褚裸露的背上热气腾腾。窗外雨声潺潺，而书中喊杀声震天。眼前突然一道锃亮的寒光，不是春天穿过窗台的闪电，是一千多年前月夜某条神秘小径上大刀的折光。天下合久必分，分久必合……欲知曹阿瞒性命如何，且听下回分解……

身边的祖母在睡梦中发出了一声不满的嘟囔，而祖父用手沾了点儿口水，把书翻到了又一页。窗外天色微明，而祖父依然沉浸于掌上的春秋，毫无睡意……

在20世纪三四十年代几欲颓败的中国乡村，故乡的一幢老宅子里，祖父享受着浩大的精神盛宴，与千年前的英雄风云际会。这个满怀凌云壮志却时运不济的年轻农民，他现实中未竟的梦想在《三国》中得以一一实现。他时而是守城的悲剧将领，时而是攻城的慷慨壮士，时而是老谋深算的帐中谋臣，正为自己慧眼相识于草莽之间的主公制定国策大计，时而又是两军交战中的使臣，在他人帐下巧舌如簧……同样是乡村屠户，同样有一身好力气和火暴脾气，祖父仿佛是未发达时的张飞，依然在干着剥牛杀猪的营生，而张飞正替代着祖父，在蜀军帐下听令，率领十万将士浩浩荡荡走在行军的路上……故乡老宅子里磨得光亮的屠刀，正适合挑战阵前叫嚣的对手，而稻田里开始变黄的稻子，正可以用作秋后三军将士的粮草……

凭着一套《三国演义》，祖父的凡常生活变得无比生动了起来。我仿佛看见灯光下祖父嘴角毫不自知的笑意，他满是血丝的眼睛变得无比光亮……一套《三国》，在祖父的年轻时代，是可以浇胸中块垒的烈酒，是冬天里的暖阳，是炎热夏季里的穿堂凉风，是对应于平庸现实的壮阔梦境。

而现实中，命运对祖父的捉弄远没有结束。20世纪50年代，一场灾难降临在我们整个家族头上：我的故乡是一个八姓杂居的村庄，各姓之间的争斗此时借助政治的烽火到了白热化的程度。曾姓在斗争中处于劣势，太祖父因此被故乡定为“地主”。太祖父不多久就含恨死去。而到了60年代“文化大革命”爆发，我们整个家族才知道这顶帽子到底有多重。

我的祖父被五花大绑，跪倒在全村人的面前。带刺的篾片，一次又一次抽打在他被剥光了衣服的脊背上。他宽阔的脊背，顿时血肉模糊。邻里乡亲组成的人民振臂高呼声震天，而祖父一言不发。人们突然发现，当年那个提着刀把人追得抱头鼠窜的血性汉子，那个提着三百斤重的铁钟或者咬着一大箩筐黄豆上楼在众人的注目中得意非凡的角色，瞬间变成了一个打不还手骂不还口的可怜虫。

他的亲兄弟——我的大祖父由于不堪忍受折磨上吊自杀，他没有流一滴泪水。人们骂他“封建”。所谓“封建”，不是指他的思想多么陈旧保守，而是“封建霸头”的简称。我的祖父低头认罪，对所有人的辱骂都逆来顺受，哪怕对三岁的孩子都笑脸相迎。

祖父知道他不能死。他残忍地活着，就是为了让由他衍生的整个家族免去倾巢覆卵之灾。

而此时，唯一能给祖父带来安慰的，恐怕就是他年轻时候日日阅读的《三国》了。听祖母讲起，他有时整夜整夜地阅读《三国》。

风吹动着眼前的煤油灯，灯光危险摇荡。床前祖父的阴影沉重如山，他被鞭挞过的脊背隐隐作痛。他把头再一次投进《三国》的纸页中。他是否把自己当作三国中的黄盖，认为所有的鞭挞只是上苍对他实施苦肉计？或者自己就是正被刮骨疗伤的关羽，疼痛过后所有的伤口都会愈合？他是否认为苦难一定会过去，就像《三国》所揭示的，世界合久必分，分久必合？

而祖父在“文革”中读《三国》的感受，从没有向任何人说起过。在祖母的描述中，祖父一直沉默寡言。除了知道他在苦熬，没有人知道他心里在想什么。

他会想些什么呢？

三

我的祖父终于在70年代末把全家带到了安全地带。然后他迅速走向了衰老。经过了“文革”前后长达十数年的忍气吞声，他晚年的脾气变本加厉。他骂他的也已成家立业的儿女们，丝毫不顾及他们做了大人的脸面，有时甚至到了在饭桌上摔碗的程度。他动不动就对祖母吹胡子瞪眼睛，经常提了锅灶瓢盆一个人单过，把自己搞得满脸锅灰手忙脚乱狼狈不堪才肯罢休。他的意识里似乎总有一个远比他强大的对手，他想打败他，而他根本看不见对手到底在哪里。他的焦躁和暴烈即由此而来。

但祖父疼我。他面对我时的眼神里总是充满了难得的慈爱。他把亲戚来看他时带来的饼干、糖果一股脑儿地给我吃。他让我陪他睡觉，他身上的那种乡村老人才有的烟火气息让我至今依稀可闻。我挨了父母的揍，他闻讯后会急急赶来，大声斥骂我的父母，然后满巷子寻找天知道躲到哪里去了的我——他在巷子里回荡的唤喊声充满了焦虑和牵挂。他还给我讲

《三国》："只见张飞倒竖虎须，圆睁环眼，手持蛇矛，立马于桥上，厉声大喝：'我乃燕人张翼德也，谁敢与我决一死战！'声如巨雷……""欲知孔明此去如何，且听下回分解。"一个平常的夜晚在祖父拿腔拿调的声音中陡然变得充满悬念，意味深长。黑夜之中，听着祖父的鼾声，我睁大着眼睛，对遥远的历史，充满了向往。他还教我背诵《昔时贤文》，指望我从中学会些做人的道理。他教我练习拳脚，希望我能借此强身健体。他中风后给我做示范动作时几欲摔倒的样子让我至今想起就忍不住要笑出泪来。

可我小时候是一个简直无恶不作的孩子。我打架，偷窃，装神弄鬼，刁钻狠毒。我曾经把一个与我打架的同学胸前的圆珠笔拔出，毫不犹豫地插进了他的太阳穴。我还对一个长辈破口大骂，咬牙切齿地扬言要杀了她。我曾经把父母仅有的十块钱偷来全部买了糖果，父亲发现后把我吊起在楼梯上用牛绳将我抽得半死。我还经常在晚上躲在黑暗处吓我的伯母大婶们，有几次把她们吓得魂飞魄散，呼吸不匀。我干了坏事会经常整夜整夜地不回家，邻居家的猪圈就是我最好的避难所。我还有点好逸恶劳的德行，为了逃避劳动我会躲在自己家的楼上。我像只过冬的老鼠，在楼板上的稻草堆里蓄满了可以吃的东西。一旦"有难"，我就会偷偷溜到楼上，心满意足地过着自认为丰衣足食的日子。

几乎所有的人都讨厌我。我的班主任经常让我跪在华主席的像前。我去老师办公室交作业，我的数学老师会打开抽屉，告诉我他的办公室里不会放钱。全校老师把我当作反面教材对同学们进行说教。我整天不落屋，父母从来不会找我。有一次我的父亲在盛怒之下伤心欲绝地说，生了我这样的儿子不如绝种。

为什么我会变成这样一名不良少年？我的故乡是一个资源短缺、弱肉强食的地方。由祖父祖母衍生的家族这时候已经膨胀成了几十口人。我的父母天性懦弱，成天受村子和家族的人揶揄，甚至欺负。由于从小见多了亲人之间的倾轧和故乡人性之中的恶，我内心与生俱来的温和逐渐散失。我变得好斗，叛逆，歹毒，没心没肺和薄情寡义。

只有祖父疼我。我不知道祖父对我是出于人性中共有的舐犊之情，因为我是他的长孙，是他百年之后要端着他的祖先牌位护送他上山的人；还是祖父从我身上看到了他小时候的影子，好斗叛逆的我正是他少年时代的翻版？或许，不管我多么顽劣，可依然是我的整个家族历经种种磨难后看到的一个希望？

可我对祖父对我的好并不领情。

为了能经常吃到亲友们买来探望生病的祖父的食品，我竟希望祖父永远病下去。

因为怨恨他没有及时喊醒我看村里后半夜放的电影，我暴跳如雷，号啕大哭，破口大骂。我竟然骂他“封建”！我记得他当时有点尴尬，可他并没有发作，反而像个做错了事的孩子。

他中了风的那个晚上，他躺在床上口齿不清，亲友们围在他的床前，我不仅没有表示应有的难过，反而在听到他把刚进门的大姑父的名字“茂香”喊成“茂德”时，我忍不住嘿嘿嘿地笑出声来。

他快要死的时候，我竟然在他还没有咽气的空隙，快步跑到村里的晒场，向正等在那里的人发布关于祖父的消息。我对他们眉飞色舞地说，快了快了。我说最多半小时，祖父就会死。他现在吸进去的气比呼出来的少。我还煞有介事地打了个比方，我说，比如他现在呼出来的是六口气，吸进去的就只有五口了。等到他呼出最后一口气时，他差不多就死了。

……

至今想起来，我是多么的少不更事啊！

四

祖父死于1982年农历七月初五。那一天他理了个发。理发时他还和比他年轻得多的理发师谈笑风生，说古道今，可随着理发师收拾好工具离开家门，祖父突然就不行了。他的发须平整洁净，而他的身子软得就像一摊烂泥，即使在场的我、堂哥和四叔三人奋力把他架起，也是无法站立。他瞳孔里的光像水波一样急速散去。当他一躺在床上就迅速陷入了临死前的昏迷。一个时辰之后他呼出了他在人世间的最后一口浊气。他死了，死前没有任何挣扎的痕迹。

净身，更衣、入殓……祖父脱下了他平日的那身十分老旧的黑粗布衣衫，头戴礼帽，身穿一身崭新黑亮的对襟寿衣，样子就像是一名有头有脸的旧式乡绅，正陷入赴会前的闭目养神。他的与身份不合的装扮多少让不懂事的我觉得有几分滑稽。而他的表情安详沉静，满是皱纹的脸上既没有终于脱离苦海的欣喜，也没有被迫与亲人永别的悲伤和无奈，更没有一生壮志未酬的不甘。这个脾气暴烈不肯服输的男人，临死前终于露出了他难得的好脾气——他向死神悉数投降，双手握在胸前束手就擒。他死的时候六十九岁。

时光荏苒。今年我三十六岁了。我没有如家人所担心的那样，成为一个盗贼、罪犯或者泼皮。正好相反，我成了一个好人，一个正直、善良的人，一个懂得敬畏的人，一个内心充满暖意的人。我重情义，讲义气，喜欢广交朋友，颇有些祖父遗风。而忆起童年，我是何等的羞愧、懊恼难当！我知道，是祖父对我的疼爱重新复活我内心的种子——他当年种在我心里的那棵叫爱的种子，至今已经成材，摇荡着温暖日光。可以这么说，祖父的疼爱，对我无异于拯救。

我想念我的祖父了。我想他对我的好，想他身上乡村老汉特有的烟火气息。我有很多的问题想问祖父。我想问他为什么叫少年的我读《昔时贤文》、练武术，他究竟希望我成为怎样的一个人？我至今成为了一个以写作为生的人，是否已让他满意？如果当初我不是年少无知，他还有多少秘密会向我倾诉？会有多少道和术要向我传授？

也许是受了祖父的影响，我也成了一个爱读《三国》的人。我以为，一部《三国》，既有张飞大闹坂桥关云长温酒斩华雄的英勇，亦有吕布爱貂蝉式的英雄和美人之间令人唇齿生香的爱情；既有国与国之间的相互倾轧争斗，也有英雄与英雄之间肝胆相照的生死友谊。国家与个人，阴谋与智慧，生与死恩与仇爱与恨，令人奇妙地整合在这一百二十回构成的奇书之中。它不仅关乎政治、经济、文化、军事，甚至气象、医术、宗教等等也皆有涉猎。它不仅是中国古代三国时期群雄逐鹿的艺术再现，更有对中国历史规律的生动揭示。

今天，当我捧读《三国演义》颇有体会的时候，我想面对面地与祖父交流彼此的阅读感受。我不知道祖父对《三国》中的哪个人最为喜欢，是张飞吗？祖父与张飞有太多的相似：他们一同生于草莽，一同身陷乱世之中，一样是屠户，还一样有一身好力气，性子都急躁。当然也许是那个赤膊与马超格杀的许褚。祖父也喜欢舞刀弄枪，如此与对手快意比试武功，定也是祖父最为向往的了。关云长、赵子龙义薄云天，一生重情义、讲义气的祖父把他们当作立世楷模也说不定。还有，祖父年轻时读《三国》，与他在饱受屈辱和鞭挞的知天命之年的赏读，心境上有哪些不同？一部《三国》，让他从中学会了什么？他的为人处世（他一生从未有负于人），与《三国》又有何关联？

我想祖孙二人在故乡的阳光下对谈《三国》，一定是一件非常有意思的事情。可是，祖父已经不在了，永远地不在了。

至今祖父死去已经三十多年了。在我的故乡——江西吉水赣江边的一个叫下陇洲的村子，祖父曾经生活过的痕迹已经基本上消失殆尽，他曾经被叫了六十多年的名字已经鲜有人念起。

他的后代已经住进了崭新的楼房里，他曾经居住过、点着煤油灯夜读《三国》的老屋已经颓圮。与他同辈至今活着的老人们也都差不多要忘记他，每每说起他来总是含糊其辞，模棱两可。他的形象甚至在仍然活着的年近九十的祖母的记忆里也是支离破碎。每当我向祖母打听那些与祖父有关的陈年旧事，祖母总是嘟嘟囔囔，口齿不清，仿佛她的那座叫做记忆的园子已经荒芜一片。

经过时间的改头换面，我的兄弟们已经没有一个人长得像他，当然也没有一个有着像他一样的坏脾气。

即使是在我——曾经得到过他最多疼爱的他的长孙的记忆里，他的模样也已经有了几分模糊。我不记得他在世时是否爱饮酒，疲乏的时候是否会抽上两口烟，他高兴的时候是一副什么样子，悲伤的时候又是怎样。

他的遗像（根据他在世时唯一的照片所绘）就摆在我老家房子里的香案上——他头戴礼帽，目光阴郁锐利，仿佛是传说中兵败受缚的义军首领。每次过年回老家，我都要盯着他看了一遍又一遍。我的眼前总是一阵恍惚：这个人是否真的活过？他曾经有过怎样的爱好和趣味？他还有多少事情不为我所知？

时间无情，当我们回首，它的怀抱中，总是飘荡着亡灵的身影。人世如废墟荒凉，当我们置身其中喊上一声，远方传来的，只是空荡荡的回声！

《三国演义》卷首那首《临江仙》宛如一声遥远的喟叹：

滚滚长江东逝水，浪花淘尽英雄。是非成败转头空，青山依旧在，几度夕阳红。

白发渔樵江渚上，惯看秋月春风。一壶浊酒喜相逢，古今多少事，都付笑谈中。

五

我只有把对祖父的怀念，寄寓在《三国》之中。每当捧读《三国演义》，我知道，我所阅读的，不仅仅是千年前的英雄传奇，也是我祖父的苍凉一生。

而那套几乎陪伴了祖父终生的《三国演义》，至今已经残缺不全了，就像祖父整个的人生，已经不复完整。

祖父临死前一年念叨得最多的就是他曾经花了三块半银圆买下的《三国演义》。他多次痛恨自己的轻率，把它借给了邻村一个并无多少诚信的人。祖父借给他的时候，还多少留了个心眼，留下了六卷，原本是做好分两次出借的意思。但那个人一直没有还给祖父。并且，自从把《三国》借走了之后，这个人再也没有在祖父眼前出现过。也许那个借书的人压根就忘了他还书的承诺。对他来说，不过几本破书而已，还不还算不得多大的事儿。是啊，在20世纪80年代初的乡村，哪里再找得到像祖父那样热爱《三国》的人呢？

祖父只有日日催促我的父亲和叔叔，要他们去向那个借书的人家里专门索回。可是我的父辈们早已厌烦了这个老头的啰唆和暴躁。对他们来说，他们已经受够了。他们压根没有按照祖父的意思去做过。也许他们成心不想让祖父得逞。而在中风之后，祖父无力的双腿再也迈不出自己家的门槛了。

祖父死的时候没有留下任何遗嘱。他死去多年后，祖母偶尔梦见他，也是彼此间形同陌路。我想他早已经厌烦了这个世界。他已经完成了他一生的使命。而对他年轻时买下的《三国》的牵挂，可能就是他最后的心愿了。

几年前，我在老家的柜子里翻到了那剩下的六本《三国演义》。那是极老的版本，全图绣像竖版繁体印刷，每个页码都标有“大上海书局藏版”字样。金圣叹眉批，茂苑毛宗冈序始氏评。每一本经过时间的浸淫濡染都成了酱色，许多页码破损程度不一。一些页码还保留了祖父当年的折痕，揭开有簌簌的脆响。

我双手捧着这六本《三国》，就像捧着一件圣器，一件传世的珍宝。我知道，那是祖父曾经日日诵读的经书，也应该是我们在磨砺中分蘖的整个家族的见证。它珍藏了祖父的呼吸与心跳，脾性与温度，人格与信念，遗恨屈辱和离合悲欢。如果我相信人的精神不死，那祖父的英灵，就常驻在这《三国》之中。

曾经几次差点梦见祖父。我看到了他的背影，他头戴礼帽，手持文明棍，身体依然魁梧彪悍，正向前疾步行走，正是我少年时见到的模样。我在梦里拼命喊他，也许是梦里的风太大，他总不肯转身，让我一睹他往日的容貌。我的喊叫声越发凌厉，仿佛裂帛，可祖父越走越远，转瞬不见。在梦里我绝望地哭了。醒来，满脸全是泪水。半夜里我索性披衣坐起，任凭泪水在黑暗中横流。

今夜，我又想起我的祖父了。我小心翼翼郑重其事地翻开六本残本《三国》，以此感应祖父的魂魄，在字里行间寻找他辗转的轨迹。祖父，我轻轻地唤了一声。我顿时听见了我的血脉中传来巨大的回应声。

南丰做粉人

曾学诚

四条小街，呈十字状延伸，东西南北四个街口四道城墙，拱形的石门上长满苔藓和爬山虎，百年城墙矗立在盱江的岸边，为小城抵挡洪水的侵蚀。小城的小街四面狭长，街巷交错。街面是鹅卵石铺成的，十字路口，熙熙攘攘，最为繁华。在小城的西街口，一座佛寺朝朝香火篆炉烟。多少年，我的故乡，江西赣东的南丰，那般烟雨诗意的旧城景，就是这样深深浅浅，镶嵌在我的记忆里。

偶尔回乡，我最喜欢去我家老屋的西门街口走走，街口的百年城墙，已经老得有点苟延残喘，鹅卵石铺成的街面，早已变成平坦的水泥路面，城墙下那些叮叮当当的铁匠铺也早已不见。紧挨我家老屋不远的地方，成片的老房子被拆，建成一个农贸市场。沿市场进去，一排各色各样的小吃和汤粉店，生意异常红火。

回到老家，我一定会去农贸市场光顾那些生意红火的汤粉小吃店。南丰汤粉和南丰蜜橘一样，也是南丰人的骄傲，追溯历史可以有几百上千年颂扬的话题。但是，于我，对故乡的城景，对汤粉店的钟爱，却都只是因为对父亲的怀念。

去过赣东南丰的人，只要吃过南丰汤粉，一定会被它的色香味所倾倒。但是，有多少人会对那些制作汤粉的人感兴趣呢？

父亲，便是那样的一个与汤粉打了一辈子交道的做粉人。

做汤粉的手艺，是祖上传给父亲的。20 世纪 70 年代，南丰县城里没有一家汤粉摊，几家像样的汤粉店都是国营的，唯独我家的粉作坊算是“私营”。

那些年，我们全家数口人的吃用全依赖父亲每天做百来斤水粉的收入。那时，还不兴个体户，营业自然受到限制，外地人吃汤粉都去国营粉店，光顾我家粉作坊的多半是左邻右舍或附近的街坊。那时来我家粉作坊吃汤粉的，都是自带大米来换粉吃。换粉也没个固定价格，大致是一市斤米换三市斤水粉，付一角钱的加工费，再自个儿拿回家自行配汤。

在我的记忆中，那时候，父亲常为手头拮据而困扰。是汤粉买卖本身获利很少呢，还是父亲本来不会做粉的买卖？我没问过他。

然而，父亲的出手大方，待人敦厚老实，却在近邻远亲中是出了名的。对别人的帮助，常常引起母亲对父亲的不满。

我小的时候，家对面住着一个孤寡老人。父亲要我们姐弟几个管老人叫爷爷。爷爷姓黄，无儿无女，孤苦伶仃。平时，黄爷爷的起居饮食都是父母亲在照料。做粉，是要起早摸黑的活，可是，无论一天下来多累多忙，父亲总要上黄爷爷家去陪老人聊聊天，母亲则帮黄爷爷收拾屋子。父亲总说，不要让老人觉得孤独，家像个家要干净。记得那时家里有一台半导体收音机，被全家人视为珍品，父亲绝不给我们几个孩子碰一碰。但是，父亲却舍得把收音机长期放在黄爷爷家，调好频道给老人听。对家里的生活琐事，父亲很少费心，对黄爷爷，父亲却想得非常周到，病疼冷暖，挑水劈柴，油盐酱醋，无一不系在父亲心头。每天早上，父亲总要泡好一大钵汤粉，吩咐我送去给黄爷爷吃。旁人都说，就是黄爷爷有自己亲生的儿子，也恐怕没有父亲那样的孝心。

做粉是力气活，起早贪黑还要细心精算。浸米、磨米、榨粉、温汤颇需几分功夫。父亲精于此道，做出的粉倍受人们称赞。

大家称赞父亲粉做得好，更赞扬父亲做人好。父亲一辈子做了多少好事，难于统计出来。我家住的小镇西门街口的街道，路面先前凹凸不平，没铺水泥，一下雨，便泥泞四溅，坑坑洼洼。父亲劳累一天，身体快散架了，晚上还硬要带领全家人用板车去城外拖来石土填平路面。一到夏天，我家门口总放有一个大瓦壶，盛着茶叶水。过往的人，认识不认识都会坐下来歇歇，喝碗水。不知道的以为父亲还卖茶，知道的便会对父亲肃然起敬。

父亲一生清苦，到老也没看见他好好休息一天。有一年我回家探亲，看到年已花甲的父亲拄着手杖要去偏远的乡下传授做粉手艺。我实在看不过，拦着父亲不让他去，没想，父亲用手杖在地下敲得猛响，气恼地对我说，帮帮别人又不是很难的事，你读那么多年书，这点道理都不明白。我当时真是羞愧难当。

有时，我总认为自己也算个文人，可我的文字里很少有父亲的影子。生活中的父亲，我这支笨拙的笔实在难于描述出来。

于是，只好循着生活的足迹，循着对故土的缕缕乡恋，拉拉杂杂写下这些轻散的文字，怀念父亲。

培养天才

喻 彬

即使是普通的孩子，只要教育得法，也会成为不平凡的人。

——法·爱尔维修

父母是最先发现天才的伯乐，天才是培养出来的，而不是天生的。

19 世纪初，一位名震整个欧洲的神童——德国洛赫村牧师威特的儿子卡尔·威特，三岁半识字，六岁半学外语，八九岁就自由地运用英、德、法、意、拉丁和希腊语，通晓动物学、物理学、化学，尤其擅长数学，九岁考入大学，十四岁获哲学博士学位，十六岁获法学博士学位，并被任命为柏林大学的法学教授。还未到任，又接受普鲁士国王的赏金赴意大利留学。他在佛兰茨逗留时，于无意中开始了但丁的研究，后来成为世界但丁研究的权威。二十岁回国后，他在格拉斯哥、哈雷等大学讲学，一直讲到八十三岁高龄。

在读者心目中，威特无疑是一位天才。然而，在其父母和邻居的眼里，威特却是个白痴，因为他直到两岁都不会发音。老威特常悲伤地说："我作了什么罪孽，上天给了我这样一个傻孩子。"其妻子说："这样的孩子教育他也不会有什么出息，只有白费力气。"

当时，老威特是玛德布鲁特市的一个探讨教育问题的学会的成员之一，有的会员提出："对于孩子来说，最重要的是天赋而不是教育。教育家无论怎样拼命施教，其作用也是有限的。"鉴于此观点，老威特提出了悖论予以反驳："不对，对于孩子来说，最重要的是教育，而不是天赋。只要上帝赐给我一个孩子，而且你们认为他不是白痴，那我就一定要把他培养成非凡的人。"

老威特悲伤但不灰心，他坚信自己的理论是正确的，自己的孩子是可以教化的。在威特刚刚开始辨别事物时，他父亲就开始耐心地教他说话。

三岁的时候，老威特便开始教儿子认字，但绝不是强迫性的（这是老威特的一大教育原则）。他首先努力唤起孩子的兴趣，才开始教，同时，鼓励孩子提出一些问题，并且总是耐心、准确地回答问题。

老威特认为，在教育上与其填鸭式地给孩子灌输知识，不如开阔他们的眼界。于是，老威特无论去哪儿都带着孩子。摘朵小花，解剖给威特看并讲解这是什么，那是什么；捉只小虫，给他讲授有关昆虫的知识。这样，一花一草、一虫一石都成了教材。当威特后来阅读动物学和植物学书籍时，一点也不感到陌生。

老威特在教育上没有什么学习和游戏之分，他在游玩、散步和吃饭的时间里，都千方百计地注意扩大威特的知识面。

小威特七岁半就名闻遐迩，八九岁时，他的某些学科的水平已超过了其父亲。无独有偶，英国伟大的数学物理学家麦克斯韦，之所以在数学物理学领域做出卓著的成绩，这与其父亲独具慧眼、因势利导的教育和培养是分不开的。

一次，麦克斯韦的父亲让年幼的儿子画静物写生，描绘的对象是一只插满金菊的花瓶。当父亲看到儿子的答卷后，不禁笑了起来。原来满纸画的都是几何图形，花瓶是梯形，菊花是大大小小的一簇圆圈，那些大小不等的三角形，大概是表示叶子。正是这张卷子，使独具慧眼的父亲发现了儿子的数学天赋，于是，因势利导让儿子投其所爱学习数学，从而成为世界著名的数学物理学家。

以上两个真实的故事都说明了，父母是最先发现天才的伯乐，天才的产生靠的不是天赋而是教育，只要教育得法，同时善于发现孩子的良好潜质，并因势利导地加以培养，即使一个普通的孩子，也能培养成为一个不平凡的人。相反，即使一个天资非常聪颖的孩子，如果后天教育不得法，也难免成为一个庸人。王安石笔下的仲永，就是由一个名震八方乡邻的神童蜕化成一介凡夫。

有两幅漫画曾令我感触颇深。一幅画的是一个小孩背着一个又大又沉的书包，戴着一副深度近视眼镜，将一张获得 100 分的试卷给他母亲看，他发现母亲不但不高兴，反而难过地流下了眼泪，便不解地问："妈妈，我考了 100 分，你为什么不高兴呀？"另一幅画的是，一个小女孩坐在钢琴旁，沮丧地对她的钢琴家教说："我真希望我家很穷很穷，穷得让我爸爸把这钢琴卖掉。"

在当今一片"减负"的唏嘘声中，诚望我们的教育工作者以及望子成龙心切的父母们，都认真地去发现孩子潜在的优长。不妨让孩子偶尔从 100 分的圈圈中解放出来，从那"枯燥"的黑白琴键上解脱出来，从那成堆成垛的作业练习题的夹缝中走出来。让他们卸下思想的重负，走出精神的栅栏，以轻松的身心融入生活，任其天性去亲近自然，在真善美的阳光里感受生活的欢乐，感悟生命的真谛。

若得如是，在我们的孩子们中间完全能够培养出像卡尔·威特、麦克斯韦这样的天才和巨匠来，请相信我们的孩子。天才是培养出来的，而不是天生就的。只有不好的教育，没有不好的孩子。

释家言：人人皆能成佛。彼人能，予为何不能？

年三十，人归否

孙　仲

年的脚步近了，出门在外的人回家了。

一年一度，一年一度。我们记不清已是多少次这样行色匆匆地赶路。车站，码头，无数的身影在焦急地晃动，呼喊，肩扛手提那装着沉甸甸真情饥渴的行装，全不顾前方风雪交加，关山重重。

也许，你在大年初就告别了家人，踏上远方的列车，打工在外，熬过那三百六十个不平静的日子，挣下了一把辛苦钱，如今将疲惫的小船驶进宁静的港湾；也许，当年你肩负着父母深深的企盼，也为自己奔个好前程，出外求学攻读，如今功成名就，潇洒而归，并给妈妈带回了一个好媳妇；也许，当年你忍受不了家乡的穷困和屈辱，愤然逃离了这瘠贫的土地，去闯荡世界，如今，已是志满意得，衣锦还乡……

故园，如此神秘，是什么让我们日夜魂牵梦绕，依依难舍？

是母亲那张早已失去光华满是沟沟壑壑的老脸？是父亲那默然无语像老井一般深邃的目光？是村头的老樟，小巷中的鸡啼犬吠，老屋的古旧厅堂？

村前那一马平川的田畴，是养育着我们生命的土地。父亲用他那尖利的犁铧翻开了一页页黝黑的泥土，寒来暑往，耕耘播撒，收获着生活的希望。他把一生的辛苦全写在这片土地上。他没有出过远门，吃的是青菜饭，穿的是粗布衣，睡的是硬板床。他没有过一声怨恨，年年岁岁，只是在田地里无声地重复着那些老旧的故事。

老屋狭小的厨房则是母亲唱主角的舞台。清晨就开始演奏锅碗瓢盆的交响曲，小孩、老人，鸡、鸭、猪、牛一张张饥渴的活口都向她张着。要吃要喝，不问她问谁？她含辛茹苦喂大了争气的和不争气的我们。在漫漫时光里，她早已是满头白发，腰弯了，背驼了，两眼昏花了。妈妈也曾如花似玉，也曾青春年华过，也曾钦羡时髦，想有一套自己称心如意的时装。只是做女孩的好时光太短暂了，一顶花轿就将她抬进了多忧多愁的人生门槛里。收敛起天真无邪的笑容，抹去苦涩的泪珠，过早地扛起了生儿育女当家理事的苦日子。这一切，妈妈认命了。她简单得只有一个祈求，此生只愿儿女有个好出息，好福气，为自己的老脸增点光。

老屋厢房是幽暗的，积满灰尘，遍布蜘蛛网。可就连这样的地方也是向五太爷家借的。人多啊，住不下。我们兄弟横七竖八胡乱挤在大床上，犹如一窝小猪崽，热乎乎的。我们无忧无虑，只会海吃海喝，沉睡死睡。一身臭汗和熏天的尿臊也浑然不觉。哥哥的嘴里伸进了弟弟的臭脚丫子，还当是妈妈的奶头，吮吸得有滋有味，醒来后哥哥恼火了，就拧了一把弟弟的腿，让他生痛得“哇哇”哭过几声，又沉睡过去了。

难忘啊，那其乐融融的童年时光。

还记得春日里，我们去田野上打猪草采野菜放风筝吗？

还记得夏日里，我们在水塘里洗澡摸鱼捞虾，又钻进果园偷梨子被疯老头追得无处可逃，连鞋子都丢了吗？

还记得秋日里，上山打柴拾野菇捕捉黄鼠狼，在月下装小姐扮大仙烧塔吗？

还记得冬日里，在火堆旁聆听老公公讲奇妙的见闻吗？

故园的桩桩件件，萦绕在远方游子劳碌的心间。可如今，故园凋敝了。我们长大了，都出门奔自己的前程。兄弟姐妹，天各一方，别时难，相聚更难。父母早已故去，坟上青青野草，盼着儿女来祭扫。老屋倒塌了，谁来修葺？田园荒芜了，谁来耕种？无尽的乡愁啊，梦里淌了多少回泪水。

漂泊在天涯的旅人啊，你为何一去经年，便不见半点消息？这些年，你该出息了吧。你也许做了显赫尊贵的高官，权重一时，炙手可热；你也许交上好运，发大财，把银子花得淌海水一样；你也许人在江湖，身不由己，在尔诈我虞的游戏中，玩不过别人，处厄运，陷逆境，万般无奈而一筹莫展；你也许背时倒运，压根儿就没有得意过，穷困潦倒，流落他乡，遭人白眼，受尽欺凌……

在这梦幻般的日子里，难道你这多年来真的不曾一丝半缕地思念过我们曾经的故园？

你说归，归，归，可总不见你归。太阳东升又西落，月亮缺了又还圆，春花开了又谢去，村口还是不见你的身影。你是为国为民日理万机抽身不开，是商战正酣恐失良机，还是山重水复行程艰难？

年三十又到了，匆匆的脚步也越来越近了，出门在外的人回家了。我们带着对故园的深情问候，我们带着积压在心头的无边思念，我们风尘仆仆携妻带子，一脸豪气，千里迢迢走近了故园，走近了亲情，走近了心中温馨的永恒圣地。

今夜，我想再喊一声娘

乔　樵

独步枯凉的夜街，淋着稀疏的细雨，枯叶一片片随风飘落，昏暗的灯光拖长了我的影子，沉重的思绪久久不能散去。

这是一个落寞的夜晚。母亲的影子若有若无地跟着我，随我沉思，随我飘浮，随我入梦。总认为时间的流逝会让一些事情淡忘。但是，在母亲去世九年后的今天，她的音容笑貌却越发清晰。看来，深入脑髓的情感是不可能忘怀的，时光带走的不过是不痛不痒的情绪，而母亲，一直活在我的心里。

面对厚重的黑暗，凝望摇曳的灯光，似在默读母亲生活的过往。想起与她相处的年年岁岁，不禁生出无限感慨。此时，我真想，手捧苍天双膝跪地，对着远方真真切切地喊一声，娘，我的亲娘。

“别跟我谈命，也别谈什么苦难，为家为孩子活着是我的乐趣。与天斗与地斗，不如跟自己斗，生活全靠自己去创造。”这是母亲很早以前说过的话，也是她的生活哲理。受她的影响，我也养成了类似如此的个性。

应该说，母亲的童年没有故事。她刚出生几个月，我那在抗联当营长的姥爷夜袭鬼子据点，胸口中了鬼子的枪，倒在了凄寒的秋雨中，连句话也没有留下。姥姥带着两个孩子东躲西藏过日子，连顿饱饭都吃不上，早早地累垮了身体，等到把大姨嫁出去，给不满 16 岁的母亲订了婚，就撒手找姥爷去了。

从外地归家的大姨坐在我们面前，含着眼泪说着与母亲的过去时，正是深秋时分的傍晚，母亲边听着大姨说话边麻利地搓着玉米棒。大姨吸鼻子的声音让母亲抬头看了一眼，拢了拢前额散乱的头发，叹一口气，抓起桌子上爷爷留下的旱烟叶，卷个纸筒送到嘴里，点上吸一口，扫一眼我们兄妹几个，低头又搓起了玉米，浓浓的烟，把她深深地包围，如同深秋的雾，锁住了夜空。

大姨看了母亲一眼，擦了擦眼睛，看了看我们兄弟三人，带着长者的口气继续说着。你们爸爸是个书呆子，你娘进了家门，他就在外地工作，一年才回家一次。家里的三个老人四个孩子以及地里的活都是你娘一个人忙里忙外，没有享过一天的福，真让她受罪了。你们兄弟几个一定得听话，好好学习，不能惹你娘生气。

大姨说着话，在屋里玩耍的才五岁的妹妹“哇”地哭了起来，大姨刚要起身，母亲发话了：“老大，你快去看看妹妹是不是尿裤了。老二，你坐到我身边来，边干活边听大姨说话，老三，你别捣乱，到外面玩会去吧。”母亲看着大姨，苦涩地笑了笑说：“姐姐，那些伤心事就别提了，日子总得过。”

大姨沉着脸，照母亲的样子卷了纸烟点上，没有再说话，蹲下身子帮母亲搓起了玉米，妹妹被哥哥抱到外面去了。

其实，这些话大姨没有必要跟我们说，因为我们都知道。这些烙印在我们记忆中的碎片是不需要用语言表达的，生活的多灾多难早已把母亲的心磨平，她的命运似乎一直与苦难相连。

大姨没有再说爸爸的事，也不敢说了，因为母亲脆弱的心再也无法承受，这一天是爸爸去世后的第五天。

四个孩子，三男一女，大的十五岁，小的五岁，还有一个近八十岁的老人。没有了男人的家，整个世界没有了阳光，这让一个女人如何承受？那时的母亲沉默寡言，出奇平静，平静得有点让人担心。其实，每个人都知道，她那颗看似平静的心里，藏着难以忍受的苦楚与牵挂。一脸看似平淡的笑容里，饱含着太多沧桑与辛酸。

妹妹依偎在大姨的怀里睡着了，母亲跟往常千百个夜晚一样，半个屁股倚在炕沿斜靠着桌子角，一针一线缝补我们穿过的衣裳。大的改成小的，小的改成背心，一直是我们兄弟的穿衣传统，尽管打了不少补丁，但是我们兄妹的衣服从里到外都干干净净的。奶奶挪动着小脚悄悄从门缝里瞧了瞧，抹抹浑浊的泪水回到自己的房间。白发人送黑发人，失子之痛已令老人痛不欲生，可奶奶亦十分清楚，媳妇的痛苦是远远胜过自己的。儿子走后，儿媳就是家中的顶梁柱，如果儿媳真有个三长两短，自己好说，剩下的孩子还有什么指望？在她的心中，与她相依为命十几年的儿媳，不但胜过了闺女，甚至比儿子还要亲几分！在苦难中凝聚的亲情，早已超越了血肉之情，也超越了生命的本身。

生活的重担无情地压在了身体单薄的母亲身上，可生性刚强的她并没有被压垮，而是用瘦弱的肩膀和自强不息的信念支撑起这个支离破碎的家。

初冬时分，母亲借爸爸人情的余温，东挪西凑借钱，屈膝弯腰求人，八间新房盖起来了，终于有了老人居住的天地，也给了儿子们一个生活的空间。

房子上梁的那个飘着雪花的下午，母亲把颤颤巍巍的奶奶扶到了房子前面，我们兄弟三人站在母亲的身后。噼里啪啦的鞭炮在房梁上响起时，母亲拉着奶奶的手笑了。一朵朵雪花飘飘扬扬地落在母亲的身上，落在新添的白发上，缓缓化了，如春雨般融进了母亲的心里。调皮的小妹抓起房顶上扔下的喜糖，糖纸也没有剥开就迫不及待地塞进了母亲嘴里。

奶奶哆嗦着双手，端起祭灶神的八宝粥，吹了吹粥上的纸灰，送到母亲面前，用命令的口气说："孩子他娘，你喝了吧，这是咱家的香火呀！"

母亲在乡亲们的注视下，浅浅地喝了一口，又双手捧给奶奶，说："娘，您受的苦比我还多，您就喝了吧，只要您身体好好的。"

奶奶知道母亲的脾气，无奈地接过来，把头扭过去擦了擦眼，递给了哥哥，哥哥望着奶奶和母亲摇摇头递给我，我又不知所措地递给弟弟，弟弟端着粥呆呆地愣在院中央。

雪花飘得更密了，遮住了整个大地，周围传出了稀疏的哭声，前来帮忙的乡亲们也被感动了。

岁月给善良的人们涂抹了苦涩，却也给真爱的人们增添了感动，真善美是生命真诚的赞歌，而这赞歌的源，就是我的母亲。在苦难中挣扎的她用心唱出的歌，是生命之歌，是锲而不舍的乐观精神。

很长一段时间，我们都依赖母亲活着，就像河里的鱼离不开水一样。早上，天还没有亮，她就准备好了我们上学的早饭，早早下地去了。晚上，满身疲惫的她扔下手中的工具，又点火做饭，柴火的烟弥漫了整个家，笑声渐渐洋溢在屋子里。母亲像个陀螺，在家之间不停地运转，却从来没有听到过她的叹息与怨言。

我上高中时住校，妈妈一次给我带够一周的粮，蒸一锅掺了白面的窝窝头，全放到口袋里让我拿走，再到小河沟里捞几条小鱼与咸菜一起炖好，给我装到瓶子里，味道竟出奇的鲜美，把同班同学的馋虫都勾了起来。偶然在一个不是周末的中午，我才知道母亲的日子比我想象的更加艰苦异常。

麦收后的一个中午，我回家拿课本，正碰上母亲与奶奶争夺饭碗的一幕。

"孩子他娘，你不能吃这些东西了，天天干活太累，身体受不了。"奶奶抓着母亲吃饭的碗，口气中透着关爱。

"娘，你就别管了，卖了这次公粮，我们家的债就差不多还清了，我喜欢吃这种味，别让您和孩子们受委屈就行。"母亲趁奶奶不注意，夺下碗蹲在地上吃起来。

"你吃我也吃。"奶奶赌气地抓起另一个碗从锅里盛了一碗榆钱儿菜，坐在门槛上也吃了起来。

“娘……”母亲欲言又止。

“再苦也不能把身子累坏，这个家没有你不行，孩子长大了，不用愁了……”奶奶的牙齿都没有了，说话也咬不清字。

“嗯，娘，好日子在等着我们呢。”

站在窗外的我，再也控制不住自己，泪流满面。

生活的路漫长而艰难，而在这条路上，母亲一直拉着我们的手，不屈地前行。

几年过去了，她的孩子们逐渐走出了她的视线，哥哥结婚了，我走得离她最远。母亲的腰板弯了，头发几乎全白，应该说，她享清福的时候到了。可是，天有不测风云，在我离开家乡不到两年，她竟得了不治之症。

母亲去世的那天早上，我做了一个梦。梦里是一个星光灿烂的夜晚，母亲坐在椅子上，牵着我的手，我的眼睛寻着她指的方向辨别北斗星，一只只蝴蝶环绕在身边，抬起我和母亲向北飞行，渐渐消失。醒来的时候，我的右眼皮重重地跳了一下。然后哥哥的电话来了。他哭着说，娘想见你，快点回来吧。

秋雨打湿了我的眼睛，秋风吹走了我的希望。等我心急如焚赶到家中时，母亲已安静地闭上了眼睛。哥哥说，母亲走的时候，轻轻地喊了两声你的小名。

送别母亲的时候，我没有哭。当纸钱燃尽，墓碑立起时，我双膝跪在乡村泥泞的土地上，久久没有动，想着母亲那两声呼唤。

我听到了，其实，我早就听到了，现在还仍然记得。她说，儿呀，挺起腰板做人吧，娘在远方会保佑你的。这么多年，我一直谨遵母命，义无反顾地走着，以慰她的在天之灵。

今夜，秋雨纷纷，内心深处的思念如同潮水一般涌出来，把我从沉睡中唤醒。我默默地想着那些往事，用心灵，用生命呼唤着她，踏踏实实响响亮亮地喊了一声娘。

母亲的手

卢艳萍

从记事起，我就知道母亲的手并不漂亮，皮肤粗黑，老茧如垒，不忍卒睹。有次邻家一位阿姨到家里来玩，我拉着她春葱般的纤手久久不愿撒开，竟天真地问爸爸："为什么不给我找一个这样的妈妈？她的手好滑好嫩。"现在想来，那该是多么尴尬的一个场面，但也是直到现在我才相信，其实母亲的手也曾滑嫩，只不过自从将一双好端端的手交给琐碎的生活后，它的滑、它的嫩就不复存在了。

常听一些老人家唠叨自家媳妇虽"十指尖尖"，却什么"女红"都不会做，可母亲看似拙陋的双手，做出的"巧活计"却让人佩服得五体投地。无论刺绣、勾花、编织、裁剪、车缝，样样在行。尤其是裁缝，无论是什么样式的布什，只要是经她过一下目，她都能依葫芦画瓢地做出来，而且手工精细绝伦。就连一般载缝都不敢轻易问津的棉袄、旗袍、唐装衫、沙发套、宫廷蚊帐等都难不了她。我们一家五口的衣裤被褥，几十年来都由母亲一手操办，从未往外花过一分钱。在那经济紧张的年代，母亲的这一门手艺，的确让我们原来紧巴巴的生活滋润了不少。

母亲的手是女人中难得的巧手，却又像男人的手一样粗壮有力。那时，由于没有户口，没有工作，母亲就跟着颇懂木匠活的父亲到处揽活计。有次父亲闪了腰，为了赶工，母亲接过了笨重的木匠工具。不想不久下来，母亲锯、刨、削、凿样样都拿下了，并渐渐成了主力，像模像样地制作出各种家具，换成钱，与身单力薄的父亲一起支撑起了整个家。现在我房间的大床和衣柜都是出自母亲之手，虽然家中许多家具都已更新，但这两样东西我是一直舍不得丢弃的，除了结实，还因它永远标示着母亲为这个家所做的贡献。

记忆中，母亲的手从未重落过我的身上。曾有一段时间，母亲每天往返离家几十公里远的一个碎石场去做"砸石头"的重活。那时她怀着弟弟，有天傍晚收工后，她攀上装满大石的载石车往家赶，裤头的扣子突然掉了，她只好一手扯着裤头，一手用力攀扶着车上的嶙峋怪石。当她典着大肚子一路颠簸回到家中时，本已布满老茧的手又满布血泡。可我这天却因被同学取笑是“黑人黑户”而与他大打出手。母亲得知后无奈地叹了口气，用粗糙的大手轻轻抚拭着我脸上早已风干的泪痕。当她密布老茧和血泡的手轻轻掠过我的肌肤时，我暗下决心，一定要做个乖女儿，报答母亲。

多年后的今天，我从母亲那里手把手地学来了许多针线活。当然，我无须再像母亲那样让生活将手摧残得憔悴不堪。相反，美的潮流让我知道，女人的手就是女人的第二张脸。但在注重双手保养的同时，我依然相信，无论何时，能否拥有一双纤纤玉手并不重要，重要的是我们能否用自己的双手去创造生活。因为不懈的追求和创造才是一种永恒的美，吃苦耐劳才是永恒的美，真正的美。

游走在城市的鱼

龙水蓉

爸爸总是用一根粗布条将我捆在背上，然后骑着那辆旁边挂着两个大筐的加重自行车，走过泥泞的小路，走过贫穷的村庄，穿行在成都的大街小巷，去收购那些过期的干馒头，还有饭食肉类等城里人生活的残留之物。一整天下来，两个大筐满满的，这些“美味佳肴”可以让我家的小猪们幸福好些天呢。

那些大街小巷，我都不知道名字，但爸爸记得清清楚楚，每一条街每一条小巷在他眼里都四通八达的，无论怎样偏僻，都挡不住他的去路，我们总能在天黑之前回到村庄，回到温暖的草屋。当时的我，一直认为爸爸是无所不能的，到如今依然如此。城市于我，始终像一团缠绕在脑海的迷雾乱麻，总是理不出一个头绪。所以，我每次只能跟在爸爸身后或原路返回。现在，每当我走进城市也依然会有闯入了迷宫的感觉，也许是因为繁华从来没有停止，也许因为喧嚣从来没有停止，也许更因为我每一次步入城市都漫无目的。

爸爸就像一条游走在城市的大鱼，而我，则是紧贴在爸爸脊背上的一尾小鱼。

如果爸爸累了，就会拐个弯到水碾河“外婆”家歇歇脚。“外婆”就会给我拿出好吃的零食，并端上热乎乎的饭菜，还要特别炒一个回锅肉。爸爸吃得可香了，那时候，我们家半年都难得吃上一回肉。“外婆”是妈妈在城里住院时认的亲，很慈祥，每次去都要留我住几天。妈妈跟我讲，我小时候大病了一场，当时正农忙，可愁坏了她，“外婆”知道后就让爸爸送我到她们家，在那里住了四十多天，身体完全康复不说，我还长得白白胖胖的。“外婆”与我的感情一天天深了，隔一段时间，她就会邀请爸爸妈妈带着我去成都玩。每次去，她都会拿出很多零食，说是平时留给我的。那一刻，我真像一尾幸福的小鱼，在她们那条小巷里蹦蹦跳跳，游来游去……

猪圈里的小猪，换了一茬又一茬，换来我在学校里好好学习、天天向上的美好生活。伴随着那些苦涩也幸福的日子，我慢慢长大。差不多十三四岁吧，我可以自己骑着一辆20寸的旧自行车跟在爸爸身后游走于大街小巷，次数多了，我开始记住那些街道的名字，习惯食物发霉的味道在我的鼻孔里进进出出。我开始变得害羞，开始自卑，甚至不敢再到“外婆”家长住，每次去只是停留一顿饭的工夫就缠着爸爸回家，那时的我已经感觉到城市与乡村始终存在的距离。

地里种了许多花生，还有蔬菜，收获的季节都要拿到成都去卖，妈妈说成都的价钱高一些，顺便还可以给“外婆”送些去。每次爸爸的大筐装不完，妈妈就叫我和爸爸一起去，星期天好不容易睡个懒觉，气得我只能一边做梦一边嘀咕。爸爸的车装得很重，每次遇上大坡，我都得下车帮爸爸推，推到最高处已经累得不行，还得下坡去推自己的小车，心里委屈得眼泪止不住流。后来想想，爸爸妈妈为什么能做那么多事，承担那么多重活，他们就不累吗？我一直以为大人就是隐形高手，爸爸总有使不完的力将那满载的蔬菜换回一沓沓零钱，妈妈那双始终荷锄的手磨了一层茧再生一层茧后，田地里就会奇迹般长出蔬菜和花生来。后来，我才明白，我和哥哥就是他们的动力，生命的动力，不断产生能量的源泉……

中国的父母为了儿女，好像都心甘情愿付出所有。

当我的辫子粗又长的时候，我渐渐不好意思跟在爸爸的身后了，常常选择跟着堂姐或哥哥一起到成都卖菜，如果卖完菜还早就到九眼桥下散散凉，歇歇脚，考虑了老半天才舍得买一杯五分钱的凉水喝。那时，我家种了一亩多茉莉树，夏天的每个下午都要顶着太阳采摘那些含苞欲放的花骨朵送到茉莉收购站，季末结账，收入全都变成了我和哥哥的学费。有时候天气不好，老板不收，看着那些花开在树上可惜，妈妈就建议我们摘来用线串在一起，挂在蚊帐里熏蚊子，有时还送几串给同学、邻居、小伙伴，后来我提议干脆拿到成都去卖。于是，我就约了堂姐和小弟们一起带着茉莉花、针线，骑车到九眼桥下。我和堂姐负责串花，弟弟们叫卖，一角、两角、三角都卖，到最后，五分钱一串也卖。有时候全卖光了，心花怒放；有时候会剩下几串，到了下午就蔫了，只好扔掉，心里也蔫蔫的。然后，我们分了钱，各自买自己喜欢的东西，我那一份总是揣回家存起来买小人书……

多年后，我嫁到成都的边上了。

我和爸爸一起走过的很多街道、经常卖菜的市场我都不记得了，依稀只有石羊场、三瓦窑、海椒市、牛市口是我曾经最熟悉的，如今偶尔听到这些名字，却不知它们在何处。那些大街小巷，如今都已面目全非，过去的痕迹再也见不着了，只有高楼林立。好想再和爸爸骑着自行车行走在成都那些灰旧的街道上，一起搜寻儿时的痕迹，好想好想……可是，爸爸没了！一座城市随着爸爸的离去，在记忆里将全部意义彻底消除了。爸爸熟悉的城市再也不为我所熟悉，他走了，留下我一个人游弋疯长在陌生的城市。

一眼望不到边，一眼望不到顶，这城市像海面一样越来越宽广，每天望着它，内心增长的是无限火焰般的惆怅。如今的我，再也无法回到过去将童年的影子拾起，回味。有一天我随意地坐上一辆公交车，在成都漫无目的地游走，望着喧嚣的街，喧嚣的商场和人群，搜寻那些大街小巷，搜寻我和爸爸的背影。可是，寻觅寻觅，何处才能寻觅？每一条街都挤满了小汽车、电瓶车，哪里还有加重自行车的身影？没有血缘关系的“外婆”那慈祥的笑脸还期待着我的到来么？何况，随着城市拆迁，“外婆”的家也早已不知去向。

我还在城市里寻觅穿行，游弋在城市的天桥上，不停地寻找那一条大鱼，我找到了什么？陌生的气流，还有恐慌的浪花不停地朝我打过来，没有了大鱼呵护的我，紧贴在城市的边缘，再也不敢贴近城市中央，因为我怕我会迷路……

感恩母亲

何秀荣

世界上的一切光荣和骄傲，都来自母亲。

——高尔基

不知不觉，又迎来了一个母亲节。说来好笑，以前还真没注意过这个神圣的节日——母亲节。面对这个神圣而伟大的节日，竟不知从何说起了，想说母亲的恩如星际点点太多太多，想说母亲的爱如山河滔滔涌之不息，三十多年的母女情分如日月暖之温春。一幕幕往事如影浮现，一股股暖流沁入心田；泪光模糊了视线，感恩荡漾了亲情；微微抖动着双手，已不知如何来抒写母亲的功绩。这道之不尽的亲情，这述之不竭的恩德，刹那间，只凝聚成一个平凡的背影，在我眼前晃动着。我知道，这个平凡的背影，已经永远定格在我模糊的视野里，颤动的心房中。

打开记忆的闸门，时间倒回到我的幼年时光：记得母亲常常和我唠起过去的那段岁月，那是一个怎样的年代，那千万贫困家庭，千万平凡母亲。那时，母亲的背影是一个年轻的轮廓，她把我们姐弟扔在家里，由年纪最长的姐姐代管，自己则累死累活地在队里忙乎，里里外外，不分昼夜。那时，干活要记工分，吃饭要等着分来的粮食，母亲常盘算着一家大小全年的口粮，每天眼巴巴瞧着家里米缸里越来越少的粮食……那个年月，能吃上饱饭仿佛就是活着最大的期盼了。而幼小无知的我们，根本不晓得母亲看似平缓慈和的面容背后，隐藏着多少的愁苦与辛酸。清楚地记得，有一次母亲因为筹不到口粮而躲在一个无人之处痛哭失声。我们兄妹几个却躲在一边不敢近前。这情景至今留在我的脑海深处，挥之不去。小时候，母亲再难再苦，我都无法解读其中的辛酸与艰难，现在每每想起母亲那晚痛哭失声的样子，我的心头仍是一阵阵痛楚，无声的眼泪随之挂满眼角。我从来不认为过去的穷困是我出身的不幸，而认为是我人生的一段纯金年月。贫穷让我见证了母亲在艰难里的坚强，洞悉了一个母亲在平淡艰辛的生活里，怎样淡定从容地面对一切风雨。无形中，母亲用行动教育了我们，在充满崎岖的生活中，在坎坷的人生历程中，教会我们怎样从容淡定地应对。

随着社会向前推行，农村逐渐实行了责任田。地里超负荷的劳动，以及我们兄妹五个上学的一切费用，成了父母肩上更大的重压。母亲除了下地劳作和家里的操持外，就是思考如何能为我们把学费凑齐了。于是母亲又付出额外的辛苦，养了猪仔、喂了鸡禽。等猪仔养大了，等鸡仔下蛋了，就卖出钱来为我们凑学费书费。那时候母亲虽然很忙，可从来不让我们在上学的时候去帮助。她总是说，妈妈有的是力气，你们的任务就是好好念书，将来要过好日子。就是这样拮据的日子让年轻的母亲一步步走向沧桑和衰老。母亲的辛苦没有白熬，我们兄妹五个，考出去两个，算是给予父母艰辛付出的一点回报吧。我虽然学业无成，母亲也总是微笑着安慰我，说我比姐姐妹妹都有福。让我至今能快乐地享受着母亲额外的恩慈。

我没有太多豪言壮语来赞美自己的母亲，只有保存在脑海里的那些对母亲过去岁月零星不灭的记忆，也许这就是我对母亲感念中最好的回报了。天下母亲都是伟大的，所有母亲却都有一个共性，即不会认为自己是多么伟大。就像我，现在可以眼含热泪回忆和感恩我的母亲，却从来没想过自己这个做母亲的有多么伟大。面对一双儿女，我永远都感到愧疚，觉得怎么做都是一个不称职的母亲，心里想的永远都是他们的现在和将来。如果可以，我愿将自己的一切无偿地为儿女付出，包括生命。评说母亲的伟大总是儿女们的事，是他们对母亲无限的感激和感恩。而作为母亲，心里想到的，永远是把最美好的东西都倾囊于自己的儿女。母亲为儿女付出的爱，真如海之博大，泉之涓涓。

人类最深情博大的母爱，是流传不息的。小时候的我脾气倔强，常常很不懂事地和母亲犟嘴，一如我现在被女儿和儿子顶嘴。真正理解母亲的不易，和母亲辛苦养育我们的艰难，并对母亲心存无比的感恩，还是在自己做了母亲之后，在和自己的儿女们的共处中，在自己亲身的经历中才慢慢体会到。也许作为女人是脆弱的，但作为母亲的女人却是最坚强的。

母亲伟大，母爱无私。无论你高官显贵，或贫穷破落，无论你远走天涯，还是围绕膝前，唯一为你牵肠挂肚的始终是站在你背后的那个女人——母亲。如今，我站在人生路的中央，后面有一直给我关爱的母亲，前面有需要我去继续关爱的儿女，我感恩着母亲的爱抚，也享受着做母亲的快乐。

爱，回忆

薛红蕊

一

父亲是爱母亲的。当时的婚姻，是父母包办的。但是，父亲与母亲的婚事，是父亲决定的。二十岁时，我好奇地问母亲："父亲怎么会娶你?"

母亲说，你爸觉得我很善良，性子又温和。

父亲与母亲经常小吵。

母亲总是说："你是不是要与我离婚，再去找一个年轻漂亮的？我要回娘家。"

父亲一句话也不说。等到母亲觉得无聊得不行了，就各干其事。父亲实在无法忍受母亲的唠叨时，就说："我怎么会找一个比我女儿还年轻的女子当老婆？到时候，女儿怎么看我？我都这么老了，哪有心思想这些?"

自那以后，母亲再也没有闹离婚。

二

我与妹妹都要面临最大的抉择。

那晚，父亲说："咱们开一次家庭会议吧!"

这么多年来，父亲从来没有与我们多说过话。那次父亲说了很多，我心里很惊讶。

"当你们长大，我不要求你们以后有什么作为，但是，你们在学校里所学的知识，能全部运用到生活当中。人，这一生总算没有白活。"

直到现在，我一直记着这句话，为有这样伟大的父亲感到骄傲。

父亲高中毕业，因为身份的问题，没有上大学。我知道，父亲的心里一直存着希望，希望有一天自己的儿女长大成人能有所作为。

父亲一直为自己的梦想而努力。

长大了，我才知道父亲这样微薄的梦想，是那样的艰难。

三

姑姑要盖房子了，家里的钱不多。

有一天，姑姑找到我的父亲，商量了一晚上。一个星期后，姑姑开始盖房子。完工后，还挺漂亮的。事后，母亲告诉我，姑姑盖房子所用的材料都是我父亲估算的、买的。完工后，只剩下一根木材。街坊邻居都说材料没有浪费，估料的这个人真厉害，不但物美价廉而且数量合适。从此以后，只要有人盖房子，都要找我父亲，与他商讨。

父亲做事特别仔细与认真，每天都做笔记。曾经我整理父亲的书箱，无意间发现父亲上学时的笔记。

我看着看着，脸红了。因为日记里全是试卷卷面分析，分析一门课程一张纸，详细分析这次考试为什么考了××分。我长这么大，还没有做过一次卷面分析，我惭愧也很羞愧。

那是父亲高中时候的笔记，至今还保留着。

四

中考结束，一个夏天待在家里，无所事事。有一天，父亲说起他当年上学的事情。我们很惊讶。

“文化大革命”那会，高考被取消，父亲初中毕业后只能在家务农。三年后，国家重新施行高考制。父亲每天抽出一小时，用了一个月将初中所学知识都复习了，就去参加高考。后来考上了，因为父亲是富农，家庭成分不好，没有被录取。父亲心灰意冷，就开始考高中，一次就考上。父亲说，他上高中那会，是班里的班长，学习可好了。

母亲就说：“看你吹得，孩子也跟着学坏了。”

我却说：“没吹。我看了……”

母亲说：“看了什么？”

我说：“日记。”

正好表姐在，就开了玩笑：“那日记里，你爸有没有喜欢的人？”

“都是卷面分析，我都惭愧得不行。”

父亲说，那是他上高中时候写的日记。当时，他的字写得好，板报还有标板，都是他写的。父亲说的话，没有吹，因为从日记里可以看出来：

早年蓬勃士气高，忍辱负重笑人生。回首往事历历在目，心酸一把不枉情。

父亲，还是让我一直一直敬重着。

五

家乡盛产苹果。那时候，我还小，刚上初中。家里有五亩地，种的都是果树。那个时候，“富士”与“秦冠”两个品种比较有市场。后来，“秦冠”的受欢迎程度远远不及“富士”。

母亲一直催促父亲将树砍了。父亲一声不吭，过了一个星期，就将树砍了。五年过去了，因为那次砍树，家里的经济一直不好。母亲后悔了，说：“当初就不应该砍树，都是我不好。”

我们姊妹三人也附和着，觉得母亲不对。父亲只说了几句话：“做完的事情，就不要后悔。要吸取失败的教训，考虑以后的事情。我们向前看，不是回忆过失，一直活在悲痛中。什么事情都有好坏，我们要用平常的心态去面对。”我们听完父亲的话，都很惭愧。

六

记忆中的父亲，比较沉默。

有一次，弟弟说有人欺负他，父亲就给他讲自己高中时候的事情。高中那年，他喜欢玩篮球。中午，天气很热，父亲拿着别班的篮球在操场上玩。玩累了想休息，还没走出操场就被六个人围住。父亲看着他们说：“你们想干什么？”

“放下你手中的篮球。”一个年长的人说。

“我不放下呢？”父亲挑衅地看着他们。

“想和我们打架吗？”那个年长的又说话了。

“行，你们六个一起上，我看谁能抢走我手上的篮球。”父亲站直身体盯着他们。

年长的心里产生恐惧，没有办法，只好走了。父亲看着他们走远，松了一口气。

我长大了，回忆父亲那个时候所说的话所做的事情，是那么有主见。

一直以来，对父亲都很崇敬，也希望自己有父亲一半的智慧。

七

父亲考上高中，家里穷，只有靠自己暑假做土工挣取学费。一到放假就去当土工，父亲的手艺就是当时学的，越来越精湛。一直到现在，父亲还是很勤快节俭。父亲常说，他很后悔没有上大学，心中的梦想一直就是希望自己的儿女能考上一个好的大学。

但是，事与愿违。我们几个没有一个争气的。

父亲很少抽烟，但因为我们一直无法实现他的梦想，心烦便不停地抽。

父亲渐渐老了，每次回家，看到父亲两鬓渐渐增多的白发，心里就会很愧疚。

父亲，我真想快点长大成人，不让你操心。

猫儿和小猫儿

桑亦秀

看到这个题目，千万不要误会，因为，此猫非猫也。猫儿是指我的小妹，小猫儿是小妹的女儿，我的小外甥女，猫儿和小猫儿是我对她们母女的昵称。

小妹比我小五岁，理所当然，我就成了她的顶头上司。

小时候，只要母亲一忙活，照看小妹的任务，就义无反顾地落到了我肩上。贪玩好动的我，经常要参与小伙伴们的踢毽子、跑圈圈、跳绳等有趣的游戏。因为小妹太小，谁都不愿意她参加，她只好又哭又闹的，惹得我也没法尽情玩。她的号啕大哭，常常让我的游戏戛然而止。童年许多本该属于我的快乐，就这样被小妹无情地剥夺了。

记忆中，我只能向哭起来没完没了的小妹妥协。背着她偷偷地一边抹眼泪，一边埋怨。我常常被气得拧她的屁股，好几次把小妹拧得嗷嗷直哭。而且，在背地里，我还给小妹取了个绰号叫“猫儿”。谁知“猫儿”这个响亮的名字，竟然成了全家人给小妹的封号。

为这，猫儿对我耿耿于怀。她暗暗发誓有朝一日要报仇雪恨，那一幕，在我的脑海里真的挥之不去，现在想起来，总是忍俊不禁。

岁月蹉跎，与猫儿共同拥有的童年时光，渐行渐远。树大分枝，女大出嫁。在小妹上高二那年，拧她屁股的我当妈妈了。猫儿高兴得眉飞色舞，报仇的机会来了。

她每天晚自习回家，把小外甥迅迅从被窝里拉出来尿尿。迅迅如果一时半会不听话，她就砰砰打他屁股。我当时那个心疼哦，也在默默地记仇。猫儿，等你以后有了小宝贝，我一定也要狠狠地打几下，来报这个深仇大恨！

青春、阳光、欢笑，在缤纷的人生之旅中一幕幕落下，不知不觉，当年那个爱哭的猫儿，上大学，分配工作，然后结婚当了妈妈。可是，猫儿是一个工作狂，刚刚生下小猫儿的她，就马不停蹄地考公务员、写论文、考职称、考职务等等。因此，带小猫儿的任务就完完全全地交给了老妈。

一直想报仇的我，终于等到机会了。我每天除了工作之外，有一丁点空余时间，就约上大姐往老妈家赶。就这样，顺理成章，我们都成了小猫儿的义务保姆。看着可爱的小外甥女，简直让我们疼爱有加。随着小猫儿一天天长大，她简直就成我们捧在手心里的宝了。猫儿看在眼里，甜在心上，时不时用糖衣炮弹贿赂我们。都说血浓于水，此话很有哲理。我们这些“义务保姆”，久而久之，在小猫儿的心里竟然都变成了妈妈。

一天，小猫儿动情地跟我说：“姨，我有五个妈妈。”

我睁大眼睛问：“宝贝，告诉姨，哪五个？”

小猫儿一本正经地说：“一个外婆就是两个妈，一个大姨就是一个妈。”

急得我酸溜溜的：“那姨呢？”

小猫儿慢条斯理笑嘻嘻地回答：“姨也是一个妈！”

我终于笑呵呵了，是啊，再加上猫儿，小猫儿还真有五个妈呢。

在我们的精心爱护中，小猫儿犹如出水芙蓉，在浓浓的亲情里绽放着。她继承了我们所有的优点：有她外婆的洁癖，爱清洁，讲卫生；有她大姨的能干，爱劳动，不偷懒；有她二姨的热情，爱长辈，懂礼貌；有她妈妈的智慧，好学习，求上进。小猫儿活泼可爱，兴趣广泛。去年，很荣幸地上了中央电视台少儿节目的春晚，乐得我们一大家子对着电视机深深地陶醉了三天。

忙忙碌碌中，虽然和昔日形影不离的猫儿和小猫儿联系少了，可每每想起那情景，就是我闲适时的全部，是我忙碌时的休憩。

小猫儿非常懂事乖巧，她一有空就打电话给我。猫儿说：“姨很忙，你就不要打扰她。”小猫儿振振有词：“我想姨了，不能见面，就是听听姨的声音也好！”逢年过节，小猫儿还会给我送礼物。比如，母亲节、三八节，她会用平时节省的零用钱给我买鲜花。

如今的猫儿成了我的生活顾问，什么季节穿什么衣服，穿什么鞋子，用什么化妆品等等。她从头到脚地管，我也非常信任她，她们娘俩的共同兴趣就是陪我逛街购物。看见楚楚动人的小猫儿，让我情不自禁地想起猫儿当年哇哇大哭的可爱样子。

当年自封是猫儿顶头上司的我，现在已经是斗转星移了。梦境会褪色，繁花也会凋零，唯一不变的就是人间的这种浓浓的亲情。亲情，不管多久依然温馨醇厚，不管多远依然会让你怦然心动！

返璞归真

胡云涛

女儿：

你来人世间两个月了，爸爸在人世间也度过了三十二个春秋。你出生时，爸爸没第一眼看到你；满月后，爸爸去汽车站，才第一次见着你抱着你。胖嘟嘟的脸，柔绵绵的手，不忍惊醒你，生怕我这个不尽职的父亲扰乱了你的清平世界。

这个世界是美好的，昼夜交替，四季更迭，花草树木，虫鱼鸟兽。她们将与你一同成长，一同分享自然的恩惠，也有你最亲密的同伴——人类，他们将教会你很多东西，你必须尊重他们，你与他们共同构成了社会。天地的造化，赋予了你“人”形；社会的造化，赐予了你“人”性。天地、社会，比你的父母还亲，她们是你真正的缔造者，没有她们就不会有你的父母，更不会有你，也不会有你的未来。

天地运行，就必有风雨雷电；社会发展，就定会出现真假善恶。爸爸不期望你改变什么，只想告诉你一些真相，日后，社会会给你答案的。

“名”的真相。名，对于人来说，就像盛水的容器。你本生于大海，自从你有了“人”的称谓，你就被涌入江河中；再后来，好事者便给你准备了湖、缸、杯。她可能是一只稀罕的夜光杯，可能是一口普通的水缸，可能是一个平凡的湖泊，人不论装在怎样的容器中，你总是人，即使有人给你加了糖，添了茶，拌了沙，那只是你的遭遇，你终究还是人。名，对于你来说，只是一件容器。只要这件容器不损，人注定要一茬一茬地流变。

“名”，虽说只是摆设，但你必须敬畏她；尊重赋予你“名”的一切生灵。天地，赋予了你第一个名——“人”，你要敬畏她。你的第二个名——姓名，是父母给的，往后，你还会有第三个，第四个……你可以不在意她们，但你必须尊重；她们不属于你，但你要生长，就必须使用她们，所以你要时刻敬畏她们，要像尊重你的父母一样，尊重她们。

“钱”的真相。钱的本身并没有什么，只是人类的进步社会的发展赋予了钱太多的内涵。人类社会的钱，如同自然界的水。在自然界，水为生命之源；人类社会，钱为万物之首。水能载舟，也能覆舟；钱能成人，亦能败人。水最终归大海，钱最后归社会；水可藏污纳垢；钱可纳垢藏污。水流不腐，钱流不害。水善利万物而不争，钱欲赎万物而无言。水可为云气雨雪霜露雾冰，钱可为衣食名利权威色寿。

钱的变易是有基础有条件有限度的，过犹不及！钱不属于任何人，她如同土地，人只有使用权管理权；人一旦妄想占有她，如同心生“肉瘤”，只会贻害无穷。钱不属于任何人，谁也没法永久占有，因为她只属于自然社会。

“情”的真相。情没有真假，只有“喜怒哀惧爱恶欲”。哪怕是一个素未谋面从无关联的人，如果他主动接近你或对你笑，那也是他的一种感情，是“情”中的“欲情”或“喜情”。如果你熟悉的人，见你如同陌路，那也是他的一份感情。除了“喜情”，“六情”中都有可能，或“敢怒不敢言”，或“哀莫大于心死”，或惧而生畏，或忍痛割爱，或“欲置之死地而后生”，还有一种就是你自己的错觉。千万记住，情，一旦生出错觉与期望，你的眼中就会出现“假情”的幻象。

在情的世界里，没有对与错、是与非，种什么因结什么果。有情的世界，就有喜怒哀惧爱恶欲。所谓的爱情，只是偏重了爱的一种情，七情俱在才是常情；非常之情，需有非常之智方可驾驭。

“利”的真相。有利必有害。万物的生长都有自己的规律，生物链上都是互利互害的。人的生长，也是如此，即使在哺乳期，你也知道饿了就嗷嗷地哭，不舒服了就不耐烦；长大了，你也要自己主动去吸取营养。任何人，给你提供的营养都是有利也有害的。父母给免费的物质营养，你就会渐渐丢失原始自我生长的意识，就会如同笼中鸟，一面会逐渐失去真的自己，一面会失去翱翔的动力与潜力。精神更是如此。生活中糖衣炮弹很多，如赞誉、美言，稍有不慎，你精神的生长就会被糖衣炮弹所迷惑，迷失了自己探寻的方向，会走迷宫似地停滞不前。

“爱”的真相。父母对你的爱永远是真的，但父母也是凡人，也有情令智昏的时候，或挟私欲以成其爱，或泄私怒以坏其爱，或恸私哀以夺其爱，或害私惧以畏其爱。爱是真，但不一定是正确；爱是真，但不一定是真理；爱是真，但不一定是慈悲。爱只不过是七情之一，切勿在错觉与期望中，迷失了自己。

人世间的味道，酸甜苦辣咸，喜怒哀惧爱恶欲。一段爱情是最好的体验，其中的五味杂陈，七情抽筋，来如春梦几多时，去似朝云无觅处，是人生最复杂的体验；一定要慎重，慎之又慎。

这个世界是美好的，但社会是复杂的。真真假假，假假真真，真作假时假亦真，假作真时真亦假。这些真真假假，都必须你自己去体验感悟，用你的智慧去认识人生的真谛。爸爸写这些文字，是机缘；你要读这些文字，也需机缘。这些文字，会如爸爸的心一样，长久地等待你成长，她会化身石桥，只等你有一天从上面轻轻走过。

三十二个春秋，人的发育已经停止，“生长壮老已”是自然规律，谁也改变不了。爸爸的身体再也不会长高长大，却是最壮的时期，也是你身体健康生长的一个重要条件。这或许就是天地的恩赐，让最壮的我，承担应尽的义务——保护最弱的你。

三十二个春秋，爸爸看到了，人既要长身体，还要长精神。精神的生长，一直是个谜，但一定离不开学习，离不开劳动。记住：劳动是生存的根本，学习是成长的关键。千里之行，始于足下；九层高台，起于垒土。精神的生长，一定要如身体一样吸收均衡的营养，才能健康成长；爽口之食，易让人发胖发福，却不一定代表健康。

愿女儿健康成长！

爸爸

2011年9月28日星期三

落花轻叹忆流年

郭琳敏

一

“月亮走，我也走，我给月亮赶牲口，趟过小河卖背篓。”幺姑小时候教的童谣，在心里定格成故乡的恋曲。那些落花轻叹的流年，永恒于生命的时空里。

汉江边，常有这样一道风景：一个头发长及脚后跟的少女，端着一盆衣服，蹦跳着从农家小院径直迈向河边。早间一缕阳光照在河面，坐在搓衣石上的少女，散开的长发漂在水面，顿时，汉江里的鱼儿都欢喜地蹦出水面，成为那首歌谣里跳跃着的音符。

幺姑站在河边，游弋的小鱼充满好奇，不时瞄来瞅去。几只白鹭尾随着它们，清瘦的身影翩翩起舞。初涨的河水，夹着水草蛙鸣，在晨曦里将幺姑的容颜染成桃花一样的嫣红。

发丝中散发的皂角清香，引来几只发呆的蝴蝶，在这朵花上嗅一下，又在那朵花上亲一下，仍不知道要采的究竟是哪一朵。几点妩媚，把春光暗渡。

二

皂角树还是那么古老苍劲，汉江还是那么清澈透明。小时候，最爱的就是和幺姑一起下河捉虾。趁大人不注意，抓一把白面，往口袋一放，拎着土筐，一扭一扭地随着幺姑走向河边。找个向阳的地方，把土筐打湿，撒上白面，往水中一放，姜太公钓鱼——愿者上钩。过一会儿，拽起土筐，里面总有贪吃的河虾乱蹦乱跳，半天下来，也有不少收获。小小的满足感，让自己觉得是最幸福的人。

静静的河边，留下我和幺姑瘦瘦的身影，虾篓里则缀满我们清脆的笑声。但乐极生悲，那天，我脚下一滑，掉进河中，眼前漆黑，咕噜咕噜地大口吞着水。仿佛冥冥之中有人将我顶起，幺姑抓着头发，从水中将我拉出。到家，妈妈看看河虾，又看看我，没有一丝笑意，劈头盖脸一顿好打，从此，再也不敢摸鱼捞虾。

那晚，我整整发了一夜的高烧，妈妈一直默默流泪，幺姑也一脸自责。我隐隐读懂妈妈的泪、幺姑的责，至今想起，是血管里割不断的牵绊，是至死不渝的情念。

三

幺姑是方圆出名的大辫子。洗头如跳舞，蹲下时，头发浸在大盆里，满满一盆。开心的是我，高挽袖子，抓着头发，不停地摆动，如游龙在大盆里起舞。起身时，幺姑站在高高的板凳上，轻轻地将头发握住，从头顶往下梳理，阳光下，发束闪着绸缎般的光泽，游龙戏珠般在她胳膊上缠来绕去。头发散开，则低垂似杨柳，泼染得如画、如幻、如梦。

出嫁的前夜，幺姑将大辫子剪了，我哭着求她。奶奶说："头发太长，怕婆家不爱见。"人小，不太懂奶奶的话外音。幺姑不舍地抱着头发，哭了一夜。

不知她是难以割舍含辛茹苦的父母，还是带着对爱的渴念，带着淡淡的忧伤与不安，将悠长的情愫藏在心底，混杂着欣喜与惆怅。

幺姑的婆家在武当山下，叫秦家楼的村子。一条小河穿村而过，和汉江紧紧连在一起，风柔水静，青山浮在水中，被一片苍翠的色彩收留。这里是武当山柑橘主产地，姑夫一家是有名的橘园承包人。第一次去，就喜欢这鲜花盛开的村庄。春天，橘花香飘四溢，被多情的风吹得很远很远。秋天，橙黄的橘子挂满山山凹凹。鼻子、眼睛、身上全是橘香味，就连刺猬背上驮着的果子，也是那橙黄橙黄的橘子。

沉甸甸的橘树等待一串串的笑声，等待一辆辆卡车的亲吻。因橘子而富裕起来的人们，脸上的笑容都泛着橙色光芒。

四

武当仙境，人杰地灵。秦家楼更是武当山下神秘幽静之地。幺姑是豫剧迷，那时电视在农村还不普及，一个小小收音机就是她最好的老师。说起豫剧，幺姑总是眉飞色舞。因为哼唱豫剧，幺姑和姑夫差点劳燕分飞。

那天，修剪枝条的幺姑，情不自禁唱起豫剧《秦香莲》，"接过这杯茶，我心里乱如麻，夫君，京都招驸马，我流落宫院抱琵琶，可恨他一朝成富贵，忘恩负义抛结发"。唱得正欢，恰逢村中长者经过，听见，气冲冲扭头就走。刚回家，姑夫就给她一巴掌。心劲傲气的幺姑，立马就回到奶奶家。

第二天，姑夫一家人来给幺姑赔不是，才明白其中蹊跷。原来秦香莲是秦家楼人，陈世美是均州人。古往今来，陈世美在戏剧中一直是忘恩负义、抛妻别子的负心汉。而秦家楼的人不这样认为，在他们心中，陈世美是个刚直不阿，为官清廉的好官，秦香莲和他是一对恩爱夫妻。因此，当地有条不成文的规矩：北门街不唱陈世美，秦家楼不唱秦香莲。

五

汉江岸，家乡的村庄是一处随意流动的风景，依旧在时光中，横卧在季节的入口，静默如初。摇曳多姿的往事，让人怀念，等我们蓦然回首，那种淡淡的情怀，飘开在依稀的往事里，在心的深处，独自咀嚼，一如最初的甜美。落花轻叹的流年，如歌的行板，从来不曾停歇。最初的喜欢，永远都刻在生命的记忆之中。

情怀中秋夜

赵思芳

夜深了，我却久不能寐。

独坐窗前，仰望星空，昏黄的月亮在云雾里穿行，朦朦胧胧，时隐时现，模糊得就像我那逝去的岁月。唯有那年的中秋节，那个夜晚，那轮中秋月，还珍藏在我心中。

快过中秋了，秋风萧瑟，秋雨绵绵，“一场秋雨一场凉”，天气渐渐凉起来。可怜我们姐弟几个穿着单薄的衣服，整天瑟缩着身子。父母看在眼里，疼在心头。快过节了，爸爸想为我们改善一下生活，吃过午饭就早早地去集市采购。记得那天天空中飘着毛毛细雨，我们翘首等待着爸爸归来。好不容易看到爸爸回来了，我踮起脚尖扒扒他手中的提篮，发现只有几个硬邦邦的手工月饼、几个萝卜。难道这就是中秋之夜的美食？我不敢想象，心凉得如这肃杀的天气。可能爸爸觉察到我失望的眼神，一溜烟的工夫也不知跑到哪儿去了。

下午姥姥和姥爷也来了，他们知道我家穷，过来看看大过节的孩子吃什么。只记得他们带来了一个秋南瓜、一把韭菜和几个自家产的鸡蛋。那时候对于我最盼望的就是姥姥的到来，因为她总是变戏法似地为我们做好吃的，记得她常做的美食有千层饼、榨油糕、炸面叶等。每次品尝完她做的美食，总是唇齿留香、回味无穷。不知今天她又为我们做什么好吃的，我们期盼着。临近傍晚，姥姥将南瓜、韭菜切成细丝，然后轻轻地放在油锅里炒熟，再倒入油烧滚煎鸡蛋。最后看见她将鸡蛋和炒熟的南瓜韭菜搅拌成馅。这一切做完后，她娴熟地擀面皮。哦，姥姥原来要为我们包饺子。

天快黑了，娘说，“毛子去大门外看看，你爸爸怎么还没回来”。对啊，爸爸自午饭后就走了，怎么这么晚还不回来？暮色四合，我迎着凉风，来到家门前的小溪边，这时我远远地看见一个熟悉的身影，那不是爸爸吗？近了，爸爸渐渐地走近了。我迎着爸爸的微笑走过去，睁大眼睛一看，爸爸手里提着一条大鱼。他告诉我，“看着你们可怜巴巴的，做父亲的心里很不是滋味，于是跑到离家十几里的大石桥水库工地，买了一条大草鱼”。

回到家，姥姥已将饺子包好了，正准备放锅里蒸。娘看爸爸提了一条大草鱼，喜不自禁。赶忙将鱼清洗干净，一会儿工夫就将鱼烹制好了。

开饭了，姥姥将她蒸制的热气腾腾的大饺子端出来，娘将她烹制的黄灿灿的大草鱼端上来，空气里氤氲着美味的芳香，家里也洋溢着节日的温馨。望着眼前的美食，我们姐弟几个兴奋极了。爸爸笑嘻嘻地招呼我们享用美食，姥姥姥爷的脸上也绽放出月亮一样的光泽。

吃完晚饭，爸爸说：“孩子们将凳子搬到院子去吧。今晚我们一边品月饼，一边看月亮。”听了爸爸的话，我们高兴得不知说什么好，于是我们一大家八个人在院子里围坐一起。“孩子们别嫌弃月饼不好吃，就这我们一年才能吃一次呢。”只见爸爸先拿一个品尝，“嗯，这味道好极了，你们尝，真的很好吃。”我也拿一个放在嘴里，真的很好吃耶，酸酸甜甜还透着一股芳香。

这时天上的云层不知什么时候散开了，一轮皎洁的圆月升起来了。

今晚的月亮真大、真圆，红红的，升得很快，似乎听得见它轻轻移动的脚步声。

我惊喜地说，看，月亮升起来了。爸爸指着月亮问：“你们看，那上面是什么呀。”“是嫦娥。”我们姐弟异口同声地说。爸爸追问，还有什么啊？我们一时哑言，答不上来。爸爸点燃一支烟：“孩子们，你们看，那上面是不是有棵树？你们知道吗？那棵树是桂花树，有个叫吴刚的男子天天在那儿砍伐桂树。据说，他砍下的桂树木渣片有一种神奇的魔力：把它放在米缸里，米永远吃不完；把它放在钱袋里，钱永远花不完。”

真的吗？那多好啊！我低下头真的想寻觅吴刚砍下的木渣片，我似乎听到了那咚咚的斧子砍伐树木的声音。于是我们姐弟几个像小鸟般欢呼雀跃，“我要找木渣片哟”，都离开座位分散到院子各处，低头寻觅木渣片。这时姥姥笑起来，“孩子们，爸爸骗你们呢，你们还当真了。”是啊，我一会儿抬头望天，一会儿低头看地，怎么也没有找到爸爸所说的木渣片。记得第二天早上，我还早早起来寻觅，企图捡到那木渣片。

其实，我们寻觅木渣片，是渴望摆脱贫困的境地，向往美好的生活，爸爸的话语给我们幼小的心灵播下追梦的种子。

月亮升得更高了，由原来的橘红变成了皎洁的白色，大地仿佛一幅镶嵌在银色镜框里的水粉画。晚风又送来缕缕花香，盛开的洁白茉莉，在月光下宛若披着婚纱的新嫁娘。花好月圆，这是人们对生活的热切期望。

那夜，怀着美好憧憬进入甜美梦乡，我似乎看到美好的未来……

许多年过去了，每每回味，一切仿佛就在昨天。如今物是人非，姥姥、爸爸在不到一年的时间中相继离开了我们，我不知我离天堂到底有多远。这几天，爸爸总是无端进入我的梦中，我想留住他，可醒来时发现是一场幻景。“人有悲欢离合，月有阴晴圆缺”，今年的中秋，我只能仰望一轮明月，给天堂的你们遥寄一份相思了。

太爷的老屋

解月辉

记忆中，那间老屋是世界上最神圣、最神秘、也最温暖的屋子。

我家祖上是大族，一次突发事件后，家道中落，太爷的父亲只好带着太爷兄弟六个举家北迁。走到传说中杨家将抗辽的地方——金沙滩，太爷的父亲把肩上的担子“啪”地撂下，轻轻一挥手：“就这儿了。”

至此，我家就在这片土地上落了脚。

太爷是家里的老幺，却是第一个走出家门的人。他在帮着父亲垒完几间房子后，云淡风轻地对父亲说：

“爹，我出去住了。”然后在父亲和五个哥哥的注视下，走出了家门。

太爷一个人，又走了五公里，在山脚下一处傍河的地方落了脚。晚上借住在碾坊，白天开始独自一块石头一锨泥地筑起了自己的屋子。

太爷是个手巧的工匠，不到两个月，就搭起了四间简陋而高大的房子。房子赫然立在村子最东边，离山最近的地方。

房子的墙壁还没有干透，太爷就从老家接来了一个俊秀女子。

据说当年的太婆简直漂亮得过分：油黑的长辫子垂到腰间，长长的睫毛，总是含笑的眼睛，不施粉黛的倾城面容，戴着翠绿玉镯的手腕，臂弯处挎一个蓝布碎花包袱。

太婆是大户人家的小姐，原本是许配给了太爷的。那次事件后，我家一下子陷入困境，太婆家翻了脸，闺女被锁在屋子里，以为这段姻缘就此尽了——太婆是出了名的孝顺女儿，对父母总是言听计从的。太爷的父亲是一个极好强的人，一怒之下举家搬迁，再不看当地那些忽然变冷的脸色。但太婆和太爷是换了信物的，那个年代，交换过信物就意味着已经嫁给了那个人。

太爷在一个黑夜撬开了太婆闺房的大锁，太婆仿佛早就等着这一天，一句话没有，挽起包袱就坐上了太爷的马背。

太婆一到，那几间空旷的大屋立刻充满了生气。太婆把那几间简陋的房子装饰得颇有情调，据见过的人说，太爷家的屋子墙壁白得晃人的眼睛，墙上挂满了太婆自己的绣品。

屋子很冷清，白天太爷出去开地，只有太婆一个人在家里。但她居然在一个月时间里，养了鸡鸭鹅猪，让原本冷清的小院子几乎变成了动物园。太爷那几间院落，一度成为村里最热闹的地方。上山种地、放牲口的人路过那栋房子，总会看见一个挽着发髻，穿着蓝布碎花小袄，戴着花布围裙的漂亮女子在院子里来往穿梭，忙碌不停。

很久以来我一直在不经意中揣想太婆的样子，却没有丝毫头绪——她没有留下任何画像之类的东西供我们怀念，连爷爷的记忆里都没有的影像，我们后世子孙又如何想象得出来？但我还是执意认为，那一定是一个温婉的女子，她的脸上，一定终日挂满甜甜的微笑，她在一天的忙碌之后，捧着几本线装书吟诵，然后一针一线地，把那些古典的美丽编织在她的绣品里。

太婆来到这栋屋子两年后，屋子里多了婴儿的啼哭声，这间屋子的日子过得更加风生水起。太爷更忙碌了，他像一个舍不得停歇的陀螺来往于田地和老屋之间。院子里挂起了花花绿绿的尿布，像一面面旗帜，在风里摇曳。院子里少了太婆婀娜的身影，但鸡鸭鹅们还是过着安然自足的生活。人们时不时会看见高大的太爷很滑稽地系着太婆的花围裙在院子里学着太婆的样子吆喝猪来吃食，那种行为在村子里是另类，却自带了异样的温暖。

太爷的父亲偶尔会来屋前一次，只是在门口徘徊，有时会把打来的野兔狍子之类的野物挂在篱笆上，却终究没有走进院里一步。

有很长一段时间，太爷的田地有些荒芜，院子里的鸡鸭鹅也无人顾及。村里有知情的，拎十几二十个鸡蛋走进那栋屋子里，出来时，脸上自带了一种悲戚。

太婆在二十三岁时带着她的美丽离开了她深爱的太爷和她舍弃不下的爷爷，那时的爷爷，只有八个月大。那个院落，沉寂了很久。除了偶尔会传来婴儿的啼哭和鸡鸭鹅不耐烦的叫声，很少有别的声音。

然后，人们看见，太爷身上缚了婴儿，又开始来往穿梭于田地和老屋之间。仿佛那栋房子，又变回了原本的样子，鸡鸭鹅依然安然自足，田地的秧苗又重新生机勃勃。只是院子里系着花布围裙的身影，不再是那个漂亮温婉的女子。

爷爷七岁时，太爷赶着马车从老家接来了老太，跟随老太来的还有八岁的奶奶——老太的侄女。那栋房子忽然有些拥挤。太婆生前住在最西面的那个房间，太婆去世以后，太爷就上了木锁，连爷爷都不能随便进去。

老太来了以后，和太爷住在东面的房间，挨着那个房间的另一间房子，太爷做了木屏风，奶奶睡里面，爷爷睡外面。

太爷还是像以往一样忙碌，他的秧苗依然长得比别家的茁壮翠绿，只是院子里系着围裙的身影，变成了瘦小的奶奶。鸡鸭鹅的声音有些沉寂了，老太喜欢吃肉，来了几个月，院子里，就只剩下了两头小猪。那栋大房子的人多了两口，却比以前冷清了。

爷爷十二岁那年，太爷从外地又接回了两个人：一个是当年被老太卖给警察局长做丫头的姑奶，太爷千方百计地打点，然后用两头猪的价钱赎了回来；另一个是老太的养母，一个人在外地，太爷不放心，也一并接了回来。

太爷给奶奶的屋子加了木板，两个女孩挤在一起，叽叽喳喳地说话，老屋又多了一分生气。太爷在爷爷那屋搭了一个临时木板床，太姥姥（老太的养母）住在爷爷以前住的地方。据说老太逼太爷打开西屋，还为此绝食了一天，但终于，西屋的木锁依然在。

爷爷十五岁那年，太爷带着爷爷一起，在老屋旁边续了一间耳房，有些低矮，小小地陪衬在主屋旁边。第二年，姑奶出嫁，太爷陪送了一匹马（相当于现在的一辆汽车）。同年，爷爷奶奶在耳房里成亲。爷爷奶奶一共生了六个孩子，爸爸是长子。太爷很喜欢他的长孙，但爸爸说，他小时候，太爷从来不让他走进西屋半步。

后来妈妈嫁到老屋，爷爷奶奶已经搬到中间的屋子，爸妈住在耳房里。第二年，我在那间小耳房里出生。我一直想象不出，我家五代同堂时，那四间老屋是怎么承载那么多人口的……但太爷，终究不肯打开西屋的木锁。

我开始有记忆的时候，太爷的须发已经全白。留一绺山羊胡子，穿宽大的白色或黑色练功服，走在风里，有一种仙风道骨的模样。

我第一次走进太婆的屋子，是四岁。

那天我坐在老屋后面的梧桐树下念“常记溪亭日暮”，太爷从我身边经过，忽然停下，盯着我看了好久，然后一把抱起我，走进了那间尘封了几十年的西屋。

三十几年过去，那一次强烈的震撼感在我心里依然那么清晰。我从来没见过那么漂亮的屋子：一口大大的木头箱子被漆成红色，历经了沧桑依然泛着岁月的光亮；墙上挂满了绣品，漂亮的女子们鲜活得像要从绣像里走出来一样，虽然已经褪色，但不甚明了的姿容依然动人；炕上堆叠着什么，用蓝布碎花的包袱皮蒙盖着；那么久没住过人的屋子，却依然洁净而温馨……

那以后，我成了这个家里除了太爷，唯一能进入太婆房子的人。每次从太婆房里出来，我都会兴致满满地给妈妈讲自己看见的东西：太婆漂亮的长裙，箱子里泛黄的线装书，太婆做给爷爷的绣满了爱的大大小小的衣服鞋子……

妈妈便会仔细盯了我看，然后问爸爸："是不是丫头长得像她太婆?"

但也只是问问而已，因为，这个问题，任凭谁，也无法答出。

一直到中学，我才揣测出太爷为什么会那么偏爱我。那时的太婆，一定是经常给太爷读易安的词吧。有时会在脑海中描画出一幅图画来：从田地里归来的太爷，在夕阳里，和太婆一起读书……以至于看《红楼梦》"宝黛读西厢"一幕时，第一反应，竟然是太爷和太婆……

太爷去世前，把我叫到他身边，让我打开木锁，我看见西屋的墙上空空荡荡。箱子里，也没有了那些书。我至今依然不知道太爷把那些他深爱的东西都放到了何处，只知道，太爷把它们都带走了。

那栋老屋在太爷去世后愈加荒芜，只有屋后太婆手植的梧桐，在岁月里，一年年春夏秋冬地抽枝发芽……

我的父亲

李国清

诊断结果出来了，胃癌，且已是晚期。这一消息，犹如晴天霹雳在我们全家每个人的头顶轰然炸响。我们都傻了蒙了，禁不住泪眼朦胧，痛而又痛……

父亲 1925 年 1 月 15 日生于吉林省镇赉县，家境贫苦，自小给地主打活，二十一岁参军，参加过抗美援朝，上过军校。因土改时家中被错划成地主成分而受株连，1957 年被迫转业到科尔沁草原上的一个偏僻农牧场——吉林省镇赉县镇南种羊场，当一名农工。就在这号称“八百里瀚海”的土地上，我们兄妹八人相继出生。当时全家唯一的生活来源就是父亲那点微薄的工资，日子自然过得捉襟见肘，拮据异常。

如今，我们相继如小鸟出飞一样，都有了属于自己的那片蓝天。现在，也该是儿女回报养育之恩，父亲尽享天伦之乐的时候了。然而，这个时候父亲却得了不治之症，把我们推向凄风苦雨的境地。父亲住院期间，在保证充足休息的前提下，我们有意地和父亲谈一些家史问题。人老了喜欢怀旧，父亲也不例外。由此，幕幕往事，便在我的眼前聚焦成像逐渐清晰起来。

父亲是个吃苦耐劳的人。父亲身上，用现在的话说有一种敬业精神，不管是集体出工，还是给别人干活，从不藏奸耍滑，消极怠工，而是倾其所长，尽其所能，把活干得又快又好，有声有色。1965 年，镇赉县组织两千民工兴修洮儿河拦河大堤，父亲以军人姿态，处处起模范带头作用，凭一把铁锹、一条扁担、一副土篮，坚持苦战六个月，开挖土方总量达二百三十多立方米，创下日土方量十五立方米的最高纪录，平均一天一个人干了三个人的活。工程竣工之后，场子破例为父亲连涨了两级工资，这不但是对父亲的一种物质奖励，更是对父亲老黄牛精神的高度肯定。

自我记事起，父亲也的确像老黄牛一样，整天耕耘忙碌着。他每天天不亮就起来扫院子，扫完院子就去捡猪粪，捡完猪粪，回来就帮母亲做早饭。里里外外的活，没听到父亲说过苦、叫过累。那一大片自留地，那一个小园子，每天都能看到父亲劳作的身影。

我家那时人多粮少，总不够吃，面对我们这一群嗷嗷待哺的孩子，父亲的心是沉重的。为了增加家庭收入，父亲动手养家畜，不但要养，还要多养。父亲利用午休和晚上下班时间，顶着烈日，迎着夕阳，拔野菜，撸草籽。出屯来回往返十来里地，晴天一身汗，雨天一身泥，靠的是肩挑背扛，拼的是意志体力，每次硬是把能烀几大锅、够一帮畜禽吃两天的东西弄回家。在我的记忆中，每次父亲回来，常常是吃完饭，躺在炕上，不一会儿就响起了鼾声。就是这样，积年累月，父亲为我们构筑和编织了整个家庭赖以生存的“小银行”与“菜篮子”。那时，每逢过年吃猪肉的时候，觉得猪肉是那么的香美。每逢过生日吃煮鸡蛋的时候，觉得鸡蛋又是那么的香喷喷。现在想来，那是猪肉吗？那是鸡蛋吗？那完全是父亲用辛苦凝成的血汗呐。

父亲是一个敬老爱幼的人。父亲兄妹五人，父亲居大，在养老这件事上从不含糊，从不攀比，无怨无悔，单独挑起了赡养爷爷奶奶的大任。那时家庭生活困难，但在父亲的言传身教下，长期以来，家中形成了一条不成文的规矩：大伙吃不饱的情况下，先让老人吃饱；大伙吃饱的情况下，先让老人吃好。1979 年以前，全家一年能供应二十多斤细粮，除过年全家吃顿饺子外，其余全部作为爷爷奶奶的储备食品，没有极特殊的事情，不能随便动用。条件好点以后，爷爷奶奶几乎顿顿吃小灶，父亲母亲变着法做，不管多累，从不怠慢。

爷爷是比较传统的老人，脾气暴躁性格倔强，稍不如意便大发雷霆。父亲呢，向来和颜悦色，耐心对待。父亲说，小小孩，老小孩，你爷爷都那么大岁数了，要点脾气也正常。你爷爷在旧社会挨打受骂，能活到今天很不容易，家里一定要让他晚年过得舒适一些，开心一些。正是在父亲的细心照料下，奶奶活到七十三岁，爷爷活到八十九岁，均寿终正寝。

作为人子，父亲尽忠尽孝；作为人父，父亲无私舐犊。父亲最大的愿望，是让我们兄弟姐妹每个都成人、成家、成才。我们的每一点进步无处不浸透着父亲的滴滴心血。在我们小的时候，父亲常说，别看咱家穷，只要你们好好学习，我就是累折腰筋骨也要供你们上学。父亲是这样说的，也是这样做的。

在国家恢复高考的第二年，二哥已做农工工作五年了，可是二哥并不服输，认准一条路，一定要考上大学。参加高考首先得进校复习功课，复习期间这笔天文数字般的开支会给本来就十分困难的家庭雪上加霜。对此，父亲的态度却毅然决然，全力支持二哥的选择。二哥求学期间，学费经常是父亲几分几角几块钱，口挪肚攒或是求亲告友凑齐的。父亲怕二哥因挨饿受冻，影响学习，偌大年纪，好几次都是换两次车，再走十里路，把小米和衣服直接送到县城里的学校。也有好几次，二哥感动不已，心疼得直掉眼泪。作为穷苦出身的农家孩子，回报父母的方式也是非常纯朴的，那就是奋发图强！经过两年拼搏，二哥终于考取了一所全国重点大学。

现在，父亲已是七十五岁高龄的老人了，还把儿女的事时常挂在心上。哪个小家的日子过好了，父亲会无比高兴，说还需锦上添花；哪个小家的日子遇到了难处，父亲会更加着急，要亲自雪中送炭。这种舐犊之情太浓、太深、太重了，儿女何时才能回报哪怕万分之一？

父亲一生爱学习，喜欢看书读报，会写毛笔字、打算盘。在过去，父亲也算是“秀才”了。可那莫名其妙的“地主”二字，耽误和摧毁了父亲的前程，并使其在“文革”中受尽了屈辱和磨难。父亲认准一个道理，办错的事情就要改过来，不改也得改。为此，父亲几百次到县里省里找有关部门反映情况，要求澄清历史，还历史一个真实。造反派说父亲翻案想变天，亲友也笑话父亲不自量力。父亲没有低头也没有流泪，而是以一种勃发的精气神继续上访，历时九年，终于把“案”“翻”了过来。“地主”的帽子摘掉了，父亲松了一口气。可困扰多年的贫困帽子好像生了根一样，依然戴在我家头上。于是，父亲又开始了新的“要劲”。

1985 年春天，父亲下狠心在原有土地承包的基础上，又额外增包了五垧开荒地，土地面积共达九垧之多。父亲带领我们兄妹四人一副犁、一挂车、五把锄头开始了南泥湾式的垦荒运动。然而，土里刨食谈何容易，下种之时，就赶上春旱，我们从河沟里拎水，用马车拉水，一个坑、一个坑地“坐水”，才没误了农时，抓住了苗情。当看到那一大片一大片绿油油的小苗破土而出，我们都欣慰地笑了。但好景不常，夏天一场罕见的暴雨，把我们的承包地变成了养鱼塘，希望如肥皂泡一样转瞬之间就破灭了。

当时，我们兄妹几人的情绪都降到了冰点，父亲却说：“这不还有几块岗地吗？也够今年的口粮了，这比三十年前还是强多了，只要有吃的我们就不怕。庄稼不收年年种，定有一年好收成。”听着父亲的劝慰，我们备受鼓舞。作为一家之主，父亲承受的打击比我们全部加起来的还要多很多。但，父亲的血始终是热的，父亲的骨头始终是硬的，人活着就要与逆境不断抗争。

往事悠悠，岁月如歌。虽然父亲奋斗几十年没给我们留下什么物质财富，但父亲送给我们的精神财富——做人法宝，却是任何物质财富所无法比拟的。这一法宝，教我们直面人生、直立人世，直到永远。

父亲，愿您保重！

父爱如山

崔利民

那一年农历正月初七，周三，父亲因脑出血昏迷四天后去世，享年六十七岁。

半年来，父亲总是慈祥地浮现在眼前，浮现在脑海和梦中。我唯一的怀念就是多次提笔，想写下关于父亲的点滴，但都因心情沉重而未能如愿。父爱就像我家背后紧靠的山脉，逶迤连绵。手中笨拙的笔实在找不到一个阿基米德点，扛起并写下这沉重的情感，只能在心中一刀刀一道道一次次地刻下父亲去世的日子。

在父亲昏迷的四天里，我急匆匆赶回守在他身边。父亲大概是想把一生的劳累都在这四天中得到歇息，所以喘着长短不一、时急时缓的气息呼呼大睡。我知道，消瘦的父亲用孱弱的肩膀扛着艰辛走过岁月，一定是累了。造物主大概也知道吧，就让父亲在临终前好好地睡上一觉。父亲，你就静静地睡吧，为什么还不时地睁开眼，仍那么慈祥地看着我？父亲眼里含着泪花，想说什么却一直不能说出口。突然间他一口气喘不过来，带着临终没有说出口的牵挂，走了。从此，我背上了一生的内疚与沉重。

记忆中的父亲很平常，平常得就像家乡的黄土，随处可见。听母亲讲，父亲年轻的时候学习很好，考上了西安邮电学校，毕业后分配到唐山市邮电局，后调回铜川市邮电局，三年自然灾害期间回到了偏僻的小山村。多年前我曾和父亲开玩笑说："你要是不回来，我们就生活在唐山市了，怎么会在这穷乡僻壤？"父亲淡淡地说，要是不回来，说不定便在唐山大地震中丧生了。回到家乡的父亲和黄土地上祖辈耕作的乡邻们一样，在日落日出中拉扯着儿女们度过了平淡的一生。

父亲很厚道、淳朴、谦诚，并知足常乐。我始终觉得，用"温良恭俭让"来概括父亲的一生，是最贴切不过的了。年轻的时候，血气方刚的我常常因此指责父亲的与世无争或怯于抗争，甚至指责父亲的懦弱。而乡邻们提及父亲，则说“到底是念过书的人”，只有一次例外。那一年我高考落榜，一个邻居因琐事纠纷，指着父亲趾高气扬地骂道：“别看你念过几天书，后人没一个是有出息的。”不善言语的父亲回家后平和地对我说：“娃，好好念。”那时候我就发誓要混出个人模狗样来，给看不起父亲的人们瞧瞧。父亲还是不紧不慢、淡淡地说，比啥哩，要对得住自己的良心。

后来，考上大学，毕业分配，参加工作，娶妻生子，也慢慢体味到了生活的艰辛。同时，秉承着父亲诚实与勤勉的血脉，从乡村中学，到县委机关，又到市级机关，靠着庄稼人本分的努力，在耕作中收获生命的季节。城市里的人大多充满了疯长的欲望，而我却像父亲一样平淡处世，只是想创造点基本的条件，让辛劳了一生的父亲安度晚年。于是用按揭贷款方式买到房子后对父亲说，装修好了就把他接来。父亲体弱，几次住院，手头早已没有积蓄，竟几次憨厚地对我说：“咋住哩，又没有给添一分钱，住院还花了你们不少钱。”但在房子还未完工之时，父亲就去世了。如今住在新房中，想到父亲，便成了我永远的痛。

有道是“男儿有泪不轻弹”，在父亲的陵墓前，我禁不住失声痛哭。乡邻们挽曰：一生淳朴传乡里，终世辛劳照后人。的确，父亲平生为善从未与人高声语，一世操劳未曾享得半点福。也正基于此，父爱就像家乡的大山一样压在我的心头，让我常常夜不能寐。我知道，我将终生走不出这一份沉重。

陪你走过春夏秋冬

郭卫红

2000年的白露时节，久旱后一个风雨交加的中午，你来到人世间与我为伴，从此，我忙碌并快乐着。你的每一点进步我都记在成长册里：两个月时，哄你，会微笑；六个多月，长出小牙齿；十个月零几天，会一个人站起来，会有意识地叫爸爸妈妈；一周岁会摇摇晃晃走路；两周岁，会说很多较完整的句子……

也许我的好多时间都花在了你身上，可我觉得那是最值得的。有时，我只是静静地望你片刻，用不含一丝杂质的眼神。我喜欢儿童，因为你们的心像清泉。你的故事很多，也很平凡。

如果要说春天的故事，我会想起放风筝。

前年初春的一个周日，我们在故里广场玩，姬水河两边的柳树已穿上了浅淡轻柔的绿衣，细软的枝条上扎着一个个茸茸的柳絮。柳叶还没有长成细长的形状，叶边也不是很整齐。两排柳树像珍珠似的帘子，春风荡漾，枝条轻盈飘动。柳树下，有人依着栏杆看金鱼；广场上，有人在悠闲地散步。我们在轩辕桥南边放风筝，银灰色的飞机风筝飞起来，你笑着、跑着……我慢慢松着线，风筝越飞越高，不少人驻足观望。你跑起来，此时，你的心也好像随风筝飞扬起来。不知为什么，此时，我觉得那风筝就像你，长大的你，离开了我的身边，而我的心依然把你牵挂。

如果要说夏天的故事，我会想起打球。

去年，夏天的傍晚，我们常去社区的篮球场。其实，球场上很少有成人真正的比赛，即便有，他们也只用一个球篮，年龄不同的孩子则在另一边练习投篮。那么高的篮筐，你一个七岁的孩子，非要投进去，刚开始，投不进去，你不灰心，继续，继续……慢慢地，能投进两三个。后来，能进十几个、二十几个……你满头大汗。我让你休息，你连说不累，每进一个球，就向我会心一笑，你自己也数着。进球越来越多了，你就不再数了。大人问你的年龄和几岁开始学打球的，你回答，五岁。其实，那时你用的篮球和篮筐是我在超市买的，很漂亮的一套，篮筐能钉在墙上。这么高的篮筐，这些天你才学。你的争胜心很强，这让我高兴，也让我担心。

如果要说秋天的故事，我会想起你的手工制作。

前年秋天的一个晚上，你让我看你的“杰作”：一个光碟盒里装着一张有精美图案的纸，反面白纸上你画了太阳、房子、树、草、弯曲的路，并标着家、实验小学，还有天蓝色的硬纸板剪成的小汽车和大炮，汽车大炮上钉着书钉，你拿着一个圆圆的磁铁，从外面吸着车或大炮，顺着路逶迤而行。

在你眼里，几乎没有废品，即便是一点包装纸，也不让扔掉，说做东西的时候都能用上。曾给你买过好几本手工制作的书，你很投入甚至废寝忘食地做成不少东西，如各种汽车轮船。后来，你常自己备料，做各种东西。一次，竟然做成一辆很不错的小赛车。

如果要说冬天的故事，我会想起你的绘画。

你五岁半就开始上美术班。前年，两幅画都得了全国少儿绘画奖，一个铜奖，一个优秀奖，发表在《世纪之星》上。在高兴的同时，你又微微地叹息：没有得金奖，还要继续努力。前年元旦，为了完成老师布置的作业，我们去了风景区，走到桥边，你静静地注视着，说要画桥。在旁边的石桌上铺好纸，你马上进入了状态。你迎着风，专心致志，并说自己是男子汉，一点儿也不怕冷。

你一天天长大，看似复制的日子，每天都有着不同的故事。大自然因为春夏秋冬的交替而美丽，人生因为是非恩怨成败荣辱的变幻而精彩。无论何时，我都会用永恒的心陪着你，走过春夏秋冬。

扬州访姨娘

大愚公

到了扬州，想起去姨娘家拜访一下，看望这位八十多岁的老人家。

她是我母亲读淮阴师范时的同窗好友，几十年的交情了。她每次来南京，都要与我母亲见上一面，唠叨些姐妹间的体己话。这时最有趣：一边是慢腾腾，经过岁月打磨的淮安话，已经淡如茶尾只能依稀捉些影子；一边是急急如律令，既浓且醇的扬州腔，两种语音语式一来一去地在她俩的欢声笑语中兜风荡着秋千。过去听杨少堂的扬州评话，把扬州话使得抑扬顿挫、轻重缓急、收放自如，味儿十足。我总结了九个字：装饰性、跳跃性、生动性。那些段子送入耳朵里，扯人的嗓子叫好。倘日常间的说话也如此这般，就做作了。扬州的这位姨娘语速快倒也罢了，还不时间跳出个把半音符，不知是方言的缘故，还是她自己的特色。我生在南京长在南京，却不能使纯正的方言，想想倒有些惭愧。

印象中，姨娘是比较爱说话的人。她也来过我家，就把从我母亲那里得来的故事翻出来，着着实实地夸了我妻子一番，说我妻子怎样孝顺怎样能干。

因为不知道姨娘家怎样走法，问了几个路人，人家也说不清楚，于是打电话给她。那头说“远哩，天冷哩”，我告诉她我已经在扬州了，要去看望她，给个指点就行。原来只有几站路，无须坐车。我每天在体育场练步子，对此可谓小菜一碟。脚下生风，很快就到了。

姨娘打开房门，我有些迟疑，准确地说是惊讶了。面前的这位老太太是她么？没想到几年未见，人竟矮去了许多，老了许多。若非门牌掉了，只得楼栋边再次通话，直至听到屋内接电话的声音，真不敢认了。真弄不懂，人老了，怎会缩了这么多。

“要是在路上，肯定认不得了。”也许是我长时间懒于理发，或者是她老眼昏花，姨娘抬头仔细地看了看我，像是自语，又像是告诉我似的这样说道。对于我的到来，她很高兴，端出一盘橘子催我剥了吃。我说我不爱吃零食，但她执意，我只好遵命。她告诉我离她家不远处有个“个园”，每天都会去走走。那个园子我去过，竹丛、树木、假山、古建筑，面积不大，曲径通幽，最适宜老人的活动，因此我鼓励她多去。她说那里的工作人员都认得她了，脸上的表情，像取得什么功绩样的自豪。这几天冷，不敢外出，只能天天靠在取暖器旁看电视，对此她很无奈。我试了试那取暖器，还行。

姨娘孤身一人住着两室一厅的房子，一个小院子。家具老旧，没有装修，她已经折腾不起装修那样的事了。家里另外备着张床，说是孩子有时来住。桌上压着一些照片，有淮师同学的合影、香港侄女婚典的、自己子女的……她一一诉说着其中的故事，时而唏嘘，时而兴奋，是这些照片勾起了她的回忆，老人正把经历过的事，穿缀珍珠般一件件接起来，仿佛勾勒着自己一生中的最精彩，抑制不住在心中放射着光芒，并不因为有些是陈年旧事而消减分毫。我想，这是老人最喜欢和最执着的一件事吧。除了家庭和子女，那些记忆就是老人用一生积攒下的财富啊！

她一定会问起我父母隔年相继去世时的事，果然，她回到自己的座椅上就问开了。我坐在她的身边，向她一五一十地禀告。她的神色有些黯淡下来，老友的故去，无疑在她的心里添了一道伤痛，最后她喃喃地说：“恐怕这是感情哩。”她的话语多有重复，语速比过去显然慢了，她真的老了，该请人来照顾才好。对于请保姆的事，她说用不着，态度似乎很坚决。这种倔犟，和我母亲在世时倒有几分相像。老人有时是很固执的，我只有在心里祝福她了。

天堂的情人节

张严文

如果说起我心中的偶像，那么最早进入的该是我的奶奶。

没人能够理解我对奶奶的特殊情怀，没人能知道奶奶在我心中的位置。奶奶离开我十五年了，而她的影像却不曾模糊半点。没有人会知道，这个小脚老太太，这个在众多儿女心中吝啬冷漠的老人给我的是怎样的影响。

奶奶一生养了四儿四女，她平凡的人生留给我不寻常的回忆。小的时候，我特别调皮，爷爷奶奶都不喜欢我。或许真是血缘的缘故，我从来没因为他们打过我骂过我而生气记仇。我爱他们，尤其是奶奶。奶奶给大家的印象是不近人情的人，爸爸经常说，儿女没成家的时候，在你奶奶的眼里是孩子，而一旦成了家，似乎一下就与她没半点关系，无论你过得好和不好，她是不会再投入一丁点情感和关爱的。那时候我小，无法懂得在艰难的日子里，奶奶的冷漠带给父母怎样的心酸。我依然喜欢去奶奶家玩，虽然每次都被喜欢安静，而且特别爱干净的奶奶吆来喝去的，我依然喜欢。

在我成长的岁月中，我似乎有着惊人的洞察力和理解能力。我能够在四个媳妇的抱怨声中，看到奶奶身上那些被世俗掩藏的闪光点。如今回想，那大概就是我骨子里爱奶奶的主要根源，我能透视表面寻其筋骨。

奶奶是个很聪明的女人。家里十多口人，无论你想找什么，只要问她，她能准确地告诉你放在哪儿。奶奶是个心灵手巧的人，一手好针线活，每当夜幕拉开，奶奶总是不知疲倦地在一盏昏黄的灯下做着永远也做不完的针线活。家里十几口人的衣服都经她手制成，件件可体，人见人夸。奶奶是个极爱干净的小女人。在这个大家庭里，你不会看到一丝尘埃，一点凌乱的痕迹。奶奶做的饭是我迄今吃过最可口的饭食，无论如今的生活多么富裕，记忆中的美味是经由奶奶的手做出来的。而这些远不是我尊敬和崇拜奶奶的根本，让我对她怀念至今甚至仍然带着崇拜的心情去追忆她的主要原因是她对爱情所付出的一切。或许在奶奶那个年代谈不上爱情，只是那种平淡中表达出的情感，和她对爷爷的宠爱，都让我无比感动。如果那个年代也有“浪漫”这个词的话，那么用在爷爷奶奶身上再合适不过了。如果说在那个贫瘠的年代还有幸福的人，那么爷爷当之无愧。

爷爷和奶奶年轻时的爱情故事，是听爸爸说的，当然他讲述时并不是带着爱的感怀，多是带着抱怨和佩服的口吻叙述给我听，而我却听出了那超越世俗的爱情点滴。爸爸说：“你奶奶这一生就对你爷爷最为呵护，孩子小的时候，家里有太爷帮我们家料理家事，包括做一些农活。孩子大的时候，都是孩子们做事，担水、下地这些活都用不上你爷爷，家里最闲的人就是你爷爷，每当吃饭的时候，总是儿女们大街小巷地喊他。他不回来，谁也不能动筷子，这是死规定！所以那时候我们都为你爷爷的经常晚归特别气愤。”在爸爸的语气中，我听出了嫉妒，那是一个儿子对父亲的嫉妒。爷爷是个很聪明的人，不能说满腹诗书，却也算是那个村庄里有才之人。爷爷写一手好字，至今仍让我唏嘘那笔力的苍劲。不知是什么原因，爷爷错位地沦落在村舍，所以他内心极为不平。不满的情绪让爷爷的脾气非常暴躁，但在我的记忆中，从来没见爷爷对奶奶发过火，也从没听到奶奶对爷爷有过抱怨声，一辈子，奶奶都用爱的胸怀去呵护这个比她小三岁，高大却是小男人的爷爷。那个大家庭里忙碌的永远是奶奶，我所能记得的就是奶奶对爷爷的和风细雨，爷爷对奶奶的信任和依赖。

晚年的奶奶眼睛已经失明，腿脚也不灵便。可是我依然能够看到奶奶摸索着擦拭家具、锅台，甚至是摸索着给爷爷擦脸，摸着爷爷的胡子，嗔怒他的懒惰，念叨着逼他去刮胡子。摸索着感觉爷爷的衣服脏不脏。她总是不停地念叨着：“你这个老东西，等我走了你可怎么办啊？你能不能把家收拾干净了？能不能自己做饭吃啊？”爷爷总是吆喝一声：“净瞎说！你走了我也不留了。”那时候我不知道生死是什么，而在我的潜意识中，爷爷和奶奶是不能分开的。我无法想象，离开奶奶的呵护，爷爷该如何生活？

晚年的奶奶，满头银丝，经常坐在阳光里摸索着做一些针线活，尽管眼睛已经失明，针线活依然做得极好。那时候我和爷爷成了奶奶的眼睛，缝缝补补的活计基本都是我把着奶奶的手，告诉她该从哪儿穿针引线。奶奶一边摸索着，一边念叨着：“老了，老了，就不中用了。”在那瞬间，阳光中的奶奶，竟然是那么美丽，那么脱俗。

奶奶的晚年是孤独的，但是，我知道奶奶是幸福的。孤独是因为她对出巢儿女的冷漠，让大家心寒。没人关心奶奶正在一点点老去，孤独的老人是不是都渴望儿女在身边，我不知晓。但是，我知道一点，她幸福地拥有爷爷的呵护，爷爷的爱。我无法想象，除了爱情的力量，还有什么可以让脾气暴躁的爷爷变成一只温顺的羊，一头默默耕耘的牛？一直被奶奶呵护的爷爷，在奶奶晚年时变得异常勤快，经常将奶奶那满头银丝放在温度适中的清水里笨拙地洗去污垢；一向懒惰的爷爷，在极其爱干净的奶奶面前，经常拿起笤帚将屋子收拾得干干净净。以前经常出门下棋的爷爷，在奶奶的晚年很少出门了，我看到最多的画面就是老屋炕头上两个白发苍苍的老人坐在阳光中，絮叨着那些岁月走过的往事。那个时候，已经长大的我竟然没有感觉到那是奶奶在跟爷爷告别。

奶奶走得很安详，肺结核没有摧毁奶奶的美丽。奶奶临终前对我说得最多的话就是："死，我不害怕，我只担心你爷爷啊，你要帮我多照顾他。"我只是使劲地点头。

爷爷走的时候我不在跟前，我也没有哭。心里是那么的安静，遥对夜空，我对天堂里的爷爷奶奶说："爷爷，奶奶，你们终于团聚了，现在过得好吗？"这样遥远的距离，我无法透视，却可以想象他们俩坐在阳光中的画面。

爷爷，奶奶，天堂里有情人节吗？在你们那个羞于说爱情的年代里，不曾表达自己对对方的深情，那么，现在是可以的吧？如今，你们又是怎么过这个属于爱情的节日？爷爷，奶奶，浪漫的情人节，同样属于天堂里浪漫的你们。

啼血的母爱

瑛　子

有人说过，这世界上最无私的爱就是母爱。因为，青春会逝去，爱情会枯萎，友谊会凋零，而一个母亲的爱，却是永恒的。从她做母亲的那一刻开始，直到她的生命结束，这份爱会伴随孩子一生一世。

曾经有一段日子，我非常憎恨我的母亲，恨她的无理取闹，恨她的口无遮拦，恨她的粗暴。直到有一天，母亲在电话中失声痛哭时，我才醒悟，母亲一直是爱我的，只是她爱的方式与众不同，她强悍的外表下，隐藏着对我的深爱。

小时候，因为顽皮逃学，母亲把我绑起来抽打。那个时候我特别恨她，恨她的同时，非常羡慕同学的妈妈能在他们犯错时，轻声细语地讲道理。反观我的母亲，除了打骂之外，仿佛没有其他更好的教育方式。哥哥一向比我乖巧懂事，考上大学，当上国家干部。在母亲眼中，哥哥是她的骄傲，加上哥哥一直在外地工作，母亲对哥哥自然也多了一份牵挂与溺爱。而我从小就是那种非常叛逆的孩子，越是打我，越是倔强。母亲逢人就说哥哥争气懂事，每每提到我时，就是一副不开心的表情，仿佛我不是她的亲生孩子。因此，从小我对母亲就抱有敌意。

弟弟十岁时夭折，母亲一夜之间崩溃，有点神经错乱，半夜三更抱起棉被跑到弟弟墓前痛哭流涕，父亲一夜之间白了头。那一年，我才十四岁，刚读高一，看着好好的一个幸福之家，就这样分崩离析，我选择了休学，一边上班一边照顾父母。

弟弟的夭折对母亲是一个很大的打击，此后，她变得暴躁，口无遮拦。每当她不开心时，母亲总是骂我克死了弟弟，说家里死错了人，老天怎么不将我带走。每次看到她凶狠的眼神，我浑身颤抖、内心恐惧。父亲总是无奈地看着她，一边又轻言细语地安慰我，让我忍一忍，说时间可以冲淡伤痛，相信时间久了，妈妈的病情就会好一点。

哥哥一直在外地工作，成家后在外地安居乐业，为了方便照顾父母，我结婚后就在娘家生活。我刚生下孩子时，母亲因一点小事，与我争吵，一怒之下将我们赶出家门。那个时候，我特别恨她，恨她无情，恨她冷漠，想到自己为这个家付出太多，可不管自己多么努力，永远都得不到母亲的认可。我哭过，也发誓过，从此不再回娘家，不再与母亲来往，可时间久了，看到母亲托人送来的奶粉，我又原谅了她。

记得那个流年，工厂倒闭、婚姻破裂，仿佛什么事都不顺心，心情坏到极点。母亲接了一个档口，一边卖点日用品，一边在晚上做点风味小吃。那时，我在一家歌舞厅当主持人。白天不上班时，我要帮母亲料理家事，晚上下班后还要帮她打理档口生意，有时候忙到凌晨两三点钟才回家。看到我下班了，母亲才可以坐下来休息一会，她和隔壁档口的肥姐聊天，肥姐对母亲说："老板娘，真羡慕你，还是生女儿好，你看看你女儿多孝顺，下班回来还要帮你料理档口，你老是说你儿子能干、孝顺，怎么没看到你儿子回来帮你。"妈妈大大咧咧地说："她怎么能和我儿子比，我儿子是做官的，她只是一个离婚又下岗的女人，相差太大。"听到这样的评价，我如置冰窖，自尊心严重受到打击。

"你怎么能这样瞧不起你的女儿，女孩子和男孩子不同，如果你女儿能上大学，说不定也不比你儿子差，你还是重男轻女的思想在作怪，离婚也不是她的错，你也没想过她要承受怎样的打击，还说这样的话伤害她。瑛子，加油，我相信你一定行的。"肥姐看着我的落寞，好心地安慰我。

"她读书时就逃学，从小就不是读书的料，从来没让人省心，算命的瞎子都说她命硬，克死弟弟不说，还害得我这样辛苦，人家父母吃香喝辣的，我没有享受儿女一天的福。"

"妈，你说话能不能不要这样伤人，你有没有想过，如果不是为了照顾你们，我不会这么早休学；如果不是工厂倒闭，我也不会这样凄惨。我相信，人一生不可能永远都是低谷，我也会走出低谷，现在只是没有一个好的机会让我发挥，总有一天我也会像哥哥一样，让你为我骄傲的。"

"你就省省吧，也不撒泡尿照照自己，你要是能赶上你哥哥一半，我睡着了也会笑醒，只怕是我这辈子都没这好命能看到。我就不明白，都是从我肚子里出来的，怎么就相差这大，嫁了都让人家退回来的人，还有什么脸和我争执的。"母亲说话，从来都是这样直截了当，一点余地也不留。

"你是我亲娘，有你这样损我的吗？如果不是他错了，我会要求离婚吗？你从来就是偏心，在你眼里只有你儿子，从来没有我，我真怀疑我是否是你亲生的。"我也有点口不择言。

一记响亮的耳光打在我的脸上，那一刻档口前坐了不少的客人，有些还是我的熟人，我无地自容，恨不得找个地缝钻进去，于是，我落荒而逃。寒凉的黑夜里，我漫无目的地无力行走，不知不觉中，走到弟弟的墓前。我向弟弟哭诉，为什么老天无眼，让那么聪明的弟弟过早夭折，而让我留在这个世上，感受人间冷暖。那夜我心如火焚，终于明白，往往能伤害你的人，就是你身边最亲的人，只有你最亲的人，才能伤你入骨。那一刻，我是那样无助，那一夜，我流尽所有泪水。

后来南下广州，第一个工作就是在酒楼当服务员，一起来的几个姐妹吃不了苦，我知道自己没有回旋的余地，也不想再看母亲的脸色。不到半个月，老板娘欣赏我的吃苦耐劳，让我当上了部长。在工作中，认识了一个朋友，他介绍我从事旅游工作。于是，我像一个沉睡多年的人被唤醒，开始了我的新生。

那个时候的我，如饥似渴地充电，每天工作十多个小时，一边带团，一边到旅游学校学习。短短一年，我从一名导游升职到部门经理，跻身省十佳导游之列，得到旅游局的嘉奖。那个时候我有一个理想，一定要拥有自己的公司。

一晃来南方十多年了，苍天不负有心人。经过自己的努力与打拼，我终于有了自己的两个公司，并在南方扎根置业。在家乡，我是小有名气的人，热心公益事业，爱好写作，以诚交友，以善为本。我只想做一个对社会有用的人。

我用事实证明，下岗女工也有春天。我将父母和孩子接来南方生活，让他们与我一起分享成功与喜悦。带父母到各地旅游，将家里的老房子修葺一新，为了能让他们安享晚年。母亲偶尔回到老家，听到亲戚朋友夸奖我时，脸上总是露出了笑容。每次电视上有关于我的报道时，她总是早早地坐在电视机前等候，看完电视，一个人又偷偷地流眼泪。有时候母亲看到我忙碌，也会轻轻地为我按摩。有一次我在沙发上睡着了，母亲轻轻地抚摸我的头发，在我脸上轻轻地亲了一下，自言自语地说道："可怜的孩子，别太累了，这个家全靠你，你可不能累倒了。"

那一刻，我假装睡着了，泪水却不争气地悄悄淌落，这是我记忆里第一次享受这种温馨的母爱，虽然来得太迟，我与母亲的心结总算在慢慢地打开。

记得有一次母亲在老家生病了，我和哥哥都不在她身边，她分别打了电话给我们，我马上通知老家的朋友将她送到医院，连夜住院治疗。母亲在病情稳定下来后，给我打了一个电话，我第一次听到她在电话中忏悔，我们母女俩哭得像个泪人。

妈说："瑛，对不起。这多年来，妈妈不是不爱你，只是当年你弟弟死的时候，算命先生说你的八字与弟弟相克，所以我一直有一个阴影。这多年来，我们两母女就像仇人一样，互相伤害，我也知道你一路上走来不容易，吃了不少苦。这个家如果没有你，我和你爸就像孤老一样。你妈老糊涂，以前对你不好，总是出言伤你，你别放在心上。其实我是爱你的，哪个父母都是望子成龙，只要一想到你以前受的苦，我就会整晚失眠流泪，看到你今天的成绩，我脸上都有光彩，我以你为荣。”

“妈，别说了，是我不懂事，我没哥哥乖，总是惹你生气。母女没有隔夜仇，你给了我生命，我就要好好照顾你的晚年，今后我们不要争吵，好好过日子吧。我从来没有记恨你，你放心，我现在也为人父母，我会好好孝敬你的。因为我身上多了一份责任，我答应了弟弟，一定会像儿子一样好好地照顾你们。”

其实母亲一直是爱我的，只是她不善于表达自己的情感。母亲的性格是她不愉快的童年造成的，我也是在成家之后才从父亲口中得知这些。外婆家是地主成分，外婆在生下母亲的那一年，相继失去四个儿女，生了母亲之后再也没有生过。为了传宗接代，外婆抱养了兄弟的儿子，忽视了对母亲的照顾。外婆也是因为相信算命瞎子乱说，认为是母亲的命硬克死两个兄长与两个姐姐。外婆与母亲的关系，一直处于水深火热中。母亲很早就一个人出来工作，参加工作后又因出身问题一直受到排挤。她总是喜欢伪装坚强，来掩饰她内心的脆弱。母亲变得像外婆一样冷漠，只知道挥动手中的棍棒发泄内心的失落，却不知我们需要的是一个温柔、能轻声细语和孩子沟通的母亲。

心结终于打开了，我学会淡忘母亲的无心之过，也学会了宽容与孝敬。母亲在我的关心之下，学会沟通，学会敞开心扉与我聊天。我庆幸能在母亲有生之年，打开心结，解除误会，我也曾对母亲说过：“如果真有三世情缘，请你下辈子做我的女儿吧，让我来呵护你，照顾你，让我来承受你的顽皮、你的淘气，这种承受也是一种幸福。”

看过一本书，书中说道：往往伤害你的人，是你最亲的人，因为你在乎他对你所说的一切，一般人是伤不到你的。但是，你要记得，往往对你直言的人，也是视你为亲人的人。要感谢那些曾经伤害过你的人，是他们的冷嘲热讽激发了你的斗志，感谢那些曾经伤害过你的人，是他们教会了你坚强。

人一生中总会有身陷逆境之时，在此时，有些人会伸出援助之手给予我们鼓励，给我们笑容，让我们体会到，即使身处逆境，还是会有阳光，天空并不全是阴霾。可是，有时候当我们身处逆境之时，我们又会感受一些伤害，那些无心的伤害，会让我们跌入谷底，如果我们能学会宽容，学会换位思考，也许就会很快走出低谷，拥抱明天。

儿奴·妻奴

卢仁义

十一点左右，灰蒙蒙的天下起了丝丝小雨，如雾如烟。我陶醉在这宛如蓬莱仙境、如诗如画的境界里。突然，妻子的一声大叫打扰了我的雅兴。

“老公，下雨了，儿子放学没有伞呢？淋湿了咋办？”焦急的妻子一下子冲到我跟前，焦急使她眼角盛开了如东篱边绚烂的菊花。

儿子十三四岁了，读初二，就在离家约 1000 米的实验中学。小家伙近来突突突地长高，分明是雨后的春笋，看，他的个头已经超过我了。

“那有什么，”我接过妻子的话头，“这么点蒙蒙细雨，没事！小伙子了，这点小雨怕什么？”妻子瞪了我一眼，走进书房，大概又在看网络小说了。

妻子身材娇小，娴静文雅，一副大家闺秀形象。平时喜欢文学、音乐，可谓“窈窕淑女”是也。只是最近身体不适，比黄花还瘦，憔悴得让人心疼。

看妻子不说什么了，我便去厨房忙活。今天买了妻子最爱吃的笋尖，还有乌鸡汤，当然也买了儿子最爱的宫保鸡丁。妻子从小家境很好，很少做家务，更谈不上下厨房了。我想，喜欢艺术的人应该高雅一些，一些粗俗之事就让她少参与吧！

洗好菜，准备好炒菜的佐料，我开始了今天的“艺术之旅”。先将油烧热，拿来笋尖。一滴水不小心掉进热油中，霎时，油星飞溅，水在油中跳起激烈的舞蹈，好像舞厅中最热烈的音乐响起，男男女女拼命摇头摆胯。倒下菜，“哧哧”的响声传进耳膜，哦，是谁在演奏优美的旋律。抖抖锅，顿有火苗升起，熊熊火苗中，笋尖在锅里上下起舞。少顷，加上佐料，淋上明油，起锅，装盘，一盘青翠欲滴的笋尖大功告成。

接着该是宫保鸡丁了。看着盘中的料汁、花生米、鸡肉，仿佛是衣冠整齐严阵以待准备出发的士兵，我欣慰地笑了。这是儿子最喜欢的菜，我得更加用心。

不知不觉，外面噼里啪啦的声音一阵阵传进耳朵。莫非雨下大了？我连忙喊：“老婆，看看是不是雨下大了？”

妻子从书房出来，跑到阳台一看，连忙说：“不好了！不好了！雨下大了，快给儿子送伞！”说着风风火火地找伞，换鞋。即便是心急火燎，她的姿态也还是那么优雅。想到妻子身体不适，不能受冷，我忙说：“老婆，你照看一下厨房，我去送伞，好吗？”

妻子一脸惶惑，我知道她为难了。

我说：“菜已经炒完了，你就照看一下汤，高压锅过两分钟关火就行了，你小心点儿，我去去就回。”于是轻轻拍拍她的肩膀，拿起伞走出家门。

很快接到儿子，回家。推开门，哦，菜已经上桌，热气腾腾，香气扑鼻。妻子满脸红彤彤的，微笑着站在桌旁。一看我俩回家，她忙接过儿子的书包，说：“快洗手，吃饭！”

上桌，我连忙给儿子夹菜：“快吃，这是你最喜欢的宫保鸡丁！”儿子望着满满一碗鸡肉，乐得合不拢嘴。妻子看我一个劲儿跟儿子亲热，不理她，有点不高兴了，说：“老公，最近流行几个词——房奴、车奴，我给你起个名字好不好？”我一听，有新意，说：“好哇！”

“那就叫儿奴！”

儿子一听，乐了，说：“老爸，我也给你起个名字。”

“什么？”

“妻奴！”

妻子狠狠地用手指着儿子的头说：“贫嘴！看我不打你！”

儿子调皮地笑了起来。

褐色毛衣

秋古墨

1979年1月，北方，一个宁静的夜。

小屋里亮着豆瓣大的油灯，一个人影从炕上起来，靠在墙上。他对面坐着一位头发斑白的老母亲，正对着黯淡的灯光快速地编织着一件毛衣。

“妈！你又一夜没睡。”

“明天你就要上前线了，我必须在今晚前把这件毛衣编织完。”年老的母亲看了一眼儿子，又低下头，继续编织着。

“妈！”儿子又叫了一声，他眼睛里含着泪水。他本想告诉母亲，其实他根本用不上毛衣，因为这场战争发生在北回归线以南，那里是亚热带地区，整年气候炎热，不像北方，大部分时间都在冰天雪地中，但他还是忍住了。

“你整理行装吧。”老母亲答道，依然没有抬头。两支编织的针飞速地在手中抖动着，再加把劲，最后一只袖子快编织好了，为了这件毛衣，她已经三天晚上没有合眼。她心中只有一个念头：孩子要到远方打仗，而现在又进入冬季，没有一件温暖的衣服怎么行，无论如何，也要在今夜为儿子织好这件毛衣。

儿子听从母亲的话，从炕上起来，到门后重新查看了行装，行装早已被母亲准备得妥妥当当。这时，户外传来一声大公鸡的打鸣声，接着鸡鸣声陆续在村子中响起连成了一片，看来，天快亮了。儿子从窗户往外看去，启明星挂在天边，凌晨的微光，仍然清冷黯淡。他再回头，毛衣的最后一只袖子也快编织完了。

“好了！”老母亲舒了口气，从炕上起来，伸了伸腰，对儿子说道：“过来，试试看，是否合身。”

儿子走过去，从母亲手中接过毛衣，衣服拿在他手中，厚重而温暖。借着微弱的灯光，这是一件褐色的毛衣，毛茸茸的线，齐到脖子衣领那个位置，如果在北方，这的确是一件最保暖的内衣。他把毛衣套在身上，母亲为他拉了拉衣领和袖子，满意地点点头，很合身。

“唉！如果你父亲有这样一件衣服，或许就不会死。”老母亲叹了口气。

油灯昏暗，仿佛历史倒退了一般，儿子看到自己的父亲穿着一件单薄的军装趴在冰天雪地里，等待着，准备伏击经过的敌人。寒风吹打着父亲的脸颊，零下十摄氏度的天气里，父亲脸色发白。慢慢地，他悄悄闭上了眼睛，而这一睡再也没有醒来，父亲永远被寒冷冰封在历史的时空中，只留下一个模糊的伟岸的身影。

“还有你哥哥，如果你哥哥有这样一件衣服，或许也不会死。”老母亲的脸色更加暗淡，这些回忆实在太沉重，战争结束了这么多年，创伤却从来没有愈合。

他当然知道，自己的哥哥，一位志愿军，牺牲在远方的战场上，母亲吸取父亲牺牲的教训，在哥哥临走的时候，母亲为他编织了一件毛衣，也是褐色的。哥哥不是被冻死，而是被弹片打进了胸膛。后来，军医回忆说，如果哥哥穿在身上的那件毛衣能再厚点，或许可以挡住弹片的冲击而打不进心脏。

回忆有些沉重，天却渐渐亮了，村头的冲锋号响了起来，出征的时间还是到了。

儿子背起了行李，母亲把大衣披在儿子身上，为儿子打开门。温暖的屋子里顿时涌进一股寒冷的空气，儿子迈开脚步，跨出门去，寒风夹着雪花打在了他的脸上。他抬起头，看了一眼远方，拉了拉棉袄，那件褐色毛衣是那么温暖贴心。他想了想，深吸了一口气，勇敢地朝前方走去。离家越来越远，他回头看了一眼站在门口的老母亲，母亲依然站在家门口，默默地注视着他，他眼眶中涌出一股滚热的泪珠，这是一个冰冷而又温暖的世界。

四月，冰雪融化，战事终于结束。每个早晨，老母亲都会站在门口朝村口守望，等待着儿子回来。这几个月来，鬓角的白发又增多了许多。她盼望着儿子的归来，可儿子没有回来，一位战士却带回了一件儿子的遗物。

老母亲从战士手中接过这件用油皮纸袋装着的遗物，她的双手突然颤抖起来，大脑一阵昏厥。尽管她知道这场战争或许会带走儿子的生命，心里早有准备，可是，还是无法接受这残酷的现实。她勉强支撑住自己的身体，抹了一把泪，回到小屋里，关上门。

老母亲悲伤地坐在炕上，吃力地拆开油皮纸袋，拿出儿子的遗物，是她亲手编织的那件褐色毛衣，这件毛衣是那么新，似乎像昨夜刚编织出来，从来没有穿过一般。她紧紧地抱着毛衣，陷入无尽的悲伤之中……

数十年过去了，在南方的军事纪念馆里，放着一件厚厚的褐色毛衣，无数缅怀烈士的观众从它面前走过，都会用好奇的目光打量着它，不明白它为什么会在这里，因为他们脑海里只有这么一个念头：炎热的南方战场，永远用不上这么厚重的毛衣。

没有谁知道，这件毛衣，承载了多少深情寄托和泪水。

永远期待的身影

李克生

人生最初的四十年会给我们教科书，而后的三十年是对教科书给予注解。

——叔本华

“追往事，叹今吾，春风不染白髭须”，读着辛弃疾的词，似乎觉得我不再年轻了，已经挥手告别了懵懂的幼年，依依惜别了血气方刚的青年，在画了一个椭圆形的曲线之后，越来越接近年龄的阑珊处了。一片夕阳渐沉西风徐来的暮景，一种饱经沧桑的深邃之感，似同一块软饴，慢慢地融化在手掌当中，需要我仔细品味才能觉出里面的甘美、甜润。目送着夕阳如轮，守着一几清茗，举着一本《唐诗三百首》，看着急速东去的流水，觉得这个世界清碧澄明。看着自己悠然凭栏而倚的影子，嗅着清风中吹来的野菊花清香，顿时觉得我和我的影子相偎相依，并不唯我寂寞。总有一个始终“倚仗柴门外，临风听暮蝉”的影子在默默关注着我，让我在这苍茫世间寻得一温暖之所，不会沦落流离。

闲暇下来，旧事犹如氤氲的浪，一阵一阵扑面而来，不由得让我打开记忆之门，重忆多年前的时光。忽然，那个一生中都陪伴着我，慈爱地关注着我的身影愈来愈近。我心头一暖，犹如被冬日里的暖阳包围，温暖世间，多让人沉醉留恋。

我的一生，就是在这个永远陪伴着我的身影的保护下，慢慢地一步一步走过。小时候，我身体羸弱，经常有疾病光顾。四岁左右，因病入院，前前后后，大约一个多月，每天都离不开母亲的怀抱。母亲用心呵护着我，我的病好了，母亲却大病了一场。每次谈到这件事情，母亲先是长长地吁了一声，然后才说道：“你的命是捡回来的，你的命保住了，可也差点要了我的命。”

我康复后，体质总是和其他孩子不同，身体一直是不好不坏。如果冬季有了流感，那最先感冒的就是我了。所以，母亲和父亲就特别地疼爱我。后来，我慢慢长大，身体也好了起来，开始去上学了。

大约在我读初一时，一天，放学正赶上大雨，顷刻间，到处一片汪洋，天地一片昏暗，仿佛要天塌地陷。由于道路湿滑，我一下子滑到了路旁的沟里，身上顿时凉意袭来，爬出沟沿，低着头继续往回赶。突然，头顶没有了雨丝，耳边也没有了风声，我抬头一看，是母亲。她把衣服脱下来为我挡雨，自己却浇得湿透，我觉得特别的幸福和温暖。这件事情一直铭记于心，伴随着我走过每一天，丝毫没有忘却母亲浇湿的头发，还有保护我的微笑。

在我的童年记忆里，母亲总是在门口或在院子树荫下伫立着，等着我放学归来。有时因贪玩回来晚了，母亲就责备说："可吓死我了，以后放学早点回家。"看到了母亲担心的样子，我点头应允。所以，以后每次下课，我都是第一个走出教室，背着小书包欢快地往家走。有时候离家老远，就大声地喊"娘，我回来了"，为的是让母亲放心。

唯独有一次，母亲没有伫立在那里等我。

那一次放学回家，隔着小院的门槛，像往常一样的"娘，我回来了"打破了往日的惯例，没有回声，屋子静悄悄的，静得让人害怕，一种不祥之感浮上心头。进了屋子里，没有看见灶膛边上的热气，没有嗅到飘香的饭菜的味道，只看到锅台上放着一个倒扣着的水瓢，屋子里也没有母亲的身影。我禁不住大哭起来，边哭边往外走，邻居张二婶告诉我："你娘有病被送到医院了。"

我当时就懵了，撒脚就往医院跑，只觉两脚生风，眼前的景物急切地向后倒退。当我在医院找到生病的母亲时，一头扎在她的怀里，眼泪竟如大雨一样恣意地流淌出来。

高中毕业以后，我赶上了那个"轰轰烈烈"的年代，跟着大批知识青年上山下乡。离开了父母，心中未免十分的惆怅。看不见在那里久久等待的母亲的身影，听不到母亲唤儿的声音，感受不到那种亲情的温暖，心里像有块石头，永远在悬着，越背越沉重。夜里想起母亲那期待的身影，时常泪湿枕巾，醒来不免还要掉几滴眼泪。时间慢慢过去，我却越发想念读书时的快乐，和母亲在家门口殷切的期盼。

我下乡不到一个月，有机会回家去看望母亲。走到我家院子，我竟然停了下来，近乡情更怯，竟然对着家发起呆来，心里面一个劲地打鼓，不知如何面对这种久别而归。心想：母亲在吗？还会像往常一样等我吗？我低着头在院子外面徘徊着。

突然，一个熟悉的声音从院子里传了出来："是我儿回来了吧。"

门瞬间开了，一张黧黑而清癯的脸倏地出现了，那是久久在那里等待的母亲。

当我问及母亲："娘，你的脸怎么这么黑呀?"

母亲回答时却是淡淡的，看出来，她生怕让我伤心："在外面晒的呗。"

后来，邻居家的张二婶告诉我："你走后，你娘天天在外面坐着，扳着手数着日子，和我唠叨，儿子走了多少天。看不见儿子饭也吃不下，从早晨一直坐到晚上，天黑了，什么也看不见，才搬起小板凳回家。"

听了张二婶的话，我的心隐隐作痛，我给母亲带来了这么多忧愁和伤痛，我对母亲有愧啊!

有一次，我回家去看望母亲，这个消息被小弟不小心提前说了出去。我的母亲竟然一天都没有吃饭。早晨起来后，就在外面等我，小弟叫她回去吃饭，她也不回，很执拗地说，不见到我儿就不回去。

当我走到院子外面的时候，第一眼就看到我的母亲。她的身体已经很不好了，和以前判若两人，是时间、是操劳、是思念让她如此憔悴。那天正值傍晚，我看到夕阳映在她干瘪的脸上，头上的银丝不停地被风吹拂着，脸始终朝着大道，不停地张望。一根竹杖，一张板凳，一张病容憔悴的脸，而更让人感动的是那颗焦急等待儿子归来的心。

而不知为什么，我竟不敢迈动我的脚步，怕惊着久久伫立的母亲。

多少年过去了，母亲等待的身影一直萦绕在我的脑海，时间像一把刻刀，时间越久刻得越深，恐怕我这一辈子也不敢忘却母亲的身影。

多少年后，我也有了儿子，正应了母亲那句话"养儿方知父母恩"。当我也在期盼着儿子回家时，心里又浮现出母亲等待我的身影。一股温情直击心房，使我懂得了什么叫母爱，什么是血脉相连。

九月的天空

周庆会

一

窗外，秋雨淅淅沥沥。

屋内，一盏油灯如豆。

一张大床上，横七竖八躺着好几个孩子。

一辆古老的纺车咿呀作响，瘦小的外婆白天在地里忙碌了一天，夜晚仍在纺线。八岁的母亲蹲在外婆身边，怀里抱着一个小小的用旧布缝制的书包，用哀求的眼神望着外婆。

“妈妈，我要读书，隔壁小英都去了。”

外婆望了望正在油灯下编竹篮的外公，还没等开口，就听到外公一声吼：

“女孩子，读啥子书啊，迟早都是要嫁人的。”

“总不能让她和我一样做个睁眼瞎吧，她三个姐姐都没读书呢，再说现在村里很多女娃子都去上学了啊。”

外婆小心翼翼地劝说外公。

“去什么去？连吃米的钱都没有！我现在做了竹篮也不能拿出去卖，哪里去弄钱?”

外婆看着一脸怒气的外公，长长地叹了一口气，不再吱声。

母亲从口袋里摸出一把零钱，壮着胆子走到外公面前小声地说：“我有钱，这是我在山上挖药材卖的钱。我总得学会写自己的名字，认识厕所上的‘男’‘女’两个字吧。”

就这样，母亲进了村里的小学，而且成绩很优秀。可是好事难长久，两年后，在大人的争吵声中，母亲还是辍学了。

外公外婆一生养育了八个孩子，他们名字中间都是“玉”字，儿子们名字的最后一个字连起来正好是“荣华富贵”，女儿们的连起来是“梅艳芬芳”，可是四个舅舅自己日子都过得很清苦，自然很难让老人“荣华富贵”。更伤感的是三个姨妈嫁人后，或许是因为穷，或许是得不到爱与尊重，或许是没有远见和气度，不久都自寻短见，过早地凋零了。

外婆踮着一双小脚，忙来忙去，活到八十多岁，一辈子也没走出过大山，甚至连母亲出嫁到平原的新家也没去过。

二

蝉在柳树上高唱，天空依然躁热。

我和母亲站在路边焦急地张望着，等车，也等父亲。

这是去县城的唯一的一条公路，也只有一班九点钟的车。

可是父亲怎么还不出现呢?

凌晨三点，父亲就蹬着自行车，驮着一百多斤重的地瓜去三十几公里的县城了。因为我考取了县城的重点高中，父母很高兴。学费要四十多元，虽然找几个亲戚借了，还是不够，父亲决定提前卖了长势正好的地瓜，给我凑学费。

姑妈就住在路边，看见我要走，她拿出两元钱送给我，她家七个孩子，日子够苦的，我不敢要，最后她还是硬塞进了我的包里。

班车出现了，父亲也满头大汗地赶到了我们面前。他一边给我一大把零钱，一边高兴地对母亲说：“今天运气不错，我站在一个工厂旁边，来往的人多，卖八分钱一斤呢。”

我听了心里酸酸的，从此发誓要好好孝敬父母。现在父母都六十多岁了，仍习惯在田间劳作，做老师的我虽不能让他们过上很富足的生活，但是每一次我们回去对于他们都是节日。我是村里最先考上大学的女孩子，弟弟也考上了大学，父母的脸上总是挂满了幸福和自豪的笑容。

三

又是九月。

丹桂飘香，清风习习。高朋满座，笑语喧哗。

这是我们一家三口最开心的时刻。

我们唯一的女儿考上了北京的大学了。她骄傲而自信地站在舞台中央，侃侃而谈，她和她的同学们争先恐后地登台表演，唱歌、跳舞、弹吉他，一个个神采飞扬，风华正茂。

舞台旁边的大屏幕上，正播放她爸爸用电脑精心制作的她的成长影集。

扎着羊角辫，穿着白色公主裙，那是她参加市绘画比赛时的纪念；一身火红的运动衣，抱着个篮球，那是她参加学校篮球比赛时的青春形象；

骑着白马，似哭非哭，那是她和我们在草原旅游时的傻样；张开双臂，像海鸥一样立在沙滩，那是她在对着大海欢呼……

桌子上堆着亲朋好友送的礼物：漂亮的鲜花，精致的旅行箱，时髦的手机，还有我们给她买的笔记本电脑……

母亲站在我旁边，无比羡慕地说："现在的孩子多幸福啊，男孩女孩都一样，想学啥学啥，想读多久读多久，还是现在政策好啊。"

看着母亲头上的白发，我深感怜惜，是啊，凭着母亲的聪明和勤奋，要是她出生在现在，我相信，她一定能考上大学的。父亲在一边安慰她说："你看你，儿子女儿都读了大学，你孙女又多才多艺，都飞到北京去了，说不定将来还出国呢，你有什么不满足的啊。"

母亲终于笑了，连眼泪都笑出来了。

窗外，一轮满月悄悄爬上了树梢，像是母亲慈祥的脸庞，又像是我心上盛开的幸福。

九月，是秋天，是收获的季节，种瓜得瓜，种豆得豆。付出什么，收获什么，犹如一代代延续下去的希望。如我，如你，如每一个人，都应该付出珍贵的关怀，去收获温暖的爱。

母亲的小镇时光

刘景鹏

我曾经所在的小镇已经衰败，人们开始为了生存远走他乡。十月的潮水依然在缓慢上涨，潮水从出海口漫上小镇斜插入水的码头。海水很清澈，流动的时候，就像玻璃杯里的碎冰块，发出晃动轻快的声音。我的童年就在那里，而我渐渐长大。

母亲依旧在十月阳光下的早晨，晾着被单。风吹过的时候，可以看见楼下空地的一只小狗，嗅着墙壁的苔藓味道，欢快地摇着尾巴。母亲向楼下看了一眼，拧干被单的水分。她那被岁月浸泡的手，在渐凉的秋水里，撩起生活的一些滋味。她站在那里，日子也在那里，一些要说的话，其实就是往事。大多时刻，她缄默不语。

我看过她少女时代的一张黑白照片。几个年轻女孩站在一棵大树前，母亲笑得很灿烂。我不止一次问过她这张相片的来历。而对于已经三十多岁的我，她依旧视我为孩子，总是不答。母亲年轻时很娟秀，真的，是个很美丽的少女。对于一些往事，或如这张相片，她往往一笑而过。无法触及的一些往事，封存在光阴里，如果生活依然继续，放弃追根究底难免不是一种对待生活的豁达态度。

父亲青年时背井离乡，中年时才回到老家小镇。两手空空，只带了一大箱子的书。我最初的少年时光是母亲陪我度过的。母亲有时会跟我抱怨，为什么早逝的外公，要把她嫁入父亲的家。父母的结合带有一种悲哀的时代背景，在我出生前的那些年，父亲偶尔回家。母亲在奶奶家就是一个童养媳，姑姑是个厉害的角色，她对这场婚姻一直是不满的。父母临结婚前，她还写了一封信给当时在南平的父亲，要他断了这场婚姻。父亲当时回信说，如果断了，他就留在他乡永远不回来。许多年后，当母亲抱怨父亲对家务活一概不管而生气时，回想起这一幕，心情也就慢慢平和了。

母亲在回忆青年时的往事旧影，总是有些惆怅。她在婚后就开始过着两地分居的生活，在福州的父亲有时让她去福州住几天。而那些与父亲团聚的日子，她大多数也是待在父亲空荡荡的宿舍里。父亲其实不忙，可我不明白，为什么那时他与同事嘻嘻哈哈看电影去的时候，也不叫上母亲。母亲说那时的福州，陪伴她最久的，就是窗子外边一棵在风中孤独的杧果树。

母亲的情感履历是一张空白的纸张，上面写满惆怅、忧伤与不解，她逆来顺受地忍受着生活的安排。悭吝的父亲，在与母亲结婚后的大半辈子，甚至没有自己掏钱请母亲吃过一次点心。在某个年老的岁月，父亲津津有味地回忆起吃过的一碗香气腾腾的窝边糊、柘荣县城手打的有棱有筋的牛肉丸时，母亲或依旧笑着，或别过脸去。是的，他们现在很好，相濡以沫的感情，在结婚几十年后终于到来。

父亲回到小镇，他带着母亲、我与刚出生的妹妹，到他的单位宿舍开始过上真正意义上一家人的生活。奶奶依旧是不管的，只有外婆为他们添置了一些必备的家庭器皿，让他们白手起家。

在小镇时，父亲长期与海上的船员打交道。那时海上水产很丰富，小镇上大黄鱼、桂花鱼一斤仅卖几毛钱。来办手续的一些“闽南船”，出于淳朴的乡情，船员们会为我们家中带来一麻袋一麻袋的花生、粉干、晒得芳香的鱼干。母亲有时候从市场回来，会看见家中厨房里不知被谁塞得满满一脸盆的梭子蟹。傍晚时，母亲会从码头买回一些桂花鱼，清炖着看我们兄妹慢慢吃完。那些宁静的时光，滋润了我童年最美好的记忆。

或许四处漂泊的经历，养成他冷漠的性格，父亲对我们兄妹少年时很少有关心和爱抚。对我而言，童年时没有一个真正属于自己的玩具，而妹妹的玩具——一只兔子还是父亲同事买的。记得一次吃饭，厨房忽然溜进来一条水蛇，我吓得不敢吃，父亲沉着脸要我坐下，骂道“胆子怎么这么小”。母亲生气了，一把搂过我，与父亲大吵。母亲在我童年时，总是很忙碌的，家庭的拮据，使她得为摆脱这个困境而奔波。

小学二年级的时候，父亲因工作调动到一个偏僻的乡村港口担任负责人。当时港口很繁忙，浙江的明矾就是从那里中转出口的。母亲也跟了去，在食堂为大家煮饭。从此，我跟着外婆长大，妹妹也在一年后来到我身边，开始漫长的小学、初中生活，母亲只能在异乡惦记着我们。多年后，她常常回想起我少年时的一些行径。他们来小镇看我，回单位乘车时，我跟着汽车后面奔跑追逐的模样。她说在车厢里，看着我在车子后面奔跑，风鼓起我衣襟时，随着我的哭喊，她的泪水也掉了下来。

小镇那些古老的日子，我的童年其实很简单，一些无法抹去的记忆，多年后依旧湿润了我的眼眶。庆幸那些给予我们温暖的人，他们都还在。

今年不远行

远影箫声

兔年的冬天笃定又是一个暖冬。间或一场细雪润润京城，接着就是一周又一周的朗朗晴空，蓝天如洗，万里无云，太阳似乎就挂在楼角，暖洋洋的。

元旦假日，我和妻去母亲家。母亲沐着明媚的阳光坐在阳台的圈椅里，手里习惯性地拿着一些报纸翻过来又翻过去。2009年，母亲的左腿膝盖摔了，面对八十高龄的老人，医生采取了保守治疗。将近一年，母亲终于扔掉拐杖，又可以下楼散步了。这一年，母亲加订了更多种类的报刊。读报，成了母亲一天的乐事。有时，老花镜搁在茶几上，报纸却仍然拿在手里翻着。妻坐在母亲身边，和母亲聊着报纸上的天南地北。我照例坐在远处看着母亲阳光里的剪影。金黄的光芒穿过母亲干枯银白的头发便无力地落下，落到母亲脸上坎坷的皱纹里，安静地蜷缩在那儿。不禁，我的心弦颤了一下。

母亲端起杯子缓缓地喝了几口白开水，目光转向我。我赶紧捧着暖壶过去续满水，然后又回到远远的座位上。我知道，母亲要开始絮叨了。果不其然，母亲从和谐号颠覆的惨痛就能够联系到我现在的工作，忒严肃地注视着我叮嘱："你从事高科技工作，可来不得半点虚假哦。"我依旧像儿时做了错事儿那样回答："嗯，我知道啦，妈妈。""唉，小悦悦多好的一个孩子呀，就这样……"母亲长吁短叹，用手戳着我说："你开车可不能欺负行人，知道吗?"我赶紧回答："请妈妈放心，我开车跟黄花鱼似的，溜边。"母亲瞪我一眼，很郑重地对我嗤之以鼻。《报刊文摘》从母亲的膝上滑到地上，一旁抿嘴窃笑的妻捡起报纸又盖在母亲的膝上。

"奶奶，我们来啦!"女儿还没进门，清脆的呼喊就叫得母亲心花怒放，蜷缩在眼角皱纹里的阳光全都齐刷刷地蹦了出来，在母亲的脸上跳着舞着。倏地，母亲掀掉盖在腿上的报纸，颤颤巍巍地撑起身张开双臂。分不清是女儿扎进奶奶的怀里，还是老人扎进我女儿的怀里。母亲仰着头端详孙女粉扑扑的脸："哎哟哟哟，瘦啦，啧啧，我的宝贝儿大孙女累瘦了。"母亲喃喃叨叨着。女儿拿起一颗和田大红枣让她奶奶咬了一口，自己又咬一口。祖孙俩的脸贴在一起堆满甜蜜，黑亮的长发缠着干涩的白发，嘻嘻逗笑。左边女儿，右边母亲，中间是冬日的暖阳，女婿拿起手机抓拍幸福时刻。母亲举起褶皱层叠骨节凸显的缀着老年斑的手在孙女的脸蛋上轻轻地抚摸，眼眶里盈满湿润，透射出慈爱的微芒。我才发现母亲的几个指尖裹着创可贴，一定是手指皲裂得更厉害了。阳光在创可贴上收住了脚步，宛如快要熬干的油池里的灯芯爆出的灯花。我的心被烫了一下，骤然拧紧。

人生就是代代相传的重复。人，自呱呱坠地来到世间伊始，从来不知道下个阶段的人生将是什么滋味。儿时不懂父母的叮嘱，常常因为贪玩而丢失课堂上的知识。长大后踌躇满志远走四方摆脱了唠叨，为理想不分昼夜地忙碌，体会不出父母望着我们背影的牵肠挂肚。已经为人父母了，方知老一辈人含辛茹苦的关爱，却在舐犊之情中又忽略了常回家看看。今年，女儿出嫁了，我在空荡荡的房子里走来走去，电话追着上一个电话问女儿何时回家吃顿饭。现如今，自己的鬓角也染上风霜的苍白，才突然感觉到时光老矣，岁月无情。母亲的内心呢？

女儿和女婿准备休婚假。小两口围在老人身边发号施令，邀请全家春节一块儿去马尔代夫静静地看海。妻也动员着母亲，母亲答应着，却又埋怨自己的身子骨不争气了。我的女儿开始撒娇，我的母亲笑开了怀，赶紧又说："你们去吧，给我传回视频就行了，就算老太太也去了嘛。"我从母亲浑浊的目光里分明看到亲情的开心和失落的怅然。莫名的心酸再次泛起，我强颜欢笑，抽了一张纸巾起身去了书房。

伫立在书柜前，看着父亲生前留下的一柜子一柜子的书，我知道里边是没有人生教科书的。随手抽出一本书，信手翻开一页，看到父亲遒劲有力的眉批，里边有着父亲对我观点的批评与商榷。这是我和父亲的笔谈。记得我开始生硬地啃父亲的藏书，是因为父亲的那一拳。

荒唐的年代，我家对门的阿姨一夜之间就成了走资派，被造反派剃了阴阳头。在门口撞到，我无知无畏地冲着阿姨身旁啐了一口唾沫，恰好被准备出门的父亲看到。还没等我开口批判，父亲拎起我的脖领进屋就是狠狠一拳。嗯，就是这狠狠的一拳把我打倒在床上，我惊恐地望着狂怒的父亲不知所措。阿姨跑进我家，挡在我面前对父亲说："不要打孩子，孩子是无辜的！""再不懂事也要知道尊重他人，更何况是长辈呐！"父亲咆哮着缓缓放下举起的拳头给阿姨深深鞠了一躬。悲凉长叹："子不教，父之过呀。"父亲悲哀与愤怒交织的目光鞭挞着我的心灵，阿姨淡定如水的目光包容着我的无知与妄为，来自两个不同方向的力量震撼了我的灵魂。就从父亲这一拳开始，我从混沌世界被拉了出来，企图在书中开辟人生的道路。没过几天，父亲和母亲都受到“批判”，被打倒了。父亲坦然，母亲崩溃了。白天，我守护在母亲身边一边读着父亲指定的书，一边在空白处留下观点。夜里，父亲守护在母亲身边，一边精心伺候耐心开导母亲，一边在我的读书笔记后面留下一抹阳光。

20 世纪末，母亲终于走出荒唐年代的阴影。然而，离休后仍在工作的父亲却被组织善意的谎言骗回北京，直接住进了医院。母亲陷入深深的忧虑。我辞去优越的外企工作，替母亲日夜守候在父亲的病榻前，希望能将父亲从死神的手里拉回来。那天，父亲从昏迷中醒来，苍白的脸颊洇出红晕，看着我们兄妹三人微笑着说：“我去马克思那里报到了，批准我回来跟你们说几句家常话。你们的妈妈革命一生，辛苦一生，严厉一生，更爱了你们一生。你们要照顾好她。”这一刻，长久纠结在心的母亲那严厉抑或偏颇的家教全都释然了。

书柜里摆着父亲的照片。在父亲刚毅不失温和的目光中，母亲终于从噩梦中走了出来，走进人群，走进祖国的山河中。我们去母亲家，耳边就响起快乐的唠叨。不知从什么时候起，母亲总是提议全家去外边聚餐，说是不要累着孩子们。但是，无论在多有档次的饭店，每上一道菜，母亲总会眉飞色舞地说要是自己做这道菜，一定会如此这般。我知道，母亲是在遗憾没有体力亲自下厨再给孩子们做几个家常菜了。

从客厅传来母亲的提议，借口给她的宝贝孙女和孙女婿增加营养，说是去东来顺吃火锅。“大家都听我的。”我高声插话，走出书房倡议，“今天我们就在家里吃饭。妈妈，你在一边指导，把莲藕排骨汤的绝技传授给你的宝贝孙女。我、二弟和三妹各出几个菜。怎么样？”大家看着母亲，母亲看着我，良久才蹦出一个字：好！我看到母亲的眼里充满了孩子般的喜悦。

开饭了，母亲先要喝她孙女煲的莲藕排骨汤，边喝边连连称赞：“好，好喝，真好喝！”抬头宛若婴儿咧嘴嘿嘿一笑，汤水顺着嘴角流出。

谈笑间，我和弟弟妹妹一致决定，今年春节都不远行，陪在母亲身边过春节。

老屋·老爸

王微微

海畔尖山似剑芒，秋来处处割愁肠。若为化得身千亿，撒上峰头望故乡。

——题记

老屋有三间，掩藏在青山秀水间。老屋很老，是爷爷盖的，老爸修的，方块石头垒的墙，长条木板铺的地。老屋很老，但很干净。屋前屋后总是春花夏柳，秋菊冬梅。老爸很爱花，更爱养花。我有幸，总是生活在芬芳的花丛中。没有太多的同伴，却享受着别人没有的鸟语花香。老屋有点孤独，但里面的生活却并不寂寞，妈妈每天都会把屋子擦得很干净，上楼进房间都得脱鞋。这在农村，或许是绝无仅有的。不管是炎炎的夏日，还是冷冷的冬天，我都可以尽情地在老屋的地板上翻腾，出来依然清清爽爽，干干净净，而不至于如其他的孩子一样，尽是泥巴污垢与鼻涕。

老屋有我的一间屋。老爸在里面整整齐齐地糊满了各种各样的报纸杂志，有《人民日报》、《参考消息》，还有一些忘了名的杂志。老爸说，原木有些粗糙，不如在上面糊一些文字，有事没事你可以在上面认认字。哈，真的是这样，我也很欢喜。东南西北，四周看完了，我就会看屋顶。搬一张高高的长凳，站立在上面歪头看，看得眼花脖子酸，还乐此不疲。三两月后，“世界”周游完毕，报纸杂志也会渐发黄，老爸就会给我换换新。还别说，这还真让我认了不少字，学了不少事。从此，老爸爱上此行，并如我般乐此不疲。

老屋有我的一块地。里面种满各种各样的小花，有指甲花、牵牛花、月季花、金针花、菊花，还有许多忘了名的小野花，当然没有名贵的花。老爸不参与，任由我打理。我不怎么会养花，除了浇水拔草，别无其他恩赐。但小花很顽强，好几次叶萎花落，经由老爸动手指点，它又能摇曳生姿，活得颇滋润。老爸说，人如花，花如人。你养养花，想想人。一个大清晨，我摘下了花园里最艳一朵黄菊花，欢快地送与老爸，老爸笑笑，挡住了母亲的责骂。事后我才知道菊花的意义。真没想到，若干年后，事情却会变成真实。

老屋门前有一条河。清澈的水，光滑的石。“水至清则无鱼”在这不成立。肥美虾儿，鲜嫩鱼儿，还有那横着走路的螃蟹，都成了我们餐桌上的美味。每到天热时，河流更是我们嬉闹乘凉的好去处。我在河边长大，却是不谙水性。老爸常常端着我的下巴教我游泳，我却总是自己把自己吓得惊叫连连。老爸总是取笑我：“我这妞呀，就是秤砣一个，一下水就沉。”还有一种游戏，就是用树枝抓小虾。在水里游玩结束的时候，老爸就把一长满叶子的树枝放到浅水里，应该是那种桉树枝。拿一块石头压住树枝，等到第二天傍晚的时候，老爸去河边轻轻地搬开石头，把树枝拉上岸并抖动，沙地上便满是活蹦乱跳的小虾等你捡，映着那落日的余晖，像极了一幅快乐的图画。这种游戏非常有趣，我和老爸总是乐而忘返。

老屋里有一个破广播。记忆深处，每到晚饭时，广播就会响起。七八十岁的爷爷便会拿起一杆长长的烟筒，吸着他自己种的旱烟，坐在广播底下开始享受。爷爷打过游击玩过命，面容俊朗性格刚毅。很喜欢，喜欢偎在爷爷的怀里听听广播，喜欢爷爷那长长油亮的烟筒，喜欢听爷爷讲他年轻时的故事。捣蛋时，爷爷会俏皮地把浓浓的烟圈吐向我的脸，笑容在白色的烟圈中瞬间荡漾开来。老爸在边上看着我们爷孙俩嬉闹，满足的笑容溢满他那张英俊的脸和我们小小的老屋。

老屋里没有多少书，《毛泽东选集》是年幼时我看到过的最厚实最精装的书。虽然没用心去读，却是用着心去保存，不忍令之蒙一灰尘。《苦菜花》、《敌后武工队》翻了好几遍，至今印象还深刻。还有一些电影明星杂志，另有一些老爸说不能拿出去给别人看的关于台湾的画报。画报很精美，可我当时总是很纳闷，这么漂亮的画报为何不可以和别人共享？老爸从不选择书，只要是书，他都会拿给我看，甚至《西厢记》都会带给我看。老爸说，没有绝对的，只有相对的。坏的东西，也有好的一面。当时不懂，如今已悟！

老屋很落后。刚记事时，老屋还点着可怜的煤油灯和蜡烛。我的屋里有一个漂亮的朱漆床头柜，它的功用就是摆放我那少得可怜的书籍和蜡烛。一天晚上，我在床上看书看得朦朦胧胧的，不知不觉睡着了。早上醒来时，床头柜上出现了一个黑黑的“天坑”。老爸黯然失色道“还好还好”，然后轻言细语地交代我要注意安全。看着老爸一脸的关切，我的眼睛也慢慢红了。从那以后，每晚老爸都会在我的门前来来回回好几趟，叮咛我熄灯，看到我真的把灯熄了，才会安然去睡。也是从那晚后，老爸给我做了一个铁的灯台，怕我夜晚睡着了会烧着自己。而我，却总是和老爸玩猫捉老鼠的游戏，他来敲门，我就会熄灯，听到他走开了，又会把灯点燃，继续看书。

印象最深刻的是老屋突然通了电，那一种喜悦，至今还记忆犹新。来安装的全是老爸单位的同事，老爸说："这是我女儿的房间，你们电线要拉得漂亮点。"叔叔们真的很给力，没想到电线还能拉出各种花样，还能做得如此美丽。老爸说，两个小时可以搞定的工作，叔叔们做了一整个下午。当时年幼，不懂言谢。而今感恩，愿好人都长寿！电灯亮起的瞬间，我的心在飞舞。从此，我的老屋总是沐浴在光亮中。

老屋老矣，库区的水已将它淹没在深渊里，我想，它应该已成为鱼儿虾儿的安全栖息地。老爸去矣，已长眠于深幽的青山里。水在脚下流，屋在水里住，老爸在山顶静眠。我却常常想念老屋，想念那一屋的欢声笑语，想念老爸的点滴关怀。春夏秋冬，日日如故。

一床被子的温暖

陈　金

一

小时候，家里兄弟姊妹多，家庭经济条件十分拮据，日常的吃穿住行都成问题。一家十来口人，在父母的带领下过着极简朴的生活。

晚上睡觉的时候，因为没有那么多被子，只能两三个人合盖一床被子，身下的褥子更是只能当作一个遥远的梦想。

夏天温暖，哥几个盖一张被子睡觉，谁多盖点或少盖点都无所谓，可是到了冬天，少盖被子就容易冻着。冬天，我和两个弟弟与夏天时候一样，盖一床被子。前半夜，由于炕热乎，哥三个不感觉冷，到了后半夜，炕慢慢变冷了，哥三个在睡梦中就开始不由自主地拽被子，因为实在太冷了。

细心的妈妈在我们睡觉之前，总是把大火炕烧得滚热滚热，唯恐我们睡觉的时候冻着。尽管炕热，但毕竟是寒冬腊月，炕热乎也就是那么一两个小时，到后半夜就是凉炕一铺。后半夜炕一凉，熟睡的我们有时候就会被冻醒，把被子往身子下边掖一掖再睡。有时候自己睡着了，别人又会无意中把被子拽过去了，这样难免就要露着身子挨冻了。

那夜，熟睡中的我，感觉有人轻轻拽着被子往我身上盖，我睁开惺忪的眼睛，原来是母亲一只手在给弟弟掖被子，另一只手在轻轻拽被子往我的身上盖。母亲发现我醒了，摸摸我的身子，长叹了一声："唉，看看，这身子冻得冰凉。"盖完被子，母亲又悄悄地回到炕上。迷糊中，我又睡了过去，至于母亲什么时候睡的觉，我就不知道了。

苦难的日子里，我只知道夜里母亲不止一次给我们盖被子，虽然没有睡过一夜暖烘烘的觉，但是想起来，仍觉得那床被子一直温暖了我的童年和少年。

后来家庭条件稍稍有所好转，由原来三个人盖一床被子，变成两个人、一个人盖一床被子。

二

短暂的暑假就要结束了，我也要回到遥远的县城继续读书。

开学前五天，母亲准备把我的被子重新拆洗一遍。这时候我才知道母亲为什么在我放暑假前几天就三番五次地叮嘱我把被子带回来的原因。

农活忙，家里的事情又多，父亲的身体又不好，家里家外的活更多的是要母亲来劳作。母亲是在紧赶慢赶中抽出时间来为我重新拆洗被褥的。

我知道母亲很劳累，也知道自己的被子不脏，因此就想方设法阻止母亲为我拆洗被褥。

可是母亲态度非常坚决，说什么也要把我的被褥重新拆洗。我开学前的几天里，母亲忙里抽闲，贪黑起早，把被里被面和褥子里褥子面洗得干干净净，被子和褥子的棉花又重新揩撕（方言，把细碎的棉花，用手指捏抓，使其出现细密的绒毛）了一遍之后，又添加了一些新棉花。看到母亲忙个不停，我也时而帮助打打下手。

母亲在添加新棉花的时候，我劝阻母亲说："妈，我这被子够厚，不用再添加棉花了，这棉花留着给咱们家其他人做棉衣用吧！"我的话音刚落，母亲就抬起头瞅瞅我说："家里人好对付，只要把炕烧热乎就行了，你出门在外，入冬了眼瞅着天气越来越冷了，被子不够厚不行！"母亲说完，我轻轻地点了点头，默默无语。

三

历史典籍中有很多孝亲敬长的故事，其中我比较欣赏的是，黄香扇枕温衾。黄香，东汉江夏安陆人，九岁丧母，事父极孝。酷夏时为父亲扇凉枕席；寒冬时用身体为父亲温暖被褥。虽不是什么大事，可细微的小事却也少有人能坚持。所以，黄香这一颗充满暖意的赤子之心，不得不让人感慨佩服。

去年年前，我把母亲从乡下接到城里过年。

为了让母亲每天都能休息好，我和妻子特意为母亲腾出了一个房间，当然还有一床暖暖的被褥。母亲毕竟年近八十了，平时的照顾一定要细心周到。所以，母亲每天的起居我都格外关注，睡前和睡后我都要到母亲的房间看看。

一次后半夜，我悄悄走进母亲的房间，发现母亲把被子踹到了地上。蜷着身子侧卧着，睡得很香甜。我猜测是因为刚开始睡觉的时候室内温度相对高，母亲不自觉地将被子踹下床。可是到后半夜，室内温度会相对降低，如果不把被子盖好，对于母亲这个年纪的人，随时都有感冒的可能。

我把被子抱起来，轻轻地盖在母亲的身上。

第二天早晨，我问母亲：“昨天晚上睡觉冷不冷呀？”“冷啥冷，这可比农村的平房子暖和多了。”听母亲这样一说，我会心地笑了。

一床被子，一段日子。

一床被子，一段段亲情故事。

恋上一床被，感受别样的温暖，体会幸福时光。

过年·记忆·味道

于爱霞

提起过年，早就没有了小时候的雀跃与欢喜，相反，多了一些难以言说的复杂感觉。时间的长河奔涌不息，年纪一年年见长，我的眼睛里流露出难掩的成熟与沧桑。

鞭炮声声响，烟花朵朵开。过年了，喜庆的春联，招摇的花蕊，映衬着灿烂的容颜，见到每一个人都笑着，我也笑，很幸福的样子。

过年好啊，过年好！这是过年听到最多的声音。

过年好吗？我问自己。

过年好！

是的，过年好，我们欢欣地接受每一个应该到来的日子，踏实在自己人生的旅途中行走，认真经历每一个沟沟坎坎，亲吻忧伤，牵手阳光，相信风浪过后，一定会抵达约定的天堂。

长大了，总要挑起一些大人的担子，虽然一直觉得自己还是很小。或是逃避吧，总想抛开一些纷杂的凡尘俗世，像小时候把困难都留给亲爱的爹娘，或者哥哥。即使他们愿意为我承担一切，可是，能吗？闭上眼睛，深吸一口气，感觉到一股力量透过血液在我体内澎湃，让我勇敢，让我坚强。我的，还是我的，只能是我的，不管是快乐，还是困扰，无人可以替代我去体验。

过年好。过了年，就会好，我们总愿意这样憧憬。在这样的憧憬中安慰，麻痹自己。

此时此刻，孤灯伴我，斜影相随，静静享受一个人的年。忽然，伤感来袭，开始想念我的娘亲。安静的夜晚，繁星点点，霓虹闪烁，你的模样，在我梦里梦外轻轻踱步，如影如幻。

年在我眼前，我在娘身边。

记得，那一年，也是年，却没有平常过年的喜悦，只因那年，娘生病了，很严重的病。有人跟我说，过了年，一切就会好。于是，我便一门心思盼望过年，盼望春暖花开，等待温润舒适、风和日丽的好天气，期待那时，娘的病会不治而愈。可心里一直明白，年，治不好娘的病，这样想的时候，心会很痛很痛。但是，我拒绝那样的念头，固执地在美好的希冀中麻痹着自己。还记得那个年，除夕夜很冷，我把她扶起来坐在床上，盖着被子，我在这头，娘在那头，我们弓着双膝，四只脚顶在一起，她的脚很凉。那个年啊，与母亲的最后一个年，是她说的，等过了年，迎春花开的时候，病就好了，她说要带我去看看年迈的外婆。在母亲灰色的眼睛中，我看到了一丝久违的光亮，幸福地希望这会成为真实。憧憬着母亲又可以下床，又会去侍弄院子里的花花草草……

又过年了，多想，能回到从前，回到母亲身边，给母亲亲手穿上为她买的新装，让母亲看看她的妮儿长大的模样。过年了，娘亲啊，你也会想念我吧？

模糊的双眼，遥望天涯长叹，唯有泪两行！

让思绪回来吧，别去回忆太多，不要在痛苦的记忆中让自己沉迷，抹掉眼泪，还自己坚强。年年岁岁花相似，岁岁年年人不同，每一个新年伊始，都是喜庆，欢聚，畅想。在年中，也爱，也恨，也笑，也恼，也追求，也逃离。年末，收获了，也抛却那些困扰吧。

年啊，年，本想写一些快乐的东西来迎合你的精彩，努力灿烂着，想让自己沾染你的喜气，可是码出的字，依然那样的深沉压抑。年啊，这不是我的初衷，与你无关，与心情有染。

原谅我吧，沐浴在你的喜庆里，却依然孤独。融在这样美好的夜色里，细细品尝新年的味道，搜寻往年的影子，记忆深处，再深处，却只看到你无奈的模样。年，带给我的是深深的念想。

不管年带给我的是怎样的记忆，却依然认认真真盼望着来年春天，盼望着我的天堂。相信明年，幸福相伴，快乐相随，复明年，我心依然。

夜已深深，收拢记忆的丝线，舒身搁笔，醉梦，与年无关。

一路母爱

笑　狂

结婚后，我和妻子在外单住，但母亲依然交代，要我们每天回她那儿吃饭。尽管我们的住处离母亲的房子不远，只有一里之遥，我们却懒得回去。我笑说，不用了，我们买来吃或自己做。母亲不同意，她说，外面做的东西不干净，还是我做给你们吃吧。争执了半天，最后我们答应母亲每天中午和晚上回去吃饭。

有一天，家里来了一位老家亲戚，母亲做了一桌子丰盛的菜肴，还买了两瓶好酒。多是久别重逢的喜悦，心情格外好，欢声笑语不断，于是，平时滴酒不沾的我，那晚竟然也贪起杯来。推杯换盏过后，我有些飘飘然了。母亲见我有些醉意，就不许我再喝。

母亲安排亲戚睡下后，我起身要回我的住处。母亲见状，拦住我说，太晚了，今晚就在我这睡吧。我摇摇头，说，明天我还要赶着上班呢。

见我执意要回去，母亲也只好答应。母亲说，我送你回去。我笑，多大的人了，还要你送呀，我自己能回去。

我摇摇晃晃地出了母亲的院门，夜已很深，路上的行人三三两两，只有满街的路灯亮着。我一边走，一边唱着歌，像一只醉猫一样，摇来晃去。

一路狂歌，终于摸到了通向我家的那个长长的巷子，我歪歪斜斜地走着。当我掏钥匙开门时，不经意地转身回望，我看到巷子的出口有一个熟悉的身影，而那个身影正转身而去。我一下愣住，醉意全无，那不是母亲吗？她怎么跟在我的后面啊。“妈”，我大声喊着。可母亲没有听见，她的身影消失在巷子的出口。

原来，母亲担心我喝醉酒后在回家的路上出意外，于是悄悄地跟着我，一直到我安全地回到家门口。

那一刻，我泪如雨下。我知道，能在夜深时分平安到家，不是我酒壮胆大，而是母亲的爱，一路庇佑着我。

一枚银簪

桑奕红

这枚银簪是祖母生前送给我的，祖母离开我们已三十多年。每次搬家，我都会小心地把这枚银簪视作贵重物品来珍藏。

祖母，是一个裹着“三寸金莲”的小脚女人。在她那个年代，女人几乎人人裹脚，我也曾经听祖母讲过那裹脚期间痛苦不堪的经历。她的头上梳着最古老的用一根银簪固定的发髻，那发髻小巧玲珑地贴在祖母的脑袋后面。

小时候的我都是跟祖母睡的。在寒冷的冬天，祖母会用火笼烘暖被窝；在炎热的夏天，祖母会不知疲惫地为我摇着蒲扇。每天早上，尽管她轻手轻脚地起床，但我还是会被惊醒。静静地看她小心翼翼、认认真真地整理着发髻，然后插上这枚银簪固定，最后套上发罩。

那个时候，我们家物资匮乏，也就是想办法勉强度日罢了。一年到头只有在春节，能看到点猪肉鸡肉上餐桌。可在我的记忆里，始终没看过祖母品尝过那些所谓的“好菜”。她把任何一点好吃的都留给儿孙们，哪怕就是一颗糖也舍不得吃，还谎称自己吃不来。

祖母踩着一双小脚，每天都是辛勤地忙碌着，无怨无悔地抚养着儿孙们，我们兄弟姐妹个个都是她的心肝宝贝。那时虽物质匮乏，但有祖母的疼爱和精心呵护，我们的童年还是挺幸福的。

日子一天天地过去，祖母一天天地老去。后来，祖母的头发掉了许多，变得蓬乱松散，无法再盘起整齐的发髻。有一天，祖母把她头上这枚用了一辈子的银簪送给我。

在那灰色的年代里，我初中毕业，为了分担家庭的重担，远离家人外出干苦力挣点血汗钱回来维持生活。在不堪回首的打工生涯中，尝尽了生活的苦和累。每次出门前，祖母都会说，宝，要照顾好自己。她那疼爱、怜惜和不舍的眼神，我至今刻骨铭心。在我的长辈中，只有祖母管我叫宝。当时我嘴上不说，心里还有点不乐意呢，觉得自己这么大了还叫宝。现在想想，祖母的那声“宝”是多么的珍贵！

我第一次领到工资，上交给母亲补贴家用时，偷偷地留下了两元，给了祖母，我看她头上的发罩都破了，叫她买一个新的。就这两元钱，可把祖母激动得“宝啊宝”地说不出别的话来！

那个时候的两元钱，相当于现在的两百元吧！祖母的开心，更多是欣慰吧，欣慰有儿孙记挂她。看到祖母开心，我更开心。

想想那个年代生活的艰辛，我的心里装着许多苦水，根本就没有多少喜悦可与祖母分享。所以每次回家面对慈祥的祖母，也没有好好地跟她说说话聊聊天。而每次祖母都会对我嘘寒问暖，关怀备至。

如果要说自己这辈子亏欠了谁的情，那就是祖母！自己总是享受祖母无私的爱，却不曾回报过同等的爱给她。祖母终其一生，勤劳善良，默默付出，是为了孙儿们能够幸福生活。这份爱，我将永远珍藏于心间。

每当看到这枚银簪，有关祖母的回忆就如同一场漫天大雪，纷纷而至。而我的心情也会随之变得沉重，心疼祖母一生凄苦，更是失落祖母的不在，心里仿若多了个缺口，怎么填也填不满。

那些年轮碾不碎的心绪

曾揭峰

一夜没睡好，晨曦刚刚撒落在校园的上空，我就起床披衣，踩着朝露，让自己孤单的身影，慢慢融入东方升起的那缕阳光中。

抬头，凝望渐渐明亮的天空，顿时，一股异常的心绪袭来。远方，那个让我梦里千万遍思念的南方都市，那个永远温暖我心灵的家园，是那般戚戚悠悠地缠绕着我，是那般让我无端的热泪盈眶。

熟悉的校园的早晨，晨阳里渐渐人多了起来，清幽幽的路，被驶过的小车打破宁静。准备转身往回走，移步的刹那，在渐渐明亮的马路边，一棵高大的榆树下，我看到一株小树苗正在随风摇曳，仿佛在向我点头，四周，除了那棵大榆树就是长长的马路，娇弱的小树苗在风里不停地摆动瘦小的身躯，让人徒生几许怜惜。

我默默地望着那株小树苗，静静倾听清晨的微风，那些渐行渐远的岁月，顿时模糊了我的视线。

曾几何时，我，不正像那株小树苗一样吗？

无忧无虑的童年，少年，没有烦恼、没有忧愁的生活，每天考虑的事情只是下一顿该让妈妈做些什么好吃的菜。可是，如今，想吃上妈妈炒的菜，几乎变成一种奢望了。

突然发现，自己在哪一天真的长大了。每天需要考虑的事情，除了自己的未来，还有如何去照顾一年比一年身体不好的父母。小时候志向远大，总想快点长大，长成一棵苍天大树，像爸爸一样撑起一片天、一个家；当自己真的长大了，家的重担能挑得起吗？

现在我才真切地体会到父亲撑起这个家是那么的不容易。曾经，多想自由自在，或成为一朵带雨的云，欢快地飘向远方，游遍大江南北，或化作片片雪花，在空中起舞，用缤纷雕琢成守候梦想的雪人。

伸手，我多想抓住时间的轨迹，可是，时间悄悄穿过手心，不留痕迹。用心聆听自己的脚步声、心跳声，回忆着那些天真无邪的岁月，再看看现在的自己，发现时光再也回不去了。

我慢慢走近那株小树苗，蹲下身伸手轻轻抚摸它的枝叶，久久地看着它，我是要告诉小树苗什么呢？我想说，小树苗，你不要惧怕风雨，好好地珍惜现在无忧无虑的时光，等你长成和那棵榆树一般大的大树后，你将面临怎么躲也躲不掉的责任。

时光如梭，那些美好的年轮在不经意间流转老去。回首，人生得与失，成与败，都是一种体验，追求理想是一种高尚的境界。花开的声音，只有雨才能听见，因为那是成长的絮语。花舞的柔情，唯有风才能感觉，因为那是牵挂的辗转。花落的枯寂，却只有宁静的心灵，才能真正感受。那些美好的回忆，那些莫名的忧伤，还有那些遥远的流年，美丽岁月的幻景，如水夜凉，如梦初醒，轻轻淡淡流在心头。

一道强烈的阳光从树梢透过来，折射在我的脸上。这才意识到，早晨也要开始走远。冷清的马路，逐渐被熙熙攘攘来往的车辆躁动着，一辆辆各式各样的汽车从小树苗和大榆树旁飞驰而过，留下缕缕废气扑打在小树苗的脸上，嫩绿的枝叶在尘土飞扬中傲然着。

静静地望着这一幕，愣愣地盯着晨风中的小树苗，心中掀起一丝羞愧的波澜。

我知道自己再也不能沉溺在那些过去的追忆里，因为我不能够去哀叹，我应当像小树苗一样坚强地迎风站立，站成一道人生最美的风景。

心中的那盏明灯

每个人心中，家是最安全可靠的避风港。奔波在外，步伐时常匆忙，前路漫漫，每一步却是笃定和自信的。我们心知，世界上最爱自己的人就在那，守护着那个温馨家园。那里总有一盏明灯照亮回家的路，那里厚重与细腻的深情等待溢满心房。风雨不改，那扇打开的心窗，永远向着家的方向。

（林东纯）

月牙巷，深深幽幽

曾学诚

豫章城内，许多小巷名叫得很通俗好听。月牙巷便是其一。它形似初月弯弯窄窄，深深幽幽，由于居住的人太多，屋挨屋显得拥挤。不过，虽说巷小人密，邻里间却也和睦。人们在窄小的巷道碰面，微笑，寒暄，问候，亲亲热热。

但也有例外，我就与邻居的她没有过对话。

她家住我家对面，门斜对着门，却绝少往来。上班下班，我总见她骑一辆半新的自行车，后座载个五六岁的女孩，每每行色匆匆。有时在窄窄的巷道相遇，也最多相互点下头算是招呼。淡淡悠悠的日子中，我们似乎从不相识又似曾相识。

春季的一天，倾盆大雨整整下了一个晚上，我祖父留下的这幢老房子，几乎要顶不住硕大雨珠的袭击。早上一醒来，只见靠窗边的几处开始滴滴答答漏雨，我赶忙找来盆接水，无意从窗口往外望去，蒙蒙的晨雨中，只见她蹲着身子，用小铲使劲在靠我家窗下的阴沟里掏什么。旁边给她打伞的，竟是她那只有五六岁的小女儿。

以为她是掉东西在沟里，仔细看了看，才明白原来是阴沟被阻塞了。从沟里汩汩往外冒的脏水，汪汪一片积在巷道。她家门口地势低，黑乎乎的脏水，已越过她家的门槛往屋里漫去。

她不停地从沟里掏出一些淤泥，全身已湿透。打伞的小女孩也快要撑不住，水却仍在涨。这时，我猛然记起，昨天下午我家买煤，请朋友用三轮车拖到家时，一些废砖碍着不好停车卸煤，于是我顺脚将那些废砖全踢到阴沟里，没去想会阻塞了沟。

一种负疚感的驱使，我开门冲入雨中，用手在阴沟掏出那些砖块，漫涨的脏水才哗哗流退。直身看她，正牵着小女儿湿淋淋往家走去。至门口狠狠回望了一眼傻呆呆站在雨中的我，把门关上，从那重重的碰门声中，我听出了她的不满。

可注定我们两家非要有麻烦不可。有天傍晚，我下班回到家正在做饭。突然，一阵咚咚的敲门声，我急急开了门，只见她愠怒地站在门口，乍一看开门的我，猛惊一下后退几步，两眼惊恐地盯着我的右手。我不知所措，低头看自己的手，才发现自己急急从厨房出来开门，切菜刀拿在手上忘了放下。

也不知道我手握菜刀的模样有多凶狠？双方愣愣对视片刻，我努力堆起笑问她有什么事，她这才开口，声音轻细细：“你家小孩打碎我家的窗玻璃了。”

我回头看看坐在饭桌旁装模作样做功课的小表弟，还没反应过来说句道歉的话，她已经转身走了。

气冲冲盘问表弟，才知小家伙放学后在巷道踢球，报销了她家窗上两块玻璃。我真想狠狠揍小表弟一顿，要他以后少惹事。

饭也没心思做，姨夫一家去广东打工，表弟留守我家，只好我充当家长向她去赔不是，也顺便量了她家的窗架尺寸，上街买了两块玻璃，笨手笨脚替她家把窗玻璃安装好。

这才听人说，她在监狱里工作，专门管女犯。

小小的月牙巷，窄窄的巷道，门对门的邻居不可能不碰面。淡淡悠悠的岁月，许多日子过去了，我与她硬是没有交谈过。我害怕她那愠怒的目光，她大概也忘不了我手握菜刀凶凶的模样。

直到有一天，她要搬迁新居了。方才知道邻居们都舍不得她搬走，都说，这女人很贤惠，脾气儿好，心地善良。她爱人在北方边境的部队上，她婆婆重病缠身而长年住院。她要服侍婆婆，照看女儿，工作还做得非常出色，邻里间人缘极好。

原来是这样。窄小、密集的空间竟深藏如许隔膜。我的粗心，表弟的莽撞，真不知给她定格下如何的印象，也许再也无法改变。

月牙巷，越发的细长、幽深了。

梦中的小屋

肖　航

一直以来，我都想拥有一间属于自己的房子，真真正正的属于我的房子。不需要太大，一间带厨房和卫生间的房子，就足够了。也许有人会认为我有些奢想，但这是我的夙愿，我从小到大的一个梦想。

小的时候，我也有一间属于我的小屋，那是一间带阳台的小屋，房间里摆着床、床头柜、书柜、书桌、椅子，陈设简约而温馨。

书桌前是一扇窗，推开窗，可以看到父亲种的各种花草——清香的茉莉、娇柔的含羞草、碧绿的文竹、亭亭玉立的茶花、绚烂多姿的菊花……，红的、绿的、黄的、白的……，整个阳台姹紫嫣红。

再看远些，是阳台对面的一片荷塘，当夏天来临的时候，荷塘里一大片一大片的碧绿的荷叶，中间夹着星星点点粉红的荷花，微风拂过摇曳生姿，煞是好看！清风夹带着阳台上的花的芬芳，撩动着鹅黄色的窗帘，阵阵暗香沁人肺腑。彼情彼景，令我没齿不忘。

我常常在书桌前书写的时候，会不时地抬起头向远处的天空看看，只记得那时的天总是湛蓝湛蓝，如一匹宽阔无垠的名贵的绸缎。

月亮从天边升起的时候，夜幕降临了，那花的香味随着夜的沉淀益发浓郁，就像一坛陈年佳酿，历久弥香。

进入夏季，我的小屋被大自然的“交响乐”所萦绕。白天树上知了的吟唱此起彼伏，晚上荷塘里蛙鸣断断续续。我就是在这样的花香和乐声中度过每一个日日夜夜。

每当枕着摇篮曲般的蛙鸣入眠，是那么恬静而宁馨。

这样美好的日子，令人留恋。所以，一个暑假我都可以不下楼，整日整日待在屋子里。妈妈说我这样待下去，会闷出病来的。但我乐在其中，心中常常会充满期盼、感动与谢意。我会坐在书桌前看一整天的书，写一些随想偶感的文字，或者痴痴地看着花草、荷塘、天空，倾听知了的吟唱和万籁的回响，感受大自然赋予的一切美好。

我会在傍晚来临时，提着水浇灌阳台上的花草，会在妈妈下班回家前，做一些力所能及的家务活。后来，妈妈说：这孩子爱静，不爱嬉闹。

后来，我到外地读书，离开了我的深闺小屋。我们宿舍楼下是足球场，喝彩声、喊叫声喧嚣成一片，充斥着我的大学生活。这使我常常怀念起我的小屋。渴望拥有一间宁静的、属于自己的屋子的想法就更加强烈了。

毕业后，在南方的大都市里工作，激烈的竞争，疯长的物价，贬值的货币，已经成为每个都市人沉重的负累。想要一间小屋也就成了一种奢望。一切都是那么遥远，每个月到手的薪水应付一个月的开销所剩无几。属于自己的小屋只能在梦中反复重温画面。

那是一间窗明几净的屋子，宽大的阳台，一推开窗，满园春色尽收眼底，大大的落地窗上挂着淡绿色的窗帘，微风拂来，窗帘随风飞舞，犹如下凡仙女的衣袂，迎风飘扬，煞是妖娆。

屋子摆着墨绿色的布艺沙发，透明的茶几上摆着绿色的茶具，沏一壶花茶，整个屋子香气四溢。墙上挂着一幅水墨画，画中的山光水色与窗外的蓝天绿地浑然一体。沙发正对面挂着一台电视，我可以慵懒地团在沙发里，看看碟、听听音乐，关注一些资讯。

如果想安静一下，可以坐到窗边的书桌旁，写写画画，寻找文青时代的激情与感觉，抒发对生命的感悟。要是在休息日最好是雨天，可以躺在那张柔软的铺着粉红色床单的大床上，听着窗外“沙沙”的雨声安然入梦……

一切如梦，那间屋子以及屋子里的一切陈设、一切景致，都只能在梦中出现。

如今，我有了家，虽然没有梦中的小屋那么如诗如画，但有我相濡以沫的家人，我们生活得其乐融融。我要悄悄地把那间梦中的小屋，安放在我的记忆深处，每当回首往事的时候，走进去静静地重温那远去的美好光景。

回家

宁习源

母亲是很想我们春节回家过年的。她说："年关到了，村里头每天都会有在外打工的人扛着大包小包赶回家过年，看得人心里暖乎乎的。你们要是工作忙，走不开，就别凑热闹往家里奔了。"

百善孝为先，母亲的话令我很羞愧。在外混得一无是处的我竟七八年没回老家陪母亲过春节了，总以为每年寄笔钱就算尽了孝心。

知道我决定回家后，母亲非常高兴，每天都打电话讲些家里的事儿，总是嘱咐我一定要和媳妇商量好。如果媳妇不同意回家就安心待在广州过年，他们老两口在家也会过得挺好的。

这就是我时刻为儿女着想的母亲。

想到回家，自然地就想起了母亲的点点滴滴。

记得我们小的时候，村里总会有外省人拖家带口地来乞讨、补锅或者耍猴什么的。傍晚时分，母亲总是邀请并挽留这些流浪者在家留宿，热情地在堂屋里用干草搭好地铺，并拿出平时都舍不得吃的腊肉、腊鱼为他们做顿丰盛的晚餐。而我们兄弟姐妹都不能动筷子，只有在一旁闻香味咽口水的份儿。哪怕是一个脏兮兮的疯乞丐，母亲也会为他准备些干净的衣物，换上个打不破的铁皮碗，找个结实的棍子让他来吓唬前来围观不懂事的小孩子。

母亲觉得，做这些事是理所当然的。她认为流浪在外的人能够在家吃口热饭，心里头肯定会热乎好长时间。母亲总说做好事就会有好报，如果有一天我们不幸落难了，也一定会遇到像她一样的好人来帮助我们。

母亲的话不由让我想到了诺贝尔文学奖得主、日本作家川端康成在获奖时说的话——佛教的"因果报应"理论是人类最美好的思想。一个民族如果不懂得"因果报应"，一切都无所畏惧，那必然会有很多问题。人如果有"因果报应"的理念，做任何事情都要考虑它的结果，会顾及对自己和子孙后代的影响。

今天的我们有着更丰裕的物质条件来做这些事情，惭愧的是，我们做的却远远不够，更别谈做这些事时应该具备的，那种慈悲的心情和虔诚的态度了。

一次和朋友们大谈伊拉克战争，带着强烈的个人色彩，分析战争的起因，猜测战争的胜负。母亲在一旁认真地听着，若有所思。母亲大字不识几个，一辈子连县城也没去过几次，更不知还有伊拉克这样的一个国家，还有激光导弹、无人飞机等新玩意。我打趣地问母亲对这场战争有什么见解。

母亲沉默半天，说："这仗能不能不打呢？不管谁输谁赢，两边都会有人死伤，那些做父母的该有多心痛呀！"

没上过一天学，连自己名字都不会写的母亲的话把我们全震住了。在她眼里没有种族，没有信仰，没有敌我，没有强弱，有的只是人性、宽容和博爱。她以母亲的视角看待战争，她对苍生的悲悯，令我们这些怀着复杂心情的观战者不禁汗颜。母亲的话，让我对战争有了重新的认识。

星云大师在《包容的智慧》中提出，中国佛教尤其强调包容，倡导慈善亲和，严于律己，宽以待人，挚诚简朴，珍惜百物等等。母亲自然不能与满腹经纶、随缘度众的佛教大师相提并论，但这位具有中华民族传统美德的普通农村妇女，却用她朴实、微不足道的一生为子女们树立了宽恕、包容、善良和博爱的典范。

生活条件一向窘困的母亲给予了我们巨大的精神财富，让我们学会了以一颗与人为善的心，坦然从容地迈向坎坷曲折的人生旅途。

感谢母亲。一定常回家看看！

落月一窗鹅打更

贺湘君

闲来读到杨万里的一句诗，“深山五鼓鸡吹角，落月一窗鹅打更”。鸡吹角，鹅打更，好似一丛流萤带来吹灯时代遗落的静美，让人惊呼书页里远去的山月和更声。

人的日常，早已离不开各类电子产品。手机和闹铃日益成为很多人的习惯和依赖，都市里的人大多是在闹铃的反复喧嚷里开始朝九晚五的一日，哪里还听得到五鼓更声，看得见落月一窗？钢筋水泥墙面被厚实的各种装饰材料包围，鳞次栉比的建筑、钢化玻璃和奢华旖旎的帘幔遮住了旧时月光。柴火烛光和纸糊的灯罩也被霓虹灯、白炽灯等现代照明摄取了光泽，奄奄一息蛰伏在僻远的山村角落里或古书的残墨里。

我们坐在空调和电器充斥四周的环境里，所缅怀的，不过是当年鸡声茅店中遗留的旅愁。很多人都有类似的怀古情结。古镇的客栈流水、明月桐花，商业时代茶楼里的烛光，一盅清茶，一壶薄酒，无不企图让今人共赏一杯清茶的古韵，共赏一轮明月的千古惆怅；也有人远离城市，让耳朵寄居在鸡犬相闻的村落，试图从村落找回一些半坡陶片、河姆渡篝火和洞穴的痕迹，让失散的炊烟可以重新攀附黄昏的土墙，还有那寂静夜里一声硬朗悠远的“小心火烛”的梆子更声。那时，明月照进柴房，一段蝉鸣，一阵鸟噪，一片嘎嘎的鹅叫声，有人将灯吹熄。

“月光替古瓷上了银釉”，我总是会在这样的景况中迷失自己。

斑驳土墙上趴着几缕慵懒的斜阳余晖，晒衣杆上歇着麻雀儿，走过的小巷深处最好能蹲着一两只苍老的黄狗，鸡鸭鹅在笼舍里和青石板边的溪水里引项高歌；木质门扉咿咿呀呀打开后，有女子的木屐声踩过积水洼地，将薄暮小心翼翼踏进一淌淡墨的夜色里。结发绾袖的故事漂在一窗银瓶泻浆的月色里，有打更人在巷弄门牌间掌灯而过，火烛和月光媲美，提挈一种旧时尘烟繁华。更有一两株杏花，在天光初透的草舍前，为羁旅的诗客殷勤探路。门前的槐树，在安静地等待更声的苏醒。

那时候，我从这样的画面里走过。从这样的画面里走过的，是我。

小巷深处有青苔，青苔是小巷寂寞的影子，它约了墙头衰草一起来做收留日头和凉雨的凭证，亦在这莽莽苍苍的尘日里，做不欲多言的注疏。打更的把梆子和破锣交给霓虹光怪，噤若寒蝉退回到漫散的书卷里，日渐成了掌灯温书的深刻怀念。

狗尾巴草最好还在墙头摇摆，鸡所窝藏的角落，狗能吠叫的庭院，还有月牙拆裂的土墙，都仍是那不识字的钓叟或农妇夜里欺哄睡儿的呓语。有那么一刻，我总以为自己凭寄在遗落在书经里的某个朝代，听见鼾声拂过旧时蓝布门帘，我走出柴门，看见李白的明月和长安。

在老街上寻老字号的油条豆浆，临街摆着两三张小木桌，人坐下，一街车水马龙的喧嚣拥挤过来，有汽车的喇叭声，摩托车的发动声，自行车的叮当声，还有踩三轮车的吆喝声，更有锅碗瓢盆的碰撞声。和友人电话，她惊道："我好像听见二胡声。"环视周围，我不知道这声音自哪个木窗里漫溢出来，那苍凉的咿呀声像晴天里的一阵凉风，钻进我绣花的衣袖里，所有生动的阳光变得安静空寥。我独寂坐，听琴。

仿佛有一个人，坐在那隔着灰布帘子的窗格下，拉着他的琴。内心有一座静止巍峨的城，岿然不动地陨落在尘世的喧嚣里，有一种孤高风骨，亦是一种安定饱满的入世姿态。兀自，独然。

知道自己，于那些嗓杂的热闹，无法参与。微微一笑，满身孤清。将大部分时间交给阅读和写字，如同与光阴做一场酣畅淋漓的千古情事。书愈读愈厚了，灯下摊展明月，总还怀念深山寺里的一口闲钟，江岸停泊的旅舟，村舍的蛙鸣和数更漏。想在落月的夜里，与你煮一壶酒。

多少世事，自掌中失散，成了缺漏的日暮咨嗟。我们总能清醒地鉴赏一座山，一条川，一册史书，一棵树，唯有影子，是堪不破的另一种风情。原来读不懂的，总是属于人类自己的天书。

与世隔绝的总是人们的梦想，羁留尘世间的，却是那灵魂依附的凡身肉体。我喜欢看见深巷里剪手阔步的老人，更愿意看他指着深巷那斑驳的朱门，告诉我小巷深处有人家。亦愿意看见暮色里有端着簸箕的妇女，喊喊促促在庭院里扬起谷米，催着鸡鸭鹅上宿去。

那曾经被删节的明月，照着一窗鸡鸣犬吠鹅打更。

我爱我家

徐建明

初春的傍晚，夕阳特别的温柔，大面积洒下来，根本看不出刚才下了一场淅淅沥沥的细雨。倒是经过雨丝的滋润后，天更远了，云更淡了，风更柔了。

我的家映掩在一片绿林丛中，很有点浪漫气息。看到家，幸福的感觉就会萦绕在心头。我爱我家，这绝不是嘴上说说而已，而是发自内心深处的真情实感。

一直认为，与妻子的结合，是一种美好的缘分。当初我刚从农村结束知青生涯回到城里，从事的是很辛苦的钣金工。这是一个整天抡着大铁锤敲击钢板的营生，而且工资低，待遇差。那时我已经年过 23 岁，却仍旧单身一人。由于工作原因，接触的都是清一色的男同胞，周围即使有年轻姑娘，无奈人家一看我是钣金车间出来的，都避之唯恐不及。不久，一位热心的阿姨看到我老实勤快，还喜欢看书，就为我介绍了现在的妻子宁。宁当时是一家纺织厂的会计，长相甜美。初次见面时，看到年轻漂亮的她，心里顿时泄了气，心想着人家肯定会嫌弃我的工作，况且那天我穿得又很土气，心里更是沮丧。想不到第二天介绍人为我送来了天大的喜讯——宁同意与我处对象。

身边有了她相伴，心情一下子舒展开来，抡起二十磅的大铁锤来，都是风风火火。恋爱总是美好的，两个人花前月下倾心交谈，手牵手散步，每一天，都像掉在蜜罐里般甜蜜。之后，一个月明星稀的夜晚，宁一本正经地对我提出了要求："你年纪还不算大，而且喜欢看书学习，应该去参加电大的考试，只有拿到了大学文凭，才有希望改变命运。"

想想自己白天工作的超荷负劳动量，如果再去报考电大，精力上是不是有点吃不消？宁很坚定地说："如果你想扔掉大铁锤，这是必需的选择。"

回想一路走来，宁给我心灵深处带来的慰藉和爱的光亮，心里顿时生出莫大的勇气，我大胆地报考了电大汉语言专科。于是白天抡铁锤，晚上读电大，忙得团团转。周围的人都笑我痴，放着好好的空余时间不去享受，却偏要自讨苦吃，读什么电大，真是活受罪。对工友们的不理解，我总是一笑了之。

清风明月的晚上，宁时常会陪伴在我的身边，一边为我煮茶续水，一边督促我认真学习。三年时光匆匆过去，我终于如愿拿到了电大毕业文凭，虽然人累得几乎趴下。一边享受着幸福爱情一边吸收知识养分的我，心里却很充实。之后随着改革开放进程的加快，政府机关招聘工作人员的红榜随处可见，这时，宁又鼓励我大胆地去应聘。

幸运之神终于向我抛来了橄榄枝，过五关斩六将后，我幸运地被一家市级机关录用，从此成了一名公务员。之后，我向宁求婚，她幸福地答应了。

成家后，宁一人围着厨房转，不要我做家务。有空闲的时候，她就要我多写点文章。正是她的无私付出，我才有了写作的好心情和充裕的时间。晚上，我趴在灯下，辛勤笔耕，心想只有这样才能对得起宁的倾力支持。我的文章在报纸杂志上的发表率逐渐高起来，而妻子宁的命运这时却发生了变化，她所在企业倒闭了，平时的生活节奏被打乱。

我曾提出有些家务我可以胜任，可是宁却摇摇头，坚定地说："你还是在写作上多花点功夫，家务我来做吧！"我每天享受着饭来张口，衣来伸手的惬意生活，宁却为了这个家，默默地去承揽了好几家单位的兼职会计。我去上班之后，她就埋首于电脑前，做各种财务报表。

每天晚上，吃着宁为我精心烹制的时鲜菜肴，心情极好。兴致好时，便倒杯葡萄酒，与宁共饮，慢慢地享受着家的温馨美妙。可是看着宁明显衰老的容颜，我的心瞬间黯淡下去，生出一丝愧疚。为了我，为了这个家，宁付出了太多。

一个月明星稀的夜晚，我和妻子宁手挽手去楼下的小区绿道上散步。月光如水，静静倾泻在地上。微风拂过，一股淡淡的芬芳绵绵袭来，它不是高雅浓郁的人造香水味，而是青青小草混合着大自然泥土散发出来的清新气息。宁贪婪地呼吸着这天然氧吧的清新空气，而我则陷入了沉思。小草的根是白的，直的，柔弱的身躯，却凭着坚韧的意志破土而出，伸展着那抹绿。就像我的爱妻宁，揣着一颗心来，不带任何需求，用一个女子娇弱的臂膀撑起一方温暖的家。

进入中年，我的睡眠质量极差，一点声响、一丝灯光，都会把我吵醒。醒了之后，就会信马由缰地胡思乱想起来，难以再次入睡。对此宁是知道的，尽管我从来没有对她说起过。每天清晨，宁总是早早地起来为我烧开水、热牛奶、做甜饼、烤面包，声音很轻，但我都能感觉到。

清早，宁起来的第一件事就是关上房门，隔绝外面的声响，让我能继续酣睡。她蹑手蹑脚，极小心地把房门轻轻合上，几乎不会发出任何声音。在房门关上的那一刻，我总感觉到有一股幸福的味道也被关进了房间，弥漫在我的心头，淡淡的，却又似乎浓得化不开，挥不去。

这时候，我便会安心地假睡一会儿，有时候也真的会蒙眬睡去。最近发现，宁的关门技巧越来越好了，有几次醒来一看，枕边的宁早已起床在洒扫庭院，在厨房里忙着了，房门也已经轻轻地合上，我居然一点也不知道，心里便暖暖的，久久地注视那合上的门，那就是我的爱妻，我的宁。我仿佛听到了她的内心独白："轻点，再轻点，把声音留在外面，把安静留给老公。"

爱，就是这么一个动作，轻轻地；爱，就是无声的，没有任何华丽的语言。这么些年下来，我和宁之间，老夫老妻，语言已然失去了魅力。真爱，无声无息地渗透在每一个细微动作里。不曾留心，便悄悄地滑过我的视线，有时候什么痕迹也没有捕捉到，却留着一个大写的爱字。

每天早上房门的一开一关，一响一静，就如同交响乐的低声部序曲，内蕴丰富，却藏而不露，感人至深。大爱无声，唯有心，才能听到它优美的旋律；真爱无形，唯有心，才能看到它缤纷的色彩；真爱无价，唯有心才能感受到另一颗为你跳动的心。

轻轻地，轻轻地，关上门。门内的我和门外的她，不离不弃，执手相依。

我爱我家。

外婆正传

徐一冰

我的外婆叫陶银宝，今年正好八十岁。中风的这五年，她每天坚持看书读报，右肢偏瘫，便改用左手，硬是写下了二十多万字的自传。她从不抱怨，心中只有感恩。她对生活的乐观，使周围的人对她深感钦佩。

外婆的字一丝不苟，带有些许颤抖的痕迹，这些文字真实地记录了一位八旬老人的人生轨迹。她那种活到老、学到老，生命不息学习不止的求学精神，令我辈汗颜。

每天清晨，左右邻居都会看到一位满头银发的老人左手一书在握，靠在一张藤椅上，气定神闲地看着。如果不是右手无力地蜷在胸前，谁都无从得知这是一位中风五年的病人。外婆曾因脑膜瘤动了一次大手术，几年后又中风半瘫。于常人言，她人生余下的时光该是在悄无声息中度过了，可是好强的外婆却没有虚度光阴。她说："我的右肢虽然偏瘫了，可是我的脑子却不能空虚。"

看书、读报、写作，成了她每天的必修课，有时还会把报纸上看来的趣闻讲给我们听。为了让外婆高兴，我们总是很捧场地笑开怀。

我对唐诗宋词之类，虽说喜欢，却三天打鱼两天晒网，不肯花工夫去深究，因此也就背不出大段的诗词。而外婆最让我佩服的是：她可以一字不漏地吟诵《琵琶行》、《木兰辞》、《声声慢》等100多首脍炙人口的长篇古诗词；她可以讲出我们这座江南小城历史上的五十多位名人，一个都不会出差错。有时看到外婆在灯下如饥似渴、手不释卷的模样，一种悲悯之情油然而生：外婆啊，您已如此状况，何不轻轻松松度时光，您这样努力学习又没有谁会给您发奖金。

外婆的视力已经严重退化，为了看清书上的每一个字，有时眼睛至书本的距离仅为一个指头。我无法想象外婆虚弱的躯体内到底蕴藏着多少蓬勃的学习动力。

外婆一天中大多数的时间都在看书、读报、写作，有时实在难以支撑书本的重量，捧书的手都会剧烈颤抖。晚辈劝她休息一下，她嘴上说"好的，好的"，可等我们转过身，她又在聚精会神地看书了。我曾虚心地向外婆讨教："究竟是什么力量使您老而弥坚，学而不厌？"

外婆平静地说："我不能被生活所抛弃，我要让每天过得充实，有意义！"

2006年春节过后不久，外婆的右半侧瘫痪了，再用右手写字是不可能的了，无奈之下，只得改为左手。开始的时候左手指僵硬，连握笔都不行，写出的每一个字都像张天师画符，别人根本就不认识。可是外婆没有放弃，咬紧牙关，坚持不息。从刚刚开始的两三个字，一直到可以写上五十来个字，其中的艰辛只有外婆自己知道，她从来没有向家人诉说过改用左手写字带来的痛苦。外婆的左笔字体如今已经写得很不错了，除了略有抖动外，也算得上小巧工整了。

外婆的《榻中杂记》已经写了二十多万字，她表示还将继续写下去。这部日记式的自传体，记载了外婆一生的风风雨雨、所作所为、所思所想，还有对家人对祖国的无数寄语。我不敢细看这部外婆视若生命的书稿，怕眼泪会止不住掉下来。外婆很珍视自己当年的书记身份，"我曾是方圆十几里唯一的女大队书记"，落笔无不自豪。

外婆出生在旧社会，从没进过一天学堂，新中国成立后，是在农村扫盲班中摘下"睁眼瞎"帽子的。之后她带领姐妹们改革创新，获得工作组的好评，不久被列为重点培养对象，从大队妇女主任再逐步成为独当一面的大队女书记。从风华正茂的壮年，到早生华发，外婆在农村一干就是三十多年。这段岁月的确成了外婆弥足珍贵的人生回忆。然而外婆也有不满意的地方，她时常这样说："担任大队支部书记的那三十多年，人虽然很累，也觉得很有意义，但最大的遗憾是自己没有时间静下来好好读书学习。"

对晚年遭遇的种种不如意，外婆云淡风轻地略过，而对点滴的幸福，她都铭记在心。她在《榻中杂记》写道："我历经苦难，现在过上了幸福的生活，心中剩下的只有感恩。我心中充满对党和政府的感恩之情，对儿孙们的感慰情怀。"

外婆的笑容很温暖，她让我相信，即使面对乌云，也要慢慢走下去，走下去，就能得见生活的阳光。

心中的那盏明灯

唐翠屏

父亲离开我们已有二十多年了，可他那慈祥和善的神情始终在我脑海里浮现。他那一生好学、勤奋节约、为人豁达的精神境界，是我一直引以为学的目标。每当我遇到困难，或偶有失意，总是不由自主地想起父亲的谆谆教诲。

父亲对我们的教育，不是简单枯燥的泛泛而谈，而是言传身教，身体力行。在耳濡目染中，我们学会了做人的道理。

我刚满四岁就上小学，同学们总戏称我为“小不点”。那个时候，学生的劳动时间相当多，劳动后全班同学的劳动工具都一起放到教室后面，等到放学时才拿回家去。可很多时候不是这个拿错，就是那个忘记带走，我也常常犯这种错误，有时还掉了工具。由于我又小又矮，总是拿些烂的旧的回家，没少挨过骂。这还算好的，至少还有样东西能拿回家。

可有一次就实在太冤枉了，班上一位也比较矮小的女同学，放学了没找到自己的工具，急得哇哇大哭。一会儿去抢这同学的，一会儿又说那个同学的工具是她的，可就是拿不到一样工具。同学们拿着工具都使劲地往前跑，我怎么也赶不上他们，不幸被她抓住了，一把抢走了我手上那把家里前天刚买的锄头，硬说是她的工具，然后迅速跑回家里，把我的锄头藏了起来。我追到她家里，跟她打了起来，“挂了花”却一无所获，只好无奈地哭着跑回家。

正好父亲在家，听了我的诉说，叹了口气，抚摸着我“负伤”的脸说：“孩子，算了，我们不去要了。她们家兄弟姐妹六七个，买一样东西很难，这一把锄头是几个劳动日换来的，她们家平时吃饭都很困难，要是丢了东西，她母亲会不惜命地打她的。”

成年之后才逐渐明白，父亲吃亏时常聊以自慰的那些“名言”——“宽田宽地，不如宽量为人”、“得饶人处且饶人”的豁达境界。

父亲的勤劳是远近闻名的，只要生产队里不出工，晴天他便上山砍柴，或是种自家的小菜地。我记得整个山垅，总是我们家的菜地最葱茏。什么红薯、南瓜、玉米，别人家不够吃，我们还偶有节余。

如果是下雨天，父亲就在家里织补渔网，看他年轻时读过的“老书”，其实就是我们现在说的古典文学书籍。或是挥毫泼墨，练习他本来就很好的书法。

没事的时候，我经常在父亲身边走动，有时静静地待在父亲身边看他做事，发现不明白的地方就问这问那。

在我的记忆里，父亲织的渔网总是很疏很疏的。有一次，我问父亲为什么要把渔网织得那么疏呢？小鱼儿不是都跑掉了吗？父亲看了看我说：“要是我们都把渔网织得很密很密的话，把小鱼仔都吃了，那河里哪还有大鱼？后辈们就没鱼吃了呀。”

多少年过去了，父亲的这种儒雅思想，让我真正明白了一个道理——凡事总要留有余地，取舍要有分寸。

谈起古典文学，父亲总是滔滔不绝，引经据典，信手拈来。《水浒传》、《西游记》、《封神榜》、《三国演义》中英雄好汉的形象，都是父亲用“白话”的形式，在我幼小的心灵打上鲜活的烙印。

父亲的书法造诣很高，字体刚劲清秀，俏丽飘逸，深得欧、柳楷书宗师的精妙传神。我认为，他完全能够成为我们村民间书法的杰出代表。小时候在村子里走动，哪里都能看得到父亲的墨宝，或端贴在人家的福龛上，或安贴于新人的洞房前……

冰冻三尺，绝非一日之寒。只要有一点点闲暇时间，父亲就会练字，对自己要求十分严格，不仅注重字的间架结构的均匀摆布，更讲究点、画之间的协调和相互呼应，还有起笔收笔的技巧艺术。而观赏父亲习字，简直就是一种绝妙的享受。看那行笔走墨，如行云流水，又像是野马奔驰，俊秀飘逸，一路踏歌高欢，有时戛然而止，干净利落，迅速藏锋于挥洒的收笔之中，总有那种百看不厌之感。

有时看到父亲的字已经写得那么好了，就劝他不要再练了，可父亲总是轻轻地、又像是自言自语地说：“三日不练口生，三天不写手生。字无百日功，字无隔日功啊！”

我一想，也的确如此，滴水能穿石，不仅在于它持之以恒，也在于它目标始终如一。父亲就是这样，一生都孜孜不倦地追求，修炼着自己的人生。而父亲的言行也熏陶着我的灵魂，让我对文学、书法也情有独钟，一往情深。

这么多年来，我深深地明白，父亲就是我心中永不熄灭的那盏明灯，在黑暗迷茫的境地里，给我指引方向，教会我怎么面对人生。

从此不再一个人

王　君

再次踏上京城，这是始料不及的。不等说出来，心里已经在隐隐作痛。感伤、无助，说不好的情怀，随着思绪万千，一起涌上心头。

顾不上欣赏京城的夜景，在长途客运站的出站口，不知将要去何方。内心的坚定依然在，然而，失去芳香的过往仍在盘旋。放慢脚步，将皮大衣的拉链拉得紧一些，不让冷风侵袭懦弱的心灵。霓虹灯下，看着自己的影子在拉长，脚下的高跟鞋踢踏着柏油路面，在无边的夜色中，显得那样的清脆沧桑。

其实，七个半小时的路程中，已然想好了一切。可，当做出某种决定之前，还是冷静占据了主导地位。仅记住那句话，冲动是魔鬼。即使赌气做出了抉择，当时是痛快了，可然后呢，还是不想做让自己后悔的事情吧。误解，多可怕，有时真的是“刀削不到自己的刀把”。常常当和事佬劝慰别人，可真轮到了自己，竟然也是彷徨无助的。

去春节去过的地方，那里有救命稻草。目标很坚定，于是，行色匆匆，到达心中圣洁的地方。电话打过去，声音依旧温暖如春。一声“妈”，眼泪竟然止不住地流淌下来。夜色中，不再觉得寒冷孤寂。当推开门的一刹那，熟悉得不能再熟悉，拥抱中脑子里竟然一片空白。原来，在生活中，刚强的一颗心的里面，竟包裹着如此多的柔弱。

北京的几天日子过得很舒心，少了纠结，更少了顾虑。家总是温暖的，这是值得庆幸的事情。围着妈妈转，包饺子、逛超市、做饭，不时和小侄女打闹着，内心的忧虑竟然荡然无存。人，总是要长大的，不是自己想不想的问题。其实，我很不想长大，很想回到小时候，那样的自己无忧无虑，可是，再也回不到从前了。

如受伤的鸟儿一般，由妈妈护送着回来了。当拿着钥匙开启房门的一刹那，熟悉的味道扑面而来，原来，哪也没有自己的家好。随着妈妈的到来，家里恢复了往日的欢笑。一起谈笑风生中，述说着两地的风土人情，还有那些熟悉的人和事。那一刻，我的心儿醉了，家和万事兴，家是最好的避风港。

日子如流水，上班下班。只是，上下班的路上心生了许多感慨与感动。“人活着是为了什么”的问题不再困扰，内心多了淡然与平静。原来，海一样宽广的胸怀是练就出来的，海面的平静是经过海风吹拂过的。海浪的翻滚才是大海的常态，也是铸就大海刚毅的一剂良方。想下海，没找到合适的泳衣。如今，找到了最好的游泳教练，在大海中一起随着浪花翻腾，也不失为一种别样的快乐。

周末的时候，一家人驱车去河东看房子。在商铺林立的新城，看着新楼盘，内心的喜悦溢于言表。妈妈鼓励我们在此安家，为未来的日子做好计划，人生无常，能做的就是调整好心态，打理好生活。老公想买 130 平方米左右的，我说太大了，自己又不爱劳动。他瞪我一眼，说不行的话就换人，我说你敢么？打闹中，内心充满了感动。婆婆如妈妈，于我，已是幸福无比。

早起，东北的天气反复无常，妇女节前夕，天空竟然飘起了丝丝雪花，带来早春的一份惊喜。老公说不能开车了，于是，慌乱地划拉几口饭菜，穿起衣服就往公车站跑。幸好，公交站点就在家楼下，站定，还好，公交车未到。乐呵呵地看着等车的人群，想着心事。车来了，因为雪天路滑，人特别多。坐公交车已是习以为常的事情，只是近几个月，才有了专车送的待遇。顺势安静地站在一个角落里，手握着“双杠”，听着音乐。

想着从此不再一个人，暖流涌遍全身。误解、摩擦、争辩，也许是婚姻生活中必不可少的小插曲吧，但与包容、大度、互相温暖比起来，这些又算得了什么。如婆婆说的，都是鸡毛蒜皮的小事，不值得一提。将历史的一页翻过去，不可能有重复的一天，更不可能有重复的心路历程。

让我们再次牵手，与心爱的人一起生活，与家人和睦相处，共同为家遮风挡雨。把快乐填满幸福甜蜜的日子，一起告别孤单的日子，从此不再一个人，彼此惦记着这一生。

岸是我们的天堂

崔 岩

在海岸边繁衍的一代又一代的水鸟，雪白的羽翼，腾起又落下。它们汇聚在这里时，褶皱粼粼，被风浪所侵蚀的岸滩又重新绽放着生机，回到了曾经的活力青春。这幅美景，恰似在他乡多年的游子，回归故里。

水鸟在岸边学会了飞翔，在水中学会了捕鱼。我们也一样，自从来到这个世界的那天起，就得到父母的精心呵护，从咿呀学语到蹒跚学步，从一个小不点长成一个大小伙，在父母的身边拥有了无数个喜怒哀乐的人生经历与体验。其实，我们就是水鸟，父母就是岸，就是我们的天堂。

昨日，给母亲打了一个电话，因为无意中发现自己长了颗智齿，就问她是在这里医治还是等放假后回家医治。晚上一个室友说我犯了一个错误，不应该把这样的小事也告诉父母。我却不这样认为，身体发肤受之父母，经常同家人通音讯，方能使他们清楚自己的情况，而不会盲目担心。

从高中到现在，我一直是在学校住宿。高中课程多，学习紧，没有用手机的必要，所以自己买了一张 IC 电话卡，每逢周末就给父母打个电话。现在上了大学，有了手机，每周也往家里通两三次电话。离家在外，不想家不想父母是假的。记得刚来大学不久，室友说我在夜晚中说了梦话，喊到了自己的父母，也许夜深人静的时候真的是想家的时候。一个朋友有一次跟我说，他想家了，于是那段时间他一直唱内蒙古家乡的歌，期待着早点回家。是啊，在家那么多年，深爱着自己成长的那块土地，还有我们的父母，那里是我们的天堂。人们都说山的那一边是海，可真的踏上航海的船，望着那个岸，却总也忘不了那座山。

当船在海中漂泊，看海中日出，捕海中的鱼儿，感觉海比土地还要美；而当暴风雨来临的时候，船摇摇晃晃，自己急切地渴望靠近岸边来躲避暴风雨的袭击。我们是那条船，父母依旧是那个岸。

父母给了我们那么多爱，作为子女的我们又能为父母做点什么呢？我记得母亲刚有了一部手机，那还是我姨把一部旧的送给她的。我先研究了一番，初步掌握了它的基本功能。后来，母亲让我教她发短信。于是，我边说边演示给她看，可能我的动作太快，母亲一时半会没有看明白，反复地问我，我却不耐烦了。转念间想起小时候母亲教我识字的场景，泪水盈满眼眶，带着羞愧和感动，立刻在一页纸上画图，并写上发短信的操作步骤，给母亲慢慢地讲解，母亲终于学会了发短信。我心中充满了成就感，同时也是酸酸的。

春节放假回家，父母在厨房里做饭，自己进去帮他们干点活，而我刚过去，他们说不用，让我上里屋歇息。他们做了我在家时最爱吃的菜，做的时候，脸上洋溢着灿烂的笑容。可能对于父母来说，他们也许并不期待着自己的儿女能为他们付出什么，而更希望的是让子女分享他们的爱。

时光飞逝，岸变得沧桑，但它仍为曾经在这里成长的水鸟们留下了洁净的地域，期待着他们长大后能够回到这里栖息，它仍为远行的船只留下停靠的港湾。我们是水鸟，是船，父母是岸，无论我们以后在生活中将扮演什么样的角色，都离不开自己的父母，他们也同样永远守候着我们。

虽然我们以后或许会随风散天涯，但岸依然会在那里守候，直到永远！我们也将永远不会忘记，那固守在岁月里的岸，是那最温暖的天堂。

最亮丽的山村风景

李　菲

离我生活的城市不到一百里的地方，有一个小山村。这个村三面环山，村子很小，也就百来户人家。

夏天时，城市里热得像个大蒸笼，似乎离开了空调就没法活下去。但在这个小山村，晚上不用吹电风扇，半夜的时候身上不盖点东西还会冻醒。山泉甘甜可口，山风清爽宜人，就算是中午，日头毒辣辣的，因着那风，也毫无一点闷热的感觉。山上到处是盛开的野花，散发着迷人的香气。淘气的孩子们像小鱼一样在水里游来游去。

这个美丽的小山村就是我的第二故乡，我的婆家。

婆家的房子是用石头盖成的拱形房子，冬暖夏凉。结婚这么多年，冬天回去从没用过取暖的工具。院子前后栽着清一色的松树，这些松树是娘让爹栽的，因为她喜欢绿色。

十一年前，也就是2000年的夏天，娘摔倒了。头上的血管磕破了，流了很多血，等爹发现的时候娘已经不省人事，经过奋力抢救总算保住娘的命，但是从此娘再也无法下地行走了。十一年来，一直是爹一个人在照顾娘，几次跟爹说让我来照顾娘，爹总是说："你们都忙，就我比较闲，我照顾你娘就行了。"我知道，爹是担心我们照顾不好娘。我和娘说，娘就说："你回来看看我就行了，你爹他没事，让他管着就行了。"我知道，娘是怕给我们增加负担。

每次我回家都是爹和娘最开心的日子，回家的前几天娘就开始不停地唠叨说："冉冉要回来了，冉冉要回来了。她爹，你说冉冉到底是哪天回来呢，怎么等了好几天了还没见回来呢？是不是不回来了，你去村口接接吧，是不是已经到村口了？"爹听着娘不停地絮絮叨叨，只是笑笑。因为每次娘都是这样说，这样问，爹已经习惯了。

十一年了，爹一直无微不至地照顾着娘，每天早上不到六点娘就醒了，爹把她扶起来坐到床边，然后打水给娘洗漱。等一切收拾停当，爹就把娘背到院里的椅子上，让娘呼吸呼吸新鲜空气，爹就在厨房里开始准备早饭。娘看着从大山里升起的太阳，嘴里不停地在说："他爹，你看今天的太阳又大又圆，把这些常青树都照红了。"爹在屋里一边忙一边说："是，今天的就是又大又圆。"然后娘开心地笑了。

做完早饭后，爹拿来手帕递给娘，然后一勺一勺地开始喂。娘一边吃一边擦嘴角边流下的饭。山里的飞禽比较多，常常有喜鹊、啄木鸟、山鸡之类的光顾，娘会开心地指着喜鹊说："你看一大早就有喜鹊，肯定家里有喜事。"爹也高兴地附和着娘："是，是，肯定有。"

上午十点左右的时候爹把娘背回屋里，爹看书娘开始休息。爹喜欢看书，家长里短的事情爹从不参与，也没有别的嗜好。我每次回去就给爹买几本书，爹接书的时候手有些发抖："冉冉，以后别花这闲钱了，留着给婷婷上学用吧！"我笑着说："爹，这个你不用操心。婷婷的早就买好了，就是给婷婷买的时候顺便给你买的。"爹才开心地接过书，收藏好。

中午的时候，娘一般不吃饭，爹就准备一个人的。等吃完了就给娘讲书上看来的故事，有的时候娘听着听着就睡着了，爹好像是说给娘听又像是在说给自己听。爹总能从故事中找到一丝安慰，生活的一些无奈和辛酸随着这些故事会在爹的心中一点点淡化。我知道，这么多年爹心中一定很累很苦，要是没有这些书的陪伴，估计爹支撑不到今天，书给了爹无穷的力量。

爹准备晚饭前，会把娘背出来，让娘看看落山时的太阳。看着太阳，娘会说："他爹，今天又过完了。再过几天……几天……谁就回来了。"儿女的归期成了娘每天唠叨的话题。爹娘在这种期盼中，过了一天又一天，一年又一年，到现在已经十一年。在爹眼中这十一年是很漫长的，十一年中娘两次病危，爹也几次病倒。每次爹病倒了担心的不是自己而是娘，一直对我们说："我要是走了，你们一定要照顾好你娘，你们小的时候你娘是怎样怎样……"爹会把娘半辈子的辛苦都讲给我们听。每次我都会说："爹，我知道你不放心娘，所以你要赶快好，你自己照顾娘你放心，我们也放心。有你陪着娘，娘才会开心。"爹听着一边掉泪一边说："我不能扔下你娘。"也许是这种精神力量的作用，爹每次都能奇迹般地好起来，然后接过照顾娘的任务，日复一日，一如既往。

我常常想，要是没有爹，娘肯定活不到今天。要是没有娘，也许爹在每次病重的时候就会放弃生存的意念。爹和娘就因为都无法舍弃对方，十一年中相依相伴，无怨无悔。这些年，爹把什么好吃的东西都给娘留着。照顾娘，爹也苍老了很多，瘦了很多。因为晚上娘要翻很多次身，爹这么多年就没有安安稳稳地睡个好觉。到了冬季，爹的哮喘病就会频繁发作，一直到第二年的春天才有所好转。

今年娘的身体大不如前，正月在家的时候，我天天站在常青树前，一待就是两三个小时。总觉得密密麻麻的枝叶上有他们相依相伴的灵魂，有一切娘想说又无法表达的情感。

每次回家在村口碰到热心的乡亲，他们都会热情地打招呼：“冉冉，回来看你娘了。你爹照顾你娘那可是三里五乡出了名的……”乡亲们像数家珍一样数着爹的好。

十一年，几千个漫长的日夜，爹的付出留在了这个小山村的角角落落，成了一座丰碑，成了这个小山村最亮丽的一道风景。

父亲的枕头

汪小泉

“哇——”，又是一口污物喷涌而出。

这已经是今早的第四次了。

易琴仔细帮父亲擦拭干净。她发现，这一回父亲的枕头上也满是焦黄色的呕吐物。

“爸，我把枕头拆洗一下好吗？有股难闻的味儿呢。”易琴边说边探手到父亲脑后。父亲扫了她一眼，没吭声。

“爸，您听到我说话了吗？”易琴摸摸父亲的脸。结婚十多年来，她还是第一次这么近距离地看着自己的父亲。才三天，疾病就把父亲折磨得变了样。他不能说话，只能偶尔哼几句，也只能咽下流质食物，但几乎是吃多少吐多少，呕吐物里有时还夹着血块。眼前的父亲面色苍白，原先饱满的天庭因了几日的呕吐而褶皱丛生。他目光呆滞，往日眉宇间那股子威严也一扫而光。

父亲看易琴一眼，脸上的肌肉动了。易琴点点头，一手扶着父亲的头，另一只手试着往外拉枕头。父亲的头似乎很重，易琴只拽出来一块枕巾。她回头看看，父亲的目光里闪过一丝愤怒，哼了一声。这是她以往常见的，父亲一贯以这样的神态否决他们兄妹的做法。

“你哥早就让我拆洗这个枕头了，可爸总是不让动。这不，成这样子了他还不让洗。”嫂子在一边讪讪地说道。“这回你来了，我还以为能将这个换下来呢，也不知道里边装了什么宝贝。”

易琴看了嫂子一眼，没说什么。父亲不让动那个枕头，不动就不动吧。他常年在外，养成了一个习惯：只要自己能动，衣服被褥从来不要别人洗。这样想着，易琴细细地擦拭起那些污物来。

父亲手动了一下，易琴连忙帮着盖严实。这是怎样的一只手啊，手掌满是老茧，手背也是沟壑纵横。父亲在省城上班，将近四十年做的都是苦力活。他每年只有半个月的探亲假，而母亲因为家里的几位老人和那几亩薄田也不能总去省城守着父亲，所以父亲与母亲一直是聚少离多。父亲退休回家的那年，母亲便患病撒手而去。算起来，父母亲在一起的日子顶多五年。父亲只有小学文化，还是一个不善言谈的人，而母亲却是50年代的高中生，比较矜持，也少言寡语。所以即使是团聚的日子，也很少见他们亲热交谈。

她的目光再一次停留在那个枕头上。它至少也有二十年了吧，还是母亲在世的时候亲手做的，深蓝色涤卡布面上绣了几朵粉红牡丹。眼下虽然被污了表面，那几朵牡丹还是清晰可见的。

“父亲可能是为了这个不许动枕头吧。”易琴想了想，又觉得不应该是这样的。平日里每回见到这个枕头，它总是干干净净，想来父亲应该是常洗。她看看窗外，零星的小雪还在飘着。漫天的飞雪飘洒了整整三天，天依然阴着。半尺厚的积雪没有融化的迹象，救护车也不能上路，目前只能先请大夫来村子里给父亲治疗。

嫂子端来一碗热气腾腾的小米粥。易琴小心接过，盛了半汤匙，吹一吹，微笑着送到父亲唇边。此刻，父亲不再是刚才护枕头时的神情，他顺从地张开嘴，将小米粥咽了下去，目光是那么平和柔软。喂了几口，他便再也不喝。易琴擦擦他的嘴角，又瞄了一眼那个枕头。

或许是喝了几口米粥的缘故吧，父亲的脸微微地泛起红来。他温和地看着易琴，嘴角的汗毛抖了抖。易琴对父亲笑了笑：“爸，您看我嫂子多好，是不？这么好喝的米粥，您真是有福呢。”易琴这么说着，随手又擦擦父亲的额角。父亲的脸被那碗小米粥浇了点儿水气，泛起了一丝波纹。

看父亲笑了，易琴也宽心了许多。她再一次将手伸到父亲的脑后试探着取枕头，这回父亲没有反抗，她很轻松地便取出了那个枕头。一股难闻的气味扑鼻而来，易琴感到恶心想吐。嫂子也赶紧捂住了鼻子，示意她拿到外面。易琴刚要抬腿，耳畔传来父亲的咳嗽声。易琴掉头看去，父亲脸色大变，正怒气冲冲瞪着她，一边还咬着牙！易琴明白了，父亲不允许她拿出去。她只好找了剪刀，屏着气就地拆起来。

“嗤——”易琴顺针脚划开了一个口子。一件绿缎子旧棉衣露了出来，她小心翼翼地取出摊开。一个橘黄色的塑料袋便出现在眼前，解开来，是厚厚的一沓信！信封上的字清秀娟丽，是母亲的笔迹！

床上的父亲又哼了一声，易琴缓缓站起，泪水已经模糊了她的眼睛。她颤抖着将所有的信件摆放在父亲的胸口，帮着父亲抬起左手，护住了那些信件。她看到，父亲的眼角滚落一点她从来没有见过的东西！

窗外，天好像亮了些。远远地，传来推土机铲雪的声音……

父亲，屹立在雪地上

杨卫真

每每忆起波涛汹涌的赣江以及一望无际的赣江大堤，我的心里总是百感交集，心绪难平。那些散落在赣江大堤上的斑驳记忆，忽然间如潮水般向我涌来，蓦然回首，在白雪皑皑的大堤上，远处一个模糊的身影渐渐变得清晰起来，我仿佛又看见了慈父屹立在大堤上的高大身影。

父亲转业之前一直远在樟树的空军部队里，一年才有两三次的探亲假，而且每次总是来去匆匆。打从我记事起，父亲的身影在我的印象里总是模糊不清的。直到读初二那年，在部队待了整整三十年的父亲终于结束了他的军旅生涯，转业到了赣江大堤附近的一个工厂，随后一家人也搬进了厂里。随着父亲的转业，一家人总算得以团聚，当时我的心里就像乐开了花一样。从那时起，赣江大堤成了我每天上学的必经之路，从家里步行到学校需要花费四十多分钟，整整一节课的时间。当时大堤上连一棵树都没有，炎炎夏日走在柏油马路上滚烫滚烫的，一阵阵热浪扑人。大堤紧挨着赣江，每次刮风下雨，都是来势汹汹，但我从没因为这样恶劣的天气而迟到过，这一切都得益于父亲对我的教育与影响。

春去秋来，岁月如梭，一转眼我就读高二了，依稀还记得那年的冬天出奇的寒冷。就在这个冬天一个北风呼啸的清晨，下了整整两天两夜的大雪终于停了，地面积雪很厚。我和往常一样，背着书包去上学。以往清晨六点半过后，厂里的家属区会渐渐变得热闹起来，人们出门买菜的买菜，晨练的晨练，上学的上学，那几天因为下雪的缘故外面明显冷清多了。当我走出楼道口时，发现外面居然连一个人影都没有，映入眼帘的除了积雪还是积雪。那两日我已经习惯踏雪而行，所以当时我想也没多想就抬起一脚踏进了积雪里，顿时我傻眼了！

原来我的小腿竟然一下子陷进了雪地里，几乎完全看不见了，昨天傍晚放学回家时积雪还远没有这么深，没有想到一夜之间就陡然加厚了这么多。霎时我只觉得刺骨的寒气从脚底一下子钻进了心窝，我只得奋力将腿从积雪中拔出来，又朝前迈出了一步，结果又陷进去了！就这样拔出来，又陷进去，在雪地里一步步艰难地前行着，望着前面一望无际的皑皑白雪，我开始胆怯起来。这几年来虽然在大堤上时有迎着暴风雨去上学，但如此深的积雪我还是头一次碰到，按以往正常的速度从家里途经赣江大堤步行到学校也得四五十分钟，而现在刚走几步就如此费力，这样何时才能走到学校？

我傻呆呆地立在白茫茫的雪地里，犹豫不决，向前行，没有勇气，可往后退，同样缺少勇气。从小到大，在父母眼里我一直是一个勤奋好学的乖乖女，在学习上从来没有让他们操过半点心，如果我就这样灰溜溜地回家不去学校，该会让他们多么失望啊！

正当我进退两难，不知所措之时，雪地里忽然传来了一阵阵“咯吱咯吱”的脚步声，我一听是从身后发出来的，不禁回头一看，竟然是父亲踏着积雪，迈着有力的步伐朝我走来！当时我走出家门没多远，一定是他透过窗户看见了我傻乎乎立在雪地里的背影。父亲当年在部队里行军打仗时什么苦没吃过，记得以前就听父亲说过，在解放西南的一次战役中，他所在的湖北独立一师为了追击敌人，一天之内就急行军 143 里地，这点积雪对他来说自然是小菜一碟！我在家排行老小，父母平时对我甚为疼爱，很少受到他们的呵斥，但从小就对父亲有着一种与生俱来的敬畏，生怕父亲批评我的举步不前，惴惴不安地等着父亲走近。

“站在这儿干吗？怎么不上学去？”转眼间父亲已经走到我身边，他的语气里透着几分疑惑，但更多的是责备。

“雪好深，我……”我不敢正视父亲那双能洞察心思的眼睛，我低下头来，声音低得像蚊子。

“跟我来！”出乎意外的是父亲只说了这么简单的一句话，就径直向前走去。

就这样，父亲在前面为我踩出一个个脚印，而我则在后面循着他的足迹而行，父女俩在雪地里深一脚浅一脚的，终于踏上了赣江大堤。

那时候这一带的赣江水域还没有建桥，每天清晨当我上学途经大堤时，都可以看到对岸三五成群的小商贩乘着渡船而来，渡船不大，可以容纳十人左右，船里还装载着一筐筐鲜鱼。每当船靠岸，船上船下的说笑声、吆喝声此起彼伏，煞是热闹。而那天清晨当我和父亲走上大堤时，无论是江上还是大堤上都静得出奇，除了我们以外居然连一个人影也没有。再往江心仔细一瞧，水面上已经结了厚厚的一层冰，难怪看不见渡船。我正跟着父亲的足迹边走边欣赏着“大河上下，顿失滔滔”的壮观景色，忽然走在前面的父亲停下了脚步。

“我只能送你到这儿了，前面的路得靠你自己走了！”父亲回过身斩钉截铁地对我说，没有一丝商量的余地。

我深知父亲的脾气，作为一名军人，他说话向来是掷地有声，说一不二的，我于是牙一咬，心一横，径直朝前走去。脚一下子又陷进积雪里，我赶忙拔出来又往前迈了一步，结果又陷了进去，刺骨的寒气随之传遍全身。前面没有父亲为我带路了，望着白皑皑空荡荡的大堤，走在走着，一阵阵冰冷的寒气和莫名的恐惧同时向我袭来，我忍不住回头一望，只见父亲仍然站在和我分手的大堤上，我们之间隔着我刚刚在雪地里踩下的一串串脚印。忽然间我看见他朝我轻轻地点了点头，我的心头一热，父亲正在身后眼巴巴地望着我，我不能再让他失望了。一想到这，我的勇气顿时倍增，于是咬紧牙关，挺直胸膛朝雪地里一步步迈去，心里反反复复只默念着一句话：坚持就是胜利！

又往前走了好长一段距离，我已经渐渐适应了从脚底直往上蹿的刺骨寒气，也不再害怕在空旷的大堤上独自前行了。我想父亲他肯定已经放心地回家了，不禁回头一望，远远地却见父亲竟然还站在雪地里，犹如一尊屹立的雕像一般一动不动，我忽然鼻子一酸，不争气的泪水夺眶而出！转业前父亲在部队是一名责任心极强的军官，由于长期超负荷的操劳，曾经结实的身子骨已大不如前，可他一直硬撑着。随着年纪越来越大，转业后，他那鬓角的白发越来越多，而且还犯上了心脏病、高血压，隔个两三年心脏病就会犯病一次。想到这，心里宛如冻裂了一道口子，硬生生疼着，我多想让父亲早点回家，我想喊可又怕他听不见，唯一让他彻底放心的办法就是早一点从他的视线里消失。我用袖子揩了揩眼角的泪水，抖擞起精神，踩着厚厚的积雪大踏步径直向前走去。

“前面的路得靠你自己走了！”父亲在赣江大堤上说的这句话，连同他在冰天雪地里岿然不动的身影一起深深地镌刻在我的脑海里。每当我面临困难、遭遇挫折时，耳畔总会想起父亲这句话，眼前总会晃动父亲在雪地里的身影，弥漫在我心头的阴霾也顿时一扫而光，取而代之的是战胜困境的勇气和信心。在人生的道路上，无论遭遇怎样的艰难险阻我都绝不会往后畏缩半步，铭记着父亲的教诲，一步一个脚印，踏踏实实地往前走！

老屋

张海明

我深深爱着故乡的老屋。

老屋是三间坐北朝南的土坯房，四周的泥土墙将它围了起来。老屋和我同龄，奶奶说我出生那年刚好盖起了老屋。然而，随着时间的流逝、我的成长，岁月的雨水冲刷着它的容颜，剥去了它的层层泥皮，它已是个老者。我在它的衰老中慢慢成长，它收藏了我的牙牙学语和蹒跚学步，它永久地埋藏了我生命的根。

老屋的小院很平实，它没有名花碧草的点缀，没有红砖绿瓦的陪衬，只有那一堵泥墙在风雨中诉说着农家小院的昨天和今天。它播放着鸡鸭猪鹅的交响乐曲，它倾听着牛羊的叫声，它与野草一同经历寒来暑往。老屋的火炕烫烫的，它使我在疲惫不堪的时候，感到温暖和踏实。

老屋的炊烟很迷人，青青的，袅袅的。无论我的脚步迈到何方，只要看到那绿树晚霞映着的炊烟，都会想起老屋，想起老屋里被灶火映红了脸的母亲，想起辛劳的母亲烧出的美味家乡饭。老屋的灯光很温馨，弱弱的，黄黄的。然而在黑夜里却异常醒目，无论我在多黑的夜里归来，都会找到家的位置。这是我记忆中的天堂。

老屋在什么时候开始老去的，是在我的嬉笑中，是在朗朗晨读中，还是在我远走他乡时，我不得而知，但老屋留给我的记忆是无尽的。当我走出小院，走完乡村的土路，穿梭于都市的高楼霓虹下，踏着平坦的柏油路时；当我脱去母亲的轮胎底布鞋，穿着硬底皮鞋敲击着城市的地砖时；当我抛下家乡的白菜土豆，吃着新鲜的鸡鸭鱼肉时；当我遥望家乡的星空，回忆着家乡的往事时，我都会想起老屋。它记述了我的童年，见证了我的成长，展示了农家的贫困，演绎了人间的悲欢离合。

呼呼北风，萧萧秋色，老屋似乎在维系着什么。

当我们兄弟相继离开老屋，在城市的角落寻找生活的空间时，母亲说：能走就走吧，不要惦念家，老屋虽老但还可以避雨。只要是为前程，走多远都成，我会在门前遥望你们的。

母亲的一番话让我再次泪流满面，对于漂泊他乡的我来说，似乎很久没有听过这样的话语。那一刻，我才真正明白，心里涌动的情思并不仅仅是对老屋的眷恋，更多的是，疲惫的心灵因为有了老屋中的母亲而得到一种莫大的爱抚。在回望的目光中，我似乎再也走不出这片迷人的土地，走不出这充满爱的老屋。

白菜花开

晏　芳

去年冬天，我在自家的花盆里栽下了一颗小白菜。

它的生命力很强，过不了几日，菜叶返青变绿，生长极是缓慢。时间长了，我更没有留意到它，直到春天来了，阳光正明媚，我忽然想起窗台的小白菜。它太瘦小了，也许是营养不良，连薹都没有抽。我甚至怀疑自己是不是种错了种，这个白菜是不是不开花的那种?

过了大半月，经过了阳光的照耀，经过了沉默的酝酿，经过了漫长的等待，我惊喜地发现，我的白菜花竟在不经意间绽放了。它羞涩涩地开出几小朵娇嫩的黄色小花。我更惊叹于它的顽强与执着，在经历霜雪侵袭、天寒地冻之后，在我对它已经绝望之后，它真的悠然地绽放了。

阳光下，娇嫩的白菜花那耀眼的金黄，没有一丝斑驳的杂色，纯粹得似乎有些单调，但又是那么可爱，像极了春天明媚的阳光，那努力而自我的姿态，让我彻底感动了。

它仿佛在暗示我，一切只需要自然而然的过程，不要猜测，不要恍惚，不要惊慌，更不要给自己不开花不幸福的理由……

生活也本该是如此美丽的。只要不放弃，不埋怨，默然地坚守着，平静安宁的生活就一定可以开花，开出幸福惊艳的花来。

春夜随笔

宁桂红

夕阳西下，天渐渐地暗了下来，暮色静静地洒落，慢慢地弥漫了整个小城。没有月光，也没有白天嘈杂的喧闹，就连鸟雀也都回窝睡觉去了，唯有点点灯光在远处调皮地眨着眼睛，四下里静悄悄的。我和儿子各自捧着心爱的书，打发这寂寥无声的夜。

风乍起，执意地拍打着我半掩着的窗棂。我起身去关窗，但见昏暗的路灯下，白天花枝招展的木桃花树被风吹得左右摇摆。猛然间，心灵被触动了一下，我隐隐听到了花落的声音，轻轻地，有点哀怨的感觉。一时竟埋怨起了风儿，你既然送来了花香怡人，又怎忍心吹散那一抹抹绚烂的绯红？

都说女人如花，青春易逝，繁华过后皆为空。是的，亮丽的青春只是一瞬，一切终会归于平淡。有时总有一种疲惫不堪的感觉，“花自飘零水自流”，那随风飘落的花瓣何曾不像自己那颗飘零的心，无处可藏，任由风吹，不知去向。

花开花落，一个季节的轮回，瞬间的绚丽，永恒的灿烂，那一抹盈盈的笑意深深地印在了心底。不觉得吟起了崔护那首《提都城南庄》：“去年今日此门中，人面桃花相映红。人面不知何处去，桃花依旧笑春风。”花落了明年还会再开，而青春俏丽的人儿已经不在，唯留嘴角那一抹浅笑荡漾在脑海，久久不能释怀。

我是一个爱花惜花还会养花的人，平日里嘻嘻哈哈，一副没心没肺的样子，可一看到书，立刻便会静了下来，还会不由自主地随着书中的人儿时而欢笑，时而落泪。骨子里还是透着忧伤的，一种生命里本能的忧伤。风住了，耳边听闻雨打窗棂唰唰的声音，是轻柔的春雨。正应了杜甫那首《春夜喜雨》：“好雨知时节，当春乃发生。随风潜入夜，润物细无声。”但愿，那花落后的新枝在春雨的滋润下，快快长出清新的叶子来，那又是一种新生的美丽。

只因我是女儿身

杨世莲

从记事起，自己就很清楚地知道自己是个女孩子，有很多事，都是不能和男孩子享受同等待遇的。

因为妈妈结婚七年才生了哥哥，一家人欢天喜地的，爷爷奶奶更是捧在手里怕摔了，含在嘴里怕化了。不知道是因为家人的过分溺爱，还是哥哥天生就体弱，反正是隔三岔五闹病。出门时，奶奶总是背着他，我就牵着奶奶的后衣襟，他们走到哪，我就跟到哪。虽然小孩子大都会爱哭爱闹的，但是，我是不会哭，也不会闹的，还可以随时做奶奶的小帮手，所以，奶奶也还喜欢我。有一段佳话，在妈妈的嘴里流传至今。那个年代，生活困难，家里的粗粮也只够填饱肚子，更别说有多余的细粮了。妈妈聪明，她能把粗粮变着花样做，做得很好吃，所以，在我的记忆中，从来都不觉得粗粮有多难吃。家中偶有客人来，便做点细粮，如果有多余，那就得先要照顾老的弱的，爷爷、奶奶、哥哥，自然都是要照顾的对象。而我这妮子，整天活蹦乱跳的，估计也没人能想得起来，要不，“奶奶，咱俩吃甜馍馍，白面馍留给哥哥吃吧”这样的话怎么会出自一个四五岁孩子之口呢？还因了这句话受到奶奶大大的褒奖，褒奖的形式是，奶奶在妈妈跟前大誇了我一頓“這小人精，挺懂事的”。我因此更懂事了，更把好吃的留给哥哥吃了。小小的年纪为什么会如此懂事呢？那只因为我是一个女孩子。

接着两个弟弟一个接一个出生了，我的地位也随之有所变化，奶奶带大弟弟，小弟就该是我带了。那时候，家里孩子多，大家都是这样的，大点的孩子带小的，所以，我也不觉得有什么委屈。当时，自认为自己受了委屈的事，是来自于爷爷。

记得，那时爷爷出去吃宴席，每次总能带点小吃回来，或糖果，或花生，也不多，就那么几粒。他一进家门，孙子们就围上去掏他的口袋，他笑呵呵地也不阻止，任由孙子们把口袋翻个底朝天，而我，则不敢上前，只是倚着门框，怯生生地说："爷爷，我还没分到呢。"这时，爷爷会摸摸口袋说："没了，你一个女娃娃，吃什么呀？长大了嘴馋。"这时，我想起曾帮奶奶洗晾干的青菜时，吃过那柔柔的青菜芯，也透着股甜甜的味道，于是就跑到南墙下，用棍子挑下一棵干青菜来，劈掉外面的干叶子，露出菜心，拿到哥哥弟弟们眼前"炫耀"："瞧，我的糖比你们的还甜呢！"

还真是应了爷爷的那句话，四十岁的我，至今还是馋小吃，不管是老公出门，还是孩子们出去，总要叮嘱回家给我买点什么吃的带回来。我总是跟孩子们争小吃，孩子们小的时候给买的面包饼干之类，我吃大半，他们吃小半，总觉得吃不够。听老人们说，小时候缺了奶的孩子，长大了总有缺失感。我的嘴馋，是不是也是缺失感在作祟呢？也许，这根本就是没有任何关联的两码事，我只是为自己的喜好找了一个牵强的理由。但是，我至今都认为我在那个阶段真的有过缺失，只因为我是一个女孩子，而缺失了一部分应该享有的幸福和欢乐。

现在的小孩难带，一家几口人，操心那么一个小宝贝，都觉得力不从心。那时的孩子好省心。我带弟弟时，他哭了，给点吃的，再抱到怀里多摇晃一会，就又会睡着了。我照样可以做我的布娃娃，照样跳我的橡皮筋，不过，得给他腰里系根绳子，绳子的另一头拴个枕头，脸上蒙块手绢，这样，不至于他醒了掉下炕来，有手绢挡着，苍蝇就骚扰不了他，他也就能多睡会。所以，手绢是我带他的最好工具。要知道我做起事来，挺忘我的，弟弟不哭，我是想不起来去看他的。

那时候，有块花手绢，是女孩子做梦都想要的，父亲也给我买了一块，也只有父亲才会给我买。一直认为，父亲是最疼爱我的人。手绢是橘红色的底色，上面有一棵长满了绿叶的树，树上还有两只小猴子在荡秋千，我当珍宝似地爱惜着。要说手绢的用处，大家都知道，就是用来擦嘴或擦手的，可是，它在我手里有那么多的功用，就是没有擦嘴或擦手的作用，只因舍不得。我有时候用它在羊角辫上扎个蝴蝶结，有时拿它当"舞台"的"幕布"，最多是给睡着的弟弟挡苍蝇。即使不擦脏东西，我也常洗它，现在想来，那洗的只是一种心情，一种喜爱的心情罢了。常言道，美好的事物不长久。有次洗完它，为了使它干得快一点，我用两只手撑着放在火炉上去烤，淘气的大弟弟一把拉开了炉盖，一眨眼的工夫，我那心爱的手绢中间就能看到炉火了。爷爷正好在旁边，手里拿着一根折了几折的绳索，做出要抽我的样子来，顿时，痛惜的、冤屈的泪水像开了闸的洪水般夺眶而出，在小脸上恣意地倾泻着。到现在我都还记得，衣襟被泪水打湿了好大一块。虽然，后来妈妈在那个洞上补了一块桃心的小碎布，布的颜色是白色的，但是，我总感觉那不是一块碎步，而是一颗空了的心。那空了的心里，如果想要添加点什么东西的话，我想，应该添上“只因为我是个女孩子”几个字，因为我是女孩子，所以似乎理所当然不被宽容和疼爱。

那个年代，有件新衣服穿，是很不容易的一件事。记得有次去舅舅家，他送我一块蓝色的绒布料，颜色是天空般的瓦蓝，要妈妈给我做件衣服穿。我朝思暮想，终究也没穿上那瓦蓝瓦蓝的绒布衣服。后来，我长大了，料子不够做了，妈妈就给弟弟做了件上衣。每次他穿上这件衣服时，我总会说，那本来是我的。是的，我只能说那本来是我的。至今，那块瓦蓝瓦蓝的绒布料总会时不时地出现在我的脑海里。妈妈还是爱我的，但是，好多事，已在我那颗敏感的心里扎下了根，让我时时都在提醒自己：我只是个女孩子。

四个孩子里只有我一个女孩子，家里总会有这样那样的“怪事”发生，总让我怀疑，我不是妈妈亲生的。再经叔叔婶子们的“点拨”，说我是上个庄头人家的娃娃，因为父母没有女儿，才用几斤麦麸换了我来。我更加坚信，我不是这家的人了，因此，便有了找“家”的想法。在一次因为我没有抱好弟弟使他摔了，妈妈揍了我一顿之后，我想“家”的心更急切了，想我的“爸爸”，想我的“妈妈”，想上个庄头在哪里，我能不能走得到，想我能不能认得我的“爸爸”和“妈妈”……想了一个下午，也哭了一个下午，哭累了，睡着了。醒来时，已到了晚饭时候，妈妈在叫我吃饭，暗自想，后妈能给饭吃，也不错，找“家”的想法就暂且搁了下来。现在想来，才会懂得，那时候，妈妈也太忙了。她没有时间来安慰哭着的我，她操持完家务，还要下地干活，她不会想到我内心有如此的“复杂”。但是，我只是个女孩子的思想，在我的脑海中却变得根深蒂固。

结婚了，总想要个女孩子来疼、来爱。给她扎羊角辫，给她买各式各样的发卡，给她穿漂亮的花衣裳，把她打扮得像蝶儿般美丽，让她在我的身边如同小公主一样幸福，用这一切的一切来弥补我成长的缺失感。但是，这世上，永远没有那么完美的事，生了两个孩子，却都是男儿郎。

那瓦蓝瓦蓝的绒布衣裳，只能永远存在于我的缺失感中了……

母亲

盛　敏

清晨，还在睡梦中，就被一声声急促的电话铃吵醒，迷糊中接过一听，是母亲着急的声音。原来是让我送家里钥匙过去的，她早上出门买菜时又忘了带钥匙，回不了家。

像这样的事记不清有多少回了。近几年，她的记性越来越差，做事总是忘这忘那，丢三落四的。其实，她年纪也只是刚过耳顺之年，真真算不得老境，想起来不禁让人担忧。

母亲睡眠不好，经常夜里失眠，整夜睡不着觉，实在熬得没办法就依靠安眠药。但那药的副作用是明显的，她的记忆力逐渐衰退，精力也总不如从前。可是不吃药，长期睡眠不足，本来就无比清瘦的身子愈加孱弱，久而久之，那样也终归不好的。

于是，我每次问她，你为什么就睡不着觉呢？她说，我也不知道啊，就是觉得心烦，睡不安宁。

其实我心底明白，她的失眠是心疾，多半是源自心理的忧患，吃药是难以完全治愈的。

母亲的出身非常凄凉，我的外公和外婆去世得早，母亲自小就寄住在她哥哥家。寄人篱下的滋味当然可想而知，缺乏父母的关爱和温暖，养成了母亲孤僻少言的性格。之后遇到我父亲，父亲以他的宽厚和细心，几十年来一直对母亲体贴、照顾有加。他们走过风雨，相持相待大半生。

童年的孤独却仍是她内心潜藏的阴影，生活中碰到一些事情她往往先以悲观的眼光判断，总是思虑重重，一味地直往牛角尖里钻，有意无意扩大烦恼的情绪。其实有些事在旁人那里完全可以做到看淡看轻，而她就是放不下，绕不过去。一句话，母亲就是做不到乐观坦荡地生活着。所以，平日里我遇事一般只会对她报喜而不报忧，有些话说了并无裨益，又何必给她徒添烦恼呢。

或许终是母女，我还是有些像她的，只是在几度岁月冷峻的锋口磨砺下，我终究慢慢打开个性的桎梏。毕竟那样活着会很累很累，乐趣寡淡，实为一种不智。

我和她之间其实也交流浅淡，像别家母女的亲密和融洽，于我们之间极少。记得小时候，我和她一起出门，我从未挽着她的胳膊或牵着她的手，现在更加如此。我们彼此谁也不善于表达内心的情感，有时甚至有种生疏的感觉。我和她之间可以谈论的话题也很少，她总是嘱咐我要好好过日子，别只顾着任性。我却常对她说，你别一天到晚劳神考虑那么多事，身体最要紧。除此之外，我们大多时候也就是不咸不淡地说着些家长里短，并无多余温情的絮叨。

今年的母亲节，本来想着买点什么给她送去，但却不知弄什么为好。买衣服，她爱鲜艳一点的颜色，我不会挑，以前买的衣服她几乎都是放着不穿，于是懒得再买。买吃的，她胃不好，饮食清淡，吃东西总是诸多顾忌，也不好挑选。给钱，她更是不缺。最终我什么也没买，就连一个电话也没打过去，但我知道这些她从来也不会在意的。多年来我们已经习惯了这样淡淡的相处。如果有天靠得太近了，反而会有无所适从的感觉。

有时，想起母亲，我也怀有深深的愧疚之情。骨子里我从来不是个听话的孩子，做事经常独断专行，固执己见，让她为我焦虑担心的同时，我却没有半句好言好语。对待身边的人总是很自我，即使亲如父母，亦不能左右我的方向，我给予他们的付出与安慰实在少之又少。而他们现在正一天天老去，我还能为他们做些什么呢？想起这些我便心软起来，觉得自己日后还是要学会乖巧些才好。但是，这也仅止于一时的念头罢了。

那天，跑去送钥匙给母亲的时候，远远地便看见她站在楼下等我，穿着染着大花的布衣，微弓的身影，几根发丝在风中纷飞，看见我依旧还是那句，“我记得出门时拿上钥匙的啊”。我却不知为什么，悄悄红了眼睛。

也许，年岁增加，父母越发似孩童，执拗又健忘，而我们唯一能做的，不过就是给予更多的耐心和温情。

木樨花·糖芋艿·麦饼

贵妃醋

生命带领我拜访季节，季节带领我拜读感动。

——题记

中秋于我，其实并没什么特别的印记，除了屋角盛开的那树木樨花，灶台上盛放的一碗糖芋艿，以及一锅不是最好看也不是最好吃的麦饼。

木樨花

屋前的木樨花是妹妹从她同学家移植来的，移植的那年，家里的新楼房刚刚建成。待它能开花飘香时，我却难得能回到楼房里住上两天。

那日，在秋晨的清冷里走到它的近旁，端详那纤细枝叶间缀满的淡黄小花，在微凉的秋风里，它们一簇簇紧紧相拥相偎。想那米粒般大小的花朵，是以何等的魔力，直直穿越了八月的漫长想念，在许多人的心目中怒放成团圆的航标。

何须浅碧深红色，自是花中第一流。或许，真正的品相真的无须华丽来渲染，一如真正的关爱里并没有动听的语言虚夸的表情，有的，只是一些默默却长久的付出。

仰起头，深深地吸上一口，任沁心的温暖拂亮眼睛，润过喉舌，滋养我干燥的心肺，从遥远处抵达而来的微笑洇上了我清冷的脸颊。

我在晨曦里浅浅的满足被一旁经过的妹妹逮了个正着："老妈也是这样在花香里念叨你的哩!"妹妹站在我的身旁，笑我的痴醉，骂我不着家的颠簸，也诉说着母亲对我的挂念。

年轻的时候总是不安分，总想靠自己的努力寻一份所谓的成功，而那些马不停蹄的颠簸却并不曾换来家人的放心和宽慰。越走越远的是路程，而始终走不出的，却是家人的关心和挂念。所以那个清晨站在幽香的木樨树下，就着花香被妹妹责问的镜头，一直印在了脑海里，因为那刻，我的心被倏忽惊醒了。

其实站在木樨花香里读着母亲忙碌却甘心的辛劳，读着父亲沉默却欢喜的表情，读着妹妹尖刻却温暖的话语时，我的惊醒已经告诉了我，我们一直苦苦追寻着的所谓的成功，追寻着的所谓的梦想，都抵不过一家人团圆时的安心和满足！

多年后的一个仲秋，当我行走于桂林的街头，就着空气中清馨的桂花香，忽又想起了家里的那株木樨花，想起那天清晨的场景来，思家的情绪遂婉约流泻。任时光奔走，我依然能够打捞到桂林黄昏中安静的日月塔影下，我枯坐的落寞倾洒了一地，夕阳余照的榕杉湖中，思乡的忧愁漂浮得波光粼粼，而那一城桂香的波纹里，全家团聚的欢愉漾开了一池心漪。想我那不长不短的人生旅途中，尽管一幅一幅优美的风景在眼前交错更迭，而我的叹喟，却始终没走出思家的里程。

屋前的木樨花是一株银桂，花香，却不能食。每一季开花时，只能看看，闻闻，笑笑，然而这已足够。因为我知道，总有一些不能拥有的遗憾会经过你的生命，因为一份默默的关爱，那遗憾，反成了流年里的美丽风景。

糖芋艿

家乡的中秋有吃糖芋艿的习俗。

中秋的前一晚，不管多忙，母亲照例是要刨上几株芋艿的。家里的芋艿种得不多，在屋角的柴垛后面，临近水沟的那旮旯，就几株。母亲说，你们也不在家，你爸又不爱吃，种多了我一个人也吃不完。说这话的母亲，眼里的那一丝哀怨完全融进了语气声中，尽让我哑口。

母亲不让我们动手，一个人把那几株芋头刨上来，然后清理，拣出鲜嫩的小芋艿，粗大的芋婆婆先丢一边，待有空了再炒煮做咸味。母亲找来一个编织袋，把那些小芋艿放进去，然后浸在门前的池塘里，待过上半个时辰，便在石板上隔着编织袋，用木槌不轻不重地敲打那些芋艿。在她认为差不多火候的时候，把这些芋艿倒在地上，一个一个把这些因敲打而褪去粗粝表皮的芋艿捡进盆里，反复清洗，直到把残留的那些芋头皮完全剥干净了。做这些的时候，母亲不让我们插手，由她一个人侍弄。她说，手碰上了芋艿皮容易痒，由她一个人遭痒就行了，我们就别掺和着受罪了。

当晚，母亲的手果然会瘙痒难耐，碰到芋艿皮的地方皮肤发红，又无可奈何，只能不停地抓挠，严重时一晚上都睡不踏实，这种状况要持续到第二天上午才消停。

中秋节的早晨，母亲便将这些白润似汤圆的芋艿一起下锅煮了，算是传统，又像是承袭。起锅的时候放了红糖，那些莹白的糖芋艿在红色的糖水中如赤色丹霞上点缀的几粒白玉丸，煞是好看。而含在嘴里，芋艿入口即化的糯甜，更是沁人心脾的享受。

一碗香甜糯滑的糖芋艿，化在口中，记在心里。

麦饼

母亲做的麦饼并不是最好看，也不是最好吃的。但在它们陪伴我走过了一个又一个幼年的中秋节后，这些不是最好看也不是最好吃的麦饼，反倒成了我这辈子念念不忘的美食。

母亲永远是忙碌的，但因为那个年代物质匮乏，忙碌的母亲却忙不来美味的月饼给我们解馋。不光是我的母亲，其实村里很多的家庭都一样，那个年代的孩子都在吃不上月饼的中秋节啃着各自的母亲揉搓捏烙的麦饼。

五月底才收上来的麦子，八月去磨了一袋面粉，于是中秋的前几天，母亲的心事，便是挤出时间，哪怕是晚上的休息时间，为孩子们烙上一锅喷香的麦饼。

父亲常常斥责母亲对我们的娇纵：吃饱了闲得，还不够累的！不吃那两饼又饿不死！

母亲翻他一个白眼：又不用你忙，多嘴！小孩子不可怜？没个月饼，总不成连个麦饼也吃不上吧！

父亲于是不吱声，泡了壶浓茶坐一旁看着母亲忙碌，不时搭把手。而我们，也不知是兴奋还是激动，跟着母亲从灶间转到厢房，从桌上盯到灶上，为的只是亲眼看着母亲洗净了盆，切了葱，加了糖，拌了馅，取了面，舀了水，和了面，揉了面团，掐了口，塞了馅，封了口，压成形，然后贴在烧烫的锅上，反复翻转，小心添柴，直到那喷香的味道弥漫满屋。

母亲不顾疲累忙碌的身影，在麦饼的喷香中，在我们吸着糖汁的麦饼馅时绽开的笑容中，在父亲疼惜母亲的眼神中，便这么定格成一张张爱的底片，组成一册永不褪色的人生集锦。

经母亲那双粗糙的手揉搓捏烙来的麦饼香味，弥漫在每一个有关中秋的回忆中，甜蜜了我一路的行走。而我满心期待的，是学了母亲烙一锅麦饼的手艺，让它们也能够喷香我孩子的童年。虽然我不知道，在现今商品繁多的便利年代，我还有没有那份耐心，为我的孩子去不顾劳累地准备上一份亲手制作的可能并不美味的食品；虽然我也不知道现今的孩子，面对花样繁多的各类美食，还会不会去迷恋一个手烙麦饼。

也许，再怎么模仿，我永远学不来母亲在过去的困难年岁里，无私忘我疼爱孩子的那份伟大情感。便利时代，一切都在打折，许多的美好传统都已经或者正在消失。

每个人的心里都有一份柔软的记忆，在容颜枯老以后，你依然会认为那是一份人生最美的典藏。所幸，在我的收录里，至少有木樨花，糖芋艿和麦饼，而更幸运的是，所有这些的背后，深藏了一位母亲对子女们宽厚无私的深爱。

云淡风轻

墨沉香

今天又是阴天。南方的冬天和春天总是粘在一起，含糊不清，又冷又潮，冰冷的湿气吱溜溜地就往脖子里钻，粘上皮肤，就钻进骨头，钻进五脏六腑里去了。这样的天气无论去哪儿，做什么都是懒懒的，最好便是窝在家里，关上所有的门窗，把湿气和寒气都关在外面。偶尔，我会羡慕蜗牛，把壳一闭，就可以云淡风轻，不问世间万事。

我不是蜗牛，自然做不到这样，至少开门七件事是一定要办的。早上磨磨蹭蹭地从被窝里爬起来，送孩子去上学，然后便来到了办公室。其实我这个周末并没有工作要做，只是公司离学校近，而我习惯周末来这儿坐着，看书喝茶。办公桌上从来不缺的便是书和茶叶。说到书，我有好长的一段时间没有碰过它了，大约有两个多月了吧，自从换了新工作，便一直忙得顾不上它。想来我不是个读书人，才会遗忘它，只有在百无聊赖时才会拾起它，作风清云淡的样子。

桌上，有一摞新书，未读。这些都是上周才得来的，送书的友人多半年长于我。他们写书，不为过日子，只是因为对文字的爱好和平平仄仄的情怀。我把这些书都收好了，在空闲的时间里，读它们。我看书很没准，有时一晚或一天就把一本书看完，有时几天或更长的一段时间里都一直停留在一句话里，反反复复地，那些字句不知谁赋予了灵魂，一直与我纠纠缠缠，不肯离去，我只能把它们安放在心底，日与相亲。我把这些书带回去，或与父亲分享，或借与同事共享。闲了工夫，会与小子一起吟读。书是要沾上人气才能活的。其实这世上很多东西一旦没有了人气，便是死物。

与小子一起读书，用我半拉子的水平，同他讲那些深深浅浅的意思，我常常觉得自己表达匮乏，实在无法说清时，便用或低或高，或婉约或豪放的声调半吟半唱地读与他听。书中的东西不是所有的都可以用另一种语言或文字来解答的，我自己也不能全明白，所以我也不求孩子能完全懂。我用语调的高低急缓，来表达句子的意思和意境，只是希望能帮助他理解这些于他来说相对晦涩的东西。他若能从中抓住一点半点，我亦是欢喜的。庆幸的是，小子特别喜欢这种自编自唱不成曲调的吟读。不管我在做饭还是洗衣，或者忙其他的，只要他有空，就捧着本书，吟读与我听。结果，我常常一边忙活，一边与他说这字唱轻点，那字读重点，你看看是不是好听点？有次居然把锅里的菜给炒焦了，小子摇头晃脑地唱："呜呼，诗香更胜焦菜香，午饭吟诗下饭也。"然后一溜烟地跑了。

我并不想把他培养成诗人，我只是害怕他渐渐长大后我们之间的交流会越来越少。与他的每一次对话，我都满心欢喜。很小的时候我告诉他："喏，这是蝴蝶花，紫红色的，好看吗，像不像一只蝴蝶呀？"再长大点后我与他说："落花并非无情物，化作春泥更护花。因为树是花的妈妈，所以花落下来慢慢地腐烂后就成了很肥沃的花泥，树吸收了花泥的营养，明年就能开出更漂亮的花。"如今他跟我说："飞花片片如蝶翼，春风约去做客旅，风停花落久成泥，还归大地待明春。花要去旅行一下，看看其他地方是不是跟这里一样，看完了就回来。"我说，飞走了不就去到别的地方了吗，怎么回来？他说，大地是共有的，它闻到自己那棵树的味道就回来了，还看到了其他的花的样子，取长补短，明年开得就更漂亮。我揉揉他的头发，笑着跟他勾肩搭背往前走。希望很久很久以后，我们还可以这样边走边聊。

小子跟我一起看古韵，吟平平仄仄的味道。我跟他一起看少年读物，看《窗边的小豆豆》系列，看《艰难的归程》系列，说小豆豆充满纯真、稚气而又认真的话，讲一只不起眼的小狗怎样成长为狗领袖的过程。一起看古装戏，评论哪件衣服漂亮，谁的发型好看，一起玩《三国杀》，一起提着一袋甘蔗去爬山，爬到半山啃完甘蔗就下来。

如果这样可以算是云淡风轻，那么时间就是流水。

年后，南方的天气愈发的冷了，阴阴潮潮的。什么事也不想做，人都快长出霉了，还管得了屋子吗？我窝在沙发上翻一本杂志，小子写完作业出来，百无聊赖地在客厅走来走去，然后蹭到我身边。"妈妈，我们去买榴莲酥，要不要？""不要。"我头也不抬地拒绝了。他又往我身上蹭了蹭，"我们楼下就有一家在卖了，你不是也觉得好吃吗？"小子这么一说，我好像也被勾起了食欲，抬头看他，然后慢悠悠地说："除非，除非……"小子急了："除非什么呀？""除非你在半小时内把自己的房间整理好，否则免谈。""真的啊，拉钩。"然后就见他一溜烟地跑开了。我追着他的身影喊："我要检查的，要包我满意才行啊。"

我继续翻我的杂志，小子最不喜欢的事就是我让他自己整理房间，每一回都要跟我计较半天。

榴莲酥，外酥内软，真不错。小子很快就收拾完房间出来了，我拿了零钱同他一起下楼。

路过水果摊时，看见榴莲，我对小子说："不如我们买榴莲回去自己做。"小子不确定地看着我："你会做吗？你确定？"我说："没做过，不过可以试试，也许味道会更好呢。"他看我那么肯定地对他笑，便答应了。回家的路上，叽叽喳喳地讨论怎样做榴莲酥。我也没有做过，心里没有踏实的底，小子虽无微词，但对我是否能做出榴莲酥却不能确定。

剥出了榴莲肉，捣成糊状，我认定它的外面还应裹上一层芋头丝。小子说是用面粉拌上芋头丝再粘在搓成团的榴莲上。母子俩七手八脚地做了起来。面粉拌过的芋丝乱成一团，没有我印象中的整齐好看，做了几个，觉得不好，便停了手。琢磨着，找出元宵那天滚汤圆用剩的糯米粉，用小碗盛了些，调上水，再把它煮熟了，调了些捣好的榴莲拌上，再裹上芋头丝，看起来似乎有模有样了。当锅里飘出香味时，我和小子分享了第一个，我们相互问对方："怎么样，是不是跟买的一样？"答案当然不是很像，但比买的味道更好点。我问小子："知道为什么味道会更好吗？因为那是你自己动手做的，喜欢甜便可以调甜点，喜欢淡便可以调淡点。或者下回我们还可以试着做其他味道的榴莲酥。"小子问我："下次我们要做什么味道的啊？""不知道哦，我们或者可以试试做绿茶味或土豆味的，都可以试试。"我答他，眼里笑意满满。

榴莲酥在锅里翻腾开了，那香味充满了整个屋子，屋里的寒湿气似乎褪了几分。小子端着一盘榴莲酥，窝到沙发里看书去了，我不时地翻翻锅里的榴莲酥。这时候，这屋子，这书，这酥，这人，云淡风轻。

姐姐

冯志民

那年冬天吃过晚饭，我在煤油灯下写着作业，姐姐在我旁边掰着秋后收回来的棉花桃子。

我突然放下手里的笔，仰头看着不远处干活的姐姐问：“姐姐，娘是不是去很远的地方看病了?”

“不算远，娘说坐了火车很快就能到。”姐姐一面掰着干棉桃，一面回答着我。

“姐姐，火车是什么样子的?”我好奇地打听着。

“听说呀，火车可长可长了，像一条绿色的龙，火车经过时，吐着白雾，哧哧地发出很大的叫声，旁边的人必须双手捂住耳朵。”我和姐姐都陶醉在对火车的想象里。

母亲身体一直不好，那年冬天母亲去市里看病。那时我刚上二年级，姐姐已经上了初中，是姐姐陪伴我度过了一个个孤寂难熬的夜晚。

每天晚上姐姐收拾完碗筷，会用煤炉烧好热水，先给我暖上被窝，然后从小房弄进一大铁盆棉花桃子，一边看我写作业一边干活。

隔两三晚，姐姐就会像变戏法一样给我变出一捧枣。那是我家院子里种着的一棵小枣树，每年秋天能收上大半脸盆的枣，娘在家时都要藏起来，留到过年用。

有一晚我问姐姐：“娘什么时候回来呀?”

姐姐只是说快了，快了。

“你总说快了，快了是什么时候?”我嘴一撇，把铅笔一扔，身子扭到一边。

姐姐见我不高兴了，便又开始哄我，我仍不理她。

“有好吃的了，看理不理姐姐。”姐姐又想出了新的法子。

我忙把身体扭了过来，看姐姐从她里面的棉袄兜里掏出了一把熟花生。

姐姐抓着一把花生举在半空中：“吃不吃？答应姐姐吃完花生要好好

学一会，将来考个重点初中。”我答应着姐姐，然后抢过花生，津津有味地吃起来，吃完我仍贪婪地盯着姐姐的袄兜。后来才知道，那是姐姐上学时外村的同学给她的，她一粒也没舍得吃就给我拿了回来。

姐姐每天晚上不是掰棉桃就是搓棒粒，我不知道姐姐几点钟睡，反正每天早上起来，总能看到一大盆雪白的棉花或是半盆搓好的棒粒。

因为母亲身体不好，姐姐初中没毕业就下地干活了。锄圈，拉粪，浇地，锄地，喂猪，担水，浇菜都成了姐姐的活。

我上了镇重点初中以后就住了校，隔两周姐姐就会骑车到几十里外的学校看我。

那次是一个冬天的上午，我正上第四节自习课。呼呼的北风刮着，窗外飘着雪花。因为是入冬以来的第一场雪，同学们都兴奋地望着窗外，看那满天飞舞着的雪花。这时教室出现一阵躁乱还夹杂着笑声，同学们像是在议论一头蓬乱的头发，露出上半截灰蓝棉衣，扒着窗台往里看的人。我扭头一看才知道，那正是姐姐。

我忙跑过去拉开教室门，一阵阵凉风吹了过来，直接灌进了我的身体，我不由地打了个寒战。看到姐姐灰头土脸、头发乱蓬蓬的，脖里围着一条花格子头巾，穿着一件蓝灰棉袄，我就气愤地扔给姐姐几句话：“怎么现在来了？不知道我今天有课吗？来时都不知道换件衣服。”

姐姐赶忙用手拢了拢她那吹乱的头发：“这不是变天了，我加紧给你织了一件毛衣，穿在棉袄里面能暖和些。食堂伙食不好，我给你带了你爱吃的韭菜饺子。”姐姐说着把包了好几层东西的盛饺子的饭盒和毛衣递给我。“喏，还热呢，正好能赶上中午吃。下次我来，会在宿舍门口等你，不来这里了。快把东西放下回教室上课吧，我走了。”姐姐一口气说完，生怕耽误我时间。

我哼了一声，声音小得几乎只有我自己能听见，然后我头也没回地拿着东西直奔了宿舍的方向，连瞧也没瞧一眼背后那个大雪天寒风中推着车子的姐姐。

姐姐为方便照顾母亲，后来和我们本村的一个小伙子结了婚，姐姐婆家和我们家离得不远，姐夫也是个勤快老实人，这样我们家的地有姐夫帮忙，姐姐便轻松了些。

我上大学以后，第一次回到老家时，曾给姐姐描绘起火车的样子，说着火车上遇到的事情，那一刻我看到姐姐眼里浸着泪花。姐姐始终不明白，为什么火车上能放歌曲相声，为什么火车上能烧开水等问题。我那时就暗下决心，等挣了钱，一定要带姐姐坐坐火车好好玩玩。

后来我又给姐姐说起上中学时她给我送东西的事，姐姐忽然又笑着说，我早忘了。而在我眼前，我训斥姐姐的那一幕情景是那样的清晰，那一刻我的心如同铅块一样的重。

最后一次见到姐姐，是我婚后怀孕两个月的时候回到老家。大概是十一月份，姐姐见我回来了，忙放下手里的活，高兴地去厨房拿出菜和肉要给我做饭，我直说半晌午做什么饭呀，不饿不饿。她又去开火给我煮山药，说今年咱家收的山药，又“面”又甜。我在收拾东西的时候，不知道姐姐什么时候出去给我买了一串糖葫芦。

“哎呀，姐，你别忙活了，我又不是小孩了，你给我买这个干什么?”

我顺手把糖葫芦递给姐家的孩子，姐姐见了，打了孩子手一下。

“这是给你姨买的，你这么大了吃什么，出去玩去。”

姐姐把孩子赶出去，拿起我刚放下的糖葫芦又递给我：“吃吧，怀了孕喜欢吃酸的。”

我的泪水已止不住地流下来，我赶紧把脸一转。

姐姐还是看了出来，忙说：“告诉给你一个好消息，过了年，三月一号，咱们县城就能通火车了。姐也能看到火车了，到你生小孩的时候，姐就能坐上火车去市里伺候你了。”

其实我知道姐一辈子都没离开过这个小村，去得最远的地方也就是每次送我东西的县城。自从我结了婚，就一直想让姐跟我住一段时间，她总说家里事多，离不了。

那次我回市区，姐姐又执意把我送到县城。姐指着离县城车站不远的一个地方对我说，那里就是以后卖火车票的地方。下次来，就不用这么费事坐汽车了，从那里直接坐火车就到石市了。

姐让我看着包，她急匆匆地去一边给我买汽车票了，一会又见她和一个与她年龄相仿的妇女打招呼：“你也去石市呀?”

那个妇女好像说是要去看什么亲戚。

“哎呀，麻烦你在路上照顾一下我这个妹妹，她怀孕了，又晕车。”姐又走过来对我说，“这是咱们邻村的，你们在路上互相照应一下。”

她提着东西一直把我送到汽车上，找好座位，放好东西，她才下去。坐上汽车，我使劲地摆着手让她回去，看着姐姐的身影越来越远，最后变成了一个小黑点，我的眼泪簌簌地流了下来。

姐姐的胃病越来越严重，姐夫要给我打电话，姐姐死活不让姐夫告诉我，说我怀孕七个月了，经不起来回折腾，她说清楚自己的身体，吃点药就没事了。姐姐最后得的是胃穿孔，吐了好多好多血，她执意不肯去县城医院，说在家里输输液就好了。

带着我的回忆，带着我的悲哀，带着姐姐的希望，我第一次坐上了从我们小县城开往市区的火车。透过车窗向外望去，我又看到了在故乡的春天里，在湛蓝的天空下，那个一直向我挥着手，目送我远行的姐姐。

至爱无限

刘子勇

极不情愿地，分开一双交织缠绵的上下眼睑，聚焦慵懒目光锁定窗棂。一丝天光滤过纱窗，探进头来，爬上台面，骤然间明亮了模糊状态的心房。朦胧的意识随即回归原始的分离，循序步入清醒的现实。转念间，原来，昨日返乡，躯体正躺在家中舒服的大床上。

思忖，天刚蒙蒙亮，哥嫂就早已起床，在厨房忙活开了，不禁感慨万千，在家的人真的好幸福。记不清，有许久没享受过这种衣来伸手饭来张口的特殊待遇了，也只有在家里才能奢侈地体会一次。就算一百岁高龄，在家人疼爱有加的呵护下，也会感觉自己永远是个孩子，也可以这般的依赖，这般的优越，这般的自豪和这般的满足。

新的一天，新的伊始，来自心底的幸福的微笑，从晨起到日暮，绽放在唇角，悄然中，轻舞飞扬……

慑于冬的寒冷，继续赖床，一路紧跟慢赶，追踪搁浅的梦魇。晚间琴琴瑟瑟的冬雨，优雅地敲击着瓦面，如纤纤柔指轻拨琴弦，音韵悱恻而缠绵；如冬姑娘水袖拂过，撒落一湖珍珠，自心尖上滑过，送来瑟瑟冷冬的气息。不知不觉中感染了久违的鼻炎，喷嚏连连，只好无奈地随哥嫂而起。洗漱后，静静伫立在后院，凝神远望，放飞心情……

一朝徐徐的冷风，一暮淅淅沥沥的夜雨，荡涤了累积一季的尘埃，万物皆湿漉漉的，似刚出浴的秋水伊人，披着晨露的外衣，透着晶莹，一切的一切都是那么清新舒爽，惬意而宜人。

院落边缘，数只麻雀栖息于干枯的枝头，尽情地欢欣雀跃，或载歌载舞，或窃窃私语，或交颈亲昵。院内外鸡鸣声声，此起彼伏，偶伴几声犬吠，谱就一曲天然的自然音符。这一曲天籁般的乡音，惊醒了静谧沉睡中的乡间晨梦，沸腾了一个寒冷的清晨。

后院的篱笆上，一条条干枯的丝瓜藤蔓依旧依附在干枯的树干上，能够想象夏天肆意穿梭蔓延、娇柔纠结缠绵的情形。“世上只有藤缠树，哪有树缠藤”，忽忆起儿时听过长辈们的那句经典的爱情佳句，蓦然惊叹于那个年代的长辈们，竟是这般的温婉、柔情而浪漫！

那棵枇杷树已结满果实，黄豆大的枇杷俏立于枝头，一抹娇羞地在绿叶掩映间若隐若现，有“犹抱琵琶半遮面”的神秘感，孤芳自赏、暗自沉醉、妩媚地展颜，潋滟成另一抹春色。

青青翠竹，紧簇房舍屋后，随风而舞，摇曳生姿。村口那条幽深的小河，踩着千年古韵，踏歌而来，似一条飘带，舞醉了一陌圣地，陶然了风霜与晨露。欲滴的情感，风情万种，年年岁岁，岁岁年年。它亦如一把青森利剑，将村庄整片农田一分为二地削成两半，莫非是前世既定的奇缘，将生身与养身安置两岸？

站在房顶远眺彼岸，炊烟袅袅，以记忆深处的姿态迤逦而行。山间森林、田园地角、堤岸河边依然着一袭被晨露浸透的清一色的绿装，浅浅绿意，尽收眼底，除了红肥已隐身外，依然一派盎然春色，全笼于轻烟薄雾的缥缈之中。恍然间，浑然忘我，疑入人间仙境！

穿透岁月雾霭的眼神，游移在小草丛生的幽径，居然看见几朵不知名的小野花扬起明媚的笑脸，欣喜如见到久违的故人。已无从细数，这些纵横狭长的小路，山坡、地头的阡陌，欢乐着多少天真烂漫的童年，和那些一路抛洒的笑语欢颜；编织了多少个青涩少年的诗意花篮和痴缠幽梦，已无从挑选一把戒尺，丈量出烦恼中年的忧思、疑虑和清愁……

外公

秋　菀

在我的记忆里，外公是一个很严厉的老头。他瘦瘦高高的身材，长长的眉毛，留着一撮山羊胡子。他说话铿锵有力，做事干净利索，可常常板着脸孔，我和哥哥姐姐都很怕他。

外公是县城里有名的老裁缝师傅，他是唯一一个会做皮大衣的裁缝。听妈妈说，外婆去世的时候，我才刚刚满月，对于外婆的印象，只有外公墙上镜框里那张发黄的旧照片了。外婆乌黑的长辫子，搭在胸前，大大的眼睛，圆圆的脸盘，很俊美的模样。妈妈和外婆长得像极了，尤其是那条又粗又长，乌黑发亮的长辫子，令我好生羡慕。小时候，我常常粘在妈妈怀里，把玩它。妈妈说外婆生前，外公很是疼爱她，可外婆偏偏命短，早早就离开了人间。外公便孤苦伶仃一人，一直终老未娶。外婆的离世对外公的打击很大，从此外公那张黝黑沧桑的脸上更加缺少了笑容。

我们在城里上学时就寄宿在外公家，外公有三个爱好，种花、听评书、玩麻花花。

外公在院子里围了一块地，里面种着蔬菜，边上种了很多高株的花，有美人蕉、月季、菊花等。开花的时候，五颜六色的大花园引得蝶飞蜂舞，很是美丽。外公在窗台前垒了块石板，石板上摆满了各式花盆，里面栽着各种比较娇小的花，有玻璃脆、绣球、君子兰等。外公是个养花能手，那些花就像他的宝贝一样，每天他都要站在花园边，小心地侍弄它们，浇水施肥。

植物天天要喝水，外公一刻也不会怠慢它们的成长，所以我们得天天挑水。可是，我们住在半山腰，水却在山脚下，于是，挑水就成了我们兄妹几个最痛苦的事情了。为了方便挑水，外公给我们做了两个型号的桶，哥哥用大桶挑，我用小桶挑。可我小小的个子，怎么也挑不起来，扁担好重好长，挂钩在扁担上绕上几圈才能挑离地面，两只桶压得肩膀生疼。一路的上山台阶，桶总与地面磕磕碰碰，等挑回家，水洒得也不多了，外公就会骂我。那时候，水需要掏钱买，一担水一分钱，外公心疼钱，因为我们家唯独缺的就是它了。我直到现在都不能释怀外公对我的苛刻，因为我把自己个子长不高，归结于小时候挑水压的。

外公还有一件宝贝，就是搁在他枕头边的收音机。他不许任何人靠近它，生怕别人弄坏。那时我们的信息传媒就是广播，没有电视，更不要说电脑。农村家家都有广播，就安在门脑的右上角，凌晨六点、晚上六点准时开播。我们兄妹几个经常端着饭碗，坐在门槛上听着广播吃饭。每当这个时候，妈妈就会笑着摸摸我们的头，说我们像小燕子，坐成一排排。来到外公家，我对那个能放在枕边说话的半导体，甚是喜爱和好奇。常常看见外公把它放在耳边，然后很小心地调试频道。信号不是很稳定，声音时高时低，赶上恶劣天气就收不到台了。这时，外公便会坐立不安，心急如焚。外公每天准时收听评书，听《水浒传》、《三国演义》等。每次我做完作业，都会凑上去听听，时间久了，就和外公养成一样的习惯了，一天不听就觉得空落落的。有时赶不上听，就让外公讲给我听。单田芳老师那富有魅力的音调，那略带磁性充满感情的解说，在我小小的心灵里留下了深刻的印象。他那句“欲知后事如何，请听下回分解”总是在故事关键时刻戛然而止，让人意犹未尽。就这样，我和外公被他的评说深深吸引，以至于成了他的忠实粉丝。

外公的第三件宝贝，就是他的纸牌。空闲的时候，外公总要叫上几个同龄的老头，聚在家里玩纸牌。牌上满是圈圈点点的符号，他们的叫法也很特别，什么牛呀，四子呀，我是看不懂也听不懂。他们玩得可开心了，一边互相笑骂，一边甩着手里的纸牌。只有这个时候是外公最开心的，他会哈哈大笑。

外公裁缝手艺的出名，源于他会做皮大衣，而且做得特漂亮。他会把未加工的羊牛兔狐狸的皮毛，加工成不掉毛的熟皮子，然后把那些皮子用手工一针一线缝起来，再用剪刀裁成衣服雏形，罩上合适得体的外套才算完成。外公年纪大了，很少裁剪衣裤，就接些皮衣的活在家做。接一单皮衣的生意，要花费外公几个月的时间。关键是加工皮子的工艺，外公总要花费很多心血和时间，一丝不苟地摆弄它们。好多人慕名而来，拜托外公给他们做皮大衣、皮马甲。我曾经用手摸过各种动物的皮毛，在外公的加工下，它们光滑柔软，好看又非常保暖。尤其是狐狸皮毛漂亮华丽，显得弥足珍贵。可惜的是，外公熟皮子的绝活，随着外公的去世，也就失传了。

外公脾气不是很好，即便我们都很听话，外公都会说我们懒，干活不积极之类的。那严厉的声调，我听见就害怕。我们都尽量逃避外公的眼神，不正面看他。只有这个时候，觉得外公一点都不可爱。妈妈有时会进城看我们，每次进城外公都会把妈妈数落一番，说妈妈不孝顺，把我们放在他身边不管，让他受连累。那时，我时常看见妈妈含着眼泪出门，然后坐在邻家婆婆的炕沿上失声痛哭。在我幼小的心里，总觉得外公好冷漠，不应该那样对妈妈。其实，妈妈也很无奈，要养活我们不得不整天拼命劳作，没有太多时间照顾我们和外公。有一段时间，我们家通通得了“恐城症”，妈妈和我们提起进城就头疼，害怕面对外公那张严厉苛刻的面孔。

如今，外公已离开好多年了。随着年龄的增长，我也越来越能够理解外公了，对外公的暴躁和不近人情也有所释怀，继而越来越怀念他。

或许，一个孤苦伶仃的老人内心所承受的痛苦，是不为人所知的。即便他再怎么不好，我们也不可以责怪他。毕竟，是他陪伴我们度过了学生时代，是他为我们烧火做饭，让我们在异乡有了家的温暖。我时常会梦见我的外公，梦见他默默地坐在灶边抽着水烟，烟雾弥漫中我隐约看见那张瘦削黝黑的脸上布满愁云与忧伤，他那黯淡的眼神流露着孤独与寂寞。每每此时，我都会泪流满面，心中充满了对外公的无限怀念和深深的愧疚。外公在时，我没能来得及好好侍奉他，还没有来得及为他铺床叠被洗衣做饭，他就匆匆离开了我们，永远不再回来了。

当泪儿爱上风儿

刘宣邑

阳春三月的晨风又劲又猛，它以一种骇人的气势向世人宣告，由它主宰的季节已经来临。伊始的春风就像初出茅庐的鲁莽少年，热情狂野、放浪不羁。

我裹紧衣衫，走在这不讲礼数的风天里，心想，就因着风儿由着性子的胡闹，才导致了这乱穿衣的时节，昨天热得可以过夏天，今天又冷得像是过冬天。这还不是最让人头疼的事情，最受不了的就是……

视线开始模糊，泪儿在随着风儿起舞，没错，就是这蠢物，像动了春心的少女，不懂矜持地随风而去……每次都是这样，风儿一出现，泪儿就雀跃，全然不顾及我这位宿主的形象，走在街道上，却不得不尴尬地拭去脸上的泪渍。天呀，谁能听我解释，我真的没哭，这与忧伤无关的液体，不是受我情感的驱使。它是冷的，那便不是泪水，指尖轻取一滴，舌尖轻尝，却是咸的，我彻底无语。如果我说，是泪儿爱上了风儿，会有人信吗？

其实，这是一种眼病，曰“泪眼”，别称也很多，有说是“招风眼”，有人称之“风流眼”。病征无非就是迎风流泪而已，倒无其他不适之处。回想起这一双泪眼的际遇，那要追溯到我四岁那年。

某日，一觉醒来，左眼突然红肿，像个小馒头，不痛也不痒，不知缘由。家父领我四处求医问药，皆说不出个所以然来，近一年过去了，依旧如故。可能是因为年纪太小，又没有痛感，虽然一定会是个丑样子，好像也没放在心上。可是家父沉不住气了，最后决定将我送上手术台，当时的情景我记忆犹新。幽深的长廊尽头，是一间黑屋子。家父让我跟医生进去，我胆怯地望向家父，家父一记拧眉的警告，我立刻两腿发软，只得乖乖地跟着医生进了那可怕的黑屋子。不知为什么，现在还能记得自己分明看到了家父眼底的不安。

清冷的灯光打在孤独的手术床上，我发着抖，伴着牙齿打架的声音爬了上去。按医生的指示平躺在上面，一块白布蒙了下来，独留下一只眼睛的圆孔，我真的好害怕，目光不知该投向哪个方向。我不哭也不闹，怕到噤声。一个白衣蒙面人，出现在视野里，手里拿着吓人的“凶器”，一根细细的银针，慢慢地靠近我的眼睛。我心想，那根针刺下去会疼吗？一定会很疼吧！那个人为什么不肯以真面目示人？会要了我的命，怕我记住他的样子吗？

针尖刺入我的上眼睑，很凉，但一点也不痛，心里七上八下的，可能是因为知道父亲就在外面，虽然幼小却没有做出哭闹耍性子的行径。小孩子懂什么？无非是本能地服从父亲的指令，本能地不想在父亲面前失态吧。

我下了手术台，像个英雄似的跳跃着归来，回到父亲的身旁，很安全的地带。听着医生与父亲的对话，我失望地低下头。原来，手术根本就没做，医生手软了。我只记得他说年龄太小了，还是保守治疗吧。连医生都不忍心对我动刀子，我也依稀记得父亲那复杂的表情。从此以后，眼药水伴随我走过了大半个童年，记得它的冰凉以及那入喉的苦涩……

走出医院，愉悦的心情让我不停地摇晃着父亲的大手，家父也如释重负般慈爱地看着我。在阳光下，他似乎看到了不妥的地方，屈身近至我眼前，用拇指为我拭去眼睑的泪痕。那略显粗糙的触感，传达着父亲笨拙的柔情。“你表现很好，想要什么，爸爸给你买。”一句话，我笑得无比灿烂。“这是什么，怎么弄不掉？”父亲自言自语着，看着家父疑惑的神情，我在脑子里画了无数个问号，然后父亲好像突然明白了什么，接着就大笑了起来。那难得一见的笑容感染了我幼小的心灵，也跟着父亲傻笑起来，以至在以后的漫长岁月中，一直以捕捉父亲的笑为乐。后来，回家照镜子我才知道，一只眼睛的周围被涂成了黄色，可能是手术前涂上的麻药或是消毒剂，可以想象得到，我当时的样子有多可笑。

直到鼻子发酸，泪水变得滚烫，我才从回忆中回神，这次是真的哭了。往事，总是那般磨人。这双惹祸的眼睛，想当年，我是给它灌了多少水呀，结果，却以这种方式加倍地吐了出来……

风儿啊，如果你是无心的，如果你只是路过，就请你绕道而行吧。泪儿很单纯，也很脆弱，你既无法将它带向你的海角天涯，若不如就让它安分地停留在我的眼底，做一片静谧的心湖。不要再来招惹它，那蠢物一旦失控，便会牵动我的心，痛，就会循环上演……

我的乡村童年

宁　童

童年的回忆，总是以碎片的形式美好着它的美好，且继续美好着。

碎片一

找个过节必备礼品的罐头空瓶，瓶口盘上绳子，里面放块香油面或者油条渣，以木棍挑出沉入池塘水底。在“等君入瓮”无聊的三五分钟里，也不忘向邻邦的沉瓶水域投颗“深水炸弹”，以便损人利己地把鱼群惊扰过来。作为回报，常挨人家几技“霍家迷踪老拳”，也回击几下“无敌鸳鸯腿”。起竿出水的一瞬，随着瓶中一片乱窜的银光，没有诓鱼经验的小丫头惊诧着自己的惊诧，随即又欣喜地指着蹦着。为了迎接瓶子同志的远征归来，险些扑到水里。哄女孩开心是件很容易的事，至少当时是这样。

碎片二

物质、文化稀缺的年代，仗着年纪小，秀气得像女孩，可以毫无顾忌地正襟危坐，挡在一堆村民的最前面，抱着电视当儿子看。《大侠霍元甲》播完后，没断奶似的整天哭闹着还要看。直到有天画面里出现了一高一矮两个人，母亲借机引导说：“那个高的是霍元甲，矮的是陈真。”嗯，有理！就这样，充满期待地等着霍陈两位师傅切磋武艺。可自打往那一站，他们就没挪过窝……后来，我喜欢上了相声，也知道了冯巩、刘伟。对于他们的相声，至今以为，当初我没听懂的那段最精彩。

碎片三

院里苹果树上，爬满了叫作“痒辣子”的毒毛虫，被它刺到的皮肤火辣辣的灼热。大人常会用画着海盗骷髅旗的敌敌畏来镇痛缓解。现在看来，似乎用错了对象，应该给虫子用才对吧。受到切肤之痛，我想起了最为恶毒的报复手段：蜡攻。棍子噼里啪啦一顿乱扫，黄虫遍地。随后秉烛而上，蠕动霎时定格，片刻琥珀无数，甚是解气。无奈大人心疼蜡烛，只好出最后狠招：纸箱里放出几只半大鸡仔。后来，场面失控，一旁的菜苗也被假公济私、一哄而上了。被臭骂一顿之后，我的宠物名单上很久没有出现过大鸡、二鸡、三鸡、四鸡的名字。

碎片四

姥姥家有四样美味。第一个是玉米粥，是那种特别稠的。每天早晨，总有一大一小两碗冒着白气，在门外的窗台上晾着，粥的面层就像孕妇的肚皮韧性十足。我总是用手非常享受地摸一摸，留下几枚罪证。第二个是豆瓣酱。一个装满湿豆子的小陶缸，长满了绿毛，时不时地用棒子捣上一捣，嗯，很香！特喜欢嘴里含块豆瓣，吸吮尽所有味道价值，然后吃掉——很有剧情感。第三个是咸鸭蛋。鸭子是自养的，每天早上排着队走向池塘，悠然得很，当然，前提是我和二狗子一个在吃饭，一个还在窝里趴着，而后者往往是我。夕阳西下，随着主人的几声召唤又嘎嘎嘎地拽回院里。放在坛子里的鸭蛋，泡在花椒盐水里几天以后，煮熟敲开，窜出一手黄油，然后就是一阵享受地乱舔。最后一个就是冻了冰碴的柿子，冬天唯一的水果，身份在那摆着呢，高贵得很。我常常，早上讨来粥吃着咸鸭蛋，就着刚刨出的萝卜蘸着豆瓣酱。吃完饭，来个冰冻大盖柿腻腻胃，然后精力充沛地看看还有什么讨人嫌的工作，比如调戏一下鸭子。

后来，80后的我不再年轻，开始回忆起我的乡村童年。

怀念棉花

黄　雷

绵延的棉田，棉花成熟时算得上一种风景。此时此刻，正在远离棉田的城市怀念乡村。仿佛离别时在垄上回首，又见到碧野的棉花开了。那时伏桃尽放，无比认真。棉花像令人双目窒息的浪涛不断涌现，在太阳的光芒里喷放着，簇拥着。白莽张扬，碎玉散撒，像画到淋漓尽致的冰雪山水画。离得很远了，还能听到棉花喧闹的呼喊声，渐渐铺展成银沙闪烁的海滩。

那是九月的故乡，碧空无云的秋天。棉花在苍穹下，歌唱或者飞翔。棉农又要开始劳累的拾棉了，那是白色的战役。从播种到解放苗，那些“头大脖子长，顶土容易出土难”的棉苗，受到百般呵护才终于长齐三片真叶。那整齐的一排排嫩绿的棉苗，仿佛就是在这土地上奋斗一辈子的乡亲们青春的诗行，写在故乡的天空下。那时，中学肯定放“棉假”。每天清晨，我们从门前的土坡飘然下垄，走过小溪上的独木桥，穿过杨树、柳树、枣树的混合林，就到了棉田。田边的树林，树叶哗哗轻响，鸟儿开始清亮地唱歌，场部的广播声远远传来，东边的天色已泊着浅淡黄红蓝青的变化。早晨的阳光，从田边的林梢照进棉田，金黄透明的手指触摸最初的棉顶。又斜插进枝叶棉朵的缝隙，缓缓向下，抚摸棉株的茎杆。光影的界限自东向西尽染棉田，直到它们沉浸在辉耀的色彩里。弥漫在枝叶间的雾气渐渐隐退，棉花清晰地呈现出来，散发着隐隐的香气。晨风清冽，我们执袋在手，棉囊悬腰，分散站在棉行的开头，面对一天的劳动。

我们走进棉田，如蹚水一般，棉株并不缠脚，柔柔地拂着裤管。地里的棉花已羽翼丰盈，如同父母纯朴的梦想。遍地清风中晃动的棉花，像无数白鸟纷纷张翅欲飞。棉絮酣畅的伸展姿态，像墨汁在水中的扩散，更像炊烟飘在故乡的天空。每每这样的早晨，我仿佛看见圣诞老人携带最美的祝福，飞风飘雪，须眉霜染，来得这么早。拾棉的人最好站在两行棉苗的中间，可以左右逢源。目光随棉而走，将手的五指向下呈筒状，指尖捏紧棉朵的中下部，用一种带拉带捻的力就可将一朵籽棉摘下。早晨的棉朵手感良好，捏上去就像挤牛羊的乳，露水这时就沾满手指。左手拨开棉枝，右手采摘，有碎叶沾棉朵，左手自然要帮忙，这样摘棉速度慢。灵巧的人用双手。下眼要准，手带拨带入，碎叶用牙和舌下衔下来。集到三五朵在握，频频塞进腰间的拾棉袋里。

手就这样美妙灵巧地动着，如同花朵上翻飞的蜂蝶。我看见棉花婴儿般地从棉株爬进母亲腹前的棉袋，又“分娩”在大布袋里。棉田的白浪，被我们遮掩过去的双手蚕食，节节败退。餐后小憩，我在正午的阳光里蹲下，仔细看过棉株。摘过花的棉株真的很驳杂难看。叶子一半枯萎，一半绿中掺着紫斑，枯卷的叶片缺刻很深很钝。绛红的杆、叶、叶柄上，密密有一层细的白毛。铃室空着，有些许微漾的棉毛。几颗椭圆的晚秋桃尖也布满雀斑样的紫色。除此之外，棉株一贫如洗，遍落枯叶。目睹棉株的成长，碧绿平滑的铃瓣如何孕育分娩棉絮，渐渐沙黄，渐渐干皱。突然觉得父母日益粗糙皲裂的手掌，也是这样捧着棉花一样的儿女的脸。棉铃硬硬的边缘，总要牵挂几许棉毛，就像父母手掌上的茧皮也常沾带几缕，随风轻舞着看不见的亮芒。那是棉花对生体缠绵的依恋啊！抬头看父母，这时又无言弓伏在棉海里。

直到牛哞声中夕阳西沉，远处的林间起了岚气，斜阳的光辉铺在棉田上。那跳跃浑厚的金黄，把紫的绿的枝叶，沙黄的铃室瓣，白的棉花的色彩搅沸，不可明辨。

“妈，走了，看不见了。”我站在浅草起伏的垄上。

“走了，走了，看不见了。”妈妈直起腰答应，又伏身摘几朵棉花。

父亲已把满载的牛车赶进暗沉的黄昏。那堆满牛车的，是飘倦的云朵，一天的收成。

这样的季节是辛劳的，等我读到高二，父母再也没有让我下过棉花地。而曾经有过的记忆和经历如在眼前。在离开故乡前的那一夜，我看到月下的棉花，星子似地眨眼，月的浮华洗濯万物。夜空高寒灰蓝，远山含冤迷蒙，树的叶片无可奈何地攒动着。地头的玉米一袭蓑衣，惆怅成凝固的雾。这时的棉花和秋夜的气氛相符，百合般默无声息，明静、空灵、淡然，像雪的舌头，呈现星星的叮咛，诉说着遥远的冬天的童话。一定有神灵在月下吹箫了，梵音清冷。不然这一瓣瓣的花朵，为何像是飘落着忧思的音孔？夜风的凉指抚叹每一个音符般的棉花。棉朵感知秋露的润泽，卓然化茧，凝目不语。我于是体会到棉花另外一种美丽。在这秋夜注视棉花，襟袂欲飞，俏立凝视，恍然可以听清棉的默然，懂得棉花舒放到挥别枝头的心情。

就在那夜之后我远离了棉花，又似从未远离。我知道故乡仍广种棉花，盼望着下一年的好收成。母亲来信告知，故乡的生活越来越好。在这深秋的夜里遥想，父母在棉花中渐渐疏朗的微笑和眼波，越陷越深。头上的白发，在棉田里飘扬成最大最白的两朵棉花。要是雪下得太早，晚秋桃来不及拾光，父母又要忧心如焚了。

在这深秋的夜里，拥卧母亲缝制的四斤新被，从头开始，从棉种最初下土的季节开始，考虑自己应该怎样成长和活着，才不至于愧对棉花。

冬语小札

尚　虎

已是天近隆冬，一切悄然进入严冬时节。风亦寒，树已秃，身上的装束厚重严实，如今缺的就是一场雪了。听闻有些地区已是雪花弥漫，甚至有个别区域已暴雪成灾，然而这里仍是“阴霾”肆虐，于是人们对于雪有了期盼的等待。

冬天来了，自然规律的作用下，身体的各个部位显现出“冬眠”的征兆，胃口奇好，尤其喜欢荤食，吃饱了倦意浓烈，酣睡来得是那样的随意，以致如今经常是在妻的怒吼声中猛然觉醒。“秋上膘，冬入眠”，看来人类也不例外。家里养的数只巴西龟，近来亦少进食。一条条鲜活的小鱼，在其四周任意游弋，可爱的龟们竟是熟视无睹，丝毫也没有吞噬的欲望，这在以往是不可想象的。仔细观瞧，发现它们集体蜷缩在池中一个角落，极少活动，看来是在冬眠呢。家中供暖已有多日，室中温度温暖舒适，让人有种春天的感觉，那池中的巴西龟们想必也感受到了。然而季节的交替轮回，在它们体内所孕育的自然传承，竟是如此的倔强，改变固有于它们而言竟是如此的艰难。

中秋节过后，睡梦总是被龟池里的骚动声惊醒，急急爬起观瞧究竟，不觉已是凌晨，龟池中的它们个个伸直了脖子，随着你的身影来回移动。人类不愧是一群善良的精灵，更是善解天意的智慧天使，于是不顾困倦，切食喂之，不久那池子里便太平了。想来它们如此近乎疯狂地进食，就是在“上秋膘”吧，它们这样做的目的也十分单纯，只是靠着这些积攒下来的油脂，挨过萧瑟寒冷的冬季罢了。

人类自然不能和“龟”相提并论，“龟儿子”、“缩头乌龟”更是骂人秽语，影视小品常有“穿上马甲扮王八”。龟类遇事皆“缩头”的胆小在人们眼里往往被当作龌龊的行为象征，有些意外的是，龟懦弱地缩头恰是其长寿的秘诀所在，“龟鹤延年”也成为人们喜欢它的缘由。想当初朋友送我数只品相不错的“巴西绿毛龟”，其赠言即为恭祝“祥和”和“长寿”了。“任凭山摇与地动，吾自岿然不动”，这便是龟的智慧，龟的哲学。

细想来，做人做事遇到烦恼和挫折，以一种平和、稳健的心态坦然面对，不自己吓自己，做到“非礼勿闻、非礼勿视”，专心做自己应做的事情，从逆境中一步一步艰难挣脱，或许就是践行“龟”的智慧，也就是在遵从自然道行了。

延年益寿固然是好，然而人类又岂能享得如此之福，“万寿无疆”只是一种痴人梦想罢了。想那太极老祖——张三丰，悟道冥想，终生寻求天地之道，也只赚得百余年的人间光景，当属罕见。与那些动辄活上三四百年的龟们相比，又算得了什么！然而，人类之生的乐趣，又岂是那些动物所能体悟到的。龟虽较之人类是长寿的，其长寿背后所蕴含的自然之道，也许只有人类知晓，其所彰显的道行最终也只是成了人类思维进步的一个阶梯。宇宙空间中所有蕴含的法道，其实都是在静候着人类去挖掘，去参悟领会。相对于自然世界，或许人类思维不断从低级到高级的迈进，才是人类自立于宇宙之巅的道行吧。

冬来了，倦意渐渐地浓了，自然之道，逃避不得，然而，我们还有许多事要去做，想“冬眠”只是妄想而已。既然这个世界在这个季节彻底还原了其真实的本色，我们何不也来个自我的还原，让自己的心绪也来个格式化，重新找回那段失去的童真，那个真实的自我，那份固有的天性，感受自然带给我们的厚礼。

老父亲

袁冲冲

“那是我小时候，常坐在父亲肩头，父亲是儿那登天的梯，父亲是那拉车的牛……”听着这首《父亲》，感慨万千，思绪一下飘回家中，父亲那弱小而又高大的身影浮现在我眼前。

父亲是地地道道的农民，善良、淳朴、憨厚。因小时候患了小儿麻痹症，落下了残疾。那时候读初中被别人笑话，结果就辍学回家帮着家里出工，后来一直务农。

父亲承载着我很多儿时的回忆。那时的我不懂事，常常骑在父亲的肩上。父亲知道自己的手脚不是很灵便，每次都是很小心翼翼地护好我，所以每次被我折腾完后，额头就会渗满汗珠。

上学了，家里并不富裕。上学前，我总喜欢站到他的房前，也不说话，就看着他。这时父亲就会说“把我裤子拿来”，接着拿出很整齐的钱，从中抽出一张五角放在我手上，我这才会乖乖地去上学。那时候好玩，学习不是很好，他也会像当时大多数父亲一样，相信“黄荆棍下出好人”。父亲生气时候总喜欢咬着舌头，以至于后来看到父亲咬舌头我就会惧怕。

读初中了，住校，回家便少了。父亲每次进城总会来看看我，说是我妈叫他来看看，吃得习惯不，睡觉冷不冷，学习怎么样。初二的第一学期，有段时间一直下雨，他踩着单车来看我，我说晚上睡觉冷，父亲当天就回去载了一床被子和一些稻草给送过来。到学校时，天已黑，父亲到了就开始垫床，这时才发现父亲身上湿透了。他却笑着说，没事，刚才袋子被刮破了，就把雨衣给裹在袋子上了。要知道那可是十月底了，雨冷。不由鼻子一酸，眼泪簌然而落，没让父亲看见。后来才知道，那天别人的车把他碰摔了，袋子才破的。腿上都流血了，别人问要不要去医院，父亲说没事，扶起车就奔学校来了，伤口被雨水很好地遮盖了。回去后父亲病了一场，几天才好过来。

退伍回来，感触很深。两年没回家的我突然发现父亲老了，真的老了！原本乌黑的头发如今已被时光染白，岁月的年轮深深地烙在脸上，生活的担子压弯了直挺的脊梁……父亲步履蹒跚地走过来，准备拉过我的行李，却没拉动，抬头看了看我，你眼睛怎么红了？我咬着牙说没事，我自己来。父亲便转身往前走，看着他蹒跚的背影，泪水再也无法控制地流了下来。

现在，一年在外，与父亲相处的时间越来越少，电话也打得不多。每次还是母亲打过来的，父亲总是喜欢在旁边叫母亲传话，要他说时又推脱说没什么说的。直到在一个节目中听到这句话方才醒悟，“假如父母能活一百岁，现在也有五十多了，一年回家看一次，也只有 50 次，也就是只能见到父母 50 次了，如果过年不能回，那就更少了！”原来我们一直在索取，未曾付出！

是啊，又有多少父母能活到一百岁呢，我们只能祈盼。我们不能再吝啬我们的时间了，总说工作忙。其实父母的要求不高，只要能常回家看看就好！

曲终，思绪还未停留，点上重播。

父亲

朱先凑

我的父亲是个孱弱的人。

自我记事起父亲就因为身体的病弱而赋闲在家，做些日常杂务，很多事情只是看在眼里，不能立马横刀把一件大事做得利索漂亮。有些时候他实在是看不过眼，才会说上一两句。平时我们不回他的话，倘若是他说急了，我们兄弟几个就会说："那你去做啊!"于是他只好隐忍地自言自语，以至于絮絮叨叨起来。日子久了父亲终于被淡出了对宗族日常事务决策的视野，没人叫他去商量族里的事情，这对于一个男人来说是非常痛苦和有损尊严的事情。父亲就这样备受病痛的折磨和心灵的创伤，几近成了被忽略的人。

父亲的病痛来自气管炎这个痨病。小学时，每次放夜学回家，特别是冬夜，就看见昏暗的油灯下，父亲披着棉衣坐在床上，把头靠着柱子，昂起来，好像是被什么提着脖子，张着嘴巴，努力呼吸着。他强忍着呼吸的困难，强忍着一阵阵的咳嗽，终是不能彻底地咳出淤痰，也总是睁大着眼无奈地看着这难熬的似乎被抽了氧气的长夜。父亲的脸涨红着，喉咙里老是响着怪异而又尖细绵长的声音。那时候的我是十分厌恶的，总不能让我安静入睡。但天气冷的时候，父亲就像是一只闹钟，准点在天刚蒙蒙亮就唤醒我，让我不得赖床，以至于晨读时从未迟到过。读小学时父亲对我的关心几乎是零，在我不听话或者是犯了错的时候，最多也只是自言自语，不会大声呵斥，于是，我更加不屑起来。

这让我不禁想起了母亲。母亲实在是没办法才担当起这个困窘的家来的。一个小脚女人，再加上清丽和绰约的形象更是不便抛头露面。可是很多大事母亲还是和父亲商量着并由父亲来决定，然后由母亲领着哥哥和姐姐去操办。这样，母亲这个精明能干的小脚女人在外人眼里家庭地位好像就要凸显些，父亲就更是挺不直腰板地自卑起来。

由此，父亲的形象在我看来是悲哀的。但从那天开始，我就敬重起父亲来。

午饭后，西天处一片灰色彤云，父亲又絮絮叨叨地说："这么冷的天气，多穿一件衣服去读书，看天的样子可能会下雪。"见母亲没说话，我也没有理睬父亲。果然，第一节课时就下起了大雪，下课后我们这些孩子自然不会放过机会，都纷纷跑出教室，在雪天里玩耍起来，老师们怎么叫我们都不听。于是，我们的头上、衣服上、鞋子里到处都是雪沫。上课了，雪开始融化，我们才开始冷起来。布鞋湿了，脚冻得冰冷僵硬起来。上课时我们是不敢跺脚的，就只好乖乖地昂头看着黑板，手却伸到课桌下搓自己的脚。雪越下越大，透过走廊上没有玻璃的窗户已经看不到对面的校门了，外面已是白茫茫的一片。下课了，我们还是挤在走廊上满心欢喜地看着打着旋儿的雪花漫天飞舞。这时候，我看见一个人正朝我们教室走来，顶着风雪，一步一步，缓缓地瑟缩着。他低着头，一手拿着显然是被风撑坏了的纸伞，一只手紧紧地抱着胸窝，夹着一件棉衣，像是走来了一个雪人。一位同学大声地叫："小海啊，是你爸爸！"这时我心里一沉，鼻子一酸，猛地扎进了风雪里。在雪中我第一次这么近距离地靠近父亲却没听见他咳嗽和急促呼吸时怪异的声音，只是看见父亲呼出的一团团白气和几乎沾满了雪沫的暗红的脸，胸前紧抱着的是一双棉鞋，手夹着我嫌它太旧的棉衣。我一把夺过鞋子和棉衣，说："爸爸，赶紧回家吧！"我返回教室，父亲继续走在风雪之中。教室里，我身上流着一股从未有过的温暖。鞋子是父亲穿的棉鞋，虽然不合脚，可我的脚却暖暖的，心也暖暖的。

风雪中我没有听见父亲的自言自语，但过后我的耳边又总回响着父亲自言自语的声音来，像是在责怪，又像是在叹气。从此，我再也没有为父亲的自言自语而感到厌烦，从他的絮叨中我也开始感受到父亲不会言说的藏得很深的温情，从而越来越敬重起来。

父亲去世时，我在外地读书。当学校传达室的人告诉我时刚好是课间，教学楼前正是春暖花开，我却恍若进入冬天，从身上冷到心里。父亲的离世不是很安详，他依然还是痛苦地张开着嘴巴，不知道是为了极力地吐出最后一口气还是吸进最后一口气。银白的胡须一根一根地竖着，半开的眼睛凝视着，那眼神像是要说什么，又像是在等待着什么。母亲哭着说："细崽耶，你爸爸等不到你回家，喉咙里一直是叽里咕噜地响着，我知道那是在喊你的名字啊！你爸在世时真想去你的学校看看，可他就是怕人家笑话，怕让人家瞧不起你，想了好多次都没有动身……"母亲泣不成声地搓着父亲冰冷的手诉说着。我的眼泪也大颗大颗掉下来。我想，他是想去我的学校看看，然后回来和别人说说儿子和儿子的学校，说一些农村人很难见到的宽阔的足球场，高高的教学楼，还有幽雅的校园环境。他无非是想在别人面前实实在在地说几句让人羡慕的话，不再自言自语，不再絮絮叨叨，他只想用这个简单的心愿抚平他终生的哀痛。父亲，你可知道这也是我一生的遗憾和愧疚。我不但没能让你如愿，在你最后的时刻也没能送你一程。我知道，折磨了你半辈子的痨病在你看来不算什么，那时你只是每天服用我放学时花上一两毛钱顺便从卫生院买来的麻黄素，可有谁知道你内心深处的痛是一生不得言说的，因挺不直腰板而自卑的心痛呢？

父亲走了，从此再也听不到他的自言自语了，再也听不到那老是不得彻底的咳嗽和尖细怪异的呼吸声了，你终是淡出了亲邻们的生活——我可怜的父亲。如今，我也只能用苍白的文字记录下你那从不表露的父爱，当然还有你大半辈子自卑的心痛——我可怜的父亲！

你是我今生不能选择的爱

李　华

魂牵梦绕了许久，终于盼来和你见面的日子。我们第一次见面，便已注定，我们将会是彼此生命中最重要的一个人。

从看见你的那一刻开始，我的目光便追随着你，我不能忍受，你离开我的视线之外。也就是从那一刻起，你便从我的心里，走到了我的生活里。

你轻易地主宰了我的情感世界，让我因为你的快乐而快乐，因为你的忧伤而忧伤。因为有你，我的生活充满了甜蜜。也因为你，让我知道了什么是牵挂，什么是幸福。

我知道，相同的感觉在你身上也有。你所有的事都会告诉我，所有的心情都会与我分享。你让我感受你的快乐，让我分担你的忧伤。

我不在你身边的时候，你总是会在人群中寻觅我的影子，想早一点见到我。在你身边的时候，你总是会紧紧握住我的手，怕一不小心，我便离开了你。你总是那样明白地流露出，你的生活很需要我。

这样的感觉，是多么的美好。这样的日子，是多么的让人留恋。

我以为，我们紧握的手不会再分开了。我以为，这样快乐的日子，会这样延续下去。

但是，不知什么时候，我发觉，你不再什么事都给我说了，而是有选择地给我说一些。你不再迷恋我们在一起的日子了，有时候对我视而不见。我想握紧你的手，不松开。而原本我们紧握的手，却被你轻轻巧巧地挣脱了。你渐渐拉开了我们之间的距离，我们有了各自的立场。

我迫切地想知道原因。我总是在想，是自己哪里做得不好，让你把视线从我身上移开。我找了无数个理由，来说服自己接受这种改变。

是不是有一次你生病了，我们一同去看病。在候诊的时候，我轻声地哼着歌。旁人说你生着病，我还有心思唱歌，说明我的心里没有你，你便当真了。可是当时我觉得你是幸运的，你只是小毛病，我们拿了药就可以回家，吃了药就会好的。这难道不是一件值得高兴的事吗？难道非得做出一副凝重严肃的表情，才叫担心你关心你吗？我不喜欢那样，我是你最亲的人，我郁闷的心情只会让你更难受，我只希望，你从我身上感受到的，只有快乐。

那会不会是那一次，你不慎将牙齿碰掉了，你给我说的时候，希望得到我的安慰和关怀，我却狠狠地打了你一下。我一直在后悔当时的举动，也许让你很失望，我没有给你温暖，还要让你再疼一下。

我从来没有给你说过我当时的感觉，我不想在你面前表现出我脆弱的一面，虽然我的眼泪还是止不住地掉下来。你可知道，在看到你的那一刹那，我的心里是又惊又痛。心如刀割，是那个时候才深深地让我体会到的。我打你的那一下，是源自我内心的焦灼、恐惧和无助，是源自我从心灵深处对你无法割舍的情感。我害怕这样的感觉，你知道吗？你怎么可以因为不小心而让自己受伤？你怎么可以让我这么心痛？你要知道，你是我生命里的唯一，是我手心永远的温柔，是我心里不变的温暖。

你决定离开我，要去过属于你的日子。你说让我给你五年时间，你会以一个全新的面貌出现在我的面前。你态度决绝，不容置疑，我只有选择接受你的决定。因为我知道，我既不能留住你的人，也不可能留住你的心。不如放手，让你一个人走。

为了分散自己的注意力，特地给自己放假，去成都散心。那段时间，我深切尝到食不知味、夜不能寐的滋味。从来，只有在床上才能入睡的我，因为极度的疲惫，竟然在公交车上站着就睡着了，或一上车就睡直到终点站。我感觉到了我们的距离，很心痛，很害怕。你的人在我的身边，心却在千里之外。

我知道，你说的给你五年的时间，其实是一种逃避、拖延的说法。你知道你无法马上改变，但又想给我一个承诺。说实话，我很感谢你的承诺，它让我知道，你还在乎我的感受。

我知道，你生命里原本我该给予你的，我并没有给你。我只是盲目地给予你我最原始的情感，却忽略了走进你的心灵。我们缺少心灵上的沟通，而我竟然不知。直至你渐渐松开握住我的手，我才意识到这一点。

我想弥补，希望不会太晚。我从来不轻许承诺，因为我知道，一旦许下承诺，便要付出最大的努力去实现它。我能许下的诺言就是，不想让我对你的情感成为你的压力，我只想和你共同努力、一起成长。我想通过自己的努力让你知道，只要你有心要做一件事，什么时候都不算晚。我也要走进你的心灵，倾听你的心声。

而你要明白，这生活的担子，不是我能强加给你的，而是要你自己心甘情愿地来挑。你的命运，可以通过你自己来改变。你的人生只能由你自己来负责。我相信你，只要你做，你就会做到的。

我有一个最大的缺点，就是从不表露自己的情感，哪怕是对我生命中最重要的你。我以为，我对你的感情是无须言传你便可意会的。现在，我想因为你，在这一点上改变自己。也许你还不习惯，那就学会慢慢适应吧。其实我也不习惯，但我会认真去改。

爱，是一个永恒的话题。有的爱，我们可以选择。有的爱，我们却无法选择。你，便是我今生无法选择的爱。

蒲公英的心语

郁文姝

我在早春的时候，就开始注意单位绿化带里那些绿色植物。最早是开放着紫色小花的地丁，豆科，很矮，椭圆形的叶子每株只有几片，花朵也极小，但那么大一片一齐开放时，竟也十分壮观。

只是它们的花期很短，由开放到凋谢仅维持了短短的几天。那时候，绿油油的小草齐刷刷地疯长，很快把枯萎的花朵埋没在草丛中，不见了踪迹。

高大的花树开始炫耀崭新的衣衫，也把满树的花朵一直开到芳菲遍野的春末。待到所有的花瓣落尽，让人刚刚感觉这片小小的绿化带有些空寂与孤单时，不知何时开始，一丛丛小小的蒲公英散落在葱郁的草地上。起先只零星几朵，我以为，也就如此了吧。蒲公英虽然开着细小的花朵，因为是这片草丛中唯一的颜色，竟也亮目之极。

谁知立夏之后，它们竟然让我欣喜起来！接连不断的花朵很快将整个草坪铺满，傲然挺立在绿草丛中的小花朵，每日迎着晨光微笑，随着夕阳安静地等待日暮，一天，两天，三天……

于是自然而然地，我心里开始了一份牵挂，每日盼着它们更多地绽放，每日也隐隐心痛地担忧着它们全部消失的那一天。金灿灿的蒲公英，长久地坚持着，从春末到夏初，从一次次寒流逆袭中不知疲倦地开放着，哪里来的意志使得这细小的花朵如此顽强地生存着呢？

并不十分美丽的单纯的黄，细长的花瓣整齐地排列在花蕊周围。花瓣顶端并不是圆的，仔细观察就会发现有明显的锯齿，一共三对，从花瓣中间开始两两相对，由小到大，因此花瓣的顶端是呈小小的M形，只是因为花瓣太小，很少有人能注意到这一点。它娇小到甚至让你不忍用手指去碰触，没有什么可以御敌的铠甲和尖刺。柔软细长的花茎柔柔地挺立着，让我想到灵河岸畔那株婀娜多姿又纤弱至极的绛珠草，即使很小的风吹过，都能让它们左右摇摆。就是这样一株株不起眼的花朵，竟能将一片单调的草坪点缀成梦一般的仙境，我在花前默默感受它们的宁静之美。卑微的花朵在阳光下颤颤地点着头，似乎在与轻风悄悄呢喃私语着。

春来就萌发生命，夏来就孕育花朵，秋天就放飞希望，又甘愿在冬天奉献短暂的一生。站在这片小小的蒲公英前，看着一朵朵用生命绽放的小花，我多想自己也能成为它们其中一朵！

如果我是它们其中的一朵，我绝不会因为自己的渺小而轻易辜负这短暂的时光。也许正是因为我将自己化作它们其中的一朵，我才能读懂所有花朵的心语。因为这卑微而短暂的一生，才会让蒲公英如此努力地生长，竭尽全力尽可能长时间地绽放自己最美的生命！

在这片小小的蒲公英前，我长久地注视着，安详又热烈的阳光毫不吝啬地投下初夏的温暖。我知道，它是爱这些小花朵的，如我此刻的心一样，不是同情，也不是怜悯，而是从内心真真正正地，珍惜它们，疼爱它们，敬佩它们！

悠悠慈母心

隋天柱

又一个冬季来临了。每逢这个时节，那些雪花般的往事，总是片片飘零在我的眼前，它把我带回了那个许久以前的从前，使我想起了年迈的母亲。

从我记事起，病魔就紧紧缠住了父亲，随之而来的贫困便刻下了我人生的三级台阶——童年、少年、青年。那年月，一般人家的生活都不富裕，像我家九口人的偌大家庭，母亲却是唯一的顶梁柱。山里田间、房前屋后、猪鸭鸡鹅、柴米油盐，她一刻不停地忙活着。烈日炎炎，母亲同男劳力一样出工，种地、割草、修河堤、挖河道、抬筐背土……

二十多年后的今天，我还清楚地记得，劳累了一天的母亲，晚上到家什么也吃不下，只是坐在炕边大口大口地吸烟。

冰天雪地的日子，母亲为了多挣点工分，担着粪筐走街串巷地去捡粪。母亲的手冻得裂满了伤口，但为了省下几角钱，她连支药膏都不肯买，还无知地往伤口上滴蜡水。那时母亲说：“这样，伤口就不会再裂了。”那时的我，满怀怨恨。为什么别人的爸爸不得病？为什么别人的妈妈不捡粪？为什么伙伴们都管我叫“大粪筐”？为这，我常常冲着粪筐狠狠地踢上一脚。

我们长高了，母亲却矮了，她的背驼得那么早。

我们长大了，母亲却老了，她的头发白得那么早。

十九岁那年，我终于领到了一份招工表。多病的父亲拿着这张招工表，望着操劳过度的母亲，脸上终于有了一丝笑容。而母亲还是一刻不停地忙着，一切都尽力加快脚步，就像月亮一刻不停地围着地球转啊，转啊。

呵！母亲难道不像鲁迅先生笔下的“孺子牛”吗？无私付出的是奶，是血！而无知的我们还继续吸着、吞着……

那时，我们却不懂得去想这些。

又是一个冬季来临了，一场大祸竟从天而降。我在工作中，因掌子顶板破碎，当我抡起大头镐击向一根支柱时，“轰”的一声，数百吨的碎石砸向了我。

我感谢我的黑哥们！是他们冒着生命危险把我从碎石下扒了出来，又是他们把我及时送到医院。我迷迷糊糊地躺在医院的床上，医生们个个摇着头、叹着气，互相传递着一种异样的眼神。这时，母亲似乎从医生们的眼神里看出了什么，异常镇静地忙开了，给医生护士们点烟、送水，送水、点烟……

一位没有文化的母亲，为了拯救儿子，什么苦都愿意吃。

一名医生慢慢地转向母亲，耐心地说：“这孩子的腿……”没等医生说完，母亲似乎一切都明白了。扑通一声，她竟跪在了这名医生的脚下，哭着哀求：“他才十九啊，他才十九啊！”这时，许多医护人员都潸然泪下。

主治医师猛一挥手：“上手术台！”

当晨光升起时，我睁开了双眼，母亲依然守在我的床前，用那树皮一样的手抚摸着我的头，深陷的眼窝中闪动着两颗浑浊而又晶莹的泪花。

也许是慈母的情怀感动了医生！

也许是伟大的母爱感动了上帝！

我很快就恢复了健康，而母亲却又老了许多许多。很多年来，我每每提起往事，母亲总是不介意地说：“咳，总提那些千年谷子万年糠干啥。”

可我，却总是忘不了那些，那些……

客树回望成故乡

张玉才

第一次读到此句诗，是在季羡林老人家的那本自传里。那个下午，蛰居小城一隅的我百无聊赖中来到小城街角的书店。随手取下一本书，竟然是季老的自传。怀着对季老学问人品的膜拜，小心翼翼地摩挲文字，开始与世纪老人的心灵交流……

许是命运相似的人最容易读懂对方，走进彼此的心灵。当读到“客树回望成故乡”这句纯朴的乡思时，我禁不住潸然泪下。一瞬间，我莫名地情不能自已。而那个下午的记忆始终潜伏于我故里情结的最深处，历久弥新，触痛我的狭隘乡情以及对季老那大爱无疆的追慕。而今世纪老人已驾鹤西去，那埋藏心底的记忆再次激活了与一个世纪老人的相关链接。

许是客居在外久了，对于家乡的记忆总会在岁末年关的日子里渐渐亲切并温润起来。但有时会无由地泛起一丝古人“近乡情更怯”的情怀，于是更多时候手扶阳台，面朝南方，轻轻地吟诵那些与故乡相濡以沫的经典诗句……

“常回家看看”，记忆中，母亲每次送我至村口的小石桥时，总会一而再，再而三地叮嘱。可惜年轻时，我们往往并不能真真切切地停下奔波的脚步，去细细品味这句质朴见性的良言。

如今母亲与我阴阳相隔整整十年了。这样的时令，霜风渐紧，繁华褪尽。可为何“十年生死，两茫茫，不思量，自难忘”的感喟，会那么的别有一番滋味呢？

母亲是一位典型的南方居家女人。听老姑说，当初嫁给父亲时，出身不好的父亲已经家道中落了。至今犹清晰地记得，故乡老屋的东间里摆放着一张泛着暗黑色的老式梳妆台。老姑说那是母亲结婚时外公陪嫁的海派嫁妆之一。只可惜陪嫁的海派嫁妆在战乱时被小鬼子一把火烧得只剩下这一件了。而我却执着地相信在历史的更深处，小轩窗前的母亲永远温文尔雅、持家有道。

父亲内秀不善言辞，一生低调耿直，与人为善。老姑至今一提起闹饥荒的日子，仍潸然泪下。我那身为长子的父亲，竟然用自己单薄的身躯扛起了一大家人的生计。

尽管父亲已经竭尽全力，却终究未能挽留住与儿子同龄的小叔，而二叔的大学梦断也始终让父亲一辈子心有余憾。如今想来，方悟父亲临终时让小弟转托给我的箴言——低头做人，抬头看天。只是，父亲和母亲情深不寿，相继西去，徒留我黯然独泣，子欲养而亲不在！

今早起床时，听天气预报说，最近可能会大幅降温，迎来今冬的第一场大雪，心不由得一紧。那么，就请北风捎去远在他乡的儿子对二老至真至性的问候吧——亲爱的爸爸妈妈，您们那里下雪了吗？

拾柴火

沙　耕

土地刚被平整过，厚实地展示着墒情。蓝天像幽静的湖水般清澈，闲适地飘浮着几朵白云。阵阵凉风吹过来，杨树叶、柳树叶、槐树叶一片一片悄无声息地落下来，在树的周围堆积了厚厚一层。不时有农人在忙于焚烧秸秆，随着篝火的跳动，秋意如晨雾般弥漫着整个淮北平原……

公共汽车在老斑鸠咕咕的叫声中停了下来，我和妻子朝岳母家走去。乡里乡亲热情地打着招呼，问是不是回来帮助家里种麦。妻子愉快地应答着，我则和他们交换着黄山牌卷烟，搭讪中，双脚已迈进了岳母家的过道大门。

妻子昨晚睡得不是很好，她没有像往常一样约几个网友“斗地主”，而是很早就洗脚上床。她像烙饼一样在锅里两面翻着，弄得我也只好起来打开电视关注金融风暴。“你怎么了?”我关切地问。“没什么，霜降过了吧。”她若有所思，答非所问。“到底怎么了嘛?”“没什么，我想俺娘了，明天是双休日，回去看看吧。”

岳父下地干活去了，岳母在灶屋里锅前头一把锅后头一把勺忙碌着。妻子放下手中包裹，熟练地坐在灶前烧火，娘俩叙着家长里短。我小时候最怕烧火，一到奶奶叫我烧火，我就故意把灶膛里填得满满的，灶屋里立刻被烟气笼罩，熏得人直流眼泪，气得奶奶只好把我赶出去。

灶屋里飘出油煎鸡块的香味，已是晌午了，岳父还没有从地里回来。岳母是从封建社会过来的人，岳父不回家她死活不肯开饭。岳父虽然六七十岁了，还是壮劳力呢!

妻子拍打着身上的锅灰，从墙上取下一把筢子，又挎上一只竹筐，朝堂屋后面的树林走去。走进树林，只见地上满是半青和干枯的树叶、树枝。妻子挥动着筢子，前腿屈弯，后腿使劲，一筢子一筢子搂起树叶来。这树林似乎好久没人来过了，这树叶也好像年深月久了，只一支烟的工夫，妻子就搂了满满一大筐。她像一个熟练的产业工人，流水作业似地搂柴、装筐、运回，周而复始，头上沁出了细细的汗珠……

我注意到了一个细节：妻子在每次开始搂柴火之前，总是用筢子先在地上划一个大圈。噢，我明白了，这是她小时候养成的习惯。小的时候，20世纪六七十年代，那时家家户户都缺柴烧，农家孩子的主要工作之一就是拾柴火。淮北平原上，常见几个小伙伴一起拿着筢子挎着柳筐到处捡柴。发现目标，大家先用笆子划一个大圈，意谓我的势力范围，然后开始打扫战场……

现在有谁还拾柴火呢？仅收割后的秸秆就烧不完。何况煤球、煤气、电气、太阳能已在农村普及，只有我岳母这样会过日子的老人还舍不得几千年留下的传统。年轻人收完小麦、玉米、大豆，干脆把秸秆在地里一堆，烧了！如此也弄得北京奥运会前，俺们县长到处扑火净化空气，县长直接成了“消防队长”！

原来妻子这次回来就是拾柴火的。提起往事，她欲语泪先流：那个时候地里哪有这么多这么好的柴火啊，我今天算是过了拾柴火的瘾了！

妻子终于还了她的捡柴情债，双手、脸上、脖子上满是灰尘和汗水。衣衫不整，已经恢复了当年的村姑模样。只见她回眸嫣然一笑，露出了洁白的牙齿，还依稀看见城里人的影子……

母亲的眼睛

殷 锋

母亲的眼睛是黑色的。这一年，我 1 岁，母亲刚刚 36 岁，正处中年。这时候，母亲的眼睛是黑色的，是那种西瓜子一般乌溜溜的黑。它们正亮晶晶的满怀喜悦地看着我咿呀学语、蹒跚学步，看着我正健健康康地一天天茁壮成长呢。

母亲的眼睛是绿色的。这一年，我 5 岁，准备上小学一年级去启蒙读书。母亲为我准备了一条粉红色的新毛巾，用密密的针线缝制了一个小书包，笑眯眯地替我挎在了身上，然后高兴地看着我兴冲冲地背着它去上学。母亲眼睛里流淌的，满是一片绿色希冀的目光。

母亲的眼睛是黄色的。这一年，我 10 岁，而母亲正值壮年。那时节，家里人口多，劳力少，年年是村里有名的缺粮大户。母亲天天起早贪黑地忙出忙进操劳不停，里外差不多全是她一人在苦苦支撑，那是一种难以言表的生活苦累。后来更是由于一时的精神忧郁，患上了轻微的精神分裂症。这种黄色是一种不堪于长年累月的病痛折磨，还有对于打针吃药所造成巨大痛苦的后遗症的恐惧。

母亲的眼睛是红色的。这一年，我 19 岁，正积极响应着祖国号召，准备去保家卫国，应征入伍了。这时，母亲 54 岁。1994 年 11 月初，我挥手告别，踏上征程，母亲的眼睛是红色的。那是母亲对于孩儿独自外出的不安与难舍。红色，那是一种与生俱来的依依不舍的颜色在萌动，那是一种香醇的恋儿情结在发酵，那是一种伟大母爱的情愫在勃发。

母亲的眼睛是白色的。这一年，我 20 岁，是我当兵入伍后的第二个年头。这年，母亲 55 岁。由于病痛及念儿的双重煎熬，母亲最终无奈选择了一条独自去天堂的解脱之路。那年八月的一个清晨，她在垸中门前的水塘跳水自尽。我听到这不幸的消息后哽咽无语，只有眼泪大颗大颗地滚落下来。作为父母唯一的儿子，作为母亲生前最为疼爱的我，竟然没有能力、没有机会让她能够快乐幸福地颐养天年，并为她送终，这不能不说是我人生最大的痛苦与憾事！母亲走时，她的眼睛颜色究竟是怎样的？我没有赶上其入殓，所以我不得而知。我宁愿在心里相信，母亲只身前往黑暗天堂的另一个世界，她的眼睛应该是白色的。这样子黑白分明，她一人孤独行走，才不至于在黑暗的世界里迷路，才走得平稳，不至于一路上磕磕碰碰。母亲确实是太可怜了，自小就是名孤儿，幼年寄人篱下。她一生命运多舛，希望她能够在天堂里一路走好。

母亲的眼睛是蓝色的。这一年，我 26 岁。在 2000 年的 3 月，我与爱人携手走进婚姻殿堂。第二年 9 月，我们有了一个活泼可爱的女儿。看到女儿，我曾不止一次地感慨：要是她的奶奶我的母亲还活在世上，现在应该正在享受着儿孙绕膝的天伦之乐吧。那该是多么快乐，多么幸福，多么美好的事情哟！可惜，可惜……以后，我曾多少次，看到母亲那深邃的目光蓝色的眼睛，在我的梦里与梦外一度闪现。那双眼睛里，满是喜悦与欣慰。哦，蓝色，那是一种天空与大海的颜色。

母亲的眼睛是七彩的。现今，我独自一人背井离乡在异地打工，已是七年。这期间，多少个不眠之夜，母亲竟然一次次悄悄走进我的梦。在梦里，母亲的双眸常常有一种五彩缤纷的光，是那种夺人心魄的七彩炫丽之光！母亲用她那双满是粗茧却很温暖的大手，一下一下地温柔抚摸着我的头和脸。她的脸上正绽开着一脸幸福与快乐的笑花，在阳光下，无比灿烂……

哦，母亲的眼睛！

家乡的铃兰

张庆德

秋风乍起，忽然想起了家乡的铃兰。在这初秋的季节里，那蓝色风铃似的花朵应该挂满山崖了吧。

小的时候，正处在那个不堪回首的年代。与很多农村家庭一样，我家的生活也很艰苦。城市家庭按月或季配发的肉票、油票、煤票一律与我们无缘。淳朴的农村人清苦惯了，对此并没有太多的怨言。肉没有，可以不吃；花生油没有，可以用动物脂肪代替，但一日三餐还是要煮熟吃的。因为没有煤炭烧，农村的孩子们不用说节假日，就是放学后也要拿上绳子镰刀去山上砍柴。说是砍柴，其实那个年代穷得连柴都没得砍，只不过是用镰刀割些荆棘生出的嫩茎，这样的柴背在身上既沉重又不耐烧。

我天生胆大。十来岁时，经常爬到离地面三四十米高的悬崖峭壁上，砍那些生长多年的又粗又干的紫荆棵和野榆子。这样做虽然很危险，却也有好处，就是既能砍到耐烧的好柴，又可欣赏到别人看不到的风景。

夏末秋初时节，由于雨水充沛，山崖上是多姿多彩的。且不说漫山遍野的金针花，在人迹罕至的地方，偶尔还可以看到一两朵火红的蜡雕似的野百合花。尤其是在山崖背阴潮湿处，生长着一种开着一串串蓝色风铃般花朵的植物，我们叫它风铃花。在长满苔藓的崖壁上，那淡蓝色的花朵虽不惹眼，却清丽、淡雅，它将淡淡的清香弥散在空中，令人如醉如痴。每当微风吹过，成百上千的蓝色风铃便随风摇动，然而山谷里却是一片幽静，听不到一点风铃的声音。我很失望，心想这些似铃的花朵如能发出清脆的声响该多有情趣啊。

很多年以后，偶然在书上看到了一副对联，“风吹不响铃儿草，雨打无声鼓子花”。于是，我恍然大悟，我想这对联里说的风吹不响的“铃儿草”，定是我们家乡的风铃花了。后来得知这种植物学名铃兰，是兰花中的一种。铃兰，好逼真动听的名字。其状似铃，斯馨若兰。真没想到，在北方贫瘠的山上也能生长兰花。

秋水长天，时光荏苒。一晃几十年过去了，当年开满铃兰的山崖下，早已盖满了高档别墅及摩天大楼，竖着尖刺的铁栅栏围墙已挡住了去山崖的路。

成年以后，为了生计常年在异乡奔波的我，时常思念久别的家乡，思念家乡的一草一木。有几次回家，都想去看看儿时记忆里的风铃花，但每每走近那些高楼大厦时便觉得索然无趣了。因此，时至今日，再也没有看到儿时那梦幻般的风铃花。

曾听人说，人的记忆有时是靠不住的，或是有所筛选的，对此说我很认同。人生几十年，错综复杂的经历岂能一一记清楚，许多记忆就像夜来的雾，被晨风撕成一缕一缕，然后便慢慢地了无踪迹了。只有那些触动你心灵的最美好的事物，能让你魂牵梦绕，历久弥新。

午间小睡，忽得一梦，梦见了儿时家乡的山，山下没有钢筋水泥浇筑的高楼大厦，仍然是那层层绿油油的梯田，山崖上开满了蓝色的风铃花。

过年

刘亚军

时光如风，它把过年的日历越掀越近；时光如酒，它把过年的韵味越窖越香；时光如梳，它把过年的纹理越梳越晰。过年对于中华儿女来说意味深长，过年的魅力在于期盼，过年的韵味在于团聚，过年的实质在于驿站，过年的精彩在于传承。

魅力在于期盼。过年是一种喜庆，更是一种期盼。过年就是一瞬间的事，我们却演绎得淋漓尽致。不是吗？你看，为了让新年过得更精彩，更富有生机，人们时刻准备着、忙碌着、期盼着，盼来年有个好兆头。人们精神焕发，杀猪宰羊，添衣购货，打扫卫生，忙得不亦乐乎，尽管把自己累得直不起腰，但内心的激动和幸福却是溢于言表。从腊八到除夕，从大年初一到正月十五，这年过得可以说天天都是很精彩，日日都有新内容。过年时，人们还会烧香点纸，祭祀祖先，跪拜许愿，期盼自己在新年有个好的开始，期盼来年事业一帆风顺，事业发展春风得意，家庭营造得温馨美满，身体养护得安然无恙。

韵味在于团聚。过年的韵味折射出中国文化的内涵与传统魅力，映衬出中国人的孝道与伦理。过年就像一位喜送幸福的天使，又像一枚引力无限的磁石，把远在他乡的游子聚拢在亲人身边。你看，过年临至，在外的游子无论有钱没钱都会归心似箭，有钱的开着宝马，没钱的乘车搭船，拎着大包小包的礼物和年货，不远千里回家过年。感受团聚那种温馨的亲情，感受团聚那种融洽的气氛。正如《回家过年》歌词中所写的：一年的忙碌此时全部都放下，归心似箭我要回家……过年回家，我们回家，团圆幸福无价。

实质在于驿站。过年实质上是人生旅途中的一个驿站，每个人行走在这一年三百六十五里的旅途上，尽管旅途中有着几多曲折、几多坎坷，充满风霜雪雨、浅滩暗礁，但人们依旧会披荆斩棘，乘风破浪，有的取得了辉煌的成绩，揣着沉甸甸的喜悦；有的打基备战，满怀豪情。当一段旅程结束时，人们便会在过年时歇歇脚、安安心，积累经验和能量，修正坐标与行程，使其更符合自己要走的路，使脚步走得更加圆满和踏实。

精彩在于传承。过年是一种岁月的轮回，过年使我们中国的历史文明史从天干地支的轮回中走出，从年号的变换中走出，走出了一个完整的时间轮廓，显示出了无与伦比的连贯性。年年岁岁花相似，岁岁年年人不同。岁月无痕，生命有迹。过年具有一种传承于冥冥心灵深处，承载着厚重文化底蕴的味道。一年的劳作在年味中释放，命运的反思在年味中梳理，来年的希望在年味中憧憬，优良的传统在年味中汇聚，价值的灵性在年味中传承，传承出一个国富民强的中华民族，传承出一个昌盛文明的伟大祖国。

生命不断延续，信念依旧执着。展望新的一年，每个人都会在心中播下希望的种子，与时光携手，与理想相伴，用行动诠释奋斗，用汗水编织理想，活出属于自己的辉煌与精彩。

翠莲表姐

郭　婷

当命运要击倒一个人时，不是突然地，剧烈地，而是像怀揣着无限忧郁地如同野猫慢慢地潜入无声的黑夜，没有声息，一点点地渗透进你黑色的瞳孔。

那时候，我们看到翠莲表姐正迈着轻巧的步子走进我们的视线，你跟我们一样，站在十五年之外的时光缝隙里，看着我们的表姐如何从一个小山村走出来。她的目光显得欣欣然而又有些少女固有的矜持，带着一点点山里野草莓叶子的青翠欲滴以及一丝山里泉水的清冽，还有若隐若现的小心与仓皇，微微起伏的胸脯散发出少女特有的光芒。她瘦削的双肩上背着一个绿色的斜挂包，是的，跟你90年代初看到的那种大街上流行的旅行包款式一模一样。正如你所知道的那样，年轻的表姐尚未学会怎样把自己装扮成一个城里人，就已经站在了车水马龙的城市中心。

现在的你回忆起初次见到翠莲表姐的情景，依然记忆犹新。那个早晨平静而清幽，年轻的翠莲表姐挎着绿色的旅行包从你的身旁擦肩而过，窈窕的身姿，蓝布白色碎花的衬衣，轻巧的步伐，旁若无人的急促，像是要奔赴一个前程，一个在梦中五彩了很多次的前程。那时的阳光正好，慵懒而暖和，布满青春痘的翠莲表姐在阳光下显得更加充满爆发的活力。只是我们不知道此时的表姐在面对陌生而喧哗的城市，心里对自己的前景究竟有怎样的打算。父母远在北方，南方的她初中刚毕业，不愿意就读乡下的高中，而北方的父母又尚不能够为她谋到工作，摆在她面前的是一大段不知道该怎么打发的时光。如你所看到的一样，翠莲表姐不是那种漂亮的女孩，只是很普通的农家少女，甚至连城市的模样还未看清楚，便一头栽进了城市中心的农家少女。

那年我六岁，翠莲表姐十六岁，因缘际会，她要走向的城市中心正是我家。

我不知道翠莲表姐来我家的前因后果，但是这丝毫没有阻挡我对翠莲表姐的喜爱之心。一个孩子是很容易喜欢一个姐姐的，因为她的温柔，她的聪慧，给人许多母爱错觉，而这种爱又比母爱年轻一些，是小姐姐的爱，让人有一种同命相惜之感，这种感觉也许来自于性别吧。我也是一个女孩，看到翠莲表姐的青春逼人和窈窕身姿，自然想到日后的自己，小小的心里对不确定的成长终于开始有了期待。

许多年后的一天，当我读到海子的诗歌："今夜我不关心人类，我只想你，姐姐。"回忆翻山越岭的走来，才确认，翠莲表姐曾经给我的童年带来多少安慰与欢乐。

那时候，我的父母白天都上班，而我因为各种原因不能像其他小朋友一样去上幼儿园，只能一个人待在家里玩玩具。另外一个表妹叫颖儿的和我年纪相仿，也是不能去幼儿园的。翠莲表姐来了之后，很自然地成了我们的"小保姆"。

我们三个，一起玩"过家家"，一起看鬼故事，吓得哇哇大哭还是要看，表姐有时像我们的长辈，但更多时候是和我们一起疯。她的鬼点子特别多，至今仍记得每天早上表姐怎样把简单的早餐变戏法般弄得丰富多彩。三根大蒜，她可以小心地切开，里面夹上粒粒豆豉，还有甜甜的冰糖。小小的书柜，在她的精心装扮下成了天堂。那时候，表姐还教我们画古代的仕女，我们不知道仕女，都把那些表姐笔下的美丽的女子叫作"仙女"。画了"仙女"还要兴致勃勃地把家里的丝巾、被子等披在身上扮演"仙女"，通常是表姐给我们装扮，我和颖儿一个劲地傻笑，好像自己真的成了最美丽的"仙女"。有时候，表姐还教我们背唐诗，背不出来就没有零食吃。现在仍记得那时摇头晃脑地背"夜来风雨声，花落知多少"的情景,当时年纪小，并不懂得诗中的韵味，只是恍恍惚惚地觉得心里有那么一点点凉。而翠莲表姐每每看着我们背这首诗时，眼睛总是异常的亮，就那么亮闪闪的看着我们。

我知道的，表姐给自己带了好些书，都藏在衣柜里，平日里是不让我们碰的。晚上当我们都睡下时，她的床前总亮着灯光。现在想来，那时的表姐一定是有一种暗暗的读书的渴望，是继续读高中的渴望，抑或是对书的喜爱，也不得而知了。

在我小小的心里，翠莲表姐永远是一个新点子特别多，跟着她就可以永远快乐的人，而却不知道人世本身是没有所谓的永远的，快乐也是，不会永远。

翠莲表姐离开我家那年，我七岁，面对别离还不太懂得伤感，只是看到瘦削的翠莲表姐转身的刹那，心里有些异样的难受，总觉得一切都空空的，没有着落的空，又回到一个人在空荡荡的屋子里玩玩具的感觉。当时的我还没有能力去预感，日后我才知道，这是一种怎样的让人无奈无助的宿怨。

翠莲表姐出嫁的消息传来，我二十岁，在南方的一所大学念大一。

我带着童年的回忆去揣想十五年后的表姐，今天的表姐，一定很幸福。我甚至已经看到了她灿烂的笑容，一如往年我决心要去探望她，那个给了我那么多温馨回忆的表姐。

表姐的家，简单干净，丈夫是一个工人，短短的脸，目光有些呆滞。见到表姐的那一刻，我几乎无法相认。她变得更瘦小了，青白的脸写满了疲惫。在她勉强冲我微笑的时候，我看见她的眼睛里似乎隔着十五年时光的雾，恍如隔世般朦胧。对于我们的那一段时光她似乎再也想不起来了，我想说些什么，然而终究什么也没有说。

陆陆续续地听到亲戚的谈话，才知道，翠莲表姐对现在的丈夫是不中意的，只是因为年龄，三十岁的女人，容貌平常，又没有好而固定的工作，收入微薄，不能再等了。

而我终究不肯相信。我心中的翠莲表姐是一个多么有灵气的女孩啊，像那山泉，清冽。后来听说，当年爱慕翠莲表姐的人有很多，都是她的家乡的小伙子。然而表姐一心要闯出去，不愿意守在贫穷的小山村。闯出去的表姐心里终究没有放下家乡的情义，很难把心再交付出去，城里认识的朋友甚少，于是一拖再拖，一等再等。年华过去了，容颜衰落了，而自己又丝毫没有办法。

时隔两年，我寒假回家，无意间，母亲和我聊起翠莲表姐。才知道，婚后，丈夫对她一点都不好。由于生了一个女孩，婆婆对她很是厌恶，说是如果不能生一个男孩传宗接代的话，就要儿子跟她离婚。可笑的是，那个呆滞的丈夫异常地“孝顺”，竟然答应了下来。是的，他答应了，他根本不爱翠莲表姐，却要和她结婚！我愤怒了，但无处可泄。母亲陪着我一起沉默，良久，母亲才缓缓地告诉我，那件事后，翠莲表姐信了上帝。每个星期天，都会去教堂做礼拜，说信了主之后，心平静了，托靠主，什么她也不会再害怕了。

我默然了。

我不知道你是否会和我一样有同样的感觉。我无可奈何地想到两个词语——“命运、女人”。我们都是女人，我们有着共同的痛。是的，表姐，痛的不是你，而是，我们。

也许，当教堂的钟声响起，唱诗班圣洁的天使般的歌声飘荡，翠莲表姐内心深处才会得到片刻的宁静与喜乐吧。

然而，正如你所知道的那个秘密，我童年的全部秘密，其实，只有一个。翠莲表姐，你是我心中那朵最美的白莲，是白居易吟唱的那朵青莲：愿此功德，回施一切众生，一切众生，有如我老者，如我病者，愿皆离苦得乐，断恶修善，不越南部，便睹四方，自蒙大光，应念来感，青莲上品，随愿往生……

闲说宫灯

张义红

中国的风俗，在节日和喜庆之时，人们都喜欢张灯结彩，这里的“灯”便是宫灯。宫灯，原为皇家宫廷之物，后流传到民间，成为中华文化中镇宅保平安的喜庆吉祥之物。

我的家乡——藁城名扬四海的特色文化瑰宝之一，藁城宫灯，已有300多年的历史，近些年先后被指定为北京奥运会特许商品和上海世博会特许商品。据《藁城县志》记载，藁城宫灯始于东汉，盛于隋唐。清朝乾隆皇帝下江南路过屯头，见到工艺精湛的灯笼后，十分喜爱，命人带回宫廷悬挂。从此屯头的灯笼年年进贡，始有“宫灯”美誉。

古时的宫灯是悬挂在厅堂梁上的照明之物。据说燃灯之俗始于汉代，东汉光武帝刘秀为庆贺统一天下这一功业，在宫廷里张灯结彩，大摆宴席。盏盏宫灯，各呈艳姿。后来，宫灯的制作技术传入民间，“宫灯”之名，由此而生。东汉的顺帝年间，张道陵创建道教，把正月十五定为上元节，这天要燃灯祭祀“太乙神”。此俗历代相沿，到隋朝时，每年还要举行盛大灯会，招待各国使节。关于宫灯的来龙去脉，自古以来众说纷纭，但元宵节齐挂宫灯、齐赏灯会如今已成一道道亮丽的城市风景线。

小时候，藁城还有元宵节灯会。那天傍晚，妈妈带着我和哥哥们走上街头，早早地去占领赏烟花的有利地形，看完烟花就折回家，沿路欣赏街边的花灯。那时的街上还没有那么多的交通工具，远道来看灯的人也多是骑自行车来的。那天，自行车被禁不能进入那整条街，于是那里俨然变成一条步行街。在熙熙攘攘的街上不用为安全发愁，只要看好自己的家人不走失就好。形形色色的灯被布置在街道两旁，争奇斗艳，有根据各种历史典故制成的灯，有象征丰收喜庆的造型灯，琳琅满目得让人流连忘返。依然记得，那天就是灯的海洋，光的世界，络绎不绝的人山人海。忘记是哪一年的灯会了，妈妈只领了我一个人去看灯展。其实我们都不想去，只是爸爸让我们非去不可。那天爸爸在烟花晚会的主会场，可以让我们近距离地观赏烟花，他很想我们可以一起分享那份喜悦。没料想，那天来看烟花表演的人多不胜数，组织方指挥和疏散不当，不幸发生踩踏事故。那是印象最深刻的一次灯会，似乎自那以后，藁城就很少举办灯会了，那种摩肩接踵赏灯的热闹场景也越来越少了。

灯会少了，但逢年过节家家户户依然会悬挂宫灯，这已成我们的传统习俗。今年，我家就早早挂上了一对藁城纸雕宫灯。藁城宫灯有着一段说长不长说短不短的历史，但它依然活力焕发。藁城宫灯如今不仅畅销全国各地，还作为文化使者，漂洋过海去到了俄罗斯、韩国及东南亚各国。它不仅有寓意着“红红火火”的传统大红灯笼，还有样式各异、种类繁多的独创纸雕宫灯，起的名字也特别好听，如一团和气灯、哈哈二仙灯、三阳开泰灯、四季平安灯、五子夺魁灯、六国凤祥灯、七才子路灯、八仙过海灯、九子登科灯、十面埋伏灯等。不同的纸雕宫灯，有着不一样的美好寓意。挂上一盏盏藁城宫灯，许上一桩桩美好的心愿，和和美美的幸福新生活再度开启。

学会感恩

谢其盛

今年“五一”放假回家探望老人，父母看到儿孙归来，甚是高兴。其间，母亲为了能让我吃上樱桃，不顾自己已是六十多岁的老人，亲自爬上门前细小的樱桃树上，摘下一篓樱桃，让我带回安徽合肥。心中滋味，难以言表，这让我想起了朱自清的《背影》，如不身临其境，自然无法体味。

最近几年，每当有休息时间，便会回新县老家去看望父母。看着父母一天天衰老，我心中莫名地难过。即使一年能回去几趟，父母能活百年，按此计算，见面机会也只有百来次。所以工作再忙，也时常打电话问问家里状况，当回家的念头犹豫难定时，总能听到父母非常坚定地说，回来住一晚上吧！我就会不由自主地动身回家。为了让我在老家舒舒服服地住上一晚，他们专门为我装修了一间“标准间”。其实，每次回家都会去见很多老朋友，酒醉之后，根本不能在家里住宿。隐约中能感觉到父母的良苦用心，一种感恩之情悄悄从心头涌起。

一生中，总会有很多值得去感恩的人。父母，老师，所有帮助过我们的人，对他们都要心存感激，在有能力之时真诚回馈。这是一个有良心的人所拥有的最起码的一种情感。在我的成长过程中，父母给予我的关心和爱护，这种恩情，至今还像一幕幕电影在我脑海里挥之不去，回忆的闸门一次次被打开。

小学二年级时，父亲挑着粮食走两公里的路去公社粮管所交公粮，让我一旁跟着。父亲边走边说：“你要好好读书，考上大学，吃上商品粮，就不像我这样，年年向国家上交公粮。”那个年代，我家的粮食根本不够吃，每年到了四五月份青黄不接时，就要到处借粮，一天至少要吃两餐稀饭。一家五口，五斤猪油要吃上一年，每次只能在菜里放上一点点。就这样，父母依然把家维持得妥妥帖帖。

那时，家里农活多，猪牛之类的牲畜要去野外放养。每次为了逃避干农活，我总会想出各种各样的办法来，最后父亲“出台”了一个“政策”：如果在家里学习，可以不外出干农活，但要负责烧饭。这样一来，烧饭成了我每天的必修课，后来连和面擀面条这样高难度的面食都会做了。

印象最深刻的是那年父亲陪我去南京上大学。连县城都从未去过的我，外面的世界自然不知。在“文化大革命”时期，父亲到北京“串联”过，但对我来讲，也算是有见识的人了。因交完学费，父亲身上再没有多余的钱，剩下的四十块是从南京到光山县（新县的邻县）的回程车费，不敢动用。那时正值盛夏，父亲让我陪他一起从新模范马路步行二十公里到长江大桥去看看。大桥参观是免费的，而近在咫尺的玄武湖却因为要收五块钱的门票没舍得进。父亲的回程更是艰辛，后来听说汽车到光山县后，父亲身上没有一分钱，硬是一天没有吃饭，从光山到家里走了四十多公里，差点晕倒在路上。

滴水之恩，定当涌泉相报，更何况是父母一生无私的给予，一辈子对儿女爱的付出！而我拿什么去报答父母呢？一个电话，一封家信，一趟回家，一件衣服，一条香烟……父母已到老年，去日苦多，最需要的已经不是钱财了，只希望能够经常看到自己的孩子。子女的成家立业和平安健康就是对父母最大的回报吧！

行动起来吧，让我们常怀一颗感恩之心，去回报曾经给予我们恩情的人。

记忆中的马蹄笼

王培琪

小时候，我们家有一个不太规则的长方体形小竹篮，俗称“马蹄笼”。我不明白它为何有这样一个名字，是“象形取名”吗？似乎不怎么像。“马蹄”这两个字是根据人们的口音来判定的，或许是别的字也未可知。事实上，那时候村里几乎家家都有这种竹篮，用于盛放一些不宜挤压的物品，如鸡蛋、挂面、饭菜，尤其出门走亲戚时。当然有时也顺便盛装别的东西，例如衣服。平日里给田间劳作的人送饭，马蹄笼也能发挥其特长。

我所见过的马蹄笼有圆的、四方略凸腹的和长方体的三种，均为竹编。家景好的人家用的马蹄笼，表面罩有清漆，色泽黄亮洁净，笼沿下编有几圈彩色装饰。普通人家的马蹄笼则通身土黄，用旧了就变成灰褐色，由于没有油漆保护，天长日久，灰尘掩盖了它的本色。但无论它是何等模样，人们对它都有一种特殊的感情。

出门串亲戚的时候，人们经常用马蹄笼盛放礼品，以防损坏。记忆中我家的马蹄笼常挂在高高的房梁上，老屋的房子是土木结构，房间没有顶棚，房梁和木椽裸露着。母亲让父亲给房梁上拴一只铁钩，踩着凳子把马蹄笼挂上去。对于我们姐妹来说，房梁上挂的马蹄笼是诱惑。那时候弟弟幼小，家里缺吃少穿的，母亲用“金贵”的小麦面给弟弟烙了锅盔，切成拇指粗、两寸长的条，用干净的白色粗布包住，放在马蹄笼里，连同我们几个的目光和渴望，一起挂上高高的房梁。

姐姐们出于自尊心和对艰难家境的理解，努力控制欲望，从不去打笼中饼的主意，而我却时时惦记着它们。我们平时很少遇到妈妈给弟弟取饼的时候，大约是她有意避开我们吧。尤其是我，一想起妈妈踩上凳子踮着脚给弟弟取饼，我就不由地想象着自己也能踩着凳子踮起脚够到马蹄笼。我就像那只眼巴巴望着乌鸦嘴中肉的狐狸，或者一只眼巴巴盯着主人碗中餐的小狗儿。

有一次我竟如愿尝到了弟弟的“专属食品”。忘记是哪一年，是什么季节了，只记得我病了好几天，不思饮食，成天苞谷糁、苞谷面糊糊、苞谷面搅团、苞谷面“驴蹄”、苞谷面馍的，上顿下顿不离苞谷，难吃死了！母亲看着病恹恹的我，说：“挣扎吃点。”我躺在炕上，懒懒地摇头。终日劳碌的母亲异乎寻常地耐心，俯在我身边询问：“你想吃啥？妈给你做去。”我什么也不说，鬼使神差地把目光移向空中高悬的马蹄笼，但根本没指望能吃上存放在那里面的美味。我不知道自己当时是怎样的眼神，只记得那一刹那，母亲的眼圈红了，眼里顿时溢满泪花，我的心陡然一疼。母亲起身端来木凳，放在房梁下面。就在母亲一只脚踩上凳子的时候，我叫了她一声：“妈，我不要。”母亲略一迟疑，紧接着站了上去，她的手够到马蹄笼里，摸索着取出一条锅盔，又取出一条，接着摸索着将包馍的布盖好，然后她低头看一眼脚下，慢慢地从凳子上下来。她来不及挪开板凳，先把手中的锅盔条递到我面前，眼神含着笑说：“快吃，吃了还有。明年咱就能打好多麦了，吃不完的麦子，到时候妈天天给咱蒸白馍烙锅盔！”哦！说到这儿我记起来了。那年是 1978 年，国家刚刚实行责任制，土地刚要承包到户，所以母亲说“明年就能打好多麦了”。那年我不满七岁。

我怎么好意思伸手？那是幼小弟弟的口粮。母亲把手向我面前伸了伸，鼓励我拿上，我捏了一条，她又把另一条塞进我的手里，疼爱地说：“快吃，不吃咋有力气扛过病哩？”泪水涌出我的眼眶，一小口锅盔咬在嘴里，怎么也咽不下。从那以后，我再也不敢向父母提出或表示或暗示任何愿望，不管我有多么充分和正当的理由。

到了第二年，家里的粮食“忽地”仓满囤溢，母亲喜滋滋地为我们展示自己的厨艺：烙锅盔、烙饼子、炸油饼、煎果子、榨油糕，还有美味的面条、饺子、煎饼、穰皮……不仅自家人吃，也请邻居们来分享。

如今，苞谷等杂粮做成的面食倒成了稀罕食品，马蹄笼也早已淡出我们的生活，但儿时的记忆永远清晰，尤其是家中那个半旧的马蹄笼曾经所具有的诱惑，更是令我难以忘怀。那些艰难岁月练就了我们姐妹简单朴素、吃苦耐劳的性格，也时时提醒我们珍惜今天富足美好的生活，也不忘把我们勤俭节约的美德传承给下一代。

我感恩那些苦难的历练。

爷爷

马　文

一

早春的汉江，碧波荡漾，但低温依然肆虐，春寒料峭，冷风嗖嗖直灌机动船船舱。船抵岸，再爬山，至山腰，这就是位于汉江岸边大力滩村回族公墓区。二十四年前，病逝的爷爷就躺在公墓的第一排。

抚摸墓碑，我泪流满面。爷爷，我想您！

二十四年了，生死两茫茫！爷爷，您走后，父辈们撕心裂肺的呼喊至今还回响在我的耳旁。一夜间，他们平添了许多白发，我也成了小大人。那时，我们这些孙子便有了草的感觉，风雨飘摇。没有了淘气，增加了冷峻、沉默、隐忍，少年老成。

墓碑上的字迹至今还清晰可见，爷爷，安康东关人氏，勤劳一生……是的，我听您说过，青年时，走小道，北上西安；顺汉江，入任河。躲避战乱，奔波生活。您的诚实勤劳，得到了当时许多大商人的好感。旧时的瓦房店武昌会馆，商船搁浅，生意人便会聚集在会馆赌钱打发时光，真是少年无忧，风流倜傥。大把大把的铜钱进进出出，看得您心痒。

一时昏头的您也拿出了刚攒下养家的几串铜钱，小心翼翼地放进钱堆，希望暴富。

“押。”

“嘭！”钱被扔出了赌桌。您吃惊了，周围的人也惊讶了。

“为啥不让我赌？”

“今天就是不让你赌。”您龇牙咧嘴，还想反驳。周围伙计见老板眼色上前劝走了您。那一晚黑灯瞎火的，愤愤不平的您正准备洗漱就寝。“咚咚咚”，屋外响起了敲门声。

“伢子，睡了吗？”您听出来了，正是白天让您没面子的赌馆老板，他是专做生漆、桐油、茶叶、布匹生意的武汉大商人，也是当时瓦房店武昌会馆的当家人。您怯生生地起身开门。

“伢子，你还在生我的气吗？这些赌博的人，哪个不是大字号商铺的？

货备齐了，专等涨潮起航。猴急了，押个色子，输上几百上千铜钱的，都不在乎。你呢？外乡人，小本买卖，一家伢子，张大嘴巴等你买粮，这赌哪是你干的！”一番温言细语，说得您不断点头首肯。

“伢子，买了几担茶叶？”

“四担。”

“四担够啥，现在茶叶价钱正是低谷时，咋不多买？是不是差本钱呀？”您搓着手点头。“差多少，我借给你。”您怯怯地去了大商人的家，他命伙计从床底下勾出长霉的铜钱，让您随便拿，字据不用写，只是叮嘱您踏踏实实做生意，有了钱再还。

在我们少年时代的夏夜，您摇着蒲扇，常念叨这个大商人，“今生若是有机会，一定要去再看望人家。”从此，我明白了致富要靠勤劳和智慧。

二

位于汉江上游，大巴山北麓的山城紫阳，新中国成立前，交通以水运为主。近年少了舟船往来的喧闹，繁华的汉江变得寂静了。伫立在汉江边，看着疾驶的帆船，爷爷背着褡裢，带着盘缠，坐在船上望着前方的画面跃入脑海。

每到汉江涨水季节，爷爷便穿着坎肩，头戴小圆帽，乘船来到瓦房店码头。因为爷爷本钱小，他的生意便以当地买进卖出为主，利薄，但周转快，同时也博得了那些不愿跑腿的大商人的好感。

当年的茶商从瓦房店出发，将此地的特产，如茶叶、蓖麻、桐油、生漆、贝耳、山药等物资运送到湖北、四川、河南、甘肃等地，用马驮或人挑篓背。爷爷与关中、武昌的一些大商号走得近，如德智荣商号。他们最大的生意就是贩运茶叶，把茶叶经过整理，打包，再由商船经汉江出汉口发往全国各地。

据父亲说，在走汉江的买卖中，爷爷做生意不仅讲技巧，更多还有依靠对市场的预测和胆量。

爷爷在逛码头商铺时，他就顺口问了一下商号食盐的价格，他不问不知道，一问吓一跳，原来食盐的价格已经比原先翻了一番。爷爷分析，汉江涨水，食盐价格可能还要上涨。于是，他立马连夜买下镇上大部分的食盐。压在客栈一个礼拜后，食盐价格翻了两番，爷爷便在客栈门上贴上红纸广告：食盐一比三兑换茶叶。镇上茶农奔走相告。那一年，爷爷购进的茶叶价格比别的茶商足足低了一半。

随着现代交通的发展，昔日的码头风光不再，披着褡裢的茶商、马嘶驼铃、点点江帆都已成记忆。杜妮娜在《紫阳茶马故事》写道：如今的紫阳街道富硒茶铺子里，几把藤椅，一壶清茶，三三两两的人们聚在一起聊着家长里短，柴米油盐，茶与歌以最真实的状态融入他们的生活中。

三

1983年，汉江洪水暴涨，全城被淹，那一场灭顶之灾成了安康人永远无法弥合的伤痛。

那年我十三岁，1983年7月31日晚上七点左右，滔天洪水滚滚而来，我们家的木板房顷刻间砰然坍塌，呼喊声此起彼伏，浪头一浪高过一浪，水面上漂着房椽、木箱、挣扎的身影……惊醒的爷爷做出准确判断，在洪水到来前，我们全家在人们的质疑声中，带着一点细软匆匆忙忙跑到了高坡地带。不幸中的万幸，除我一个婶娘外，全家躲过了一劫。

那一天，汉江沿岸紫阳河街、洞河镇、安康城就这样死去了，残垣断壁，满目疮痍。当我们再次回到老屋，除了身上穿的衣服和长吁短叹外，真的一无所有。静静地伫立在断壁前，不知所措，没了家园，断了生计。还是爷爷您站直了身子，哽咽着恭诵了一段《古兰经》，全家人泪流满面接了“都而意”。您从满是尘灰的包袱中，颤颤巍巍地拿出几个坚硬的馒头发给我们每个人。“吃，吃完了。动手搭个‘窝罩棚’。”您率先步履蹒跚地清理家什，挖坑搬砖。一时，全家人仿佛有了方向，劲头也上来了。黄昏到来之前，我们已在废墟上升起了炊烟。

后来，您不顾年老体弱带领我母亲在“窝罩棚”门前支起了熟食摊，打馍卖饺，维持营生。

奶奶整日以泪洗面，终经受不住打击，认主归真了。爷爷，操劳多年的您还是累垮了，从此瘫痪卧床。为了减少麻烦，您总是少吃少饮，却不忘礼拜，身体力行地告诫我们，“坚忍是信仰的一半。在生活中遭遇贫困、疾病、祸福、得失、磨难以及丧失亲人等不幸时，只是真主对人预示的一种考验，唯有坚忍者能坦然面对”。您又说：“真主是喜爱坚忍者的，你们当借坚忍和礼拜而求相助。”从此，我知道了求索奋进！

二十四年前的一个冬天，那是一个黑色的日子。在叮嘱完家事后的两天，爷爷您认主归真了。“我本是泥土，也必须归回于泥土！”从此，再也看不见您刚毅的身影，听不见您谆谆的教导，也没有您温暖的怀抱。爷爷啊，您别担忧，成长中的我们，遵循了您的教导，传承了您的坚韧，学会了奋进。

时光如梭，一眨眼，二十四年后的我已步入中年，上有老，下有小。有些累，更有些心累，但不敢懈怠，因为爷爷您的教导时时响彻耳旁：你们要像大地上奔波的蚂蚁一样，寻求安拉的恩惠以谋求生存。

记住了，爷爷。我能做的就是祈求真主饶恕坟墓中的您，使您带着“伊玛力”归真；祈求真主给活在现实中的我们平安，使我们活在真理上。

阿米乃！

鄱阳湖，我的故乡

聂丽芹

我出生在鄱阳湖畔，喝鄱阳湖水长大，见惯了鹭鹤盘旋，听惯了渔公号子，唱惯了江西小调，说惯了鄱湖方言。我是地地道道的鄱阳湖女子，与水乡一起，做着百年不衰的梦想。

鄱阳湖，你是我梦想的摇篮，我的梦想因你而消瘦，因你而丰盈，因你而激越，因你而奋进。张开梦想的翅膀，我飞越一个世纪，20 世纪溯源，新世纪逐浪，每一程每一里，都有鄱阳湖的印记。

鄱阳湖，我是多么热爱你！偎依水乡港湾，枕着波浪入睡，以一曲《渔舟唱晚》来渲染你的静谧，晚霞留下醉人的纱衣，鸿鹄眷恋不忍离去；睡梦中，你的美丽容颜如初见。天高水阔，拓展风之思绪；水鸟欢鸣，净化俗世心灵；渔乡纯朴，温润游子双眸。这就是我所陶醉的梦乡啊，人与自然之和谐，让我痴迷到想做一个快乐的渔姑，重履陶渊明的山水情怀、田园诗绪。我愿意远离城市的喧嚣，远离凡俗的浮华，与你同欢乐，共生息，朝夕相依。

回忆上个世纪湖畔成长之轨迹，童年梦乡依然清晰、明丽。水草是童年的丝带，湖贝是童年的珍珠，鱼儿是童年的玩伴。

丰美的水草，是鄱阳湖的馈赠。我忆起小时候与姐姐一起，在湖中捞取那不尽的湖边水草，喂肥了外婆家一栏又一栏的猪，我的兄弟姐妹们才能够进学堂去念书；在那长长的竹篙上绑一把弯月似的镰刀，伸向碧玉般的湖水中，向温情的湖神索取那青翠的水草。鄱阳湖总是娴静地回望着，慷慨附送满湖的天光云影与水波清风，还偶尔呈上甜美的菱角、俊逸的红蜻蜓。

闪光的贝壳，分明是美丽的惊喜。童年伙伴光着脚丫，在湖畔柔软的草泽中追逐，回首，惊呼。那些纯白如星、光洁似玉的湖贝，她们静静躺在水泽中，映着草的青翠、湖的柔光，正热烈等待小伙伴的发现；串起这些珍珠似的记忆，挂在胸前，凝固月色普照之光华，聆听水岸轻拍之柔婉。鄱阳湖总是温情地凝望着，她疼爱我们这些孩子和疼爱珍珠湖贝是一模一样的。

调皮的鱼儿，当然是快乐的玩伴。常忆起哥哥与舅舅在湖中游泳，在鱼群中穿梭嬉戏，仿佛他们也化成自由自在的鱼儿；他们施展徒手抓鱼的本领，我在岸边奔跑，拾捡两人在湖中抛上来的各种各样的鱼，有时甚至是带刺的鳜鱼或是呆笨的乌龟。鄱阳湖总是快乐地观望着，碧波里荡漾着童年的天真和欢笑声。

鄱湖鸟，知多少；飞时遮尽云和月，落时不见湖边草；鄱阳湖是鸟儿的天堂，白鹤翩翩起舞，天鹅引吭高歌，鹳雕无忧欢唱，鹭鸥快乐齐鸣，它们自由安闲，潇洒徜徉，无忧无虑，琴瑟和鸣。鄱湖鱼，知多少；江海洄游中华鲟，五花八门数不清；鄱阳湖是鱼儿的家，银鱼穿梭来往，鲫鲤成群结队，鲥鱼鳗鲡洄游，江豚白鲟光临，它们成群结队，物竞天择，游湖探海，生生不息。鄱阳湖，是我梦中的香格里拉，那已记载下的 140 种鱼类，那已知名目的 310 种鸟类，是永远的骄傲和永远的珍藏。

沐浴鄱阳湖清风，时常划一叶思绪的小舟，在鄱阳湖的上空遨游。欲揽来天际之霞云，为水乡鄱阳湖做一件靓丽霓裳；欲借来昆仑之皑雪，为母亲鄱阳湖洗涤那受伤流泪的波眸。我梦想用上古神器捞取那湖畔的垃圾，我梦想有伊甸园的芬芳驱散腐尸的气味，我梦想用波音盒收集那浮躁的马达之声，我梦想一切回归如初见的鄱阳湖，那碧波的笑靥、柔婉的清风、纯白的浪花、款款的桨声。

复兴之路，依然在疼痛中前行，风雨之后方现彩虹。围湖造田的疼痛终于偃旗息鼓，灭绝鱼类的天网终于人性回归，唯美天然的资源终于成为旅游胜地。三十年的辉煌，让鄱阳湖的渔民们远离了湖浪；三十年的发展，让鄱阳湖静谧的夜晚也变得浪漫。霓虹灯点缀着湖畔柳岸，丝竹之音缭绕着远客踪影。鸟儿回归，鱼儿畅游，游子思乡，诗人吟唱，一切美好的畅想，将鄱阳湖的梦之帆撑满了，启航了！

鄱阳湖未来的时光，应该是多么浩瀚灿烂！

依然我心

赵美玲

"太阳下山明天依旧爬上来，花儿谢了明年还是一样的开……"

女人啊！最大的悲哀莫过于青春逝去，容颜变更。二十岁的女人是一朵悄悄绽放的花朵，它的魅力无法可挡。男人迷恋此时的女人，吮吸着女人身上活力四射的芬芳。女人则对自己的人生饱含美好的憧憬，一世的美好从这里开始。谁不想自己一生能踏上美丽的征程？谁不想自己能拥有一个完美的人生？在诗般的年华中，我们眺望远方，守望着一片深深的心海，等待并爱恋着如歌的四季！

人生如梦，岁月无情。多年的风蚀雨淋斑驳了女人的形体，如昙花一现的美好岁月没有了痕迹。洗尽铅华，三十岁的女人早已不属于自己，她活着更多是为了周围的人。她既要做个好妻子，又要当个好母亲，还得照顾渐已年迈的父母。此时的女人啊，忙碌的身影奔波于生活的角角落落，而照顾自己的时间却总是那么少，那么少……哀伤的语调犹如飞逝落红，淡淡地讲述着女人的心酸。她轻皱着眉头，无力的玉手软软地摆着手中的花锄，将自己的青春尽埋于净土之中，随土化去。

一个好女人就是一座沧桑古城。她没有现代都市的浮华，没有遥不可及的距离和炫目的光环，只有简朴和自然。品读女人，是一种超脱，是一种心灵的亲近，是一种情感的升华。她们令你感动，给你温馨，让你感到流淌在心中的韵律或慷慨激昂，或缠绵悱恻。一个好女人，她会不断派生出具有独特魅力的生存智慧；一个好女人，她会不断塑铸具有独特魅力的生存艺术；一个好女人，她会不断地增长精神的乃至肉体的抗挫折耐性，使得自身的灵与肉在得意时有个孤芳自赏的隐秘一角，在逆境中有个暂时逃离的精神家园。

我要做个这样的好女人，不因自己青春已逝而香消殆尽，不因岁月的磨砺而暗自垂泪。花开是美好的，花落也是美好的，我要将信念的花瓣一瓣一瓣散在人生的旅途中。生命的灯因信念而明亮，生命之舟因信念而前进。

如果二十岁的女人尚如一杯青梅酒，初春的酸涩味让你浅尝辄止；那么三十岁的女人则宛如一杯陈年佳酿，初春与成熟的完美结合，愈品愈香，意蕴无穷。三十岁的女人冷静，迷人，高贵。她是一条汩汩流淌的小河，她是一朵幽香的栀子花，她是一种最幸福的颜色。她美在心灵，美在气质，美在内涵。

别了，我的青春！别了，我的芳华！

今天，我敢大声地告诉世界——我，三十岁了！

明天，阳光依然灿烂；明天，风景依然独好！就让那逝去的美好永远都珍藏在心底吧。我坚信，未来的生命一定会因我而更加美好！

父亲的秋天

王朝群

八十九岁的祖父，无痛无痒静静地走了，来吊唁的乡亲们都安慰父亲说，老人高寿是喜丧，节哀顺变吧！安葬了祖父，父亲却一直不能振奋精神。他常常失神地凝望远山，或者一声不响地站在高处张望。他似乎在寻找什么，可又不确定。那段时间，母亲对父亲的埋怨声总在耳边响，失魂落魄的父亲干不好农活，抽了大半辈子的纸烟竟开始烧到衣物和手指，让人很是担心。

夏天好长，被母亲的埋怨声淹没了，父亲的症状让我的担忧有增无减。时间好不容易熬到了秋天，我正好待业在家，晚饭后会拉上父亲去散步。从村口到南岭，父女俩一起慢悠悠走着一段窄长的乡间小路。玉米已经收获完毕，麦子的新芽是浅浅的绿，天空素净高远，田野辽阔。在开阔的天地间我期望父亲会有所改变。斜阳下，我滔滔不绝地和他谈自己的学习，谈交友，谈未来，父亲却总是沉默多一些，迎着暮色里的霞光木然地应和着，惜言如金，让我不知所措。其实父亲年轻时劣迹斑斑，抽烟、打架、逃学、偷盗、赌博、彻夜不归之类的事例我早有耳闻，这样一个愤青活到五十多岁应该不会被亲人的离去而击倒吧。我不能理解父亲长时间的情绪低落，总试着改变郁郁寡欢的他，使他尽快回到已经一团糟的生活中。

几场寒霜之后，村子染上了秋色，小路落满黄叶，我和父亲并排走着，脚下响起了“沙沙”的声音。一群晚归的鸟儿在头顶上盘旋着，不时发出鸣叫声，我的目光投向天空，看着那些自由翱翔的鸟儿向西飞去。父亲却出神地注视着道旁的白杨，笔直的树干，婆娑的树冠上有手掌大小的叶片随风飘飘洒洒簌簌落下。夕阳染红了西边天空，回望村庄有袅袅上升的炊烟，柴火燃烧的刺鼻味道在田野里回荡。远处广播中传来秦腔铿锵有力的锣鼓声和裂帛般起起落落的唱腔，戏里的故事雄壮或者悲凉，家喻户晓却仍然可以在这片土地上不断传唱着。我拉着父亲站在南岭上，能看见远处夕阳下的小河。父亲站在霞光里兀自说道："人活一世，草木一秋，山还是原来的山，水还是原来的水，人却一茬一茬在换！"我惊奇于父亲的叹息，我知道那不是悲秋，那应该是领悟。看着干了大半辈子农活，有着黄牛般倔强、耿直性子的父亲，我禁不住泪光盈盈，鼓励他多讲一些话。

父亲凝视天空，娓娓道来的是自己的成长过程和祖父养育他的诸多艰辛，他说祖母早早的离世使他习惯于依靠祖父。这么多年来尽管有了母亲和我，年逾五十的他也始终觉得自己还是儿子。祖父的去世使他一下找不到自己，无法适应。他的精神支柱轰然垮掉了，他不知道要怎样面对生活、母亲和我，每天只觉得昏昏沉沉，不知道怎么办才好。

我安慰说，这是亲人离世正常的应激性心理障碍，他却说我不明白失去父亲的感觉。

暮色苍茫时父亲的眼睛出神地望着远方，说道："这个世界上再也找不到我的父亲，你的父亲却可以重新回到自己的生活了！"

父亲说完如释重负，拉着我走下南岭，步伐坚定而执着，我们融进了茫茫如墨的夜色里，村庄的灯影房舍在不远处温暖而宁静。我知道，一种无形的力量正引领着我们走进一段新的生活。

那力量一定是父亲在秋天里收获到的生命之理和自然之道。

春蚕织梦

虹　茹

春来了，花开，树绿，叶子繁茂。

春光泛滥，百香四溢。只是，我眼里的春色，已不再随季节变换，只要有风，只要有贪恋，那春色，就会频频映来眼前，亲切，哀伤。春色的底岸，是那一弯弯长在田坎地边的桑树林。绿意何等盎然，春意何等温婉，桑枝条伸出的嫩手又何等殷勤，叶裙飘摆何等婀娜。所有一切，都妩媚地绽放着嫩绿光鲜，只为故人重回眸！

只是，这人去楼空的春色里，我踏遍整个旧时坡地，都无从再寻觅那个背着背篓采撷桑叶的忙碌背影。凄婉回头，留一坡绿融进悲伤的眼，泛滥一眸回忆，拢藏于心，哀伤结茧。寄予远在天堂的母亲，以慰女儿哀念之苦。

意念里，千山万壑之外的繁星间，母亲，已听到我悲切呼唤，带着一身浓尘归来。旧场景，一幕幕，奔涌而来，定格如画。房前屋后，鸡鸭猪狗，欢乐成群。母亲身影，忙碌在栅栏中。采桑养蚕，母亲更是忙上添忙。

黑茸茸的小蚕破壳而出，麻利的母亲开始细腻。她将爬在嫩叶条上小蚕移到竹箕里，呵护婴儿般细心。我自幼被母亲牵着，蚕屋进蚕屋出。喜欢看她忙前忙后，有时她半夜爬起，我也屁颠跟着。现在回味，好生依恋！

母亲教我，蚕儿寡食娇贵，喂养费心。采撷回来的热桑叶或水桑叶，吃了会拉肚子脱肛。每天得除沙换被，否则，会被堆积的垃圾感染至瘟。

小蚕四次睡眠渐渐长大，凤凰般地涅槃，绝美而奇妙。竹箕随着蚕长大而增多，一个变五个，八个，十五个。竹箕必须放于吊在空中的竹竿上，以防老鼠偷腥。

蚕第三眠醒来，吃食剧增。每天半背篓桑叶陡增为扎扎实实三背篓。家族地盘庞大，需整间屋子了，吃食动静更是大手笔，沙沙声如沐雨中。我喜欢在母亲喂蚕时捣乱，看着蚕津津有味由上而下，将大片叶子画线般蚀掉大半缺口。我捉起性急的几个，将其放逐到没桑叶的竹箕边疆，让它的江湖重新开始。

有一年记事，至今难忘。一位隔壁小姐姐恶作剧，故意将大条蚕放到我脖颈上，冰凉凉痒酥酥，吓得敢捉癞蛤蟆却怕毛毛虫的我滚倒在地嚎嚎尖叫。母亲爱怜拉起我，说别怕，蚕不咬人，它结出的果果还可以织毛衣。我记得，那年是秋季。母亲把蚕果丢进煮腾滚水，用竹筷轻轻搅拌，一根根细长丝线如藕丝般被成束搅起，挽线成团。待过几个时日，再将线团放进红色染锅里煮染，捞起晾干。我惊叹制作的奇妙，却并不钟爱这染出来的红色。母亲略有失望，只得将毛线织成一件背心，穿在了父亲背上。

母亲灿烂的笑意总会挂在春季，蚕的成熟期。蚕宝高仰着头，东张西望，吃够泄完，身体变得透亮。母亲将干枯草斩去穗叶，剪成筷子短截，以绳为轴心，将枯草编成延伸四方的长长圆柱体。蚕宝最后一次搬家。被捉到草枝上的亮蚕，缓缓爬行寻找最佳位置。尘埃落定时，身子一动不动，只有头一上一下，一伸一缩，一东一西吐丝搭架，一副繁忙景象。半晚工夫，一层薄薄半透明椭圆茧子初坯成型。蚕吐完最后一缕丝，安静睡在茧子里。

飞蛾扑火，无怨无悔。化虫成蛹，灵肉蜕变。锦绣生活遥遥可及。母亲哼着小曲，轻轻摘下成熟蛹茧，装进花背篓，赶集卖茧。蚕农排着长长队伍，嘈杂一片。母亲利索挤到靠前位置，揭开背篓上的方巾，细细搜寻，确定无任何被蚕尿润黄或被枯草压折的茧子，淡定起身望向收茧窗口，眼里溢出自信的微笑。她相信，这茧一定又能被定为一等货，卖个好价钱。

一季的辛劳与收获，风干在母亲蜡黄的脸上，盛开两朵幸福的皱菊。母亲身上有了钱，带我吃扣碗，买头花，买新鞋，买新衣。她就像圣诞老人，圆我一个又一个小小愿望。慢慢明白，母亲养蚕，母亲挣钱，一切只为儿女。蚕是母亲手里的宝，我更是母亲心头的宝！我就这么快乐而傻傻地成长，直至为人母，直至母亲永远离开。“树欲静而风不止，子欲养而亲不待”，我来不及准备一切，来不及回报一切，恍惚间，却已生死两永别！

“春蚕到死丝方尽，蜡炬成灰泪始干。”母亲，为着儿女，辛劳一生，憔悴一生，倾其所有，却无怨无悔。

岁月如飞瀑，一泄生千恨！没有人在原地等你！多想，此刻的寂夜，母亲在天堂一隅能感知我浓浓思念与孤苦。赐我一生温暖，从此不再孤单。

借着穹夜西风，捎寄一份对母亲最深挚的思念与祝福。愿母亲不再劳苦，健康快乐。我珍惜所有拥有过的点滴幸福，愿守望那颗亘古不破的情茧，流着母亲血源，续延爱的经典。生生世世，浓情相传！

故乡的轮廓

安　广

女儿和我站在村口，故乡的轮廓一点点变成现实。我们走着，泥泞的小路亦步亦趋通向村子中央，晦涩的阳光若隐若现。那风正起劲地吹着，伏天的气候凉爽而略微有些清冷，与这个季节很不相称。

路旁的苞谷已经高过人头，生生地挡住了我们眺望的视线。走过短短百十米小路，简易的拱桥已在眼前，偌大的村庄在葱茏树木的掩映下看不到几处农房。抬眼望去，榆树、白杨、刺槐一棵棵、一丛丛随意错落，自在而悠闲，宛若峰峦，亦如暴风雨来临前的云团。农家房舍反倒成为陪衬，蜷缩在地平线上。

成群结队的孩子没了踪影，老人们聚在村口的情景消失不见，而树的疆域却扩展了很多。故乡似乎更加闲适淡定，且多了一层回归的散漫感觉。

踏着石拱小桥，三十多年时光倏忽而去，一如桥孔的历史，潺潺淌过流年，了无痕迹。逝者如斯，物是人却已非。踩过小桥者或已入眠，或已入土。而生者的足印依旧接力，不舍昼夜。往昔澎湃的河流如今细若丝带，蜿蜒前行，默默地消失在轻薄的雾霭里……

走过石桥，走入朝思暮想的快乐老家。母亲托着女儿的小手，笑盈盈地絮叨着，花白的头发格外显眼。母亲老了，父亲也已是花甲之年，农事的繁重还没压垮他的背脊，他依旧腰杆挺立，精神矍铄。

吃过午饭，我想去庄上看看。母亲告诉我庄里的住户大多已经搬到河对面的新农村，留下的也就是不多的几户老人家，因恋旧还没有搬走。想起方才过桥时看到的情景，还一直为村庄人气失却而不解，原来是如此。但我还是想走一走，去看看以前住过的老房子。

经过多年风雨剥蚀，老屋已经退出了原始功用。毫无人迹的院落杂草丛生，孤寂而静默。我围着泥土剥落的院墙走着看着，一遍又一遍。篱笆门外坍塌的草房静静仰卧在夕阳之下，散发着浓重的霉味，提示我雨天已多次来过。

儿时，每年雨季来临前，父亲都会拆掉草房上变质和腐烂的柴草，特意盖上新割的麦秆，这样草屋便可安然度过一年的光阴。放学后，或暑假里，我们便可安心在草屋里甩扑克牌，偶尔听听屋顶划落的雨珠，内心无比温暖，俨然一个独立王国。更多时候，我喜欢独坐草屋，细听雨声雪音，或是遥远的不可名状的音符。有趣的是，草屋中糠壳、麦衣之类烧炕的杂物所散发出或浓或淡的霉味，与我的风雅情趣相去甚远。看似不着调的两类东西就这样啼笑皆非地混搭着，我却饶有兴致。那时，梦想有一座属于自己的草房子，或小木屋，可以君临天下，任我独来独往……

二十载过兮，逝者如斯！祖父母相继离世后，父亲在山脚下建起新房子，老屋慢慢地退出我们的生活。

空荡荡的院落里，不远处的榆树上偶尔传来几声乌鸦的叫声，恍若隔世。走出老屋，我走进空荡荒芜的村落。这条儿时千万次行走过的小路，如今却已人迹罕至，衰草连天。曾经的农家院落人去屋空、荒草满园，鸡鸣犬吠、炊烟袅袅的气息荡然无存。只有断墙上褪色的火炕烟渍，让我心生熟悉而满含山野味道的农家情愫，也难以抑制地顿感落寞和哀愁。

我在愁什么？故乡不在眼前吗？地理意义上的故乡的确就在此时我所站立的土地上，然而完整的、动态的、具象的，那个承载我年少历史的故园却是再也找不回了。虽早有预料，但身临其境时还是无法从容接受时空给予我的毁灭式变迁。

也许，过不了几年，故乡的原址就会变成一片庄稼地，或是厂房，故乡曾经的轮廓自会消失。连可供感知的残垣断壁都不复存在了，那又将是一种怎样的煎熬？

黄昏里的孩子

许登彦

残阳如血，大戈壁一片空旷苍茫。近处，被岁月侵蚀的一截土城墙上，并排一溜坐着九个只有八九岁的孩子，其中有男孩，也有女孩，都是一眼就能看出来的乡村孩子。

渐渐沉淀下去的夕光，像温暖的血液，均匀地涂抹在他们的脸上和身上。他们都穿着农家自制的棉衣、棉裤，男孩的棉袄显得有些局促和灰暗，女孩身上穿的则是那种典型的碎花小棉袄，弥漫着一股浓浓的乡村味道。黄昏中坐在土城墙头的这一排孩子，就这么安安静静地坐着，眼睛直视着远方，仿佛僧侣入定，在安心等待从天而降的神谕和偈语。

有些野性和粗粝的漠风呼呼地吹，夹杂着浑黄的尘土和沙粒掠过。黑条绒布鞋和碎花布鞋所组成的一长溜儿孩子的腿脚，快乐地摇摆和蹬踢着。棉袄的下摆被掀起，凉飕飕的风像冰冷的潮水拍打着身体的海岸，一双双冻得通红的小手急忙按住棉袄的下摆，孩子们的嬉笑声很快淹没在风声里。

风是这片大戈壁的魔王，尤其是黄昏里的漠风，把孩子的眼睛吹成了一条线，男孩一绺一绺的黄发和女孩松散的发辫，像野草在风中劲舞，脸蛋上的两团红，深深地陷进黄昏的落日里。

仿佛是等待了千年，也许是生命明灭的一瞬间，等待的神谕和偈语神奇地出现。大戈壁的心脏在剧烈地震颤，一列绿漆火车呼啸着，从土城墙头上一长溜儿孩子面前十米远的地方轰隆隆地飞驰而过，车轮撞击铁轨的轰鸣声刹那间击溃了孩子们身体里的安静。孩子们的腿脚蹬踢得更欢了。像秋后麦茬地一样裸露出的手指在风中拼命地挥舞着，咿咿呀呀的叫喊声紧追着火车西去的身影。

多少年了，这画面似一块磁铁，牢牢地吸附在我的脑海里。那是1997年的盛夏，在郑州上大学的我迎来暑假，坐火车回远在千里之外的新疆的家。火车已经行驶了一天一夜，进入甘肃境内。临近黄昏，火车像一条百足虫，在甘肃荒凉、贫瘠、苍茫、古老的大地上缓慢地爬行，忧伤的怀乡思绪拖拽住了火车行进的速度。

就在神经渐趋麻木时，风夹杂着沙粒拍打着车窗的噼啪声，吸引了我的目光。扭头向车窗外望去，正巧看到了让我终生难忘的那一幕。在嘉峪关的一截土城墙上头，端坐着一长溜儿孩子。我浑身电击一般，紧张的目光急切地追随着他们的身影。我默数着头发像野草一样跳舞的头颅，一共是九个孩子，其中有男孩也有女孩。被黄昏和漠风冻住的激情瞬间又在他们的脸上和肢体语言上融化，孩子们兴奋地挥舞着手臂，向飞驰而过的绿漆火车拼命地挥手和叫喊。凝望着土城墙头上端坐的这一长溜儿孩子渐渐远去的身影，我心里执着且固执地认为，这九个孩子当中必定有一个男孩是我。于弥漫着橘黄色忧伤的人世烟尘中，恍惚之间仿佛看到了当年的自己。黄昏里一个拖着鼻涕坐在土城墙头上，痴傻地等待着火车经过的小男孩，父亲呼喊着我乳名的颤音在无边无际的暮色里游荡和奔跑，我却充耳不闻，任汹涌而来的苍茫和孤独淹没我瘦小的身子。

就是这样的一幅场景和影像，像一块被岁月锈蚀的马蹄铁，经童年的记忆擦拭得如此光亮而鲜活。生命和人生是如此惊人地相似和神奇。从家乡到故乡，我一次次地背负灵魂，回到生命最初的原点。

1976年，我降生在甘肃高台县红联村一座屋顶四处漏风漏雨的破土屋里。这是一个冬日的黄昏，当我呱呱坠地喊出来到这个荒凉人世的第一声生命的啼哭时，一抹冬日橘黄色夕光均匀地铺陈在我长满皱纹的小脸上，我身体里的血液顷刻归于宁静，我依稀听到了远方传来火车似有似无的汽笛声，这是神的暗示与召唤。一条铁轨从家乡高台县城穿城而过，等我渐渐长大，常常拽着父亲的衣角去县城的集市赶集。每当黄昏降临，冥冥之中总会有一双手拖拽着我，独自远离人群，跑到火车只停两分钟的站台上，看呼啸而过的火车。当痴傻的目光追随火车渐渐远去的身影，我常常在想，火车要驶往何方？在遥远的远方，在铁轨的某一个地方，会不会也有一个看火车的小男孩？

时光的河流静静流淌，这个黄昏里看火车的小男孩永远长不大，像一块胎记烙在我的心里、脑海里和身上，在无数个夜晚的梦境里奔跑，携带着我的灵魂匆匆赶路，一路没有星光和花朵。

1980年，我当时六岁，村里发生饿死人的事件，迫于生计，一家六口只能投奔远在新疆的亲戚，最后我们在石河子乡的一个小村子安顿了下来。当时生产队是大集体，大人们集体出工、一起收工，按工分吃大锅饭。父母出工，只能把我们四个孩子锁在黑暗的屋子里。那时小弟还小，不管白天黑夜睡得昏昏沉沉，大姐、我和大弟玩累了就睡，睡醒了继续玩。我凝视着从屋顶投射下来的一束光柱，静静地发呆。无数身体通亮的微小尘埃，在属于它们自己的舞台上，跳着静谧的灵魂之舞，透过它们，我似乎看到自己的前世今生。间或有一两只硕大的绿头苍蝇，在屋子里嗡嗡地绕来绕去，有时候会听到清晰的“啪”，绿头苍蝇一头撞在窗玻璃上，掉在酱黑色的饭桌上迅速翻转个身，又继续振翅飞行。除此之外，什么声音也没有，屋子里发酵着死一般的寂静。

傍晚时分，通过黄昏里最后夕光的指引，可以找到紧贴在窗玻璃上的三张无助的脸。大姐、我和大弟就这么静静地向外张望，看红彤彤的日头慢慢地落下去，看院子里的花母鸡和红公鸡散漫地走来走去，看脸上沟壑纵横的老农挥舞着鞭子，吆喝着一架老牛车从院子外面的路上，吱扭吱扭地碾过。我们就在黄昏的苍茫和孤独里等待父母的归来。

包产到户后，生产队把一块面积约有20多亩的土地分给了我们家，这块土地正好紧挨着一条铁路。这条铁路被当地人称作“欧亚大陆桥”，通向一个叫苏联的遥远国度。在小学、初中和高中的暑期，我会跟着父母来到紧靠这条铁路的地里干活儿，时常看到拖挂着一节节油罐和物资的火车，从我们的面前轰隆隆地飞驰而过。车轮撞击铁轨发出的“咔塔咔塔”的巨响声，震颤着我的一颗心咚咚直跳。我伫立在黄昏里，凝望着铁轨的两头无穷无尽地向苍茫而寥廓的远方延伸。从家乡到故乡，黄昏里孩子的轮廓渐次清晰，生命的两个原点，形成了一条记忆的直线，穿越了我的童年、少年和青年，直至影响着我一生的走向。

38岁那年，就在我步入中年之际，我拥有了活泼可爱的女儿，她的身体里流淌着我不安静的血液。一个秋日的黄昏，我抱着只有七个月大的女儿来到铁路边看风景。柔和的夕光成为一条河流缓缓地流淌在女儿的眼睛里。当看到一列火车呼啸而过时，女儿的眼睛突然睁大，身子不安分地扭动起来，小腿乱蹬着，小手在黄昏的风中挥舞着，嘴里含混不清地朝着火车远去的身影咿咿呀呀地喊个不停。从女儿的身上，我仿佛又看到了自己当年的影子。

那时杏儿酸

简　爱

“薄烟杨柳路，微雨杏花村。”雨后，小区南面的山丘用这句诗来形容是最恰当不过的。呼吸着潮湿微凉的新鲜空气，眺望着漫山洋槐灌木遮掩下弯弯曲曲的通幽曲径，站在绵延起伏的小丘半山腰，穿梭于为数不多的杏树下，才真正觉得小区名为“杏花村”有那么一丁点的名副其实，即使我知道二十年前这里的确是一片杏林。

其实，我要说的并非这里，只不过此情此景极容易让人浮想联翩，勾起无尽的遐思和怀念。这不？摘一叶脉络清晰的绿得让人口水泛滥的嫩芽，踩着被细雨微风扫落的白里透粉的杏花，脑海中却是家乡老舅爷院子里那两棵参天杏树及在树荫下房顶上嬉戏玩闹的孩童。

那时，我家在村东头，舅爷家在村西头，相距大概有四五里地。我经常是舅爷家的不速之客，最主要的原因就是惦记着他家的“神树”。它们给我单调的童年增添了极大乐趣。

老树顶着擎天华盖，挺拔苍劲，虬枝盘曲，粗壮到两个孩子抻断了胳膊合抱都不能首尾相接。不知是人为还是自然造化，它们的主干盘丝而上，已是你中有我我中有你，宛如一对亲密无间的情侣紧紧相拥。稚真的我站在树下仰望，常会感叹它们的高大和自己的渺小。

春暖花开时节，整个院子繁花密布，一部分枝杈“偷渡”到房顶，倒也是名副其实的“红杏出墙”。横斜遮掩着窑洞的花枝，五颜六色的方块补丁门帘，格子窗上各种逼真的剪纸贴花，三者相映成趣，农家的田园景象刻画得淋漓尽致。

每到这时，这个小院的房顶就成了儿童乐园。其实这时候舅姥是不允许我们上房顶玩的，怕我们糟蹋花和树，因为这些花结出的果实，到了秋天会很大程度上缓解他们的拮据生活。可我们哪里管那么多呢，照样“祸害”。

乘着舅姥不在家，偷偷爬梯子上房顶，摘一大堆花朵甚至折上几小枝插满头，然后把马莱花的茎编成长长的“耳环”绕在耳朵坠下来，这就成了戏里的人物。分配好角色，开始有模有样地唱起各种熟悉的戏剧，蒲剧《铡美案》，豫剧《朝阳沟》，黄梅戏《女驸马》……扮相是从庙会戏子帮学来的，台词是在姥爷家的老式留声机里听来的。当然，这里面最得意的是我，这时候的我俨然一个戏剧团团长，谁胆敢捣乱或者不听我指令，立马踢出局。

美中不足的是，往往在我们演出乐此不疲得意忘形时，舅姥总悄无声息地出现在我们面前，气得咬牙切齿，声音震耳欲聋：“都给我滚下去，谁让你们上来的?”然后手捧花枝，脸色黑里透红地斥责：“你们，你们这帮小害人精！……”我们面面相觑，继而相互做个鬼脸使个眼色一哄而散，比耗子溜得还快。

青杏刚刚有花生粒大小，就早已让我们垂涎欲滴。由庙堂改造而成的教室恰巧就在舅爷家附近，我们隔三岔五地去他家门口偷窥。赶上舅姥不在家，我们一定会悄悄爬梯子上房顶。那带着绒毛的青果使得口水不请自来，摘一两个尝尝，酸涩顿时充满牙龈舌尖，龇牙咧嘴地蹦着甩着胳膊。尽管如此，还是觉得美味无穷，临走还不忘再拽上几个。

酸里透出丝丝甜味时，够得着的杏儿已经所剩无几。这倒难不倒我们，道高一尺魔高一丈，一根干树枝，问题便迎刃而解。然而，同时也带来了果叶齐落的问题。树叶的稀里哗啦常常引来舅姥的发现，就算这样，揣着几个胜似王母娘娘的蟠桃的战利品落荒而逃时，满足感远远超过了恐惧。更何况舅姥的手掌每次也只能够打到一两个同学，她手里的树枝也从来没有真正落在我们身上过。

杏儿黄里透红了，舅姥总不忘给我家送上满满一盆。我吃着却没那么美味，还是情愿到她家站在树下或者房顶，用特制的叉子勾一个吃一个，吃到最后牙软得饭都嚼不动为止。

自从舅爷得病卧床不起，这两棵“神树”也一年不如一年，花少了一大半，杏儿也结得七零八落，叶子早早就枯黄凋零，有些枝干也病入膏肓。舅爷去世时我再次造访，却发现它们已经被砍掉，房前那两个干粗的树根着实让我惆怅了很长时间。每每想起，竟有些心痛，虽然都说是舅爷不舍得才把它们带去的。

后来，在自家的玉米地里，我偶尔发现一棵小杏树苗，想象着“神树”枝繁叶茂硕果累累，兴奋不已，把它挖起种在我家院里。在我精心关照下，第三年已经开出十来朵洁白的小花儿。不提防，经过一个学期，我再驻足故乡的小院时，却发现它被父亲以院中不宜有杏树为由，连根拔走挪到地头也枯死了。

如今，我住的小区又叫“杏花村”，虽不是刻意为之，但或多或少也有些“杏”字情结。冥冥之中，应该是舅爷家的“神树”惹的“祸”吧。

潮湿的空气，潮湿的心。几分欢笑，几分怅然，几分留恋，几分感慨。岁月洗礼出了多少“物是人非”，依然未能做到“事事休”。我愿在这杏花丛中永驻，让风儿把我带回那个年代，直到轮回里再次品尝儿时的杏儿酸。

苦楝树

陈　橹

在我的村庄里，许许多多的树都充满了苦难和哲理。每一种树都受它来自本身的与外部的因素的影响，纷呈着各自的千秋。所谓一树一风景的景象，皆由人的心生。小时候看树，每一棵都是一堆好柴火，顶多在特别饥饿的时候，还会联想到袅袅升起的炊烟。家里穷得叮当响，六七岁了，还穿着一条蓝土布开裆裤，一年四季在村庄里瞎蹦跶。当然，有时候还会像一只机灵的小猴子，邀了小伙伴们一同去爬树，把树当作是我们的乐园。少年时，离家在外，反倒天天想着这些树，想着树上春天的嫩芽，夏天的绿叶，秋天的红焰以及冬天高悬的鸟窝。人到中年，名利已去，看树想树皆成风景。如今步入老年，念着想着，树就成了一种乡愁。

人生一世，草木一春。人们常说，人生如梦，我想是因为人生太短暂，有太多的苦难吧？尽管树能活上百年千年，但在时光的长河里也是微不足道的。人的苦难自己是知道的，而树的苦难树是无法知晓的。就像人不知道自己的痛楚，我不知道是悲哀还是窃喜。且让我以苦楝树为例，来阐述一下一棵树的苦难吧。

苦楝树像是村庄里随时随地可以生长起来的孩子。无论田头地角，园坎上，小山脚下，或者是巷道里，矮墙上，墙缝中，在你不经意间，突然就会发现一棵小小的苦楝树倔强地生长在你的视野里。你可能还会惊呼："多么顽强的小生命啊！"乡亲们一直以来在头脑中形成了一种习惯，或者说是一种潜意识，若看到一棵小香樟树，立即就会郑重其事地保护起来，给它的周围清除杂草杂物，再松松土，或者移栽他处。遇到别的树苗，有碍他的农作物或庄稼，当即就会铲除，苦楝树也不例外。然而，苦楝树不管你把它丢弃在何处，过三五天，它的根须又会伸入土壤里，再次生长起来。即使没有土壤，只要有个小缝隙，它照样能生长起来。我童年的村庄，绿树成荫，一派欣欣向荣的景象。几十个树种都在生长，错落有致，相得益彰，很大程度上，得力于苦楝树所形成的气候。假如你在村庄里随便转悠一番，抬头低头见到的多半是苦楝树谦卑的笑脸。

在我的记忆里，我家的后院，菜地里，到屋场上的墙脚边，晒谷场的边沿，屋背山上，到处都有苦楝树摇曳的身影。苦楝树是蝉的家园，它光滑的表皮宛如古旧的眠床；最适宜蝉静卧在上面栖息。每到夏天，随着天气的变化，蝉的歌声时高时低，抑扬顿挫；气温还在不断地上升，以至于酷热难当的时候，我们就能聆听到蝉高八度的歌喉了。午间，我奶奶说，蝉吵得厉害，她在小巷里眯不着了，一把老蒲扇摇得越来越响，我坐在几个弟弟妹妹的后面都能感觉到风力的加剧。但我还是坐不住，愈来愈高吭的蝉鸣声，简直就是一种诱惑。我起身从柴房里拿出一根长长的小山竹，在竹尖上黏了一小坨柏油，再置于太阳下曝晒一会儿，就一路小跑着到苦楝树上去捉蝉了。有时，我还会换了牛鬃去套，可怜的蝉儿们，好似在苦楝树上生了根一样，任凭你怎么粘和套就是一动不动。直到我把它的羽翅掐断一截，才挣扎几下，叫声也戛然而止。捉了一只又一只，地上扔了一大堆，我是欢喜了，高兴了，不知蝉有何感想？可惜那时候我还没有一颗悲悯的心。即使有，我也难于抵挡饥饿的胃肠。我一门心思就想捉更多的蝉，等拿回家去烤着吃。烤蝉一般是等煮好饭炒好菜后，灶膛里熄了火剩下些余热，扒开一个不大的坑，把所有的蝉一股脑儿扔进去，再盖上灰烬。然后静坐在灶门前耐心地等待。说等待还不够确切，其实心里在发急，口里不时在咽唾沫，手里的火钳也不时张开、合上，合上又张开。等到有一股肉香传出，就急不可耐地夹出一只，弹一下灰，剥开壳，香喷喷，三两口就解决了。有时候，也给母亲一两只，母亲笑眯眯地说："真好吃！就这个屁股肉多。"

苦楝树熬过了幼苗期，在时光的缝隙里慢慢长大。一棵手臂粗的苦楝树，它不能在风中自由自在地生长，它要承载人类强加在它身上的负担。晒谷场边沿的大大小小的苦楝树和粗大挺拔的梧桐树，一棵也不能幸免，一根根牛绳像纤索般勒在树上。弱小的苦楝树，被人为地套上了枷锁，牛就不断地践踏它周围的土地，粪便、牛尿不断地腐蚀它的根须。一般的树，很快就在难熬的时光里枯萎，死去。而苦楝树却还顽强地活着。更有甚者，一层嫩弱的树皮，活生生地就被绳索勒了去，裸露着灰白的树的骨头。我很想为苦楝树而祈祷，然而不用我祈祷，它依然倔强地生长着。等到苦楝树有碗口粗大的时候，我们会感觉到它像一个壮小伙子。它的青春体现在它挺拔的树干上和繁茂的枝叶上。我们会在某个夏天，偶然被一树小小的繁密的紫蓝色的小花所吸引。我说的只是吸引，绝不是欣赏，谁会为这娇小而平凡的花朵喝彩呢？我曾无数次从远、近的距离打量过苦楝花，它的美，是一种含蓄的美，有如一个人的心灵之美。苦楝花盛开的时候，是一簇一簇的，像一个淡紫色的灯笼。无数的小花簇拥在一起，开得热热闹闹，却不似那些大红大紫的花朵张扬。这个时候，村庄里到处充满了苦楝花的浓郁芳香。有蝴蝶的倩影在花间舞蹈，但转瞬又翩然离去。蜜蜂吹着金笛蜂拥而来，却很少在花朵上停靠，偶尔有一两只懵头懵脑的小家伙失身做了苦楝花的情人，悻悻然爬出花蕊扬长而去。为什么蜂蝶不拜倒在苦楝花的石榴裙下，难道是它的花蜜含有太多的苦汁？

花开花落是树的生长进程，就像我曾经青春过，辉煌过。我说的是碗口般粗大的苦楝树，它在彰显着树的青春。往往这时候，也就是说，在当年医学还不够发达的情况下，因为人的肚子里生了蛔虫或牲畜的肚子被蛔虫折腾，一把锋利的镰刀就会长驱直入，径直割剐下一大片一大片的苦楝树的皮肤，用于煎熬成打蛔虫的汤药。俗话说，人怕伤心，树怕剥皮。而苦楝树却能带着累累伤痕，继续它的生命旅程。

开花结果，是植物生长的自然规律。苦楝树的果实，是那种小葡萄似的椭圆形，密密地拥挤在一起，由青变黄，直至脱落。看见它，总能让人想起那高挂在半空里的翡翠风铃。同是果实，可苦楝树的果是不能吃的。我母亲曾多次告诫我，不能随便乱吃它，会药死人，故而我总是避而远之。当然，我还真愚蠢地尝过那么一两回，苦得钻心。人和动物都嫌弃的苦楝果，落在村庄里的土地上，成了令人讨厌的垃圾。可它正是苦楝树的种子啊！

长大了的苦楝树，树身绝大多数是凹凸不平的。我们不无歉意地看到苦楝树一身灰暗的傲骨。一棵饱经岁月沧桑的苦楝树，是一部浸透着苦难和血泪的史书。许许多多的树上，都留下了人类为了自身的利益所犯下的不可饶恕的罪行。譬如：树身上突兀而丑陋的大痈块，横七竖八的刀痕，剥去树皮后结下的可怕的痂，被掏挖的黑洞等等。人们忽视了树们的存在和珍贵，任意的破坏及砍伐，导致了大自然的失衡。好在世人已经觉醒，对树的保护意识在不断地增强。我的村庄还生长着不少老树，是它们见证着千百年来的历史和我们所处的这个时代的变迁。

我今天写下树的苦难，是我对树的悲悯，也是我对人生的感悟。我常常在村庄里的这些树上寻求人生的启迪。我感谢树所经历过的苦难，我感谢自己所经历过的苦难，才有我不畏风雨、艰难，敢于挣扎、拼搏的真正的人生。

为您写一首招魂曲

红山飞雪

一盘水果，一缕幽香，一个花环，一座墓碑。我蘸着泪水把您轻轻擦拭。

隔着一垅厚厚的黄土，阴阳两隔，您在里头，我在外头。在心底轻轻呼唤，相信您听得见。因为，您曾无数次闯进我的梦中，把所有的事情细细询问了无数遍。啊，我的父亲，现在，我就跪在您的面前。山风是否将您打扰？清明将至，雨滴并未打湿环绕在您身边的花环。您是否感觉到亲情的气息将您紧紧环绕？您是否如生前一样，正与我促膝交谈？

您走过了六十九个春秋，虽不漫长，也并非短暂。可在我的记忆里，我们似乎只匆匆见了数面。年轻时，您杀敌卫国，终年漂泊。我年少无知，只是在那小小的照片上，一睹您腰挎双枪的英姿。但那只是一点点印象而已，像是粗读了一本关于战争的书，看了一眼关于军人的画，与“父亲”的概念相去甚远。您匆匆地来，又匆匆地离开。像是一位军人，随队开来，借住群众家里，我就是那个好奇的孩子，远远地看着那个挎枪的军人，心生敬仰。

您终于老了，像一只再也无力飞翔的鹰，疲惫地归巢，可我已离开了家。心中的父亲，仍是那个英俊的年轻人。

我有了自己的儿子，我认为开始读懂了您。可您已是一艘破旧的渔船，斜斜地搁浅在岸边，被风雨凋蚀得不成样子，稍一触摸，就会四散裂开。我仍无法进入您的船舱，细细擦拭那锈迹斑斑的机器，更无法轻叩龙骨，聆听大海的涛声。您是一棵老树，所有的枝条早已被岁月风干。干裂的老皮无法裹住脆弱的骨骼，无法触摸，不忍阅读。树根裸露，您这棵苍老的树，在风中摇摇欲倒，大地似乎随时都会将它抛弃。我痛心地注视着您慢慢老去，束手无策。我无法让您重现年轻，哪怕用我的生命。

您蹒跚地来，蹒跚地离开。“血栓”让您行动不便，更令您痛苦不堪。您久久地呆坐在那里，像一株秋霜下的菊花，等待凋零；像月光下的一位高僧，等待坐化。那双曾经锐利的眼睛不再生动，我再也无法从那里读出您的心声。只有，只有我的儿子——您的孙子来到您的面前，您的目光才会重现神采，看着他，一脸的慈爱。

您是一部被岁月磨损太久的书，虽然可以打开，终究难以读懂。病痛的折磨，您难现笑脸。可那一次，您身披大衣，手拄拐杖，低垂着头，蹒跚着出现在我的面前。不由得，我笑道："爸爸，您现在这个样子，就像一个刚刚从战场逃出来的国民党军官。"您竟然嘿嘿一笑，把头高高抬起来。那一刻，我才明白，您是一部有太多故事的书，那些精彩的章节，别人读不到，可您永远也不会忘记。

我们是父子，一生一世。可是，我们在一起的日子却是那样的短暂。人生无法回头，时光不会倒流，活着的人，遗憾没有尽头。只有在某些特定的日子，把心扉打开，请您坐在我的面前，灵魂与灵魂交谈。

阳光很暖，照在我的背上，洒在您的碑上。您是否如从前一样，在静静听我倾诉？清明将至，燃几张纸钱，斟一杯浊酒，将人间烟火供奉在您的膝下。让您知道，阴阳有别，血脉不断，一个断魂的人在心中将您声声呼唤。

不知您现在是否一切安好，不知人是否有来生，我只知道我们是永远的父子。您仙逝已久，我也人过中年，如果一切都是因缘，相信我们终究会有相聚的那一天。如果您有什么嘱托，就请您在风清月朗的夜晚，走进我梦，轻抚我的背，一字字，一声声。

等不及您再次入梦，我已黯然。无法向您倾诉心声，只好为您写篇文章，字字入心，声声招魂。

人生若只如初见

爱一个人，不是轰轰烈烈的一场恋爱，不是承诺，不是誓言，也不是等待。爱情如一杯现磨的咖啡，浓与不浓，苦与不苦，在于个人的口味。放糖，就不苦；不放糖，有人也不觉得苦。爱人，却如一杯咖啡端在手心，你需要用心去搅，慢慢地不断地去搅，醇香的美味才会扑面而来。

（曾学诚）

人生若只如初见

颜　剑

有朋自京城来，说北京白领阶层前些时候流行“有房、有车、读纳兰性德”。有房有车那是老皇历，但读“纳兰性德”，就有点意思。莫非京城“白骨精”也开始寻求文化的自然与言情？在物质相对崇尚的世俗，埋头读纳兰性德，而且成为一种流行，我想大概有两种缘由：一是在历史与文化中共鸣一种情感家园，二是在渴望与无奈中独自收藏风花雪月。

“人生若只如初见，何事秋风悲画扇？”这是我记得比较久的一句相关的词，还有一句就是“相逢不语，一朵芙蓉著秋雨”，都是关于秋天婉约的记忆。记忆留下的，更多的是关于唐诗宋词的点点回忆。也难怪，一位“清朝第一词人”的封号，咋能独自抵过浩浩荡荡唐宋名家的风流绝句。在新春的艳阳天里，我的时空把京城和纳兰性德拼盘，真是“何事秋风悲画扇”，更准确的或许应该是“何事春风画悲扇”。

关于京城的点滴，是多年前的年少行吟：在长安街头的回望、在故宫里面的木讷、在圆明园里的凋零、在清华园里的长叹。到现在，我一直庆幸自己成长的记忆没有红墙绿瓦、高宫深院，有的只是绿柳荷塘、小桥流水。于是才有了春天里一颗春草芳菲的心，秋日里一段豪言壮志的情。我以为，如果一个人没有了随季节更替的情感，没有了风花雪月的感怀，活着的意义就少了很多。

易感的心是一个人生命四季结出的果子，她会让你懂得珍惜过去的岁月，也懂得真正去期待明天。尽管有时期待过后还是漫长的等待，但活着多好，因为你的生命充满了一份感动的期待。读纳兰性德，这不只是京城有房有车人的情有独钟。你也可以，在物欲横流的时空，让自己的心存储一份无期财富——读出“隔花才歇帘纤雨，一声弹指浑无语”；读懂“春情只到梨花薄，片片催零落”；只读到你“独背残阳上小楼，谁家玉笛韵偏幽”。读啊读，读得“心字已成灰”。你就会慢慢开化了，你就知道对月伤怀了，你就明白人情的冷暖。你就懂得泪为何流，心为谁盼；你就知道今生你需要什么，知道什么是舍弃。

而其实很多时候，很多的我们不愿面对的结果，我们就选择用冷漠去固化自己的心灵，慢慢让自己的人生少了生活的情趣，少了少年不解的那种风情。为什么非要到了有房有车的时候，才想起自己不会哭不会笑了；为什么非要到了自己物质财富丰盈时，才想到自己精神财富是如此的贫瘠。

纳兰性德词全集又名《饮水词》，饮水思源，精神家园，有种“君住长江头，我住长江尾。日日思君不见君，共饮一江水”的意境。浩浩中华，文化全席，只要心灵与之沾亲带故，如诗词、医药、养生，那么一本《饮水词》，又是何其微不足道？现代人感叹知音难觅，于是就催热了电视里的相亲大会；现代人常有寂寞空虚，于是就有了网络里的情感杀手。很多时候，我们恰是少了那么一本《饮水词》，或者唐诗宋词，哪怕《黄帝内经》，少了让自己的心灵与文化交流，少了让自己的爱好与专业共通。

读懂了的文化，有一种人与自然的和谐。在季节的更替里，易感的心除了温差，还有景色：一家融融，三五知己，放牧生活，何止饮水？文化大师余秋雨有两本比较著名的书，一是《文化苦旅》，一是《千年一叹》。我想，人生的苦与叹，苦就苦在我们的思想，叹就叹在我们的智慧！

情倾小岛

喻 彬

生命中总会有些甜蜜或忧伤，深藏于记忆的夹缝。多年以后想起来，历历在目。

那是多年前的一个夏日的清晨，我们按照事先约定的行程，从深圳东门车站起程，一直往南，向深圳的最南端前行，来到了大鹏镇海边的一个不知名的小岛上。

在此之前，我和小月彼此都有一种默契：我们到一个远离都市的渔村或岛上去彻底释放自己的灵魂。

我和小月是第一次远行，过去只是通过书信往来，传递彼此的爱恋之情。

小岛三面环水，一面与海岸接壤。我们在一片礁石旁的沙地上扎营了。是一位渔民把我们带到这个小岛上来的。临走时这位大伯还给我们留下了一袋刚捕捞到的虾、蟹和跳跳鱼，足有好几斤。我给大伯钱，他不收，给他两包烟，他乐呵呵地收下了："这里晚上很凉爽，海风大，小心别着凉了。"大伯转身走时，小月说："大伯，这里安不安全？"大伯连连说："安全，安全，哪有什么不安全？"大伯边走边自言自语地说："怕什么？豺狗早就绝种了，鲨鱼又爬不上岸来……

我在想，这应该是远离商品诱惑和利欲熏染的最后的一块净地，一个理想乌托邦。这里人心厚道、民风淳朴，俨然一方世外桃源。

我们把带来的旅行物品一件件地摆在折叠式的凉席上，小月把生活用品准备得十分齐备，吃的有油盐酱醋、挂面、罐头、饼干、饮料、行军铝锅等；用的她想得更加周到，甚至连驱蚊水、蚊香、牛黄解毒片、感冒灵。我只买了一只双人睡袋，其余都是我的摄影和绘画器材，如相机、胶卷、支架、电池、画板、颜料、纸笔等。

面对这宽大的双人睡袋，我们心里各自打着紧鼓，这也许是我们的新婚之床，我们都渴望黑夜来临，又害怕黑夜从容地向我们逼近。

夜幕四合，海天一片空蒙，深邃而高远，给人一种时空的无极和延伸之感。那沿岸星星点点的渔火构成了一道海面和陆地的分界线。

我们拾来三块鹅卵石支起小铝锅，从芭蕉林里捡来一些干枯的枝叶作柴火，海虾和海蟹只用清水一煮，无须油盐佐料，鲜美无比。这使我们感慨：造化之美自然天成。

夜色渐深，月亮从海的尽头慢慢地升起来。

咸湿的海风沁凉如水，海潮拍打着礁石如瀑如雷。小月斜倚着我并肩而坐，我说：“小月，夜深了，休息吧，坐了一天的车，一定累了吧？”小月微启朱唇，恬然地笑了笑，说：“你先睡吧，我坐坐，我喜欢听涛声。”

我躺进了这个宽大的睡袋，拉链没有拉上。小月坐在我身边，我们手拉着手。月晖下，被悠悠岁月和海浪打磨得浑圆光滑的礁石，泛着粼粼的光晕，就像一大堆守望着大海的青石罗汉。不知何时，那块倾向大海的礁石上突兀着一个人影，我吓得倒吸了一口冷气，我指给小月看：“小月，你看那里站着一个人。”小月突然趴下，把头埋进我的怀里。也许，小月压根儿就没有看清这个人影。她的惊恐状使我更加胆寒。我只有壮着胆子忙不迭安慰道：“别怕别怕，有我在怕什么？人家也许和你一样来听涛声的呢？”那人影突然矮下去了，大概是坐下了。许久，小月把头从我怀里探出来，她的呼吸使我感到怀里暖烘烘的。她用惊惧的目光看着我：“那不是人吧？”我说：“不是人还会是什么呢，不可能有鬼！我可是个无神论者。”

在朦胧的月光中，人影突然又高起来了，小月说：“会不会是有人想跳海？”正在她话音未落之际，礁石背后又出现了一个更高的人影。小月说：“他们会不会是海盗？”我见那两个人影越挨越近，最后合二为一。我说：“瞧，人家是一对儿，看你都吓成这样！”

两个人影矮下去了，礁石上一团蠕动的黑影，如同黑色画笔在灰色的画布上精心地涂抹着。小月的惊悸渐渐平静，和我并肩而躺，不过她在睡袋之外，我壮着胆子试探性地把她往睡袋里揽，她顺从地钻进睡袋。

当风平浪静的时候，礁石上或芭蕉林里时而传来窃笑声、低语声、幸福或痛苦的呻吟声……其实这种声音原来早就存在，只是被涛声湮没了，使我们听不见。这座小岛，原来是附近的渔村阿哥阿妹幽会的地方。

这时不远处传来一个渔姑含混不清地唤着“阿哥”的声音，如呓语一般从夜的深处、海平面上飘来，让我们听得真真切切。这时，小月自觉或不自觉地向我靠拢、贴近。最后，睡袋的拉链把我们缝合在一起……

看来，灵魂的堕落或升华都与环境密切相关。

我们彼此谛听心跳，谛听大海之呼吸，谛听心灵与万籁的感应之律动。我们在这氤氲着芭蕉的醇香的世界里，枕着午夜的涛声入梦……

在这座小岛上，我们蜗居了三天。这块自然、艺术和灵魂最佳融合的净土，使我们留恋，也使我明悟：真正的艺术来源自然，自然之美与生俱来地与宇宙同在，其天然的、古拙的、旖旎的、鬼斧神工的万千气象，皆为造化之功、天道之力。一如老子所言：顺乎天道。

小岛三日胜似三秋，我的创作灵感和激情得到前所未有的发挥，如惊涛拍礁、如海上红日喷薄而出。我即兴创作的这些作品，那是我在温馨的画室里无法企及的艺术境界。

一幅《海上日出》令我陶醉不已，那海天相接的尽头，一轮红日从湛蓝的海面冉冉升起，天边一片通红。大鹏海湾的渔帆点点、海鸥翩翩，带着生命的希冀远航，天地间氤氲无限生机……

小月则在海滩上拾了不少精美的贝壳和海螺。她乐不可支地欣赏着这些天然的艺术品，说："以后每年的夏天，我们都来这儿住上几天好吗?"那时，她的眸子里写满了对大自然、对生命、对幸福的感恩、敬仰和渴望。

我在这里，你在哪里

杨红萍

一

以为会一直心心念念的你，是不是终于也经不住时光的打磨就慢慢隐匿了？一年，到底是多久的时光，我为什么会怎样也想不起你的模样？即使知道近日内要去你的城市出差，我为什么也没有丝毫的喜悦和悸动？

冬很深，很清冷，天阴阴沉沉的，没有下雪，有风在耳边低吼。路边一棵棵梧桐不知什么时候已经是空空的枝丫了，仅剩的几片枯叶在风中瑟瑟地颤抖，像极了最后的挣扎。我裹着厚厚的大衣走在回家的路上，甚至连手也不敢伸出来，怕那一瞬间会被掠夺了所有的温度。

我不喜欢这样的天气，它会让我无端想起很多属于你的温暖镜头：你递过来的手套，你充好电的暖手宝，你沏好的茶，还有阳光明媚的日子里你浅浅的笑、凝神的目光，和轻柔的拥抱。这样的天气里，我似乎更愿意窝在沙发里，像现在这样，给自己沏一杯茶，柔和的灯光下，看一本无关紧要的杂志，听一首不知名的曲子。我知道，那些温暖早已经不属于我了，再贪恋，也只是给自己增加烦恼而已，一如我曾经不停地问过我自己：我在这里，你在哪里？

你在哪里呢？十里桃花早已经逐水东流去，千年的柳絮依旧随风而舞，那些陈年旧事有千千万万阕啊，却不知道什么时候起，每一阕都已经成了灰成了土。我如何去忽视你近乎陌生的眼里对我的漠然和对我的彬彬有礼，当我在你离开不久的日子里跋山涉水奔赴你的城市去见你时？

最无情的是时光，它毫不犹豫地带走了所有最美好的印记。我以为你会和我一样，会牢牢地记住那些属于我们之间最温柔的刹那和最明媚的瞬间，可是，什么时候全都消散了呢？再璀璨再耀眼，一切宛若烟花，转眼间，已经灰飞烟灭。

二

即使在陌生的城市，我也喜欢一个人安静地行走。

冬的午后，闲适的阳光很不经意地穿越街头如我的路人，留下浅浅的影子。我抬头，云很轻淡，风很寂寥，街道两侧的香樟依旧是旧时的模样，蓊郁和苍翠。我慢慢走过，有阳光从浓密的树叶中倾泻下来，我闻到了香樟清雅的气息，但是，某一刹那，我竟连呼吸也觉得沉重。我知道，我的眼光一直随着我的心在漫不经心地游荡。

工作早已经做稳妥，回程时刻已经慢慢逼近，但是我的心为什么会如此空落如此慌乱？不去想这是有你的城市，不去想你在这城市里是否安好，抑或已经有了幸福的理由，总也抹不去的是一年前我来这里时所遇见的一切：我千里迢迢地奔赴，当我站在你的面前，你却只对我轻轻一笑，仿佛对着一个陌生人，说着今天的天气有多好，今天的阳光有多明媚。

是啊，今天的阳光多好啊，我的城市还是漫天阴霾，这里却已经暖意丛生，可是我为什么还是这样冷呢？你看啊，我的双手已经冰冷，我的脚步在颤抖，我的眼光有些凌乱，我看不见自己脸上惯有的微笑。我只知道陌生的街道上，再也不会有熟悉的影子，即使是希冀的美好，也已经是如烟花般早已经飞了，湮灭了。

有人挡住了我的路。抬头的瞬间，我撞上了一双深邃的眼眸，阿慕。

慌乱。无比的慌乱刹那间便占据了我的心，我从不想去碰见某个人，大凡与你有关的，我统统选择遗忘，但是阿慕，你的妹妹，她什么时候站到了我的眼前？

我不知道要怎样开始说话，这样的时候，我宁可一个人漫无目的地走在这样陌生的街头，看天看地看白云看两边的树，我也不想和谁去说一次你，一如我知道，我在这里，我却不知道，你在哪里。

三

风景有时候就是这样，转角处，总是另一片天地。

没想过要遇见，可是偏偏遇见了，在千千万万的人海当中。原来，人与人有时候真的是一世一盏灯，一生一琉璃。

我看得出阿慕眼里的惊喜和忧伤，但那刻我并不想去细究，我只微笑，轻轻说我即将告辞，这个城市已经没有我逗留的缘由。现在，我只是随意走走。

阿慕蓦地抬头，刚才还明丽的眼眸瞬间开始黯淡，开始惊慌。她上前紧紧地拉住我的手，只说了一句：哥哥想见你。

岁月是流水，花开花落间，一年又一年，所有离开的会离开，消失的会消失，哪怕曾经说过永恒。我定定地看着她，我不知道该说什么，我知道的只是旧日的痕迹已经旧了，心中的故事已经开始苍老，关于你，我早已经没有了奢望。

我看见的却是阿慕的焦急，她说她去了我的酒店，没有找到我已经心急如焚，想到一年前曾经一起在这里走过，便跑了过来，不想真的看见了漫不经心的我。她急切的话语字字敲进我的心里，我不知道要怎样去回答，心中却一个劲地呐喊：若你想见我，现在站在我面前的怎么不是你？若你依旧有最初的心情，你怎么会没有消息一年多？我来了，你在哪里，你又如何对你的妹妹说出想见我？不说，不说吧，只这些念头，当初所有的心情已经如老旧的城堡纷纷倒塌，我的眼里盈满泪水，满是委屈，满是萧瑟，满是伤恸。

我却依旧微笑，只轻轻地摇头。当最初的心情早已经远去，有时候，不如不见。

可是，那是哥哥的遗愿，你也不见？阿慕喊。

遗愿？我听见了什么？空气瞬间开始凝滞，时光不前，周围所有的景致刹那间已经消失了，我只看见阿慕的泪水如雨下，天地间，只有我一个人，在重重地呼吸。

四

含笑的眼眸，安和的神情，依旧是那张脸，风再大雨再狂也是这样温柔地笑着，波澜不惊。我探出手去，黑色的石碑上，我想抚摸你的脸，如此熟悉，如此亲切，可是，怎么这样冰冷这样僵硬？怎么已经隔了时空，已经隔了红尘？

要怎样才能相信眼前所见的一切？要怎样才能隐忍住不让自己放声恸哭？要怎样才能承受这一刻心如刀割的剧痛？再也忍不住，我无声地饮泣，泪水开始如雨滂沱，我看着你，只看着你，这一刻，天地万物不复存在，只有你，在我面前浅浅地笑……

阿慕伸出手，揽住我的肩，轻轻地说：你来了，便好了，哥哥也该放下心了。

如何去打开回忆的门？如何去与自己素心相对？记忆里，你终究有怎样的心情，你怎么忍心不说再见便告别，如此匆匆便从此阴阳不相见？一年前我来的时候，你那么陌生那么遥远，难道，那时你已经知道，我们约期已了？

太多的疑问，太多的惘然，太多的措手不及！有多久呢，我还在埋怨还在祝福还在那么固执地想着不再见你啊，这一刻，我竟只能惊慌失措，我的心如山风一样瑟瑟。原来，我不知道啊，我们的离歌，早已经唱响。

重度痴呆症。过程很简单：脑萎缩，神经衰退，然后死亡。阿慕安静地说，一年前，还未及而立的哥哥已经病得很重了，他几乎遗忘了所有的事情，却独独可以说出你的名字，偶尔会看你的照片，然后沉默许久，可是你来的时候，他依旧没有认出你。

我安静地听着。世间事，竟这般残忍，曾经最熟悉的一切，竟会在莫名中悄然隐匿，然后无踪，任我如何寻觅，再也不见影迹。

许诺过一世相伴，如今，已隔天涯。

往事千万阕，阕阕已成灰，再也没有花开。

五

一场花事，枯萎了，凋零了。

我看见天边一勾冷月，水里一茎残荷，以及满庭荒烟。

冬的阳光好温暖，怎么就暖不了我心里最深的苍凉？原来啊，心上的季节，早已经衰草萋萋。有个伤口，疼痛到不会再愈合，只守得相似年年岁岁，我如何去问，你在哪里？我又如何告诉你，我依然在这里？

日复一日，时光匆忙，我依旧在我的阡陌红尘里朝迎日出，暮送斜阳，生活仿佛越来越平淡。偶尔的时光里，你总是缓缓而来，穿透季节，穿透尘世的烟火，就那么对我浅浅地笑着，默然，不言一语。我知道了啊，纵使生生世世在轮回，我也已经找不到属于我们或深或浅的缘分了，千回百转之后，执盏时分，再也不会有款款相迎的你。那些旧年故事，已经慢慢远了，淡了。

当尘世的风雨吹散了花开，那些岁月，已经落地成尘，静谧的时光里，我安静地老去。

我一直在这里，不问，再也不问，你在哪里。

关于白头到老

汪建中

苏芮有一首《牵手》，首次倾听，还是儿时，当时只是单纯地迷恋歌曲却不懂曲音。哪怕在当时，未涉红尘的我，竟被优美的旋律感动到泪流满面，久久地沉浸在《牵手》的旋律传达给我的意境中。画面中：一对慈祥的老人，十指紧扣，步履蹒跚地走在夕阳下的湖边，留下两行歪歪扭扭的脚印，那是他们一路行走的时光。他们无须言语交流，眼神已经写成了温柔的诗篇。执子之手，不曾离弃，他们紧紧地拽拉着对方，静静地沐浴在晚霞的柔光中。时光只会让真情变得越发浓烈，夕阳下的他们彼此都是对方的拐杖，化作一幅最美的人间名画。他们一日一日的亲访为何呢？谁又能知道，或许前方的拐角处就是他们初识的地方，或许这一汪清水载满了他们热恋的故事，或许这一缕柔风述说的是他们风雨同舟的曾经……

由此，儿时的我对白头偕老有了自己最初的理解。只是不曾想到，随着时间的迁移，如此这般对爱的感受丝毫未曾发生改变，反而更加坚定了。那一幅牵肠挂肚的牵手图，早已深深地嵌入了脑海，时时地闪现于眼前，给了我无尽的信念和向往。

幸运的，待我长大了，能更好地观察生活时，那幅脱俗的画面并没有成为空想，生活中牵手一生的例子也比比皆是！

我家屋后方，有一条小河，每至黄昏，就有一对对老人牵手在那里漫步。他们前行着，待累了就歇息于长椅上，好生惬意。好奇的是，他们大都只是默默地行走，少有言语的交流。可当一方发生一点小状况时，另一方就开始表露出无比的紧张，一老伴咳嗽了，另外一方紧张地为她捶背送水，甚或一个眼神，别人或许还在猜想为何，而对方却早已明白了心迹。原来时光打造了相爱的境界：身无彩凤双飞翼，心有灵犀一点通。

他们总是那么静静的，不像那些热恋中的小青年，不单单歌唱着动人的情话，还会有着极尽的缠绵。他们前前后后或者并排走着，那么自然、那么随意、又那么默契。他们已经没有了年少的冲动和激情，时光磨平了他们所有的棱角，让他们如今这般融洽而安详。我深信他们的内心依旧在沸腾，只是现在的他们更淡然了，他想她会懂他，而她早已明白。

我羡慕着他们，我欣赏着他们，我想，等我老了我也要携着老伴的手散步河边。我思索着，那是要经历一段怎样的人生之旅，才有了当下的默契；那是要享有多大的福气，才有缘从懵懂少年执手到鹤发老年。至少他们彼此都为对方守着了一份坚贞、一份挚爱、一份深情，他们的人生是智慧的篇章！

真爱总是让人感动和憧憬的，我也深信这个世间的真爱遍布于每个角落。于是诗人们写满了情诗来讴歌，小说家写成了一本本催人泪下的爱的故事，连童话都没有放弃爱的主题。我相信那都是真的，如我眼前所见到的，他们的往事一定可以写成一篇最耐看的美文。

我将《牵手》一遍一遍地重复播放着，沉醉于优美的旋律，更沉迷于当下的美景。感谢这首歌带给我对爱的无尽思考，更感谢人间的真情让我感受到了真实的温暖。爱情，简单朴素沉默安静，却相濡以沫、又心有灵犀，风雨过后才得白头到老！

因为爱着你的爱，因为梦着你的梦，所以悲伤着你的悲伤，幸福着你的幸福……

爱你是我一生的事

冷向荣

从酒店走出来时，已是万籁俱寂了。城市的灯火，就像母亲温情的目光，永远在那里不知疲倦地注视着你，并盼着你归家的脚步。有风滑过脸颊，那一丝薄凉，就像人到中年的沧桑，顿时，消去了我沉沉的醉意。

单位的司机坚持要把我送到家中，可我只想一个人在这样的月色里走一走，在我执意拒绝他的美意后，他才调转车头不情愿地离去。夜色深浓，如一杯充满蛊惑的红酒，让我顿生喜爱之意。记不清自己有多久没有独自惬意地行走在城市的寂静中了，那种能让心与安静融为一体的感觉想来真是一种美好的奢侈。

街心的拐角处，有一对恋人在热烈地拥吻，想着在如此寒冷的冬季里，他们彼此还能释放出如火一样的青春激情，不禁心生羡慕。月色姣好，只是看上去有点像贵妇人的眸子，有着清冷的光辉。商家广告牌子的霓虹灯，就像那午夜女郎画着彩妆的妩媚的脸，在城市里妖魅地闪烁和招摇着。

不知一个人和自己的影子在夜色下行走了多久？突然一阵寒意袭来，不禁加快行走的步伐。当我打开家门时，看到妻和儿子睡意正浓。也许是走的时间太长的缘故吧，感觉肚子在唱空城计。于是我蹑手蹑脚地走进厨房，顿时被眼前一幕惊呆了。餐桌上摆放着十几道我最喜爱的佳肴，还有一瓶五粮液已被开启。而在餐桌的另一侧，是妻和儿子平时爱喝的纯果汁饮料。一丝疑问划过心间，今天是什么日子？竟让妻亲自下厨？自从她那次因病手术过后，我就把家中的大部分事务包揽了。伸手试了一下菜的温度，还没有完全凉透。想必是爱妻一次次为我热菜吧！

当我刚要离开餐桌的刹那，忽然发现在那瓶五粮液酒的下面，露出一角粉色的信纸。移开酒瓶，拿起信纸，上面布满了妻熟悉的娟秀的字体：“雪，你猜猜今天是个什么日子？我和儿子一直在等你，本想给你一个惊喜，可不知今天你为什么迟迟未归？自从你从外省调回来以后，家中的大小事处处需要你的亲力亲为，你一边有繁忙的工作，一边还要照顾我和儿子。其实，为妻我一一铭记在心。你知道，我不太善于向你表达我的情感，在我们结婚后，我也从未主动对你说出‘我爱你’这三个字。你常常戏说，自从有了咱们的儿子后，我就把你遗忘在爱情的角落里了。其实，你在我心中和咱们的儿子一样的重要。雪，让我来告诉你吧，今天是咱们的结婚十五周年纪念日啊！你是忙得忘记了吧？回来后，吃一点我亲自为你做的菜吧。老夫老妻了，当着你的面我还真是羞于开口，于是，我决定在这张写满我的爱意的便签上深情地为你写下这滚烫的三个字——我爱你！祝福我的丈夫能笑口常开，祝福我们的家庭甜甜蜜蜜，祝福我们的儿子学有所成，祝福我们夫妻能恩爱如初、相伴相依、共度此生！”

读到这里，很少流泪的我再也控制不住自己的情感，任泪水痛快地流淌着。妻啊！对不起！是我不好，是我太粗心了！我怎么能把这样一个值得纪念的日子都忘记了呢？我总以为，在外面多赚点钱，让你和儿子生活得舒心一些、快乐一些。可我很少去顾及你的感受。常常因为工作的需要和朋友们在外面喝得酩酊大醉，可每次回到家后，都是你面带着笑意地为我清洗，又亲自扶着我回到卧室。

妻啊！想当年你也是一朵校花，追求你的人能从南京这条街排到那条街。可是你偏偏嫁给了有点清高的阿雪，又为我生下一个帅气的大胖小子。记不得我有多久没陪你一起吃顿安稳的晚饭了；记不得你的每一个生日都是和儿子怎样在寂寞和失落中度过的；记不得我有多久没开车陪你一起去兜风看海；记不得，每一年的“情人节”你是否是在吟唱着那首“没有情人的情人节”中幽怨地睡去……

擦干脸上的泪痕，轻轻地推开虚掩着的卧室门，一缕月色照在妻子姣好的脸上，看上去依然如当年初恋般令我心动和痴迷。感谢岁月的厚爱，没在她清秀的脸上留下太多的沟壑。感谢月下老人为我牵下的这段美好姻缘，我会用一个男人的伟岸为你遮风挡雨，我会用一个男人全部的生命去爱着你、陪着你，直到走完人生的全部旅程！

忍不住俯下身去，用我的深情厚谊吻了妻子。在这个吻里，有我深深的歉意，有我深深的爱意。明天，当太阳升起的时候，我就会叫醒你，让我牵着你的手一起去看海，我还会准备一束鲜艳的红玫瑰献给你！还要亲口对你说出那句久违的话：妻啊！爱你，是我一辈子的事！

和你一起去看云

张传芳

假如当初不是遇上你，也许我对于如今也不会有太多的不尽意。假如当初不是遇上你，也许我对未来也不会有太过多的期许。

——题记

一

认识梁是在一个浓情的三月，当时桃花开得正艳。

仿佛是上天里的定数，注定我要和他走在同一条道上。他手持着一捧如火的桃花，守在我必经的前方，堆着一脸的笑。古诗里有“人面桃花相映红”的描写，不过，不要以为那人面桃花只能写女人。那一刻的他，在我眼里是写尽了桃花嫣红的翩翩少年。所有桃花的娇嫣都是为他的美好而绽放，一时间，自己也好想化作他手里的一瓣桃花，只为一个女儿的娇羞能让他看见。

没有经历过的人，是不会相信一见钟情的。但一见钟情绝不是一个衍说，因为我曾经那么真实地感受和感知过。

那一刻的怦然心动，让我毫不迟疑地走向他，几乎是狠下心来认定这就是自己一生所要苦苦的找寻，而今不经意间遇到了。我简直是要跳起来了，暗暗庆幸三生里一定是在为自己锁定面前的这桩姻缘。

我和梁开始了相互之间的交往。

他经常抱着一把吉他约我去河边。在他叮叮咚咚的拨弄声里，我的心乱了，不自禁地将唇贴上他的面颊。在你侬我侬的私语里，我的心醉了，将头深深地、深深地埋在他的臂窝里。

他是一个爱浪漫的人，会在雨里寻诗，会在风里像孩子一样奔跑，会看星星数月亮……常常出其不意地在你面前捧出一束鲜花或是一株野草，让你感受到自己是在被爱着。被爱着的女人是幸福的。

那个时候从没有想过去考虑他的家世，只简单地以为两个人在一起就够了。在心里甚至有点鄙视那些世俗的人们——鄙视他们讲究门当户对，将爱情物质化、低俗化。

父母那时并不看好我和梁的恋爱。母亲跟我说："女人嫁错了，命也就错了。"父亲也同我说："并不是爹娘嫌贫爱富，而是我看得出梁是一个没有生存资质和潜力的人，将来不会有太大出息。"父母毕竟是心疼女儿的，他们生怕他们千辛万苦养大的女儿，会在未来的日子里受委屈。可那时的我，是被爱情烧昏了头，对父母的话并未放在心上。

梁的父母已经很老了，没有了劳动能力不说，还要不断吃药打针。因为家中兄妹多，梁的家境十分的窘迫。他是家里最小的一个孩子，在他之前，那些哥哥姐姐已经耗干了父母的积蓄和心血。没有人为梁的未来打算过，这个家中也确实没有人能为他打算什么。他就处于一种自生自灭的状态。

我是那么热切地期盼着和梁在一起，顶着父母的压力，迫不及待地将脚踏入了他家的门。

也许是我被他的一句话感动着："和我一起去看云吧！"声音里写满了请求，透着孤单。我又怎么忍心让我爱的人孤单呢！

二

嫁入梁家，并没有受到过多的欢迎，他的哥哥嫂嫂用透着一种淡然的神情看着我的到来。似乎只有梁的母亲对我有过几句宽心的话，让我略略感到一丝心安。

好像蜜月还没有过完，我在梁家的生活就步入了正轨。因为他父母的医药费几个哥哥要求与我们进行分摊，父母的房产要求均等分割。这样下来，落在我和梁身上的，只有他父母在里面住着的两间小屋，还有一大笔债。

我没料想结了婚，竟还会有此等两个人之外的事，更没想到梁的哥嫂是如此的凉薄。

好歹等待我们一些时日，也顾及一下我们是万事开头难的新人。

我第一次哭哭啼啼地回了娘家。父母听了也很生气，不过他们也没有多讲什么。

他们生怕女儿受委屈了，等梁来寻我时，母亲从他们的积蓄中拿出一笔钱来交给他，让他去还了家中的欠债。并要我们从梁家搬出来，同他们住在一起。

见我难过，梁一再地劝慰。又对我讲出那句"和我一起去看云"，我受不住他话的婉转低回，和他一道去看云起云落，云吞云长。

日子并不因为我们住在娘家就一帆风顺了。梁的哥嫂们接二连三的发难，先是他们父母要付的医药费，再就是赡养费，接着又闹起父母其他财产的分配，真的是叫人无一时安宁。我很无助，对他们怕起来，我哭着求梁："求求你，你给我几天安生日子，好不好?"梁也一脸的愁苦，但他还是出言安慰我："会好起来的，早晚会好起来的。我们出去散散心，一起去看云吧!""我不去!"他一脸惊愕地看着我，不相信会从我的口中竟冒出这样的话来。

梁一直没有什么正当工作，我的收入也不高。父母一再接济我们，日子也紧巴起来。看到别人尽管不上班，却也能想出门路挣些钱回家。他却整日赖在家里，混闲无事，便也想他能够走出去闯荡一番。我几次三番同他提及，甚至父母也时不时用言语去撺掇，谁知他竟置若罔闻，依旧每日挟着他的吉他去河边浪漫着他的浪漫。

"你还是个男人吗?"我忍不住动了肝火。

这一次他好像是真的读懂了我的意思，因为我知道他是舍不得我生气的。

他真的出远门了，临行之前，他给我描绘了一个美好的未来。

不成想，没过几天，他就回来了。在路上，他的钱包被人偷了。

这似乎验证了父亲对他的认为，断定他难有什么大的出息。

而他也不甘于被人认为自己没有出息，很快地又出了门……可惜这一去就再也没有回来。

在他走之前，我们最后一次去河边看了云。

三

梁的消息传来，我的天塌了——他是在一个工地上触电死的……

到现在我都在恨着自己，是我把梁逼死的。如果不是一再用言语威逼他，他不可能出事的。

老人们常说：人的一生有多少财帛，是命里定下的。我不该逼着梁去取那与他命里毫无相干的财帛，结果赔上了他一条年轻的生命。

流着眼泪看着我的梁在火中燃烧，一条鲜活的生命竟至成了一撮灰，殓入一个方方的墨漆盒。我抱着这亲人的骨灰，泪似淌开了的线，找不到收拾的头……

梁，我会把你葬在河边，那条属于我们的河边上。给你弄一个小小的坟包，让人记起你在这个世上的存留。我会抱着你的吉他，如你一样弹起那些你爱唱的歌谣。我会常常守着你，和你一起去看云……

想你的365天

安海燕

不熟悉粤语，只在很久以前记住了曲名《一生何求》，零星的旋律有印象，还有那句“我所失的，竟已是我的所有”。那会是哲理，是新鲜，是精华的感悟，不明确。当时就觉得该是某个时候的心境了。没想到时隔二十几年，竟然体会了。

还记得初相逢，嘻嘻哈哈，热闹地把寂寞赶到遗忘的角落。每一个烦恼的树尖上，你都挂上搞怪的帽子，路过的我一准被掉下来的开心砸个正着。那时候日子过得很快。一晃，我们相识的年轮绕了一圈又一圈，转出了多少想不到的惊喜。细细碎碎的流年，你越来越忙，我越来越远。我们转出自己的圆，交集还是那想你的365天。

高兴的日子是春天吧，叽叽喳喳的，像鸟儿叫个没完。尽管是很小的事，比如今天的太阳很大、很圆、很暖，也敲一个笑脸，眨眨眼。那是我们一起的感受，一起的笑颜。而没有你的日子里，太阳周围多了一层晕，不是黑夜。那是思念填得太满了，包裹得太严了，生怕记忆漏掉一点。你的微笑一如那些暖，被我藏在深处，默默当作力量，蔓延，蔓延，复活冷冷的等待，柔软僵硬的思念。你来了，你来了，踮着脚尖，像溪流潺潺，去年的轻声呼唤又在耳边：我是你的暖。哦，又是一个幻觉，把昔日的记忆错位在了眼前。我还是抱紧自己，抱紧想念，想你在春天。

恣意的日子是夏天。绽放是因为，有太多的美丽姿态要呈现，且需抛开矜持的一面。你一向言语不多，虽然句句凝练，我自是不改变你的习惯。当奔涌的热情，哪怕是一点点，也冲撞冷静的大门。跟你喊，怎么这事情这样啊？为什么人性就那般？似乎你就是一个军师，稳坐中军帐，指挥外面乱了的阵脚。这都是习惯了，也不好。没有你的日子，疯狂没有人驯服，我疯疯癫癫，跑了一圈，才想起：你得往大局看。也就那么简单的话，咋忘在了脑门子后面。于是重新开始如火的忙碌，依旧紧张，但是不再乱作一团。你给的那点记忆已经是中心，我会按这原则的半径画圆。

安静的日子是秋天。不知道是你改变了我，还是我有意向你靠近。没有你的日子，竟然会那么淡然地待着。就是有误解在面前，有伤害我的事情，也能微笑着，作为给自己的最大动力。声音也会那么柔和一点，怀疑，是把你的痕迹移植到了我的世界里，竟然没有排异。原来，没有录音设备，没有录像机也能刻下你的言谈笑语。面对冷言冷语、误解分歧，轻轻说一句：我们研究分析，或许能有一个好的结局。蓦然回头，我引用你的口头语。就这么不可救药地想着你，虽然没有说一句。在每一个不经意里，在每一寸呼吸里，想你。

冬天最冷了，也是我最想你的时候。我们一起写冬日暖阳，一起说着真爱的点滴，家里像慢慢摆上了鲜花一样，不断有新鲜的空气注入，工作生活总有用不完的力气。你说过真诚的就是美丽的，你说过平淡的就是长久的，你说过离开并不意味着失去。这些我都珍存，可是这一个冬季，却没有了你的消息，总觉得自己没有了诗意。此时却潮涌着对你的希冀。有一种想念是树，别离了相守一生的果实，枝头盼到干枯，即使落一地的叶子，都知道我在想你，却飘不到一叶到你耳际；有一种想念是河流，要抱住最爱的风景，再也不离不弃，却奔涌向前，独自唱一生的《我曾用心爱着你》；有一种想念是雨，漂流是不变的主题，依靠却是最初的本意，可是以降落的姿势与你相遇，就注定了爱就是不断的泪滴。

那首《一生何求》依然在回响，故意调成循环模式播放。情感也循环了 365 天，我想我得到的那些快乐就是我失去的，是我的所有了。想你，一生何求？

执手莫离

解亚媚

(一)

冬风拂过耳面，瞬间便从头上渗到全身，凉爽而透彻。阳光若隐若现，没有夏的炽热，更没有了秋的清爽。此刻，阳光如同含羞的少女，在这个冬日里，羞涩而裸露着，没有了叶子的遮体。午后，一把椅，一杯茶，一首歌，则变成了我最美的时光。

偶尔间，会有一种熟悉的声音天籁般响起，真切自然。也许不是特别的阳光，也许不是特别的美妙，但却一直浸湿着我的眼睛。不想说“执子之手，与子偕老”，但心里，你那最真的话依然清晰可鉴，“执手，莫离”。

执手，从开始认识就已经成为一种理念了。虽然很多的承诺，很多的誓言，在岁月的磨砺下，成了浮云，或者都化作烟花。莫离，时间终于在我的手上刻下了你的名字，于是我把它珍藏于心，默默地幻化为凤，等待一场涅槃与重生。

冬天，一个懵懂的季节，温暖成了一种灯火阑珊，默默地在寂静的夜里照耀着我们的前路。一束阳光，一缕柔情，一座灯塔，都是冬天生命里的一簇火苗。站在空旷的街道，看着小巷里窄窄曲曲的幽深，心里总会想起戴望舒笔下的那个撑着油纸伞的小姑娘，瞬间会有一种感动漫过心扉。我们相识的雨巷，我们执手走过的小巷，经历了那么多的沧海桑田，却依然如此的安静，曼妙。

高楼遮去了午后的阳光，让街道变得阴冷，让行人变得稀少，让风更加地肆意。近处的超市传来刀郎的《爱是你我》，于是默默地驻足，默默地倾听，然后默默地吟唱。是呀，爱是你我，用心交织的生活；爱是你和我，在患难之中不变的诺言；爱是用你的手，把我的伤痛抚摸；爱是用我的心，倾听你的忧伤欢乐。

很多时候，常常因为一首歌，一首诗，一段文字，让自己泪流满面。不是因为我们爱得太深，或者爱得太真，而是因为有些感情和人一样有着自己的灵魂和永恒。

（二）

这个初冬，落叶漫天飘舞，西风不是特别的猛烈，有着丝丝的温软，想写很多的文字，却一直没有动笔写下一言半语，甚至对文字有了一些排斥的感觉。自己心里明白，文字，依然是心底最深的一种情愫，而你，依然是我琥珀般的泪滴。

初冬的黎明，窗外下起了雨，滴滴答答地落在西窗的遮雨篷上，仿佛弹唱一曲古老的歌谣。不知是哪一片云纠结的愁思，不眠不休地滚落，时断时续地低语着。

滚落的是什么？是昨日的梦境，还是未来的希望。低语的是什么？是曾经的惆怅，还是永远的相思。斜倚窗前，如此这般地想着，却也如此这般地沉默着。

雨飘而近，打湿了额头，也润湿了心思。远处的青山褪去了绿的外衣，裸露着干枯的身躯。弯弯曲曲的小路盘旋在山间，像一条长龙悠然地前行。飘落的雨滴无论怎么样的努力，一切都不可能再回到原来的模样，也许这就是冬的特色吧，也许这就是季节的美丽吧。

走在雨巷，果然要比隔窗听雨的感受更加美妙，虽然凄凉，虽然忧伤，虽然寒冷，但依然有着它不一样的风格。街上的人很少，往日的喧嚣不再，烟雨迷蒙，薄雾锁愁，只那一瞬，我便想起了曾经的心愁。

那年的冬天，每天上班要经过这条小巷，于是一个人习惯了走这条熟悉的小巷，而每次总会遇到一个面容清瘦的少年，朝着和她相反的地方走去。一月一季一年，终于有一天天空下着小雨，他对她笑着说："你好，上班去呀？"她笑着点头。他递过手中的雨伞，她摆手拒绝。就这样过去了一年，她始终安静如水，而他始终是默默而过。后来在第二年的冬天，她再也没有见过他，而她依然每天会从这里走过，每次心里都希望遇到他，但时光如水，一去不复返，他再也没有出现过。

人生有太多的相遇，就好像交错的轨道，每个人都写着自己的故事，当相遇成为一种习惯时，也许心中会有些许的牵念；当相遇成为一种爱恋时，也许会成为生命里最美丽的情殇。只因为曾经一起并肩，只因为曾经一起听雨，只因为曾经一起回望，只因为曾经有一个他。

忽然想起珍惜两个字。是的，珍惜吧，珍惜出现在我们生命里的人。在这个初冬的雨季里，雨又是什么呢？它是藏在云朵里的一滴蓝色的泪，还是天使美丽的哭泣。

雨再一次落入眼底，打湿了唇边淡红色的口红，默默地感怀记忆的风帆，在心的门楣上写下你的名字。

佛说：你爱我，至少曾经爱过我。参禅悟道需要慧根，而我没有，所以我不知道前生和来世，更不能预知自己的未来。于是我漫步在红尘的淅沥雨季里，至情至真，寻找着你的脚步。

（三）

岁月终于将我的眼睛蒙上了一层薄如羽翼的纱，我开始寻找你曾经的回眸，还有那些让我温情的目光。

张爱玲说过，于千万人之中，遇见你要遇见的人。于千万年之中，时间无涯的荒野里，没有早一步，也没有迟一步，遇上了也只能轻轻地说一句："哦，你也在这里吗？"

于是在离别的第四个冬天，我们相遇了，于是便有了你的又一句重复的话，"你好，上班去呀"，再就是你最真的语言，"我想与你执手"。于是就有了我的回答，"执手就莫离"。在你深深地点了三下头后，我们便成了生命中最幸福的人，牵手相伴，执手莫离。

徐志摩说："一生至少该有一次，为了某个人而忘了自己。不求有结果，不求同行，不求曾经拥有，甚至不求你爱我，只求在我最美的年华里，遇到你。"看着这感人至深而富有深情的语言，心里总有莫名的感慨。我不知道遇见你，是否可以忘记自己，是否可以不求你爱我，是否可以低到尘埃，是否可以开出最美丽的花，但是我一定会有最深的爱最真的情与你执手，与你偕老，与你不离。

淡望经年，时光荏苒，唯有我的一纸墨香，轻描淡写着我们的故事。一份爱，燃于心，却重于情；一份真，染于指，而疼于心；一个你，执手，莫离。

（四）

往事轻轻点水，谁在月下徘徊？千万年的等待，又是谁的韶华渐逝。

一瓣梅香，弥漫着你如约而至的跫音；一叶清莲，芬芳着你纯净的心房。

无须对着流星雨许愿，你的心事早已透彻明亮；无须对着月光吟诗，你的心早已芳香四溢。

衣袂飘飘，长袖轻舞，回眸相望，你依然微笑轻颌。

伸出十指，细长如竹，温柔相守，我依然笑靥如婵。

红尘有你，盛装而妖，红尘有你，永远执手而不离。

幸福像花儿开放

韩晓航

傍晚时分，我走在喧闹的街头，手里拎着菜篮子，忽然就看见了抱着玫瑰花的女孩，心里猛然一颤：今天是七夕节。

每当玫瑰花香飘荡在街头巷尾的时候，这样的日子总是有一种温情脉脉的东西在弥漫，无声地浸润着每个人的笑容。

温暖就这样开始在心中静静地流淌。玫瑰花让我们想起自己的爱情，想起浪漫。因为每个女人的心里都有一个关于爱情的梦想，不管她是青春的少女，还是已婚的少妇，或者已经当了妈妈。在女人的心底里，都有着一丝浪漫情怀，一束玫瑰，一个拥抱，一份惊喜，以此证明自己在他心中的位置，证明自己是他的最爱，以此感受自己作为女人被欣赏被重视的幸福。

但是，又有多少男人能解女人风情？

尤其是结了婚的女人，在这样温情的节日里，谁能收到那束飘香的玫瑰？

爱情是浪漫的，婚姻却是平淡的。没有收到玫瑰花的女人，我想现在大都和我一样，正走在回家的路上，想着怎样为家人做一顿可口的晚餐。

然，心中还是有一种暖流在洋溢。七夕节，没有像情人节那样到处是浓烈，到处是激情张扬，可街头那一束束的玫瑰花，正滋润着我们疲惫困倦的心，让我们在匆匆忙忙的日子里，能有那么一瞬，惊喜地回头凝望一下我们曾经的爱情……

回到家，直接进厨房。洗菜，淘米，热馒头。豆角，黄瓜，西红柿，新鲜时令蔬菜，健康又营养。一个豆角炒鸡蛋，再放上一个西红柿，不仅味道鲜美，还开胃助消化，这是妈妈喜欢的口味。一个凉拌黄瓜，放几棵荆芥，多放醋，少放盐，滴几滴小磨香油，清淡爽口，酸酸的味道，这是先生喜欢的感觉。

然后开始洗桃，淡盐水浸泡。桃子是一家人都爱吃的水果，每次去超市都要买上一大袋。吃完饭后，一家人围坐在一起，一边看着电视一边拿一个桃子津津有味地吃着，那份家的温馨是如此叫人踏实安然。

给先生信息：马上开始炒菜，早点回家。

于是，听着锅碗瓢盆的叮叮当当声，看着淡蓝色的燃气发着嘶嘶的火光，心中的那份亲情和牵挂都融化在了柴米油盐中。

这个时候，天上的牛郎和织女相会了吗？

一个在这边，一个在那边，中间隔着一条宽宽的大河。

两个人是否相互看得见，是否相互听得见？无语凝噎，就这样，一千年，一万年，泪流成河。

我不要，我不要这样的爱情。我要握在手里的那份踏踏实实：桌上那一碗饭，夜晚那一盏灯，身边那一个人，幸福触手可及。

吃饭喽，我快乐地招呼着一家人。玫瑰的芬芳固然醉人，但葱花的香气，更能让人品味出俗世的温馨。

吃完饭，妈妈说，今天的菜味道真好。先生说，做了一天饭，辛苦了。儿子拿一个桃子递到我手上说，妈妈你先吃。

我笑了。心里有些小小的感动，一句话就足够了，一句体贴的话，安慰的话，感激的话，足以温暖我心扉。我亦觉得这样的日子是浪漫的，它是由琐碎平淡的日子做衬底，铺展出的另一派温情和浪漫。

我不会告诉先生今天是七夕节，我想是没有必要的。一直以来，他的懂得和珍惜，就是我最好的礼物。我知道，平常日子里的一粥一饭，都是朝朝暮暮的恩情。看你的眼睛里面有我的眼睛，看你的笑意包含着我的笑意，看你的心情覆盖了我的心情。什么都看得见，爱和我们彼此。

两个人在一起，最希望的是什么？是在一起很久很久，直到夕阳西下，互相搀扶，别无他求。所以，玫瑰可以没有，浪漫可以没有，只要长长岁月里，相濡以沫，祥和无限，心情被牵引成温暖的滋味，幸福就一直像花儿开放……

让爱聆听我们的声音

冯艳华

终于知道什么是无法入眠，越是想睡，越是瞪着眼睛，满脑子的幻觉只围绕着一个影子，转来转去，穿梭在我人生的路口，似乎等待我的一个抉择。我不知道，这是不是又一个痛苦的掩埋。只想到你此时微笑得那样贴近，我的感觉里丝丝袅袅，舒服得如坐云端，这就是所说的爱的魔法吗？夜仿佛没有了黑色，索性打开了灯，敲击我胸怀里的文字，越发温暖。

这个潜伏在春天里的眼神，温暖着，也犀利着。我知道，我无处躲藏。也许是真的该到了，我那些零碎的花儿，随着那些不堪的记忆，在生命的河里旋流。这个夜却给了我春天般明媚的色彩，让我驰骋着自己的幸福，尽管未来还那么遥远。我心跳的速度能让我触手可及，我的眉梢里蓄满了爱的音符。等我用指尖去触碰一种声音，一种躯体里血液沸腾的撞响。原来我也有生活的乐章，我也有一个天空，蓝得像水一样透着波纹，我原本想昂起的头，却转瞬成了怀抱，亲，我想你了……

我们越来越贴近了日子，你给了我发指里的柔，你说我就是你的了，从你看到我的那一刻已经是了。我屏住呼吸，任时光从我的唇边一蹩一蹩地爬过，这么多日子的迷茫像散开的雾霭，这个我渴盼已久的回答，空灵地到来，却让我猝不及防。我慢慢闭上了眼睛，似乎等待什么的到来，我希望世界凝固成空白，但却有一种喘息的温度帷幔，越近越浓烈，世界上的动作就剩下了战栗。许多的五彩缤纷，都一拨一拨开放，一种声响缓缓而来。我看到了你的唇动，你说，我们在这个季节里不说春天，说播种吧。

谁都知道恋爱中的女人最美，可你却说没有比我再丑的了。还刮着我的鼻子，还笑，然后又紧跟着说什么丑妻近地家中宝，这是我有生以来第一次听到的关于我丑的声音。我来不及多想，可还没等我举起拳头，你就抱紧了我，似乎你在“预谋”我。还说让我闭嘴，声音低低的，仿佛要钻进我的血液里。天啊，我说这算不算家庭暴力？你说算，算家庭幸福暴力。亲，你知道我在想什么吗？当幸福来时，我要大声喊你的名字，要对着你的胸怀……

夜静得有些天真，纯纯地流逝着窗外的黑色，我想抓住一些星光，让你在梦里感知我的闪烁。尽管你不止一次地说：我打你，我只是想笑，像催眠一样的声音，让我想起了睡觉的感觉。就像我在厨房里绕着你转不干活一样，直到你说“去吧去吧，我晕”，我才带着胜利的喜悦吻你一下，以最快的速度乱播着电视，一直等你来揪住我说，“再不快吃饭我打你”，然后我冲着你傻笑成感叹号。你说你一定要把我捋直了，我心想，还不定谁把谁捋直了呢，我知道，要发生的就要开始了。

我们再也经不起时光荏苒，我要你娇宠我剩余的生命，我要你淋漓尽致地享受一种人性的温暖。那些前面所走过的艰辛，我们要去补偿，用一生的热爱。你给了我幸福的方向，不管是彼此贴近的刹那，还是遥远的梦幻时分，我把手给了你，谁跟谁走都一样。

当叶绿了，花红了，你可以拒绝爱情，但你不能拒绝春天。可当爱情排山倒海来的时候，我知道，什么叫由不得你了。

夜阑珊

许民祥

日子每天仓皇地前行，我常常有一种紧迫感。脑子里的文字总不成型，空空的，好似掏干了，徒留寂寞的四壁。

北方依然寒意袭人，春天的气息总是姗姗来迟，虽然写了好几篇关于春天的诗文，内心的春天却依然遥遥无期。抬眼窗外，透过浑浊的玻璃，外面的世界也看不太清，老是隔着那么一层薄薄的灰色，仿佛此刻的心境。听到屋檐上细微的风声，不紧不慢地向北方吹去。随风离去的还有在时光斑点里跳动着的人的名字。这些名字里，都有谁？

春天去了还会再回来，人离开了，偌大的世界，去哪里再找她的踪迹？

夜阑时，与自己对话，与自己的影子对饮。微醺时，一遍一遍问自己，心思过于细腻了是不是不太好？就像是青色的瓷，稍微碰击就会留痕，即使再修补也会在内部留伤。

忽然想起一句话：人的一生总会为某个人而迷失一次。而我却希望一直迷失在其中，不再醒来，甚至沉溺。那些曾经的曾经，那些后来的后来，会在某个不可预知的瞬间，突然袭来，让人措手不及，于是开始一场巨大的缅怀。

一个又一个熟悉的场景，一个又一个亲切的笑容，端坐于记忆的门楣。我把这段段怀念铺展，原来是一半明媚，一半忧伤。随手推开一扇门，许多的灵魂进进出出。消瘦的叶片，消瘦的思念，活着或者死去已不重要，重要的是现在是否拥有。

小心翼翼地安守，寂静地欢喜，和心爱的人一起到老，这是多么的奢望啊。看云卷云舒，听风起风停，终究是孑然一身。

今天阳光的水分充足，正适合种植思念。拆开一个人的名字，在流年里反复濯洗，直到泛出晶莹的亮色。最熟悉的伊人临水而居，临风而妆。忧郁睡在你的眉心，我无力驱赶。一种情绪被另一种情绪缠绕，薄凉的气息乘虚而入，感到身体在慢慢下沉，进入一个看不清的世界。我一直在心里呼唤，呼唤一个人的名字，等着她顺着思念的脉络前来寻我。

烟火人间，此去经年。真实的生活，冷暖自知。你的矜持，你的冷静，让我不知所措。我一直在游，游向不知距离的岸，游向幻想的海市蜃楼。

淙淙的流光里，水波潋滟，墨花飞扬，盈香暗展，情润笔端。我眼里的春天，花团锦簇。只一个简单的想念，就有热烈的眸子乘着夜色涌来。

我能做些什么呢？我在文字的阡陌里不知疲倦地行走，为你写诗。我的诗句，比刚出生的孩子还要干净。

我要打开一首诗，打开有你的江南岸，打开有你的人间四月天。

我已准备了足够的粮食，水，还有一坛老酒，准备了满腹的心里话，从此岸走向彼岸，走向你的身边。

在你身边，你的眼神暖暖的，把我团团拥住。

我知道，亲爱的，这就是天堂的高度。

我会，等你

付桂秋

年复一年，岁月匆匆流逝，我们过着平凡而琐碎的生活。我们的心灵在这浮躁的世界里变得越来越粗糙，越来越迟钝。但是，当你静下心来，往往又会发现，灵魂深处的某个角落在暗潮汹涌。

曾经有暗自落泪的时候，甚至连自己也不知晓为什么，偶尔会有一种那样的缺失感，说不清道不明。将心情化成文字记录在空间，居然引起了许多朋友的共鸣。还有一网友留言说，自己也曾有想独自大哭的时候，想要由此宣泄内心的苦恼。

或许无论世事如何变化，人的情感总是不能被忽视，人的内心始终保留有一片温柔恬静，那就像一块处女地，如果她处于荒芜，内心就会有所缺失。然，这片沃土却只有一种人能真正融入她，那是依照命运的安排，顺着灵魂的暗道走来的人。此类人能融入她并开垦她，安静地倾听到自己内心的绵绵细语，恰当地表露着自己的喜怒哀乐，让不安的灵魂有了归宿，如此才能体验到最纯粹的幸福。

你的灵魂找到了温柔的归宿，在这喧嚣的世界里安然入睡。你的内心变得温柔恬静，更焕发出一股生生不息的力量，让你在风雨兼程的人生路上更完美地演绎。

我们都是布衣俗人，身陷红尘浮世，无法抵达至纯至美的境界，不奢最好只求更好。我们所需的不单是风花雪月、如梦亦幻的倾城之恋，我们更应渴求的是倾心相伴、默然相守、如影随形的生活。于是，两人相爱相处的秘诀中，陪伴与懂得比爱情本身更重要。

即便我们说不准那是否就是爱，可那的确是一份情。正如你告诉我的，我们无须与别人比对，那是低估了我们的感情。我从来不曾对你说过爱，甚至于彼此有过分歧和争吵，可于我心，你永远是我今生唯一想珍惜的女人，无人可以替代。

如斯这般，足已。在茫茫人海中遇你于灯火阑珊处，是命运赠予我的厚礼！

时光绕指而过，这般匆匆。我们携手历经了万千风雨，也享受过良多的平淡无奇。在无声无息的岁月里，点滴的情愫累积幻化成汩汩清泉，绵绵不绝，昼夜流淌，汇入小溪，流进江河，奔向大海。那将会是我们人生最平淡却又最壮丽的风景！

偶然读到某句话，听到某首歌，看到某个画面，心中就会猝然一紧，恰如听到了穿越时空的呼唤。一些深藏于内心的东西便被唤醒，然后慢慢涌上来，涌上来。我们的一切情缘在心头汹涌澎湃，我任其泛滥成灾，于无声处淹没自己。

一位上网时结交的德高望重的文友病逝，享年六十九岁。前不久他写道："我在奈何桥上等你，绝不喝孟婆汤。"我思索着，他临走时，心里牵挂的，定是那个今生不悔、还要相约来世的人！

同是性情中人，我早已被他感动。每每想起，内心便也百感交集，总想要记下点什么，为你我的相遇。

相伴相惜，珍惜生命的每一场相遇！只因你，让我体味了不同的生活；只因我，就这样悄然地步入了你的世界期望给予你惊喜。

说好不离不弃，说好（想来也一定是）你先送我。当白发苍苍的我奄奄一息时，我愿眼角那颗清泪——为你。

你说，下辈子，还要找到我……

我想，我会安静地等你……

愿赌服输

张　艳

这是一张十五年前的字据，落款是子昂龙飞凤舞的签名，签订时间是1996年5月2日。透过这略微泛黄的纸张，我仿佛看到了子昂隐藏在硕大的变色镜片后的忧郁眼神，而更多时候那眼神里总闪着一种让人捉摸不透的意味。当年我从未探究过那深藏的意味，只是把子昂当作我的铁哥们。

十六年前，我和子昂同时“落草为寇”——被高考志愿表里的最后一个学校录取，带着满心的不甘与无奈屈从于苍白的现实。子昂就坐我的前排，那时的他其貌不扬、身材紧凑，上课埋头大睡，可被老师提问时却总能对答如流。有一次课间，电视里播放《妈妈再爱我一次》，子昂居然看得泪流满面。后来知道他许多故事，少时丧母，苦恋五年的女友嫁人，也慢慢了解了那份颓废和忧郁后面的无奈。他会给前女友写好长好长的信，我却从没见他投寄一封，那份忧伤就这样一点点把他淹没，淹没……

后来我与子昂成了无话不谈的朋友，我的乖张暴戾从此暴露无遗。我那时与晓轩相恋已三年了，可我们之间仍然是磕磕绊绊不断。晓轩总是对我不冷不热若即若离，我满腔的热情总得不到回应。心情不好的时候，子昂就成了出气筒。我会因为一句话气不过来而掀掉他课桌上的课本，我会颐指气使地使唤他为我做这做那。我闺蜜来访的时候让他请客，甚至我会要他用自行车送我去约会，他从来都是有求必应。日子久了，我就觉得子昂为我所做的一切都理所当然了。尽管他镜片后的眼神让人捉摸不透，我也懒于去询问。

只有当我喋喋不休地跟他讲我与晓轩之间的酸甜苦辣时，他的脸上会偶尔有一丝不耐烦，他会劝我不要太激进，小心飞蛾扑火。他甚至预言我们的感情不会长久，这时我就会翻脸，就会摔门而去。等我回到教室时，就会收到子昂的道歉信，而每一次总以我取胜而告终。

在我心情好的时候，子昂喜欢和我打赌，每一次他都会说：“我愿赌服输，我砸锅卖铁也会照办。”而每次的赌注都与晓轩有关，他会和我赌某个周末晓轩会不会来。大约是局外人的缘故，他把我们的关系看得明明白白，多数时候都是他赢。我每次都会耍赖不肯认账，也就不了了之。他一次又一次像星相师那般预言我与晓轩的感情，终究还是激起了我骨子里的那份好强。我找来纸笔，一定与他落字为证。他说如果我嫁给了晓轩，他甘心奉送一辆小木兰摩托车。我们一本正经地签字落款，时间 1996 年 5 月 2 日。

也许是担心应验了子昂的预言，也许是时间的磨砺，我开始试着改变自己，不再像以前那样易暴易怒，不再对晓轩死缠烂打。说来也怪，我和晓轩的感情竟然有了从未有过的和谐与平稳，就仿佛穿越了无数跌宕的河流终于到达宽阔的海洋，那份深厚而浓郁的融洽让我流连忘返。这个时候正逢我们毕业实习时期，子昂逐渐淡出了我的生活。

偶尔遇到，也只是打个招呼而已。在我的毕业纪念册上，子昂的留言也是淡淡的：“真心觉得没什么可说，只有一点，不管你信否，‘我自己不坏’，敬佩你对晓轩的爱‘诚’，不过凡事皆有个‘度’，祝早日结婚，事事顺心！”在我们毕业离校的时候，他都不曾与我道别。当时心里还真有点失落，可是转念一想，唉，不过是一般的同学关系也无须那些繁文缛节，心里才释然。

毕业后的日子一直跌跌撞撞，幸好晓轩一直在我身边。在我们婚礼前的一个晚上，晓轩跑得上气不接下气地要我去他的传达室接电话，我一时丈二和尚摸不着头脑，“什么人会把电话打到晓轩的单位找我？”摸起电话后，先是听到一声长叹，幽幽地仿佛是穿越了万水千山而来，我的心轻轻一颤，一份久违的温暖把我包围。我听出来了，是子昂的声音，他好像是喝醉酒了，只是反反复复地追问我：“他对你好不好？如果不好你就来找我，无论什么时候只要你愿意，我都在等着你！”我哈哈大笑起来，数落他喝多了，告诉他我就要结婚了。电话那边一阵沉默，子昂幽幽地叹道：“我愿赌服输，我会履行承诺，我会送你一份厚礼。”

后来，子昂就仿佛人间蒸发了，了无消息。直到我们毕业十周年的那次同学聚会，我们才久别重逢。子昂发福了，那隆起的将军肚昭示着他事业的风生水起，那镜片后的眼神少了当年的忧郁多了历经沧桑的意味深长。他望着我，欲言又止，于是，蹲下身子逗弄我儿子：“小子，喊爹！”六岁的儿子狡黠的大眼睛一眨，急中生智地答道：“嗯嗯，叫哥哥吧！”大家一片哗然，弄得子昂面红耳赤。

酒桌上大家一一介绍个人的基本情况，知道子昂近几年事业家庭双丰收，小他近十岁的美貌如花的妻子刚为他生了一个儿子。大家一齐举杯为他祝福，岂料他竟转头对我语出惊人：“你一直是我的梦中情人，当年我就是喜欢你对感情的从一而终。”我一时面露赧然，反驳他道：“如果我一直保持你认可的从一而终你就永远没有机会，如果我转而选择了你，就不会有我的优点从一而终了，你还是会失望，总之，你永远都是输家。”子昂一时语塞，无奈道：“我在你面前从来没赢过，我认输认输！”

后来，宴席结束，大家依依惜别。子昂一直用意味深长的眼神望着我，我一时竟手足无措起来，携着儿子的手，落荒而逃。再后来，我们都从小灵通换成了手机，又一次失去联系。

今天手握这份字据，心里有隐隐的失落。想起那句“愿赌服输”，想起子昂默默为我所做的一切，想起当年他送我去约会，晓轩那略带敌意的眼神，想起子昂一个人回校时孤单落寞的身影，心里五味杂陈。

子昂，我是赢了，赢得了一份完美的爱情，一个美满的家庭。可是你也没有输啊，你赢得了一个小妹年年月月的牵挂，日深月久的想念。如果有一天我们在人海里相逢，我一定不再吝啬我的微笑，我一定轻言细语地问一声：“大哥，别来无恙?”也许没有消息就是最好的消息，各自在岁月里寂静欢喜，是我们彼此之间最好的祝福！

爱你如莲

刘碧颖

爱你，如一支纤尘不染的莲，在袅袅的墨香里寂静绽放。

——题记

一

夏，风轻云淡，盈盈水湄，浅浅碧波，出水芙蓉是那般娇美……

墨香经年，我们习惯了把点点的心情、缕缕的忧伤、柔柔的爱意、切切的期待揉碎在灵动的文字里，每字都蕴蓄着情感的养分。涓涓细流、暖暖阳光，每字都饱含戚戚的思念、涩涩的泪水、窃窃的喜悦；每字都在你我清澈的眸里轻轻地开出花来，缥缈的幽香传达出一种美感，在心底最柔软角落徜徉，那是彼此间的相通和细语，相互品味那一份安静与淡然。

喜欢咀嚼你的每一个文字，流连在文字的意境中。常找一个宁静的地方，沏一杯香茗，边品边读。读你的温柔、读你的忧伤、读你的智慧，心情随之跌宕起伏，那是从未有过的幸福，那是从未有过的精神惬意。每一个文字都留在脑海中，刻在心坎上。时光流逝，四季更迭，不变的是在心头充盈的墨香。

爱恋着你，也爱恋着文字，如你对文字一如既往的执着，在爱的国度里追求，追求一种境界，一种活着的完美方式。

二

相遇，在彼此文字的天空里；相遇，在心灵诚挚的交互里；相遇，在彩霞如歌的夏日里；相遇，在荷花绰绰的六月里。

回首，遇见了你，心飘上了云端。美好的爱恋宛若夏日吐艳的莲，羞涩、高洁、矜持，又不失热烈。虽远隔天涯，城市的天空却写满诗意，尽管里面弥漫着忧伤和痛楚，尽管阴晴圆缺，悲欢离合，但真情的文字穿越时空，穿越思想，拉近你我生命的距离。

爱你，没有浓墨重彩，在浅浅碧波里开出一支淡雅素净的莲。

三

你说，爱如莲花。田田荷叶上的奇葩在你我不经意的一次相视刹那开放，有沁人心脾的幽香，有高雅不俗的妩媚，有纯净透彻的韵味。花季虽短，轮回的季节却凋谢不了遥远的风华，那心经铸就的鼎镂刻下缕缕情思。我们在文字的森林无休止穿插，是缘分的构架，我们用诗情画意额定今生的牵挂。

我说，爱若琴弦。那幽婉绵长的琴音在海岸掀起揪心的浪花，尘缘铺下的思念早已流落到天涯，把柔柔的情化作诗页，撒在无法穿越的海峡，让海浪收容你我漂泊和孤独的泪花。

四

寂静，如你如我。在最深的寂寞里用心玩味自己的妩媚，书写着心中瞬间的灵动，轻吟心底那份真实的情感；在最深的宁静里，记下心情花语，回味一起走过的心路旅程，且行且吟生命的精彩与无奈。我们用淡淡的水墨勾勒生命的安然，无论喜悲，无论甘苦，依然暗香盈盈，一如午夜梦回纯色天空的那份心境，时光流转，芳菲依旧。

我们感恩生命如夏花绚烂，瞬间的光辉映照着人生某一段灰暗的旅程，如花开一季，却令人回味无穷，短暂的生命因美丽而生动。同时我们也坦然接受和欣赏凋零的静美。在偶然的一次机会，我抓拍了一朵白莲。在相机“咔嚓”的瞬间，一片洁白如玉的花瓣轻轻飘落，定格在空中，飘的姿态是那样的不经意，是婉约的唯美，是自然的曼妙，有着气定神闲的气质。那是莲的一滴清泪吗？为何如此晶莹剔透，风过无痕，花瓣就这样淡定地落在脚下积淀。我不禁惊叹这繁华与凋零的完美组合，宛若人生的写照。愿我们拥有一颗简单清爽的莲心，笑对生活沧桑，淡看红尘纷扰，心若莲花开。

爱你如莲，愿为你嫣然一笑，为你把盏添香。在星空的尽头，在你的心里执着地陪着，愿为你用我最温柔的明眸点亮你的字里行间，并生生不息。

素锦流年，聆听幸福的声音

武广红

幸福淡淡的味道，我们一起分享！

初相遇，那个乍暖还寒的春日便走近了记忆，草长莺飞的三月天，君不曾骑白马而来，却捎来了打开围城的钥匙！

你说一年的序幕不算太短，1997 年春天，我成了你美丽的新娘。有人说婚姻是埋葬爱情的坟墓，而我们真正的相爱却从婚姻开始。我是嗜睡的女子，每天晚起苏醒的那一刻，我都会闻到一缕浓浓的米香，你用细节抒写对我的宠爱。取你一根肋骨成我的整个躯体，即使没有风花雪月的浪漫，没有山盟海誓的深重，我还是会选择这份平淡的，同你体验幸福的简单生活。

“我会让你相信我是这世间最爱你的人，我是你心灵的归宿！”这是你的爱情宣言么？就用我们一生的爱来兑现你的诺言吧！恋爱模式是不固定的，不同的人，不同的年代，爱情的模样也不尽相同。可无论怎样的际遇，让我们用心去演绎，好吗？做你今世且俗且雅的妻，不忆前世，不约来生，只坚守今世的缘。

“我没能陪你一路长大，但愿陪你一起慢慢变老。”守着彼此的承诺，在流逝的时光里，一起看庭前花开花落，望天上云卷云舒。

亲爱的，你可以不是世间最优秀的男人，但你必须是最适合我的唯一，在我俗气的眼眸中你就已是最优秀的那个！当你深厚的微笑拉开初识的页面，走进相爱，我就是今生让你来疼的女人。当我把手交给你的那一刻起，就注定了你将为我们奋斗而奔波的一生，我不会苛求你有多么能干，我只想在你温馨的港湾做我安全的停靠，我只是一叶喜欢宁静的小舟，太大的风浪会让我迷失行驶的方向！

让疲惫的你歇息在我柔弱的肩头。我要做融化你心思的知己，让你的欣喜呢喃在我聆听的耳畔。我是分享你愉悦的红颜，让你的困惑溶化我不倦的誓言；我是相伴你一辈子的爱人，让你的激情放纵在彼此的相拥。

在你关切的目光中，我可以放肆地笑，而你已习惯了我的固执任性，你会宠我如长不大的小女孩。在你呵护的视线里，我可以不掩饰我的坏脾气，而纷乱的思绪会在你真实的情意中慢慢梳理。

为你洗衣，是不想你在八小时之外再劳碌；为你做饭，是想让你有一份健康饮食；为你削一个苹果，放在夜深时你学习的桌边，你便可以嗅到爱情的芳香。一个无拘无束的女孩子为你走进了另一个陌生的环境，辛苦地适应着她的角色，然后为了延续爱的相约，又成了牵肠挂肚的母亲。

亲爱的，春的明媚中我是你身边灿烂阳光的气息，夏的炙热里你是我遮阳的那抹绿荫，秋的落寞中我是你收获成熟的点滴，冬的萧瑟里你是温暖我的那盏永不熄灭的心灯。游走的岁月中你是我痴恋的追随，漫步四季里我是你坚定不移的注目。

闭上双眼，音乐在夜的暗香里流动，走进心灵空间，是谁把思想的碎片拼凑成幸福的街道？

幸福的街道或许与幸福无关，如许多美丽的传说，仅仅因为它们是传说而已。

轻轻地问：幸福的街道在哪儿？源于何处？

爱人说：幸福的街道就是家门前的那条！

家是幸福的源头，和家相通的那条街道就叫幸福街道。想象幸福就是阳光的味道，即使在冷冷的冬季，也能感受到温暖的拥抱。想象幸福就是清新的雨滴，即使在炙热的盛夏，也能掩藏一份倦怠。

喜欢平淡生活的女子总是容易满足，随手拈来的风中都可以聆听到幸福的声音！

没有谁拒绝幸福，只是总会有人不懂幸福。幸福就如我们所拥有的某些东西，拥有时我们往往不懂珍惜。

没有谁拒绝真情，只是我们有权利选择情感的距离。幸福以不同的形式出现，于是，我们可以选择不同的方式去接受幸福。

当亲人离开我时，曾怨过上天不公，可是静下来，想自己曾经拥有过那么多宠爱。当记忆的画面在脑海中走过，我知道我一直是母亲心中的宝贝。虽再也无缘叫一声“娘”，可又怎能否认自己曾拥有的幸福呢！

可以用眼睛收集这个世界的色彩，可以用耳朵聆听这个世界的声音，可以用思想感悟这个世界的美丑……这些你所以为最最普通的拥有，也都构成幸福的音符。

华灯初上，走在幸福街道。街的那端，总会有一盏灯为你亮着，那是等你归来的温馨之光。那条幸福的街道并不遥远，它就在你的视线之内，只是它需要你用心来感受，然后，好好地维护它，不要让它尘土飞扬。

亲，今天我送你上路

黄双勤

亲，今天我送你上路！我送你最后一程，你一定要走好！

亲，此时是2012年元月15日清晨7点整，你的战友在我们家为你举办了告别仪式，全体亲友为你默哀三分钟。之后，你被抬了起来，我送你走出我们的家门。亲，请你记住回家的路，有空时请你回家看看我。

亲，你看见了吗？街道上的锣鼓秧歌是送你的乡邻，车队是你的战友们组织起来一起去送你的。灵车上，女儿端着你的灵牌，侄女捧着你的相片，你的肉身被人抬上了灵车。

亲，我坐在轮椅上也被人抬出了家门，抬上了大巴。天，还没有亮；雨，细细地飘着。

锣鼓乐队响声震天，秧歌彩带飞舞如练。细雨中，秧歌舞蹈成朵朵彩花，那是为你送别的彩礼。亲，一路走好。

车队，缓缓地流动起来了！快到十字路口了，过桥，到通道口了。车队，缓缓地缓缓地流动在寒冬腊月的路上，大巴上挤满了为你送行的亲邻。

车队缓慢地缓慢地流动，快要经过芦花岛了。天，慢慢地睁开了眼，我能望见前面你的灵车了。

在这个寒冷苍白的日子里，你灵动的生命，竟然和死亡紧紧地连在一起。你丢下轮椅上的我，独自逍遥上路，西去不归，亲，你怎忍心？

我恨，这可恶的癌症，在短短的二十天内，夺去了我爱人的命。

昨天早上，你喝下半杯牛奶，吃了半个花卷。你说你很累，胸闷气紧，叫我拨打120接你去医院，你要输液。去了医院，输了一会儿液体后，你说你舒服多了。

半个小时后，你说脚蜷起会好过些，你叫人拱蜷起你的双脚，双脚蜷起后你却喉咙一响翻起白眼，吓慌了在场的亲人，急呼医生救命。

我的轮椅被人推到了你的身边，你戴着呼吸机，医生正在实施抢救。

我抚摸着你的手，呼喊着你的名字，亲，回来，我们共渡难关！亲，回来，我们共同解决生活的难题！亲，回来，我们迎接生活的恶浪！亲，回来！回来！

我紧紧地抓起你的手，用我的脸去测你手上的温度。你的手背冰凉，手心温热，几分钟后你的手心手背都温热起来了，我感动得泪如泉涌。

医生的抢救还在继续进行，我的呼喊连绵不断。

喊破了嗓子，喊哑了声音，你最终丢下我毅然决然地去了。亲，你怎忍心？

2012年元月14日上午11时，在急救室的病床上，你的心跳和脉搏都停止了工作。亲，你是不是太累了？你是不是守护我的轮椅二十年守候得疲乏无力了，你是不是抱我洗澡二十年抱得精疲力竭了，你是不是替我洗衣做饭二十年你做不动了，你是不是替我换尿湿的床单换得烦闷苦恼了？你想静静地休息或是想独自出门闲逛？

我们曾经约定好，你我是今生来世彼此的唯一，你不能丢下我，我不能舍弃你，生时同衾，死后同穴。所以，我想把你的骨灰留下来，放在我伸手就能摸到的床头柜上。白天，你我守望相助；夜晚，你我相拥入眠。等到我的骨也化成灰时，把我们的骨灰掺和在一起入土。

可是，亲友中有反对的声音，说是如果不把你的骨灰入土的话，你的衣食罐罐将无处安放，没有衣食你会挨饿的。听从亲友的劝告，我托人去燕子溪畔枇杷山上为你购买了墓地，那儿离你的二姐家很近，他们在家大声喊你，你都能听见。枇杷山风景秀美，视野开阔，你的墓前有大片空地，闲时你可以种瓜种豆，抬眼一望，县城全景一览无余。

你就先行一步，在燕子溪畔枇杷山上住下来等我。我还要守护女儿成长，待女儿的翅膀能自由飞翔，能独自承担生活的风雨后，累了的我会来陪在你的身边，拥着你长眠。

亲，此刻是早晨8点30分，亲友们在火化场的大厅与你道别。

亲，我最后一次抚摸你的手，我再看你最后一眼！亲，你对我的好我都牢记着，为了省钱给我治病，你舍不得花钱买衣服，你身上穿的是单位发的劳保服，或是姐夫外侄的旧衣旧鞋旧裤。女儿替你买一双260元的皮鞋，你穿一次心痛一次，说是太贵了，260元你可以买好几双鞋了。而为我买药，上千元的药品，你会毫不犹豫地购买，一点儿也不嫌贵……

亲，火化师按下了开关，你随传送带进了火化炉，我看不见你了！

烈火熊熊燃烧中，你的肉身，化为缕缕青烟。

亲，一路走好！

陌上花开，红尘有爱

陈　军

陌上花开，红尘有爱。文字珠玑，能赏心悦目却无法项颈一生。诗心琥珀，不求洞穿千年轮回，只求今生灿烂如花。我渴望我的爱踏春而还，缓缓归途中拾掇山花插满头，一颦一笑绽放在我的思念里，把暖暖的盎然春意流淌心间，点点滴滴都是火红日子溅起的温度和湿度。

——题记

佛曰："一花一世界，一木一浮生，一草一天堂，一叶一如来，一砂一极乐，一方一净土，一笑一尘缘，一念一清静。"花花世界，茫茫乾坤，一颗微尘，凝露成溪，汇流成河，潺潺人间。有多少偶然？又有多少必然？成就而今你我。谁与你相伴偕圆？我与谁共度此生？而今，临屏挥键，且看陌上心花缓缓开。

窗花

一纸窗花红，巧手剪剪开。缘分说浅不浅，两情未浓正融，只缘你我恰此相逢。虽然未曾一见倾心，虽然几经磨合，磕磕碰碰岂能尽如人意，平平淡淡但求无憾今生。从陌生到熟识，从相知至相守，不曾想能否经受风雨，既然彼此认同，难得此情无碍，何不将憧憬进行到底。

就这样我们携手走进婚姻的殿堂。婚姻不是地狱，也不是天堂，它是两人共同担负彼此生命的旅途。它是两个不同性格的树，嫁接起一致的命运，是幸福，是痛苦，我们都将义无反顾。婚后的点点滴滴，滴水归心，溶入生命。从激情到爱情至亲情，一步步如履薄冰，由寒至暖，苦乐备尝。这合作社式的婚姻生活，让我身有所栖，我心依然虚。唏嘘枕边人，真心为谁存？她的心依然留有余地，先婚后友谈何容易。既然在一个屋檐下生活，自然得收敛曾经懒散的性格。我用体贴备至的行动去经营我们共同的烟火幸福，让家一点点润泽、一点点温馨。

终于幸福花开迎来最美的果实，从十月怀胎含苞待放，到果熟蒂落呱呱坠地，都是你在默默坚忍全身心孕育。而我却像一个不合格的农人，只知插秧不会施肥不懂收割，所幸有母亲倾心指点，所幸你的家人能宽宏大量。孩子出世，我们也真正入世，入得人间烟火，演绎多少窗里窗外苦乐年华。

红棉

孩子，我的女儿，也许我们有缘今生做父女，无分相伴共成长。在你三岁的时候，我和你的母亲终因性格不合分道扬镳，她把你带离我的身边，毅然决然地不让我打扰你们自由自在的生活，我和你唯一的联系就是我每个月法定应汇给你的生活费，以及一天一点、欲见不忍见、愈久弥疼的思念。

没能给你一个完整的家，是我贪玩的失责，是我不成熟的过错。不管将来我在你眼里是一个多么不堪的人，你在我心里永远是我最心疼的宝贝。我不求你能原谅我带给你无法弥补的伤害，我只希望你能记住在世上还有一个和你有血缘关系至亲的人，他一直默默关心你、数着你成长的日子，期待此生相认相拥，红棉为爱红。

蓝莲

也许前生我本是一个浪子，此心无牵无系，注定今生漂泊四方。浪迹天涯，蓦然回首，我身却依然扎根驻足处。原来我心如风筝，飘得多高多远全凭手中线。手中线很短，短得如鼠标线；手中线很长，长得似思念。今生唯有你能执此一线，与我相伴相牵至永远。

五百年前，佛前的回眸一笑，注定了你我今世的缘。

在虚拟的世界里牵着你的手，让信仰的光芒普照笑颜，任相爱的暖流浸润心田。

自从与你在网络中相识相知，自从与你在文字中相伴相守，共享着理想国度的刹那芳华，共暖着红尘中的沁心苍凉。

从长满苔痕的阶前，走向开启幸福的红毯，岂是一首歌可以公证，两杯酒能够绵延，一路上的风风雨雨，只有心与情的默契能够缠绵。

也曾想永远到底有多远，穿过我的荧屏你的笑颜，是否会转身就寻不见？两颗悸动的心，能否一生彼此为岸，粲然如莲开？

也曾想一线牵的缘能牵挂多久？这样的深情几许，是否值得我们孤注一掷？还是一如一米阳光中的尘埃，永远只在虚拟的时空中飘舞。

五百年后的你我，一个身在海角，一个人在天涯，心系咫尺，守望彼此。也许相见不可期，花开在陌路；也许相聚只待来生，来生再续添香缘。但我依然相信曾经共有的真爱，散发着一股清香，带给彼此生命的不仅是信念，更是一汩持久的甜！

寒彻骨，梅花开

唐　琢

窗外的春风吹开了绵绵夜色，月牙儿素白的衣衫抖落一地银花。我独守着寂静，遥望点点星光，那是你牵挂我的眼。

十年相伴，我们肩挑山高水长，走过沟沟坎坎，穿过薄暮的苍凉，越过黑夜的清寒，终于踏上今天的坦途，沐浴在明媚的阳光里。

山水为凭，明月为证。在我遇到人生最湍急的河流时，你化身石桥，让我安然走过。

那是一个五月傍晚，我父亲突发大呕血，病房里，我颤抖的手用盆子接着父亲口中吐出的血，鲜红鲜红，夹杂着刺鼻的腥味。医生用尽了止血药，父亲依然呕血不止。一袋袋鲜红的血浆输进父亲的血管里，瞬间又从口中呕出来，连鼻孔都溢出血来，短短几分钟父亲就不省人事。在死神面前，我吓得六神无主，母亲踱来踱去的脚步让病房显得更加忙乱。这时，你风尘仆仆地来了。那一刻我分明看见一道灯光照亮茫茫黑夜。

我泣不成声："检查都做了，查不出什么原因，止血药都用了还是出血，要是手术止血，很可能下不来手术台。"

"去省城医院！"说这话时，你的目光坚定如铁。

我有瞬间的惊愕和欣喜，恰逢走过来的医生说："有可能到不了省城。"

我又跌进了绝望的深渊，父亲依然在呕血，呕出的都是输进去的血液。我和家里人绝望了，默默准备父亲的后事。

你轻轻擦拭着父亲嘴角的血液，就像一个儿子守候着亲生爸爸。你双眉紧蹙，眼神深沉，忽然站起来说了句"不能这样等待死亡"然后大步走出去。约半小时后，我得知，经你努力，请来市里一位知名教授，还带来一种昂贵的进口止血药，而我只能默默守候！

进口止血药以每分钟仅五滴左右的速度流入父亲的血管，我心怀忐忑默默祈祷奇迹出现。一个小时过去了，父亲真的没再呕血，我的眼里有了喜悦的泪花。夜深了，我伏在病床边不知不觉睡着了，醒来时天已经亮了。我身上盖着一件单衣，是你悄悄给我披上的。你的眼里满是血丝，像父亲呕出来的血，红得让人心疼。你一夜未睡，就这么默默地看护着父亲。见我醒来，对着我微笑，那笑真是春天的风，拂过了就是倾城美景。我也笑了，笑得潸然泪下。我们默然相望，从彼此的眼神里看到心灵的交织，无关权势、无关物质。

死神铩羽而归，可这一切只是磨难的开始。此后的四年时间里，父亲由于肝硬化不断地呕血，住院……

第二年八月，芳菲滴翠、云朵如絮的一天，穷得只剩下爱情的我，幸福地做了你的新娘，而嫁妆却是父亲高昂的医疗费。

那段日子满目疮痍，唯有你的呵护温暖着我。日子很清贫，偶尔你会给我买一只鸡，加上黄芪，用温火慢慢地煲汤。满屋子都飘着诱人的香味，而我就像一个被母亲宠坏的孩子，边看电视边嚷着快点呀。当美味端上餐桌，你总说自己不喜欢吃，都放在我面前，唠叨着让我多吃，都累瘦了。彼时，我浅淡地笑，内心却是波澜壮阔，翻腾的心绪顶着温暖和酸涩。其实，你已是嶙峋瘦骨。

“怎么吃得这么少，都吃下去。”

“吃饱了，你要是不吃就丢掉了，多可惜。”

这是我们饭桌上最多的对白，我就用这样的方法迫使你吃些好的饭菜。

两年以后，父亲去了天国。葬礼很简单，你满脸愧色，说对不住我。

孝心不是隆重葬礼上惊天动地的哭声，不是奢华的骨灰盒。而是父亲在世时，我们一句暖心的问候、节假时回家的笑脸、病床前悉心的照料和一次次拼力的抢救生命。这些你都做到了，何愧之有呢？

接下来的日子花香袭人，杨柳如画。

2010年，我们的女儿出生了，如今女儿两周岁，活泼可爱。我幸福地相夫教子，每天等你下班，我都会用心烧好饭菜，然后坐在靠近门的位置，听你回家的脚步声。我甚至研究起脚步声的含义，若是很轻、很慢、很犹豫，定是满怀心事不想快些回家；若是很急促，还会踢了台阶，定是心浮气躁和家里人起了争执。你的脚步声很重，会同时迈步两个台阶，快要到楼层时就会拿出钥匙。我也能想到，你的目光不会被上下楼的人吸引，不会注意到谁放在拐角处的那盆盛开的仙客来花，就急急地直奔家门，你想快一点回家，看到女儿和我。很多时候，不等你到门口，我就开了门，笑吟吟地迎你。女儿张着小手喊爸爸，扑进你怀里撒娇。你的笑就像一湖春水，粼粼而起的波，荡漾着无尽的满足，然后看我扎着马尾把盆碗弄得清脆脆地响。

记得当年你说：如果在沙漠里，只有一杯水你会留给我；如果大雨滂沱，只有一把伞你会为我撑起；如果一辈子的磨难，你可以自己承担，就不让我哭泣。彼时，我只作浓情时的癫狂。十年后，我甜蜜地承认你做到了。

十年岁月，我的青春从丰腴瘦成枯骨，你的年华也不再是枝上的豆蔻。我们一路携手，把鬓上的风霜描绘成生活的希冀，把唇间的苦涩品尝出美酒的香甜，一路不畏艰难，风雨前行。

窗外的春风吹开绵绵夜色，身在异地的你，定是遥望点点星光，你知道那是我牵挂你的眼。透过无边夜色，我看见梅花开了，一朵朵，高贵美丽，灿烂喜人，就像我们。

日光散尽，总有苍茫景

严开钧

一直都觉得自己是感情的刽子手，心底这般荒芜，似乎并不适合耕耘爱情。葱郁的青春却总在绚烂的日光下孕育一个个心跳，那般猝不及防，又是这般让人忐忑不安。在我第N次拒绝后，终于重新审视了自己，冷酷的自己似乎一路走来错过了很多爱，真诚的抑或虚伪的。这般无所依附的情感，似乎总在我冷若冰霜的面容上安之若然地降温封存，我不是心存芥蒂，只是无所适从。

我习惯用喜欢归纳一切，正如时常在阒寂的午夜，在手心里思考，爱情线和寿命线为什么没有平行，而总在尽头交集？偶然从某些文字里懂得，虚构的剧情总会存在，和我宿命雷同的女子，总能用一娇羞的温柔，平复我面无表情的隐忍。

生活的方圆里，接纳与否，需要用心灵对话，那些生长在猜度之外的青春，在流年的虚度下妖娆地节节拔高。终究是性本善良的孩子，在同样的爱好下走进彼此的心里，共同在一首《我们一起看月亮爬上来》中聆听心声；在《半生缘》的情爱纠葛里体会一段隔世情缘，继而在日光倾城的夏日里，心心相印，天长地久；在一些空白的五线谱上勾勒音符，比喻成一对静候海枯石烂的比翼鸟。

梦想那么真，但现实总是事与愿违。心跳过后的余悸，总是如暗礁拍打胸口。偶尔碰撞的摩擦，总有人保持缄默，以为默不作声的冷战就会有一方臣服于此，然后猜疑、感慨抑或反复地提醒乃至道歉，最后在碎片中恍然发现找不到原来的样子。爱情之所以这么伤的缘由便是，说好相濡以沫的两人总将无须有的罪名强加于此，并且冠冕堂皇。彼此都只是孩子，凭什么我的血气方刚要在你的趾高气扬下妥协？那些牵手的温暖在无法料及的风云里慢慢冷却，直至转身只剩下一个背影，风化的烟灰洒落一地，最后明白，日光的酷热倒置成月光的冰冷只要几个时辰，牵手和分开总是近在咫尺！

终究是不及《倾城之恋》里面的圆满，折翅的比翼鸟，有理由羡慕连理枝的结局。或许，灯下夜祷，唯有在文字的殿堂里种满百合，于苍茫的梦境中那片贫瘠的土地，还会在春来之前开出繁花。经年之所以荒芜，是始于一段没有铺垫的年华，需朝觐拉断一千根琴弦的瞎子，缔造一个永爱的跫音！

他的笑，与春光一起明媚

飘　萍

清寒和冷寂，写满了三月初始的天空。抬头仰望，那潇潇雨幕依旧如冬月萧瑟，印记里春天的姹紫嫣红仿佛只是旧年的痕迹。此刻，清冷的风，寂寥的空气，流转着蚀骨的冰凉，我看见了自己的落寞，还有绵绵密密的颓废。

无端的懒散，不想做任何事。这个午后，我穿着那双开始旧去的棉拖鞋，在客厅和卧室里一会儿进一会儿出。那本看到一半的书被我拿起又放下，放下又拿起，桌上的咖啡开始冷去，电脑的音乐播放器里依序播放着平日随手收藏的歌曲。那一刻，我似乎什么也看不见，什么也听不见，我只知道，双手抱着的暖手袋渐渐冷了，一如那刻心情。

天冷心也寂。不知道要如何才可以温暖这份心，不知道要如何才可以回转一些心意，仿佛还可以感觉到一个眼神冷澈心底。有些话不咸不淡，不知道的一人疼，究竟是多遥远的事情？要到什么时候，我才可以，波澜不惊地看着一切？

终究回答不了自己，闭上眼，仰靠在沙发上，一首略带沙哑而激烈的韩语歌曲传来，只一个开头，就袭来了怎样的沧桑和绝望呢？站起来，跑到电脑边，灰色的字幕游走在屏幕的下方：像中枪一样，没有了灵魂，只想笑，所以笑了，就那样笑了，就那样惆怅地笑着。

我想不起来，这应该是怎样的场景，中枪后，会是怎样虚无和绝望。如此，还要笑，这又是怎样的笑？只一个惆怅吗，只一个无精打采吗？还是痛到不能说，痛到撕心裂肺？泪流满面的笑容里，是整个世界的崩塌，还是虚无缥缈得从此不复存在？

总有一个世界不再是旧时的样子，总有一个身影会渐行渐远，凡爱，无不同。若爱过，若分开，会有蚀骨的疼，刺骨的痛。然后，满脑子的想念和纠结，对着镜子哭，忽而独自笑，眼眶里分明盈满了眼泪，一滴一滴落下来，再落下来，在这没有知觉的世界，陷入混沌而迷蒙。即便捂住了胸口，也捂不住那倾泻而出的感伤，像中枪一样被穿透，死一般的痛，而最要命的是，如此这般，还得照常活下去。

突然不知所措了，这是怎样的一首歌？那个忧郁的女子，绝望的眼神，淡淡的笑，眼眶里似有若无的泪水，演绎的是怎样的悲情？

颓然，长叹。

直到他站在我的面前，伸手移开我面前的冷咖啡，我才从这场音乐的殇情和颓废中恍过神来，我看他，眼中有我自己也不明白的萎靡和荒芜。

他的脸上漾着笑，看着我问，愿不愿意出去走一走？

我猛地站起来，抓了大衣和围巾，应声说，好啊，走吧。

这是怎样的时光？我的思绪蓦地被拉到十几年前，那时的我一直忧郁寡欢。很长一段时间里，我将自己交给一杯茶、一首歌、一本书以及一些隐约的心事。那时候，我封闭了自己，习惯了或对花对月，或独自走黄昏的小路，或一个人坐公园的长椅，或在小屋的阳台静静地伫立，看天空看云朵感受微风吹过，然后对着眼前的一切，定定地想念一段旧光阴，怀念一个旧人。

他来的时候，薄暮的清雾正缥缈在渐渐暗下来的屋子，我还对着窗上的薄蝉振动着红色的翅膀而愣愣出神。打开门时依旧不忘回头看那让人心动的瞬间，淡淡地打招呼，说着请坐，眼光还拉不回来。他有些惊奇，也上前，弯下腰与我一起看，然后我看见了，他的眼里有我想不到的光芒，还有笑。

这笑，很温暖，仿佛在冬的风里围上一件厚厚的披肩，那长长的流苏瞬间已经掠过心间，暖意刹那间袭来。

原来他就是这样走近我的，他看得懂我的平淡和疼痛。他很少说话，只在我面前微笑，我想我是喜欢那淡淡的笑容的，那么温暖，那么稳笃。之后，我就任他牵我的手走清晨走黄昏，慢慢地，我丢弃了我的阴郁，时光开始盎然。

一如今天，雨未停歇，天空有淡淡的阳光痕迹。他开着车子带我慢慢驶在城郊的马路上，窗外很清新，路边的白玉兰已初绽。绿色在眼前开始蔓延，有小鸟飞过，清脆的鸣唱仿佛春天的序曲，一派春光。

再看他时，他依旧笑着。这是怎样的笑？有多熟悉，有多蛊惑，心头的阴霾缓缓远去。原来，十多年的光阴，他一直这样陪伴我身边，我忧伤或颓废、萎靡或荒芜、心事深或浅，一直有他的笑容，安和而温暖。

我如何对他说：能够认识你，真好！一如那年他拿着我看的汪国真诗集，轻轻念出一句：

有一天，我们真的相遇了，万千欣喜，竟什么也说不出，只用微笑说了一句，能够认识你，真好。

我一直记得那一刻，阳光正好，三月的花儿正大朵大朵地开着，他凝神看我，然后舒心地笑。

何时起，时光变得这样朴素柔软？郁积在胸口的某些沉重开始缓释。

三月的郊外因这场雨沉寂了许多，远处的绿麦近处的菜花还来不及流淌清香。他牵我的手，走过阡陌，跨过小溪，任隐隐春光在轻浅的风里旖旎，我连呼吸也开始变得贪婪，更何况他手心的温度，这样温暖而静好。

我已经多久没有这样走出来了？印记中只有尘世的纷繁，每天的忙碌和来来往往的奔波，那些悠闲的旧时光怎样才能轻数？脑海里还有多少百媚横生的回忆，像今天这样的行走及与绿色的亲近，是否只是前生的事情？

我看他，他的眼光正遥望，远方有什么？远处山如黛，山际云雾环绕，不远的村落和素墙青瓦的民居；淡淡的春光倾泻在脚下石子路面。偶尔飞过来的小鸟停歇在路边的灌木上，用新奇的眼光与我们对视，一秒钟后，又甜蜜地出发了。

原来，有些时光竟如此安好，这一刻，该有多宁静呢？一呼一吸间，生命的轮廓已经如此清晰，不需要任何刻意。我让自己停下来，缓慢的光阴韵味中，是舒适，是安然。

我长长地叹气，记忆也随步而醒。那些春光乍现的旧年里，我常常穿过街巷走过阡陌，独自深一步浅一步地追逐着阳光灿烂的影子。油菜花、桃花、玉兰，还有那缠绕着清香漫天飞舞着的紫藤花也一并争先恐后地绽放。我喜欢这个季节，路过一茬一茬的粉色，又碰上一片一片的白色，还没有从那绿意盎然中恍过神来，转眼已是漫无边际的黄……后来，经常有他做伴，那必定是明朗而洁净的天空，路途没有寂寞，只有欢声笑语和浓浓春光。

怎么听那么伤感的歌？他突然问。

我所有的思绪瞬间骤然停止，看他，疑惑，惊讶。

我如何去对他说，我仅仅只是听音乐，恰巧那歌曲很悲情，我一不小心便将自己整个人都沦陷了进去。我并不是伤感忧郁的人，因为天气或忙碌，我会对自己发脾气，也偶尔会扔弃所有的温暖一个人故步自封。但我还没有麻木，我依旧可以听见那歌声中演绎着的最深的感情，依旧会沉浸，会心痛，会感伤，会落泪。他也许看见了我的孑然和孤寂，但更应该清楚我的心依然善感依然敏锐。

我看着他微笑，若他还懂我，他应该明白，这样默默的对视里，偶尔的忧伤已经走远。

我只想看见你，最真的笑，他说。

一语濡心。他的笑，和春光一起变得无比明媚，我也缓缓笑开。

生命中的美好会在刹那间定格，如一朵干花，在光阴里固执地保存它最美的姿态。我想我会记得刚才他对我说的这句话，人生行走有太多变数，这份心情让我感动和铭记。

随他回家，已近黄昏，夕阳慢慢落下，路边有红枫在昏黄的光影里随风移动飘摇，分外招人怜惜，忍不住多看一眼。走进家门，房间里音乐还在继续，可是先前弥漫的那些阴霾已经散去。挽袖，抬手，端起冷咖啡。透明的杯子上，那朵雕刻得栩栩如生的莲花，兀自优雅。

还能想起他刚才对我说的话：关于音乐，可以欣赏，但不可以沉迷，可以产生共鸣，但不可以强加在自己身上。音乐有音乐的激情和殇情，我们的生活也需要音乐来点缀，但是最重要的是聆听。音乐可以是情感的源泉，任何时候如果用自己的情感去体验音乐，那么任何音乐不再神秘。

我关掉音乐，屋子里瞬间安静了下来。窗外，暮色开始四合。

还可以回想那个韩国歌手忧郁的眼神和含泪的微笑吗，还可以感受到那个女孩站在镜子前的绝望和哀伤吗？像中枪一样？我轻轻地笑，原来我依旧记得那些场景，就像电视剧里那些惊心动魄的场面。但是，那是他们的故事他们的精彩演绎，我只是在里面看见了我的一些惨淡，而我，依然有属于我的更多的绚烂和温暖。

真的不知道会在哪里遇见怎样的风景，下一秒又要邂逅怎样的人，但是他在。他在，这宛如一瓣温暖的芬芳，早已经悄无声息地落在我的心尖，经久不散。

今夜，枕着他的微笑，浓睡。

婚姻如鞋

段明红

别人看来是极不般配的一对结成了连理，可能他们的相爱也是很幸福的；而外人看来恰似很般配的一对，却不一定相处得很幸福……为何呢？或许，婚姻如鞋，合适舒服与否，只有自己的脚知道。幸福是要靠两个人经营的，我们都要寻找到适合自己脚的鞋子。

有的婚姻，外表光鲜靓丽，令人羡慕，就好比那锃亮的名牌皮鞋，不管走到哪里，都能尽显主人的身份。但是，那看似昂贵高档次的皮鞋里面，是否真有一双既享受着荣耀又温暖舒适的脚？

有一对夫妇，有房有车，开办企业，效益好，收益也可观。按理说，他们应是幸福得令人羡慕的一对，但他们却过得不开心。特别是女方，根本无幸福感可言。男人性格暴戾，每次酒醉，必动手摔东西甚至打人。东西摔了可以再买，人被打了心灵却留下了洗不掉的伤。男人在外有了别的女人，与妻子提出离婚，在亲人的干预下，虽然没有成功，但女人的尊严和对爱的期望都被敲碎了。不知底细的，谁不羡慕女人的身份和地位？谁不渴望女人优裕的物质生活？夫妻如此，其实已没有多少感情可言，只是为了家人孩子，维持着一种假象的幸福。此类婚姻，就像挤在皮鞋里的双脚，舒服与否，只有他们自己知晓。

有的婚姻，像舒适耐穿的运动鞋，给人休闲、随意、自由的感觉。他和她，各有自己的工作，下班回家，家务活共同分担。一方累了，另一方会承担全部的家务；一方病了，另一方会悉心照料。他们彼此也有自己独立的生活圈，彼此尊重对方的私有空间，给对方信任和自由。他们的生活不一定富有，但一定舒服、自在，给外人的感觉就不一定是幸福的。但是，究竟幸福与否，他们心里很清楚。幸福是一种感觉，只有身在其中的人能读懂。

有的婚姻，像朴实简单的布鞋，无丝毫的华丽，也不富有，但却实实在在地养脚，给脚提供了一方自由随性的空间。婚姻中物质是生活的基础，“贫贱夫妻百事哀”，没有基本的物质保障，或许婚姻也确实难以幸福快乐。但是，只需具备简单的生活条件，也可让简朴的生活过得别有滋味。粗茶淡饭未必就不幸福，锦衣玉食也未必就真快乐。

婚姻是需双方共同经营的，需付出自己的真诚、心血、辛劳，暴戾、猜疑、虚伪则是婚姻的大敌。给对方信任，让她感觉到你的温暖和大度；给对方真心，让他感觉到你的真诚和关爱，这样的婚姻又怎会不和谐呢?

在婚姻生活中，可以没有甜言蜜语，但你的一举一动却要能让对方明白你的情爱；在平淡生活中，可以没有锦衣玉食，但你的一汤一粥却要能让对方感受你的蜜意柔情，这就足够了。夫妻相处，经年累月，想没有一点矛盾是不可能的。及时地化解矛盾，理智公正地对待，更多设身处地地为对方着想，这样，矛盾就会简单地化解了。

婚姻如鞋，既有皮鞋的高贵靓丽，又有运动鞋的经久耐穿，更有拖鞋的舒适自由，那固然好，但这样的婚姻毕竟是少数。倘若只能选其一，我宁愿选择那简单实在却舒适温馨的布鞋、拖鞋式的婚姻。婚姻不一定要外表惹眼，也不一定要奢华，只要像鞋一样合脚，就能让人感到舒适幸福!

近雪情怀不唯冷

欧　霞

冬天的时候，总是期待能下一场雪。虽然怕冷，可想起小时候冰天雪地的日子里，村人们缩着脖子捂着手跺着脚呵气成霜的情景，心底里总是涌上一股股莫名的暖意。

去年的冬天，一直晴好。偶尔，有寒潮来袭，也只是在小城降下一场半场零星小雨，湿润一下格外干燥的空气。隔日的清晨，却又是阳光爬满窗台。雪，眼看着已和记忆里越隔越远。然，正当我因此而有了些小小的落寞和失望时，一场雪已悄然埋伏在了岁末“年”来的路上。小除夕那日，当我赶在发型屋关门歇业之前做完头出来时，抬头顿见漫天雪花，瞬时，一种无法言语的惊喜油然而生：原来，雪并没有走远，她就在我们身边。

一脚踩在薄薄的雪地里，转身，回望，仿佛看到记忆里下雪的除夕。小时候的除夕，村子里的红砖瓦屋被皑皑白雪掩映着，间或有炊烟升起时，一缕缕蒸年糕、炒瓜子、炸麻花的香味也陆续在村子的上空飘散开来。在雪地里摸爬滚打玩了半晌的我，循着那缕缕因为过年才能不用看母亲的脸色而敞开肚子可着劲来吃的零嘴和小点心的香味，推开了自家的厨房门，胡乱一通吃后，看到母亲那被灶膛的火光映照得通红的脸上堆满了笑意，这才知道自己又把瓜子壳和瓜子仁一起嚼着吃了……

雪花，落满一地。回忆，洒满一路。每当我看到小丫把西瓜籽的瓜子壳和瓜子仁吐得满地板都是时，那些让我无数次混淆了时空的似曾相识的画面和情节，使得我原本清透的镜片在瞬间变得模糊不堪。自然而然地，就想起母亲，不知道她的小院是否也落满了雪，不知道寒冷的冬夜里她是否睡得安稳，不知道她的冬衣是否暖和……尽管，几日之前我和老公领了小丫一起回家看望过她，里里外外地给她添了几件冬衣之余，还顺便买了一些她平素喜欢却总也舍不得买的糕饼和点心。

除夕，我和老公都要值班，大丫要过来吃饭。值完班回家，小丫大丫在客厅玩游戏，我和老公在厨房做饭。小丫时不时来厨房“偷”拿一些吃食回客厅和大丫分享，待饭菜全部上桌时，小丫早已吃了个肚儿圆，大丫也吃了个大半饱。看到大丫此般的随意，我自是无比的欣喜。如此，这般，他更是一脸显摆般的假怒：“小丫，不懂事也就罢了；大丫，也这么不懂事。”饭后，闲聊了一会，他送大丫回大丫母亲那儿过除夕夜，我亦不做多余的挽留。只因，大丫，于任何人，不亲不疏，不远不近，才是最真。

除夕夜，原本灯火通明的小区，突然就黯淡了下来。正纳闷着这是为什么时，一簇簇璀璨的焰火在楼与楼之间的空地上升起，一朵朵灿烂的烟花不断落至窗前。紧接着，越来越多耀眼的焰火在小区的各个角落不停升落，越来越多美丽的烟花也随之缤纷落至窗前。赶紧关了灯，和他一起在这绚烂得像梦一样的时光里安静地沉醉着。恍然忆起“众里寻他千百度，蓦然回首，那人却在灯火阑珊处”，不禁唏嘘感慨：原来，幸福也没有走远，它一直在我身边。尔后，还忆起数日之前给石头的留言，“一生隐约，都在白云外；万千辗转，只因轮回中”，不禁若有所悟。

大年初一，新年第一天，依稀还有雪在飞。那日的清早，看到小区门口大红的灯笼，和小区附近的街上来来往往缩着脖子呵着热气行进着的人，不禁再次失笑。继而，伸手，接一片雪花，掌心一阵冰凉的温暖。

那年夏天，只因想念

夏　萍

有人说，对季节的喜爱，会因了年龄。那时，我笑笑，是自己处在青春飞扬的年龄，才喜欢春天和夏天吗？春天充满生机，我喜欢它那一身青青的柔嫩和五彩缤纷，引人以无限怜爱和雀跃。夏天青翠葱茏，像极了孩子身上的朝气蓬勃。

岁月流逝了，但我依然喜爱这两个季节。

我嫣然，安定地站在阳光和风雨的渡口，旅行。或许，有时，旅途只需一个人，带着一双眼睛，从心的窗棂奔赴而出。在炎热的夏季，我会逃到山林，听一场鸟鸣、溪水奏乐的声音，感受一季清凉。满山翠绿的树木，会告诉你，这个季节的美丽。我看一片绿叶落下，带着浓浓的深情。我记得那晚夜空，童话般的世界里，喷泉星星点点。喧闹的天地之间，充满天真的欢呼和笑颜，像一曲人间最悦耳动听的歌谣。那旋转在空中的木马，起起伏伏，在那一束绿光中若隐若现。

夏天的花，万紫千红，散落在城市和山野的每个角落。我像风一样地飞奔不已，闻着那阵阵让人忘忧的花香。薰衣草的动人传说引来一群群青春亮丽的姑娘，似乎每一个人都在等待一场轰轰烈烈的爱情。那一片娇柔不只开在法国，它传遍了世界，也来到了我的原野。一朵朵小花躲在绿叶中，影影绰绰。有时，随风而舞，像一层层紫色的波浪。

我不再是只勤劳的蜜蜂，去记录下每场旅行。只在一个不期而遇的季节里，静静地重温和怀念，或许，这也是在描摹生活。走过的路很短，但世界很大，也绵延着种种无限。

这一年的夏天，没了喧闹，我只在安静地看。看他们紧紧相牵的手，走过无数光阴的隧道。我会笑，也常常想念。那年夏天，我也是他们故事中的角色，像一片光亮的绿叶，衬托出一朵朵红花的绽放。那是一个迷离的开始，像一场梦幻般的奇遇。秦淮夜色下，柔声细语。醉笑陪君三万场，思念成殇。

这一年的夏天，他们的世界，我未曾参与，但辗转而过的光阴里，他们已是我记忆和情感中，永远抹不去的痕迹。我深深地想念他们，像花与叶的相随相伴。她依然笑靥如花，只在情感的抒发中伤怀，却永远柔韧，昂首盛开；她依然才情并茂，在每一片风景中穿梭行走，像玫瑰，带着娇艳和野性。而他依然深邃温和，用大海一样的胸怀，陶冶了每段亲情，像那棵白杨树，永远苍劲挺拔。

那是一片沃土，彼此的用心耕耘让真情的小苗茁壮成长。他们站在那片红土上，相依陪伴着，静看细水长流。更迭的是岁月，不变的是情怀。绵绵情意，像春天的细雨，滋润了生活的每寸土地。我愿守着他们，在看得见，或看不见的角落。而他们会安静地等在那里，等着我来，或者不来。我用一颗感激的心，望着风景。无论怎样的经历，都是成长，安然。

我喜欢那一个小镇，传说千年。在清晨，漫步青石桥，很湿润，带着一种桃源的馨香，走过旧时拱桥。我回头，看见一片熟悉的杨柳，是春天的杨柳，轻拂水面。我在夏天里，看见了春天，欣喜若狂。原来，有些画面，早已像相片一样定格，镶嵌在记忆里，在某时，突然乍现。

萨克斯风，响彻晚空。仿古的酒吧，在一片爬行的葡萄藤中，展现风情。我记得院落的那棵桂花树，有些年头了。

坐在河边，看着那一座古桥，河水流过石头，似乎石头也带了痕迹。这里的河水不再清澈，但在这个小镇上孕育的故事，却透明洁净，像天使的翅膀，可以飞翔。

七月似流火，是因为温度的骤升。是否，我应该用火一样的热情，拥抱它。不，因为这一年，我无法奔赴。那被马蹄踏过的草原，还在向往中。视线很短，心可以宽广，让憧憬变成一片明媚的阳光，我开始想象。蓝天，草原，落日，夕阳。

走出这条爱的小路

于　洋

远远地就看见你伫立在小路上等待我孤独的身影。走到近前，才看清你脸上隐忍着的强装开心的笑容，不知道该对你再说些什么，我们只是默默无语地沿着这条铺满了落叶的小路缓缓地往前走着。

这条小路，曾印下了我们浪漫的足迹，聆听了曾经无拘无束的笑声。我们相遇在这条小路上，也缘起这条小路。这条曾经青葱的小路见证了你与我之间那段短暂得如同霓虹一样绚丽的爱情。

十月里的北风已经充满了凉意，吹拂在脸上就如同我此刻渐渐对你无望而冰冷的心。一片叶子被无情的秋风吹落到我的怀中，伸出手，本能地去握住了这片可怜的残叶，也像握住了已经随同季节冰冷了的我们青春的笑容。

你我都清楚地知道，当我们走到这条小路的尽头，走到路口那棵刻着你我名字的大树下的时候，你我的爱情也就意味着画上了一个休止符。

此时的小路也满怀着酸楚的心事在沉默中伴着你我行进的脚步，这最后可怜的几分几秒，秃秃的树干就像一位垂暮的老人干瘪地站在风中，让人看上去充满了怜惜和阵阵的心痛。

既然你我今生走不到一起，那就注定了今天这个无言的结局。在你深深地注视着我的那双眸子里，是否，还能冲洗出往日那个让你疼让你爱，让你满山追逐的像小梅花鹿一样奔跑的靓丽身影？是否，你还能读出这如同咖啡一样苦涩的爱的味道？

既然你我今生无缘走到一起，我不去怨天，不去怨地，不去怨雨，不去怨风，只怨我们之间的缘分太浅，浅得就像一层薄薄的雾，散去后，仅剩下忧伤的悱恻和一帘幽梦。

既然你曾亲口回答我，我们不会走到一起的，那就请不要再对我示爱。在你对我说过一万次爱字之后，你可知道那是一种对我深深的伤害？

我既做不到什么柏拉图的精神上的恋爱，也做不到雪莱的那种灵感上的相通。我只是一个平凡的，有梦有情的北国小女子。我渴望自己能有一个属于自己的爱人和温馨的家，而不仅仅是眼睛和眼睛的相逢。

我不想也再不愿听你为我精心编织的那千万个美丽而又荒唐的理由，我的爱简单得就像我那清澈得容不得一粒尘沙的眼睛。如果你真爱我，就请紧紧地牵牢我的手，我愿意陪你一起去经历人生的风风雨雨，走完这平凡的人生。如果你不爱，也请你大胆地说出来，然后，给我一个洒脱的背影，给我留下一份回忆和美好，给我以诗歌灵动的意境，好让我在生命的深处还存有一点丰实的念想，好让我到白发苍苍笑对夕阳的那个时刻，在想起你时依然有一份被秋雨打湿了的心跳和感动。

是的，我承认，我没给你带去应有的幸福和快乐。可是，你又曾带给我什么呢？是那些一个个从黎明等到日暮的期盼吗？还是一颗千疮百孔哭泣的心？

与其让爱如此劳累和疲惫，不如让我们去学会放弃和从容。当雷雨过后，天上依然会出现生命中的那道彩虹；当冰雪过后，依然会等来南雁北飞，梅花三弄。想必，在下一个开满野菊花的人生路口，会有一个真正的属于你我的幸福和爱人在那里如期而至。

别了！我们那如同落叶一样脆弱的爱情！就让那刻满了我们心酸和无奈的叶子在风中去任意地飞舞吧。别了！曾经的月也朦胧，爱也朦胧！

还有几米你我就走到了这条小路的尽头，即将各奔东西南北中，请让我们彼此给予彼此一次最灿烂的笑容吧。然后，请你先转过身去，因为，我不想在这个分别的时刻让你听到我努力抑制住的呜咽之声。让我们努力去微笑着，向着相反的方向而行吧。请记住：谁也不许回头！就这样勇敢地走下去吧，走出我们给予彼此的爱的樊篱，给彼此的心一个可以展翅自由翱翔的天空。

当泪水打湿了这个季节和我脚下的这条小路时，相信，在我未来的诗行里写下的不仅仅是浪漫、多情，还有坚韧和理性。

抬头望去，蓝天依旧，白云悠悠。而太阳依然对每一个快乐和不快乐的人都付出同等的爱心、温暖和真诚。我是该静下来去重新思考一下我的未来，我的人生了。

走过这条爱的小路，走出这条爱的小路，请允许我在心里轻轻地呼唤一次你的名字。最后一次用我小女人的全部柔情化为对你的殷殷叮嘱：愿你在未来的人生路上一路走好！愿你多多珍重！

写给蒲公英的情书

贾丽花

光阴流转间，亲爱的，感谢上苍让我遇见你。当每一次温暖自心底出发的时候，亲爱的，我的目的只有一个——爱你。

在这虚拟的世界里，我曾感知过你，春秋冬夏喜怒悲欢，你不经意发出来的小脾气，你游走的笔触泄露了的柔软的心。亲爱的，原来我们是一样的平凡，一样有牵挂着的老人孩子，一样的在这网里信步闲散，织着自己的流年，手捧一心的期盼，一样的相信，希望，并心存善念。突然地就会被你感动，泪流满面。呵，这轻若蒲公英的感念，我将带给更多的人，一起分享、怀念。每当心要远行，都会回过头来看望你们，想想昨日那些暖暖的嬉笑打骂，然后，默默地离开。亲爱的，请原谅我呀，因为我早已把你们的爱与真诚装进行囊，暖我于孤单凋零的时候。

这一年里，学到好多东西，包括做人。开始收敛着自己的小情绪和无从谈起的忧伤，像你所说的，夏是热情，即便还做不到也该是乐观坚强的女子。我想我可以试试。不想说，你是我最美的珍藏；不想说，每次泪流亦是欢畅。那份单纯给你们分享过，就足够了。

转眼 2012 真的来了，没留下任何悬念，也没了奢望，那一场共赴毁灭的传说。平淡的我们依旧无奇地扫地，铺床，批改作业，听那许久许久都等不来的都快唯美成圣乐的脚步声。

开始无眠，开始接受一些以前从不敢接触和接收的流行符号，比如 QQ 表情里的红唇。被一群丫头们群吻过的我终于也像得了年终奖般的红了，抵抗力逐渐增强，龇牙咧嘴也频频发送，不再只是沉默。虽然依旧喜欢安静地做一个热心观众，以便随时游走，形如闪电。

如果爱

蓝珂儿

我和家人驱车来到曲江遗址公园，阴雨绵绵中的烟柳画桥、亭台楼阁、粼粼水波和往日天气晴朗时给人的感觉大不相同。春寒料峭中那一树树鹅黄、一片片新绿、群雕仕女、马车都被抛在身后，取而代之的是青年男女孩子深情相拥的雕塑。泊好车我们拾阶而上，来到王宝钏苦守了十八年的寒窑前。

伴着优美的音乐看从公园流淌出来的溪水和身旁穿着古装的工作人员，感觉自己像是步入王宝钏生活的那个年代。和大唐芙蓉园长亭横梁上的诗歌相映成趣的，是这儿两步一个爱情成语，什么比翼双飞、举案齐眉、相敬如宾、莺莺燕燕、琴瑟和鸣、山盟海誓等等。我们一边体会词中的意思，一边走近人间至情至爱的情感画廊。

据说，杨虎城母亲曾经翻修过寒窑，并且让抗日将士的夫人向王宝钏学习，学习她勤俭持家安心等待丈夫胜利归来。时至今日，人们的婚恋观虽然已经发生了翻天覆地的变化，但是大家对纯真、美好感情的向往不变。王宝钏的故事被各种媒体所演绎，使得她的节操、美德和端庄的仪态人尽皆知。

在剪票处，工作人员问："你们是来相亲的吗?"他见我们相视而笑，又说："你们一定是亲友团的!"他的话更让我们丈二和尚摸不着头脑。入园后才发现路边翠竹系着心形卡片，上面写着征婚人的基本条件，路上的行人也多是青年男女，我们顾不上观光，向公园正中人头涌动的地方走去。那儿有一个小型舞台，上面站着两排青年男女，舞台背景上书写"将爱情进行到底"和某公司的横幅。看了一会儿，发现这和电视节目——《非诚勿扰》、《玫瑰之约》类似，这样的节目出现在以爱情为主题的公园中真是再恰当不过了。

舞台上有七名男子选中一位女子，这位美女只向其中两位男子问问题，主持人让大家用语言表达一下自己的心意，以期打动这位女子。结果有人当场献歌，深情地唱《特别的爱送给特别的你》；有人送玫瑰；有人看到女孩子在细雨中冻得瑟瑟发抖，把自己的棉衣脱下来披在女孩子身上。到选择时，女孩子对送花的男孩子说了声谢谢，对献歌的男子说她也喜欢唱歌，希望以后有机会大家一起去 K 歌，然后走到送她棉衣的男孩子面前问："你冷吗？"

男孩子说："只要看到你的微笑我就感觉特别温暖。"

于是女孩子选择了后者，并问台下的亲友团："我是一个务实的人，大家对我的选择满意吗？"台下自然是一片欢呼声，有人大声喊"满意"。主持人让两人各讲一句话表达一下此时此刻的心情，女孩子说："我希望在对的时间，选择对的人。"

主持人把话筒给男孩子，男孩说："这儿够冷的，我们俩下去后慢慢说吧！"众人又是一阵大笑。

舞台后面就是王宝钏的故居，我们拾阶而上来到她的卧室、起居室、机房（织布机、纺纱机）和柴房，看到一些日常用品和衣物。这些东西都会让时光倒流，让人不禁要感叹相府千金放着王孙公子不选，偏偏选择出身卑微的薛平贵，并且为他苦守寒窑十八载，直到十八年后胜利归来，她才苦尽甘来过上短暂的幸福生活。离开起居室，有几个屏幕挡住了去路，上面正在播放动画，拿起耳麦便可以欣赏到"红叶提诗"的故事。话说一宫女宫中寂寞，在红叶上提诗一首——"流水何太急，深宫尽日闲，殷勤谢红叶，好去到人间"，并抛进御沟流水中。这一无心之举，竟然被宫外一个在御沟洗手的书生捡到！几天后，他也在红叶上题诗两句"曾闻叶上题红怨，叶上题诗寄阿谁？"，置于御沟上游的流水中，不想被这位在红叶上提诗的宫女捡到。几年后唐僖宗放出后宫侍女三千，让她们回到民间婚配，两人成亲后才发现红叶为媒，为他们缔结了一段浪漫情缘。

正所谓，"人面不知何处去，桃花依旧笑春风"。这美丽的忧伤化成绝句，让后来者为之咏叹为之传诵。古有举案齐眉、龙凤呈祥、秦晋之好等经典成语，每个都蕴含着一个优美的爱情故事。可见从古至今在人们心目中爱情都是一首浪漫、婉约的诗，其中包含的甜蜜幸福或者苦涩的艰辛，只有当事者自己知道。而爱情故事之所以让人着迷，是因为从故事中可以折射出人性当中的至真至善之美。因为有了爱，就有了温暖、温馨乃至幸福的生活；没有爱，人生之舟则没了停泊的港湾，给人孤单落寞的感觉，所以说有爱的人生才是圆满的。

佛曰：百年修得同船渡，千年修得共枕眠。两个人走在一起本已不易，我们更要珍惜当下的幸福生活，如果爱，请深爱。正如《诗经·邶风·击鼓》中所说的："死生契阔，与子相悦。执子之手，与子偕老。"

我和你有缘

珙　桐

我和你有缘，这句话不光想说给你听。你之所以让我能感觉到你的存在，是因为你放不下她对吧，我也放不下她，我和她一起趟过的河比秋水深。

你知道我和她有缘，便从容地走进我的梦境。她那样出色善良，我和她就像小草和大树，中间隔着天，却能相映成趣，风起时一起听风，雨来时一起听雨。

此时此刻，我多想看看你的脸，看看你的眼睛、你的眉、你的鼻子、你的唇、你的衣裳、你的头发……你并没有看向我，你只是径直走过她身边走进屋子。梦的书页里没有注释，我却能读懂你的眼神，像冷月，像白雾，裹满流星划过天际后的悲凉。

你悄然走进我的梦里时我毫无防备。你的眼里只有她，你走过她身边时没有扭头看我，连一个微笑都不给我。我能想象出你和她相依相偎的岁月里有过多少艰辛，你一定很爱她。她一定很想你，我不知道如何去安慰她，便在纸上画起了你，你离去的日子连我都记住了，她更不会忘记，它已成为一种纪念。

你在天堂好吗？那里是不是一个没有伤痛的地方？我多么希望这一刻的你正在和她说着你们的故事，听她说起一些你对她的爱，你朴素的样子就那样烙在我的心壁上。

你知道吗？我告诉她我为她做过两个梦后，第三个梦也跟着来了。有她的梦有些荒唐，那时的她正苦海里浮沉，那时的我不管白天黑夜都会默默为她祈祷。我只想听到她的笑声，我的愿望高不过低矮的茅屋。她曾对我说她想和我做邻居，一起种星种月种银河，种诗种画种梨花，她说着那样的话时那样天真无邪，那样的画面早已在心里实现。

你看她多贪心啊，希望我只为她做梦，我的掌心捧着那么多希望我能为他们做梦的人，也包括你吗？你会回来看她的，对吗？我把为她做的第三个梦也托你捎给她，总以为天堂里的人就是那能长出翅膀的天使。打量着让人百思不得其解的梦，我问周公，周公说女人的细腻心思只会让女人越来越天真，我说我愿活在这样的天真里，孩子般和人勾着小拇指说着拉钩上吊一百年不许变，荡着诺言的秋千走向天真的永远。

你的世界里是否还有梦？如果这话让她听见，她肯定会假装不在意说她的未来不是梦，她说有一首歌总在唱，心若在梦就在。我知道她之所以喜欢是因为那首歌能点燃逝去了的青春岁月，能激活她死潭一样的心海。我更知道它就像支撑她走到今天的信念，一些歌总能唱出力量。

就在昨天，我又跟她说起了你，却没亲口为她描述梦的样子，她说杨柳吐絮了，杏花开了，不忘叮咛她一定要照顾好自己。当我们说起一些离去了的人时，我忽然想起一个誓死要打败病魔的人，心里平添许多愁。我的眼睛是胆小的逃兵，我只会躲在无人的角落里画着我的天马，一匹桀骜不驯会飞的马，和它驰骋天涯时我是星辰。

你是不知道的啊，我有一匹只为我存在的天马，如果我有足够的时间，我能让它和太阳同辉，它却不愿我为它积聚能放飞它的能量，它说它的脚一挨地就会生锈，斑斓的繁华会让它失去会飞的翅膀。我一直把它藏在一个美丽的匣子里，它的骄傲只愿与我同在，它是否会在下一秒离我而去，我不愿多想一秒。

你听，我的天马又在喊我了，它满身的洁白总让我不由自主地靠近，忘了我只是一个只会放牛的牧者。想起正在和同生命斗争的人，我对天马说，快，助我一臂一力，帮我点燃一盏不会熄灭的烛光，照亮他们归来的路。

一个离奇的梦给了我一段洁白的思绪，我在捕捉的瞬间灵魂已出窍。思绪是挂在天边的一首诗，屋顶挡不住，你看得见。她看不见没关系，她身边的风已心领神会，我和她说好的，来生我们还要一起走。

你是我的将军

徐　佩

栀子香混合着青石板的节奏，窗前落雨纷纷，滴落在心底激起一圈圈涟漪。故里是否已草木丛生，青丝换华发，一曲古筝落幕，已是一曲轮回斗转。你是否听闻，我始终一个人，在等，在等着那些青葱岁月两小无猜的诺言。

男孩走的那年，大山里的清泉边，门前的青石板还没有如今的光滑而富有灵气。花香浓郁的季节里，满是蒲公英飞舞的白色光点。终于在眼泪中明白，有一个男孩爱着一个女孩，他带着女孩的思恋，远走他乡……

栀子花，白花瓣，飘落在女孩的蓝色百褶裙上；夕阳下，山坡边，倒映着男孩棱角分明的侧脸。是谁说，“一见杨过终身误”只是神雕侠侣中才会出现的桥段，而女孩偏偏在这个美好的黄昏沉沦，视线再也离不开他，莫大的心动趋着前移的脚步。

“你好!”言语已不经过大脑的传递，直接说出时只感觉脸庞火辣的气息，惊动了这片大山里固有的安静。

男孩只是微微侧目，便看见女孩那因害羞而红扑扑的脸蛋，带着少女特有的柔软气息。四目相对，无语凝咽。这一场邂逅，一见如故；这一声问候，一语心扉。那块青石板，印证着他们幸福的岁月。梧桐叶落，深埋进土壤的浮华，都不及眼前这人、这轮廓来得明丽。

生于长于山坳的男孩，心怀蓝天翱翔的梦想，拥有翱翔蓝天的飒爽英姿。当部队来征兵的时候，男孩只留给女孩两个字——“等我”便匆匆离去，带着他以为此生不变的爱恋，飞出大山的怀抱。女孩痴痴地坐在青石板上，望着重重叠叠高低起伏的山峦，一天天，一年年。

“爱你”是男孩轻柔绵长的情话，女孩低着头吻着青草的芬芳，那个亲密相吻的夜晚，让女孩在以后每个等候的日子里都不再孤单。吹着蒲公英让它们飞向远方，相信它们已带着女孩的等候告知山外的他。只是从未望见，山的那一边，也有微笑的蒲公英飞向女孩的眼，扑朔迷离的目光。

蓝天翱翔，男孩终于实现自己的梦想，多少次从空中俯视山里的一草一木，仿佛望见青石板上，坐着一个女孩，她等着他回去。过家门而不入的痛苦，是每个夜晚难眠的煎熬。梦里醒来，唇边似乎还弥留着女孩的清香，默默泪语：如栀子花般洁白的女孩，等我，等我……

曾经羡煞旁人的偏爱，有恃无恐；如今冷却的容颜，逐渐苍老的皮肤，女孩还是一个人，弹着男孩钟爱的古筝曲，回荡在山间的每个角落。“等我”是在每个想他的睡梦里都会听到的呼唤。只是这声呼唤，再也看不见的侧脸，终究成了无尽的痴念。

那一刻，飞机坠落，男孩将唯一的降落伞送给了乘客，他带着他的翅膀飞向大海。折翼的时候，听到大山里悠扬回荡的古筝曲。

青葱玉手，十年不见，女孩你是否还在等，男孩他曾经许下的承诺。只是，再也回不去的人儿，终究这邂逅会是一场华丽的辜负；只是，再也见不到的人儿，请原谅男孩不能赴约的心痛。不思量，自难忘……

千年前，门前那块青石板，洛阳魏书记载；前世今生，栀子花的清香不变，蓝色百褶裙，窗前听雨声，你是否听到不凄不绝的再等。繁华声，遁入空门，折煞了世人，我还在烟花易冷的故事里徘徊，结局太冷，情债堆积了几本，抵不过，放手的刹那，记不起的人事易分。

我在青青初夏里见过你

魏馨媛

小院里飘散着淡淡清香，仿佛这满树的梧桐叶便可将整片绿色盈盈撑起，亦如当年我在青青初夏里见过你。

只记得那也是一个绿意正浓的夏天，幼小的我正在院里的梧桐树下独自玩耍，猛听大门外忽然喧闹起来，忙扔下手中玩耍的“宝贝们”，兴冲冲跑出门外观看。

“小心点，别碰着。”一个笑意盈盈的阿姨在指挥几个叔叔小心搬动车上的东西。

“你是新搬来的吧？来来来，我们帮你。”邻居们热心地跑来帮忙，七手八脚忙活着，十分热闹。

“谢谢，谢谢！”笑容可掬的阿姨满是感激地答谢道。

这时，我发现了阿姨身后的你，瘦瘦小小的男孩。那时的你穿着一件白色卡通T恤，清清秀秀的，笑起来脸上挂着一对小酒窝，十分可爱。你从糖袋里随意拣了一颗绿色的糖豆塞进嘴里，吃得津津有味。我在一旁也看得津津有味。

“你也要一颗吗？很甜的。”你举起手中的糖袋递向我，笑得很甜。

“谢谢。”我也随意拣了一颗绿色糖果塞进嘴里，“好甜啊！”

“小孩快捂上耳朵，要放鞭炮了。”一个用竹竿举着鞭炮的叔叔喊着。阿姨笑着把我们一起揽在怀里，两只手捂着我们的耳朵。

“噼啪噼啪……”

也不知道是哪里来的开心，我们一边互相看着一边咯咯笑着。就这样，我这个走路有点跛脚的女孩，多了一个你这样的朋友，一起在梧桐树下玩耍，一起吃着绿色的糖果，一起咯咯地笑着闹着。

有一次我问你为什么只喜欢吃绿色的糖果，你说吃起来有夏天的味道。

那时年幼的我不曾想到，人有时就像蒲公英的种子，飘着飘着就远了。

这种亲密无间的关系一直延续到你去外地读小学的那一年。某一天去找你玩，阿姨说你去外地跟着爸爸读书了，过年才会回来。我，有些失落。

好不容易到了除夕，你终于回来了，第二天去找你才知道，你已再次离开。后来的后来，你回来又离开。偶尔我们也会见到，但已经有些生疏，你总是如水般浅浅一笑，算作你我间的招呼。

满城梧桐落尽，伊人衣带渐宽。

中考前的初秋，你回来了。一场突如其来的车祸夺去了你爸爸的生命，阿姨成了单亲妈妈，你曾经爱笑的眼睛就这样渐渐憔悴，变得黯淡无光。你脸上的一对小酒窝也悄悄藏了起来，身高一米七的你更显消瘦了。

只是无论冬天再怎么寒冷，春天还是会如期而至。

我听说你和我考进了同一所高中。果然，报到那天你背着书包坐到了我身边，可是却没有太多的交流。

跛脚的自卑使我习惯孤独，总喜欢闻着淡淡的青草香气坐在树下的绿茵上依着树，抱一本心爱的杂志慢慢看着。偶尔平躺下来看看明净的淡蓝天空和自由嬉戏的云朵，感受着心底对生命最纯洁剔透的热爱。

“我的小腿肌肉不发达，弹跳能力不好。以后放学一起回家吧。我载你，趁机锻炼下我的小腿肌肉。”你抱着篮球满头大汗地跑过来坐在我旁边，用满怀期待的眼神等待着我的回答。

“好啊。”我笑着回答。

你笑了，露出甜甜的小酒窝。

其实，那时我还在想放学后要等同学们都离开了才回家，不想让新同学看到我跛脚走路的样子。

小路两旁的梧桐枝繁叶茂，风中吹来了夏末独有的清凉。我的蓝色碎花裙在风中飘舞，随着你的单车穿梭于每一片梧桐树下的阴凉，在每一个转角和路口留下明媚的笑声。

你还是热爱着篮球，只是偶尔会有你我两个坐在草地上观看蓝天白云，彼此咯咯欢笑的时候。关系虽然亲近，却也有着分明的界限。这样的生活简单快乐，单纯温暖。

马上就高三了，班上开始有同学窃窃私语。偶尔听到，我们总是相视一笑，不加理会。后来，闲话越来越多，越来越刺耳，直到触及底线。同学们开始谈论你没有爸爸，或是你来自单亲家庭。我忍不住跑过去与她们理论，甚至争吵起来，拼尽全力想维护你。“他有爸爸！他有爸爸！他有……”我喊着喊着竟然就哭了。事后班主任把我们一行人带到办公室教育了一番，并把你留下单独谈话。

那天单车上的你少了笑容，却多了心事。不知是不是受到了打击，你总是闷闷不乐，也不主动和我说笑了。

直到有一天，正在骑单车的你突然郑重地跟我说："从明天开始我不能载你回家了。"

"为什么？是不是因为……"

"不是，因为我要离开这里了，但我还会回来的。"还没等我说完，你就抢过话来。

"嗯。"我点了点头，没有问你为什么离开。只觉得眼睛潮湿了，你的背影也渐渐模糊。

时间踩过片片落叶渐行渐远，慢慢的，你的样子也开始模糊不清。其实我是可以把你刻在心里的，只是你的怯懦和退缩让我觉得你不似以前那么清晰分明了。

高考结束，班主任打电话问我考试情况，之后他还问到了你。很诧异，也无从答起，直白地回答，我和你早已失去联系。本以为班主任会很满意这个回答，不料他倍感惋惜："当初他求我把你俩分到同一个班，我不答应，直到无奈之下他道出原因——因你跛脚，要载你来回上学，我才答应了他。若不是那次谈话我告诫他应和你保持距离，安心备战高考，他也不会离开得那么匆忙吧。"

我如梦方醒，原来你的离去，皆因我啊！

后来我努力多方打听，得知你和阿姨去了南方一个很远的城市。我也尝试联系，只是音信皆无。

只记得那年坐在单车后座哭得不成样子的我，听你说你还会回来的。我想，你一定会回来的，也许就是明天吧。

小院里梧桐树又被夏意缀满，淡淡的绿色清香编织了满院清凉。少年可还记否？我在青青初夏里见过你。

深秋萧萧谁相忆

不论是幼时情同手足的伙伴，还是青涩年华一起憧憬的好友，还是似水流年心有灵犀的至交，还是行至暮年，一起拄着拐杖回首来时路的两张苍老的脸，竟怎样也想不起相遇时天有多高，风有多轻，景色有多美。只记得漫长一生中那诚挚的双眸，那些温暖的话语，以及彼此举手投足间的殷殷关切。

（杨红萍）

字缘

董　桥

好几年前我编《明报月刊》的时候，有一天在台湾报上读到台静农先生写的《伤逝》，十分喜爱，写信请他准许我转载。台先生回信说，《大成》的沈苇窗先生早已经来电要转载那篇文章，还请他写了《伤逝》两字；“此一小文，两处转载，似可不必，尊意以为如何?”结果《明报月刊》当然没有刊登《伤逝》了；我倒保存了台先生那封用圆珠笔写的短简。

我始终没有见过台先生，却求得他给我写了一幅字。字一直挂在书斋里，晨夕相对，慢慢结交了台先生，先是淡交，后来竟深交了；人化成字，字成了人，七十三个字，字字都是我眼中心中的“台先生”。

我常想，字好字丑，难有定法，眼看心喜，就是好字。惦念一个人，一旦盼来了片纸只字，明明是涂鸦之作，也爱不释手；既然话都不投机，再漂亮的字看了也不会惬意。我很相信人讲人缘，字也讲缘。画大概也一样。每当张大千生日，台先生画一小幅梅花送他，张大千很高兴，说：“你的梅花好啊。”最后的一次生日，台先生画了一幅繁枝，求简不得，多打了圈圈，张大千竟说：“这是冬心啊。”

张大千说台先生是“三百五十年来写倪字的第一人”，那是中国传统的评价说法，仿佛好字好画非要有源头有师承不可。写字练基本功临摹前人遗墨，当是很有用的，不过最终还是要写出自己的精神个性才好。我看字也常常带着很主观的感情去看，尽量不让一些书法知识干预自家的判断；这样比较容易看到字里的人。

台先生的字我看了觉得亲切，觉得他不是在为别人写，是为自己写。他的字幅经常有脱字漏字，但并没有破坏完美的意境，可见他的书艺已经轮回投进他自己的人格世界里。钢琴大师荷洛维兹晚年弹琴也经常弹不准几个音，却能保住了整首曲子的独特气势，他说他不计较这些：“我是荷洛维兹!”

台静农的字是台静农，高雅周到，放浪而不失分寸，许多地方固执得可爱，却永远去不掉那几分寂寞的神态。这样的人和字，确是很深情的，不随随便便出去开书展是对的。他的字里有太多的心事，把心事满满挂在展览厅里毕竟有点唐突。台先生一定会说：“似可不必。”

沈尹默的字有亭台楼阁的气息；鲁迅的字完全适合摊在文人纪念馆里；郭沫若的字是宫廷长廊上南书房行走的得意步伐。而台先生的字则只能跟有缘的人对坐窗前谈心。我天天夜半回来，走进书斋，总看到他独自兀坐，像有话说，又不想说。台先生一直在那里。

哑巴朋友

王剑冰

他和我住在一条街上，我在南头，他在北头。街不长，靠北头的地方有一所我的小学，因而上学下学总能在街上或学校门口遇见他。闲时去北头找同学玩，他有时也过来凑热闹，大家彼此不陌生。

他那时也只是比我大三两岁，十一二岁的样子，长着一双大眼睛，透出精明的神气，黑黑瘦瘦的，个子却不低。我见过他趴在窗台上看老师讲课，也见过校长嫌他干扰教学而撵他出校门。

听说他也曾是这所小学的学生，学习还挺用功，二三年级时，母亲一个巴掌打在他耳朵上，他就再也没有了语言和听觉，永远地失去了上学的机会。

平日里，同他差不多的孩子们都背着书包蹦蹦跳跳走向学堂了，他就一个人寂寞在校园门口。那时年纪小，不懂事理，顶瞧不起哑巴、瘸子、瞎子之类，就总是闹出学生起哄逗哑巴的事。学他咿咿呀呀地说话、打手势，笑他生气着急骂人的样子，直到把哑巴逗急捡地上的石头，才笑着一哄而散。

其实哑巴极无聊，他曾上学的教室再也不能进去，他的学名大号人们早都忘记，唯他自己还把那代表一种尊严的符号记在心里。他没有一起玩的伙伴，没有语言的交流，他知道自己常常受到歧视，他没有力量反抗这种现实。他恨过吗？痛苦过吗？没人知晓，想他一定有一种悲恨深深地埋在心底。

他在家也常干活，他的弟妹也在那所小学上学，他就得担水、和煤、下地。当然，更多的时候是见他在大街上闲逛。

小城除了我居住和上学的那条小街，不远还有一条平行着的大街，挤些小商店小摊贩之类，再无热闹处。这大街上就总是聚了各类人等，包括哑巴，包括那个叫作小根、小伊的傻男傻女。他们的出现，总是招来一阵围观，一阵笑闹，大街上也就显出小城的气氛来。

叫作小根的，天生一个傻孩儿，个头比哑巴还高，年龄比哑巴大，每天装成瘸子囔唱着从街这头拐到那头，惹一群群小人儿跟在后边嘻嘻哈哈地跑。这傻小根虽精神错乱却不招惹人，遇小人儿扔了石头在身上也不生气，只把两只胳膊架在头上躲闪，自然就有人出来抱不平。时间久了，都知道他的本性，也就常有人送他块饼子窝头之类的零嘴吃。

另一个傻小伊，女的，二十来岁，胖胖的，总是在街口或墙根立着晒太阳，时不时傻笑两声，说些人们听来可笑的话。

就这三个人成了小城生活的一台戏，有时三个人莫名其妙地遇到一块儿互相观摩，就更惹人笑，不过主角还是哑巴，哑巴不造成世风“污染”，他只是以另一类型的残疾人存在着。

哑巴在街上闲逛久了，就逛出些小偷小摸的本事。不过，他不是掏包，不是贪图发财，他偷摸的只是些瓜果之类，以此填补肚子。我曾见他端的饭碗，黄面汤里漂几片菜叶，再就是一块窝头，他的弟妹就比他吃得好。他总是光身子穿一件不系扣子的黑大褂，大概是他父亲的旧衣。卖甜瓜黄瓜柿子之类的车子来了，他也挤在人堆里，挑拣似地拿着一个在鼻子上闻，趁卖主看秤时，那个瓜就到了衣服遮着的腋下，随即手里又拿起一个照样闻着看看，最后摇摇头，当着卖主的面放下离去。他不带篮子又是空着两手，卖主自然不会怀疑，他就总能赚个瓜果充饥。

当然，那些常在街上卖东西的老主，知他是个哑巴，瞧见他这套把戏也就让了他，或者在他围摊子时干脆送他一个两个，惹得哑巴竖起大拇指当街举着赠物叫好，也落得个好名声。哑巴对待好人坏人的标准即是竖大拇指或伸小拇指，谁要是让哑巴在街上伸了小拇指，当是件难堪的事。哑巴受了别人的好处，总是记着，比如他就帮助卖瓜的抓过“小偷”，以保护“好人”的利益。

我曾送给哑巴半个白面馒头，哑巴就算记住了我，总是在人面前竖我大拇指，意味着我是个“好人”。

一个星期天，我抱弟弟上街，哑巴见了挺高兴，向我摆手，让我一同到一个卖瓜的车旁，比试着让我买瓜，我有些犹豫，出来时父母没给零花钱。就这么个工夫，哑巴又拉我挤出人群，把一个喷喷香的大甜瓜递到我的面前。原来他肩挎着一个大篮子，那篮子整个横扣在他的背后，没有人想他会把瓜放在篮子里，他却正好利用这种心理，把一个甜瓜放在了唯一能盛点东西的篮帮上。

我怎好意思要这窃来之物，可他急红了眼，一路跟着我咿咿呀呀大叫，最后伸出小手指头在我面前划了两下，恨恨离去。那意思必是说我不懂得他的一番好意，不够朋友。

后来我上了学，家也搬离了那条小街，哑巴见了我还是很友好的。我那时在校宣传队演节目，他就学着我表演的节目向人们告知，还嘻嘻笑着学我拉小提琴，然后再竖大拇指，意为我不简单。我奇怪他在何时这么真切地认准了我的形象。

哑巴总能轻易地进电影院、戏院，小城不大，人人都认识他，知道他没钱买票，又是个残废，就让了他。哑巴极有艺术细胞，他学电影、舞台上的表演总是惟妙惟肖，十分逗人，都说哑巴要是不哑，准是个好学生苗子。

哑巴心善，在街上遇有坏孩子欺负本街上的小人儿，就咿呀上前相助，而换来的总是下次挨打。

一次看戏，我就见两个大小伙子在剧场角落里打了哑巴。哑巴平常不穿鞋，两个人穿着鞋踩哑巴的脚，疼得哑巴躺在地上大叫，引来好多人干预了事。原来是哑巴在白天打了一人的孩子，那孩子恰恰是欺负了哑巴街上的一个小女孩，把小女孩的书包带子都扯断了。

哑巴越大越觉出自己的痛苦，因为孩子们越发不愿跟他在一起玩耍，甚至他的弟弟。他父亲曾想让他帮家里挣点钱，让他赶了小驴车去火车站拉沙子，可差点儿就出了人命。哑巴听不见火车叫，要不是人们七手八脚把他连同车子推出道口，他也许被卷在了火车轮子底下。

有人劝过哑巴的父母，到大医院给哑巴看看，说不定会出现奇迹。哑巴不是完全听不见，有时感到他有听觉反应，再者他咿呀呀表达的跟有些词意相近，尤其他生气着急时骂人的话语。懂医的人说这种后天的聋哑说不定有治。可他的父母到哪去弄这笔钱呢，正是十年动乱时期，生活本还艰苦着，哑巴的弟弟小学毕业就再不让上中学。哑巴也许永远地失去了治愈的机会。

再后来那些小人儿都大了，有的下了乡，参加了工作，或上了大学当了兵去了外地，连哑巴的弟弟也娶了媳妇过起了又一代人的生活。

哑巴呢？十几年中多少次回家都不见了他，也没有再见过那个傻小根。倒是偶尔见过傻小伊，她依然揣着手靠在墙角晒太阳，时不时有一两声傻笑，或说些不明不白的话语，只是花白了头发，傻小伊变成了傻老伊。

去年春节回家，我上街修鞋，街面上依然是拥挤的店铺，众多的闲人，只是印象中那热闹非凡的大街怎么这样窄小?推车走到一个鞋摊前，旁边的一个鞋匠突然兴奋起来，丢下手里的活伸出拇指指着我笑，并且把锤子放在下巴底下很悠扬地做拉琴状。

呵，我认出来了，他是哑巴！

这多年不见，我已是这小城的生人，哑巴竟一眼就认出我来。没想到他还是小城生活中的一个角色，且变得本分。他不再在街上闲逛了，没有由小偷小摸走向大偷大摸，没有成为家庭乃至社会的负担，他找到了自己的位置，以他的精明和劳动证明他自身的价值。

我也那般高兴，向他竖起大拇指，意味他是老朋友。这极大地维持了他的面子。他兴高采烈地冲着围观的人指着我，表演我小时表演过的节目。二十年前的事情，倒弄得我不好意思。继而他又要过去我的鞋，叮叮当当三两下就修整好，那手艺蛮精细。我掏钱，他立即阻止，再争，便像小时一样伸出小拇指来，意即小看了他。

我就这样离去了，一天中我都显得很舒心。在那个街角，在那个百货门市的屋檐下，有一个挺好的故事需要我讲给人们听。

泼墨绵山

陈奕纯

美丽的绵山是我向往已久的。

八年前，我曾约一位大学同学到山西陵川县的锡崖沟写生，之后再去介休市著名的绵山风景区游览，不料同学在写生期间突然身体不适，不得不返回。就这样，我与绵山擦肩而过。

绵山属太行山脉。我钟情画太行山，认为太行山写生是画好山水画之根基。而画山水画，就像游山玩水那样，于山水之中汲取乐趣，汲取心中那份喜悦，在画山水的过程中颐养身心。想起以前，一友人到家中做客，看到墙上悬挂有我的一幅《太行风骨图》，他驻足良久后不解地问，这是北方的太行山吗？太行山是这样子吗？这山石的轮廓，怎被勾画成了一块块重叠的长方形？没见过！友人不画画，自然不懂得绘画技巧里那充溢“古韵”的皴法画法，不懂得要从绘画中的用线和用墨，来判定作者是否有深厚的传统笔墨功力。不过，他说的所谓“重叠的长方形”山石轮廓，我认为正是北方太行山脉的气势雄伟、棱角突现的特性了。

我与美丽的绵山总算有缘。

去年八月底，一些海外友人观看完北京奥运会的比赛后，余兴未了，便与我相约绵山。我想，这绵山一步一景一典故，对景写生，时间当然不够，只能用手中的相机先把壮丽雄伟的风景拍摄下来，待回去后再仔细研磨，用画笔精心描绘出来。

第二天清晨，外面开始下起了小雨，之后雨越下越大。正当我们无奈感叹天公不作美时，雨竟停歇了。呼吸着清新、湿润的空气，我与两位友人进入绵山有名的景点——水涛沟，沿着水涛沟旁边的小路，犹如两三片白白的云朵一样向深处漫游。雨后，沟里的水清清爽爽，流得更为欢畅了，在水的中央，绕过巨石的地方还略显湍急。沟的两边与中间，每隔不远的距离都有一些石景和动物造型，数一数，十二生肖动物已快齐全。看着它们只只形态各异，自有一番情趣。

我们继续前行，不经意间，看见对面沟边有一尊古代男子的玉石雕塑，男子一手托脸，一手轻放，神态懒散，坐卧于大青石上。旁边，有一石坛子倾倒着，里面“汩汩”地不断流出清水来。“知——章——醉——酒”，旁边友人轻声念着巨石上的字。我闻而惊喜，原来这尊雕塑是唐代大诗人贺知章！我是熟知贺知章的，不光他的诗作《回乡偶书》古今吟咏不绝，还与李白、张旭等人被合称为“饮中八仙”，他曾在开元年间两度游览绵山。开元七年(公元 719 年)，贺知章首次来到这里，置身仙境，诗兴大发，留下诗篇：“别离江南岁月多，绵山修真消劫磨。常见门前涛沟水，不思他山镜湖波。”他又被称为“狂客风流”，不仅体现在他的交游上，还体现在他的书法艺术上。唐代大诗人李白、刘禹锡、温庭筠都曾写诗赞美过他的书法艺术具有浪漫美，“笔力遒健，风尚高远”，“壁上笔踪龙虎腾”，“落笔龙蛇满坏墙”等都是对他书法作品的褒奖之词。贺知章为我们留下来的还有草书《孝经》，纯正的晋人法度，二王风格。此经字字独立，点画连而不断，既有章草隶意，又有今草风韵，其艺术成就极高，乃系唐草中今草和狂草的桥梁之作。

我们在谈论贺知章及其书法造诣的话题中，不觉又拐过了一道弯，无意间抬头，看见不远的高处，有一个写着“乐天草舍”牌匾的小亭子。

相传，唐元和十一年（公元 816 年），白居易来游绵山。到这里后，已觉神倦，遂靠着山崖睡去，不觉进入梦乡。忽见两只神龟驮着经书在眼前晃动，旁边有一位老翁手扶龙头杖，尾随仙鹿。老翁和颜悦色地告诉他：“今日神龟献书，明朝独占鳌头。”元和十二年(公元 817 年)春，白居易果然考中进士。历史上，白居易为官期间曾多次直言陈谏，得罪权贵，而屡遭贬谪。因与介子推志在政治清明的趣向相同，一生敬慕介子推，多次游览绵山，曾在此屋居住，故以其字命名曰“乐天草舍”，他在这里写出《寒食野望吟》十余首，全部收录在《全唐诗》一书里。

我在中学时代，曾读过极富感染力的《长恨歌》、《琵琶行》，让我喜欢上了白居易，也喜欢上了唐朝，喜欢上了盛唐那具有象征意义的富贵之花——牡丹。如今我喜欢画牡丹，也经常用白居易的《惜牡丹花》诗来题我的牡丹画。不过，相比画画，我偏爱书写笔墨淋漓的行草书，偏爱以他的《琵琶行》“大弦嘈嘈如急雨，小弦切切如私语。嘈嘈切切错杂弹，大珠小珠落玉盘”这些节奏感强烈的诗句，来品味书法的韵律美。

美丽的景色，亲密的友人，喜欢的古代书法家，我一时难掩兴奋之情，禁不住地哼唱了起来，竟惹得身旁过往游人侧目。原来，这里除了欢快的流水和偶尔的鸟鸣，实属幽静，是回音使我的音调变得清亮高亢了。

欢声笑语间，我手中的相机也在不停地闪烁着……

“已近中午，我们返回去吧。”一友人提议道，我们便转身回返。恰在此时，我猛然发现了沟对面有一座小房子，那是什么房子？我颇为好奇，便与友人踏石过沟，近前，看到门匾上题写着“霜红山房”。“是傅山！他曾在此居住过啊。”我脱口而出。友人看我惊喜的表情，笑着逗我，今天是否捡了个稀罕宝贝？怎么一路来连连惊喜？我笑说确实是发现了稀罕宝贝。友人怎会晓得我对傅山的敬佩之情。

傅山乃山西阳曲人，与绵山毗邻，遂常来绵山。明崇祯十五年(公元1642年)，他在绵山为云峰寺题写了草书长联。清康熙十七年(公元1678年)，他为逃避做官，再度到绵山隐居，因这时万山红遍，层林尽染，故称其屋为“霜红山房”，并将他所撰文集称之为《霜红龛集》，其中有《题介子祠》、《介山石乳泉》诗。傅山是位精通诗、书、画、医、武的“五绝奇才”。傅山的一生屡遭险衅，但他一直以铮铮气节来面对命运的挑战，其坚贞不屈的品格，在明清之际的知识分子中独标风骨。他的艺术个性也极其率直，其书自大小篆隶以下无不精妙，并及金石篆刻。在书法史上，他的突出贡献是将徐渭浪漫派书风发展拓新，并标新立异地提出了“宁拙毋巧、宁丑毋媚、宁支离毋轻滑、宁真率毋安排”的审美标准，集浪漫派之大成。傅山“四宁四毋”的艺术特点，可概括为亢奋桀骜、无意于书、禅意如梦，让人产生一种惊异感、一种陌生感。就其禅意如梦而言，如他的《行草书四条屏》中云：“飒飒秋雨中，浅浅石溜泻。跳波自相溅，白鹭惊复下。”秋雨泻石溜，跳波互相戏溅，惊得白鹭复下叹奇，这是人与自然的相互感应与幻化，是禅意，也是梦境。梦是潜意识的直觉形态，禅是超意识的直接形态，两者结合，造就了傅山的一种高超意境。可以说，傅山把中国传统美学思想的核心：真、善、美中的“真”与“美”，进行了绝妙的诠释。

游览水涛沟，没想到收获颇丰，我委实难掩兴奋之情，大喊友人给我多拍一些照片，好让我留待以后作为永久回味。

水涛沟回来，我们又游览了大罗宫。

大罗宫是目前中国最大道观建筑群。在大罗宫一层讲经堂，我惊喜地发现，墙上悬挂着老子的《道德经》全文，竟然是由百位全国名人所书写，然后用108块花梨木镌刻而成。我慢慢近前，发现了有我崇拜的赵朴初、启功、刘海粟，以及欧阳中石、沈鹏等当代书法家的墨宝，有的行楷笔力劲健、雍容宽博的气度，隐隐透出一种佛家气象；有的如兰竹清幽、垂柳婀娜的风格，瘦硬通神之体态；有的雄肆豪放、瑰丽沉厚，自有一种粗犷朴拙之气；更有的体势飘逸雄健，俊美险绝，变化迭出，于温润凝重中显遒劲，秀美跌宕中见洒脱。尤其是沈鹏的书艺，博采众长，融会创新，其草体独具风貌——苍润的笔墨、起伏的韵律、疾徐的节奏、深邃的意境。

我自幼练习书法，至今亦有三十余年，对于赵朴初、启功他们的书法艺术，我都曾潜心研习过。在孜孜不倦的学习与钻研中，我慢慢体会到，书法的最高境界应该建立在“天然”与“功夫”之上，当“道”与“技”二者高度融合，化为书法家所要表达事物的灵魂，才能达到“天人合一”、“大道自然”。

雨飘飘，雾蒙蒙，坐在返程的车上，我低头闭眼，双手合十。旁边友人轻声笑问，在祈愿什么？我笑言，绵山美，心情美，感觉像是回到了初恋。

一路平安，终于顺利返回到了家中。

当天晚上，想着梦幻般的绵山，想着我所钦佩的那些名扬古今的书法大师，不由得心潮澎湃，豪情勃发，随即摊开纸来，挥毫泼墨，一口气写下了“知章醉酒”、“乐天草舍”、“云峰灵光”、“龙门之光”、“绵山风光人间仙境”五幅书法！

悄然风起的海葵

颜　剑

台风“苏拉”来临的前夜，我在赣州等待阿诚的到来。

相识阿诚，屈指一算，竟然有整整十年的光阴，彼此淡淡相交，友情如水亦如酒，清澈而醇香悠远。

从广州到赣州，虽然一路高速畅通，但路上还是需要五六个小时。知道阿诚驾车谨慎，我没有电话催促。是夜，盛夏的炎炎还没有褪去午后的燥热，在房里，我把空调开到最低冷气的温度，却依然感觉内心的热烈。我不知道，这是台风来临前的闷热，还是因为友情的等待。

江西抚州，素来被称作才子之乡，唐宋八大家，有两位的故里在那儿。

临川的王安石和南丰的曾巩。阿诚就出生在南丰，那是一个盛产蜜橘的小城。许是故土名人与山水灵气的浸染，阿诚很早就在江西的文坛崭露头角，“一个把文字当布洛芬服的人”，这也是我与阿诚一见如故的主要元素。

认识阿诚，纯属偶然，多年前，我在医院宣传科任职，那时的阿诚是某报广东记者站的首席记者，那时医院把宣传的视角描向广东省的韶关、河源，还有那些无数在广州、深圳打拼的赣州人。以报为媒，扬赣南美名。与阿诚合作下来，对他慢慢有些了解，当年高考全县的文科状元，在中国人民大学念完新闻学硕士后，毕业分配在中央某报社工作，直到爱情降临在阿诚的身边，他才离开他喜爱的编辑岗位。

两张票，一部车，邻座。那年去海南采访，阿诚遇到他现在的爱人。那个倾慕文学的女孩，当年海口某医院的儿科医生，就这样戏剧性地在路上与阿诚邂逅，自此开始他们相识，相知，相爱。她为了他，放弃自己的专业，学习管理自己的家族医药企业。他为了她，辞去自己热爱的文字工作，开始涉足卫生法学领域。

爱情，不仅可以改变一个人的人生，也可以改变一个人的事业追求。

文学与医学，两个相差甚远的学科，是爱情将之并联。

兴国路的小餐馆，我和阿诚杯盏相交，话语连篇。说得最多的却还是文学，从记者到卫生法学专家，阿诚如春蚕一次次一层层蜕变。可是，无论岁月怎样的侵蚀，那份对文学的酷爱，阿诚一直没有放弃。

读过阿诚散文的人，都会被阿诚的文字魅力所折服。阿诚有超强的驾驭文字的功底，他的散文充满哲理饱含真挚的情感。写景，景融入情；叙事，事感遇情。人生浮沉，世事百相，对于阿诚唯有真挚的抒怀。现实与文学的碰撞，不是每一个人都可以完完全全把握好，不是每一个人都能懂得并诠释那份心灵的煎熬。记得是2003年的早春，我和阿诚初识，在榕榕饭庄举杯时，我就认定，我们是彼此可以深交的朋友。那年开始，我们断断续续的几次碰面，都记忆犹深。2006年我去海南出差，取道广州，在白云机场转机的间隙，阿诚夫妇特意驱车赶来机场见我；2009年清明，阿诚举家回抚州扫墓，在赣州停留，我在白云酒店匆匆接待他；直到2012年的这个夏天，我在离我的陋室只是百米之隔的银海之星酒店安顿好我们的友情。岁月飘逝，就这样淡淡而悠悠，连着彼此心灵一隅的那份对文学的眷爱。我和阿诚的友谊如清水清澈甘甜。

阿诚不仅散文写得好，他的诗歌，感情细腻却浩瀚厚重，大气真情。这些年，我们只要一见面，话题谈论最多的依然是文学，我们谈海子，谈北岛，谈我们那个时代的青年对文学的追求。现在，海子走了，北岛的诗歌在购书中心也难于寻觅，可是，诗歌与生活却依然在前行。这些年，生活回报阿诚的有苦也有乐，无论是沧桑，还是坎坷，文学的烙印，始终一直清晰地在他的人生刻记着。

人们常常谈论成功，我没有去考证成功的标准是什么，我认为一个人的成功，是对信念的执着追求，是对生活快乐的解读，是对身体健康的承诺，是对家人无私的爱护。阿诚就是这样的一个人。

那日，我把阿诚带到赣县的储君阁鱼庄，树木掩映着的赣江水平静地流过鱼庄，只是微微的波澜上飘过几声鸟鸣的余音。江面没有风，阳光从树梢照射下来，形成无数光束落在餐桌前。我和阿诚以醋当酒，忆往事说散文。我忍不住又想到海子，与同行的一个弟子说到文学不能不以一种忧愁的方式渲染生活时，阿诚拨通著名作家江子的电话，与江子几句轻松愉快的谈笑，我突然意识到，其实，表达文学的方式还有许多许多。中国自古以来文人相轻，文学和文人的情感沟通方式，除了文字难道没有别的吗？其实，于我，文学一直是门外汉，我始终就是那种“月落乌啼霜满天，江枫渔火对愁眠”的过客。从海子到江子，再到身边的阿诚，有多少涛声依旧的文学沧桑？所以，才有在前行中把文字当作退热镇痛药的良方。

始终坚信，文学，可以因为生活而更美，虽然有时是一种痛苦的转身。而这种痛苦，可能是不能独善其身，无法不食人间烟火所面对的自命清高的涅槃。更多时候，我也始终认为，既然心中有爱，那么就要让心中的这份爱活得更优雅。文学，可以改变人生，更可以使人做到高尚。海子的“面朝大海，春暖花开”不会是仅仅的向往，而是生活中的现实。

有一次看到于丹接受央视记者采访时的一种观点，她大意是说，每个人都有自己情感的寄托和表达的方式，她的方式是通过读诗文来实现。但这丝毫不影响自己的交友处事，你不能因为自己喜欢诗文，就非要别人也喜欢诗文。好的东西你可以向别人推荐，接不接受那是别人的自由。正所谓萝卜青菜，各有所爱，这或许是阳春白雪与下里巴人共同欣赏的最好的观点。而文学与生活的缠绵，不是建立在海市蜃楼的空想中，因为现实中很多人都会祈盼：面朝大海，春暖花开的背后，是一幢属于自己的别墅！

在阿诚的博文里，他始终认为自己骨子里是一个“码字砌文，自娱自乐，别无他求”的人，但在现实生活中，他始终扛着一面“让我，就这样乘着你的海风，扬帆远航”的信念之旗。阿诚说，他心中还有一个梦想心愿，就是可以提早退休，和自己的爱人一起到贫困地区的学校支教，不为名，不为利，只想让心中的爱流淌在人间的真情。

在键盘上敲下这些文字的时候，气象预报说又有一股台风从江浙席卷而来，名字叫“海葵”。海葵，表面看是花朵样的植物，其实，生长在海底的海葵，是一种生命顽强的动物。阿诚，就是悄然风起的“海葵”。一起台风的到来，会影响多少人的生活，改变多少人的命运？也许都不会。但是，生活里永远源源不断有无数背负梦想的年轻人，在风雨中为爱和所爱奋斗不休，选择“面朝大海，春暖花开”的一生的允诺，不停地追寻梦想。

友情"惊"来

曾学诚

认识虹，极为偶然。与她的友情，可以说是"惊"来的。

那年清明，我回老家扫墓。乘坐的客车走到半路，司机将全车的客人，"甩卖"给另一辆破烂不堪的车，当高大凶悍的车主，挨个重收全车人的车费，我站出来与之据理抗议。结果我给几个不明身份之徒，团团围住准备开打。紧急中我掏出证件亮明身份，霎时那几双举起的拳头缩了回去，但他们丝毫没想放过车上其他的人。

在他们强迫乘客掏钱之际，我偷偷发了几个字短信给当地的朋友。

不久，两辆警车呼啸追来，截停我们的车，朋友的车跟在其后。

全车人被带到当地派出所。

朋友和一个女警员领我到所长办公室。我将此前经历一一诉说，女警员做完笔录，与所长一起再三对我致谢。

我在又惊又喜中坐朋友的车赶往老家。

回到广州后，我已将此事忘却。一天上班，突然接到那个女警员的电话，说我忘了东西在派出所，她要帮我寄过来。我这才知道她叫虹。

时光似河，转眼过去数年，虹在我记忆中淡淡如水。

去年初冬，虹突然来电，说儿子眼角膜有问题，要我帮忙联系中山大学眼科中心的名医手术治疗。

虹带着儿子来到广州，我带她办妥一切。

虹的儿子眼角膜移植手术非常成功。虹在一个多月的伤悲中，终于有了笑容。

奇怪的是虹的爱人，在孩子住院期间一直没有露面，我也不方便问她。而虹始终对我说，认识我这个朋友真是有缘。我何尝不是这样认为。

冬去春来，又是一个偷懒的周日下午，我在梦乡沉醉，一阵阵急促的门铃声，硬是把我从梦里惊醒。慌忙开门，见是管理处的主任，他神色诡异地对我说，管理处来了一辆警车和一辆军车，多名警察和军人指名找我。

我急忙整装随主任下楼去。途中，主任小声地对我说：“你是不是犯啥事了，那么多警察军人找你?”我愕然无语。

快步走到管理处，迎上来的是虹，还有我见过的所长。

虹说，你的手机关机，我们“闯进”花园，又不知你住哪栋，只好到管理处来。

我还在惊诧，对虹说：“突然跑来，是孩子?”

虹大笑：“吓着你了吧!”

边说边拉过旁边的一个军官：“这是我老公，是他专程要来谢你的。”

虹的爱人紧紧握住我的手：“孩子治好眼睛，真是太感谢你了。”

“谢我干嘛，我又没能耐做手术。”我哈哈着被他们的真切感动。

这时才知，虹的爱人带领着战友们，一直在南沙群岛戍守边疆。

原来如此。

我霎时感到虹是多么伟大，一个女人在家，忙里忙外有多么不容易。

把虹夫妇一行领到家里，沉寂的陋室满堂生辉。

真是，有朋自远方来，不亦“惊”乎!

深秋萧萧谁相忆

马春香

秋深了，夜凉如水。风起时，木叶萧萧。清冷孤寒的时节，只想蜗居，躲在小小的壳里，慵懒地冬眠。他给窝在被子里码字的女人送上一杯沁香的铁观音，端着杯子，让她一口一口地喝下，女人笑盈盈地望着他转身离开。暖暖的热茶贴心润肺，幸福的涟漪也在一颦一笑中缓缓漾开。生活犹如这杯清茶，用心细品，才知淡淡馨香味。女人想起初见时男人的羞涩和少言寡语，还有毕业后他通过L知晓她的一切信息……

秋夜里，点点滴滴的往事，如清澈的甘泉，汩汩流淌。

L，原本陌生的一个人，因为和她分配到同一所学校而相识，成为无话不谈的好朋友。刚毕业参加工作，对着陌生的环境和领导同事，她有些不知所措。小她几个月的L像个大哥哥一样照顾她，竟然在分配完工作的第二天就为她出头，“声讨”校长，说不该让刚毕业的她当一年级的班主任，那和她学的专业也不对口。尽管没有成功，但她一直心存感激。在那么陌生、孤立无助的时刻，有个人，靠近你、温暖你。

那时，在新的工作单位，她和L成为最亲近的人。开会时，他不顾别人的目光把椅子搬过来，两把椅子挨着坐。操场上一起和孩子们做游戏，带他们去爬山，去春游；课间也会畅谈怎样带好这帮小孩儿，怎么整治他们的纪律，把简单的几加几，几减几讲清楚。那个时候，和其他同事不是很熟，也不好意思问别人，两个人常常聚在一起，坐在草地上、教室或办公室里，发发牢骚，谈论出现的问题，商议解决办法。渐渐地，竟然有了默契，成了彼此的“伙伴”和“军师”。

后来，校园里流言四起。面对别人的流言蜚语，两个人只是默默一笑，什么也不说。其实，L知道她的他，还常常通电话，虽然是通过她两个人才认识，但后来关系甚密，有些相见恨晚。

刚毕业时，他们有着最美好的憧憬，工作也最卖力。为了上好一堂课，一个人在教室里反复练习，坐在L的摩托车上跑好几所学校去借幻灯片，午饭都顾不上吃，两个人在教室的黑板上画小蝌蚪、青蛙、壁虎，画大片的葡萄架。许多年以后，她仍然记得风尘仆仆的两个人，青春洋溢的脸上那份认真和不知疲倦的样子。

两个人也曾有过分歧。最厉害的一次，是在他春风得意，陪着那些大“官”们喝得烂醉如泥，吐出点点血丝的时候，她大声地斥责他越来越失去了自我，变得陌生……他说，从没见过温柔的她发过那么大的脾气，被震到了。

和L在一起工作的时间很长，有十年的光景。那是生命里最美的青春华年，他们在寂寞的人海相遇，变成一生的朋友，一直走到现在。3000多个日子，有他在身边，跋涉过最崎岖的山脉，打开心窗，描画着梦中未来的那片海。有人聆听对工作环境清苦的抱怨，对教育现状的彷徨无助；对实现理想的虚无缥缈、何去何从的茫然困惑；有人分享取得成绩的欣喜雀跃、受到孩子们喜爱惦念、被别人认可的沾沾自喜……十年风雨路，酸甜苦辣咸，百般滋味尽尝遍。分享苦累甘甜，见证成长印记。L像一根支撑的桅杆，不断地给予她前进的力量。十年的生命旅程，感谢有他，一路温暖的相伴。

流年是一首歌，唱着岁月的斑驳。再回首，青春宛如昨。轻捻十年旧时光，静心吟唱。珍藏一段情，在心坎上镌刻；饮下芬芳的酒，把友情尘封得更加醇厚，香浓。烟尘凡世间，庆幸这纯真的情意，没有染上一丝多余的杂质。

寂寂秋夜，溶溶月色，回忆的暖香，如灿灿星辉缀满幽蓝的天幕。

蒲公英飘落

刘在华

一

天渐渐地有些微凉了，尤其在傍晚，初秋的韵味浓浓的，就连悠悠的云朵也披着秋的霓裳，舞动在天边。每到这个时候，我喜欢静静地站在院子里看天空，很美，醉人的美。

已经很久没有如此惬意地让眼睛享受这份美了，终于忙过了这阵子，有机会重新寻找这久违的景致。

秋风吹拂着我单薄的衣衫，有些许的凉意，真的，天凉好个秋嘞。我微微感叹着，眼前掠过一朵白絮，不经意的，疑是云儿飘落，顺手去抓，不见了，随着风的方向飘远了。那分明是一粒蒲公英的种子呀，我看得真真切切，可是我却留不住它，任它飘去，不知它会在何处安家，可否安好。

我的心悸动着，眼睛湿了，又想起了我的英子。我的英子，原以为随着时间的流逝，已走出了我的记忆。可是，我错了，她走得再远，也走不出我的心。

我开始寻找那份遥远的记忆。

童年在我和英子天真无邪的笑声中走过。我的童年是在外婆的呵护下度过的，那个小村庄里有我童年的印记。英子，像我的影子一样陪我走过了美好的童年。

记忆由远及近，我听到英子咯咯的笑声了，那么脆，那么甜。她背着小竹筐冲我招手，我会趁外婆不注意的时候，偷偷溜出家门，和英子一路疯跑出去。于是，田野里晃动起两个小小的影子。我们捉蝴蝶，扑蜻蜓，逮蚂蚱，抓蟋蟀。两个小人儿在青草地上尽情地狂奔，嬉闹。累了，躺倒在草地上，看着天空，做着遥远的梦。也许就是从那时起，我开始习惯了看天空，也开始喜欢看天空，尽管天空离我们很远很远。

每当太阳快要落山的时候，我们才会忽地想起英子的小竹筐还扔在草地上，空空的，没有一根青草叶子。我们手忙脚乱地抓着被我们践踏过的青草，我把它们扶起来，英子很熟练地用小刀子去割。经过我俩的一阵忙活，一把把青草乖乖地躺进竹筐里，被英子背回家。

秋天的晚霞映在我和英子的小脸上，那份童真显得格外美好。

印象最深的应该是那次我不小心滑进水坑里吧。村子里有许多大水坑，村子里的孩子大多都练就了一身游泳的好本领。可我不敢下水，外婆也不允许我去水坑那边玩。英子就不同啦，别看人儿小，水性可好了，这是我最羡慕她的地方。一般英子是不带我去水边玩的，因为她在水里也玩不好，总惦着岸上的我。

也许是因为那年夏天特别热吧，实在忍不住了，我们去了最浅的水坑边玩。看着许多同龄的孩子在水里嬉戏，心里痒痒的。站在水里的英子笑呵呵地招呼我，“水很浅呢，才齐腰深”。我慢慢地试探着走进水里，真的很浅，离英子越来越近了，不知怎的脚下一滑，我跌倒在水里，立时一口水呛进嘴里。我当时就吓蒙了，哭着喊英子，英子也吓坏了，忙游过来拉我，没想到她没把我拉起来，自己也失去重心滑倒了。她重新爬起来，费了很大劲才把我拽起来，一直把我护送到岸上。

回到家我就开始发烧，一连几天都不见好，英子天天守着我，陪我聊天。她稚嫩淳朴的小脸上挂着一脸的忧伤，责怪自己不该带我去水坑玩。从那以后，英子因为我也不再涉足水坑。

二

童年的点点滴滴浸润着我的思绪。我的耳边还飘着英子咯咯的笑声，似乎已经看到英子挂满泪痕的脸。

一场意外让英子的天空从此暗淡无光，再也听不到她那咯咯的笑声了。那年春天，英子的父亲在外地打工时受了重伤，全家倾其所有最后也没能留住那份亲情，本就清贫的家更是雪上加霜，变得一贫如洗。母亲不堪生活的重负在那个飘雪的冬天带着英子两岁的妹妹远嫁他乡，从此杳无音讯，丢下只有 7 岁的英子与多病的祖父母相依为命。一夜之间，英子仿佛成熟了许多，稚气的脸上挂着与其年龄极不相称的忧伤。

英子很坚强，她弱小的身躯没有被这家破人亡的变故击倒，只是她的生活再也没有笑声，她学着照顾自己，照顾两位老人。那个年龄的我只知道陪着英子掉眼泪，英子也只有见到我的时候，脸上才会掠过一丝浅浅的天真。我会把外婆留给我的煮鸡蛋拿去给英子吃，可懂事的英子，却舍不得自己吃，偷偷地把它放进祖母的碗里。

英子的天空因了我的存在开始放晴。可是好景不长，我到了上学的年龄。在那个硕果累累的秋天，本是团圆收获的季节，英子失去了我。我在她本就伤痕累累的心头又狠狠地划了一刀。清晰地记得英子听说我要走的消息后，疯了一样地跑到外婆家，两个两小无猜的人儿，哭作一团。我能够感觉到英子对我的依赖已经超出了失去双亲的那份痛。

人生最痛伤别离，何况是两个幼小的心灵，那是怎样的一种伤害。

清晨，当我被父母带离那个村子的时候，英子没有来送我，可我一直盼着她的出现。车子缓缓地在乡村小路上颠簸，我眼睛红红的向外张望着。快要出村口的时候，我终于看到了那个小小的身影。透过车窗，我哭喊着英子的名字。秋风把英子的名字吹得遍野都是，就连小路旁的草木都动情地流下了泪。车子驶出了村子，英子也走出了我的视线。

秋风呜咽着，凉凉地卷起小路上的浮尘，模糊了我的眼睛，一同模糊了我的眼睛的还有一朵白絮，它随着尘土从窗子的缝隙挤进来。啊，蒲公英，我惊喜地用手接住她，英子，我终于等到你了。我又听到你咯咯的笑声了，我们在草地上吹着蒲公英，目送着那些白色精灵飘向远方。

童年的记忆像被剪切了似的，就此中断。

当我的记忆开始重新链接的时候，日子已懒懒的走过了一个年轮。

那年暑假，母亲在我的执意要求下，把我送回到英子身边。找不到任何可以修饰的语言来形容我和英子的久别重逢，眼泪洗刷着一年来的朝思暮想。

记不起自己和英子一起度过了几个暑假，美好的时光总是稍纵即逝，可我清晰记得我永远失去英子的那个暑假。外婆告诉我英子已离开村子半年多了，和年迈的祖母去了他乡的姑姑家。一颗热腾腾的心像被塞进了冰箱里，凉得结了冰。我不相信地跑到那既熟悉又陌生的土坯房前，一把沉重的大锁锁住了我那颗小小的心。

三

现实是残酷的，任凭我怎样努力，也不能再回到原点。

日子一天天逝去，记忆的年轮无情地践踏着我的心灵。对一切都已不再用心的我，唯一保留着的只有那份童真的梦，就像我喜欢在傍晚时看天空一样，尤其在秋天的傍晚。看到飘舞的蒲公英，对于我犹如梦想成真一样地激动。忽地又想起了英子咯咯的笑，想起了英子吹着蒲公英时的样子，“我就是蒲公英，我也要随风飘去远方”。

秋风又起，满地的蒲公英飘落，吹起，走远。

英子，你在他乡还好吗？是否还记得那个陪你吹蒲公英的我？

英子，你在他乡还好吧？我在记忆的巷口想着你。

清浅的流年

陆华丽

三月的江南，雨水频繁。明明还是暖如夏情的天气，转眼就坠入冬的薄凉。只是，那些带着春天味道的雨，让整个城市渐渐地拥有了花开明艳的气息。

漫步烟雨中，心下安静，融入雨蒙蒙的街景里。行人来来往往，看似无比繁华喧闹，而我的情绪，却感受着深藏其间的清冷，更近地倚靠静寂，任某种情绪攀爬于心。雨水的湿，淋进模糊了的记忆，渐渐停留在那些过往堆砌而成的片断边缘。风，轻轻地吹过。空气中，充盈着微凉的气息。可，心又甚暖。

即使，那些时光，已经久远得无法用天数衡量。只是，在回忆的光带中，一切都依然清晰可见。那些年里，一步一步地走来，很多具体的场景，已看不清，也记不得了，但可以望见的，是自己始终努力微笑的心情。我幸之，无论身处何时，我都可以，或者更确切地说，我都愿意，面朝阳光。我喜欢那样的感觉，因为，仰望太阳的时候，阴影总是在自己身后，总觉得那样可以遗忘生命中的悲伤！即使走在烟雨如云的背景里时，仍然能感受到曾经满溢世界的光亮，以及那些光芒带来的春暖感觉。无论何时，都能发觉生命中存在着的阳光，一直在四周照耀着！我，在回忆过去的时候，不禁微笑了。我知道，因为那些感受过的种种悲伤，早已被阻挡在了笑容之外！

生命中的沉重，谁都不可避免。很多事情，并非能随心意左右，而比事情本身更重要的，应该是更多的时候，我们拥有的是怎样的心情。我们可以选择的，仅仅是遗忘或是铭记。朋友都说，我是阳光的。我喜欢那样的评价，喜欢迎着阳光而成长。我了解自己，从不想那些忧伤侵袭蔓延，不想在回忆中浑沉不安，只想保持一种好好的心态，在回想中安然。忽然发现，在记忆中，岁月可以开出花来。

就像雨雾中遇见的树，在时光的流淌中，悄然地开出热情奔放的花来。雨水的润湿，让花儿们带着倍感娇羞的美，带着让人怜惜的纯。与阳光下的它们，有些不同，但蕴含着的美感，依然让人心动。那些明快的鹅黄色，鲜艳的大红色，深沉的绛紫色……姹紫嫣红的颜色，组成了色彩缤纷的春天。谁又能否认，这些颜色，不可以涂抹成我们的生命色彩呢？晴天，抑或雨天，都遮挡不住它们与生俱来的魅力。不同的天气，弥漫出来的，就是不同的风情。清风起时，不自觉地掠过树梢，花瓣飘落，唯美雅致，毫不伤春。

所见之景，所有之情，不澎湃，不狂野，夹杂着清澈几许的纯粹。怀着这样的心境生活，多好。如果在回忆的倒影里，能望见自己过去微笑的表情，总是很好很好的场景！

明天会是何种模样，我们无法确定。但，人生的路，始终在我们脚下。那些曾经的沉重，就让流逝的岁月一并带走。流年清浅，让我们的人生不再沉重。

心的方向

钱定蓉

静静坐着，闲翻看些元旦同学聚会的照片。久远的储存，被重逢激活，阳光很美，牵挂很媚。心绪，在季节里，渐渐攀升。

感谢流年，在容颜渐老的路上，我们还能遇见。年轻些，也许来不及珍惜；再老些，也许扛不动温暖。而现在呢，相遇刚刚好，世间事不能说云淡风轻，很多心情，已学会了轻拿轻放。

汶川地震后，学校已废弃，新校址相距不远。他们说，方便去校园逛，就在镇上碰头吧。原来，大家都是怀旧的。初始，我还以为会选在市区的休闲场所。

校园破败不堪，埋葬了昔日的喧腾。驻足宿舍楼，仰望满眼的破碎，叹息物是人非。玲说，还记得吧，那会儿，你爱在阳台玩呼啦圈。小何曾抱怨，你笑得太张狂，我们在底楼都听见了。日子追赶着，脚步仓皇，眨眼间，只剩下岁月的痕迹。

赴会前，先生揶揄，同学会、同学会，拆散一对又一对。认真想想，莫名失落。高中几年，我好像没啥故事。先生就逗趣，既然没老情人，为啥还参加咧？我嬉笑狡辩，没固定老情人，就发展新情人呗。

边缘化，原来，我总这样游走，不愿太疏离，也不肯太融入。菜式虽多，但似乎不怎么喜欢吃，酒也不能喝，担心交警敬礼。说到底，我并不试图迷醉。天空是那么的蓝，我却永远清醒着，哈，很不可爱的清醒。人生一大憾事不是？

他们很癫狂，异乎寻常的癫狂。“同桌的你”、“睡在上铺的兄弟”，各有表达、各有情趣，或纠缠着喝交杯酒，或紧拥着话短长，直闹得空气也沸腾了起来。

场面是欢乐的，并一直欢笑着。有一种急切，在若有若无里弥散。灵魂游离，循着记忆张望，捡拾起曾经的真、纯，以填补凌乱奔走拉开的裂痕。

视频播放，老照片的记忆。一些镜头，由远及近，旧时光，如此清晰。配图文字，冷不丁的柔软了心扉："仿佛还在昨天，我们在教室里埋头苦读，我们在寝室里追逐打闹，我们在操场飞沾汗水……"

视线缓缓掠过，带起些许苍凉："今天，在时光猎猎的风沙中，我们无奈地步入中年，曾经柔弱如水的心，日渐粗糙，你我在街角擦身而过，漠然不再相识……"

转头凝眸，感性的词句，该是阿全的杰作——"以我手写我心。"青春飞扬的阳光少年，经历了多少沧桑，才有如此感伤和喟叹？

屈指算来，也有几个男孩，是我偶然心生欢喜的。鸟儿飞过，天空不会留痕；我曾在意，痕迹只在心底。记忆从未走失，唯拆分成碎片，散落在久远，契机来到，就浮出水面。或惦记，或祝福，或牵挂，一如最初，只是，我不再提起，也永不再年轻。

从前听说，所谓同学会，是成功者炫富、得瑟的场所。我在安静里，不动声色，观察了许久，倒真没觉出异样，他们的情绪起伏，渗透在动作、表情里，时而舒展，时而跌宕，时而纠结，无一例外。

该表扬我的同学们彻悟了人生吗？是的，幸福的感觉，往往是一种心态，有时吧，与状态关系不大。诚如我说，但求简单、快乐、平安。先生笑说，你没觉得，这才是人生最大的奢望吗？忽而明白，红尘俗世，长的是磨难，短的是时间。大多时候，天不折腾人折腾，人不折腾自个折腾。由此可见，我何尝不是个有贪念的完美主义者？

由始至终，我没太闹腾，无所用心，也无所作为。似乎，我在风景里，也在风景外。所幸，我并非局外人，倒在内心的充盈里，看他们返璞归真，嬉笑或倒腾，缅怀或追索，极尽欢乐，极尽喧哗。

戏，不急着落幕，他们又去了歌城。被儿子纠缠，我提前返程。能想象场面，歇斯底里和群魔乱舞，不觉哑然失笑。亲爱的，极尽享受吧，别忙着收敛或约束。兵荒马乱地被生活，马不停蹄朝死亡飞奔，何妨顺应内心，稍停留片刻？

多可爱的聚会。每一张留影，让人忍俊不禁，却也触到时光的脉搏。

这时候，正是冬日。暖阳下，肃杀和倔强，不着痕迹，悄然对抗。站在窗前，抿唇而笑，一片叶子，翩然坠落，一片叶子，贴地而舞……

下雪了，喝点酒

白稳放

这个冬天的雪有些难产。等得花儿谢了叶子落了，“冬雪雪冬”几个节气轮番亮相，又忽冷忽热霎时阴霎时晴地做足了范儿，才踩着碎步甩着水袖大青衣一般闪亮登场。然而，它却没有主角的恢宏与霸气，倒是颇有几分丫鬟婆子的配角情结。稍一露脸，便走下台去，空留一份向往与追忆。

但毕竟还是来了。

眼睛被它飘忽的身影挑逗着，心情就有几分雀跃。惴惴然飞出一条信息：赏雪乎？生怕搅扰了某些伪装中的正经。时过数秒，响应者二三：为何不赏？有雪而不赏，谁之过？当然不赏之过。

笑靥从心头爬上眉梢，心情顿时雪花儿一样闪亮。人生得一知己足矣，而我却有二三，何其幸也！

驾得车子，几分钟便把车如流人如水，以及冰冷薄情的灰色巢穴，勾心斗角的职场心情，统统抛掷脑后，另一番景致眼前出现：天蓝而幽邃，野阔而洁净；树笔直而林立，叶稀疏而金黄。阳光被雪花擦拭清凉，透过树的缝隙悄然射下，刚好照耀人的心情，照亮雪后的田野。

田野也是一副明星范，端庄而不失浪漫，典雅而不失风情。雪为它裹上一层薄薄的银白的纱，轻轻遮住那若隐若现的墨玉般的绿，让人想起明星的礼服，和礼服下的肌肤，油然增添几分神秘几分诱人。

最诱人的当然是那绿，在寒冬中，在冰雪下，依然那么鲜活那么明艳地展示着自己的色彩，似乎怀揣着某种信仰。是了，那是不死的麦子的童年，那是饥渴的平原的灵魂！

驻足这白绿掩映之中，好想歇下心来，就地而长眠，而长思，而长啸，而追逐，而翻滚，而痛至，而爱极……

然别梦依稀，残生过半，嬉笑怒骂爱恨情仇皆成岁月的疤痕。生活经过闪展腾挪百般历练，只解析出一个字：和。于人，变得谐和；于事，变得调和；于心，变得平和……仅一个“和”字，所有的七七八八便一笑而过。

友之二三，心皆如我，情也如我。在四野中徜徉半日，便有哀叹之声起伏：此景若是无酒，情何以堪？

然酒与酒却不同。此不同非品牌，非种类，非味道，而是意境。此时之酒，若设酒楼，便因人而闹，因闹而俗；若设旷野，便因冷而静，因静而空。颠来倒去，一行人煞费心思。我虽滴酒不沾，却颇解人意。于是，挥一挥手，呼朋入座，驾车蜿蜒西行。

穿阡陌，过村庄，一垄高坡凸显，曰“千里堤”；堤畔有一村庄，曰“西大坞”；西大坞有一奇人，曰春和。先生春和五十有余，自谦“村夫”。虽一村之夫，却为人豁达，处世通透，集诗书画唱演于一身，上至达官贵人，下至平民百姓，无不好与春和交。先生另有一奇处，日饮白酒两斤而不醉。一年三百六十五天，不可一日无饮。

其实春和并非村夫。他早年从戎，后又经商。在京城，在本地，产业都不菲。儿子成人，移交大梁，他抽身隐居田园。

车驶上千里堤，左转数十米，向南一望：大堤内，水中央，蒹葭掩映中，一座茅屋若隐若现，兼有鸡鸣狗吠之声隐隐传来。友皆侧首瞠目，讶然相问：去哪里？我淡然一笑，不做解答。而是前方带路，缓缓步下堤坡，款款移至水边，招一招手唤来船娘，便有一叶扁舟轻轻犁破一片清幽，渡着我和友人奔茅屋而去。

茅屋建在水中一小岛。小岛数百亩，春和辟其数十亩造屋设院。四周挖沟壕为墙界，搭木板做桥梁。院外栽芦苇作屏障，种苜蓿喂牲畜。院内则养鸡鹅狗羊驴，栽葡萄苹果桃子鸭梨，种白菜大葱韭菜冬瓜南瓜，沟壕里则养鲫鱼草鱼鲂鱼鲤鱼。养鱼只放鱼苗，不喂饵料，任其优胜劣汰自生自灭，捞起时便是地地道道的野生鱼。味之美，肉之鲜，可谓鱼之极品。

须臾，舟至对岸。走上一个缓坡，便入后院。院中果树林立，树干皆扎草裙。我们迤逦其中，惊起一群麻雀、数只灰鸽，也招得白鹅嘎嘎，黄狗狺狺。

春和循声而出。见我们一行，立时眉眼含笑，面绽菊花，夹起口中的香烟，轻舒双臂，甩出了现代京剧《智取威虎山》中李勇奇的唱腔：早也盼晚也盼望穿双眼……

进得院中，方见墙上挂满红辣椒绿豆角紫茄子大白菜。这些蔬菜都在秋天吸足了营养，又在冬天挥发了水分，以不同的形状相同的筋骨慰藉着人们对无污染纯天然的思念，与影壁上那“田野芳晴”四个大字相映成趣。又走几步，见几个园中人正穿着雨靴拿着鱼笊在沟壕边小桥畔大呼小叫：看这个，八九斤也有啊。一行人趋步上前，见网箱中数十条大鱼在翻滚，原来我们今天正赶上春和家打鱼。结冰之前，用电网把鱼打上来，集中在网箱里，随吃随捞。

“你们好口福啊！”春和一边说，一边捞起一条尺余的鲂鱼，向厨娘喊：把它炖了，下酒！

想来有些可笑。生活的足迹有时就像立在地上的一个圆环，我们从圆与地的相切处出发，无论冲哪个方向爬，都努力向上，一心摆脱乡村的老土和为农的辛劳，终于混入了城市。曾几何时，被市井的风俗浸染了灵魂，倦怠了四肢，这时才回想起田园，原来它竟是那么纯朴，那么浪漫，又那么真实。于是，我们又时常张望那个曾经的起点……

空气中有鱼香弥漫。众人围坐案前，一场空前的酒事，拉开帷幕……

想把我唱给你听

孙　焕

想把我唱给你听，哪怕身心疲惫我也要歌唱，只为你曾经许我的今生蓝颜。

是夜，如烟花一样的女子，独自舔尝烟花一样的忧伤，想为你写诗，却滴墨成殇。

我若一粒漂浮的尘埃，在红尘乱梦中惊醒。于是，把所有的刻骨铭心都封藏在心底，今生，我们没有执子之手的浪漫；今生，我们没有十指相扣的幸福；今生，我们没有生死契阔的牵绊；今生，我们没有“君恨我生迟，我恨君生早”的哀怨；今生，我们没有“飞星传恨”的伤感。

你许我今生蓝颜，我诺你一世红颜。从此，各安天涯！

想把我唱给你听，哪怕五音不全我也要歌唱，只为你曾经给我的三寸天堂。

“这条路我们走得太匆忙，拥抱着并不真实的欲望，来不及等不及回头欣赏，木兰香遮不住伤。”瑟瑟秋风拂动我枯萎的回忆，红尘望尽，咫尺距离，心已是天涯。

曾幻想站在无边的向日葵花田里，哼着一首轻快明丽的歌谣，在炫目的阳光里慢慢倾倒，倾倒……然而，我发现，很多时候，我只不过是一朵凌晨绽放，一见阳光便枯萎的夕颜。为了吸取三寸日光把自己伤得遍体鳞伤。是否，留住夕颜，就能留住岁月？秋夜薄凉，你会不会一直为我守望？

流年在指尖轻轻滑落，时光温润，一纸素笺载不动许多的撕心裂肺。

只叹人间世事无常，从此，我不再寻找彼此约定的天堂。

想把我唱给你听，哪怕溃不成军我也要歌唱，只为我是前世欠你的一朵花。

我就是那朵格桑花，驿路无名，安静地在河畔绽放，期待会有一声突然的惊喜，然后上演一幕不期而遇。又一个秋季，随着眼泪的滑落，我们依旧站在季节的两端，咀嚼着彼岸花的苦涩。

想把我唱给你听……

你，能耐心地听完这首歌吗？

聚散何须依依

梅苔儿

傍晚下起了凉凉秋雨，天色阴霾霾的，像断了线的风筝。凡美好皆失落了，心有些潮湿，难以舒展。

我又来到了听风居，那个坐落在山脚下远离尘嚣和嘈杂的屋子，里面住着我的忘年交欧阳先生。六十多岁的欧阳先生原为长沙一报社主编，博学多才，文采甚佳。退休后就住在乡间老屋，儿女和老伴都在城里，任亲人百般劝说，他也不去城里居住。我年纪很小时就认识先生，那时年少轻狂，傲气得不得了，被他狠狠批评过一次，还说："你这样的性情，不知长袖善舞，不善逢迎变通，一味我行我素，日后行走人生江湖，终要吃些亏的。"

尽管那时被他说得眼泪汪汪，可依然未改，直到今日还是如此。三十岁那年收到先生礼物，是一幅字画。一株淡黄色菊花俏俏绽放，临风独立。题字曰：人淡如菊，傲霜若洁。知我今生难改性情，竟还赞了起来。

撑着伞，沿着两旁长满野草的小径，我孑然行走。"秋风萧瑟天气凉，草木摇落露为霜。"苍茫暮色里，人生中种种失落，种种缺憾甚至种种美丽，皆一拥而至，神思飘忽，一时难理。想想自己走过的路、爱过的人、跨过的桥、数过的星星、乘过的车、饮过的泉……传说中女人的忧伤和感触总是穿着蒹葭的衣裳，沾满经年的沧桑，不管多痛，都化为岁月不朽的花环，挂在柔柔的心上。

念初中时要经过一条小巷，小巷里有一处深深宅院，宅院门前常年留着一条缝地虚掩着，门上有着兽头的标志，门牙衔着门环，很气派的模样。我总猜想里面有什么惊人美丽的东西，例如狐仙蛇妖之类。每次经过，我就偷偷地透过门缝往里瞧，期待发现奇迹，我做梦都想知道宅院里有些什么。有一天我真的发现了一个女人，穿着素色的长裙，一头青丝及腰，背对着我站在一棵开满槐花的大树下，身影芊芊如三月杨柳，引人浮想联翩。我不由自主地走进宅院，想看看女人到底美得如何出尘脱俗，还没走近，女人一转身抬头，啊！我吓了一跳，一张白净的脸庞上竟然布满了一道道大大小小的伤疤，像一条条恶心的蜈蚣趴在脸上，又难看又恐怖。那时心里很难过也很后悔，假若不走进宅院，就不会发现难以接受的真相，怀着美好的想象该有多好。有时想想，人生中很多经历在门帘外站着观看，比进屋参与要精彩得多。可惜往往要进门去再出门来，才会领悟！

清风徐徐飘过，听风居的风铃叮叮微吟，似在迎客。听我呼唤，欧阳先生快步走出来，朗声笑道：我家小丫头又有烦心事啦！不禁心虚，每次皆视听风居为避难所、清心港，失意时来此，得意时忘却。每日里不由自主在滚滚红尘里奔波，在繁华俗世中翻滚浮沉，心的纯净和从容被平淡忙碌的日子隔得山长水远。还好先生一如既往地待我，不弃我这俗人俗心。

喝着先生泡的竹叶茶，竹叶茶清心火滋阴润燥，每次来先生都要亲自泡竹叶茶招待我。暮色中，小院里，清风掠过花丛，有暗香宜人，徐徐袭来；此时万籁俱寂，连虫鸣也未曾听闻；室内一灯莹莹，淡晕柔和的光芒均匀地铺在身上，也洒进了心田，让寂寥凄惶的心开始感受到一丝暖意。

静下心来细细品读先生写的文章，一幅一幅欣赏先生作的山水画，偶尔还会说说无关紧要的话题，纯粹拉家常，无意识间，笑意浮上唇角，浮上双眼。他没问我为什么情绪低落，我也没说原因，仿似彼此不想揭开伤感的那个角落。有时一想，友谊真的没有年龄界限，也不受时间的影响。真正知心的好友不必日日厮磨一处，也不管分别多久，只消一个眼神，一丝表情，就可以知其意，也可以达到心有灵犀的地步。

夜深沉时先生开始吹笛子，一首轻快愉悦的名曲《喜相逢》。我闭着眼睛听着，人生有多少喜相逢啊！可相逢后又添离别的忧。

直到爱人开车来接，时间已是午夜，我和欧阳先生作别欲归家。走时先生说，小丫头，每个人皆是万里碧空一朵浮云，谁也不是谁的天空，千万别让雨落到你的心灵里去。一语惊醒梦中痴人，是啊！“丑云恧缩妍云笑，痴云疑立灵云诡”，那云界众生，一如芸芸众生，原来也有美丑分列，灵顽杂陈。云态千奇百怪，“人心不同如面”，也是各各难测，朝夕瞬改。

和爱人牵手在小径上走出很远，还隐约听到先生的笛音，换了一首曲子：伤感凄婉的“别亦难”。其实别时也很容易，千里搭豪棚，极尽奢华，极尽喧闹，可最终也逃不过曲终人散那一刻。聚散亦有一定之规，聚时笑脸相迎，既入门，必尽全力真诚待之；散时笑颜相对，互道珍重，挥手作别。唯记取妙处和美好，把不快和忧伤置于脑后。这样也许才是聚散之最高境界与最美结局。

聚散皆随意，何须太依依。今晚听雨入梦，可枕上不会有点点泪痕，因为我心清明如镜，朗然似月，不染纤尘。

欠债的是二爷

马 忻

二爷叫本强，48 岁，因在郢子里辈分长，呼其二爷者众，而称其本强者寡。玫玫刚来下乡插队时，跟着别人喊二爷，着实被笑话过一阵。二爷年轻时爱赌钱，有本事倒腾点小买卖挣的钱，全让他在赌场交了学费。人说赌场失意者情场得意，这些市井格言在二爷这全不好使，他至今还是孤家寡人一个。

二爷最远去过新疆贩羊皮，是扒炭车经过八个昼夜才辗转到达的。路上遭遇了强人，没搜到他藏掖的小本钱，反倒分吃了那伙人偷来的山东大枣。一路没敢喝水还光拉稀，要不是遇到一好心的维吾尔族老汉用土方救了他，一副身板早填埋了异乡的黄土。

二爷从新疆回来后，爹娘过世姐妹远嫁，没人住的两间破屋也快要倒了。借钱盖房子在村中是不谈的，乡亲们都捉襟见肘，也没有谁敢填那个无底洞，最后无奈借了油岗邱老婆子的钱。

邱老婆子的男人在世时自家开了个油坊，靠收黄豆打油卖，好歹也挣了点辛苦钱。方圆十来里都知道邱家的油稠经吃，可不幸的是男人竟然得了绝症，有限的钱花光了也没能救命，留下一个油坊撒手人寰。邱老婆子不会经营转了手，靠几个现钱放起了高利贷。二爷六年前借贷盖房，咬牙还了六年息，至今仍欠着本金。

这天生产队在西边的岗头上干活打山芋垄，岗头挨着油岗，邱老婆子又来催债了。玫玫听说放高利贷的来了，脑中刻画出一个狰狞可怕的妖婆，可近处一看，竟是那样弱小。邱老婆子到了二爷跟前，只听一声，“老二，我那棺材本什么时候才能讨到呀?”说完便一屁股坐地号啕，鼻涕一把眼泪纷飞，好不伤心，全然没有黄世仁的威风，哭得人瘆得慌也无人劝说。二爷更是面不改色心不跳，只是低头投入地打垄，逼得那婆子一把抱住二爷的腿，大叫不活了，鼻出粗气，口唇青紫地撒起了癔症……玫玫都看傻了，心想可怎么收场呀，这放贷搞剥削还这么猖狂。

二爷还真不愧在外闯荡多年，见过世面，处乱不惊。说时迟那时快，只见他大锄一甩，立地拔葱似地抽出自己被邱老婆子紧抱的腿，大吼一声：“歇倒，今年到秋，我砸锅卖铁也还了你的本，再闹老子一火去了新疆我看你找谁去！”好像高音喇叭断了电源，又似头号破锣折了锣槌，邱老婆子顿时没了声响，一骨碌爬起，连土都不掸，头也不回地走了，走到地头才撂下一句：等着，分红我一准来！

若干年后，每当玫玫听到“欠债的是大爷”的说法都在心底偷笑，她可是见识过的，欠债的是二爷。

相约那片海

叶 帆

生命的风帆远挂，岁月的歌语激越，从春到秋，从秋至冬，我们于文字的彼岸进进出出，诗意的双眸绽放出艳丽的花朵。雪，片片飞舞，浓缩着整整一冬的情意。风，在城市的肌肤里流淌，内心却暖暖如春。每一个转角，都有无数的思想在飞越，都有无数的文意千帆在摇曳。相逢是首歌，传唱着彼此永恒的经典。淡然回眸处，每一个人的内心，都是一望无垠的春光。

诗海泛舟，绿意千里。文风浩古，篇篇美文，青幽红袖丛林。每一处芳华，都有你无声的歌唱。每一个奋起的飞翔，都是生命激越的赞歌。你，从南方而来，满带季节的歌语，如鸣佩环。你，从北方而来，轻歌踏浪，文字交织成时光的恋歌。

我们在人生最美的季节里相遇、相识和相知，怀揣一份恒远的感动与美好。我们在红袖苗夫深情的精神土壤里举杯共庆同饮，兄弟姐妹的情谊正在破土发芽。有一种高度，不是山峰的复制与不可攀越，而是一种人性的灿烂与高洁。有一种宽阔，不是大海的辽阔，而是心胸的坦荡与宽广。静水流深，我手写我心，2011 年的苗夫，是友谊的喷薄，是欢快的相遇，是经典的相守，是人生的大笔。

我们怀着一个共同的美好祝愿相会成都，相约苗夫，让心灵更加温暖，让眼眸更加明亮，让思想更加卓越。我们怀揣着一份网络的情缘，不远万水千山，情系苗夫，山高水长，文心不古。苗夫，是一个文化的支点，架起友谊的桥梁，铺展现代文字的通途。现代苗夫，是一个爱心的企业，2011 年，情牵红袖，笙歌满途。

文字，是一个时代的语言窗口，汇聚的是万千心灵，折射出的是民族文化的母语。成都现代苗夫，高举的是一盏熊熊燃烧的文化火炬，玲珑有致，香飘岁月。文学不应只是心灵的产物，也是时代的产物和民族自身心灵语言的真切流露。互联网文学，作为源远流长中华文化大江中的一支重要支流，责无旁贷，多孕育时代精品，多生成感染民族心灵的营养佳作，来共同推进我们社会的文明和进步。

莫道千山远，心灵悠如钟。公元 2011 年，我们相约红袖，相会苗夫，为的是让情意更加芳华，让友谊更加地久天长，让文字更加情深意长。生命如树，季节如花。在西菀园的乡村酒店里，在苗夫的产业园区，在举世闻名的都江堰水利工程观光中，我们看到了友情的芬芳与青翠，看到了人生的呵护与温暖，看到了生命的律动与不朽……千里之行，始于足下，万物归宗，看生命的涓涓细流，一路奔腾不息。你的眼泪，是让我动容的诗行，大雁南飞，总会归巢。你的拥抱，是我生命的长灯，走过人生的灰暗，寒冬里也不失温暖。你的祝福是我生命中经久不衰的太阳，天遥地远的异乡，我分明看到有一种亲情穿越了时空……也许，离别是为了来年更好的相逢。也许，此去经年，红尘滚滚，今生一别，我们难以再度相遇相逢，所以我们才让彼此的泪水纵情泼洒，我们才有了那么多的依依不舍、紧紧拥抱……其实，我们每一个人的内心，都有一首极度缠绵的诗，流露出人生深深的眷恋与祝福。

遥望那片海，人生，我们都在路上。走过天圆，走过地缺，归于自信满满。笔耕不辍，书香满路，遥望那片海，2012，我们依然希望你收获与种植着快乐人生的无数感动。相约红袖，相约苗夫，这是我们心灵永远的家园。

在最美的地方等你

赵 秀

故乡
你在我心中依稀模样
你是我祖辈漂泊落下的尘埃
止于那里，开始沉淀
母亲也没能
走出那湾水的缠绕

故乡
记得我离开你那天的模样
心灵在蜿蜒的小路上奔跑
眼中的泪花，倔强地
落在亲人的身上和滋养我的那条河流
手里攥着，沉沉的月光

路，笔直地通往场部。

路两旁，是开着碎碎的小黄点散发着淡淡清香的沙枣树。路中间，是几个背着书包的孩子你推我搡地说着，笑着，紧接着就和着春天有节拍的步伐追逐起来。

每年三月，我都早早地寻找春的气息。举起相机，对准刚冒尖的小草，对准整个冬天为了觅食叽叽喳喳的小麻雀，对准迎着朝阳胸前飘着红领巾的小学生……一切在春天都那么有生机，一切又都在不经意间被春的暖意唤醒。

今年的春天没等到二月就来了，早早地就从大洋彼岸包裹着一缕春风飘来了。

梅旅居多伦多十几年了，令我喜出望外的是在失去联系多年以后，那天我们通过 QQ 痛快地聊了一个早晨，当然是耽误了她半个下午。梅一边说话一边浏览我的空间："艳阳，有空你该写一篇家乡的沙枣树和沙枣花的文字。"说完，仿佛就有一股馨香在我们之间隔屏缓缓地流动开来。

起身，烧了一壶茶，在普洱的茗香中搜寻着很久没有挂在嘴边的那个年代。有关那时的记忆很多，但关于梅的，就只记得她的学习是班上最拔尖的，人也总是笑嘻嘻的招人喜欢。她年级比我高，所以只是课下或放学打声招呼。

那时，我们还只是孩子，这一晃眼人到中年。梅提起沙枣树沙枣花，我想她又是在想念故乡，想念故乡的人了。

梅说她特喜欢沙枣花的清香，在我们幼小的心里那就是十里香，背着小书包推开家门就闻得到的清香。

沙枣花每年要在四月后才开，那花小的有点像米兰，颜色也像。

这时天气还没有彻底暖过来。记忆里的清早，也不知是霜还是雾笼罩在小花上，花香也跟着在鼻翼间朦胧起来。那味道，现在想起来真不知拿什么恰到好处的词语来形容，只是经年之后，还想起它那醉满胸膛的美来。

说到沙枣树，我心中就倏地展开一连串学生时代的画面，在这个年末也让我心生轻轻的歉意。

每一个假期学校都要布置勤工俭学的作业，暑假——交甘草根 10 斤，寒假——交沙枣核 5 斤。小的时候只知道甘草是做中药材的，沙枣核该是做艺术门帘之类的工艺品吧。

每到寒假，我们这些个地上捡沙枣、树上打沙枣的孩子们比在家写作业的还要多，可以打着勤工俭学的旗号疯玩好几日。有时赶上下雪，那空气十分清新，现在想来真有润肺之功效。可惜，跟烟雾笼罩的城市里是没法比了。

就看那扑入眼帘满地的银白，上面铺满了大大小小的沙枣，深红的，橘黄的，淡白的，颗颗都有着诱人的酸甜，不能说晶莹剔透，但也绝对是饱满圆润。爬在树上的同学，小脚丫踩得沙枣树那个生疼哟，这些撒野的孩子们一边往沙枣更大更红的地方攀爬，一边还用小手把碍事的沙枣枝用劲折断，丢到树下。碰上馋涎欲滴大个的，先撸一把放在嘴里，一边嚼着美味一边开始一枝一枝地撇下来，举着胜利的果实朝树下喊：嗳！接着！把树活生生地给扯拽得伤痕累累。

我常说给自己听，爱生活，爱自然，爱大家，这句是我的心里话。每年我都去户外拍许多或鲜艳夺目，或惹人爱怜的景色回来。这让我站在家乡的沙枣树面前倍感羞愧，这些年，少了像我们这样调皮的孩子，你还好吗？

故乡
你在我迁徙的途中磨旧了模样
只记得你是我儿时的天堂
始于哪里，积攒时光
候鸟每年站在河边梳洗自己的羽毛
我却够不到你的发梢

梅对故乡的怀念是不言而喻的。那天她在空间里这样写道："谈到家，我的家永远在内蒙古，因为父母在那里；但我的那个家不是孩子们的，她们心中的家在这里，因为这里有她们的父母……"故乡是一代又一代人漂泊的驿站，一个又一个新的驿站在接纳了你的全部之后，又成了故乡，新的村庄。城市，森林，海水统统放进我们的行囊，从此我们就妥帖地保管着自己和它的名字。

临近过年，街上少了很多忙碌的人，嘈杂的车，连中午也忽然寂静起来，偶尔的车鸣拂开窗外正暖的阳光，走远。我的心好像被带着奔向远方的旅途，抵达梅的门前……打开音乐，剪断飞远的思绪，试着以一种忧伤的姿势把自己安顿下来。人有时就是这样：一个曲子，一句话，一个场景，都会把你带到比远方更远的地方，然后在那里你开始随心所欲地拆解自己。从小到大的每一个过程，都幻化成丝丝缕缕的雨，在你的身后缠绵起来，最终将自己淹没在回忆里不能自拔。

我没有走得离故乡那么远，但是我能读懂那颗走远的心。沉淀于故乡的梦，有时真的像候鸟翅膀上的一根羽毛，当鸟儿从头顶飞过的时候，就已经把一颗思念的心交给它，贴在它温暖的背上随它北上南下。

故乡
你是无形的根基在我心中崛起
无论我的双脚踩响哪一块土地
岁月沧桑，季节更替
我始终会推开那扇门
我知道，有娘的地方才有故乡

故乡
我插上翅膀带着记忆归来
轻轻地贴近那缕炊烟，我看见

房子矮了，小河窄了
当我扑向你的时候
你还是捏疼了我的臂膀

故乡不是简单的两个字，这里有血浓于水的亲情，这里有迁徙途中都舍不得丢弃的童年，这里有与兄弟姐妹经历的幸福与安宁。所有的情凝结为一首思乡的诗，那深厚的感情不用说是浓得抹不开了。一张全家福映入我的眼帘，那是个幸福的四口之家，每个人脸上有着灿烂的笑容。梅和孩子们身上都穿着通红的小衫，立刻把整个房间照得暖融融的，我的眼角也跟着潮热湿润起来。留言的时候我想对她说我会在最美的地方等你，但最终我只喊了一声梅姐就停顿了下来，把手轻轻地挪离键盘，我怕触痛梅的思念……

倾心一遇

忆潇湘

已经记不清是什么时候初识的你，只知道，那时，天蓝，风轻，你如一只翩翩的蝶儿，栖落在我敞开的心窗上。只轻轻一回眸，目光相遇的刹那，倾心一动，从此，再也无法逃离。

最初关注你是从那一篇《薄欢未央》开始的。也许我骨子里就是有着薄凉的况味，对那些清冽而冷艳的文字，本身就有着一种与生俱来的亲近感。那些旧时光里的味道，那些清欢而寡淡的温暖，那些浸润着古典诗词的浪漫而唯美的情愫，总在撞击着内心，引起强烈的共鸣。

很多时候，我们可以在文字里聆听，在文字中倾诉，在文字里谈情说爱。漫步在时光之外，我们背负着文字的行囊行走在各自的旅途，偶尔亲近偶尔疏离，偶尔交汇偶尔疾驰，任何形式已经不重要了。只知道你在，我在，各自安好，如此已是心满意足。

曾经见证了你的忧伤与明媚，也亲历了你的坚强与决绝，我想我是懂你的，也正如你懂我一样。曾经一些从未对任何人说过的话，我把它交付与你，只为了那一份相知相恤、笃定而殷实的情意。在你面前，我的心门从来不设防。因为，我们早已把彼此当成了可以交付真心的知己。

当知道你要离开的时候，我像被人抽去了一根肋骨，忽觉少了许多乐趣。当有一天看不到你的名字的时候，我的世界兵荒马乱，我的文字流离失所，好像突然找不到倾诉的出口，也迷失了前行的方向。我对着老大发脾气，厉声质问他，我还没同意呢，你怎么就让她走了呢？我知道，我当时有些失态，我这样做也很霸道，可一切，只因为我在乎你。老大安慰我，说你只是暂时休息，我跌落到谷底的情绪才稍微平复。是的，就像老大说的："她的优秀，她的多才，她的聪明，无法一一诉说。"可是，我怎么去习惯没有你在的日子呢？

你一个人去了广州，一个人背负了生命中的苦痛，这一切，你从未对任何人说起。我不知道，是怎样的坚忍，支撑着你桀骜的信念，是怎样的顽强，掩藏了你内心巨大的创伤。我不知道，该用怎样的语言去安慰你，也不知道，该怎样向你传达我感同身受的煎熬。我只默默地对着你，狠狠地把泪憋回肚子里，装作若无其事的样子。我祈祷着上苍的眷顾，期待着奇迹的降临。你明媚如花的笑靥，始终是我最倾心的表情。

曾经想相约去听一场雨，在淅沥的雨声里放逐着寡淡的清欢，让所有流年里的悲喜都消散在漫无边际的雨幕中；曾经想相约去看一场桃花，将所有或明媚或忧伤的往事，都写进满地缤纷落英中；曾经想相约去江南，去西塘，去乌镇，去杭州，去苏州，漫步在烟雨飘摇的青石小巷里，去听一曲《牡丹亭》，看“原来姹紫嫣红开遍，似这般都付与断井颓垣”。还想一起去凤凰，在诡异而又媚惑的古镇里领略一番湘西古朴而又神秘的风情。

一个喜欢旅游的女子，很多时候，不是为了在山水与自然之中陶醉，有时候仅仅是因为一个地名、一种信念、一个人物或者一段传奇，就让我们觉得前世或是今生，注定了要与这个地方有着某种纠缠，千丝万缕，欲罢不能。喜欢一个地方，是不需要理由的。

光阴去了，唯有你在，如此就好；天南地北，人间天上，那二十桥的明月、寒山寺的钟声、秦淮河畔的瘦柳，是否能释怀我们无处安放的旅愁?

当终有一天，我深倦的时候，忽然想到要逃离，逃离这俗世的喧嚣，逃离这逼仄的气息，我想安静地囚居在属于自己的空间里，于文字中寻找一片心灵的栖息地，任花开花落，春去春回，我只固守在自己建筑的城池里。从此，泊心。

可是，我不能转身。你说，无论什么时候，我们同在。形式已经不重要了，在你挽留的目光中，我又一次迷失了自己。一路同行，始终有你的牵系，这就足够了。

没有轰轰烈烈的场面，没有荡气回肠的情节，我们耽于这样的平静，固守着平常日子里最真挚最朴实的情意，从容淡定，波澜不惊。天色微茫，秋意渐深，冬的况味也在日渐逼仄，而我们依然能怀抱着彼此的情意取暖，相伴这一程已是无悔。

也许，我们之间总是有一些相通的灵犀，虽不曾勘破，却彼此明了。那一日，偶尔说起在网上搜索雪小禅的《刹那记》，却找不到可以直接下载的地方，走了几个书店几乎所有的柜台，也没有找到。无意间的提起，你却惦记在心里。你让我给你地址，在我生日来临之际，收到了你寄来的《刹那记》和《终无言》，我满心欢喜，视若珍宝，这是我生日里最美的珍藏。轻启含着墨香的书页，品味着银碗里盛雪的清凉与真意，刹那间，多少山长水远，多少花好月圆，都如莲花绽放，满室芬芳，满眼青翠，满怀深情。

想起了那日在异乡的宾馆里，我们聊着免费的长途，你正跳完舞走在回家的路上，那样清怡，那样亲近，连笑声里也充满了彼此的气息。这里如此之美，可否停留？那么，就让我们停在时光的纹路里，细数岁月镌刻的痕迹吧，深深浅浅，一如初见时的美丽。

默然相依

颜　婧

生命就像一辆战车，由“心”与“物”两匹并驾齐驱的战马来拉曳，之间任何不和谐都将影响战车的前行。“物”固然可以帮你生存，但唯有“心”的智慧引领你驾驭内在的自我。天南海北的挚友，因了“心”的智慧，默然相依。

——题记

一

村上春树的随笔集《兰格汉斯岛的午后》里有一个词“小确幸”，我一见倾心，它的意思即“微小而确实的幸福”。这个词虽然充满个人化的体验，但那一刻猝然撞在我的心上，竟生出共鸣。

随着年龄的增长，我早不过生日了。似乎越来越害怕喧嚣，置身红尘，本已被俗世吵扰了半辈子，生日这天，权且淡出红尘，躲进自家的小楼，不知这是否也是对心灵的一种自我呵护？

但我还是收到了“固执”的石头从北京捎来的礼物，她知道我的最爱。在冲泡铁观音那一刻，我忍不住潸然泪下，这个妹妹，自己还在路上披荆斩棘，却也念念不忘给别人送来茶香。

还有英子姐，她在七月经历了一场“高铁生死劫噩梦”之后，忙里偷闲打来电话，第一句话仍然是“老爸的病好些了吗”。早在几月前，她听说我爸糖尿病住院，撂下电话就忙开了，帮着咨询专家，联系云南的导游朋友……三天后，我家收到包裹，那是云南丽江的野生紫灵芝。她在包裹里的附言上说，野生紫灵芝煲水煎服专调血脂。我按她的吩咐，去药店把灵芝切成片，早晚各煲一碗汤汁送到医院给老爸喝。老爸问，谁寄来的？我说是广州的英姐。老爸说，丫头，以后，我家又多了个亲人。

一份遥远而真切的相知相惜，在这个是是非非的世界上，是不是更珍贵，也更浪漫些呢？如今，一份澄澈清亮的情感，已然很难寻觅了。我们分明置身天南海北，但我们总能相互凝眸，岁月便有了些许牵挂和温馨。

每一次与女友们无遮无拦的叙谈，恰如窗外那树正在吐蕊的桂花，馨香而悠长，一次次意外的“小确幸”迭起，我们的幸福虽然与物质有关，但却远不是富足所能涵盖的。我这才发觉，生活中并不缺少“细微”的幸福，缺少的是一颗善感的心。

“秋凉了，念你”，晓月给我的信息一直珍藏在手机里，给我永远的暖。她说：“姐，我们默然相依。”是的，红袖姐妹就在平凡的“小确幸”里。

二

“女人在一生中至少有一次爱过一个王八蛋。”午夜，我静静地枯坐案头，盯着曾高居畅销书榜首的女作家丹尼尔·斯蒂尔的这句饱含悲怆的话发怔。

一位北国的女友正闹离婚，她在电话的那端哀哀陈述，她曾经温馨得让人羡慕的家已经灰飞烟灭！而那个始作俑者，促使她飞蛾扑火般痛下决心弃家抛子的“多情男人”，却已消失在茫茫人海，犹如人间蒸发一般，无影无踪了，留她孤零零一个人在婚姻的废墟上哀号。

女人是感性的，渴望太多的爱，而男人是现实的高级动物，他们容易触景生情，也容易移情别恋，随着现实变更而飘忽不定，可划入丹尼尔·斯蒂尔可诅咒的男人实在不胜枚举。

女人有时候在男人眼里是不可理喻的，她听从的只是她自己的心，不知道现实世界多变，人心也会变。也没有多考虑爱情是一场如何漫长的考验，并非那时那刻的相爱就能代表一生一世。

我静静地倾听着女友琐碎而悲痛欲绝的陈述，犹如一个全神贯注的小学生。夜已深，哈欠也来了，我依然静静地倾听，我的眼前就如同上演一幕茨威格的电影……女友的遭遇让我想起茨威格的名篇《一个女人一生中的 24 小时》，矜持、高贵、优雅的一个淑女，竟然会因为在赌场结识了才一天的陌生男子而毅然准备私奔……结局是残酷的，赌徒就是赌徒，片刻的宗教唤醒、启迪只是刹那的回光返照，一旦重回赌场，六亲不认的赌性便又暴露无遗。

我忽然神往自己能摇身一变成为语言大师，口吐莲花，如神奇的止血贴，敷在女友滴血的伤口上……

但我显然无能为力，此时此刻，说什么都是多余。情商指导师培训课上，资深心理师告诉我，要相信每个人都有自愈的能力，一切只是时间问题。如果，丹尼尔·斯蒂尔的预言不可避免，就让它停留在易犯错误的青年时代吧。青年时代一切也易恢复，创伤会让青年人阅历更加丰富，心灵更加强大。

换个角度看，那个“多情男人”的原形毕露，还算是时候。如果，等她上了“贼船”才发现真相，岂不更悲哀?

南国的我，静静地聆听北国的你。亲爱的，与你，在静夜里，默然相依。

三

心中有一个未圆的梦，好像一枚月儿弯弯地挂在枝头。秋风起时，总是寂寥地摇曳。

王子猷（王羲之之子），居山阴。夜大雪，眠觉，开室，命酌酒，四望皎然，因起彷徨，咏左思《招隐诗》，忽忆戴安道，时戴在剡（县名），即便夜乘小舟就之，经宿方至，造门不前而返。人问其故，王曰：“吾本乘兴而行，兴尽而返，何必见戴?”

子猷何其洒脱，兴起而行，兴尽而返。悠然往来，兴甚至哉。

我想，今人往往赶不上古人。今晨，我可效仿子猷，做个听从自己心音的独行人么？我穿越在钢筋水泥的重重森林，我想拜访置身北国秋色里的故人。

北国的秋，想必是这样的：柔和的阳光恰似大自然梦中的微笑，一声鸽哨在高远的蓝空唱响，芳香在果园田间弥漫。老农忽明忽灭的烟斗上，时光一点点地燃烧成灰烬……

卷舒的白云就是我写在蓝天的心事。

秋，本是我最钟情的季节，我自南飘向北国，如海水连绵不绝，一波又一波，向北国涌去。该去山间看红叶，让我和我的故人，在岩石上坐下，冥想，耳语。直到我们也在秋霜里融化，闪烁出奇异的光芒，直至我们变成两片经霜的红叶，缓缓飞升，缓缓消融在那无边的秋色里。

秋夜，总是要来的。山后林子里升起的那轮秋月，那么寂寥，又那么自得。那么遥远，又恍若就在身边。

因了天的高远、湛蓝，地的斑斓、丰实。我不远万里飘向北国，去拥抱北国的秋。只为与你，遥远的故人，默然相依。

感动生活

仇恒泉

有一个小女孩守在一棵树下一直不肯离去，原来她在等待秋天最后一片树叶落下。孩子是纯真的，她会为一个平凡的自然更替而感动。

——题记

这个周末的阳光格外灿烂，天空总是浮着纱状的白云，就连小区内的迎春花也打破季节的规律，探头探脑，兀自绽放起来，仿佛初春已耐不住这冬日的漫长，悄然来到。

这样的时光里，心情变得很好，实在是没有辜负这优雅美好的景致。

周五下午快要下班的时候，我突然接到一个女子甜甜的声音。号码没有显示归属地，误认为是市公安局的徒弟，再一听才明白，原来是我在网上认识的一个山东博友。

博友说，前些天知道我身体不好，还得上了肾结石。治疗结石最简单方法就是锻炼和多喝水，她说她刚刚为我特快专递了一个杯子，希望我收到后，要坚持每天喝八杯水。

怎么也没有想到博友会如此细心，一股温暖突然从心头产生。多年的奔波和落魄，很少再为一些事动容，可是当天我差一点激动得落泪。原来网络并不是虚拟的，虽然我们天各一方，甚至都不清楚对方的长相年龄，但这份感情的相通却是真实的存在。这种猝不及防的感动，让我幸福了几天。

最初的遇见，也许是一场偶然。可是，相识相知，我深信，当是必然！一切的一切，我归结为缘！心情，似一把存放已久的伞，于走过的这些时光里，被这绵绵的和风细雨撑开。喜欢她行云流水般的文字，喜欢她另辟蹊径的独到见解，更喜欢她直白坦率悲天悯人的善良情怀。

我还不知道这杯子有多么秀美，也不知道它的价格，但分明已收到了一份沉甸甸的情谊。想到博友，就想到荷花的美，不是表面的花红叶绿，也不是蜂舞蝶转的传播。它把美的果实深埋心里，那一粒粒丰满饱胀的莲子，以及那渗透到人骨髓里的莲子馨香，是向甘于寂寞的大地汲取的精华。

“告诉你，一想到你，我这张丑脸上就泛起微笑”，“我对好多人怀有最深的感情，尤其是对你”，这是作家王小波写给李银河的话。姑且拿来，送给我的博友。

像我这样的年纪，心情多趋于平静。我是一介凡夫，就像一只渺小的蚂蚁，每天忙忙碌碌，微不足道，所以卑微如尘，常不会有大喜或大悲。日子从从容容，与岁月紧跟慢跑，默默无闻过着平平淡淡的日子。

下午，突然接到一个电话，是多年前结识的宗学周打来的。他大我 7 岁，在他家六个孩子中排行老四，我称他四哥，他喊我老七。在小镇工作近十个年头，宗家早把我看成他们的亲人。对于一个外乡人，那时候真的有一种说不出的感动。后来，因为工作调动，与四哥的联系渐渐少了，慢慢疏于了解。

四哥说，他现在就在市区，今天是平安夜，想请我们全家吃饭。我很爽快地答应了，毕竟多年已没有联系，也想跟他叙叙旧。

闲聊中，才知道他现在已经有了三家公司，生意稳定。他很感谢在他落魄时，我给他的一些建议与鼓励。我一直是个穷人，对社会底层也就特别地关注和同情。我是一名警察，有更多接触他们的机会，一次次直面他们的酸甜苦辣和爱恨情仇，在我无具体物质上的付出时，出自肺腑的善意鼓励是我对他们最真诚的给予。

没想到这种“给予”，成就了四哥。无心栽柳柳成荫，我为自己的“无心”感到自豪。

席间，四哥回忆了曾经共处的光辉岁月，没想到他是一个如此念旧的人。在无限追忆之间，四哥有了醉意。出门时，我将他的车钥匙收下，让车子留在了酒店，让他的朋友打的将他送了回去。

出了酒店，大街上车水马龙，流光溢彩。等了很长时间也没有等到一辆出租车，虽然离家很远，我们只能选择徒步。

路过一人行天桥，行人步履匆匆。突然发现不远处跪着一个老人，看上去 70 多岁，和我的父亲年龄相仿。衣衫褴褛的他，与他身后的摩天大楼、闪烁的霓虹灯及从他身边匆匆而过的俊男靓女，有着太大的反差。我将身上所有的钱都掏了出来，毫不犹豫地放到他面前的瓷钵里。女儿说你不怕那老爷爷是骗子吗？我笑着说，我全然不那么想，我只想我曾经善良过。

下了天桥，一辆出租车见到我们，戛然停了下来。妻子说：“自己出门压根就没有带上钱包。你捐钱给人家，最起码要留下回家的车费吧。”

我说，我们就坚持着走回去吧，我的肾结石不正好需要走吗？女儿附和着说，爸爸说得对，我们就走回去。半个多小时后，我们到了小区门口，将城市的繁华甩在身后。女儿突然指着远处的天空，问那是什么东西，我说是孔明灯，也叫许愿灯。我说女儿你就许个愿吧，女儿想了想，说，愿我们的城市越来越漂亮，不再有寒冷与贫穷，爸爸的身体尽快好起来，妈妈越来越漂亮。

这个周末，是今年最后一个周末，我却收获了一年里最厚重的感动。在浩瀚时空中，我们实在是很渺小的微生物。生活却为我们制造了许许多多的感动，这些感动足以让我们的心变得柔软。于是，我们彻悟一切，不再遗憾。

偶遇老郎中

吴国侠

周末的一天，我随妻子到市内购物。

当我背着大包小包，气喘吁吁，艰难地往前行走时，妻子却兴致正浓，不停地催促道，“快点哦，跟上，再逛一家药店就回去”。

抬头一看，一家标着“春天大药房”匾额的药店正赫然竖立在眼前。

进了药店，却见店内正厅端坐着一位须眉花白的老郎中，正低头看书。妻子回头对我说：“你在旁边坐会，我去问问有啥药可买。”

妻子问老郎中：“老先生，我这肩周炎老是发作，你这有治这病的特效药没?”

老郎中很热情地接待了妻子，认真地说：“肩周炎这病一般很难治断根，不过，适当用药倒是可以缓解酸痛，中医的疗法要好些。”

妻子一听，很高兴，就说：“我父亲也是一名老中医，可惜五年前就去世了，他以前老是要我去学医，可我怕见血，就放弃了。他原来是跟我外公学的，后来又拜了两个师傅，算是自学成才吧。”

老郎中笑了笑，说：“我今年八十六了，行医六十多年，也算中医世家，传到我这辈也有一百三十年的历史了，现在儿子、孙子也行医。退休了，在家闲得慌，就出来坐诊。”

妻子吃惊道：“那你全家都行医，有点小病小痛的，也不用去医院了，多好。我家就我哥吃我爸这碗饭，其他姐弟都改行了。记得以前，省卫生厅开展识别药物比赛，我爸代表医院去参赛，还得了第一名。那些个田七、当归、地黄什么的，一年四季，都有哪些特征、哪些地方入药，他都记得清。可很多医生只记得一两个季节，别的就不知道了。”

我闭着眼睛，坐在那儿，听这两人你有来言，我有去语地聊着天。

好不容易熬到最后，老郎中开药方子了：“我给你开两瓶外用药，一瓶苗山追风，一瓶双氯芬酸钠气雾剂，感觉到酸痛了，就喷洒一些于皮肤的表面，再用力揉搓，酸痛感就会缓解。”

划价，付款，领药，正准备出门，就听见后面老郎中喊：“等等”，只见老中医从抽屉里摸出一本书来，递给妻子，说，“这是我写的一本诗词集，送一本给你，算作纪念吧”。

妻子拿着那书，感到不好意思，说：“我怎么好意思拿你的书呢？要不，我给你钱?”

老郎中的头摇得像拨浪鼓，不满道：“我是看在你父亲和我都是老中医的份上，我才送一本书给你看的，哪能收钱呢？这也是书送有缘人吧。”

回家的路上，我在想：这老头儿，也挺有趣的，算是性情中人吧。

人与人的交往，不就是凭缘么？偶然相遇，今后不一定相见，尘归尘，土归土，可这相遇的情景，却在记忆里生了根，发了芽。

笔直的情感

倪进斌

与友人一同逛露天瓷器大市场，一眼望去，漫无边际的瓷制品闪耀在阳光之下，餐具、工艺品、园林用品、洁具、建筑陶瓷、工业陶瓷零配件……琳琅满目，能想到的和想不到的应有尽有，大的高过人头，重达数百斤，小的似珠玑，如豆粒。其中的精品令人目不暇接，每每惊艳不已。

我们一路孜孜不倦，东瞅西看，耗费了整整一个上午，终无特别所爱。就要离去时，友人突然在一个餐具摊前站下来，向着一只二十厘米见方的白色瓷碟引颈而视。我不觉在一旁讪笑，心想那不就是一个瓷碟吗?

友人后退一步，轻轻将我推近那只瓷碟，说：“你看看，好好地看看，别有趣味!”

我不经意地眯起眼睛朝瓷碟瞟了一眼，却也神奇，霎时有了感觉，这瓷碟既不是洁白，也无什么牙白、玉白、乳白之类的高贵之气，却很惹眼。它白里藏着丝缕蒙蒙的青色，乍看并不明显，细一观察，则有一种隐隐现现的意思，仿佛春雪掩映下的大地在蠢蠢复苏，泛着浅浅的亮，似幽梦将醒，呓语搔着人心。

友人不禁乐起来，大概是觉得我看出了一点什么玄妙，示意我继续深入看下去。此刻，我已兴味油然，用双手谨慎地把瓷碟捧起来，反复地品赏着。

须臾之后，友人问：“你看出什么来了吗?”

我着意再度端详着瓷碟，仿佛看到薄薄的雪层下有纤纤的草芽在抽动，端倪毕现，又不可触摸。就回答友人说：“好像看到春天在行走，脚步撩着绿绿的影子。”

友人说：“很好，你的感悟特有诗意，但只看明白了一部分，再细细地看看这碟子里的图案，会有更多发现!”

瓷碟被我颠来倒去地看着，碟子里的图案并不复杂，只是两道直立的墨色线条，长线条颜色浓重，显得高耸饱满，短线条格外纤柔，为水墨轻抹而成，整个图案只是一种很随意的简易装饰。友人却偏要提醒我看这个图案，他是一个很有艺术造诣的人，所言一定是有所思。因此，我只好对着图案审视再三，潜心琢磨，觉得眼前的两道线条像两棵亭亭树木，呼吸着雪色尚未褪去的早春。偏高的一棵或许已长出苲苲嫩叶，因而茁壮娇艳；另一棵可能刚刚孕芽，所以纤小素淡。总之，这两道线条和春雪、春色、春情交融一体，并有点睛之妙。心里这么想着，又不好贸然说出来，觉得有多加揣摩的必要。沉吟间，我兀然若有所获，映入眼帘的并非是两道平常的线条，而是一幅深含意韵的画，简练而不乏神灵之美，仿佛有一种情愫在娓娓漾动，一时又难以彻悟，赞美和感喟牵扯着魂魄。

友人看着我也不说话，眼里放射着奥秘的光彩。

于是，我大着胆子说："初看时，像两棵迎春的树木，细一咀嚼，意味深长，很难用恰当的词句表达。"

友人轻轻拍着手说："对，对！是这样的，若再深想一层，它们不只是具象的树，更多的是情，是一种笔立的情感，既连天接地，又清浅如柳风，有一股震撼人的力量。"

闻言，我油然兴奋起来，庆幸自己说得还算靠谱，经友人一点拨，胸襟更加开朗，一切似乎伸手即可触摸。朗朗世界在瓷碟里炫耀起来，茸茸绿意蔓延，云朵和紫燕掠着人的头顶飞旋，积雪顿时化作盈盈清涟，年月弹响了琴弦。

究其精髓，深知一语难以道破，有一种曼妙在胸中萦回，灵感伸张，无际无涯，包容着天下，包容着一切美好，情思悠悠，向着高山流水，向着莽原，向着大海，向着遥远，向着生命的彼岸。瞬间的觉醒，像一粒跳动的光，所有的感应都在呈立体扩张，道路在脚下抻长，可达南极北极，穿行于天宇星座，远蹈在肉体凡胎之外，能看到风的秀色，能听到花开的声音，独享一派胜景。

显然，这只瓷碟令人由衷地动情，并且是一个不断深化、放大的过程，从未知到知晓，从一般到超越，从遐想到现实，万事犹如袅袅云烟。当下，人心活跃，各有所异，却有人把情怀写意在一方瓷碟上，浮世转身，给天地一个真诚拥抱。混沌幡然清澈，人之可贵，在于一颗素心。打动人的既是瓷碟，更是造化瓷碟的人。

我和友人欣然各买下十只瓷碟，意为十全十美。

回到家里，拿出一只瓷碟摆放到书桌上每日玩赏，越发觉得其意深刻，那两道线条，袅袅娜娜，枝间绽放着朵朵春梅，其色彩不是嫣红或粉红，而是鹅黄与淡青相映，有蜜蜂在花瓣上来去，天风柔软，飘拂在耳畔。那时，窗外长江流泻，航船往返，运载着春色和人的心情，太阳辉光辽阔，世界节拍绵长。

每有客人进入书房，都要看看瓷碟，并且各有所说，比我理解得更深更广的大有人在。这是因为事物往往有多种内涵，彼此的见解也就各不相同，言者自有独到之处。我本来以为自己对瓷碟的领悟已经很经典，而与众人的见解相比，不过是一孔之见。最终觉得这只瓷碟的深层含义是认知无尽，仁心有术，唯有解放自我，广纳众家之长，才能抵近事物的本真。

梨花梦，梨子情

郑艳玉

我再次殷切地踏上这片熟悉的土地，走山路，迎春风，空气中夹杂着各种淡淡的清香。乡村的五彩斑斓让我倍感愉悦，随口哼着小调，脚步越来越快，我知道这是久别重逢，我没来由地心跳加速，欢喜满怀。我来了！一年一邂逅，梨花，我来观赏你漫天飞扬的舞姿，我来旧地重温久远的梦。

我的想象里，你永远是春天最纯洁的仙子，于一树的空灵上，舞着水袖衣袂飘飘，落落大方又典雅有致。每一年的春来，我都会深深地眷念这片梨园，想起梨花开，不由自主地滋生起淡淡的惆怅，是对岁月的感慨，还是喜欢在越走越远的红尘里又回头看看年少的情怀？往事从来都在心里，触景生情时又会感慨一番，于春色渐逝辗转的季节中再收起难忘的记忆。

可惜，我来得不是太早就是太晚。豆蔻春初，寻你，还是寂寂的枝干一园的落寞，洁白的笑靥畏缩在料峭春寒里。而今，四月过半，你大多已经凋谢，园中落满枯瓣，依稀还有点白的影子挂在枝头，也只有黯淡的容颜了。错过了最美的花开，但春意依旧浓浓，看花凋新绿爬满枝头，少了空灵的舞姿，却也给人一种生机盎然的景象。春去春来，生命轮回，我那空灵的青春岁月，和梨花一样舞不回来了。

家乡的这片梨园，是我唯一所知道栽种梨树的地方。很多年前被人承包，于是荒芜的空地有了绿影，接着是绿荫，梨花，梨子。小时候我讨厌走山路，太多的青冢和凄厉的野鸟让胆小的我战战兢兢。没办法，小时候的生活就是这样，稚嫩的肩膀也要帮着担点家庭的艰辛，怕与否都要上山劳作。尤其在暑假，我们上山砍柴经常在这片梨园中休息，有时候碰到落下来摔破的梨子，会馋猫般尝尝。这梨子不是我们街上卖的光滑白梨，而是眼不见经传、瞅着褐色的丑陋的“厚皮梨”。我通常先咬去厚皮再细尝，厚皮梨比普通梨大，未成熟时比较青涩，成熟后吃起来倒也清甜，水分多，就是梨肉不细嫩，粗糙点，不过那时这已经是很好的解馋果子了。

台风过后，梨树下一地狼藉的落梨，让承包者心疼得直骂天，但那时候的我只知道贪嘴，还幸灾乐祸落井下石，七手八脚捡了一些藏在柴木担中，和伙伴们扬长而去。据说，承包者中有一个是父亲的好朋友，所以也睁一只眼闭一只眼。而以后有梨子的季节，梨园成了我们虎视眈眈的“肥肉”，喜欢在热火朝天的劳动后啃一只解渴的梨子清清凉解解暑。但也有不如愿的时候，看梨的人几天轮流换，碰上陌生人，别说吃，就是在梨园里乘凉也怕你偷梨赶人走。关于梨子的记忆，也微酸也清甜。

在我的少女时代，生活开始转好，对厚皮梨淡了想吃的憧憬。那时候满大街卖的都是色泽光亮的白梨，厚皮梨价格虽低也无人问津。渐渐长大，我开始欣赏起春天梨园那一树树纯洁的梨花，也曾经和同学跑到那里用胶卷相机拍照。我穿着红色的毛衣爬在梨树上，年轻的笑颜对着灿烂的梨花，娇媚无邪。这张照片我至今珍藏着，如同珍藏了美好的菁菁岁月。

而今，青春落尽芳妍，我缓缓走着，我不知道，我脚下踩烂的花瓣，能否比喻那花样年华，纵然零落，也芳香如故地永存着。

梨花梦，遥远的梨花梦依然。还是这片梨园，却因为无人管理日渐荒芜。据说，每到春天，梨花仍旧会开得纷纷扰扰，浪漫多姿。梨花会开，梨子不是照样会挂果成熟么？清甜的厚皮梨，你一直是我抹不去的记忆啊。

这雨

朱志刚

这雨下着，搅乱了夜的深沉，却也使得夜越发宁静。夜雨敲窗的心境，或许置放在遥远空明的内心。一分闲情，一分忧心，春愁很难在这样的雨夜化开。一分虚无，一分真实，可是春天还是在微冷时缓缓地行来。这夜的雨，像是有情人的泪水，又像是老天怜人的慈悲，毕竟北方干旱了很久很久。

敛神遥望，往北。往北，我的目的地是苏北的徐州。一个蕴涵人文历史沉淀的城市，仍是有些遥远，有些陌生，又有些期待，间或裹挟些莫名的担忧。这雨就是在我离开的那天开始下起来的。

这雨细微若丝，飘洒缠绵地显出了风力，气温骤然低了下去。记得前几天还有十几摄氏度，此时怕就只五六度了，天气预报说气温还会继续下降。从车窗往外望去，路旁不远处的柳已有新牙鹅黄，生命少了咄咄逼人的气势，却稍显得有些急迫。面对这突如其来的倒春寒，它们是否能够坚持下去？这样的境地就如去年年末同样突如其来的金融风暴，陡然突变，一夜寒潮汹涌，我们唯有去慢慢适应它的寒冷了，最好能够在寒冷中，寻到希望的火种。希望没有破灭，就能够坚持长久，就会等到转机如同春天一般到来。

我生长在长江之滨，一年四季与雨结缘。特别是在每年春夏之交，清明前后梅雨时节，雨水更是连绵不绝。以前我是喜雨的，喜欢春雨之浪漫或是性格使然，喜欢春雨之珍贵，只是源于那句谚语——春雨贵如油。

童年时，最喜清明时节。细雨纷纷，桃红李白，于是在回乡的田垄阡陌之间，微微摇头吟诵杜牧的“清明时节雨纷纷，路上行人欲断魂”。童真的喜悦悄悄而又张扬，虽然在想象中经常会赋予一丝轻微的忧伤，但体会终究是不真切的。

少年时，又开始喜欢夏天的淋漓大雨了。那时的我往往会任凭少年的勇气，徜徉在雨中。一分轻狂，惹得路人侧目；一分任意，平添了些许雄心壮志。年少无知无畏，于是就多出一分洒脱与随意。这原本是真性情，却在成长的路途中被岁月打磨或消隐于世俗的尘埃。于是有段时间，我开始忧郁，像惆怅的秋雨，绵绵久久，微冷沁人。隔窗望去，秋雨如烟，缥缈若心，远远地，只能让浮躁在渐暗的黄昏里破碎，随同世界一起消隐在黑夜的安详中，于是心得到了片刻的宁静。冬雨总是冷冷的，让人畏首畏脚，却也能给许多人难得的清闲。一家人围炉而坐，或叙叙家长里短，或谈谈大千世界，或干脆温酒同饮，用心去体味这其中的亲情也是很难得的了。

这雨还在下着，从黄石到武汉，经过安徽的阜阳，夜已深，雨也停了。车窗外偶然滑过的灯火，正在照亮谁的梦呢？一直认为，旅途中最好的感觉应该是在车上，牵挂着这头放下了那头。有时索性啥也不想，只要用心去揣摩旁边的陌生人，偶尔聊上几句，不问姓名，不问归去，全凭着兴致使然。这时的我也喜欢深深遥望窗外的黑暗，恨不能一下就看透这夜的无边和真实。

到达徐州时，天空未现明亮，微微的冷在遥远的他乡尤显清冷。独自行走在徐州街头，忽然就想起一个远在新疆昌吉的女子。这个叫雨妮的女子，应该也是喜雨的吧。对于新疆我是陌生的，也是一直向往的。对于昌吉，我也陌生，昌吉或有昌盛吉祥的意思吧，那是一个值得向往的地方。曾在《黄石日报》看过一篇报道，在昌吉工作的黄石人说些昌吉的事，知道雨妮是昌吉人，读着读着就有些亲切感。

那个叫作雨妮的女孩，也翩翩然走入我的诗中。听过她朗诵的诗歌，很认真的一个女子，声音柔柔的，有春雨的绵绵密密。还听过她唱歌，也是很努力的样子，其中也不乏三月的浪漫和深情。她还有一个与雨有关的ID，很难想象她对雨喜爱到何种程度，也许就像年少时的我吧。

黄昏时分，雨就又下起来了。起先只是隐秘的细雨，断断续续的，懵懵懂懂而不能看见。渐渐地，路面就有些洇湿了；渐渐地，窗玻璃就挂上些线状的珠雨；渐渐地，凝神就能听到淅沥的乐章，此时雨已渐渐大了。我原本是喜欢听雨看雨的，隐在嬉闹的城市一隅，看雨中路人的行色匆匆，他们像是游动的鱼，正在时间的河流里不知疲乏地追逐寻找求索。此刻的我又何尝不是一条孤独而迷失的鱼呢？

华灯初放，夜就来临了。对面宾馆的旋转玻璃门好像永远不会停歇，转动着，进去一些冠冕堂皇的，出来一些喜形于色的。不远处的拐角，一个乞丐不停地向行人乞求着施舍。偶尔有好心人丢给他一枚硬币。大多数人对他视而不见，依旧行色匆匆。出租车像猫一样隐伏在人多的地段，微微地动，随时准备着，这个时候他们的生意应该是很好的。霓虹灯开始闪烁，街头巷尾酒香顺着风雨飘掠过来，这时已到这一天最精彩的时候了。

归途，总是喜悦多于忧愁的。一路明明媚媚的，田野上已是新绿遍遍。还是有些冷，心却热乎了许多。春天的气息从窗外扑面而来，看到一些油菜花开得黄灿灿的。又偶然看到路旁的白桦树枝丫上有鸟的窝巢，一路数下去，竟然一口气数到了二十七八个。春天毕竟是来了。

剪一段时光

张庆梅

高楼夏睡足，窗外日迟迟。起身，泡一壶绿茶。夏天是属于绿茶的，绿茶是属于透明的玻璃壶和杯的。静看那些琐碎的叶片在清澈的水里上下翻滚，然后汪成一壶清脆的绿。然后闻之，然后品之，然后陶醉其中。

手捧杂志，读一篇王蒙文章，那是一篇写得像散文一样的小说。从头看到尾，也没明白，这样一篇抒情的文字，为什么被划为短篇小说类。王蒙老年的文字越发精到，读着，仿佛在听一段时光缓缓流过的声音。由此，回忆起一段往事来。

第一次知道嫉妒的滋味，是读小学的时候。姜姓女同学住在我们村后面的地质水文队的家属楼上。她长得比我秀气，脸蛋是鹅蛋形的，眉毛不粗不细，虽然也是单眼皮，但眼睛比我的大。她还有个让我崇拜的母亲。

姜同学老家在胶东的海阳县，那里盛产苹果，每年秋天，老家的人都给捎几筐苹果来，因此她家里永远都飘着诱人的苹果香。她家住在一幢筒子楼里，那是一座红砖到顶的三层楼，赭红色砖厚重而忧郁，她家在三楼最西头那间。顺着很暗的楼梯走上去，再穿过窄窄的走廊就到了。绿色油漆过的门上，斑驳着日月的痕迹，塑料珠子串成的帘子挂在门前。跟随姜同学推门而入，她的母亲背着窗坐在大床上做手工。抬头望处，她母亲慈祥地望着我们，那笑容波澜不惊。那时候我很拘束，连阿姨也不会叫，只是怯怯地走上前去，看她手里做着的针线活。

那是一双有着修长手指的手，极灵巧地一手捻针一手打结，然后细细地缝。记忆里她一直在做盘扣，就是唐装前襟上用的那种复杂得无与伦比的盘扣。或许我的记忆出了问题，按理说，那个年代的人是不穿唐装的，既然不穿唐装，那些复杂的盘扣缝了做什么用呢？但印象里，她母亲一直坐在大床上，慢条斯理地，安静地缝盘扣，身后的窗户有光透进来，给她镶上光圈，她慈祥的面容在光圈里模糊不清。

记忆是完全靠不住的东西。这么多年过去，每当想起姜同学，我脑海里都会出现这样奇怪的画面，只有我跟她母亲。而姜同学在哪里呢？要知道，她们家就一间房子，那间房子并不大，进门就是一张大床，我们写作业都是把作业本摊在凳子上的。然而我的记忆里没有姜同学的影子，只有我跟她的母亲。偶尔会出现她的父亲，一个高高瘦瘦的男人。他每次都会问我姓什么，我老实告诉他我姓张，他就重复一遍，哦，姓姜。我纠正他，是姓张。他还是说姓姜。因为在胶东口音里，张和姜是一种发音。

读初中的时候，姜同学转学到市里去了，从此我少了一个竞争对手。那时候情窦初开的我们，同时喜欢班上一个眉清目秀的男孩儿。我除了学习成绩比姜同学好以外，别的都比不上她。有次老师在黑板上写了三个字让组词，姜同学不会组，那男生就偷偷告诉她，后来那男生也卡了壳，我就告诉那男生。上天作证，我真的是一片好心，结果那词组错了，姜同学哭了，那男生狠狠看了我一眼。我很自责。

再见面时已经很多年过去了。表面看去大家各自安好，姜同学，我，还有那男生。姜同学依然清秀苗条，我在她面前依然有点自卑。席间姜同学去洗手间，男生对大家说，姜同学离婚再嫁，现在开个啤酒批发点，风里来雨里去过得很不容易。另一同学说，看看你的手，又白又嫩，看看她的手，干得像鸡爪子一样，就知道你二人的生活天差地别。我狡辩道，我的手打小时候就这样，你们又不是不知道。正说话间，姜同学返回，大家于是改聊别的话题。我偷眼去瞧姜同学的手，那是跟她母亲一样有着细长手指的一双手，只是，看上去干瘦粗糙，很苍老。我与姜同学依然不能十分亲近，仿佛两人之间隔着透明的玻璃板，她瞧得见我，我也瞧得见她，却无法真正走到一起。问及她的家人，说父亲早已去世，母亲瘫痪多年。

时光就像一条河，没有源头没有尽头。我站在河岸向过去遥望，见一片树叶承载着记忆随波逐流渐渐远去。剪一段时光静静流淌，在这个欲雨未雨、蝉声缭绕的夏日黄昏里。

贾平凹的豆腐

田　冲

和贾平凹先生算是多年的故交了，他对于我既是同乡，也亦师亦友。和他交往的近二十年来，我从他的身上从他的作品中学到了不少的东西，可谓受益匪浅。

多年来，我参加过他的两次生日宴会，其中一次我还是组织者之一。我参加过他女儿的婚礼，他老母亲病逝，我和朋友去了他的家乡丹凤进行吊唁。我的婚礼，他也在百忙中赶来参加，给足了我这个晚辈文友和老乡的面子。作家王海曾写过一篇文章，发表在《人民日报海外版》上，其中就提到了贾先生参加我们婚礼的事。此外，还有不少已经发表的文章记叙了我们的友谊，在此就不一一列举了。

我和贾先生或在会议上见面，或在他家里相聚，或一起吃饭喝茶，点点滴滴，每次回忆起来，心中甚感甜蜜和温暖。和贾先生相比，他是中国当代文坛上的一棵参天大树，我们只是大树下面的一棵小树，甚或就是一棵小草，但他没有嫌弃我们，给了我很多的关怀和提携，使我的生命因此增添了许多光彩。

今年一个夏夜，我和贾先生相约去他家里，为北京几位标准的“贾迷”朋友寄来的几十本贾先生的著作签名。书太多太重，共有 34 本，包括《浮躁》、《废都》、《白夜》、《秦腔》等等。我一个人拿不了，便和妻子一起，每人捧一大包书前去登门拜访。到达贾先生家，已是晚上十点，与我们相约好的洛南书法家吕九鹏、何君文等五人早到了那里。见我和妻子来了，贾先生起身招呼我们喝茶，互相寒暄了几句。我拿出朋友文武君出版的委托我转交的一本诗词集交给了贾先生，书中有十年前贾先生在我为他组织的生日宴会上为东道主文武君题写的书法作品“飞龙在天”以及他们的合影。贾先生翻了一会便小心翼翼地收好，边聊天边为我们带去的书籍签名，花了二三十分钟才签完。吕九鹏等人趁机拿出他们的书法作品向贾先生求教。贾先生连声直夸洛南出人才，书法写得好，文章也写得好，一片欢乐融洽的气氛。

谈话中，我告诉他，我第一次听到贾平凹的名字是在二十多年前，那时正读初中。当时一位同样姓贾的校长在全校师生大会上传达上级精神，点名批评贾先生，说他在《商州三录》里写黑龙口的文章侮辱糟蹋了我们黑龙口人。于是，“贾平凹”作为一个反面形象第一次被我们牢牢记住。我刚说完，大家一阵大笑。贾先生回忆起那篇文章的一些细节，说并无恶意。在场的朋友要我为贾先生平反，我说那是当然，不过多年前已经平反过了。

大家说说笑笑，时间过得很快，在场的人纷纷和贾先生合影留念。尽管很多人已经多次和贾先生合过影，但还是不愿放弃这难得的机会，照相机哗哗闪个不停。贾先生也任由我们摆布着，脸上露出灿烂的笑容。照完相，贾先生对我说，黑龙口的豆腐和豆腐干很好吃。我说是啊，很有名的，可惜多年没有回去，如今是只闻其名未见其影。贾先生说，和你们邻近的洛南县的豆腐也很好，我这里有，拿一些你们两口子回去尝尝。我和妻子都不好意思了，每次总是两手空空去贾先生那，怎么好意思拿他的东西呢，连说不行。贾先生说有什么不行呢，说着就把我们领进了厨房。打开一个大盒子，找来一把刀，切下了很大的一块豆腐，装进一个袋子，塞到妻子的手里。那一瞬间，我和妻子被贾先生所感动，满心温暖。

接着，贾先生的门铃响了，原来是贾先生老家的亲戚、我的报社旧同事——刘占良带着两个年轻人来拜访，并商量些事情。妻子是第一次来贾先生家里，多年来很支持我的文学创作。我带着妻子参观贾先生的上书房，欣赏他家里的各种版本的自己的书以及他收藏的大大小小各式文物古董。这些摆设，材质各异，形象万千，以观音菩萨和各种佛像居多，还有用南方珍贵木料做成的巨型蟾蜍。我忍不住在那蟾蜍背上摸了很多下，希望能在贾先生的创作室沾沾灵气，有朝一日妙笔生花。

门铃又响了，我再去开门，来人是商洛青年作家、一家文学杂志的主编王立志，彼此相识的我们问候一番。看天色已晚，不敢再占用贾先生的宝贵时间，我和妻子便起身告辞。贾先生把我们送上电梯，频频挥手说着再见。

走在回家的路上，妻子说：“以后，我们再不能因小事来打扰贾老师了，他那么忙，还热情地接待我们，真不容易。贾老师送咱们豆腐，这虽是生活小事，却可见贾老师为人多么质朴和热忱。你要好好努力，写出好的文学作品，才不辜负他的期望。”想着妻子的善解人意，想着亦师亦友的贾平凹先生多年来对我的扶持和帮助，想着他曾经为我题写的两幅书法作品——“学无止境”、“远瞻”，深知那是多么殷切的鼓励和祝福。此时，一股暖流从心中缓缓淌过。

飘飞在心灵上空的一朵云

朱旺根

认识汪云飞老师已有十余年了。初识时我还是个懵懵懂懂的学生，汪老师已在全国一些有影响力的报刊上发表了不少文章。他不嫌我年轻、不谙世事，还常常邀我到他家去做客、聊天，把我当朋友看。与汪老师接触和读他的作品，首先影响我的是他的为人。从他赠我的小小说集——《离婚的理由很简单》读出善良、真诚和淳厚，朴实的文字透出一种温暖。他在小小说名篇《瞬间》里写道：地上生长着的东西，渴望沐浴阳光的很多，如果没有阳光，世间也就没有这么多的美好。人们总希望自己的心中能长存一缕阳光，可曾想到把自己也化作一缕阳光去映照需要她的人。汪老师不仅是这样说的，而且也是这样做的。他就是一缕常常照耀别人的阳光，汪老师发表的作品多了，常常有很多人打电话、写信、发邮件来请教，他常常不吝时间，毫无怨言，细致耐心地回答这些文友。有个小伙子在海南打工，不知从哪知道了汪老师，就写信给他，寄作品请他指点。虽然他只有初中文化，刚写作时作品水平不太高，汪老师也细心指点，经常写信，打电话鼓励。几年下来，小伙子坚持写作，作品水平提高了，文章发表了不少，并且打工生活也因此有了很大的改善。

记得那时我把一篇自认为写得很不错的小小说寄给他，他看后给了充分的肯定，我当时一听蛮得意。可收到汪老师寄给我的修改稿时惊呆了：他不是简单地写个评语，或稍微改动一两个小段，而是从字到词到段地改，哪里不妥就在哪里注明，甚至连标点也不放过，几页稿纸被改成密密麻麻的红点，就像一个受伤人的挂彩。在他的推荐下，那篇稿子在几处发表，汪老师兴奋地把这一消息告诉我，我激动得不知说什么好。这激发了我浓厚的写作兴趣。只是我缺乏耐心，心血来潮时干什么事都浑身是劲，热情一过，什么都心灰意冷。

而今汪老师已在全国各大报刊发表了不少文章，作品进了各种选本。

他的学生——我却毫无建树，汪老师的心里比谁都急。他不仅是口头上的鼓励，为了促进我水平的提高，还时时付出行动。那时省内组织了几次大型的作家交流会，主办方并没邀请我，只请他，他就同主办方说情把我也捎上，使我平生第一次认识了那么多名家，并能和一些知名杂志主编零距离接触。文朋诗友的畅谈往往能给人极大的启发，以前苦苦思索不能明白的问题，一听他们的话顿时豁然开朗。那段时间我一直为生计奔波，空不出时间来写，汪老师看我没写出什么东西，时不时打个电话过来告诉我，他最近又发表了什么作品，还寄一些过来给我看，末了总不忘鼓励我，不能搁笔，要坚持写作。我心里暖暖的，挺过意不去的，也暗暗地使劲。可写了一点见水平没提高或没发表就泄气了。汪老师再次鼓励："想我那时候就会写些简单的新闻，文化水平也不高，读的是两年制的高中，十年过去了我不都成功了吗？沈从文出道时才小学水平，后来人家成了大家。你现在的起点比我高，悟性也不错，从你的文章就能看出来，不要泄气，坚持下去一定能行。"末了，他还帮我介绍一些他熟悉的编辑。我就试着投稿，还别说竟发表了。汪老师看到了那天的报纸，第一个打电话来祝贺，说看到我发表了文章比他自己发稿还高兴。那一声声兴奋的祝贺，我久久难忘。当我说没订那报纸时，他马上从邮局寄来了。

为了提高我的作品鉴赏水平，他常常将他的作品发过来请我提点意见。他知道我会认真去看，还让我写点评论，其实他的作品已很成功，而我的水平有限，能提得出意见吗？那是他在帮我督促我啊。将我写的感想与他的写作初衷进行比较，再比较、讨论中，不知不觉我对文章的鉴赏水平提高了不少。读了之后再写，写起来就顺手多了。

如果说"人生有贵人相助"，那汪老师就是这样的贵人。他就是飘飞在我心灵上空的一朵云，时时净化我的心灵，明朗我的天空，给我鼓励，给我信心，促我上进，催我向前。

月色三清山

李国炜

一入三清山，我的心就醉了。

黄昏的晚霞，远山的青黛，近崖的墨松，悠长的栈道，每一处都让我惊叹自然的神奇，造化的神功。我的心在景色中如同一根羽毛渐渐飞升，如同一浅轻雪悄悄融化——世上竟有如此美丽的地方。

最后一抹夕阳终于埋入了由云层铺就的地平线，我们看着天边的辉煌依旧无法平息心中的激动。导游却一个劲地催我们快下山，说太阳一落山，这山里没有一点灯光，就回不去了，于是我们一路小跑，在惊叹与惋惜中回到驻地。

晚上，窗外黑漆漆的，月亮还没有上来。透过窗子，三清山上果然没有一点灯光。

天很冷，喧嚣了一天的三清山此刻一定非常寂寞了。

我是一个喜欢寂寞的人，关上门，独自一个人走出去，想去陪伴这寂寞的群山。

冬天的夜色清清透透，星星在夜空中闪烁着，离我是如此之近，它们也寂寞么？白天的喧嚣对它们应该没有一丝关碍，每晚陪伴它们的只有这黧黑的山和寂静的夜。

夜晚的石阶在微色中闪着幽幽的光，月亮已经升起，羞答答地藏在山的背后，把山衬出一个巨大的深色剪影。夜幕下的三清山应该是另一种风味吧，我抬步走上台阶，轻轻的脚步叩问这寂寞而空静的山。

于月光的微色中，我循着石阶，从白天下山的地方重新走上去。空气里有种透骨的寒，而这种寒与黑山白石一衬托，却有了别样的深邃和苍凉。

拾级而上，没有了白天的匆忙与急躁，只有平静的心态。四周很静，静得只剩下自己登山呼呼的喘气声，山虫大概都冬眠去了。偶尔一阵寒风吹来，吹得树叶沙沙响，猛地使人一惊，循声望去，却见黑乎乎的一团，仿佛树间藏了个人一般。凝神半晌，却又不动了，黑黢黢地耸立在那里，这才相信不过是风而已，自嘲地笑笑，继续向前走。

月亮不知什么时候转过山头，从两山之间挤出，如水的月华仿佛一下子就洒满了整个三清山，山忽然就活了，每一个山头都如同一尊尊塑像，鬼斧神工，威严地俯视着你。山路的石板在月色中闪光，蜿蜒如龙，不见尽头。回头看去，住所的灯光在山脚闪着点点昏黄的光，包围成一个个温暖的空间。想必此时，同行的人一定在放松着自己的身体与思想，或在回味着白天看到的一切。没有人会想到，在这冰凉的夜里，还会有一个傻子又爬上了这没有色彩的山。

三清山的月走得很快，一下子就越过了一座山峰，眼前的三清山好像在瞬间便变换了好几种姿势。然而都是一样的沉静，一样的寂寞。

踏着月亮透下的影子，抚着冰凉的栏杆，忽然有一种想听音乐的冲动。此时在如此安静的夜晚，应该有一曲古筝，或《高山流水》，或《汉宫秋月》，弦动之间，音乐便可以悠远地荡开，在空谷之中回响，节奏慢而低沉，如同岩上落下的点点清水，溅起朵朵银花。山间空静无人，但我想山石能听懂，古松能听懂，琴弦一震之间便会有默契的回应。

忽见一处，明晃晃地耀人的眼，用手一摸，刺骨的冰，待到鼻尖快凑到上面时才看清，原来是根根冰凌，直直地挂在一块凸起的山石上，如剑似戟。快有二十年没见过冰凌了吧，记得小时候，每每到冬天，茅屋下面都会挂着一串串冰凌。太阳出来后，晶莹剔透地发着逼眼的光。那时候的景色现在想起来，真是美绝，可惜当时没有相机，不能记录它的绚丽，然而在记忆之中，却是永远也无法忘记了。

山风更大了，而我离天也越来越近，渐渐又走到了太阳沉落的位置。山石上静坐，耳边是臆想的琴声，眼前是清晰而模糊的山，我仿佛已然与天地融为一体。老子在《道德经》中提到，“故常无，欲以观其妙；常有，欲以观其徼。此两者，同出而异名，同谓之玄。玄之又玄，众妙之门”。在这没有色彩的夜晚，许多尘世的东西在这里都没有了寄托的所在，仿佛一切都回归本来的面目，四周仿佛空无一物，而我的心却充盈着宁静与满足。

踏着月色下山，脚步是如此的轻盈，身心是如此的轻松，三清山的明月，在我眼前转来转去。这片美丽的清晖啊，真想采撷一片带回我的梦里，给我永远的宁静。

大山深处上山村

黄红梅

上山村坐落在临川茅排山陂村的大山深处，确切地说，这个村子坐落在海拔三四百米的山上，也许村名正源自于此。这是一个远离城市喧闹，空气清新甜润，四季美景如画的村落。如果不是深入其间，我是不知道还有这样一个“长在深闺人未识”的所在的。

都说“大山是静止的画廊”，这话的确精准。我们是在初冬去上山村的。从山坡出发，沿着弯弯曲曲的碎石山路，一路自有湛蓝深远的天空相伴。不用抬眼，满目竹林青翠，苍松挺拔，听着清悠鸟语，闻着沁人心脾的空气，便是满心的陶醉。更不时有野果子兀自伸向路边，迎接我们这群“不速之客”的到来。一行人说说笑笑，一路采摘着野果吃。我们见到的野果除寻常的毛栗子外，还有覆盆子、鸡冠子、金樱子等等。两个非要“缠”着大人一起来的孩子你追我赶，到山里感受着自然美景，寻找着城市和书本上没有的野趣，别提多惬意了。看见野果子，他们更觉新奇，不停地询问野果的名字，品尝着野果的味道。首先迎接我们的是覆盆子，在我们老家那一带叫作“大水泡泡”，这种果实的形状像野草莓，味道酸中带甜。红红的小颗粒状的鸡冠子，一大串一大串地缀满枝头，吃起来也特别的津甜。紫黑色的碎米子（也叫乌饭子）长在矮小的灌木丛中，对于在农村长大的我来说是一种非常美味的野果，记得小时候，我们一帮放牛娃经常是人人把嘴唇都吃成紫色的才肯善罢甘休。

溪水是大山的血脉，山泉是大山跳动的心脏。是的，一路盈盈入耳的还有来自山谷小溪的潺潺水声。在这个比以往任何一年都缺少雨水的季节，还能听得如此美妙动听的清冷之音实属难得。大概是山里植被茂密，特别是毛竹成片成林，绿色宝库涵养的水源丰富，才有这四季不断的天然山溪水一路欢歌向山下奔流而去。

一路向上走着，不时遇见一些伐竹的山民，他们一个个肩扛着一根粗壮的青竹，迈着稳健的步子，脸不红气不喘。只见他们把砍伐下来的毛竹堆置于路边，等待货车来运送下山进厂加工，到时一批批竹编工艺品将走进千家万户，为山民赚来幸福的光景。

走上五六里，弯过深林险壑，来到一片稍微宽阔的地带，上山村就这样安静地跃入眼帘。高低错落的房子，基本是木板结构，白墙灰瓦，朴素无华却浑然天成。每一幢房子之间很有层次感，非要走上几级台阶才可以互通。房子以一两层的居多，最高也就三层，木板房或许是20世纪60年代比较流行的建筑吧。村中有一条小溪，将村子一分为二，中间一座一米来长的石板桥，将东西两边的道路连通。清凉的溪水清澈见底，让人有一种亲近的欲望，更有掬一捧于手心一饮而尽的冲动，村里人洗衣洗菜更是离不开它。山顶上是一片高高低低梯田式的菜地，一小畦一小畦地种着白菜、萝卜、莴笋、辣椒等。果不其然，还看到了久违的高粱，在主人的应允下掰倒一棵，孩子们啃嚼着，虽然味道不像甘蔗那么甘甜，但看得出来，他们还是觉得是人间少有的美味。

在菜地的旁边，也就是村庄左侧的最高处，有一个移动的信号基站。我们站在塔下，远望群山连绵，竹林如海，不时有几棵红枫点缀在绿色竹海中，更觉得眼前便是画一般的景致。站在一户人家的房屋前，古朴的村落和移动信号基站，古朴与现代就这样构成了一幅不算和谐的画面。然而，任何一个地方都不能拒绝“现代文明”的入侵，不然他们的生活将“与世隔绝”。

午饭的时间到了，山民的盛情款待让我们受宠若惊。六十多岁的女主人拿出自家置存的最好干货香菇木耳等，加上菜园子摘来的新鲜蔬菜，一桌丰盛的菜肴就成了。男主人陪着来客豪爽地喝着自酿的谷酒，让我们感受到山民的厚道与纯朴。男人们大碗喝着，你敬我劝，笑声朗朗，就连不胜酒力的同行者也喝了个脸红耳赤。

俗话说“靠山吃山”，寂寞的大山生长着万千竹子，对于栖息在这片充满灵性和诗意的竹山的村民来说，毛竹是上苍赐予他们最丰厚的礼物。他们无田种植水稻，收入主要依赖毛竹。这个时节正是他们伐竹的盛期，所以此时的村庄很是热闹。山村以中老年人居多，年轻人和孩子较少。与村民交谈得知，这个曾经有着三四百人的村子如今是名副其实的“候鸟村”，年轻人大多到外地打工或在城里照顾孩子读书。村民大多选择到临川或南城街上买房，没到县城买房的也搬到了山脚下。每年冬季比较寒冷的那两三个月，山上的人都会下山回到他们的另一个家，上山村将空无一人。

离开村子，心里隐隐有一丝担忧。这个宁静祥和的村子，也许在不久的将来会变得更加寂寞和冷清，那时，无人居住的山村将会是什么模样？

红枫犹美醉长溪

胡文明

深秋时节，一行人相约踏上“醉美婺源”的行程。我们此行目的在于聚焦婺源的红枫，早就与当地导游联系，说长溪村和石城是不错的拍摄地。我们第一站便是婺源的长溪村。

古朴的长溪村倚山而坐，伴水而居，山是长溪的脊梁，水是长溪的眼眸，徽派建筑则是这里的灵魂。徽派建筑集徽州山川风景之灵气，融风俗文化之精华，风格独特，结构严谨，雕镂精湛，不论是村镇规划构思，还是平面及空间处理、建筑雕刻艺术的鬼斧神工都充分体现鲜明的地方特色。尤以民居、祠堂和牌坊最为典型，被誉为“徽州古建三绝”，为中外建筑界所重视和叹服。它在总体布局上，依山就势，构思精巧，自然得体；在平面布局上规模灵活，变幻无穷；在空间结构和利用上，造型丰富，讲究韵律美，以马头墙、小青瓦最有特色，融石雕、木雕、砖雕为一体，显得富丽堂皇。

坐在车上，那片片红枫已经映入眼帘，瑰丽多姿的秋天就是一块调色板，用不同的色系组合，把长溪村装扮得格外迷人。车到村口石桥，我们便迫不及待地拿上相机，融入色彩斑斓的油彩画里。本以为长溪村是藏在深闺中的淳朴姑娘，可一进村，便被这游人如织的景致所折服，慕名而来的驴友已经打破了这里的平静，但并不影响我欣赏这里的美景。

只要用心，处处都是惊艳的美丽。你看，山顶上，山沟里，漫山遍地，千叶万树，色彩纷呈，层林尽染，风吹叶动，一树引领，满山呼应，十分壮观。整个山林都跃动起来，我的思绪也跟着飞舞。常年辗转于各个电建工地，身不由已地被按上“快进键”，沉浸在冗长而单调的生活中，无暇顾及蓝天白云，无心体验身边亲情，无情感叹精美景致，更无时间思考人生的含义。追求“唯美”的我已是疲惫不堪，被时间打磨得面目全非，对自然的神奇与生命的神秘感悟甚少。

如果说人生是一场旅游，那么每一次驻足便是为了遇见最美的风景，一路寻找人生的意义，体会生命的华丽。此时的我已经被这大自然赋予的美景所陶醉。“停车坐爱枫林晚，霜叶红于二月花”，只见村庄前后二百多棵连片生长几百年的香枫树一片火红，高大的红枫与白墙黑瓦马头墙掩映为一体，形成别具特色的红枫林景观。静默的香枫树以变幻的姿态静候在白墙黑瓦周围，用顽强的生命聆听历史的变迁。这些古老建筑，虽然风霜已经侵蚀它们的身体，墙体斑驳，祠堂破败，飞鸟独自雕琢于祠堂屋梁上，而这些恰恰在喧嚣的世界之外呈现给人们一个世外桃源、一个心灵栖息地，让人们在生命的律动中感悟最纯、最真的世界。

摄不尽的朴素民风已吹入心田，拍不够的长溪美景已刻入脑海。行走在青山蓝天、小桥流水、青砖黛瓦铺就的路上，穿梭在徽派建筑的文脉里，随处可见的古建筑的雕刻令我们叹为观止。我的脚步不禁慢了下来，游走在画中，走在诗里，“碧云天，黄叶地，秋色连波，波上寒烟翠，山映斜阳天接水”。我不想错过任何美景，不时拿起相机想把这原生态的古村都印刻在手中。

我沉醉在这个造物主为我们保存如此完好的古村落里，流连忘返。一路上溪水徜徉，一路上笑脸盈盈。不时有老人和孩童摘了山里的野果子叫卖，那果子黄灿灿的，吃在口中丝丝香甜，嚼在嘴里绵绵细滑。这种纯天然的野果子已经多年没有品尝到了，我们在急功近利的过度开发中，越来越远离这纯净的世界。

因贪恋景致，等我们到后山想找一个好点的拍摄角度，哪里还有我们的落脚之地，各地的摄影爱好者早已是长枪短炮地架设好，只等夕阳余晖，定格长溪村醉美秋色。

错过了，会遗憾。经历过，才耀眼。奇迹之神再次与我如前世情人重逢般亲昵万分——黄昏时分，袅袅炊烟慢慢升腾，一抹斜阳挂在山峰上，弥漫的水雾与温暖的阳光折射幻化出一道道彩虹，如海市蜃楼，把长溪村映照得如仙境般，构成一幅幅恬静自如、天人合一的自然画卷。

当夜雾完全笼罩我们的视野，我们已经把无数的心跳关进了镜头，一边憧憬赶拍石城晨曦中的红枫，一边肩扛着相机下山。长溪啊，恋恋不舍间，轻轻行走在你厚实丰沃的土地上，痴狂迷恋于层林尽染却宁静甜美的眉宇间，你可知道我多么希望自己就是你那村里人。

那一晚的夜凤凰

曹建明

很久以前就听说有这么一个地方，“人在楼中坐，水在脚下流”。每当夜色降临，找一个茶楼，借着月光和柔柔的晚风，煮一杯咖啡或泡一杯清茶，悠闲地倾听着从远处飘来的音乐，安静地聆听着脚下的潺潺流水声，你会生出一种念想，一种微醉的念想。

这个地方就是闻名中外的凤凰古城。我们来到凤凰已经是傍晚时分。顾不上旅途的颠簸疲惫，一下汽车就放下行李，急不可待地随着滚滚人潮直奔沱江两岸。

此时的凤凰简直是流光溢彩的世界。一弯明月挂在天上，如水的月光毫无遮拦地倾泻而下，天空闪烁着无数的繁星点点；霓虹灯的迷离，四处流淌；耀眼的灯笼，散发出火红的灯光，摇曳在夜色里；慵懒而伤感的音乐，犹如风情万种的魅力女郎，充盈着撩人的气息，让人心神不定，欲罢不能；若即若离的灯光，朦胧而柔和，空灵而透彻，让最柔软的情怀在了无尘念中直抵心灵深处。如痴如醉的夜色凤凰，潋滟着柔软的目光，仿佛一条若隐若现的面纱，朦胧中飘进你的心间，清晰中立在你的面前，含情脉脉地拥你入怀。

面对如此温情的凤凰夜色，我无法抗拒，也无力抗拒。我不由自主地走进了一家酒吧，听着慵懒而伤感的音乐，血液和神经都情不自禁地兴奋起来。一个游客邀请我和他合唱了一首《心雨》。我们一边喝着啤酒，一边深情地唱着情歌，不知是闪烁的霓虹灯，还是这情意绵绵的氛围，我有点昏昏欲醉。心，莫名地悸动，瞬间生出一种迷离，似浪漫，似宁静，似忧伤。

眼前的一切是多么的真实，却又是多么的虚无缥缈。我害怕灯红酒绿后的寂寞，更害怕繁华落尽时的感伤。或许，也是为了保持女人的那份矜持与含蓄，唱完《心雨》后，依依不舍地离开酒吧。

离开了酒吧，我静坐在沱江边。夏夜的晚风凉凉的，湿湿地从我身上掠过，远处是一排一排的吊脚楼。奇妙的吊脚楼，在如幻的灯光下，犹如一幅娴雅的水墨画，时而渐近渐远，时而渐远渐近，在朦胧的夜色中，柔弱地透过微光，时隐时现。

如果说酒吧街的炽热能摄人心魄，那吊脚楼的温情能迷人情怀。凤凰的吊脚楼，鳞次栉比，错落有致。褐色的木，黛色的瓦，水浸的木柱，蜿蜒的廊桥，小巧的楼阁，一木一瓦间无不流露出古色古香的时代气息。几百年来，多情的吊脚楼静静地躺在沱江边，静静地躺在岁月深处，诉说着历史的厚重，诉说着屋檐下的爱恨情仇，诉说着世间的悲欢离合。你听，烟雨中的吊脚楼，是谁在漆黑的夜里弹唱着离恨歌？是谁在凄风苦雨的夜晚染上了忧伤？又是谁在静谧的烟波里增添了一缕秋凉？可惜，那些黛瓦青砖的前尘往事早已成天涯旧梦，被凡尘俗世所风干，只剩下人生的虚幻伴随着沧桑岁月日复一日，年复一年地吟唱着。

在这安静而美好的夜晚，我总是多愁善感地想着人生的虚幻。也许，在这若即若离的灯光下，在这温情脉脉的月色里，人容易迷醉，容易迷惑，容易柔情百结而生淡淡的忧伤。

夜深了，如织的人潮已渐渐散去，繁华喧闹的沱江变得格外安宁。蒙蒙的雾，柔柔的风迎面而来，潺潺的江水不停流淌着，无数闪烁着的许愿灯在江面上四处漂浮，像是天上的星星无意间掉落人间。清澈见底的绿波荡漾，诱你情不自禁地跳进江里。

沱江，这条孕育了文学大师沈从文的一脉江水，几百年来，一代代苗族和土家族人也在这里繁衍生息。

我没有情不自禁地跳进江里，因为我缺乏勇气，只好怅然离开沱江边。

离开了沱江的岸边，我轻踱在石桥上。石桥上有很多游客，他们或喝着啤酒，或紧紧相拥，或轻轻唱着情歌，或对着天空遐想，或闭眼休憩。我想，这些静默置身于景色中的游客，也许他们在这个时候，已将心灵静静地托付给月光，让柔风轻轻抚慰着这颗曾经烦累而受伤的心，从而感念着生命的自由与放松。

凤凰的夜色，朦胧而曼妙。忽然间，我想起一句至爱的名言，“人在楼中坐，水在脚下流”。这句话一直纠缠着我，在我的心里经久不息。我发誓一定要找到这个地方，终于，寻觅到了石桥旁的咖啡厅。门前种着两棵桂花树，我迎着香味走了进去，要了一杯咖啡，临窗而坐。

此时的月光，像水银一样铺洒在朦胧夜色里；远处美轮美奂的吊脚楼，朦胧而透着灵气；沁人心脾的桂花香淡雅袭来，缠绕在我的身边。周围静谧而祥和，只有飘然袭来的薄雾轻烟，温柔地抚摸着我的面庞。淡淡的柔情缠绕着，在我的心海泛起一抹轻柔而温婉的涟漪。朦胧中，我能听见沱江的潺潺流水声飘浮在脚下，清脆而悠扬，缠绵而回响。水声载着一路的波光粼粼，在凤凰的夜空中飞扬，在我的心田里飞过。

凤凰的夜晚，是如此的静谧。凤凰的夜空，黑漆寂寥，却是那样的柔美；深邃，却是那般的悠远；宁静，却是如此的恬淡。此刻，一份浅浅淡淡的思绪萦绕着我，温柔地抚摸着我的心房，令我的情怀变得温柔而淡雅。于是，我怀着虔诚的心在期盼，期盼着晨曦不要那么快出现，不要让黎明悄然带走这份惬意和安然，让我可以就这样坐着，静静的，静静的……

走过的路

曾飞扬

纷繁的青春，一条斑驳多彩的路，走走停停。岁月里，那些深深浅浅的记忆，那些悲悲喜喜的日子，如春天的花草，如夏季的朝阳，装饰我走过的单调的路，温暖我踯躅的步伐，点缀我青涩遥远的梦想。

小时候，是外婆陪伴我长大。乡间的小路，是泥石铺就的，坑坑洼洼，那些有棱有角的小石子，静静地躺在路面，看上去有些狰狞可怖。可是，村里的小伙伴总是赤着脚，每天走过这条通往中心小学的必经之路。而我却没胆量赤脚走，一定赖着外婆给我买鞋穿。外婆说，多走走就习惯了，赤脚走路可以锻炼人呢。

就这样，我咬着牙，跟着小伙伴们胆颤心惊地一起赤脚走路。可我的脚就是不争气，那些狰狞小石子故意要和我作对一样，几天下来硌得脚板又红又肿。外婆看了，心疼地为我用红药水涂涂红肿的地方，摸摸我的头发，拍拍我身上的尘土，只轻轻地对我说一句话，习惯了就好了。

我忍住泪水没有掉下来，照常走着每天要走的路。有一天我不小心摔倒，膝盖被小石子磨出血，脚也扭了。我的泪水终于哗啦啦流满脸颊。回到家，外婆竟无动于衷，静静地坐在门口捡菜，不慌不忙，像没事一样。我心里又委屈又怨气，心想，外婆一点都不爱我，不是就想让我难看，想让我痛哭。好，我就故意大哭给外婆看。可是，外婆依然没有理会我的哭声。我只好自己去找来红药水，学着外婆给我涂药水一样，自己将伤口慢慢消毒。膝盖周围像极被炙烤了一般，火辣辣地疼，眼泪差点再次滑落。忍着剧痛，我一呲牙，一用力，颤颤巍巍地站了起来，脸上泪痕被风沥干，留下淡淡的印迹。我倔强地如同死灰般的脸上，装作若无其事，一瘸一拐走向门口捡菜的外婆，心里充满宣战的意图。

外婆自然不和我一般见识，在我经过外婆身旁时，我的手被外婆拉住，下意识怔愣地看着外婆，那苍老风霜的脸上，满是和蔼慈祥的笑容，如同冬日里的阳光，穿破云层直扑我的眼帘，直达我的心田。外婆让我坐在小板凳上，她从身后拿出一瓶药酒，濡染布巾，用布满沧桑的手轻柔我扭伤的脚。尽管有些疼痛，但所及之处一片透凉，疼痛似乎突然消失。外婆一边帮我揉脚一边对我喃喃自语："摔倒了，就要学会自己爬起来。"我似懂非懂。看着门外那条沙石凌厉的小路，我知道它可以通往村前大马路，那条马路宽阔平坦。

摔倒的外伤可以用药水涂好，内心的强大却是要靠自己去磨炼。稍长大离开外婆家，我回到城市来读书。可是那条砂子闪烁的路一直在我的记忆里。成长是生命最华丽的裙袂，人生就是一段行走的过程，没有止境，如同星辰日日夜夜不停地起起落落。

多少年后，再回到外婆家，我脱下鞋子竟然可以稳稳地走在那条曾经走过无数回的小路，脚下凌厉的沙石，竟然没有了恐惧和害怕。我知道，我长大了，人生的路漫长悠远，也许还有更多的坎坷和艰难在我的前面。但是，我知道，只要心中有爱，有勇气，有坚毅，就可以走过，通达另一条宽阔大道。

腊八节的感动

张淑芸

走出一段感情的困惑后，心情慢慢变得越来越好。又是一年的腊八节，漫天飞舞的雪花，飘在小城的上空。也许是多年没见到雪花曼舞的美丽了，或是那份炙热的亲情，总是暖在我的心坎，无论深冬凛冽的北风，怎样地呼啸，我都没有感到寒意。

早些天已经交代过老父亲，天气预报会下雪，气温一下降肯定很冷，不要亲自送腊八粥来给我吃。等我晚上自己回父亲那去。可是，一大早，父亲还是冒着雪，步行半个多小时，硬是把粥给我送来了。看着外衣撒满雪花，内衣却已汗湿的父亲，我无比心疼。做父母的总是这样风雪无阻地疼爱着自己的孩子，做儿女的又应该怎样报答才能够无愧于心呢？我除了感动，更多的是茫然。出门给父亲买了一条羽绒裤，又在自己的店里给母亲拿了条羊绒裤，再给二老买了床电热毯，一并让老父亲带了回去。但愿，我的付出，可以在这寒冷的、恶劣天气里，给父母送去一点点温暖。但是，我知道这些并不是他们最最想要的。他们希望看到的是女儿有美满的归宿，有幸福的生活。他们自己怎么样并不重要。但是，我却很难做到让父母安心。很有点辜负父母期望的内疚，因为我是多么令父母失望的一个女儿啊！

一边掸着父亲身上的雪花，一边和父亲说着话。摸着父亲满头的银发，我的内心更加愧疚，更加疼痛！这时，电话铃响，出乎意料，是婆婆打来的。从法律上讲，她已经和我没有关系，但是，依然似是亲人。她问我有没有木炭，天气太冷了，要注意保暖，还问我女儿学校的衣服够不够，冷不冷？我听后，比看着老父亲给我送腊八粥更加感动。我不知道该说些什么，我只知道说，今天是腊八节，您煮腊八粥吃了没？我有电取暖器，不冷。孩子那昨天下午就去过了，还好，准备的都充分，我今天还要去。她又讲，已经吃了腊八粥了，如果停电就回家去拿木炭，千万不要冷着自己了。感动之余，面对这样的老人，我仍旧不知道该说些什么，“您也要注意身体哦，有什么需要买的，天气不好，您上街不方便，就跟我说一声吧！”就这样挂断了电话，我的心始终无法平静。今天，还要去学校给女儿拍雪景照，看女儿冷不冷。明天，我也该去看看婆婆老人家了。

午后，急急忙忙关了店，去学校看女儿。走进校门，满校园的穿着五颜六色的孩子们，在洁白的天地里尽情地玩着雪。想想自己的孩童时代，应该比这些孩子玩得更疯，更快乐吧！？遗憾的是，我那纯真的年代已经一去不复返了。尽量给我的孩子该有的纯真无忧，可是我能给吗？我不是一个合格的妈妈，没有给孩子一个完整的家，不知道该怎样去弥补？

操场上，孩子们的身影都没有什么区别，我没有办法找到自己的女儿，于是，到了她的宿舍，同学说她也在外面玩，朝着同学手指的方向，我看见女儿在和同学们一起堆雪人。看着孩子高兴，我也自然而然地更加高兴。女儿看见了我，骄傲地对同学喊，我妈妈今天又来看我了！带着女儿和她的同学们拍摄着美丽的雪景，看着这一群天真无邪的孩子，我心生爱怜。不知道她们将来都将走怎样的人生之路？

从学校回来，把照片传上电脑，看着女儿的每一张照片都是那么漂亮、可爱，每一个动作都摆得恰到好处，我越看越喜欢，视线不忍离去。就像我的爸爸妈妈寄希望于我一样，我也希望我的孩子将来能够幸福。

腊八节，每一个细微的生活片段，都是这样给我无限的感动。

那片记忆

曾揭子康

已是很淡很淡的记忆，不知为何，却时常会萦绕在我的心间。

那时，我出生后才刚满月，爸妈因为要去远方打工，迫不得已将我寄养在农村的阿姨家。我的童年生活就这样在乡村的画卷中开始一页页地展开，带着浓厚的未知色彩。

天地万物都好似感冒了一样，我的思念在渐渐长大的记忆里咳嗽，气喘。襁褓中嘤嘤啼哭的样子，在阿姨的描叙中放大，对爸妈的想念一如盼望春花盛装开放一样。童年，倚着一方绿地，心闻遥远那丝丝缕缕的芬芳。

开始有记忆时，我已经满山满野地到处飞了。阿姨说我就是一只小蝴蝶，翩翩起舞的样子在野地里是那样的美。阿姨是一个心思细腻且十分好学的女子。那时候姐姐已经在念初中，我的启蒙老师就是姐姐。每天姐姐放学回家后就教我识字。我和姐姐并排坐在蓝天下一个一个读着生字的时候，阿姨会放下家务跑过来无声无息地坐在我们身旁陪着我一起读，有时也插上几句。阿姨没读过书，可是她却懂得非常多。那些做人的道理一点一滴都是那样朴素实在。

记忆里，阿姨的身影，永远是忙碌的。那时侯因为家里很穷，全家人吃饭连个桌子都买不起，阿姨心思细腻，什么事都好像难不倒她。吃饭时，阿姨用两条长长的木板凳拼在一起作饭桌，再自制一条小小的矮板凳给我坐，让我吃饭够得着饭桌。由于我调皮爱动，为了怕我吃饭摔到，阿姨将矮凳靠紧墙固定，让我少吃不少的“亏”。每当我犯错，或者是因为走路不看路摔倒而哇哇大哭时，她会先把我抓回去，不顾我的哭喊而包扎好伤口，然后不轻不重地拍几下我的脊梁骨，作势要打我，眼神凛冽得好像要杀人。我就会在这个时候识相地停止哭泣，可怜巴巴地望着她。有时我犯错了欲先逃跑，等她由于忙碌忘掉我做了什么时，她会假装没发现，而我也以为她不知道，或者是忘了。可她偏偏什么都知道，什么都记得。害我不得不接受她的“眼神秒杀”。

这些想来栩栩如生的记忆，当我回忆时，心中属于阿姨的位置早已草长莺飞，静静倒映着绿树碧海蓝天。

长大后，我回到爸妈身边，远离乡村，居住在城市，很难回到那个遥远的山村去看阿姨。多少回，我梦见自己真的变成一只蝴蝶，飞到阿姨身边，飞到那个让我梦回意念的地方。阿姨的身影就像童年记忆里的那棵村边的凤尾竹，永远翠绿着生长在我的心中。

有时候，我会异常感激那段童年的日子，阿姨给予我的一切亲情，如鲜花般绽放在我人生的四季，那些无法抹去悠悠的岁月，如一方绿地，在我心中定格。

岁月的鲜花一直一直在我的生命里耀眼怒放，所占据心地的一方绿荫蔚然成章。蝴蝶飞游远方，心中的那片记忆似一股暖流源源流淌着，不断滋润着我生命的绿地。

后 记

《中国美文欣赏》一书付梓实属不易，从前期征文到后期编辑、出版历时已久，在此，对给予本书大力支持的所有作者、编辑及其他工作人员致以衷心的感谢。

本书所辑录的作品，以亲情、爱情、友情为主题，或文辞优美，或感人肺腑，或一气呵成，或娓娓道来，各有其色，各具其美。文字里多是动情之语，然情之感悟，少有同处，深浅不一，情之言语，难以透彻，略为一二。许多作者在作品中力透纸背，笔尖倾情，情感跃然文字，深深浅浅把一份浓厚深沉的情愫固守心间。

读此书，如聆听名曲，高低不平，跌宕起伏，相信读者定能于某处产生共鸣，从中找到扣人心弦的旋律。

情之文，字字灼目，句句传情。这是编者对本书的真实感触。繁琐的文稿筛选和文字校对过程中，一次次被作者的文字与深情所感动。纵然放下累累书稿，余思仍缭绕于脑海，余情仍存留于心间。把缕缕真情涓泻于纸上，与千万读者共享，这是本书作者们的莫大功德。

长久以来，散文以其“形式多样、写法灵活、取材广泛、语言优美”为人们所喜闻乐见。本书的作者来自五湖四海，所言之物之事各具地方文化特色，南北西东尽有不同之处；笔尖文字也多有作者成长、生活所在地的本土文化意蕴。在本书作者群体中，有日夜辛勤耕耘在教育一线的教师，有国家公务员，有文字常被印成铅字的知名学者，也有默默奉献在普通工作岗位的职员……他们来自各行各业，行走于天南地北，却有着对文学对美文的共同爱好。他们勤学敏思，笔耕不辍，故而本书的内容也可谓“海纳百川，有容乃大”。为力争文章的原汁原味，多处特色之处编者未做改动，虽稍存晦涩，谨望能帮助读者领略其中之奥妙。

常言道，文章不厌百回改。限于编者水平有限，编校工作繁杂，书中疏漏之处，敬请读者见谅。欢迎广大读者对本书文章内容或存在的问题进行交流探讨，提出批评和指正。

特别鸣谢国内知名文学网站——红袖添香网的大力支持，感谢网站论坛美文欣赏版的全体版主和文友们对本书编选过程中的帮助与无私奉献。感谢各界人士对本书提出的宝贵意见。

REPORT ON FOREIGN INVESTMENT IN CHINA

中国外商投资报告

·政策与环境·

商务部外国投资管理司

南開大學出版社

图书在版编目(CIP)数据

中国外商投资报告:政策与环境 / 商务部外国投资管理司编. 一天津:南开大学出版社，2013.1

ISBN 978-7-310-04083-4

Ⅰ.①中… Ⅱ.①商… Ⅲ.①外商投资一研究报告一中国 Ⅳ.①F832.6

中国版本图书馆 CIP 数据核字(2012)第 284930 号

南开大学出版社出版发行

出版人:孙克强

地址:天津市南开区卫津路 94 号 邮政编码:300071

营销部电话:(022)23508339 23500755

营销部传真:(022)23508542 邮购部电话:(022)23502200

*

唐山天意印刷有限责任公司印刷

全国各地新华书店经销

*

2013 年 1 月第 1 版 2013 年 1 月第 1 次印刷

285×210 毫米 16 开本 20.25 印张 480 千字

定价:128.00 元

如遇图书印装质量问题，请与本社营销部联系调换，电话:(022)23507125

序　言

坚定不移地推进对外开放是中国的基本国策，积极有效地利用外资是对外开放的重要内容。多年来，中国始终不渝地支持国际投资者在华发展，不断完善外商投资政策法规，切实提升政府的管理水平和服务质量，努力为包括外商投资企业在内的各类市场主体创造平等竞争的市场环境、高效便利的行政环境和公开透明的法律政策环境，与国际投资者建立了牢固的互信，有力地推动了中外投资合作的发展。截至2011年底，中国累计实际利用外资已超过1.17万亿美元，连续20年位居发展中国家吸收外资首位，并已成为跨国公司首选的海外投资地之一。

进入新时期，中国围绕转变发展方式、调整经济结构、建设“两型”社会的战略任务，在加快产业和区域的对外开放、创新利用外资方式、深化外商投资管理体制改革、提升吸收外资的质量与水平等方面推出了一系列新的政策举措，着力为国际投资者在华的发展创造更为优良的外部条件。特别是在当前全球经济复苏缓慢曲折，国际投资合作面临的不稳定、不确定因素有所增多的形势下，中国仍将继续坚持互利共赢的开放战略，大力推进投资的便利化进程，为全球跨国直接投资的企稳回升和中外投资合作的全面深入发展做出积极的贡献。

《外商投资报告：政策与环境》以数据、图表、专栏、案例等形式，较为详尽地介绍了2011年中国利用外资的整体情况，总结和概括了中国在国际金融危机发生后颁布实施的涉及外商投资的各项政策，希望本报告能够为国内外各界朋友全面了解中国的投资政策与环境，加强相互间的投资合作提供有益的参考。

王超

目　录

第一章　FDI 趋势与发展

第一节　全球国际直接投资与发展

一、国际直接投资发展趋势

2011 年全球对外直接投资(FDI)流量比 2010 年增加 16%,达 1.524 万亿美元,仍比 2007 年峰值水平低约 23%(图 1.1.1)。由于全球经济恢复缓慢,2012 年上半年 FDI 总量为 6680 亿美元,比去年同期下降 8%。

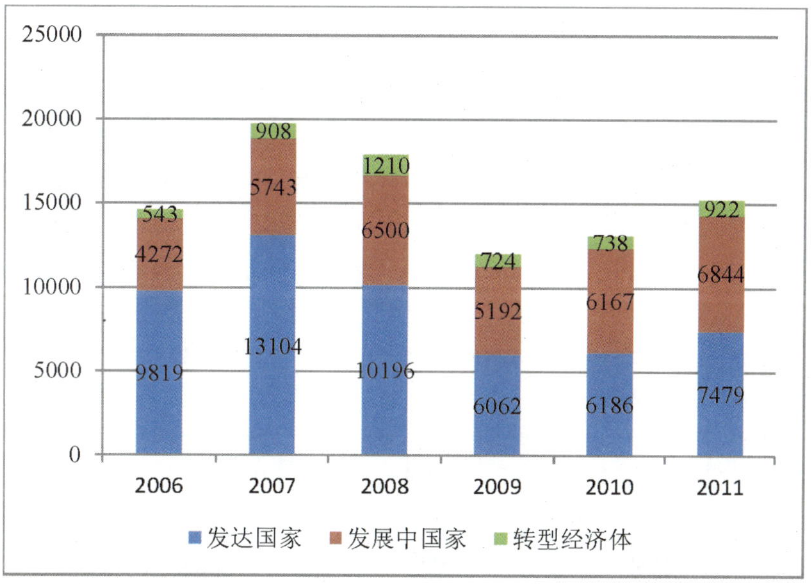

图 1.1.1　全球 FDI 流入量变化(单位:亿美元)

资料来源:《2012 世界投资报告》中文版,经济管理出版社,2012 年 9 月。

2011 年,发达国家、发展中国家以及转型经济体的 FDI 流入量均有增加,但存在区域差异。发达国家的 FDI 流入量同比上升 21%,达 7480 亿美元;发展中国家流入量创历史新高,为 6840 亿美元,占全球总量的近一半;转型经济体 FDI 流入量持续上升,达到 920 亿美元,占全球总量的 6%;西亚和非洲的 FDI 流入量继续下降。

2011 年,流入亚洲发展中国家的 FDI 持续增长,东南亚和南亚的 FDI 比东亚增长更快。两大型新兴经济体中国和印度的流入量分别增长近 8% 和 31%;西亚 FDI 流入量下降了 16%。

2011 年 FDI 流入最多的国家或地区是美国 2269 亿美元,中国位居第二,其次是比利时、中国香港、巴西、新加坡、英国、俄罗斯等(表 1.1.1)。

表 1.1.1 世界主要国家(地区)FDI 流入量比较 单位:亿美元

	2006	2007	2008	2009	2010	2011
美国	2371	2160	3064	1436	1979	2269
中国	727	835	1083	950	1147	1240
比利时	589	934	1940	617	812	891
中国香港	451	543	596	524	711	832
巴西	188	346	451	259	485	667
新加坡	367	469	118	244	486	640
英国	1562	1964	915	711	506	539
俄罗斯	297	551	750	365	433	529
澳大利亚	311	455	472	266	356	413
法国	718	962	642	242	306	409
加拿大	603	1147	572	214	234	409
德国	556	802	81	242	469	404
印度	203	255	434	356	242	316
西班牙	308	643	770	104	408	295
意大利	426	438	–108	201	92	291
墨西哥	201	315	271	161	207	196

资料来源:《2012 世界投资报告》中文版,经济管理出版社,2012 年 9 月。

2011 年全球 FDI 流出量为 1.69 万亿美元,比 2010 年 1.45 万亿美元增长 16.7%。

其中,发达国家 FDI 流出量增长 25%,达 1.24 万亿美元。美国 FDI 流出量达创纪录的 3970 亿美元;日元升值促使日本重新成为第二大投资国;跨境并购带动了欧盟的 FDI 流出(图 1.1.2)。

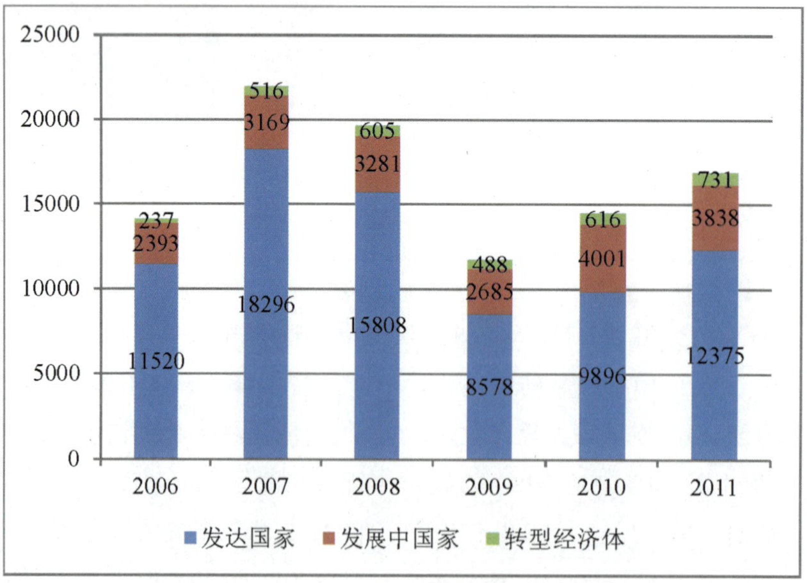

图 1.1.2 全球 FDI 流出量变化(单位:亿美元)

资料来源:《2012 世界投资报告》中文版,经济管理出版社,2012 年 9 月。

亚洲发展中国家2011年的FDI流出量(不包括西亚)稍有下降。香港的流出量下跌14%至816亿美元。西亚FDI流出量回升至250亿美元,同比增长54%。

美国一直是FDI流出最多的国家。金融危机后，对外投资规模不断扩大,2009年为2670亿美元,2010年增加到3044亿美元,2011年达到3967亿美元。其他比较重要的对外投资国或地区为:日本、英国、法国、中国香港、俄罗斯等,中国2011年FDI输出651亿美元,位居全球第7位(表1.1.2)。

表1.1.2 世界主要国家(地区)FDI流出量比较

单位:亿美元

	2006	2007	2008	2009	2010	2011
美国	2242	3935	3083	2670	3044	3967
日本	503	735	1280	747	563	1144
英国	863	2724	1611	444	395	1071
法国	1107	1643	1550	1071	769	901
中国香港	450	611	506	640	954	816
俄罗斯	232	459	556	437	525	673
中国	212	225	522	565	688	651
德国	1187	1706	728	754	1093	544
加拿大	462	577	798	417	386	496
意大利	438	962	670	213	327	472
西班牙	1042	1371	747	131	383	373
荷兰	712	556	683	282	552	319
奥地利	137	390	295	100	77	305
瑞典	266	388	313	259	180	269
新加坡	186	369	68	177	212	252
丹麦	82	206	132	63	35	234
韩国	112	197	203	172	233	204
挪威	208	136	257	344	231	200
澳大利亚	254	169	336	167	128	200
马来西亚	60	113	150	78	133	153
印度	143	196	193	159	132	148
中国台湾	74	111	103	59	116	128
卢森堡	77	734	118	75	151	117
墨西哥	58	83	12	70	136	89

资料来源:《2012世界投资报告》中文版,经济管理出版社,2012年9月。

二、投资方式选择

2011年,全球跨国并购增长53%,达5259亿美元(图1.1.3),全年FDI总流量的增长大部分是由跨国并购带动的。大型并购交易(价值超过30亿美元)数量增长41%,从2010年的44起增加到2011年的62起;重要的跨国并购发生在采掘业和制药业。

金融危机以后，绿地投资额显著高于跨国并购,2010年绿地投资9641亿美元,2011年为9984亿美元(图1.1.3)。2011年,发展中经济体和转型经济体,绿地投资占FDI总额的2/3以上。

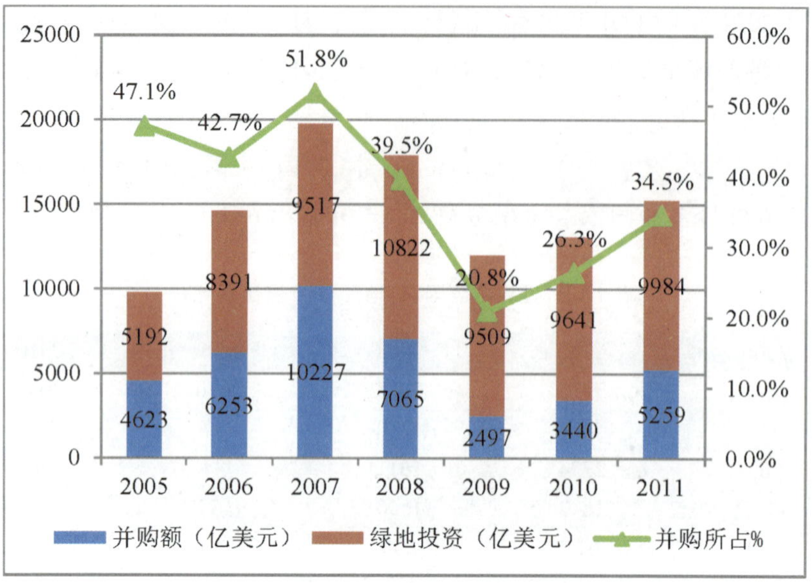

图 1.1.3 全球跨国并购与绿地投资

资料来源：《2012 世界投资报告》中文版，经济管理出版社，2012 年 9 月。

三、行业结构

2011 年，初始部门、制造业和服务业的 FDI 流量均有所上升。初始部门和服务业的 FDI 流量经历了前两年的急剧下滑之后，2011 年反弹，分别达到 2000 亿美元和 5700 亿美元；矿业、采掘业和石油的投资增加，电力、燃气和水以及交通和通讯的 FDI 增长，银行业 FDI 项目持续低迷。对于制造业，食品和化学工业强势增长（主要是制药业），汽车工业、焦炭、石油和核燃料 FDI 项目下降幅度较大。伴随着制造业份额的下降，初始部门和服务业所占份额不断上升（表 1.1.3）。

表 1.1.3 FDI 项目的产业分布

单位：十亿美元、%

年份	价值			百分比		
	初级产业	制造业	服务业	初级产业	制造业	服务业
2005-2007 均值	130	670	820	8	41	50
2008	230	980	1130	10	42	48
2009	170	510	630	13	39	48
2010	140	620	490	11	50	39
2011	200	660	570	14	46	40

资料来源：《2012 世界投资报告》中文版，经济管理出版社，2012 年 9 月。

四、FDI 资本构成

FDI 增长主要由三部分构成：股权投资、收益再投资和其他资本，2009 年以来，收益再投资越来越成为 FDI 的重要组成部分。2010 年，收益再投资占 FDI 总流入量的比例为 31.3%，2011 年上升到 36.9%（图 1.1.4）。

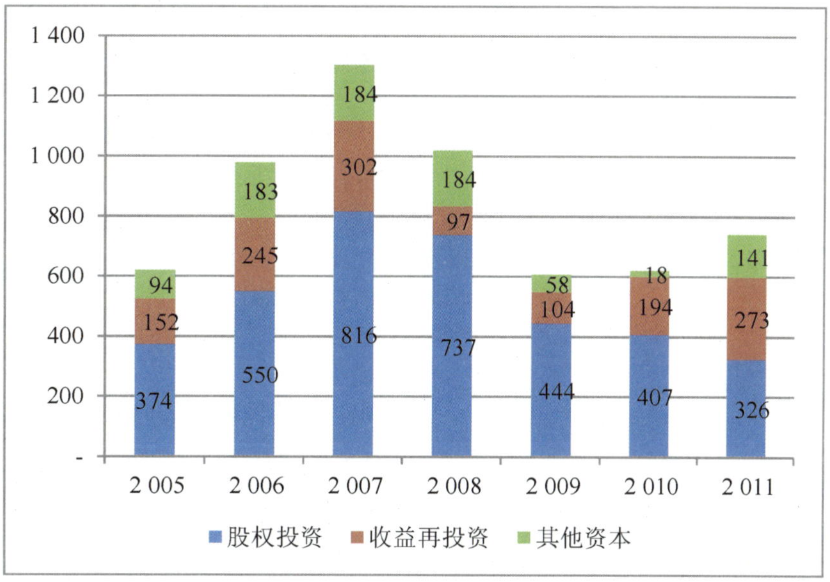

图 1.1.4 发达国家 FDI 流入中的资本构成(单位:十亿美元)

资料来源:《2012 世界投资报告》中文版,经济管理出版社,2012 年 9 月。

五、跨国公司的影响和发展

2011 年,全球范围内跨国公司国外分支机构生产继续扩大,总资产达到 82 万亿美元,销售额比上年上升 9%,达到创纪录的 27.9 万亿美元;增加值为 7.18 万亿美元,约占全球 GDP 的 10%;出口额提高到 7.4 万亿美元;就业比上一年度增长 8%,达到 6900 万人,与全球就业增长 2%形成了鲜明对比。国外分支机构的财务状况有所改善,FDI 的回报率 2011 年提高了 0.9 个百分点,达到 7.3%(表 1.1.4)。

表 1.1.4 跨国公司国际生产有关指标变化 单位:十亿美元

指标	1990	2005-2007 均值	2009	2010	2011
FDI 流入量	207	1473	1198	1309	1524
FDI 流出量	241	1501	1175	1451	1694
FDI 流入存量	2081	14588	18041	19907	20438
FDI 流出存量	2093	15812	19326	20865	21168
跨境并购	99	703	250	344	526
外国子公司销售额	5102	20656	23866	25622	27877
外国子公司增加值	1018	4949	6392	6560	7183
外国子公司总资产	4599	43623	74910	75609	82131
外国子公司出口额	1498	5003	5060	6267	7358
外国子公司就业(千人)	21458	51593	59877	63903	69065

资料来源:《2012 世界投资报告》中文版,经济管理出版社,2012 年 9 月。

2011 年,全球最大 100 强跨国公司的国际化水平不断提高,平均跨国指数从 2010 年的 61.3%,提高到 2011 年的 62.3%。但 2010 年发展中国家和转型经济体的 100 强跨国公司国际化水平低于全球水平,平均跨国指数为 39%,且比上年降低 1.3 个百分点(表 1.1.5)。

表 1.1.5 2011 年全球和发展中国家最大 100 家跨国公司国际化水平 单位:%

	全球跨国公司 100 强			发展中国家和转型经济体 100 强	
	2009	2010	2011	2009	2010
资产国际化指数	62	63	63	32	29
销售国际化指数	66	64	65	48	46
就业国际化指数	57	57	59	41	42
平均跨国指数	61.7	61.3	62.3	40.3	39.0

资料来源:《2012 世界投资报告》中文版,经济管理出版社,2012 年 9 月。

六、全球 FDI 未来发展

根据联合国贸发组织的调查，跨国公司对2012 年的国际投资环境持谨慎态度；但中期前景更为乐观(图 1.1.5)。在中期,随着出口对母国经济体的重要性下滑,股权和非股权形式的投资对跨国公司变得越来越重要。发展中国家和转型经济体将继续成为 FDI 流入高度重要的东道国地区。

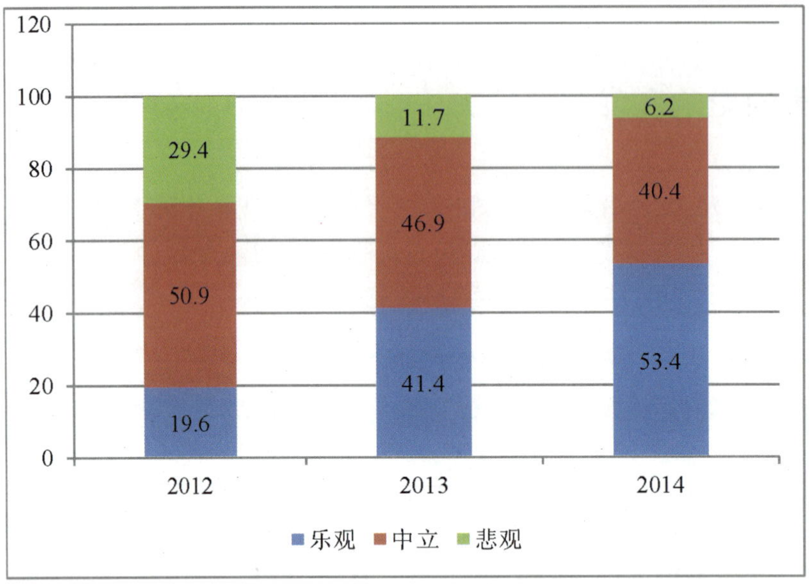

图 1.1.5 2012-2014 年跨国公司对全球投资环境的看法(受访者的百分比)

资料来源:《2012 世界投资报告》中文版,经济管理出版社,2012 年 9 月。

2012 年 1-6 月,全球 FDI 流量下降 8%,主要由于股权投资减少所致；其中，绿地投资下降了 40%,跨国并购减少了 60%,相反,收益再投资保持了较为稳定的增长态势。

在 2012 年 FDI 减少的 610 亿美元中,发达国家是主要影响因素。其中,美国 2012 年上半年就减少了 370 亿美元,金砖四国巴西、俄罗斯、印度和中国下降了 230 亿美元。但中国 2012 年上半年吸收 FDI 591 亿美元，超过美国，成为第一大 FDI 流入国。

根据 UNCTAD 对 174 家跨国公司的调查,未来几年,中国一直是对跨国公司吸引力最强的东道国,60%的跨国公司都优先选择中国作为未来的投资区位(图 1.1.6)。

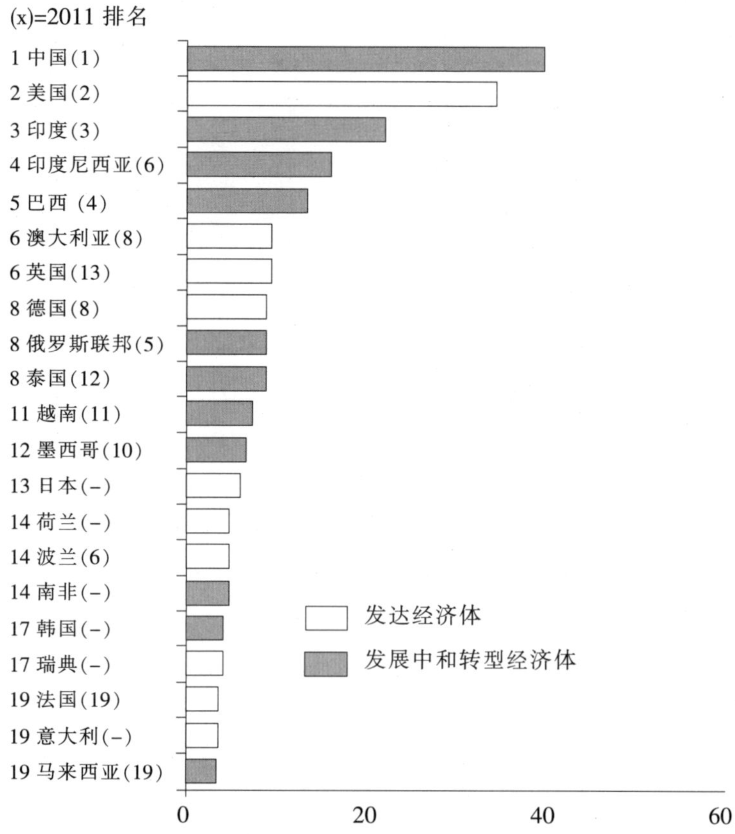

图 1.1.6 2012–2014 年吸引 FDI 最具前景的经济体

资料来源:《2012 世界投资报告》中文版,经济管理出版社,2012 年 9 月。

第二节 中国利用 FDI 趋势与特征

一、中国利用 FDI 总体趋势

近年来,在全球 FDI 发生较大波动的背景下,中国吸引的 FDI 基本保持了稳定增长趋势。

从外商投资项目数看,2001 年为 2.6 万个,2003–2006 年保持在 4 万以上,2008–2010 年约为 2.7 万个,2010 年为 27406 个,2011 年 27712 个,比上年增长 1.1%,2012 年前 7 个月为 13677 个,同比上年下降了 12.3%。2001 年至 2012 年 7 月,累计利用 FDI 项目 388145 个。

实际吸引外资金额,2001 为 488 亿美元,2009 年 918 亿美元,2010 年 1088 亿美元,2011 年 1177 亿美元，比上年增长 8.2%,2012 年 1–7 月 675 亿美元,同比上年减少 3.7%。总体上呈现出 10 年稳定增长的态势。2001 年至 2012 年 7 月,合计利用外资 9171.5 亿美元(图 1.2.1)。

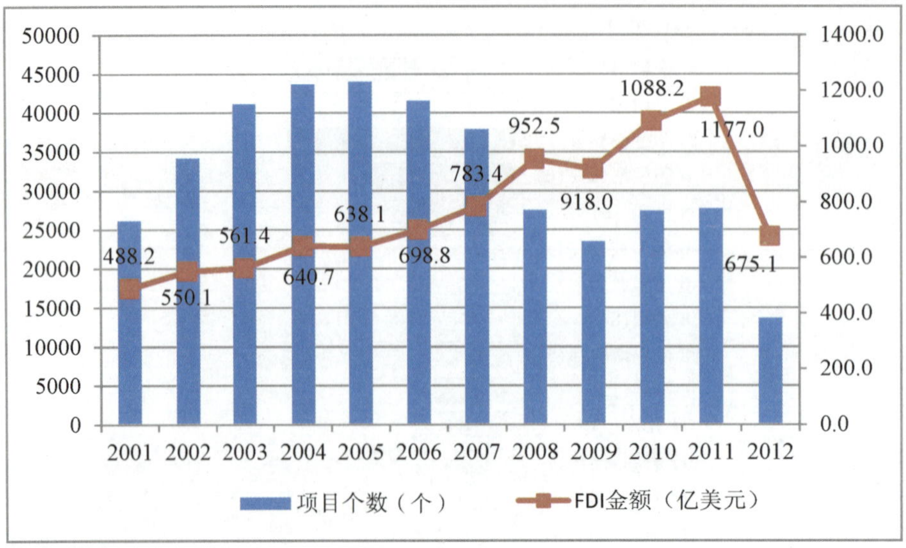

图 1.2.1 中国利用外商投资趋势

资料来源：商务部外资统计。

二、FDI 来源地特征

（一）FDI 项目

从 FDI 项目来看，香港是内地重要的 FDI 来源地，2001 年占总项目数的 30.6%，2010 年增加到 47.7%，2011 年为 50.1%，2012 年 1-7 月为 47.7%。台湾是大陆 FDI 的第二重要来源地，2001 年占 16.1%，2011 年降到 9.5%。日本位居第三，2001 年占 7.7%，2011 年下降到 6.7%。韩国 2001 年是超过日本的第三大 FDI 来源地，占 11.1%，2011 年下降到 5%。美国是中国的第四大 FDI 来源地，2001 年占 10%，2011 年下降到 5.1%。

从 FDI 项目来源地集中度看，2001 年前五位国家或地区占 75.5%，2001-2011 年基本保持这个水平（表 1.2.1）。

表 1.2.1 中国 FDI 来源地变化：按项目数百分比计算

单位：%

	2001	2003	2005	2006	2007	2008	2009	2010	2011	2012
中国香港	30.6	33.2	33.7	37.4	42.8	46.7	45.7	47.7	50.1	47.7
中国台湾	16.1	10.9	8.9	9	8.7	8.6	10.9	11.2	9.5	9.2
日本	7.7	7.9	7.4	6.2	5.2	5.2	5.4	6.4	6.7	7.5
美国	10	9.9	8.5	7.7	6.9	6.4	6.5	5.5	5.1	5.6
韩国	11.1	12	13.9	10.3	9.1	8.1	7.1	6.2	5	5.2
维尔京群岛	5.8	5.4	5.7	6.3	5	3.5	3	2.8	2.7	2.3
新加坡	2.6	2.8	2.8	2.9	2.8	2.8	2.7	2.8	2.7	2.9
萨摩亚	1.4	1.7	1.8	1.9	2	1.3	1	1.5	1.7	1.8
德国	1.1	1.1	1.5	1.4	1.4	1.4	1.3	1.3	1.7	1.9
加拿大	2.1	2.2	2.2	2.1	1.8	1.5	1.9	1.4	1.4	1.4
中国澳门	1.8	1.4	1.6	2.1	2.3	1.6	1.3	1	1	1.1

续表

	2001	2003	2005	2006	2007	2008	2009	2010	2011	2012
澳大利亚	1.7	1.9	1.6	1.5	1.3	1.2	1.3	1.2	1	1.1
英国	1	1.1	1.3	1.1	1.3	1.3	1.2	1	0.9	1
意大利	0.5	0.7	1.1	1	0.9	1.1	0.8	0.7	0.8	1
马来西亚	0.7	0.9	0.8	0.8	0.8	0.8	0.8	0.8	0.8	0.8
法国	0.6	0.7	0.8	0.8	0.7	0.7	0.9	0.7	0.7	0.6
开曼群岛	0.7	0.5	0.6	1	0.9	0.8	0.4	0.4	0.5	0.5
荷兰	0.4	0.5	0.5	0.6	0.5	0.6	0.5	0.4	0.4	0.5
瑞士	0.2	0.2	0.3	0.3	0.3	0.4	0.3	0.3	0.4	0.4
西班牙	0.2	0.3	0.4	0.4	0.5	0.5	0.5	0.4	0.4	0.4
瑞典	0.2	0.1	0.2	0.2	0.2	0.3	0.2	0.2	0.2	0.3
丹麦	0.1	0.1	0.1	0.1	0.2	0.2	0.2	0.2	0.2	0.2
卢森堡	0	0	0.1	0.1	0.1	0.1	0.1	0.1	0.1	0.1

资料来源：商务部外资统计。

(二)实际吸收 FDI 金额

从实际吸收 FDI 金额来看，中国香港依然是重要 FDI 来源地，2001 年，香港的 FDI 占总 FDI 流入量的 34.2%，2010 年为 55.7%，2011 年达到 60.7%。维尔京群岛的 FDI 近年来波动较大，2011 年为 8.1%。第三位是日本，2001 年占 8.9%，2011 年下降到 5.4%。新加坡是中国 FDI 的第四大来源地，2001 年占 4.4%，2011 年为 4.6%，占比幅度变化不大。美国 2001 年占 9.1%，2011 年降到 2.0%。韩国 2001 年为 4.4%，2011 年下降到 2.1%。实际外资金额来源地集中度较高，2001 年前五个国家或地区占总量的 62.2%，2011 年提高到 80.9%。

10 年来，除了中国香港和新加坡，其他地区的 FDI 流入占比均呈现下降趋势(表 1.2.2)。

表 1.2.2 2001-2012 年中国 FDI 来源地变化：按实际外资额百分比计算 单位：%

	2001	2003	2005	2006	2007	2008	2009	2010	2011	2012
中国香港	34.2	31.5	28.1	30.5	35.4	43.1	50.2	55.7	60.7	56.6
维尔京群岛	10.3	10.3	14.1	16.7	21.1	16.7	12.3	9.6	8.1	7.2
日本	8.9	9.0	10.2	6.8	4.6	3.8	4.5	3.7	5.4	7.0
新加坡	4.4	3.7	3.4	3.5	4.1	4.7	3.9	5.0	4.6	6.3
韩国	4.4	8.0	8.1	5.7	4.7	3.3	2.9	2.5	2.1	2.1
美国	9.1	7.5	4.8	4.3	3.3	3.1	2.8	2.8	2.0	2.4
中国台湾	6.1	6.0	3.4	3.2	2.3	2.0	2.0	2.3	1.8	2.8
开曼群岛	2.2	1.5	3.1	3.0	3.3	3.3	2.8	2.3	1.8	2.1
萨摩亚	1.1	1.9	2.1	2.3	2.8	2.7	2.2	1.6	1.7	1.6
德国	2.5	1.5	2.4	2.9	0.9	0.9	1.3	0.8	1.0	1.4
荷兰	1.6	1.3	1.6	1.2	0.8	0.9	0.8	0.8	0.7	1.0
法国	1.1	1.1	1.0	0.6	0.6	0.6	0.7	1.1	0.6	0.6
中国澳门	0.7	0.7	0.9	1.0	0.8	0.6	0.9	0.6	0.6	0.5

续表

	2001	2003	2005	2006	2007	2008	2009	2010	2011	2012
英国	2.2	1.3	1.5	1.1	1.1	1.0	0.7	0.7	0.5	0.3
瑞士	0.4	0.3	0.3	0.3	0.4	0.3	0.3	0.2	0.5	1.1
加拿大	0.9	1.0	0.7	0.6	0.5	0.6	0.9	0.6	0.4	0.4
意大利	0.5	0.6	0.5	0.5	0.4	0.5	0.4	0.4	0.3	0.3
卢森堡	0.1	0.3	0.2	0.1	0.1	0.1	0.2	0.2	0.3	0.3
马来西亚	0.5	0.4	0.6	0.6	0.5	0.3	0.5	0.3	0.3	0.4
澳大利亚	0.7	1.1	0.6	0.8	0.4	0.4	0.4	0.3	0.3	0.2
西班牙	0.1	0.2	0.3	0.3	0.3	0.2	0.3	0.2	0.2	0.3
瑞典	0.2	0.2	0.2	0.3	0.2	0.1	0.4	0.1	0.1	0.2
丹麦	0.1	0.1	0.2	0.3	0.2	0.3	0.3	0.3	0.1	0.2

资料来源:商务部外资统计。

三、行业特征

2005 年以前，全球平均 60%的 FDI 集中在服务业,制造业约占三分之一。2005–2007 年,服务业开始下降,为 50%,制造业占到了 41%。2010 年制造业达到 50%的高点,服务业下降到 39%。2011年,全球制造业利用 FDI 占 46%,服务业为 40%。中国吸收 FDI 的行业结构与全球分布呈现不同的格局。

(一)项目数结构

2011 年,服务业外资项目 14079 个,多于制造业的 11114 个,同比增长 1.3%,占全国 FDI 项目总数的比例为 50.8%。2012 年 1–7 月,服务业外资项目 7484 个,高于制造业的 4925 个,占全国总量的 54.7%。

2001–2012 年 7 月期间,服务业累计利用 FDI 项目数达 13.4 万个,占全国总量的 34.6%。动态来看,服务业外资项目趋于增多,占同期全国总数的比例，从 2001 年的 14.9%，增加到 2012 年的 54.7%。相应的制造业 FDI 项目占比从 2001 年 73.1%，下降到 2011 年 40.1%,2012 年 1–7 月为 36.0%(图 1.2.2)。

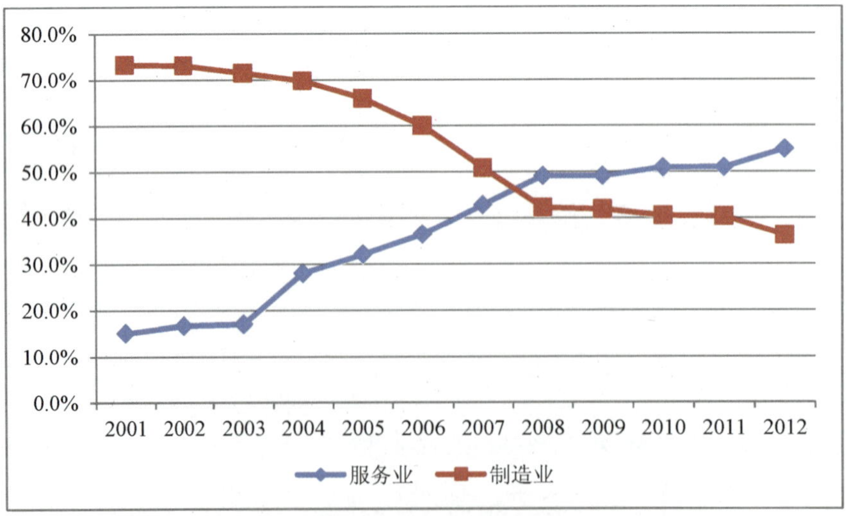

图 1.2.2 我国 FDI 产业分布:按项目数百分比计算(单位:%)

资料来源:商务部外资统计。

(二)资金结构

2011 年，服务业实际利用 FDI 552.4 亿美元，同比增长 13.4%，高于制造业 521.0 亿美元的水平。2012 年 1-7 月，服务业实际利用外资 307.9 亿美元，制造业为 301.3 亿美元。

2001-2012 年 7 月，服务业累计吸收 FDI 3250.8 亿美元，占全国总量的 36.7%；同期，制造业利用 FDI 总额 5028.2 亿美元，占同期外资金额的 56.8%。

动态分析，实际利用外资金额方面，2001 年服务业吸收 FDI 112.3 亿美元，占当年全国总量的 24.0%，制造业 309.1 亿美元，占当年总额的 65.9%。2011 年，服务业占比上升到 47.6%，2012 年 1-7 月为 46.2%；制造业 2011 年下降到 44.9%，2012 年前 7 个月为 45.2%(图 1.2.3)。

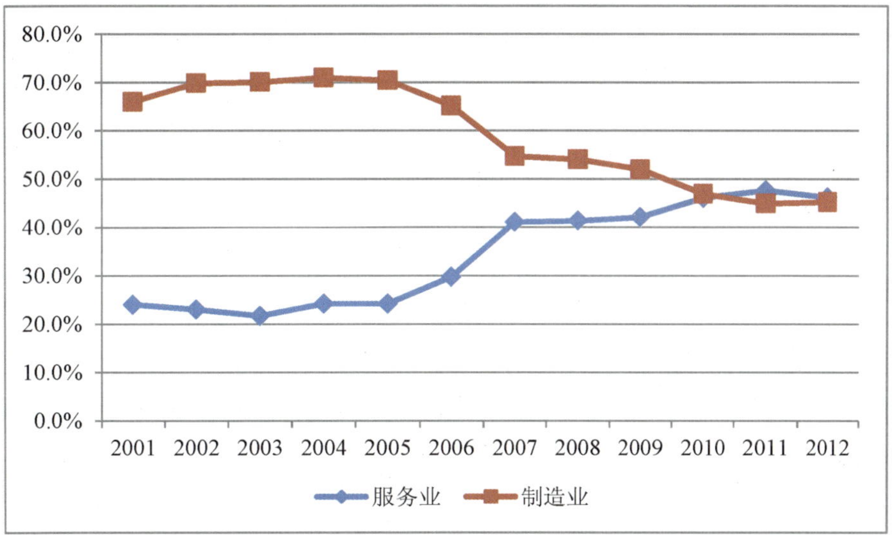

图 1.2.3 我国 FDI 产业分布:按实际金额百分比计算(单位:%)

资料来源:商务部外资统计。

四、地区分布

截至 2011 年底，中国累计批准设立外商投资企业数 73.8 万家、实际使用外资金额 1.17 万亿美元。投资项目、实际利用外资金额大部分集中在东部地区，中部和西部所占份额很少。东部地区外商投资项目、实际使用金额占全国比重分别为 83.4%、86.2%，中部地区为 10.7%、8.0%，西部为 5.9%、5.8%。

2011 年，全国新批准设立外商投资项目数、实际使用外资金额分别为 27712 家、1160.1 亿美元。东部地区所占比重分别为 85.2%、83.3%，中部地区为 9.8%、6.8%，西部地区为 5.0%、10%。

与 2010 年相比，2011 年全国总体新批准项目数、实际使用外资金额均呈增长态势。东部地区新批准设立项目数增幅最大，同比增长 2.7%，中部地区下降幅度最大，同比下降 10.8%；实际使用外资金额方面，西部地区增速最大，同比增长 28.3%。

五、FDI 方式选择

外商在华直接投资企业主要包括中外合资、独资、合作和股份制等形式，突出的投资方式是外商独资和中外合资。

2001 年至 2012 年 7 月，独资企业合计 28.4 万家,占同期外资项目总数的 73.2%;合资企业累计 9.3 万家,占 24.0%;合作企业 1.05 万家,占 2.7%;股份制企业 423 家。

2001-2012 年动态分析,根据投资方式的项目数计算,独资 2001 年为 15643 家,占全国 FDI 项目总数的 59.8%,2011 年 22388 家,占 80.8%;2012 年 1-7 月,独资企业 11176 家,占 81.7%。合资企业 2001 年 8893 家,占 34.0%,然后逐年下降,2011 年 5005 家, 占 18.1%;2012 年前 7 个月, 合资企业 2377 家,占同期总数的 17.4%(图 1.2.4)。

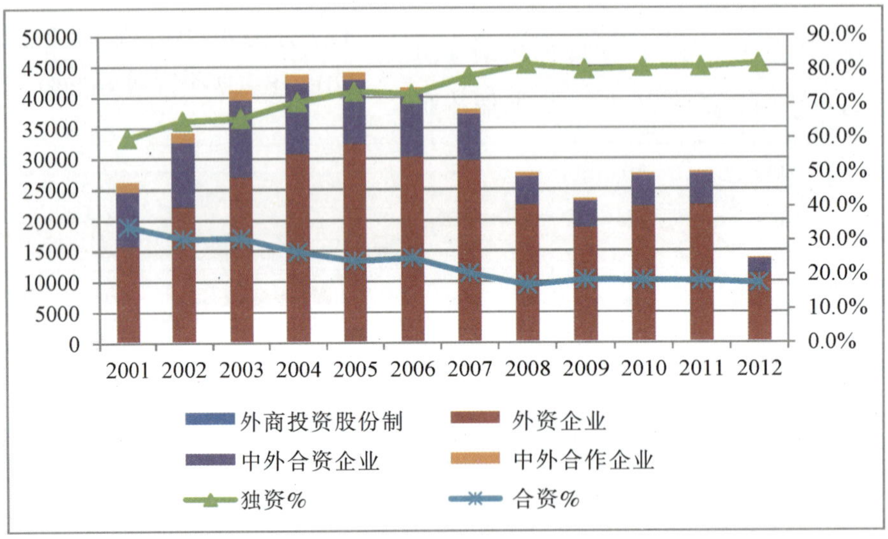

图 1.2.4 FDI 方式选择:以项目数计算(单位:个、%)

资料来源:商务部外资统计。

注:本书图表中"外资企业"指外商独资企业。

以实际利用外资金额计算,2001 年-2012 年 7 月,我国累计利用 FDI 8855 亿美元,其中独资企业 6424 亿美元,占 73.0%;合资企业 1995 亿美元,占 23.0%;合作企业 318 亿美元,占 3.6%;外商股份制企业 102 亿美元(图 1.2.5)。

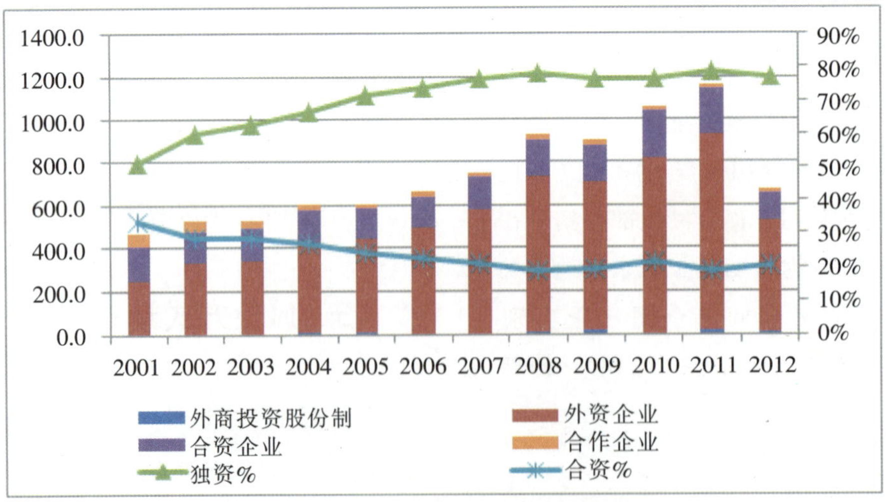

图 1.2.5 FDI 方式选择:以实际金额计算(单位:亿美元、%)

资料来源:商务部外资统计。

动态考察，2001 年独资企业 FDI 流入 238.7 亿美元，占比 50.9%；2011 年达到 912.0 亿美元，占比提高到 78.6%；2012 年 1–7 月为 512.4 亿美元，占 FDI 总量的 76.9%。

合资企业 2001 年 FDI 流入 157.4 亿美元，占外资总量的 33.6%；2011 年 214.2 亿美元，占比 18.5%；2012 年 1–7 月为 134.5 亿美元，占外资总额的 20.2%。

合作企业利用 FDI 2001 年为 62.1 亿美元，2011 年减少到 17.6 亿美元，2012 年前 7 个月为 11.1 亿美元。

外商投资股份制企业一直占居比较低的比例，2001 年 FDI 流入 5.3 亿美元，2011 年增加到 16.3 亿美元，2012 年 1–7 月为 8.3 亿美元。

第三节 利用FDI与战略性新兴产业发展

加快培育和发展战略性新兴产业，是我国促进产业结构升级、经济发展方式转变和经济社会可持续发展的重大战略选择。

根据发展目标，到 2015 年，战略性新兴产业形成健康发展、协调推进的基本格局，对产业结构升级的作用显著增强，增加值占国内生产总值的比重力争达到 8%左右。到 2020 年，战略性新兴产业增加值占国内生产总值的比重力争达到 15%左右，吸纳、带动就业能力显著提高。到 2030 年前后，战略性新兴产业的整体创新能力和产业发展水平达到世界先进水平，为经济社会可持续发展提供强有力的支撑。

外商投资企业对加快我国的战略性新兴产业发展具有重要意义，影响机制包括三种途径：一是部分外商投资项目就是属于中国战略性新兴产业的组成部分；二是外资企业通过产业关联、示范、外溢、竞争等影响机制，能够促进国内战略性新兴产业的发展；三是适宜的政策措施能够促进传统产业的外资企业升级，向战略性新兴产业转型。

本文总结和分析了 1998 年以来外商投资项目中属于战略性新兴产业的项目。根据国家统计局产业划分，战略性新兴产业包括 7 大类，30 个中类，102 个小类，对应国民经济行业类别（2011 年标准）311 个部门，其中有全部对应，有部分对应。由于我国的外商投资企业的行业划分依据 2002 年产业类别标准，需要将 2002 年的产业类别与 2011 年进行对比，选取完全对应的产业。

本报告关于外商投资企业中筛选属于战略性新兴产业的外资项目，基于完全对应 2011 年产业标准，同时满足全部对应 7 大战略性新兴产业的划分，剔除部分对应战略性新兴产业的外资项目。因此，本文所总结的外商投资企业中属于战略性新兴产业的项目，是基于最小化的原则。实际上，外商在我国的战略性新兴产业的投资项目要远高于本文所描述的水平。

一、总体情况

1998 年到 2012 年 7 月，外商在华战略性新兴产业投资项目累计 13787 个，实际利用 FDI 345.3 亿美元。

从外商投资项目数来看，2004、2005 年是外资进入的高峰年，均超过 1700 个。此后呈现逐年下降趋势，2011 年为 682 个，2012 年前 7 个月为 311 个

(图 1.3.1)。

战略性新兴产业实际利用 FDI,1998 年以来,基本保持稳定增长态势。1998 年为 4.5 亿美元,2002 年 17.4 亿美元,2006 年 22.5 亿美元,2010 年 40.5 亿美元,2011 年 44.2 亿美元,2012 年前 7 个月达到 26.9 亿美元(图 1.3.1)。

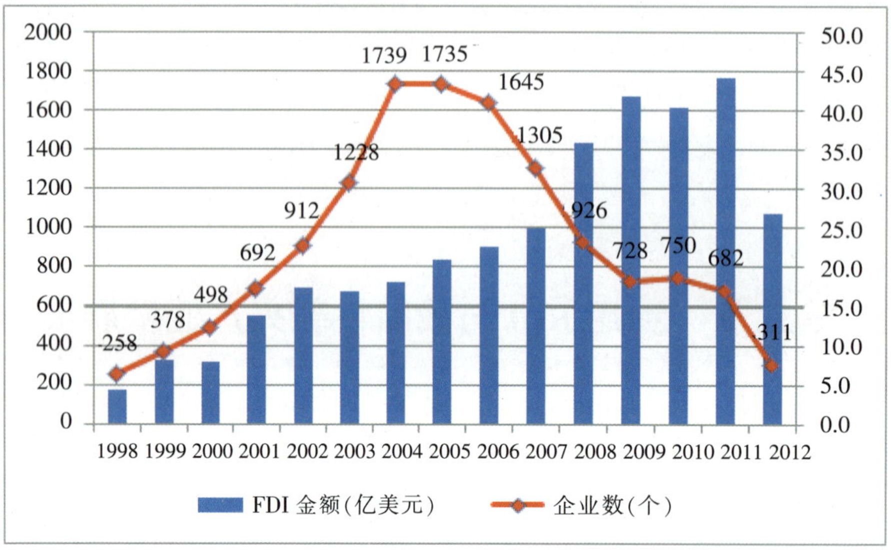

图 1.3.1 战略性新兴产业利用 FDI 趋势

资料来源:商务部外资统计。

这种情况表明,外商在我国的战略性新兴产业中,项目趋于减少,投资规模逐年增大,平均项目规模持续增长,外资在战略性新兴产业中的作用和影响不断增强,前景看好。

二、行业分布

行业分布上,外商在华的战略性新兴产业投资涉及 35 个部门,但集中度很高,前 9 个部门占实际 FDI 总量的 75.2%,其中,电力电子元器件制造为 102.13 亿美元,生物、生化制品制造 28.7 亿美元,自来水生产和供应 26.53 亿美元,化学药品制剂制造 24.60 亿美元,化学药品原药制造 21.84 亿美元,污水处理及其再生利用 18.80 亿美元(表1.3.1)。

表 1.3.1 1998 年-2012 年 7 月战略性新兴产业利用 FDI 情况 单位:个、亿美元

行业名称	企业数	实际 FDI 金额
电力电子元器件制造	3761	102.13
生物、生化制品制造	1887	28.70
自来水生产和供应	315	26.53
化学药品制剂制造	559	24.60
化学药品原药制造	436	21.84
污水处理及其再生利用	553	18.80
卫生材料及医药用品制造	723	12.79
环境污染防治专用设备制造	1005	12.25
有机肥料及微生物肥料制造	455	12.16

续表

行业名称	企业数	实际 FDI 金额
石油钻采专用设备制造	307	9.59
中药饮片加工	431	9.51
其他医疗设备及器械制造	601	9.32
医疗诊断、监护及治疗设备制造	494	8.35
核力发电	6	6.78
工业自动控制系统装置制造	447	6.25
飞机制造及修理	71	4.67
特种陶瓷制品制造	235	4.25
环境监测专用仪器仪表制造	133	3.84
医疗、外科及兽医用器械制造	186	3.58
金属废料和碎屑的加工处理	170	3.40
中成药制造	201	3.04
非金属废料和碎屑的加工处理	111	2.43
水污染治理	59	1.82
其他飞行器制造	28	1.51
其他水的处理、利用与分配	94	1.38
生物化学农药及微生物农药制造	86	1.37
中药材种植	178	1.24
环境污染处理专用药剂材料制造	72	0.79
危险废物治理	45	0.79
其他水资源管理	13	0.51
假肢、人工器官及植(介)入器械制造	30	0.37
实验室及医用消毒设备和器具的制造	37	0.36
口腔科用设备及器具制造	27	0.28
机械治疗及病房护理设备制造	21	0.05
核燃料加工	4	0.02

资料来源:商务部外资统计。

从 FDI 行业分布的动态变化来看，由于总体项目缩减,导致外商在战略性新兴产业中的许多部门投资项目的下降,特别是生物、生化制品业,化学药品制剂制造,医疗诊断、监护及治疗设备,中药饮片加工制造,化学药品原药制造,自来水的生产和供应等外资项目显著减少。电力电子元器件制造是 FDI 的重点行业,2001 年以来,基本保持了平稳态势。污水处理及其再生利用、工业自动控制系统装置制造、石油钻采专用设备制造、其他医疗设备及器械制造,一直是外商投资的重要部门(表 1.3.2)。

表 1.3.2 FDI 流入战略性新兴产业的变化

单位:个

	2001	2002	2003	2004	2005	2006	2007	2008	2009	2010	2011	2012	合计
电力电子元器件制造	118	153	202	491	581	534	458	282	221	278	222	84	3761
生物、生化制品制造	181	238	294	205	189	164	125	90	65	55	45	22	1887
环境污染防治专用设备制造	92	99	117	124	76	107	74	48	44	37	30	12	1005
卫生材料及医药用品制造	43	68	102	84	82	75	48	42	20	32	30	14	723
其他医疗设备及器械制造	0	0	2	108	125	87	62	43	52	42	37	40	601
化学药品制剂制造	40	62	73	76	61	59	25	21	20	14	21	7	559
污水处理及其再生利用				72	70	74	76	94	50	49	49	19	553
医疗诊断、监护及治疗设备	42	77	105	32	25	35	22	12	12	15	18	7	494
有机肥料及微生物肥料制造				85	75	65	44	46	44	48	37	11	455
工业自动控制系统装置制造	21	23	32	63	44	70	53	34	19	25	24	10	447
化学药品原药制造	29	37	55	43	41	54	28	14	10	15	10	6	436
中药饮片加工制造	53	75	108	30	17	14	8	2	7	1	2	1	431
自来水的生产和供应	23	16	42	32	38	27	35	30	9	5	7	7	315
石油钻采专用设备制造	14	16	20	20	27	49	36	25	21	23	20	13	307
特种陶瓷制品	4	9	22	26	35	32	20	10	20	15	20	8	235
中成药制造				54	51	32	22	12	13	7	7	3	201
医疗、外科及兽医用器械制造	3	13	18	18	27	17	19	16	11	11	9	8	186

资料来源:商务部外资统计。

三、未来问题

战略性新兴产业是我国新规划和界定的行业,在与传统国民经济行业类型衔接上,仍然存在一些模糊问题。本文从一个侧面,分析了 FDI 在我国战略性新兴产业的投资情况。

战略性新兴产业的核心特征是:面向未来、立足世界、技术支撑、广泛关联;我国已经制定了明确的发展目标,中央和各级地方政府都制定了具体的产业发展规划,也出台了相应的鼓励政策,但实现这一战略目标,仍是一项长期艰巨的任务。

过去 30 年,中国的开放经济发展取得了辉煌成就,外商投资企业发挥了重要作用。未来战略性新兴产业的发展,仍然离不开积极有效利用外资。如何最大限度地发挥外商直接投资在促进战略性新兴产业发展过程中的作用,是面临的重要政策挑战。许多问题值得探讨:

第一,影响战略性新兴产业 FDI 的区位因素是什么?与传统的外商投资区位选择相比,有何特殊性?如何打造具有吸引力的环境和政策,以吸引更多的跨国公司在华进行战略性新兴产业的投资?

第二,战略性新兴产业的外资企业,对于促进和带动发展国内的战略产业具有重要作用,如何制定有效的政策措施,建立外资企业与国内企业之间的广泛关联和深度联盟?

第三,长期以来,外商投资企业在华获得了丰厚的利润回报,也在不断扩大投资和生产规模。伴随着中国产业结构的调整,以及经济增长方式的转变,加上国内市场竞争加剧,劳动力和资源要素成本上升,将促使跨国公司调整其在华经营战略,加速产业升级,提高核心技术创新能力和水平。如何鼓励和促进传统跨国公司的产业调整和技术升级,使之成为中国战略性新兴产业的重要组成部分,都是我国建立新一代外资政策所面临的重要课题。

第二章　FDI 来源地分布

外商直接投资的来源地分布是研究我国利用外资状况的重要方面。随着国内投资环境的变化，特别是对外开放程度的日益深化，外商对华投资的结构也在不断变化。本章选择 FDI 的重要来源地：中国香港、中国台湾、美国、日本、韩国、新加坡、德国、法国、英国、荷兰、瑞士、加拿大和马来西亚 13 个国家和地区，全面总结了这些国家和地区在华的投资和发展。

第一节　FDI 来源地概况

中国的 FDI 来源地分布广泛。截至 2012 年 7 月，超过 200 个国家和地区对华直接投资，2011 年来源地数目超过 180 个。

亚洲国家和地区是中国最主要的外资来源地。2001–2011 年，中国有 27.6 万个 FDI 项目来自亚洲地区，占同期项目总数的 71.7%；亚洲在华 FDI 金额达到 5327 亿美元，占 63.6%。其中，2011 年项目 21762 个，同比增加 1.0%，占项目总数的 78.5%；实际投资额达 895.5 亿美元，同比增加 15.4%，占实际利用外资总额的 77.2%。

2011 年，非洲在华投资增幅最多，实际投资 16.4 亿美元，同比增长 27.9%。大洋洲是除亚洲以外，唯一出现投资项目数和投资金额均增长的区域，共有 855 个项目，同比增长 2.4%，实际投资 25.3 亿美元，同比增长 8.5%。欧洲 2011 年在华投资项目数为 1872 个，较 2010 年上升 4.2%，投资额下降了 0.9%，为 58.7 亿美元。北美洲在华投资项目数以及实际投资金额都有所降低。2011 年，北美洲对华投资 1822 个项目，同比下降 4.6%，实际投资 34.9 亿美元，同比下降 13.1%。南美洲类似，2011 年投资项目数 982 个，同比下降 1%，投资额 120.7 亿美元，降低 10.7%(表 2.1.1)。

表 2.1.1　FDI 来源地分布情况

单位：个，亿美元，%

经济体名称	外资项目					实际使用外资				
	数目	比重	同比	2001–2011 年累计		金额	比重	同比	2001–2011 年累计	
				数目	比重				金额	比重
总计	27712	100	1.1	385162	100	1160.1	100	9.7	8380.0	100
亚洲	21762	78.5	1.0	276316	71.7	895.5	77.2	15.4	5327.3	63.6
中国香港	13888	50.1	6.3	144256	37.5	714.1	61.6	17.9	3573.3	42.6
欧洲	1872	6.8	4.2	25552	6.6	58.7	5	–0.9	562.3	6.7

续表

经济体名称	外资项目					实际使用外资				
	数目	比重	同比	2001-2011 年累计		金额	比重	同比	2001-2011 年累计	
				数目	比重				金额	比重
德国	458	1.7	25.8	4980	1.3	11.3	1.0	26.7	124.5	1.5
南美洲	982	3.5	-1.0	22890	5.9	120.7	10.4	-10.7	1370.6	16.4
英属维尔京	759	2.7	-0.3	18514	4.8	95.0	8.2	-9.1	1081.2	12.9
非洲	513	1.9	-6.9	4690	1.2	16.4	1.4	27.9	120.4	1.4
毛里求斯	89	0.3	-12.8	2169	0.6	11.4	1.0	22.3	99.2	1.2
大洋洲	855	3.1	2.4	13353	3.5	25.3	2.2	8.5	238.0	2.8
萨摩亚	476	1.7	16.4	6264	1.6	20.4	1.8	15.3	172.0	2.1
北美洲	1822	6.6	-4.6	37354	9.7	34.9	3.0	-13.1	478.4	5.7
美国	1426	5.1	-5.1	29757	7.7	24.1	2.1	-20.0	376.0	4.5

资料来源:中国商务部外资统计。

2011 年,在华 FDI 前 20 位的国家和地区,实际投资额累计达到 1113.9 亿美元,占中国 FDI 流入的 96%,它们是中国香港、英属维尔京群岛、日本、新加坡、韩国、美国、中国台湾、开曼群岛、萨摩亚、毛里求斯、德国、荷兰、法国、中国澳门、百慕大、英国、瑞士、塞舌尔、加拿大和意大利。其中,中国香港在内地投资 714.1 亿美元,所占份额高达 61.6%(图 2.1.1)。

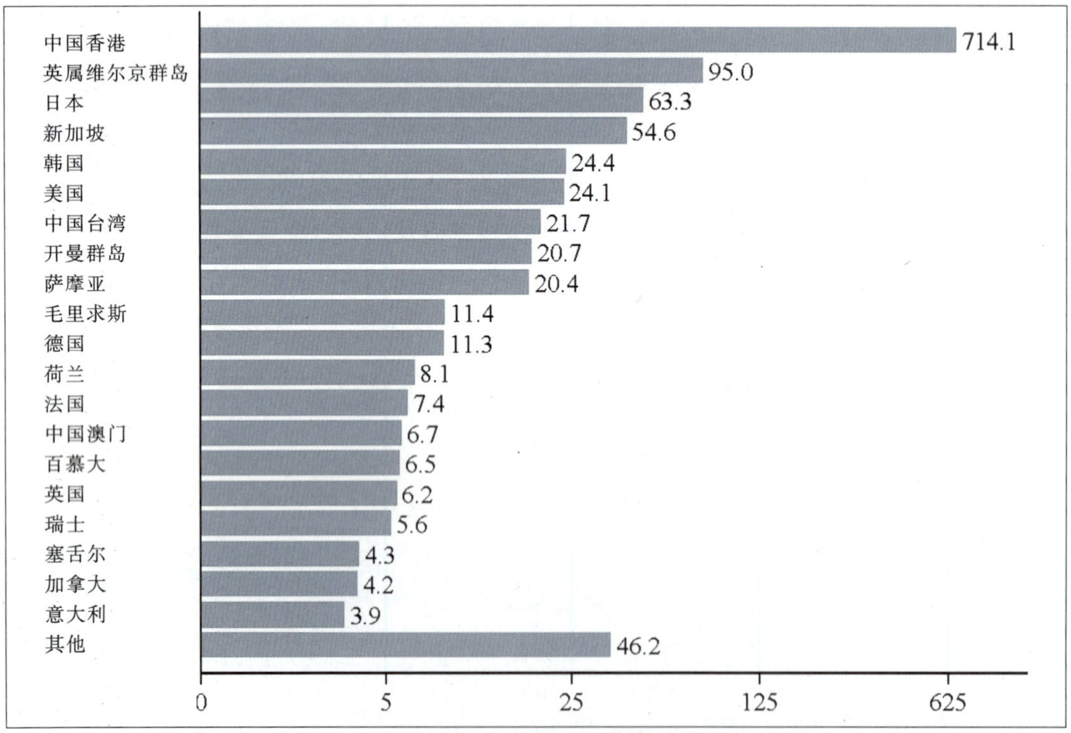

图 2.1.1 2011 年在华实际投资额前 20 位国家和地区(单位:亿美元)

资料来源:商务部外资统计。

注:前 20 位外资来源地未包括投资性公司。

第二节　中国香港对中国内地直接投资

一、中国香港全球 FDI

中国香港特区是全球 FDI 流出的重要地区。2001–2011 年，累计对外输出 FDI 5048.8 亿美元，占全球同期 FDI 流出总额的 3.7%。2011 年，香港 FDI 流出量为 816.1 亿美元，同比下降 14.5%，约占全球总量的 4.8%。

二、香港对内地 FDI 概况

2011 年，香港对内地投资项目 13888 个，实际投资金额 714.1 亿美元，同比增长 17.9%。2012 年 1–7 月，香港投资项目 6529 个，实际投资 381.9 亿美元。

2001–2011 年，香港累计对内地投资项目 144256 个，实际投资总额 3573.4 亿美元。2001–2011 年，香港投资的项目和实际投资额占内地 FDI 流入总量的份额持续上升：项目数从 2001 年的 8008 个，占比 21.7%，增加到 2011 年的 13888 个，占比 50.1%；实际投资额从 2001 年的 167.2 亿美元，占比 25.3%增至 2011 年的 714.1 亿美元，占比 61.6%（表 2.2.1、图 2.2.1）

表 2.2.1　香港特区对内地 FDI 情况　　单位：个，亿美元，%

年度	外资项目		实际使用外资	
	数目	同比	金额	同比
2001	8008	11.2	167.2	7.9
2002	10845	35.4	178.6	6.8
2003	13633	25.7	177.0	-0.9
2004	14719	8.0	190.0	7.3
2005	14831	0.8	179.5	-5.5
2006	15496	4.5	213.1	18.7
2007	16208	4.6	277.0	30.0
2008	12857	-20.7	410.4	48.1
2009	10701	-16.8	460.8	12.3
2010	13070	22.1	605.7	31.5
2011	13888	6.3	714.1	17.9
2012 (1–7)	6529	-13.4	381.9	-7.1

资料来源：商务部外资统计。

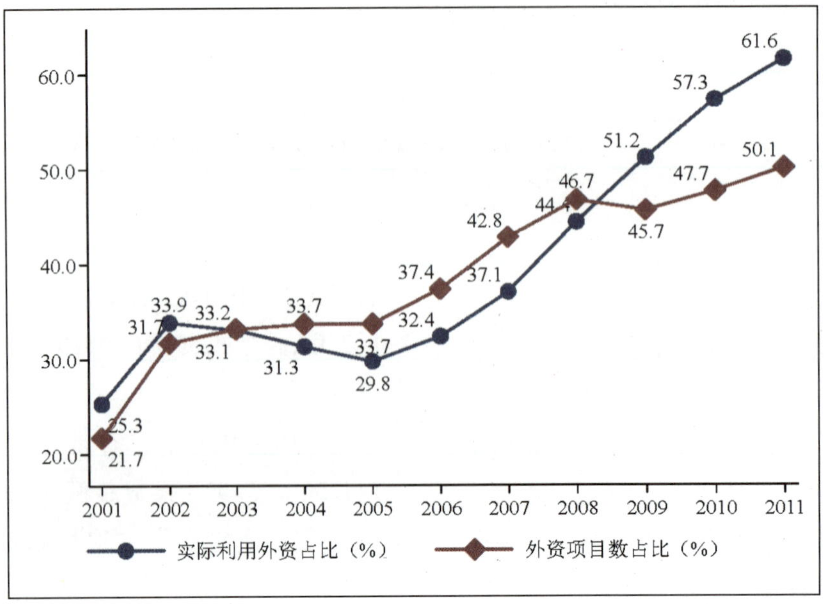

图 2.2.1　香港占内地 FDI 流入份额

资料来源:商务部外资统计。

三、香港对内地 FDI 方式选择

独资企业和中外合资企业是香港在内地投资的主要选择方式。2001–2011 年,独资企业项目数占 72.9%,合资企业为 23.2%;实际外资金额方面,独资企业占 66.9%,合资企业占 25.5%。

2011 年和 2012 年 1–7 月,独资企业实际利用港资分别占 78.4%和 76.4%;合资企业相应占比分别为 18.7%和 20.8%(图 2.2.2)。

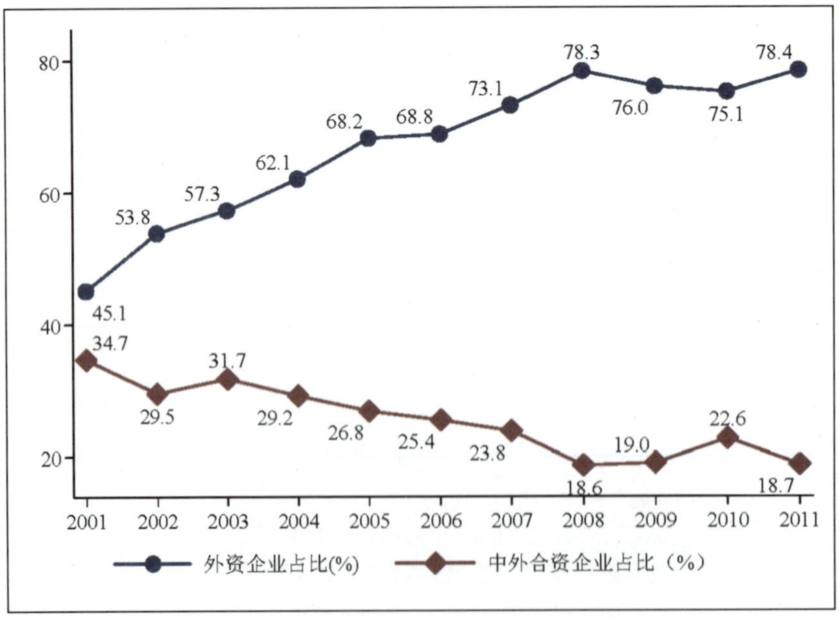

图 2.2.2　香港对内地 FDI 方式选择:以实际使用外资计算

资料来源:商务部外资统计。(图中外资企业指外商独资企业,全书同)

四、香港对内地 FDI 行业分布

香港在内地的投资主要集中在制造业和房地产业。2001–2011 年，香港对制造业累计投资项目 81815 个，实际投资总额 1694.7 亿美元。香港对制造业的实际投资额从 2001 年的 84.0 亿美元，占比 22.3%上升至 2011 年的 271.6 亿美元，占比 38.5%（表 2.2.2、图 2.2.3）。2012 年 1–7 月，香港投资制造业项目 2692 个，实际投资额 147 亿美元。

2001–2011 年，香港对房地产业累计投资项目 7525 个，实际投资总额 897.8 亿美元。香港对房地产业的实际投资额从 2001 年的 22.6 亿美元，占比 6%，上升至 2011 年的 216.2 亿美元，占比 30.7%（表 2.2.2）。2012 年 1–7 月，香港投资房地产项目 137 个，实际投资额 104.2 亿美元。

表 2.2.2 2011 年香港对内地 FDI 行业分布 单位：个，亿美元，%

行业	外资项目				实际使用外资			
	数目	同比	比重		金额	同比	比重	
			2011	2012 (1–7)			2011	2012 (1–7)
制造业	6324	13.8	45.5	41.2	271.6	13.6	38.5	38.5
房地产业	348	–32.2	2.5	2.1	216.2	17.9	30.7	27.3
租赁和商务服务业	1674	3.6	12.1	12.6	49.4	28.5	7.0	6.9
批发和零售业	2862	6.2	20.6	22.2	44.4	35.5	6.3	8.7
交通运输、仓储和邮政业	213	–10.9	1.5	1.8	18.6	20.8	2.6	2.4
电力、燃气及水的生产和供应业	108	–16.3	0.8	0.6	15.2	53.6	2.2	1.7
信息传输、计算机服务和软件业	463	1.3	3.3	3.7	14.8	10.2	2.1	2.5
农、林、牧、渔业	515	2.4	3.7	3.8	13.9	28.3	2.0	1.8
居民服务和其他服务业	100	–6.5	0.7	0.6	13.3	–14.3	1.9	1.3
科学研究、技术服务和地质勘查业	585	8.3	4.2	4.6	13.1	22.4	1.9	2.7

资料来源：商务部外资统计。

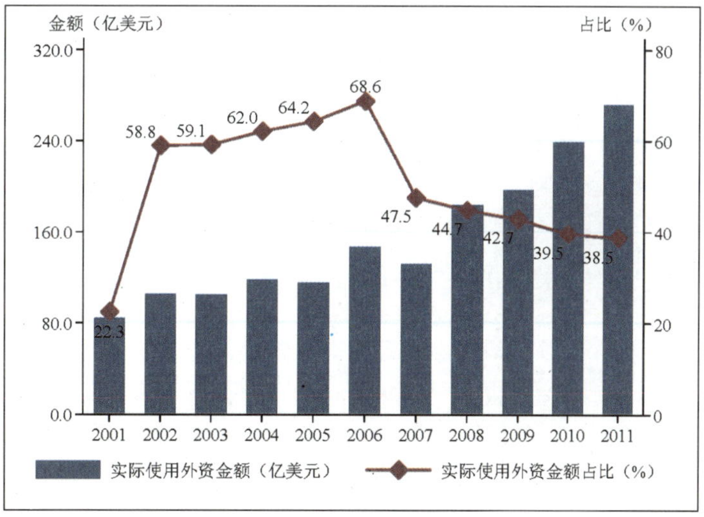

图 2.2.3 香港对内地制造业 FDI 情况

资料来源：商务部外资统计。

五、香港对内地 FDI 的区位分布

香港对内地投资主要集中在东部。2001–2011 年，东部累计利用港资 2981.8 亿美元，占比 83.5%；中部 294.9 亿美元，占比 8.3%；西部 293.6 亿美元，占比 8.2%。2011 年，东部实际利用港资占比 81.3%，中部占 6.3%，西部占 12.4%。

2011 年，广东引进港资项目最多，占 37.6%；江苏和上海分别为 12.5%和 10.4%。江苏占香港对内地投资总额的 19.3%，广东占 16.1%，辽宁占 9.7%，浙江和上海均占 8.0%。与 2010 年相比，重庆、天津和山东利用港资增幅显著。2012 年 1–7 月，利用港资较多的是东部的江苏、广东和上海（表 2.2.3、表 2.2.4）。

表 2.2.3　香港对内地 FDI 区域分布　　单位：亿美元，%

年份	东部地区		中部地区		西部地区	
	金额	比重	金额	比重	金额	比重
2001	142.6	85.3	16.1	9.7	8.4	5.1
2002	146.0	81.8	22.0	12.3	7.9	4.5
2003	144.0	81.4	25.9	14.7	7.0	4.0
2004	156.5	82.4	27.4	14.4	6.0	3.2
2005	153.2	85.4	17.5	9.8	8.7	4.9
2006	191.3	89.8	13.9	6.5	7.9	3.7
2007	237.5	85.7	25.7	9.3	13.8	5.0
2008	338.9	82.6	33.9	8.3	37.6	9.2
2009	390.2	84.7	26.2	5.7	44.4	9.6
2010	501.1	82.7	41.3	6.8	63.3	10.5
2011	580.5	81.3	45.0	6.3	88.6	12.4
2012 (1–7)	323.5	84.7	32.5	8.5	25.8	6.8

资料来源：商务部外资统计。

表 2.2.4　2011 年香港对内地 FDI 省市分布　　单位：个，亿美元，%

省市	外资项目				实际使用外资			
	数目	同比	比重		金额	同比	比重	
			2011	2012 (1–7)			2011	2012 (1–7)
江苏	1733	1.9	12.5	13.2	137.8	5.4	19.3	22.0
广东	5218	28.8	37.6	36.1	115.2	7.3	16.1	16.9
辽宁	394	–24.1	2.8	2.1	69.1	23.6	9.7	6.8
浙江	787	–20.5	5.7	4.9	57.4	–2.6	8.0	8.2
上海	1449	8.8	10.4	13.2	57.0	37.5	8.0	12.5

续表

省市	外资项目				实际使用外资			
	数目	同比	比重		金额	同比	比重	
			2011	2012 (1–7)			2011	2012 (1–7)
山东	501	0.8	3.6	3.4	48.0	56.9	6.7	3.8
重庆	147	33.6	1.1	0.8	43.8	94.3	6.1	0.9
福建	408	–8.3	2.9	2.4	33.3	22.5	4.7	5.8
北京	735	8.7	5.3	5.4	28.3	7.3	4.0	4.8
天津	251	5.5	1.8	2.0	25.4	87.6	3.6	2.5

资料来源：商务部外资统计。

第三节　中国台湾对中国大陆直接投资

一、台湾对大陆直接投资概况

2011 年，台湾对大陆直接投资项目 2639 个；实际投资 21.7 亿美元，同比下降 12.4%。2012 年 1–7 月，投资项目 1256 个，实际投资 18.6 亿美元（表 2.3.1）。

2001–2011 年，台湾累计对大陆投资项目 40404 个，实际投资总额近 300 亿美元。2001–2011 年，台湾的投资项目和实际投资额占大陆 FDI 流入总量的份额呈现下降趋势。项目数从 2001 年的 4214 个，占比 11.4%降至 2011 年的 2639 个，占比 9.5%；实际投资额从 2001 年的 29.8 亿美元，占比 4.5%降至 2011 年的 21.7 亿美元，占比 1.9%（表 2.3.1、图 2.3.1）。

表 2.3.1　台湾对大陆直接投资情况　　单位：个，亿美元，%

年度	外资项目		实际使用外资	
	数目	同比	金额	同比
2001	4214	35.6	29.8	29.8
2002	4853	15.2	39.7	33.2
2003	4495	–7.4	33.8	–14.9
2004	4002	–11.0	31.2	–7.7
2005	3907	–2.4	21.5	–31.0
2006	3752	–4.0	22.3	3.6
2007	3299	–12.1	17.7	–20.4

续表

年度	外资项目		实际使用外资	
	数目	同比	金额	同比
2008	2360	-28.5	19.0	7.0
2009	2555	8.3	18.8	-1.0
2010	3072	20.2	24.8	31.6
2011	2639	-14.1	21.7	-12.4
2012(1-7)	1256	-16.8	18.6	-40.7

资料来源:商务部外资统计。

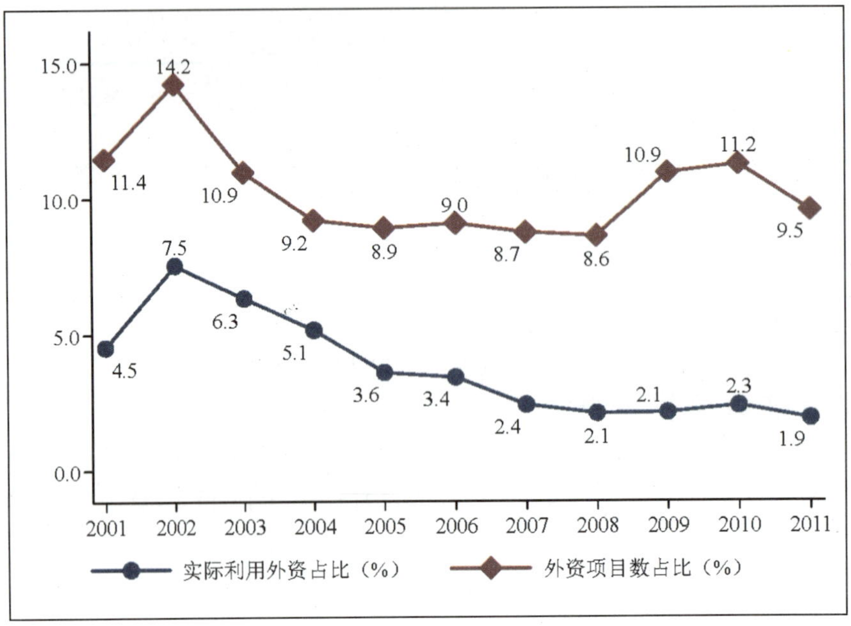

图 2.3.1 台湾占大陆直接投资比例变化

资料来源:商务部外资统计。

二、台湾对大陆投资方式选择

独资企业和中外合资企业是台湾在大陆投资的主要方式。2001-2011 年，独资企业项目数占 79.6%,合资企业为 19.0%;实际外资金额方面,独资企业占 82.9%,合资企业占 14.8%。

2011 年和 2012 年 1-7 月,独资企业实际利用台资分别占 87.7%和 88.5%;合资企业相应占比分别为 11.7%和 11.0%(图 2.3.2)。

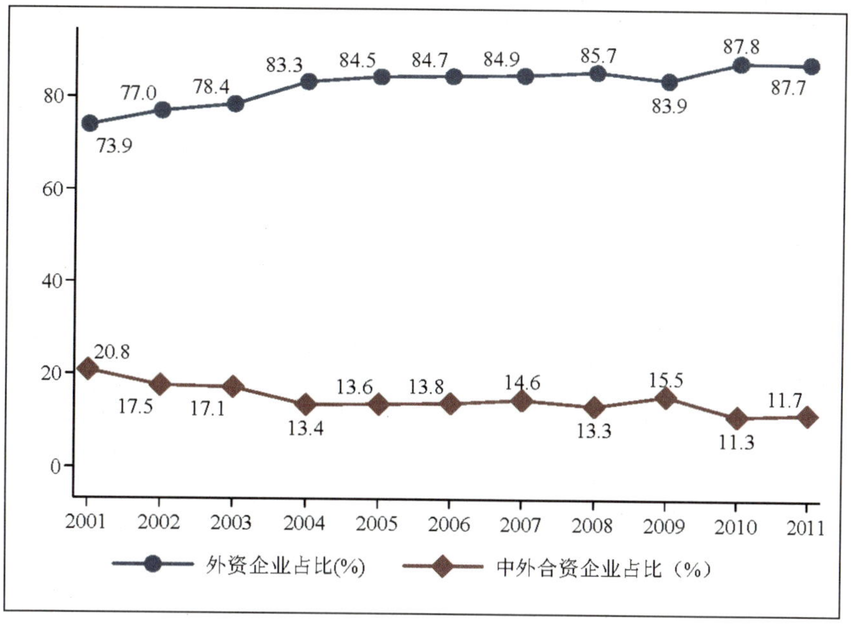

图 2.3.2 台湾对大陆投资方式选择

资料来源：商务部外资统计。

三、台湾对大陆投资行业分布

台湾对大陆的投资主要集中在制造业。2001-2011 年，台湾对制造业累计投资项目 25716 个，实际投资总额 216.2 亿美元。台湾对制造业的实际投资额从 2002 年的 31.2 亿美元，占比 78.7%下降至 2011 年的 15.4 亿美元，占比 70.3%。2012 年 1-7 月，台湾对制造业的实际投资金额为 14.6 亿美元，占比 78.4%(表 2.3.2、图 2.3.3)。

表 2.3.2 2011 年台湾对大陆投资行业分布

单位：个，亿美元，%

行业	外资项目				实际使用外资			
	数目	同比	比重		金额	同比	比重	
			2011	2012 (1-7)			2011	2012 (1-7)
制造业	1116	-19.9	42.3	38.8	15.4	-16.1	70.3	78.4
批发和零售业	757	-7.6	28.7	29.7	1.8	54.9	8.4	5.1
农、林、牧、渔业	152	-28.3	5.8	8.6	1.1	-37.7	4.9	3.8
房地产业	17	-19.0	0.6	0.9	0.8	25.9	3.7	4.5
住宿和餐饮业	71	6.0	2.7	2.5	0.7	99.9	3.1	0.6
金融业	4	100.0	0.2	0.2	0.5	1191	2.1	0.9
交通运输、仓储和邮政业	21	5.0	0.8	0.7	0.3	-14.0	1.6	0.6
租赁和商务服务业	262	1.6	9.9	8.9	0.3	-68.2	1.5	1.9
信息传输、计算机服务和软件业	47	-40.5	1.8	2.7	0.2	-30.4	0.8	0.3
采矿业	5	66.7	0.2	0.1	0.2	590.9	0.8	0.7

资料来源：商务部外资统计。

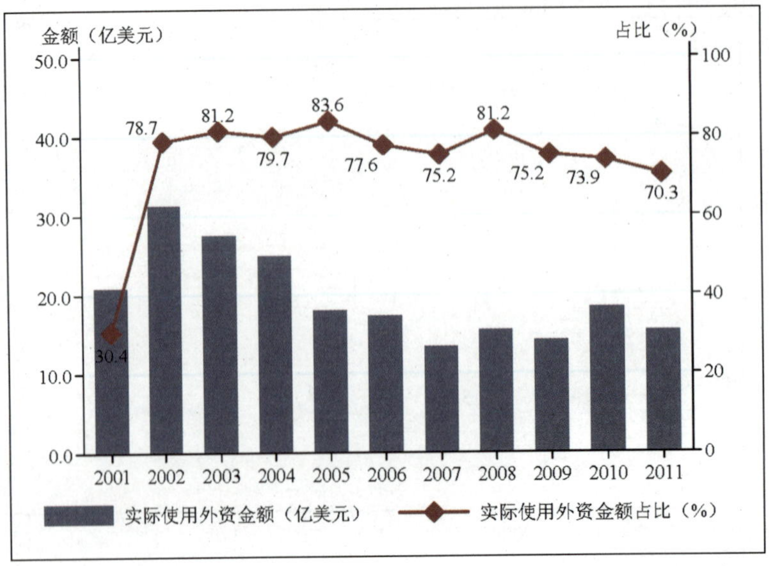

图 2.3.3 台湾对大陆制造业 FDI 情况

资料来源:商务部外资统计。

四、台湾对大陆投资区位分布

台湾的投资主要集中在东部地区。2001–2011年,东部累计利用台资 246.3 亿美元,占比 88.1%;中、西部分别占比 9.2%与 2.7%。2011 年,东部利用台资占 87.6%,中部为 10.1%,西部占 2.4%(表 2.3.3)。

利用台资较多的省份是江苏、福建、辽宁。江苏 2011 年占台湾对大陆实际投资总额的 45.3%,福建占 11.1%,辽宁为 9.0%,广东和浙江分别为 6.8%和 6.2%。与 2010 年相比,福建增幅显著,广东和江苏有所下降。2012 年 1–7 月,利用台资较多的地区是江苏和上海(表 2.3.4)。

表 2.3.3 台湾对大陆投资区域分布

单位:个,亿美元,%

年份	东部地区		中部地区		西部地区	
	金额	比重	金额	比重	金额	比重
2001	26.1	87.5	2.7	9.2	1.0	3.3
2002	34.5	86.8	4.2	10.5	1.1	2.7
2003	29.7	88.1	3.3	9.9	0.7	2.0
2004	26.7	85.6	4.0	12.8	0.5	1.5
2005	18.8	87.5	2.4	11.4	0.3	1.2
2006	20.5	92.1	1.4	6.4	0.3	1.5
2007	15.3	86.5	1.2	7.0	1.2	6.5
2008	16.8	88.4	1.4	7.3	0.8	4.3
2009	17.3	91.9	1.1	5.6	0.5	2.5
2010	21.6	87.2	2.6	10.7	0.5	2.2
2011	19.0	87.6	2.2	10.1	0.5	2.4
2012 (1–7)	16.7	89.8	1.7	9.2	0.2	1.1

资料来源:商务部外资统计。

表 2.3.4　2011 年台湾对大陆投资地区分布

单位：个，亿美元，%

省市	外资项目				实际使用外资			
	数目	同比	比重		金额	同比	比重	
			2011	2012 (1–7)			2011	2012 (1–7)
江苏	732	–14.0	27.7	29.9	9.8	–25.3	45.3	49.7
福建	354	–13.2	13.4	15.9	2.4	56.7	11.1	6.5
辽宁	48	–66.9	1.8	1.0	1.9	43.5	9.0	7.5
广东	374	15.1	14.2	9.8	1.5	–27.0	6.8	4.5
浙江	115	–26.8	4.4	5.5	1.3	4.0	6.2	2.0
山东	97	–25.4	3.7	4.8	0.95	–7.7	4.4	3.2
上海	386	–3.3	14.6	15.1	0.86	–11.6	4.0	15.5

资料来源：商务部外资统计。

第四节　美国对华直接投资

一、美国全球 FDI

美国是世界第一大 FDI 流出国。2001–2011 年，累计 FDI 输出 25934.9 亿美元，占全球同期 FDI 流出总量的 19.1%。2011 年，美国 FDI 流出 3966.6 亿美元，同比增长 30.3%，约占全球总量的 23.4%。

二、美国对华 FDI 概况

2011 年，美国在华投资项目 1426 个，实际投资金额 24.1 亿美元，同比下降 20.0%。2012 年 1–7 月，美国投资项目 761 个，实际投资金额 16.0 亿美元。

2001–2011 年，美国累计对华投资项目 29757 个，实际投资总额 375.9 亿美元。2002–2011 年，美国对华投资项目和实际投资额占内地 FDI 流入总量的份额呈下降态势。项目数从 2002 年的 3363 个，占比 9.8%下降至 2011 年的 1426 个，占比 5.1%；实际外资金额从 2002 年的 54.2 亿美元，占比 10.3%下降至 2011 年的 24.1 亿美元，占比 2.1%（表 2.4.1、图 2.4.1）。

表 2.4.1　美国对华 FDI 总体情况

单位:个,亿美元,%

年度	外资项目		实际使用外资	
	数目	同比	金额	同比
2001	2606	-0.1	44.3	1.1
2002	3363	29.0	54.2	22.3
2003	4060	20.7	42.0	-22.6
2004	3925	-3.3	39.4	-6.1
2005	3741	-4.7	30.6	-22.3
2006	3205	-14.3	30.0	-2.0
2007	2627	-18.0	26.2	-12.8
2008	1772	-32.5	29.4	12.5
2009	1530	-13.7	25.5	-13.2
2010	1502	-1.8	30.2	18.1
2011	1426	-5.1	24.1	-20.0
2012 (1-7)	761	-5.8	16.0	2.5

资料来源:商务部外资统计。

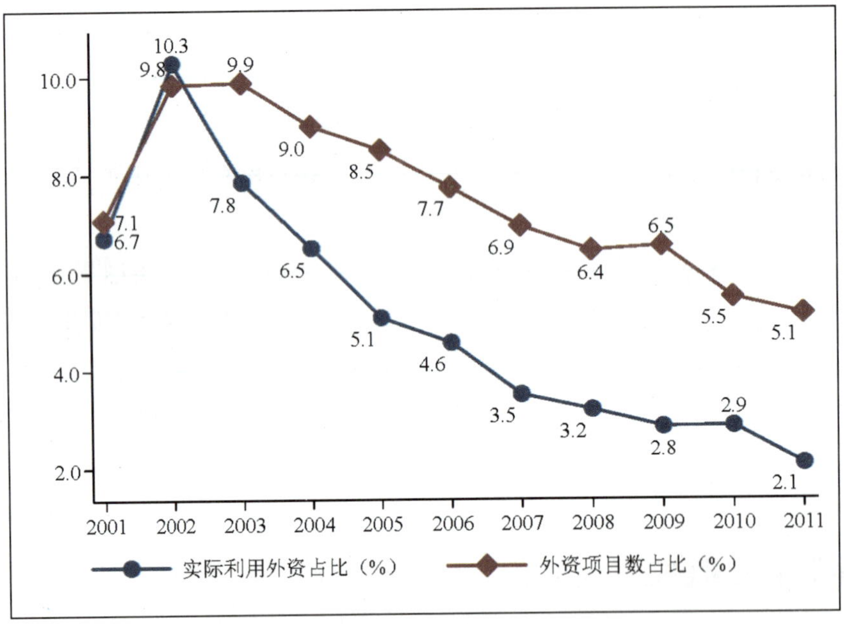

图 2.4.1　美国占中国 FDI 流入份额

资料来源:商务部外资统计。

三、美国对华 FDI 方式选择

美国对华投资的主要方式是独资企业和中外合资企业。2001–2011 年，独资企业项目数占 63.6%，合资企业为 32.8%；实际外资金额方面，独资企业占 68.4%；合资企业占 26.7%。期间，独资企业实际利用美资占比稳步上升，而中外合资企业相应占比持续下降。

2011 年和 2012 年 1–7 月，独资企业实际利用美资分别占 79.1%和 72.6%；合资企业相应占比分别为 19.3%和 22.2%（图 2.4.2）。

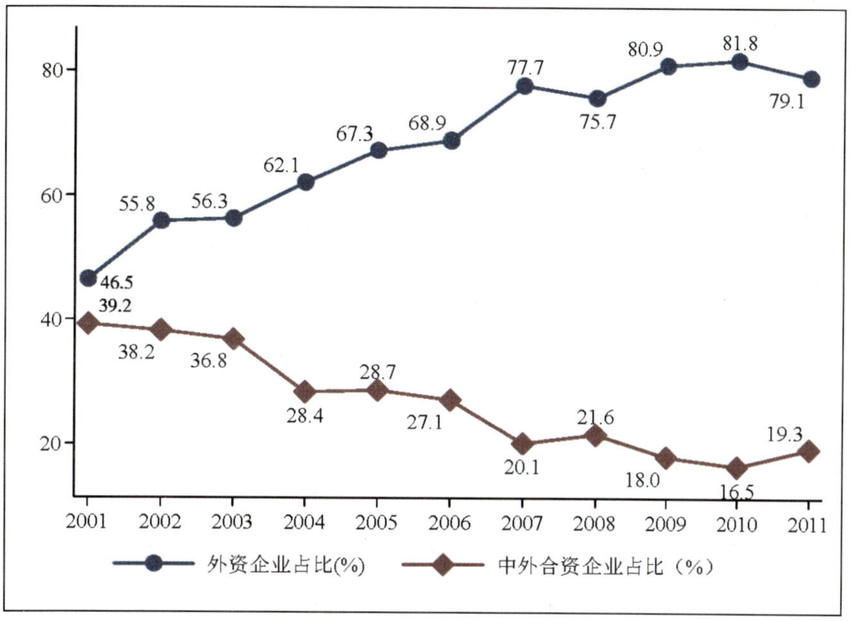

图 2.4.2 美国在华 FDI 方式选择

资料来源：商务部外资统计。

四、美国对华 FDI 的行业分布

美国对华投资主要集中在制造业和服务业中的批发和零售业、租赁和商务服务业。2001–2011 年，美国对制造业累计投资项目 17398 个，实际投资总额 246.7 亿美元。制造业利用美资的规模逐年减少，2002 年为 38.3 亿美元，2011 年减少到 13.2 亿美元，但占美国对华投资总额的比例一直保持在一半以上，2002 年占比 69.8%，2011 年占比为 55.6%（表 2.4.2、图 2.4.3）。

2001–2011 年间，批发和零售业、租赁和商务服务业利用美资快速增长。批发和零售业利用美资从 2001 年的 6056 万美元，占比 0.56%升至 2011 年的 3.2 亿美元，占比 13.7%。租赁和商务服务业利用美资从 2001 年的 2473 万美元，占比 0.23%，上升至 2011 的 3.0 亿美元，占比 12.8%（表 2.4.2、表 2.4.3）。

表 2.4.2　2011 年美国在华 FDI 行业分布

单位：个，亿美元，%

行业	外资项目				实际使用外资			
	数目	同比	比重		金额	同比	比重	
			2011	2012 (1–7)			2011	2012 (1–7)
制造业	416	–13.5	29.2	25.8	13.2	–25.0	55.6	51.4
批发和零售业	335	–2.9	23.5	22.7	3.2	46.0	13.7	10.2
租赁和商务服务业	261	–2.6	18.3	18.9	3.0	–25.4	12.8	16.4
科学研究、技术服务和地质勘查业	183	12.3	12.8	15.0	1.5	–13.1	6.5	7.4
信息传输、计算机服务和软件业	126	0.8	8.8	10.6	1.1	4.1	4.6	4.9
采矿业	1	–50.0	0.1	0.3	0.5	25.8	2.0	0.0
农、林、牧、渔业	28	–9.7	2.0	1.0	0.3	2.3	1.2	0.5
住宿和餐饮业	14	–54.8	1.0	1.8	0.2	–58.1	0.7	0.7
房地产业	6	0.0	0.4	0.4	0.2	–83.5	0.7	1.7
交通运输、仓储和邮政业	14	75.0	1.0	0.7	0.2	–49.2	0.6	1.5

资料来源：商务部外资统计。

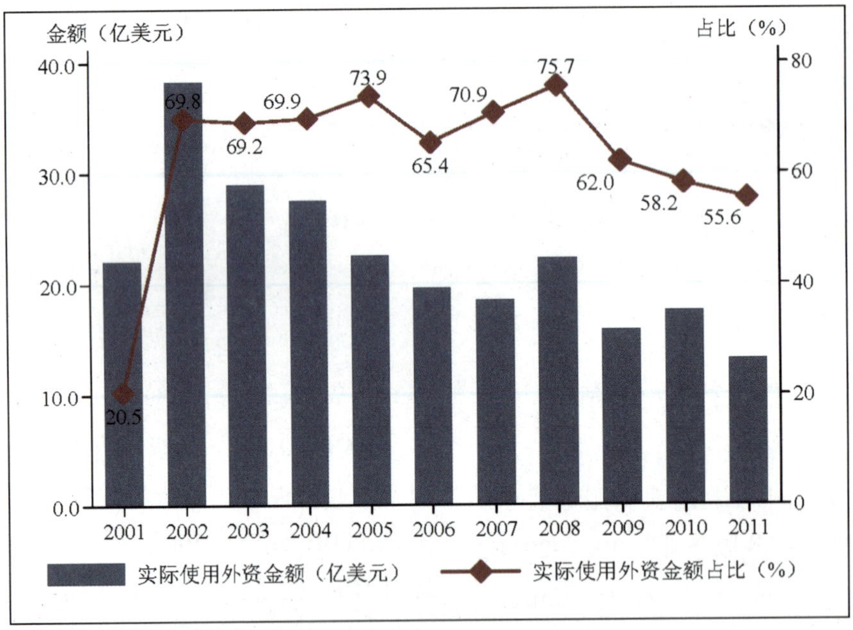

图 2.4.3　美国对华制造业 FDI 情况

资料来源：商务部外资统计。

表 2.4.3 美国对华部分服务业 FDI 占比情况

单位:%

年度	批发和零售业		租赁和商务服务业		信息传输、计算机服务和软件业		科学研究、技术服务和地质勘查业	
	外资项目	实际利用外资	外资项目	实际利用外资	外资项目	实际利用外资	外资项目	实际利用外资
2002	3.6	0.8	7.4	5.7	6.8	3.3	1.2	0.6
2003	3.7	1.5	7.2	7.5	5.3	2.8	1.6	0.9
2004	3.6	0.8	7.8	8.0	5.3	2.6	2.2	0.4
2005	5.2	2.0	8.7	5.1	5.6	1.9	3.3	0.9
2006	9.2	3.3	9.1	9.3	6.3	2.1	3.5	1.9
2007	15.1	3.1	11.8	6.7	8.0	3.0	4.3	2.2
2008	18.3	4.9	15.1	4.8	9.7	3.1	5.9	1.3
2009	18.4	10.2	15.8	11.1	9.7	4.8	11.1	2.9
2010	23.0	7.4	17.8	13.4	8.3	3.5	10.9	5.8
2011	23.5	13.7	18.3	12.8	8.8	4.6	12.8	6.5
2012 (1–7)	22.7	10.2	18.9	16.4	10.6	4.9	15.0	7.4

资料来源:商务部外资统计。

五、美国对华 FDI 的区位分布

美国对华直接投资区域集中在东部地区。2001–2011 年，东部累计利用美资 328 亿美元,占比 87.8%;中部 29.3 亿,占比 7.8%;西部 16.3 亿,占比 4.3%。

2011 年，东部实际利用美资 21.6 亿美元,占 89.3%;中、西部分别占 6.5%与 4.3%。江苏 2011 年占美国对华实际投资总额的 34.1%，北京占 11.9%,上海和浙江分别占 11.6%和 9.2%。与 2010 年相比,河南、四川利用美资增幅显著,山东和辽宁下降明显。2012 年 1–7 月,利用美资较多的地区是东部的江苏、北京、上海和浙江（表 2.4.4、表 2.4.5）。

表 2.4.4 美国对华 FDI 区域分布

单位:亿美元,%

年份	东部地区		中部地区		西部地区	
	金额	比重	金额	比重	金额	比重
2001	35.1	79.2	4.3	9.8	2.4	5.5
2002	48.6	89.5	3.4	6.2	2.3	4.3
2003	35.9	85.6	4.1	9.8	1.9	4.6
2004	34.1	86.5	4.0	10.2	1.3	3.3
2005	27.5	90.0	2.4	7.8	0.7	2.2
2006	27.8	92.8	1.4	4.6	0.8	2.5
2007	23.8	91.0	1.1	4.2	1.3	4.8

续表

年份	东部地区		中部地区		西部地区	
	金额	比重	金额	比重	金额	比重
2008	24.3	82.4	3.7	12.4	1.5	5.2
2009	21.7	84.8	1.9	7.5	2.0	7.7
2010	27.6	91.5	1.4	4.7	1.1	3.8
2011	21.6	89.3	1.6	6.5	1.0	4.3
2012 (1–7)	14.8	92.9	0.9	5.9	0.2	1.2

资料来源：商务部外资统计。

表 2.4.5 2011 年美国对华 FDI 省市分布

单位：个，亿美元，%

省市	外资项目				实际使用外资			
	数目	同比	比重		金额	同比	比重	
			2011	2012 (1–7)			2011	2012 (1–7)
江苏	318	–3.9	22.3	25.8	8.2	–9.3	34.1	29.5
北京	132	–9.0	9.3	10.1	2.9	41.5	11.9	10.0
上海	318	7.1	22.3	22.6	2.8	–35.3	11.6	16.7
浙江	132	–7.7	9.3	12.0	2.2	–18.2	9.2	14.5
广东	120	9.1	8.4	6.8	1.8	–14.0	7.4	6.6
山东	93	2.2	6.5	4.3	1.1	–67.7	4.7	4.2
四川	26	–25.7	1.8	1.6	0.8	76.0	3.2	0.6
天津	55	5.8	3.9	2.8	0.8	39.5	3.2	3.3
辽宁	37	–40.3	2.6	2.6	0.8	–64.3	3.2	3.1
河南	13	–13.3	0.9	1.0	0.5	817.8	2.2	0.3

资料来源：商务部外资统计。

专栏 2–1 美国对华投资的产业转移

服务业和制造业是美国对华投资两个主要产业。以项目数计，2011 年美国对华 FDI 的产业构成为：服务业 67.9%，制造业 29.2%，其他产业（包括农、林、牧、渔业，电力、燃气及水的生产和供应业，采矿业以及建筑业）2.9%。以实际使用外资金额计，2011 年美国对华 FDI 的产业构成为：服务业 40.6%，制造业 55.6%，其他产业 3.8%。具体而言，2002–2006 年间，制造业吸收了美国对华 FDI 中 60%以上的项目以及 70%左右的实际投资金额，两项比例均高于服务业。近年来，服务业吸收的美国对华投资项目在 2008 年首次超过制造业，并在2009–2011 年间进一步拉大了其与制造业的差距。制造业在实际使用外资中的占比在 2001–2011 年间均高于服务业，但自 2009 年起，两大产业的占比差距逐年缩小。2012 年 1–7 月，服务业占比达到 47.9%。

美国对华服务业 FDI 主要流入批发和零售业，租赁和商务服务业，信息传输、计算机服务和软件业以及科学研究、技术服务和地质勘查业。2011 年，以上四个服务业细分产业在美国对华 FDI 项目总数与美国对华服务业 FDI 项目总数中的占比分别达到 63.4%与 93.4%，在美国对华FDI 实际投资总额与美国对华服务业 FDI 实际投资总额中的占比分别达到 37.6%与 92.6%。2002–2011 年间，以上四个细分产业占美国对华 FDI 的份额均呈现上升的趋势。以实际使用外资计算，批发与零售业占比增幅最大，从 0.8%增长至 13.7%；信息传输、计算机服务与软件业增幅最小，仅从 3.3%增长至 4.6%；租赁与商务服务业从 5.7%增长至 12.8%；科学研究、技术服务和地质勘查业从 0.6%增长至 6.5%。

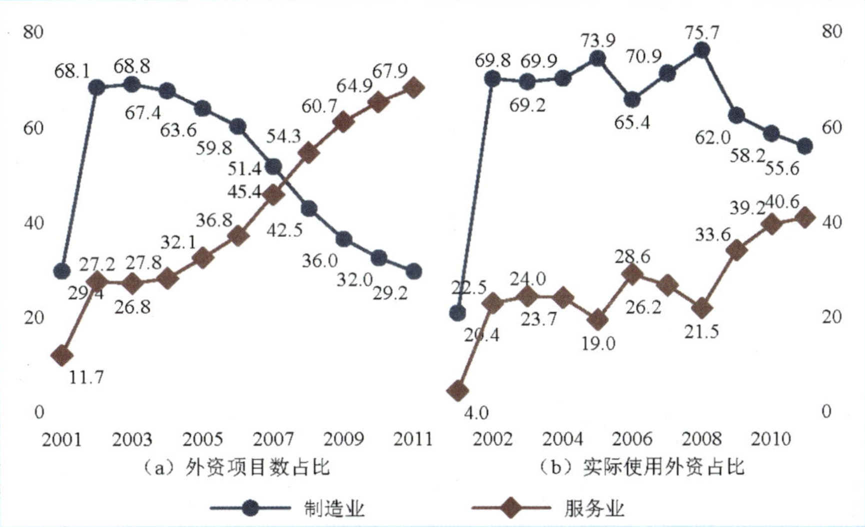

2001–2011 年美国对华制造业和服务业 FDI 占比情况(单位:%)

资料来源:商务部外资统计。

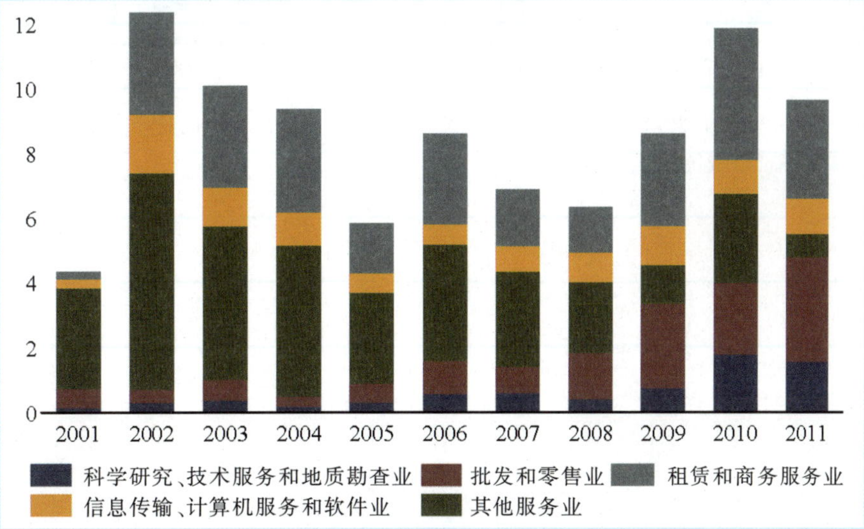

2001–2011 年美国在华服务业实际投资情况(单位:亿美元)

资料来源:商务部外资统计。

虽然服务业在美国对华FDI的项目数与实际使用外资金额中的占比均稳定增长，但实际投资金额却出现较大波动。其美国对华服务业投资额在2002-2008年间持续下降,尽管2009-2010年间出现短暂增长,但2011年再次下降。从细分产业来看,2001-2011年间,流入批发和零售业以及科学研究、技术服务和地质勘查业的美国FDI均实现持续增长，前者在2011年成为吸引美国对华FDI最多的服务业细分产业。

租赁和商务服务业以及信息传输、计算机服务和软件业在此期间表现相对稳定。由于美国对华房地产业的投资萎缩,流入其他服务业的美国对华实际投资金额持续下降。

综上所述,2001-2011年间,美国对华服务业FDI初始规模较小但增长迅速,美国对华FDI的重心呈现出由制造业向服务业转移的现象。但是,服务业的FDI增长不足以弥补制造业FDI下降,美国对华投资额呈现总体下降趋势。

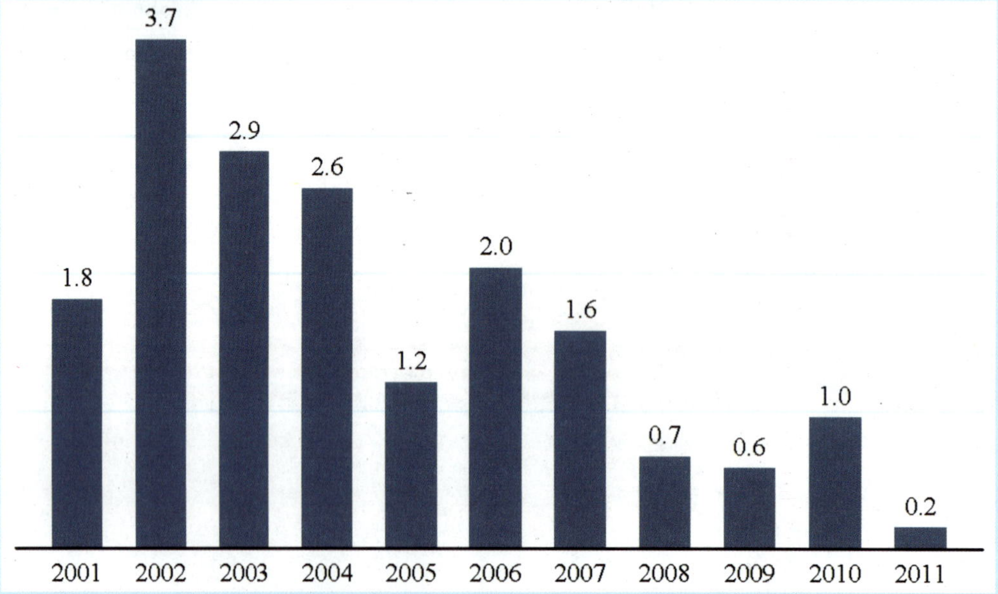

2001-2011年美国在华房地产业实际投资金额(单位:亿美元)

资料来源:商务部外资统计。

第五节　日本对华直接投资

一、日本全球 FDI

日本是全球重要的 FDI 输出国。2001–2011 年，累计 FDI 流出 6732.9 亿美元，占全球同期 FDI 流出总量的 5.0%。2011 年，日本 FDI 流出量为 1143.5 亿美元，同比增加 103.2%，约占全球总额的 6.7%。

二、日本对华 FDI 概况

2011 年，日本对华投资项目 1859 个；实际投资金额 63.3 亿美元，同比增长 55.1%。2012 年 1–7 月，日本投资项目 1019 个，实际投资金额 47.0 亿美元。

2001–2011 年，日本对华累计投资项目 25639 个，实际投资总额 520.8 亿美元。2001–2011 年，日本对华投资项目数从 2019 个减至 1859 个，但占中国 FDI 项目总数的比重从 5.5%升至 6.7%；实际投资金额从 43.5 亿美元增至 63.3 亿美元，占比从 6.6%降至 5.5%(表 2.5.1、图 2.5.1)。

表 2.5.1　日本对华 FDI 总体情况　　单位：个，亿美元，%

年度	外资项目		实际使用外资	
	数目	同比	金额	同比
2001	2019	25.1	43.5	49.1
2002	2745	36.0	41.9	-3.6
2003	3254	18.5	50.5	20.6
2004	3454	6.1	54.5	7.9
2005	3269	–5.4	65.3	19.8
2006	2590	–20.8	47.6	–27.1
2007	1974	–23.8	35.9	–24.6
2008	1438	–27.2	36.5	1.8
2009	1275	–11.3	41.0	12.4
2010	1762	38.2	40.8	–0.5
2011	1859	5.5	63.3	55.1
2012 (1–7)	1019	3.0	47.0	12.1

资料来源：商务部外资统计。

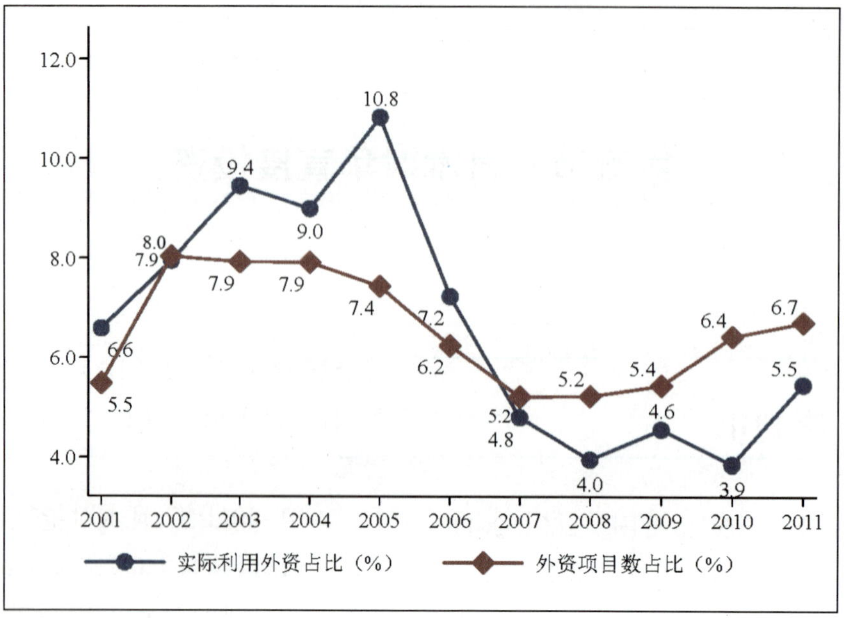

图 2.5.1　日本占中国 FDI 流入比例变化

资料来源:商务部外资统计。

三、日本对华 FDI 方式选择

日本对华投资的主要方式是独资企业和中外合资企业。2001-2011 年，独资企业项目数占 67.1%,合资企业为 31.2%;实际外资金额方面,独资企业占 72.9%,合资企业占 24.7%。

2011 年和 2012 年 1-7 月,通过独资企业形式进行的实际投资分别占 83.9%和 82.4%;合资企业相应占比分别为 15.1%和 16.1%(图 2.5.2)。

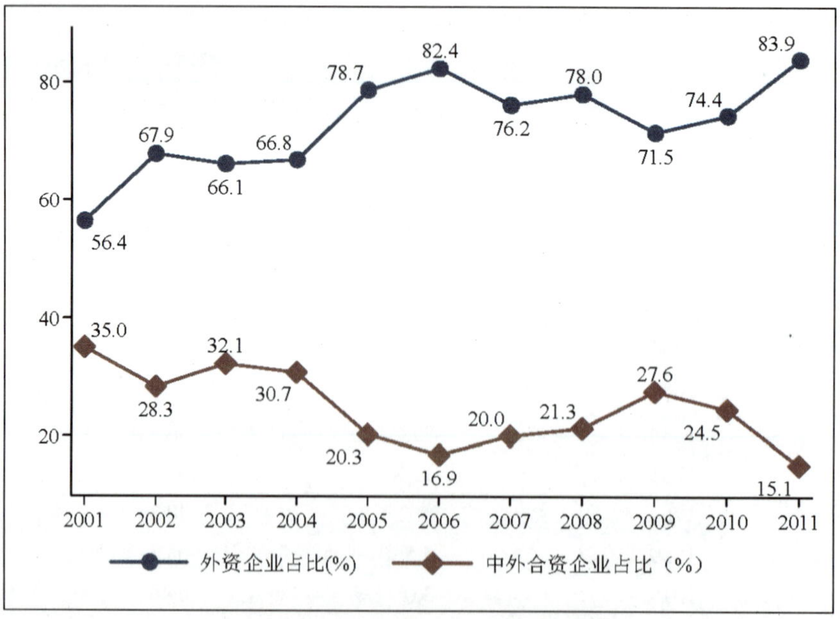

图 2.5.2　日本对华 FDI 方式选择

资料来源:商务部外资统计。

四、日本对华 FDI 的行业分布

日本对华投资集中于制造业。2001-2011 年，日本对华制造业累计投资项目 17398 个，共计金额 246.7 亿美元；制造业利用日资从 2001 年的 20.5 亿美元上升至 2011 年的 40.3 亿美元，占日本对华投资总额的比重从 20.1%增至 63.6%（表 2.5.2、图 2.5.3）。

2001-2011 年，日本对华租赁和商务服务业、批发和零售业投资增势明显。租赁和商务服务业的投资项目从 2001 年的 60 个，占比 1.3%增至 2011 年的 262 个，占 14.1%；实际投资金额从 2001 年的 1306 万美元，占比 0.1%增至 2011 年的 6.7 亿美元，占比 10.5%。批发和零售业投资项目从 2001 年的 104 个，占比 2.2%增至 2011 年的 710 个，占比 38.2%；实际投资金额从 2001 年的 4180 万美元，占比 0.4%增至 2011 年的 6.0 亿美元，占比 9.5%（表 2.5.3）。

表 2.5.2　2011 年日本对华 FDI 行业分布　　单位：个，亿美元，%

行业	外资项目				实际使用外资			
	数目	同比	比重		金额	同比	比重	
			2011	2012 (1-7)			2011	2012 (1-7)
制造业	592	5.3	31.9	33.0	40.3	63.3	63.6	61.9
租赁和商务服务业	262	17.0	14.1	13.9	6.7	22.7	10.5	14.1
批发和零售业	710	10.4	38.2	37.4	6.0	43.7	9.5	11.2
居民服务和其他服务业	19	5.6	1.0	0.7	3.0	148.0	4.7	2.0
科学研究、技术服务和地质勘查业	73	-18.9	3.9	3.0	2.0	459.8	3.1	2.1
房地产业	12	9.1	0.7	1.1	1.9	10.9	3.0	4.0
金融业	3	200.0	0.2	0.4	1.4	143.0	2.2	1.9
信息传输、计算机服务和软件业	76	-13.6	4.1	3.8	0.7	-1.2	1.0	1.1
交通运输、仓储和邮政业	20	-4.8	1.1	1.5	0.5	-35.8	0.8	0.5
住宿和餐饮业	36	-33.3	1.9	2.3	0.3	8.4	0.5	0.2

资料来源：商务部外资统计。

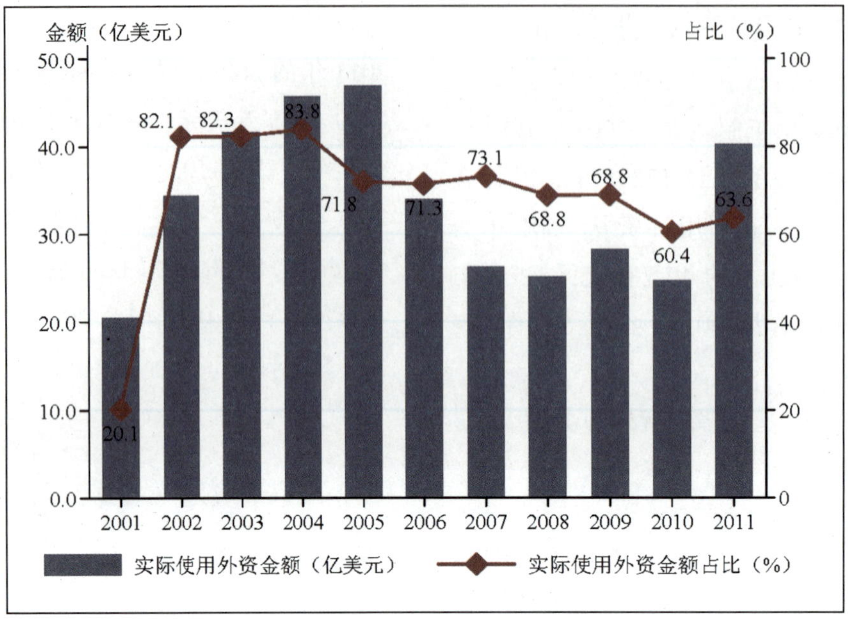

图 2.5.3 日本对华制造业 FDI 情况

资料来源:商务部外资统计。

表 2.5.3 2001-2011 年日本对华批发和零售业、租赁和商务服务业 FDI 情况 单位:个,亿美元,%

年度	批发和零售业				租赁和商务服务业			
	外资项目		实际利用外资		外资项目		实际利用外资	
	数目	比重	金额	比重	数目	比重	金额	比重
2001	104	2.2	0.4	0.4	60	1.3	0.1	0.1
2002	172	6.3	0.6	1.5	109	4.0	2.9	7.0
2003	282	8.7	0.6	1.1	212	6.5	4.3	8.6
2004	290	8.4	1.2	2.2	219	6.3	3.2	6.0
2005	378	11.6	1.6	2.5	224	6.9	11.6	17.7
2006	454	17.5	1.5	3.1	212	8.2	6.6	13.9
2007	441	22.3	24	6.6	187	9.5	3.0	8.3
2008	433	30.1	2.1	5.8	165	11.5	4.2	11.5
2009	396	31.1	4.0	9.6	150	11.8	3.5	8.5
2010	643	36.5	4.2	10.3	224	12.7	5.4	13.3
2011	710	38.2	6.0	9.5	262	14.1	6.7	10.5
2012 (1-7)	381	37.4	5.3	11.2	142	13.9	6.6	14.1

资料来源:商务部外资统计。

五、日本对华 FDI 区位分布

日本对华直接投资集中在东部地区。2001-2011 年，东部累计利用日资 488.9 亿美元，占比 93.9%；中部占比 4.4%，西部占比 1.6%。2011 年，东部实际利用日资 58.8 亿美元，同比增加 55.6%，占 92.9%；中、西部分别占 5.2%与 1.9%。

2011 年，江苏占美国对华投资总额的 29.7%，上海占 16.9%，辽宁占 9.9%，广东和北京分别占 9.3%和 9.0%。与 2010 年相比，天津、安徽、江苏和山东利用日资增幅显著。2012 年 1–7 月，中、西部利用日资占比分别增至 8.7%和 3.2%，利用日资较多的省份是江苏和上海(表 2.5.4、表 2.5.5)。

表 2.5.4　日本对华 FDI 区域分布　　单位：亿美元，%

年份	东部地区		中部地区		西部地区	
	金额	比重	金额	比重	金额	比重
2001	40.9	94.1	1.6	3.8	0.8	1.7
2002	39.8	95.1	1.3	3.0	0.8	1.9
2003	43.6	86.3	6.3	12.6	0.6	1.2
2004	51.8	95.0	2.3	4.3	0.4	0.7
2005	61.9	94.8	2.5	3.8	0.9	1.4
2006	45.8	96.3	1.3	2.8	0.4	0.9
2007	33.4	93.0	1.2	3.3	1.3	3.6
2008	35.6	97.4	0.6	1.8	0.3	0.9
2009	39.5	96.3	0.8	2.0	0.7	1.7
2010	37.8	92.6	1.9	4.6	1.1	2.8
2011	58.8	92.9	3.3	5.2	1.2	1.9
2012 (1–7)	41.4	88.0	4.1	8.7	1.5	3.2

资料来源：商务部外资统计。

表 2.5.5　2011 年日本对华 FDI 省市分布　　单位：个，亿美元，%

省市	外资项目				实际使用外资			
	数目	同比	比重		金额	同比	比重	
			2011	2012 (1–7)			2011	2012 (1–7)
江苏	351	9.0	18.9	19.8	18.8	95.4	29.7	30.2
上海	645	13.6	34.7	33.0	10.7	17.9	16.9	20.8
辽宁	196	–11.3	10.5	11.8	6.3	42.6	9.9	9.4
广东	116	7.4	6.2	6.4	5.9	28.0	9.3	7.2
北京	114	–3.4	6.1	4.5	5.7	59.7	9.0	5.3
山东	107	–16.4	5.8	7.5	4.1	92.0	6.4	5.2
浙江	100	40.8	5.4	5.1	3.2	38.7	5.0	3.9

续表

省市	外资项目				实际使用外资			
	数目	同比	比重		金额	同比	比重	
			2011	2012 (1-7)			2011	2012 (1-7)
天津	65	27.5	3.5	3.5	3.1	252.2	5.0	4.1
安徽	11	-15.4	0.6	0.8	1.7	332.4	2.7	5.3
湖北	23	64.3	1.2	0.7	0.7	12.4	1.1	2.0

资料来源:商务部外资统计。

第六节　韩国对华直接投资

一、韩国全球 FDI

韩国在全球 FDI 中的比重一直低于 2%。2001-2011 年,累计 FDI 流出 1329.1 亿美元,占全球同期 FDI 流出总额的 1.0%。2011 年,FDI 流出量为 203.5 亿美元,同比下降 12.6%,约占全球总量的 1.2%。

二、韩国对华 FDI 总体情况

2011 年,韩国在华投资项目 1375 个,实际投资 24.4 亿美元。2012 年 1-7 月,韩国投资项目 708 个,实际投资金额 13.9 亿美元。

2001-2011 年,韩国累计对华投资项目 38256 个,合计金额 394.2 亿美元。2001-2011 年,韩国对华投资项目从 2001 年的 2909 个, 占比 7.9%降至 2011 年的 1375 个,占比 5.0%;实际投资额从 2001 年的 21.5 亿美元, 占比 3.3%升至 2004 年的 62.5 亿美元,占比 10.3%,随后降至 2011 年的 24.4 亿美元,占比 2.1%(表 2.6.1、图 2.6.1)。

表 2.6.1　韩国对华 FDI 总体情况　　单位:个,亿美元,%

年度	外资项目		实际使用外资	
	数目	同比	金额	同比
2001	2909	13.4	21.5	44.5
2002	4008	37.8	27.2	26.4
2003	4920	22.8	44.9	65.0
2004	5625	14.3	62.5	39.2

续表

年度	外资项目		实际使用外资	
	数目	同比	金额	同比
2005	6115	8.7	51.7	-17.3
2006	4262	-30.3	39.9	-22.7
2007	3452	-19.0	36.8	-7.9
2008	2226	-35.5	31.4	-14.8
2009	1669	-25.0	27.0	-13.9
2010	1695	1.6	26.9	-0.3
2011	1375	-18.9	24.4	-9.4
2012 (1-7)	708	-15.5	13.9	-12.3

资料来源：商务部外资统计。

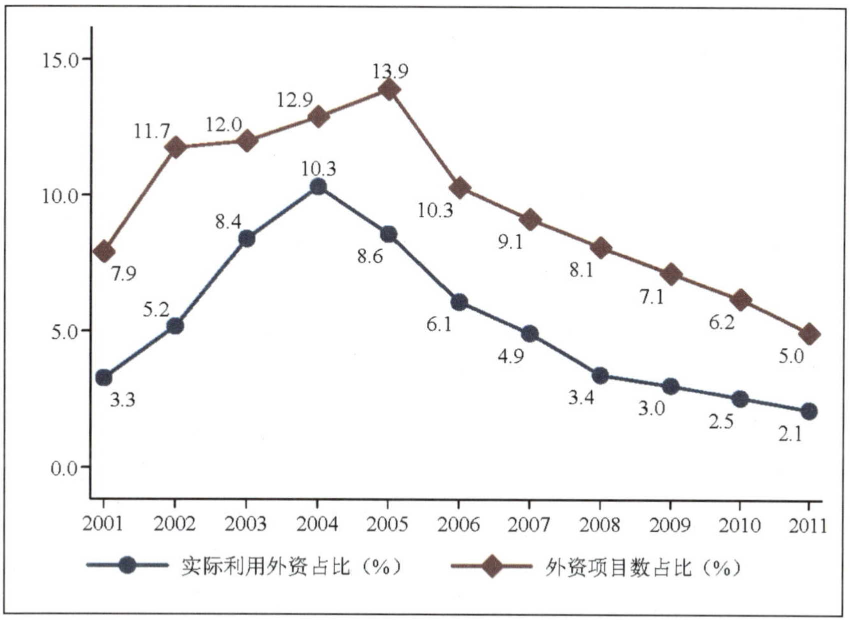

图 2.6.1　韩国占中国 FDI 流入份额

资料来源：商务部外资统计。

三、韩国对华 FDI 方式选择

独资企业与合资企业是韩国对华投资的主要方式。2001-2011 年，独资企业项目数占 81.6%，合资企业为 16.8%；实际外资金额方面，独资企业占 79.2%；合资企业占 19.5%。

2011 年和 2012 年 1-7 月，通过独资企业形式进行的实际投资分别占 76.8%和 79.3%；合资企业相应占比分别为 22.9%和 19.7%(图 2.6.2)。

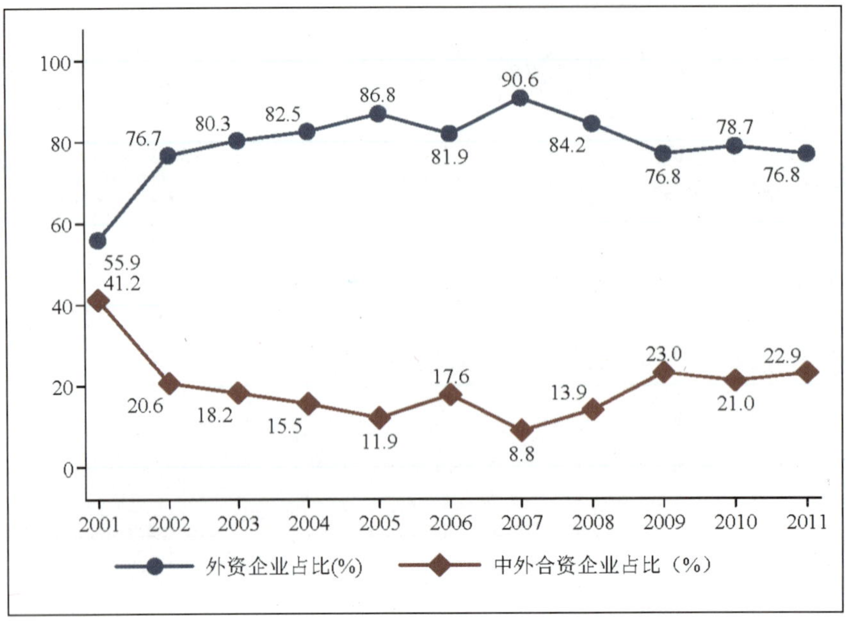

图 2.6.2　韩国对华 FDI 方式选择

资料来源:商务部外资统计。

四、韩国对华 FDI 的行业分布

韩国对华投资主要集中在制造业。2001-2011 年,韩国对华制造业累计投资项目 27406 个,实际投资总额 325.4 亿美元。制造业利用韩资从 2001 年的 9.9 亿美元，占比 20.0%上升到 2011 年的 19.9 亿美元,占比 77.9%(表 2.6.2、图 2.6.3)。

2012 年 1-7 月，韩国对华制造业投资项目 236 个,占比 33.3%;实际投资额为 10.1 亿美元,占比 72.2%(表 2.6.2)。

表 2.6.2　2011 年韩国对华 FDI 行业分布　　单位:个,亿美元,%

行业	外资项目				实际使用外资			
	数目	同比	比重		金额	同比	比重	
			2011	2012 (1-7)			2011	2012 (1-7)
制造业	534	-33.4	38.8	33.3	19.9	-5.5	77.9	72.2
批发和零售业	453	1.1	33.0	35.6	2.1	-3.0	8.2	9.6
居民服务和其他服务业	27	22.7	2.0	1.5	0.8	4.5	3.0	0.2
房地产业	3	-40.0	0.2	0.3	0.7	54.6	2.6	0.0
租赁和商务服务业	142	2.2	10.3	9.3	0.6	-22.4	2.2	8.8
科学研究、技术服务和地质勘查业	52	-42.9	3.8	5.7	0.5	27.5	1.8	1.0
金融业	2	100.0	0.2	0.1	0.3	-3.5	1.2	3.3
农、林、牧、渔业	27	-10.0	2.0	2.0	0.2	-49.8	0.8	0.3
电力、燃气及水的生产和供应业	3	0.0	0.2	0.0	0.2	-9.9	0.7	0.4
信息传输、计算机服务和软件业	33	-13.2	2.4	3.1	0.1	31.8	0.6	0.9

资料来源:商务部外资统计。

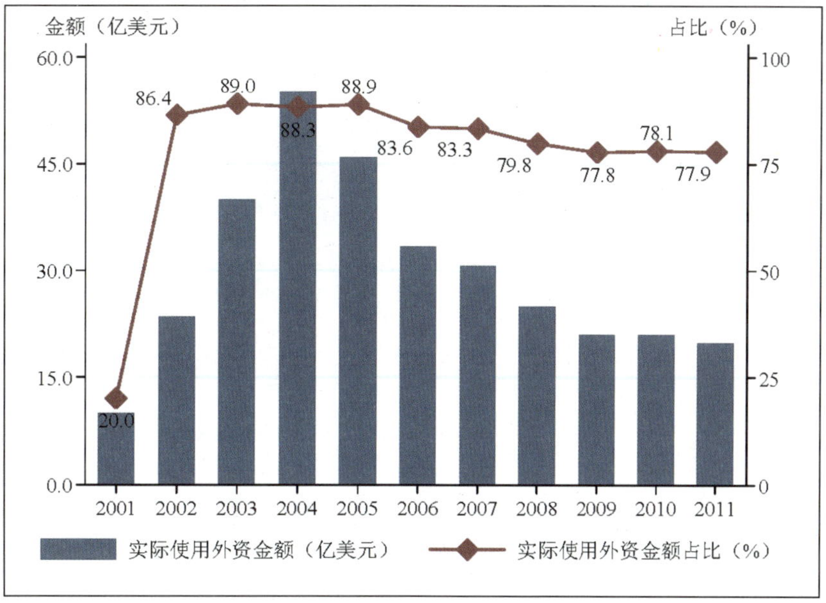

图 2.6.3　韩国对华制造业 FDI 情况

资料来源：商务部外资统计。

五、韩国对华 FDI 区位选择

美国对华直接投资区域集中在东部地区，占比超过 90%。2001–2011 年，东部累计流入韩资 378.9 亿美元，占比 96.2%，中部占比 3.1%，西部占比不足 1%。

2011 年，东部流入 22.7 亿美元，占 93.2%；中部占 3.8%，西部占 3.0%（表 2.6.3）。2011 年，江苏占韩国 FDI 总金额的 21.9%，山东占 19.1%，辽宁与广东分别占 13.6%和 11.3%。与 2010 年相比，投资额 1 亿以上的省市中，北京、广东增幅明显，江苏下降较多。2012 年 1–7 月，利用韩资较多的省份是江苏、山东、北京和上海（表 2.6.4）。

表 2.6.3　韩国对华 FDI 区域分布　　单位：亿美元，%

年份	东部地区		中部地区		西部地区	
	金额	比重	金额	比重	金额	比重
2001	20.1	93.3	1.3	6.0	0.16	0.7
2002	25.5	93.8	1.3	4.9	0.34	1.3
2003	43.2	96.2	1.4	3.1	0.33	0.7
2004	60.9	97.5	1.3	2.1	0.24	0.4
2005	50.0	96.7	1.5	2.9	0.21	0.4
2006	38.9	97.4	0.7	1.8	0.32	0.8
2007	36.1	98.2	0.5	1.4	0.17	0.5
2008	30.1	96.1	1.0	3.3	0.19	0.6
2009	25.6	94.7	1.3	4.8	0.13	0.5
2010	25.8	95.9	0.7	2.7	0.36	1.3
2011	22.7	93.2	0.9	3.8	0.73	3.0
2012 (1–7)	13.2	94.9	0.5	3.8	0.19	1.4

资料来源：商务部外资统计。

表 2.6.4 2011 年韩国对华 FDI 省市分布

单位:个,亿美元,%

省市	外资项目				实际使用外资			
	数目	同比	比重		金额	同比	比重	
			2011	2012 (1-7)			2011	2012 (1-7)
江苏	212	-18.5	15.4	17.0	5.3	-37.3	21.9	33.9
山东	335	-31.9	24.4	21.5	4.7	-18.4	19.1	22.0
辽宁	126	-50.8	9.2	9.0	3.3	-17.7	13.6	5.8
广东	111	14.4	8.1	9.9	2.8	44.2	11.3	3.5
北京	119	15.5	8.7	8.2	2.0	61.4	8.1	11.2
上海	213	14.5	15.5	14.0	1.7	19.4	6.9	10.3
天津	59	-18.1	4.3	5.9	1.4	13.3	5.9	4.6
浙江	41	-10.9	3.0	3.7	1.3	4.8	5.4	2.5
重庆	6	50.0	0.4	0.4	0.6	213.8	2.6	0.4
吉林	42	-28.8	3.1	2.1	0.6	316.7	2.5	3.2

资料来源:商务部外资统计。

第七节 新加坡对华直接投资

一、新加坡全球 FDI

2001-2011 年新加坡累计 FDI 流出 1719 亿美元,占全球总量的 1.3%。2011 年,新加坡对外直接投资 252.3 亿美元,同比增长 18.9%,占全球 FDI 流出总量的 1.5%,名列亚洲第五,全球前二十。

二、新加坡对华 FDI 概况

2011 年,新加坡在华投资项目 740 个,实际投资金额 61 亿美元。2012 年 1-7 月,新加坡投资项目 400 个,实际投资金额 42.7 亿美元。

2001-2011 年,新加坡累计在华投资项目 10411 个,实际投资总额 359.9 亿美元。2001-2011 年,新加坡的项目和实际投资额占内地 FDI 流入总量的份额呈上升趋势。项目数从 2001 年的 675 个,占比 1.8%增至 2011 年的 740 个,占比 2.7%;实际投资金额从 2001 年的 21.4 亿美元,占比 3.2%增至 2011 年的 61.0 亿美元,占比 4.7%(表 2.7.1、图 2.7.1)。

表 2.7.1 新加坡对华 FDI 总体情况 单位：个，亿美元，%

年度	外资项目		实际使用外资	
	数目	同比	金额	同比
2001	675	8.5	21.4	-1.3
2002	930	37.8	23.4	9.0
2003	1144	23.0	20.6	-11.9
2004	1279	11.8	20.1	-2.4
2005	1217	-4.8	22.0	9.8
2006	1189	-2.3	24.6	11.7
2007	1059	-10.9	31.8	29.3
2008	757	-28.5	44.4	39.3
2009	640	-15.5	36.0	-18.7
2010	781	22.0	54.3	50.6
2011	740	-5.2	61.0	12.2
2012 (1-7)	400	-2.7	42.7	26.2

资料来源：商务部外资统计。

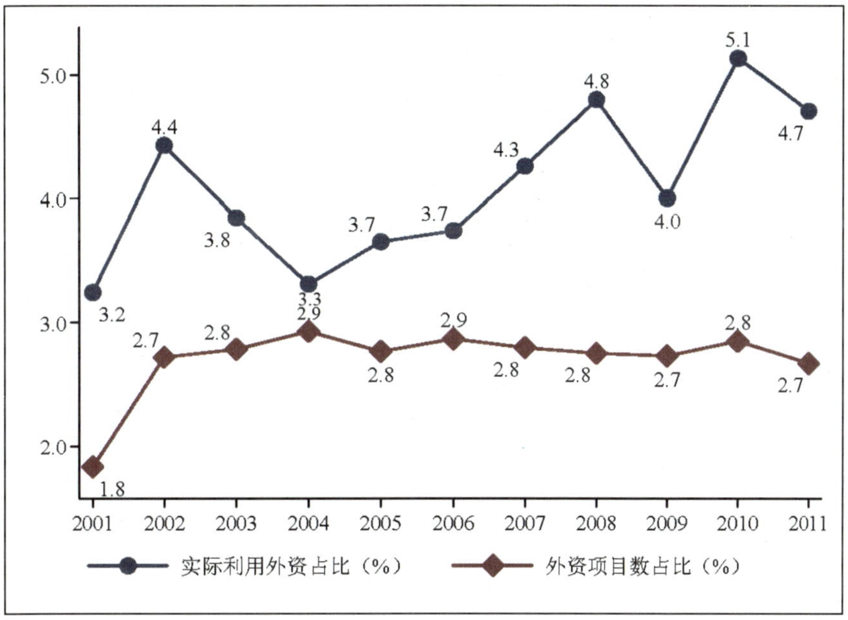

图 2.7.1 新加坡占中国 FDI 流入份额

资料来源：商务部外资统计。

三、新加坡对华 FDI 方式选择

2001 年以来，新加坡对华投资的主要方式是独资企业和中外合资企业。2001–2011 年,独资企业项目数占 71.0%,合资企业 26.9%;实际外资金额方面,独资企业占 70.4%,合资企业占 24.7%。

2011 年和 2012 年 1–7 月,通过独资企业形式进行的实际投资分别占 75.4%和 74.8%;合资企业相应占比分别为 23.2%和 25.1%。

四、新加坡对华 FDI 行业分布

新加坡对华投资主要集中于制造业和房地产业。2001–2011 年,新加坡对华制造业累计投资项目 4951 个,实际投资总额 194.3 亿美元。新加坡对制造业的实际投资额从 2002 年的 17.0 亿美元增至 2011 年的 23.0 亿美元，但占比从 72.5%降至 37.8%(表 2.7.2、图 2.7.2)。

2001–2011 年,新加坡对华房地产累计投资项目 502 个,实际投资总额达 80.8 亿美元。新加坡对房地产的实际投资额从 2001 年的 8620 万美元，占比 1.79%上升至 2011 年的 19.9 亿美元，占比 32.7%(图 2.7.3)。

表 2.7.2 2011 年新加坡对华 FDI 行业分布　　单位:个,亿美元,%

行业	外资项目				实际使用外资			
	数目	同比	比重		金额	同比	比重	
			2011	2012 (1–7)			2011	2012 (1–7)
制造业	165	–31.0	22.3	23.5	23.0	0.7	37.8	34.7
房地产业	33	–10.8	4.5	2.8	19.9	4.2	32.7	39.3
交通运输、仓储和邮政业	42	133.3	5.7	5.0	5.0	919.8	8.1	6.2
批发和零售业	198	5.9	26.8	26.5	3.1	14.6	5.0	5.1
租赁和商务服务业	151	11.0	20.4	23.0	2.7	–4.1	4.4	2.4
金融业	1	–75.0	0.1	0.3	1.0	355.7	1.7	3.8
电力、燃气及水的生产和供应业	14	133.3	1.9	1.5	1.0	2.2	1.7	1.0
水利、环境和公共设施管理业	7	250.0	1.0	0.8	1.0	–11.7	1.6	2.7
建筑业	6	–60.0	0.81	1.3	0.91	–6.9	1.5	0.56
农、林、牧、渔业	16	–11.1	2.2	1.5	0.89	–9.5	1.5	1.6

资料来源:商务部外资统计。

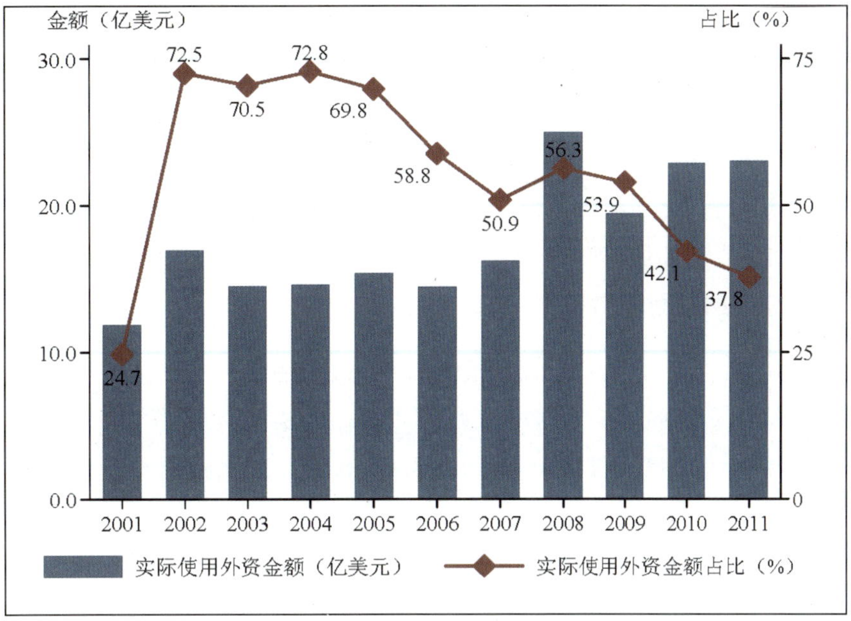

图 2.7.2 新加坡对华制造业 FDI 情况

资料来源：商务部外资统计。

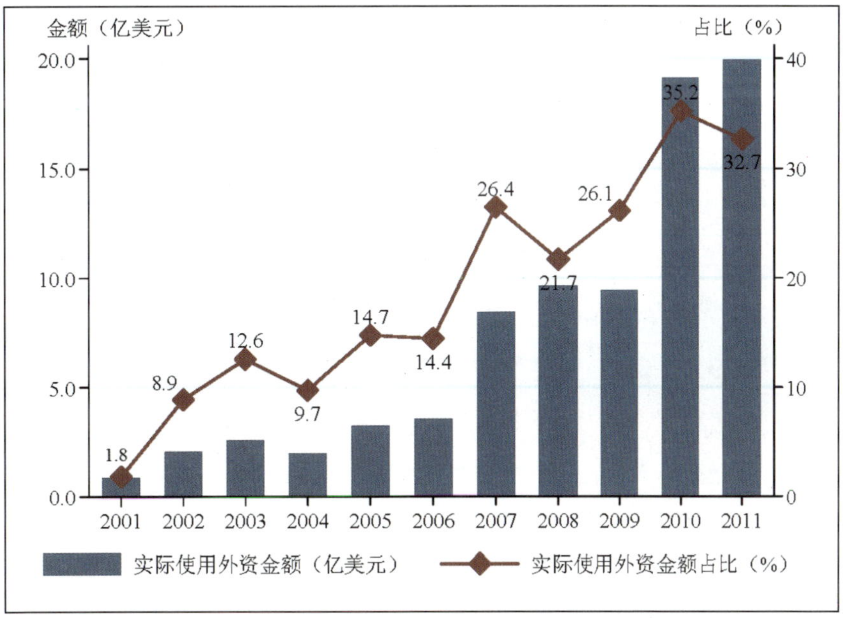

图 2.7.3 新加坡对华房地产业 FDI 情况

资料来源：商务部外资统计。

五、新加坡对华 FDI 区位分布

新加坡在华 FDI 主要集中在东部地区。2001-2011 年,新加坡在东部实际投资总额 297.1 亿,占比 84.1%;中部 26.8 亿美元,占比 7.6%;西部 29.3 亿美元,占比 8.3%。2011 年,新加坡对东部实际投资 42.4 亿美元,占其对华 FDI 总额的 77.7%;中部占 8.1%;西部占 14.2%。

2011 年,江苏占新加坡对华投资总额的 34.3%,上海和四川分别为 11.1%和 10.8%。与 2010 年相比,新加坡在四川、天津、浙江的实际投资增幅显著,上海下降较多。2012 年 1-7 月,利用新资较多的是东部的江苏、上海和广东(表 2.7.3、表 2.7.4)。

表 2.7.3 新加坡对华 FDI 区域分布

单位:亿美元,%

年份	东部地区		中部地区		西部地区	
	金额	比重	金额	比重	金额	比重
2001	18.1	84.6	2.4	11.4	0.9	4.0
2002	19.5	83.3	3.5	15.1	0.4	2.0
2003	17.8	86.6	2.0	9.6	0.8	3.8
2004	18.1	90.0	1.2	6.1	0.8	4.0
2005	18.7	84.7	2.2	9.9	1.2	5.4
2006	21.6	87.6	1.4	5.8	1.6	6.7
2007	27.9	87.7	1.7	5.2	2.3	7.2
2008	36.6	82.6	2.9	6.6	4.8	10.8
2009	30.6	85.0	1.8	5.1	3.6	9.9
2010	45.8	84.3	3.3	6.1	5.2	9.6
2011	42.4	77.7	4.4	8.1	7.7	14.2
2012 (1-7)	35.7	83.6	2.3	5.3	4.7	11.1

资料来源:商务部外资统计。

表 2.7.4 2011 年新加坡对华 FDI 省市分布

单位:个,亿美元,%

省市	外资项目				实际使用外资			
	数目	同比	比重		金额	同比	比重	
			2011	2012 (1-7)			2011	2012 (1-7)
江苏	124	-30.3	16.8	17.5	18.8	51.7	34.3	33.6
上海	206	2.0	27.8	32.3	6.0	-51.5	11.1	12.7
四川	19	-29.6	2.6	1.8	5.9	111.5	10.8	4.0
山东	46	35.3	6.2	5.3	4.3	-1.7	7.8	4.8
广东	85	18.1	11.5	8.3	3.7	-16.2	6.9	11.6
天津	30	-6.3	4.1	3.3	2.9	120.7	5.3	6.0
浙江	40	42.9	5.4	4.3	2.8	53.8	5.1	4.8
福建	25	-7.4	3.4	4.0	1.7	-27.7	3.1	1.6

资料来源:商务部外资统计。

第八节　德国对华直接投资

一、德国全球 FDI

德国是全球重要的 FDI 输出国之一。2001-2011 年，累计 FDI 流出量为 7620.5 亿美元，占全球同期 FDI 流出总额的 5.6%。2011 年，德国 FDI 流出 543.7 亿美元，同比下降 50.3%，占全球总量的 3.2%。

二、德国对华 FDI 概况

2011 年，德国对华投资项目 458 个，同比增长 25.8%；实际投资金额同比增长 26.7%至 11.3 亿美元。2012 年 1-7 月，德国投资项目 256 个，实际投资金额 9.4 亿美元，同比增加 25.2%(表 2.8.1)。

2001-2011 年，德国对华累计投资项目 4980 个，实际投资总额 124.6 亿美元。2001-2011 年，德国对华投资项目数从 2001 年的 280 个，占比 0.76%增加至 2011 年的 458 个，占比 1.65%；投资金额从 2001 年的 12.1 亿美元，占比 1.84%下降至 2011 年的 11.3 亿美元，占比 0.97%。(图 2.8.1)。

表 2.8.1　德国对华 FDI 总体情况　　单位：个，亿美元，%

年度	外资项目		实际使用外资	
	数目	同比	金额	同比
2001	280	-4.4	12.1	16.5
2002	352	25.7	9.3	-23.5
2003	451	28.1	8.6	-7.7
2004	608	34.8	10.6	23.5
2005	650	6.9	15.3	44.6
2006	576	-11.4	20.0	30.9
2007	548	-4.9	7.3	-63.4
2008	390	-28.8	9.0	22.7
2009	303	-22.3	12.2	35.1
2010	364	20.1	8.9	-27.0
2011	458	25.8	11.3	26.7
2012 (1-7)	256	-2.3	9.4	25.2

资料来源：商务部外资统计。

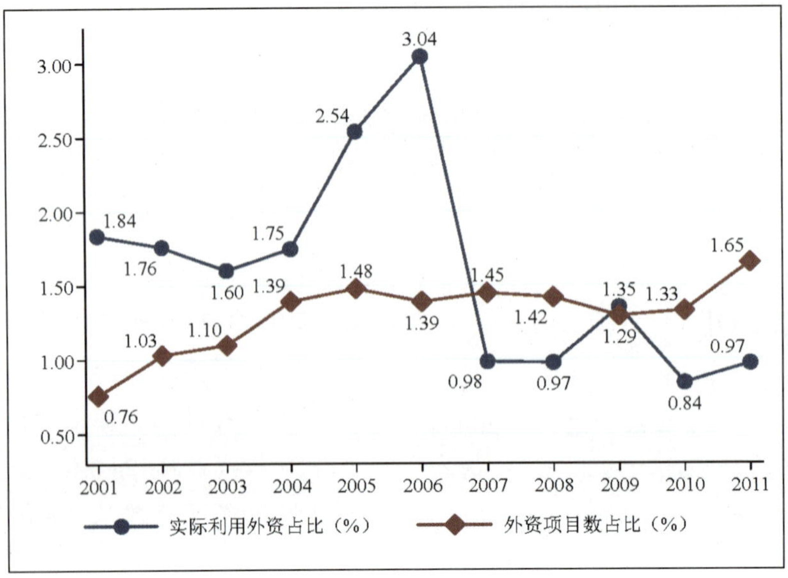

图 2.8.1 德国占中国 FDI 流入份额

资料来源:商务部外资统计。

三、德国对华 FDI 方式选择

独资企业和中外合资企业是德国对华投资的主要选择方式。2001–2011 年,独资企业项目数占 72.9%,合资企业 23.2%;实际外资金额方面,独资企业占 66.9%,合资企业占 25.5%。

2011 年和 2012 年 1–7 月,通过独资企业形式进行的实际投资分别占 86.2%和 58.7%;合资企业相应占比分别为 13.5%和 41.3%(图 2.8.2)。

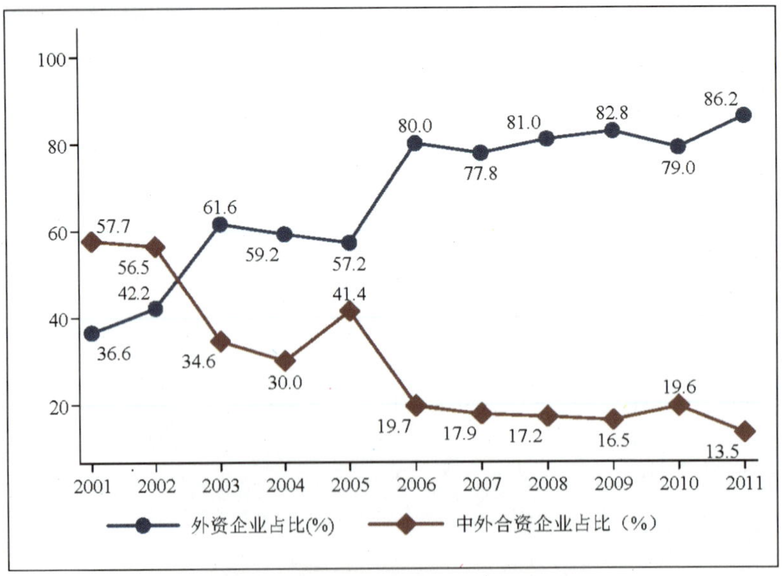

图 2.8.2 德国对华 FDI 方式选择

资料来源:商务部外资统计。

四、德国对华 FDI 行业分布

德国对华投资主要集中在制造业及批发和零售业。2001–2011 年，德国对华制造业累计投资项目 2877 个，实际投资总额 76.7 亿美元；实际投资金额从 2001 年的 3.8 亿美元上升至 2011 年的 7.4 亿美元，占德国对华投资总额比重从 13.0%上升至 2011 年的 65.4%(表 2.8.2、图 2.8.3)。

2001–2011 年，德国对租赁和商务服务业累计项目 562 个，实际投资总额 24.9 亿美元；租赁和商务服务业利用德资从 2001 年的 951 万美元，占比不到 1%上升至 2011 年的 1.3 亿美元，占比 11.9%；其中 2006 年实际投资额为 8.7 亿美元，占比达到 43.3%(表 2.8.2、图 2.8.4)。

表 2.8.2　2011 年德国在华 FDI 行业分布　　单位：个，亿美元，%

行业	外资项目				实际使用外资			
	数目	同比	比重		金额	同比	比重	
			2011	2012 (1–7)			2011	2012 (1–7)
制造业	168	23.5	36.7	32.0	7.4	40.3	65.4	67.7
租赁和商务服务业	74	13.8	16.2	16.8	1.3	–10.3	11.9	23.8
批发和零售业	148	38.3	32.3	35.9	0.6	–43.6	4.9	3.8
科学研究、技术服务和地质勘查业	32	14.3	7.0	8.2	0.3	–21.6	3.0	1.3
房地产业	2	0	0.4	0.4	0.2	50.6	1.7	1.2
电力、燃气及水的生产和供应业	1	–50.0	0.2	0.0	0.1	–18.0	0.9	0.0
信息传输、计算机服务和软件业	19	90.0	4.2	3.1	0.1	–5.8	0.7	1.7

资料来源：商务部外资统计。

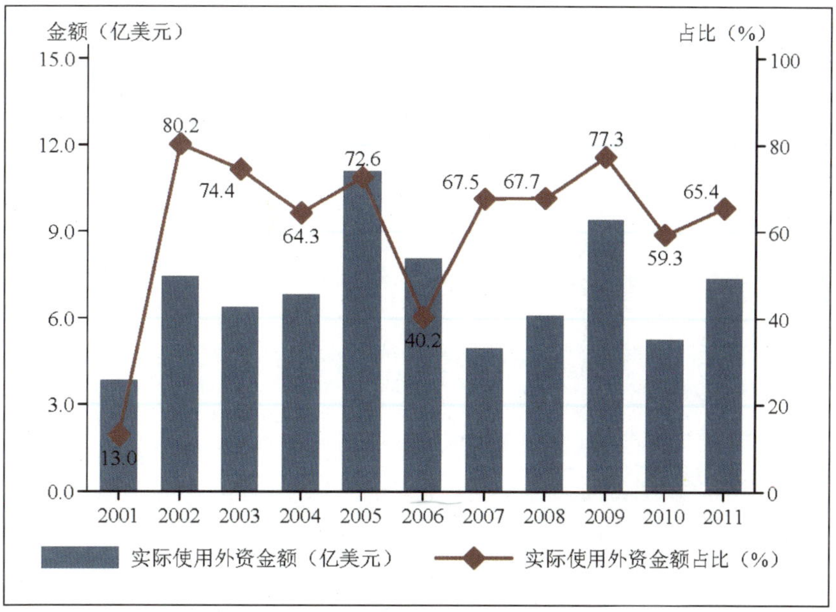

图 2.8.3　德国在华制造业 FDI 情况

资料来源：商务部外资统计。

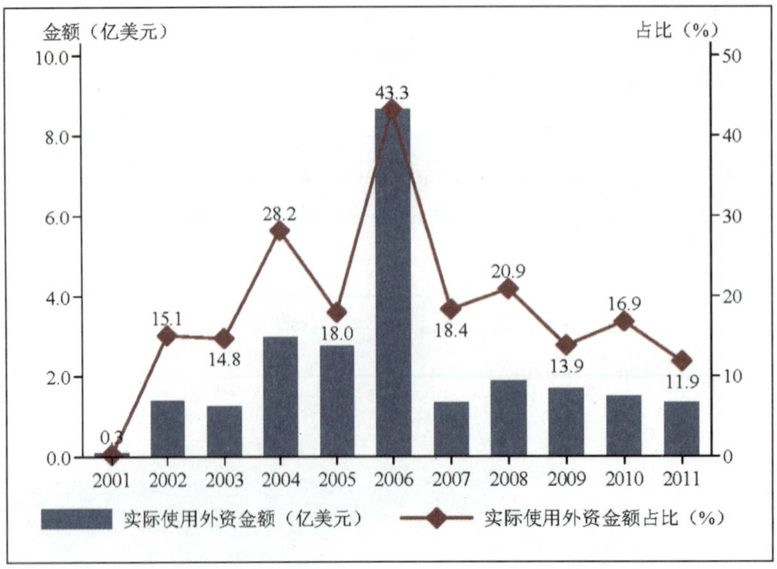

图 2.8.4　德国在华租赁和商务服务业 FDI 情况

资料来源:商务部外资统计。

五、德国对华 FDI 区位分布

德国对华投资集中于东部。2001–2011 年,东部地区累计利用德资 115 亿美元,占 92.4%;中部 7.5 亿美元,占 6.0%;西部 1.98 亿美元,占 1.6%。2011 年,东部地区流入德资 10.1 亿美元,占 89.7%;中部占 1.5%,西部占 8.8%。

2011 年,江苏占德国实际投资总额的 28.6%,上海和北京分别占 25.4%与 15.7%。与 2010 年相比,重庆、山东、天津利用德资增幅显著。2012 年 1–7 月,东部地区利用德资 5.8 亿美元,占 62.3%;中部和西部分别占比 34.1%与 3.6%。利用德资较多的省份是江苏、上海和北京(表 2.8.3、表 2.8.4)。

表 2.8.3　德国在华 FDI 地区分布

单位:亿美元,%

年份	东部地区		中部地区		西部地区	
	金额	比重	金额	比重	金额	比重
2001	10.4	85.9	1.5	12.5	0.19	1.6
2002	8.5	92.0	0.6	6.1	0.18	1.9
2003	8.0	93.5	0.4	5.0	0.13	1.5
2004	9.7	91.2	0.8	7.5	0.13	1.3
2005	13.1	85.5	2.1	13.7	0.11	0.8
2006	18.8	94.0	1.1	5.5	0.10	0.5
2007	6.8	93.2	0.4	5.6	0.08	1.1
2008	8.9	98.7	0.1	0.9	0.04	0.4
2009	12.0	98.4	0.2	1.6	0.01	0.1
2010	8.7	98.4	0.1	1.4	0.02	0.2
2011	10.1	89.7	0.2	1.5	0.99	8.8
2012 (1–7)	5.8	62.3	3.2	34.1	0.34	3.6

资料来源:商务部外资统计。

表 2.8.4 2011 年德国对华 FDI 省市分布

单位：亿美元，%

省市	外资项目				实际使用外资			
	数目	同比	比重		金额	同比	比重	
			2011	2012 (1–7)			2011	2012 (1–7)
江苏	95	23.4	20.7	20.3	3.2	20.1	28.6	20.6
上海	148	48.0	32.3	39.5	2.9	–21.9	25.4	14.2
北京	63	6.8	13.8	12.5	1.8	70.1	15.7	13.6
重庆	8	700.0	1.8	0.0	0.8	26510	7.1	3.4
山东	14	–33.3	3.1	4.3	0.6	169.8	5.7	4.2
天津	10	11.1	2.2	2.7	0.4	393.3	3.3	1.9
辽宁	15	–16.7	3.3	2.3	0.4	50.8	3.3	2.4
广东	31	63.2	6.8	3.9	0.3	15.2	3.0	1.8
浙江	30	50.0	6.6	6.6	0.3	45.5	2.7	2.2

资料来源：商务部外资统计。

专栏 2–2 德国汽车金融服务业对华 FDI

欧洲债务危机的不利影响致使德国外向 FDI 在 2011 年下降 50%。尽管如此，德国对华 FDI 达到 11.3 亿美元，同比增加 26.7%。其中，流入中国金融业的德国 FDI 高达 1.3 亿美元，同比增长 1643%。

戴姆勒股份公司是全球最大的商用车制造商，同时也是全球第二大豪华车生产商与第二大卡车生产商，总部位于德国斯图加特。公司旗下包括梅赛德斯–奔驰汽车、梅赛德斯–奔驰轻型商用车、戴姆勒载重车和戴姆勒金融服务等四大业务单元。戴姆勒对中国子公司的投资意向源于梅赛德斯–奔驰在中国的良好历史业绩以及对未来市场的乐观预期。2011 年，梅赛德斯–奔驰汽车在中国的销售量为 22.3 万辆，同比增长近 40%。中国在其全球市场销售量中的占比达到 16%，仅次于德国(21%)和美国(18%)。自 2006 年梅赛德斯–奔驰中国总部迁至北京以来，其在华销售额逐年递增，2011 年的销售额较 2007 年增长 6 倍以上。并且，其在华销售量预期将在 2015 年实现较 2011 年 30%以上的增长，达到约 30 万辆。受益于多年在华运营经验的积累，戴姆勒的业务得以通过大批中国本土企业开展。梅赛德斯–奔驰与智能汽车目前由位于 90 个城市的 210 名经销商负责销售。2011 年，新增 60 个经销商加入梅赛德斯–奔驰轿车与商用车的销售与服务网络。

迅速增长的销售量与不断扩宽的市场扩大了消费者对配套服务的需求。梅赛德斯–奔驰汽车金融有限公司是中国第一家同时为轿车与商用车提供消费信贷和经销商融资的汽车金融公司，于 2005 年 11 月成立，总部位于北京，拥有近 100 名员工。在开业初期，梅赛德斯–奔驰汽车金融有限公司在全国 15 个城市提供零售贷款、存货融资和保险产品。自 2006 年开始在华业务以来，戴姆勒金融服务公司(包括梅赛德斯–奔驰租赁有限公司)的合同交易量已增至约 18 亿欧元。随着业务的顺利开展，梅赛德斯–奔驰汽车金融有限公司将把业务扩展到其他城市。

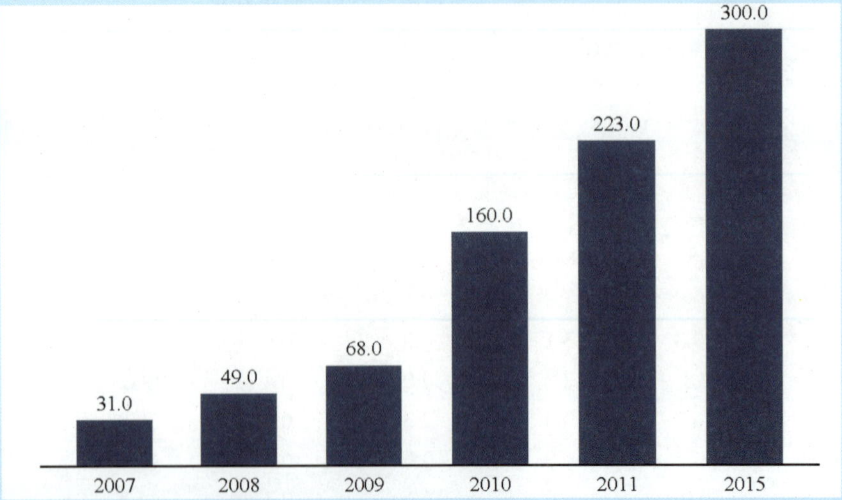

梅塞德斯–奔驰在中国销售量情况(单位:千辆)

资料来源:戴勒姆公司年报(2011)。

为轿车和商用车提供消费信贷与经销商融资服务在欧美成熟市场已广泛存在，而该项业务在中国这一全球成长最快的汽车市场的开展还相对滞后。随着中国金融政策逐步放开以及汽车消费水平的提高,汽车金融服务必将迅速发展。鉴于此,提供汽车金融服务的外资企业前景乐观,而戴姆勒金融服务已经提供了良好例证。

第九节 法国对华直接投资

一、法国全球 FDI

法国是全球对外直接投资的重要国家。2001–2011 年,累计输出 FDI 10662.4 亿美元,占全球同期 FDI 流出总额的 7.9%。2011 年,法国 FDI 流出量为 901.5 亿美元,同比增长 17.3%,约占全球总量的 5.3%。

二、法国对华 FDI 概况

2011 年,法国对华直接投资项目 188 个;实际投资金额 7.4 亿美元,同比下降 40.4%。2012 年 1–7 月,投资项目 76 个;实际投资 4.0 亿美元,同比下降 22.0%。

2001–2011 年，法国累计对华投资项目 2589 个,实际投资总额 70.7 亿美元。2001–2011 年,法国对华投资项目数从 151 个增长至 2011 年的 188 个，占法国对华投资项目总数的相应比重虽有增长,但均低于 1%;实际外资金额从 5.3 亿美元增至 2011 年的 7.4 亿美元，占法国对华投资总额的比重在 1%上下波动(表 2.9.1、图 2.9.1)。

表 2.9.1　法国对华 FDI 情况

单位：个，亿美元，%

年度	外资项目		实际使用外资	
	数目	同比	金额	同比
2001	151	10.2	5.3	–37.6
2002	162	7.3	5.8	8.1
2003	269	66.0	6.0	5.0
2004	289	7.4	6.6	8.7
2005	342	18.3	6.2	–6.3
2006	338	–1.2	4.0	–35.7
2007	268	–20.7	4.6	15.3
2008	199	–25.7	5.9	28.9
2009	200	0.5	6.5	11.2
2010	183	–8.5	12.4	89.4
2011	188	2.7	7.4	–40.4
2012 (1–7)	76	–24.0	4.0	–22.0

资料来源：商务部外资统计。

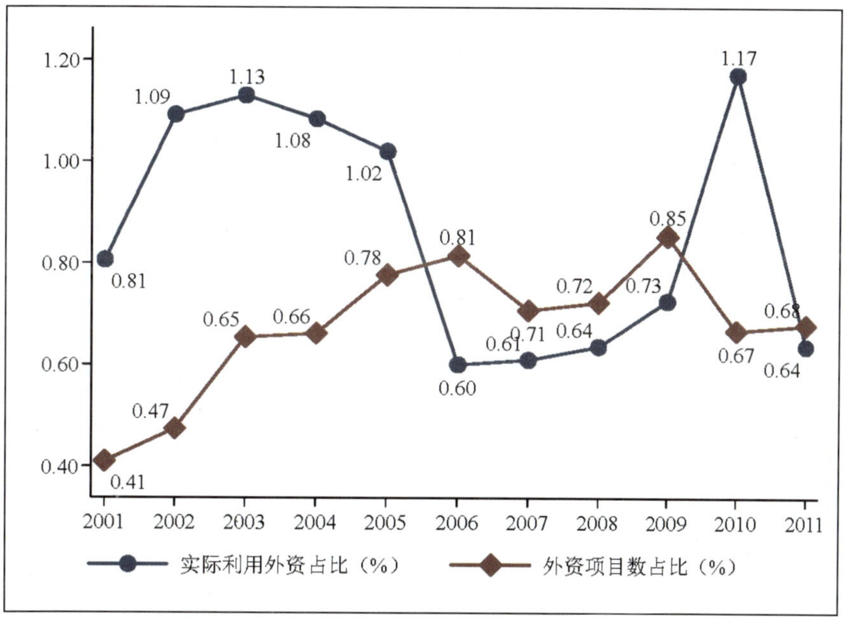

图 2.9.1　法国占中国 FDI 流入份额变化

资料来源：商务部外资统计。

三、法国对华 FDI 方式选择

法国对华投资的主要方式是独资企业和中外合资企业。2001–2011 年，独资企业项目占65.1%，合资企业为 33.1%；实际外资金额方面，独资企业占 51.0%；合资企业占 43.1%。

2011 年和 2012 年 1–7 月，通过独资企业形式进行的实际投资分别占 68.8%和 78.3%；合资企业相应占比分别为 31.0%和 18.5%(图 2.9.2)。

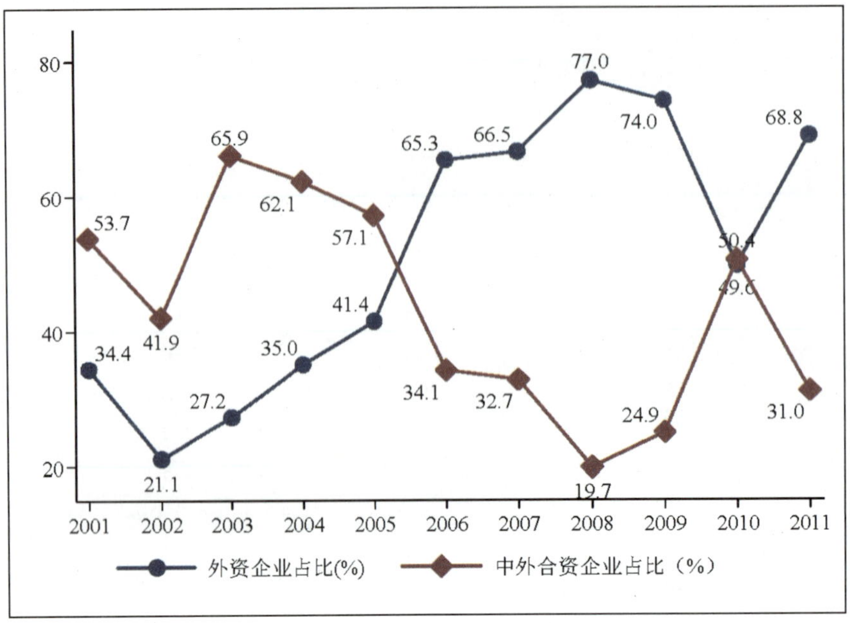

图 2.9.2　法国对华 FDI 方式选择

资料来源:商务部外资统计。

四、法国对华 FDI 行业分布

法国对华 FDI 相对集中于制造业、租赁和商务服务业。2001–2011 年,法国对华制造业累计投资项目 1342 个,实际投资 42.2 亿美元。制造业实际利用法资从 2002 年的 4.5 亿美元，占比 78.7%下降至 2011 年的 2.5 亿美元，占比 31.9%(表 2.9.2、图 2.9.3)。

2001–2011 年,法国对华租赁和商务服务业累计投资项目 340 个,实际投资总额 10.3 亿美元。法国对租赁和商务服务业的实际投资额从 2001 年的 132 万美元，占比 0.1%，上升至 2011 年的 2.6 亿美元,占比 33.3%(表 2.9.2、图 2.9.4)。

表 2.9.2　2011 年法国对华 FDI 行业分布情况　　单位:个,亿美元,%

行业	外资项目				实际使用外资			
	数目	同比	比重		金额	同比	比重	
			2011	2012 (1–7)			2011	2012 (1–7)
租赁和商务服务业	40	11.1	21.3	25.0	2.6	25.1	33.3	32.4
制造业	39	–33.9	20.7	29.0	2.5	–54.9	31.9	40.2
电力、燃气及水的生产和供应业	1	–50.0	0.5	0.0	1.6	–59.8	20.8	10.7
科学研究、技术服务和地质勘查业	19	111.1	10.1	1.3	0.5	62.2	6.5	0.4
批发和零售业	65	41.3	34.6	31.6	0.3	86.9	4.3	10.6
交通运输、仓储和邮政业	1	–50.0	0.5	0.0	0.1	–77.5	0.8	1.3
信息传输、计算机服务和软件业	6	–50.0	3.2	4.0	0.1	129.8	0.7	1.1

资料来源:商务部外资统计。

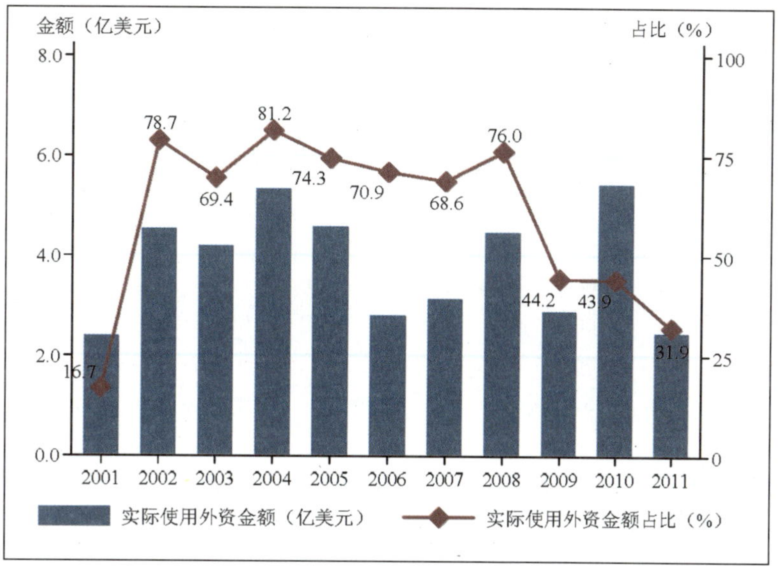

图 2.9.3　法国对华制造业 FDI 情况

资料来源：商务部外资统计。

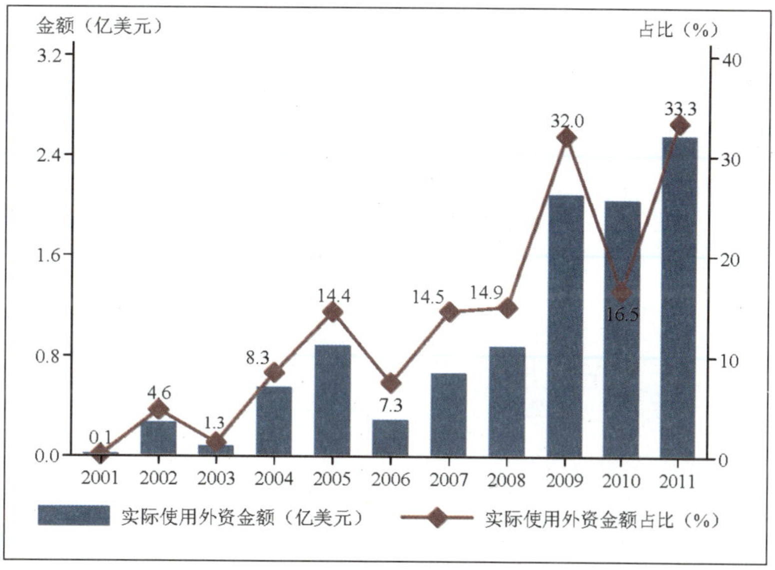

图 2.9.4　法国对华租赁和商务服务业 FDI 情况

资料来源：商务部外资统计。

五、法国对华 FDI 区位分布

法国对华投资集中在东部。2001–2011 年，东部累计利用法资 58.6 亿美元，占比 83%；中部 9.04 亿，占比 12.8%；西部 2.94 亿，占比 4.2%（表 2.9.3）。

2011 年，法国对东部实际投资 7.0 亿美元，同比下降 40.2%，占其对华投资总额的 95.2%；中、西部分别占 2.8%与 2.0%。2011 年，上海占比 31.3%，广东 25.5%，江苏 21.7%。与 2010 年相比，北京利用法资增幅明显，广东下降较多。2012 年 1–7 月，利用法资较多的是东部的上海、广东、江苏（表 2.9.4）。

表 2.9.3 法国对华 FDI 区域分布情况

单位:亿美元,%

年份	东部地区		中部地区		西部地区	
	金额	占比	金额	占比	金额	占比
2001	3.6	67.6	1.39	26.1	0.33	6.3
2002	4.7	82.2	0.82	14.2	0.21	3.6
2003	4.1	68.3	1.84	30.4	0.08	1.3
2004	4.0	60.9	2.43	36.9	0.15	2.2
2005	4.9	79.2	1.09	17.7	0.19	3.1
2006	3.7	93.0	0.08	2.0	0.20	5.0
2007	4.1	90.4	0.12	2.7	0.31	6.9
2008	4.8	80.9	0.46	7.8	0.67	11.4
2009	6.0	91.6	0.45	6.9	0.10	1.5
2010	11.7	94.3	0.15	1.2	0.56	4.5
2011	7.0	95.2	0.21	2.8	0.14	2.0
2012 (1–7)	3.8	94.1	0.01	0.1	0.23	5.8

资料来源:商务部外资统计。

表 2.9.4 2011 年法国对华 FDI 省市分布

单位:个,亿美元,%

省市	外资项目				实际使用外资			
	数目	同比	比重		金额	同比	比重	
			2011	2012 (1–7)			2011	2012 (1–7)
上海	59	9.3	31.4	31.6	2.3	–18.3	31.3	39.7
广东	16	–5.9	8.5	10.5	1.9	–64.9	25.5	18.8
江苏	27	0.0	14.4	14.5	1.6	–23.3	21.7	17.3
北京	24	26.3	12.8	14.5	0.6	76.6	8.3	0.5
浙江	12	–45.5	6.4	5.3	0.4	20.3	5.5	3.8

资料来源:商务部外资统计。

第十节 英国对华直接投资

一、英国全球 FDI

英国是全球重要的 FDI 流出国。2011 年,输出 FDI 1070.9 亿美元,同比增长率为 171.1%,占全球总量的 6.3%,名列第三。2001–2010 年,英国累计对外直接投资 1.1 万亿美元,占全球同期 FDI 的 7.8%。

二、英国对华 FDI 概况

2011 年，英国对华投资项目 246 个；实际投资 6.2 亿美元，同比下降 12.8%。2012 年 1–7 月，英国投资项目 132 个；投资金额 2.2 亿美元，同比降低 49.4%（表 2.10.1）。

2001–2011 年，英国累计对华投资项目 4180 个，实际投资总额 89.4 亿美元。2001–2011 年，英国对华投资项目数从 269 个降至 2011 年的 246 个，占英国对华投资项目总数的比重有所提升，但均不到 1%；实际外资金额从 2001 年的 10.5 亿美元，占比 1.59%下降至 2011 年的 6.2 亿美元，占比 0.53%（表 2.10.1、图 2.10.1）。

表 2.10.1　英国对华 FDI 总体情况

单位：个，亿美元，%

年度	外资项目		实际使用外资	
	数目	同比	金额	同比
2001	269	3.1	10.5	–9.7
2002	334	24.2	9.0	–14.8
2003	438	31.1	7.4	–17.1
2004	488	11.4	7.9	6.8
2005	553	13.3	9.6	21.7
2006	462	–16.5	7.5	–21.8
2007	475	2.8	8.3	10.1
2008	365	–23.2	9.1	10.0
2009	272	–25.5	6.8	–25.7
2010	278	2.2	7.1	4.6
2011	246	–11.5	6.2	–12.8
2012 (1–7)	132	–8.3	2.2	–49.4

资料来源：商务部外资统计。

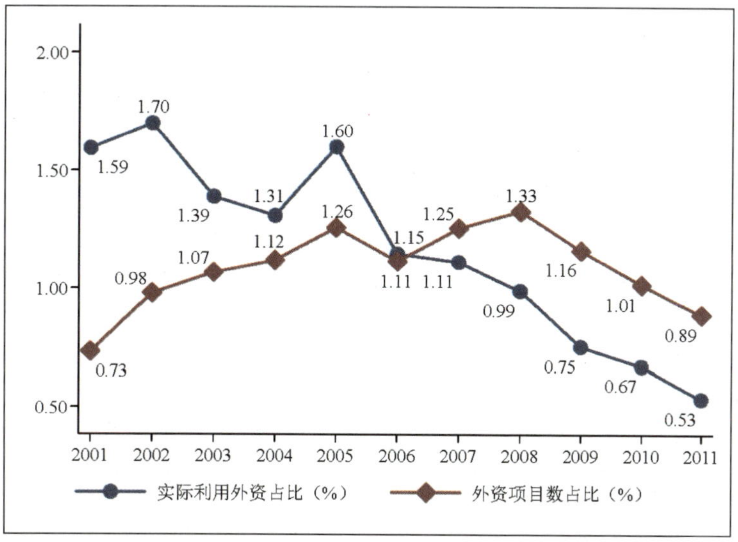

图 2.10.1　英国占中国 FDI 流入份额变化

资料来源：商务部外资统计。

三、英国对华 FDI 方式选择

英国对华投资的主要方式是独资企业和中外合资企业。2001-2011 年，独资企业项目数占64.8%,合资企业为 31.6%;实际外资金额方面,独资企业占 60.4%;合资企业占 33.1%。

2011 年和 2012 年 1-7 月,通过独资企业形式进行的实际投资分别占 43.5%和 73.3%;合资企业相应占比分别为 46.5%和 26.5%(图 2.10.2)。

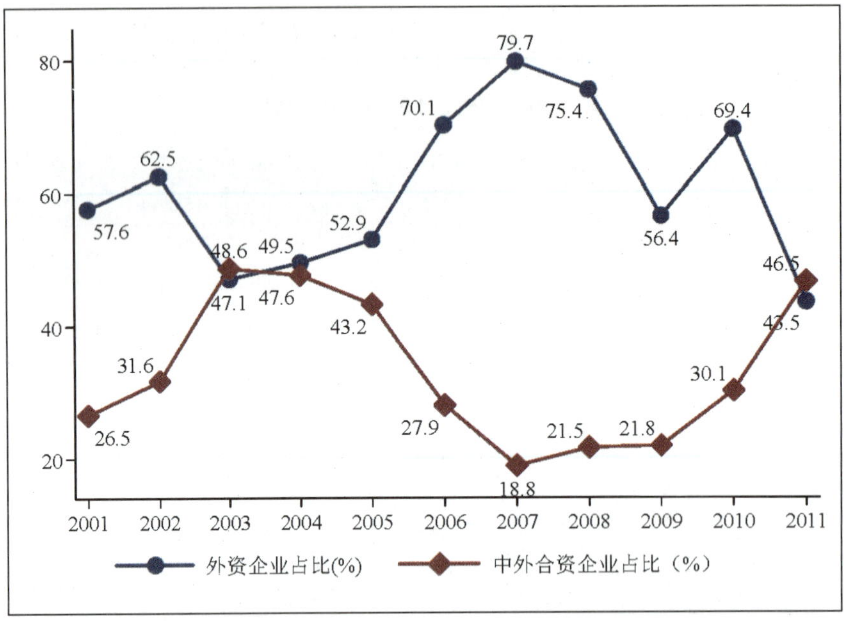

图 2.10.2 英国对华 FDI 方式选择

资料来源:商务部外资统计。

四、英国对华 FDI 行业分布

英国对华投资主要集中在制造业和服务业中的批发和零售业。2001-2011 年,英国对华制造业累计投资项目 2261 个，实际投资总额 54.9 亿美元。2011 年英国对华制造业的实际投资金额 2.5 亿美元,相比于 2001 年的 4.1 亿美元有所下降,但占比从 2001 年的 16.7%上升至 2011 年的 43.0%(表2.10.2、图 2.10.3)。

2011 年,英国对华批发和零售业投资项目 63 个,占比 25.6%;实际投资总额同比增长 217.4%至 1.2 亿美元,占比 20.5%。2012 年 1-7 月,批发和零售业吸引英资项目 33 个,占比 25.0%;实际吸引英资金额 1936 万美元,占 8.9%。

表 2.10.2　2011 年英国对华 FDI 行业分布　　单位：个，亿美元，%

行业	外资项目				实际使用外资			
	数目	同比	比重		金额	同比	比重	
			2011	2012 (1–7)			2011	2012 (1–7)
制造业	74	–25.3	30.1	24.2	2.5	–54.7	43.0	60.4
批发和零售业	63	–1.6	25.6	25.0	1.2	217.4	20.5	8.9
水利、环境和公共设施管理业	2	100.0	0.8	0.0	0.7	0	12.7	6.4
电力、燃气及水的生产和供应业	1	0.0	0.4	0.0	0.6	1756	9.9	0.5
租赁和商务服务业	60	0.0	24.4	34.8	0.2	–53.3	3.3	15.2
科学研究、技术服务和地质勘查业	20	5.3	8.1	5.3	0.1	–58.7	1.2	2.8

资料来源：商务部外资统计。

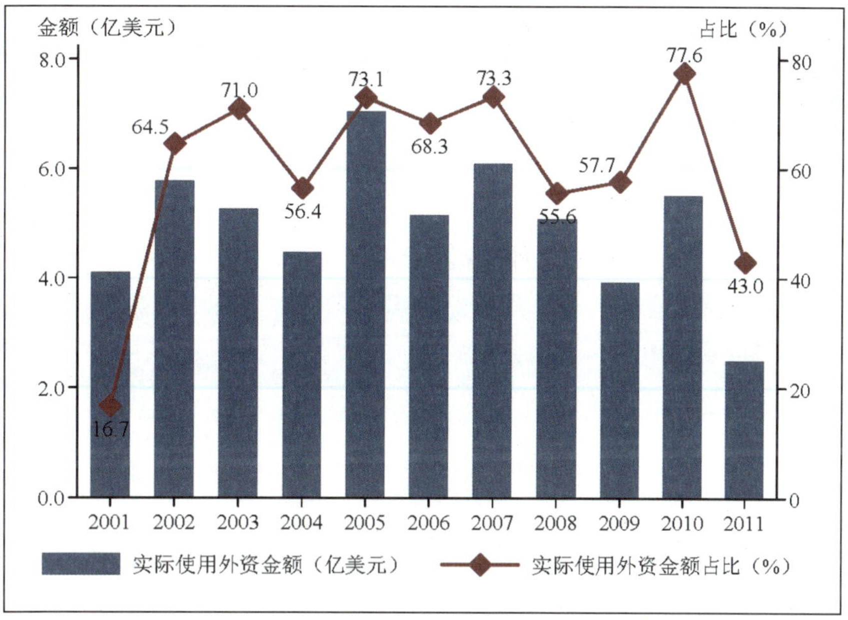

图 2.10.3　英国对华制造业 FDI 情况

资料来源：商务部外资统计。

五、英国对华 FDI 区位分布

英国对华投资主要集中在东部。2001–2011 年，东、中、西部分别累计利用英资占比分别为 83.4%、12.1%与 4.5%。

2011 年东部实际利用英资 6.0 亿美元，同比降低 9.1%，占 97.2%；中部占 1.9%；西部占 0.92%。2011 年，上海占英国对华实际投资总额的 19.6%，辽宁占 19.4%，江苏占 14.4%，广东和北京分别占 10.6%和 10.1%。与 2010 年相比，广东、北京增幅显著，江苏下降明显。2012 年 1–7 月，利用英资较多的是东部的上海和江苏(表 2.10.3、表 2.10.4)。

表 2.10.3 英国对华 FDI 区域分布

单位:亿美元,%

年份	东部地区		中部地区		西部地区	
	金额	比重	金额	比重	金额	比重
2001	9.2	87.8	0.52	5.0	0.76	7.2
2002	7.3	81.2	1.3	14.3	0.41	4.5
2003	6.0	81.4	1.0	14.0	0.34	4.6
2004	6.3	79.9	1.3	16.9	0.26	3.2
2005	8.0	82.5	1.4	14.5	0.29	3.0
2006	6.1	81.5	0.73	9.7	0.66	8.8
2007	6.9	83.2	1.0	11.6	0.43	5.2
2008	7.7	84.0	1.1	12.5	0.32	3.5
2009	4.5	65.9	2.0	28.7	0.36	5.4
2010	6.6	93.1	0.37	5.3	0.12	1.7
2011	6.0	97.2	0.12	1.9	0.06	0.92
2012 (1–7)	2.0	90.5	0.09	4.1	0.12	5.5

资料来源:商务部外资统计。

表 2.10.4 2011 年英国对华 FDI 省市分布

单位:个,亿美元,%

省市	外资项目				实际使用外资			
	数目	同比	比重		金额	同比	比重	
			2011	2012 (1–7)			2011	2012 (1–7)
上海	72	2.9	29.3	37.9	1.2	35.2	19.6	23.8
辽宁	14	180.0	5.7	0.0	1.2	3.1	19.4	7.9
江苏	51	–12.1	20.7	15.1	0.9	–67.4	14.4	26.6
广东	16	14.3	6.5	4.6	0.7	279.8	10.6	2.8
北京	22	–29.0	8.9	16.7	0.6	711.3	10.1	2.1
浙江	12	–70.7	4.9	7.6	0.6	–16.4	9.2	5.5

资料来源:商务部外资统计。

第十一节 荷兰对华直接投资

一、荷兰全球 FDI

2001–2011 年，荷兰累计对外直接投资 6089 亿美元,占全球同期 FDI 流出量的 4.5%。2011 年,荷兰 FDI 流出量为 31.8 亿美元,同比下降 42.3%,占全球总量的 1.9%。

二、荷兰对华 FDI 概况

2011 年，荷兰对华直接投资项目 121 个；投资金额 8.1 亿美元，同比下降 11.2%。2012 年 1–7 月投资项目 65 个；投资金额 7.0 亿美元，同比上涨 30.4%。

2001–2011 年，荷兰对华累计投资项目 1805 个，实际投资 87.3 亿美元。2001–2011 年，荷兰对华投资项目数从 2001 年的 114 个增至 2011 年的 121 个，占比有所增长，但均不足 1%；实际外资金额从 2001 年的 7.8 亿美元增至 2011 年的 8.1 亿，而占比从 1.18% 下降至 2011 年的 0.70%（表 2.11.1、图 2.11.1）。

表 2.11.1　荷兰对华 FDI 总体趋势

单位：个，亿美元，%

年度	外资项目		实际使用外资	
	数目	同比	金额	同比
2001	114	11.8	7.8	-1.7
2002	127	11.4	5.7	-26.3
2003	189	48.8	7.3	26.9
2004	199	5.3	8.1	11.7
2005	234	17.6	10.4	28.7
2006	262	12.0	8.6	-17.2
2007	182	-30.5	6.2	-28.7
2008	152	-16.5	8.6	39.8
2009	108	-28.9	7.4	-14.0
2010	117	8.3	9.1	23.4
2011	121	3.4	8.1	-11.2
2012 (1-7)	65	3.2	7.0	30.4

资料来源：商务部外资统计。

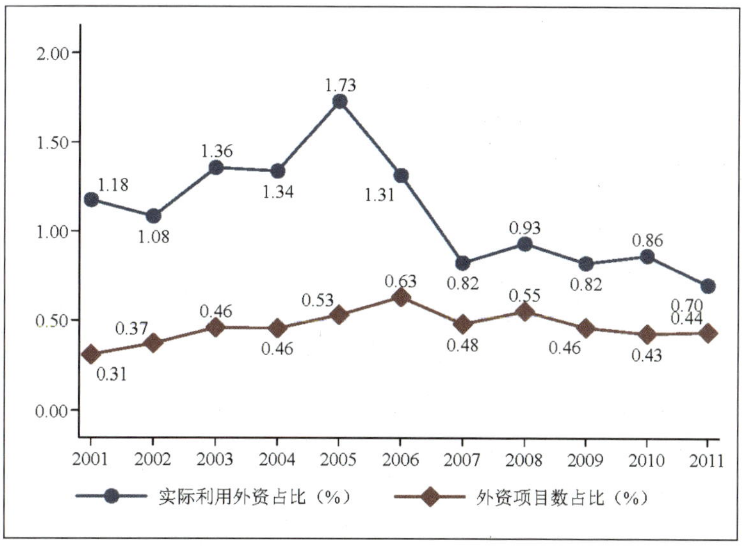

图 2.11.1　荷兰占中国 FDI 流入份额变化

资料来源：商务部外资统计。

三、荷兰对华 FDI 方式选择

荷兰对华投资的主要方式是独资企业和中外合资企业。2001-2011 年，独资企业项目数占66.8%,合资企业为 30.5%;实际外资金额方面,独资企业占 60.9%,合资企业占 34.2%。

2011 年和 2012 年 1-7 月,荷兰通过独资企业形式进行的实际投资分别占 65.8%和 90.3%;合资企业相应占比分别为 33.7%和 0.07%(图2.11.2)。

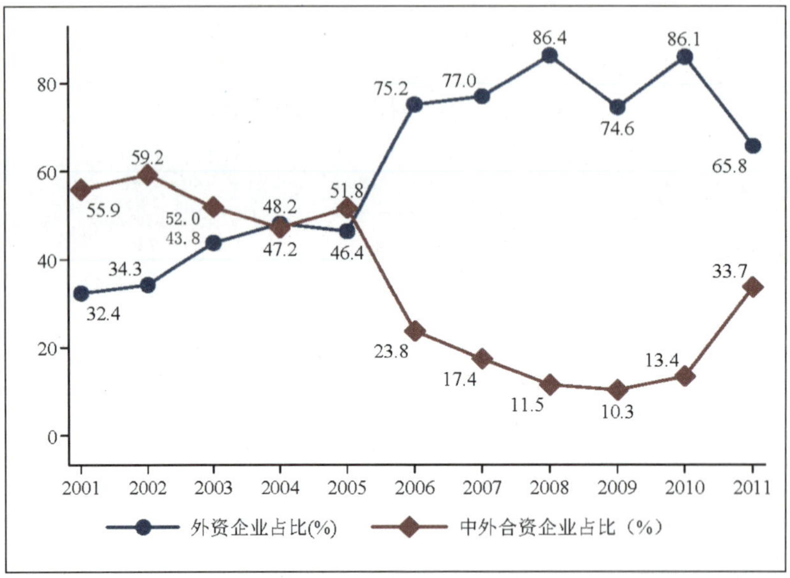

图 2.11.2 荷兰对华 FDI 方式选择

资料来源:商务部外资统计。

四、荷兰对华 FDI 行业分布

荷兰对华直接投资主要流向制造业。2001-2011 年,荷兰对华制造业累计投资项目 788 个,实际投资总额 48.6 亿美元。荷兰对制造业的实际投资额从 2001 年的 2.9 亿美元，占荷兰对内地投资总额的 19.7%上升至 2011 年的 5.7 亿美元，占比 74.3%(表 2.11.2、图 2.11.3)。

表 2.11.2 2011 年荷兰对华 FDI 行业分布 单位:个,亿美元,%

行业	外资项目				实际使用外资			
	数目	同比	比重		金额	同比	比重	
			2011	2012 (1-7)			2011	2012 (1-7)
制造业	30	-18.9	24.8	27.7	5.7	74.4	74.3	53.0
租赁和商务服务业	20	5.3	16.5	18.5	0.6	-79.3	7.6	16.9
批发和零售业	44	41.9	36.4	33.8	0.3	-84.5	4.4	9.5
信息传输、计算机服务和软件业	10	0.0	8.3	1.5	0.1	99.8	1.7	3.9

资料来源:商务部外资统计。

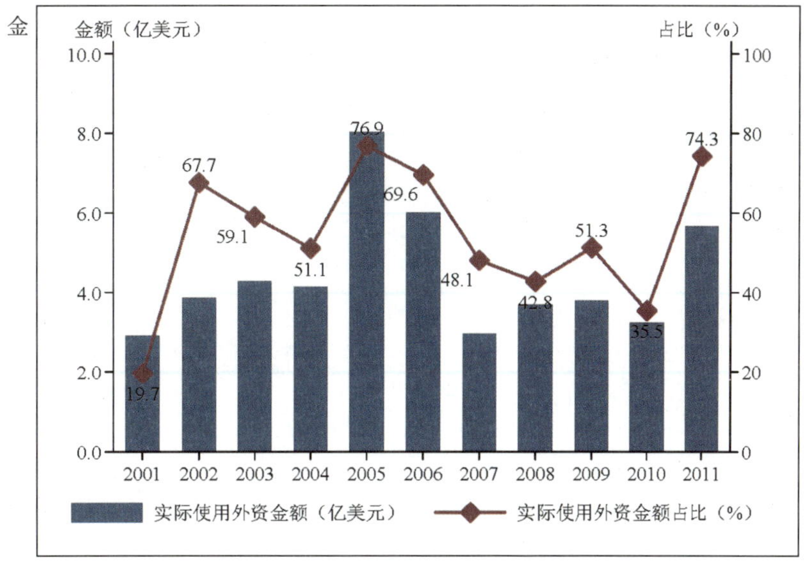

图 2.11.3　荷兰对华制造业 FDI 情况

资料来源：商务部外资统计。

五、荷兰对华 FDI 区位分布

荷兰对华 FDI 主要集中于东部地区。2001–2011 年，荷兰累计对东部实际投资 78.4 亿美元，占比 90.3%；中部 6.68 亿美元，占比 7.7%；西部 1.76 亿美元，占比 2%(表 2.11.3)。

2011 年，荷兰对东部实际投资 6.8 亿美元，同比下降 22.7%，占 84.1%；中部占 14.2%，西部占 1.7%。2011 年，江苏占荷兰对华投资总额的 31.3%，山东占 20.9%，吉林和上海分别占 12.0%和 10.4%。与 2010 年相比，山东、吉林实际利用荷资增幅显著。2012 年 1–7 月，利用荷资较多的是东部的江苏、上海、广东(表 2.11.4)。

表 2.11.3　荷兰对华 FDI 区域分布　　单位：亿美元，%

年份	东部地区		中部地区		西部地区	
	金额	比重	金额	比重	金额	比重
2001	5.9	76.3	1.2	15.2	0.07	1.0
2002	4.4	76.6	1.1	18.6	0.27	4.7
2003	6.2	85.0	1.0	14.3	0.05	0.71
2004	7.4	91.5	0.51	6.3	0.18	2.3
2005	9.8	93.9	0.48	4.6	0.16	1.5
2006	8.1	94.0	0.23	2.6	0.29	3.4
2007	5.7	92.3	0.46	7.4	0.02	0.33
2008	8.3	96.0	0.19	2.2	0.15	1.8
2009	7.0	94.1	0.16	2.1	0.28	3.8
2010	8.8	96.8	0.15	1.6	0.15	1.6
2011	6.8	84.1	1.2	14.2	0.14	1.7
2012 (1–7)	5.9	84.9	0.75	10.7	0.30	4.3

资料来源：商务部外资统计。

表 2.11.4　2011 年荷兰对华 FDI 省市分布　　单位:个,亿美元,%

省市	外资项目				实际使用外资			
	数目	同比	比重		金额	同比	比重	
			2011	2012 (1-7)			2011	2012 (1-7)
江苏	23	9.5	19.0	15.4	2.5	27.5	31.3	23.2
山东	6	50.0	5.0	6.2	1.7	321.5	20.9	9.4
吉林	1	-50.0	0.83	0.0	1.0	1010	12.0	4.7
上海	34	9.7	28.1	29.2	0.84	-77.0	10.4	17.2
广东	6	-33.3	5.0	4.6	0.75	-9.6	9.3	14.0
北京	18	63.6	14.9	7.7	0.36	-48.8	4.5	9.5
浙江	8	-20.0	6.6	9.2	0.23	-64.4	2.9	4.3

资料来源:商务部外资统计。

第十二节　瑞士对华直接投资

一、瑞士全球 FDI

2001-2011 年,瑞士累计输出 FDI 4537 亿美元,占全球同期输出 FDI 总量的 3.3%。2011 年,瑞士对外直接投资 696.1 亿美元,同比增长 7.5%,占全球 FDI 流出总额的 4.1%。

二、瑞士对华 FDI 概况

2011 年,瑞士对华直接投资项目 97 个;实际投资金额 5.6 亿美元,同比增长逾一倍。2012 年 1-7 月,投资项目 57 个,同比减少 3.4%;投资金额7.7 亿美元,同比增长 211.1%(表 2.12.1)。

2001-2011 年,瑞士对华累计投资项目 952 个,合计投资金额 28.7 亿美元。2001-2011 年,瑞士对华投资项目从 43 个增加至 97 个,占比有所增加,但均不足1%(图 2.12.1);实际外资金额从 2001 年的 2.1 亿美元增至 2011 年的 5.6 亿美元。

表 2.12.1　瑞士对华 FDI 总体趋势　单位：个，亿美元，%

年度	外资项目		实际使用外资	
	数目	同比	金额	同比
2001	43	4.9	2.1	5.9
2002	42	–2.3	2.0	–2.7
2003	82	95.2	1.8	–9.2
2004	88	7.3	2.0	12.0
2005	125	42.0	2.1	1.4
2006	123	–1.6	2.1	2.2
2007	97	–21.1	3.0	42.3
2008	108	11.3	2.4	–19.0
2009	70	–35.2	3.0	24.4
2010	77	10.0	2.6	–13.4
2011	97	26.0	5.6	113.1
2012 (1–7)	57	–3.4	7.7	211.5

资料来源：商务部外资统计。

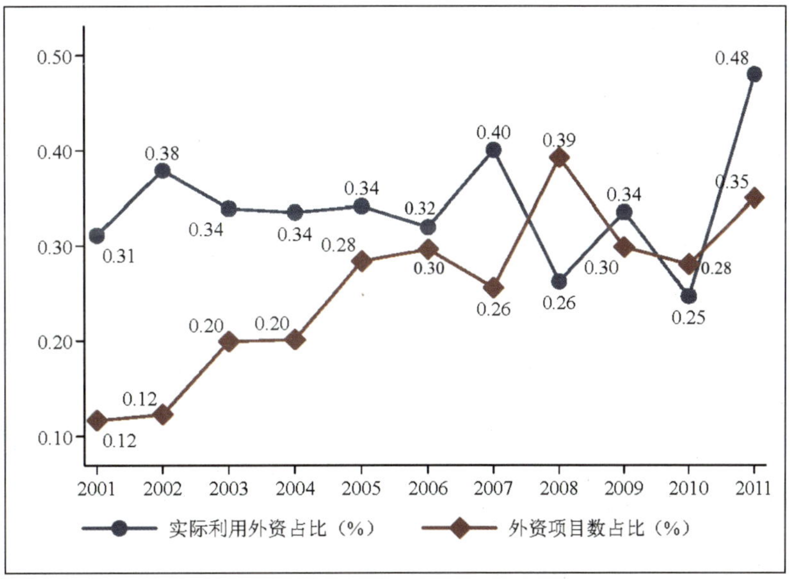

图 2.12.1　瑞士占中国 FDI 流入份额变化

资料来源：商务部外资统计。

三、瑞士对华 FDI 方式选择

独资企业和中外合资企业是瑞士在华投资的主要选择方式。2001–2011 年，独资企业项目数占 70.7%，合资企业为 26.6%；实际外资金额方面，独资企业占 77.6%，合资企业占 14.2%。

2011 年和 2012 年 1–7 月，通过独资企业形式进行的实际投资分别占 92.7% 和 54.1%；合资企业相应占比分别为 7.2% 和 45.8%(图 2.12.2)。

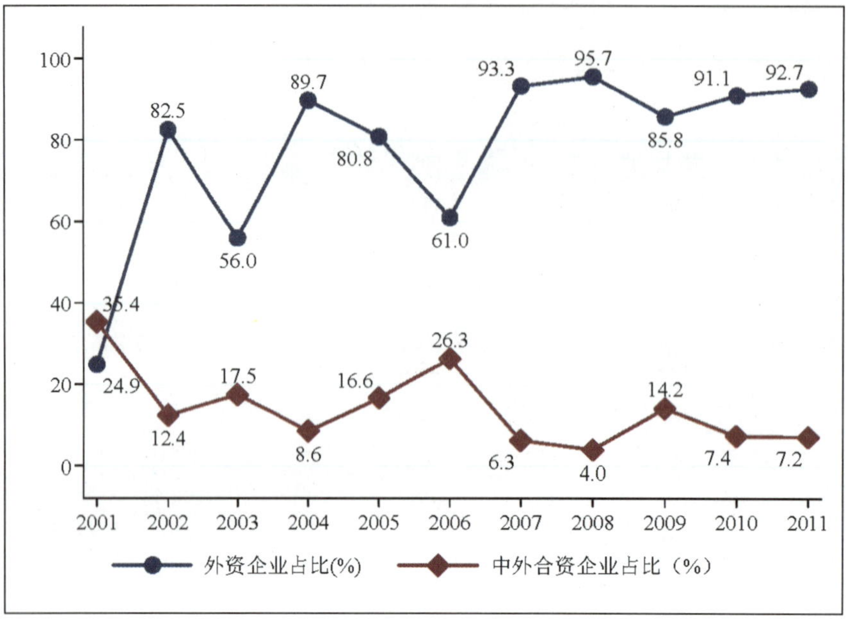

图 2.12.2 瑞士对华 FDI 方式选择

资料来源:商务部外资统计。

四、瑞士对华 FDI 行业分布

制造业是瑞士对华 FDI 最多的行业。2001-2011 年,瑞士对华制造业累计投资项目 443 个,实际投资总额 20.3 亿美元。制造业利用瑞士资本从 2001 年的 7445 万美元增至 2011 年的 4.5 亿美元,占比从 18.1% 升至 80.4%(表 2.12.2、图 2.12.3)。

表 2.12.2 2011 年瑞士对华 FDI 行业分布 单位:个,亿美元,%

行业	外资项目				实际使用外资			
	数目	同比	比重		金额	同比	比重	
			2011	2012 (1-7)			2011	2012 (1-7)
制造业	31	47.6	32.0	33.3	4.5	211.8	80.4	66.6
租赁和商务服务业	20	11.1	20.6	17.5	0.49	-12.6	8.8	27.4
批发和零售业	31	40.9	32.0	28.1	0.34	24.0	6.2	3.1
科学研究、技术服务和地质勘查业	8	14.3	8.3	12.3	0.09	621.0	1.6	0.5

资料来源:商务部外资统计。

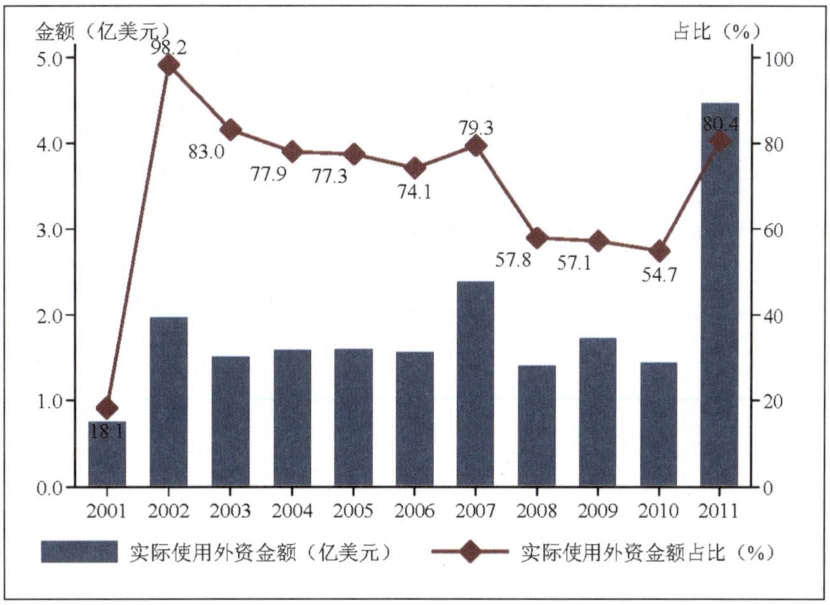

图 2.12.3　瑞士对华制造业 FDI 情况

资料来源：商务部外资统计。

五、瑞士对华 FDI 区位分布

瑞士对华投资高度集中在东部地区。2001-2011 年对东部合计实际投资 27.2 亿美元，占比 96.3%；中、西部分别占比 2.7%和 1.8%。

2011 年，瑞士对东部实际投资 5.4 亿美元，同比增长 1.25 倍，占其对华投资总额的 97%；中部占 3%（表 2.12.3）。2011 年，辽宁占瑞士对华投资总额的 45.2%，江苏占 18.3%，上海占 12.8%。与 2010 年相比，瑞士在辽宁、山东、北京的实际投资额增幅显著。2012 年 1-7 月，利用瑞士资本较多的是北京和辽宁（表 2.12.4）。

表 2.12.3　瑞士对华 FDI 区域分布　单位：亿美元，%

年份	东部地区		中部地区		西部地区	
	金额	比重	金额	比重	金额	比重
2001	1.9	94.9	0.07	3.3	0.04	1.9
2002	1.7	86.4	0.06	3.1	0.21	10.4
2003	1.8	98.7	0.02	1.4	0.00	0.0
2004	1.8	89.0	0.15	7.6	0.07	3.4
2005	2.0	97.4	0.02	1.0	0.03	1.6
2006	1.9	92.7	0.12	5.7	0.03	1.6
2007	2.9	98.3	0.01	0.43	0.04	1.2
2008	2.4	99.1	0.02	0.89	0.00	0.0
2009	3.0	99.1	0.00	0.10	0.02	0.7
2010	2.4	92.8	0.11	4.2	0.08	3.0
2011	5.4	97.0	0.17	3.0	0.00	0.0
2012 (1-7)	6.8	88.6	0.87	11.4	0.00	0.0

资料来源：商务部外资统计。

表 2.12.4 2011 年瑞士对华 FDI 省市分布

单位:个,亿美元,%

省市	外资项目				实际使用外资			
	数目	同比	比重		金额	同比	比重	
			2011	2012 (1–7)			2011	2012 (1–7)
辽宁	4	100.0	4.1	1.8	2.5	10647	45.2	11.5
江苏	14	27.3	14.4	21.0	1.0	13.8	18.3	5.8
上海	36	71.4	37.1	35.1	0.71	–2.4	12.8	4.6
山东	3	50.0	3.1	3.5	0.43	2112	7.7	3.9
北京	10	–50.0	10.3	14.0	0.41	158.5	7.4	26.4
浙江	5	–16.7	5.2	5.3	0.22	–25.2	4.0	2.6

资料来源:商务部外资统计。

专栏 2-3 诺华公司在华投资与发展

2011 年 3 月 22 日,总部位于瑞士的全球制药行业巨头诺华公司,与浙江天元生物药业有限公司完成合资项目,投资 18897 万美元持有合资公司 85%的股权。诺华公司由瑞士有百年历史的公司——汽巴–嘉基公司和山德士公司在 1996 年合并成立,现已在全球制药行业占据领先地位,2011 年全球净销售额达到 586 亿美元,同比增长 15.7%,其中核心研发支持达 92.4 亿美元,同比增长 14.3%,占净销售额的 15.8%。

诺华在华表现出强劲的增长势头。2011 年净销售额增长达到 38%,领先于诺华在欧洲、美国以及其他新兴市场的增速。在华总投资额从 2004 年的 0.7 亿美元增值至 2010 年 7.4 亿美元,并在 2011 年超过 10 亿美元,增长了近 15 倍。截至 2011 年底,诺华在华已经拥有全资或控股的公司及代表处 10 家。销售额和投资的快速增长带来了就业需求的增加,2004 年诺华在华员工 1592 人,2010 年达到 5182 人,2011 年超过 6600 人。

2011 年诺华公司与浙江天元生物药业有限公司完成合资项目,离不开对中国医药制造业未来发展的乐观预期。诺华公司在 2011 年报中指出,"由于经济增长势头强劲且政府承诺提高医疗保健覆盖率,未来新兴市场的医疗保健支出将大幅增加。例如,中国计划到 2020 年全民覆盖医疗保健,预计这将使得未来十年政府在这方面的支出加大 20%–25%。"此外,国务院 2010 年 9 月审议并原则通过《国务院关于加快培育和发展战略性新兴产业的决定》,该决定将生物产业作为七大战略新兴产业之一,并指出"大力发展用于重大疾病防治的生物技术药物、新型疫苗和诊断试剂、化学药物、现代中药等创新药物大品种,提升生物医药产业水平"。可以预计生物医药行业将迎来一个良好的政策环境。

诺华介入之前,浙江天元生物药业有限公司是中国最大的民营生物制药公司之一,1994 年进入疫苗行业,2009 年销售额 2500 万美元,是国内第二大甲流疫苗供应商,公司月产能为 250 万剂。作为全国 11 家甲型 H1N1 流感疫苗定点生产企业之一，天元生物药业已经获得工信部 2000 万剂甲型 H1N1 流感疫苗订单。该合资项目，有助于诺华在华产能的迅速扩大以及市场占有率的增加；对天元生物药业而言，项目所带来的诺华 300 多项专利的开放有助于公司技术含量在短期内得到提升以及产品的更新换代。

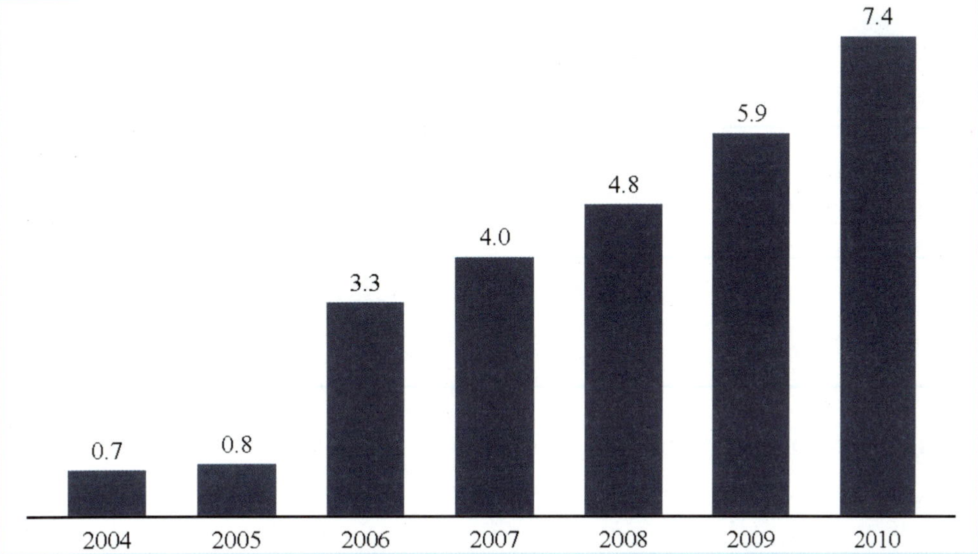

诺华在华总投资额(单位：亿美元)

资料来源：《诺华在中国 2011》。

随着生产能力逐步扩大，诺华在中国研发方面的投资也稳步增长。2011 年，诺华在全球共计有 10 个研发中心，其中 2006 年 11 月在上海成立的综合性生物医学研发中心——诺华（中国）生物医学研究有限公司名列第三。诺华现今在全球共计有 6000 多家合作伙伴，分布在中国的仍相对较少。诺华 2011 年的公司年报指出，诺华将扩张在华研发伙伴数目，预计到 2014 年将实现近 10 倍的增长，数目将达到 1200 家。

诺华在中国迅速扩张的趋势以及进行的一系列的战略投资，表明中国医药行业市场规模庞大且在迅速增长，也同时具备了承接高技术产品生产和研发的能力。

第十三节　加拿大对华直接投资

一、加拿大全球 FDI

2001-2011 年，加拿大累计对外直接投资 4701.6 亿美元,占全球同期外向 FDI 的 2.9%。2011 年 FDI 流出量为 495.7 亿美元，同比增长 28.5%，约占全球总量的 3.5%。

二、加拿大对华 FDI 概况

2011 年,加拿大对华投资项目 378 个,实际投资金额 4.2 亿美元,同比下降 33.5%。2012 年 1-7 月,加拿大投资项目 188 个,实际投资 2.4 亿美元(表 2.13.1)。

2001-2011 年，加拿大累计对华投资项目 7321 个，实际投资总额 60.3 亿美元。2001-2011 年，加拿大对华投资项目占中国 FDI 流入总量的份额持续下降,从 2001 年的 543 个,占比 1.47%下降至 2011 年的 378 个,占比 1.36%;实际外资金额从 2001 年的 4.4 亿美元下降至 2011 年的 4.2 亿美元,占比有所下降(表 2.13.1、图 2.13.1)

表 2.13.1　加拿大对华 FDI 总体情况　　单位:个,亿美元,%

年度	外资项目		实际使用外资	
	数目	同比	金额	同比
2001	543	24.0	4.4	57.7
2002	708	30.4	5.9	33.2
2003	901	27.3	5.6	-4.2
2004	995	10.4	6.1	8.9
2005	964	-3.1	4.5	-26.0
2006	888	-7.9	4.4	-2.7
2007	693	-22.0	4.0	-10.2
2008	410	-40.8	5.4	37.0
2009	451	10.0	8.6	58.6
2010	390	-13.5	6.3	-26.3
2011	378	-3.1	4.2	-33.5
2012 (1-7)	188	-9.2	2.4	-5.1

资料来源:商务部外资统计。

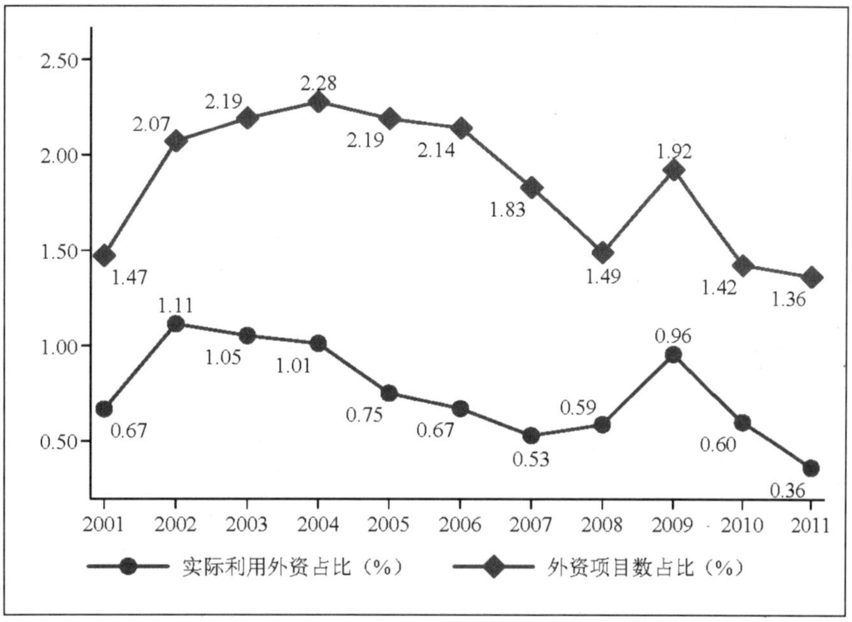

图 2.13.1　加拿大占中国 FDI 流入份额变化

资料来源：商务部外资统计。

三、加拿大对华 FDI 方式选择

加拿大对华投资的主要方式是独资企业和中外合资企业。2001–2011 年，独资企业项目数占 58.4%，合资企业为 37.8%；实际外资金额方面，独资企业占 61.3%，合资企业占 30.4%。

2011 年和 2012 年 1–7 月，通过独资企业形式进行的实际投资分别占 65.0%和 69.1%；合资企业相应占比分别为 32.6%和 30.0%（图 2.13.2）。

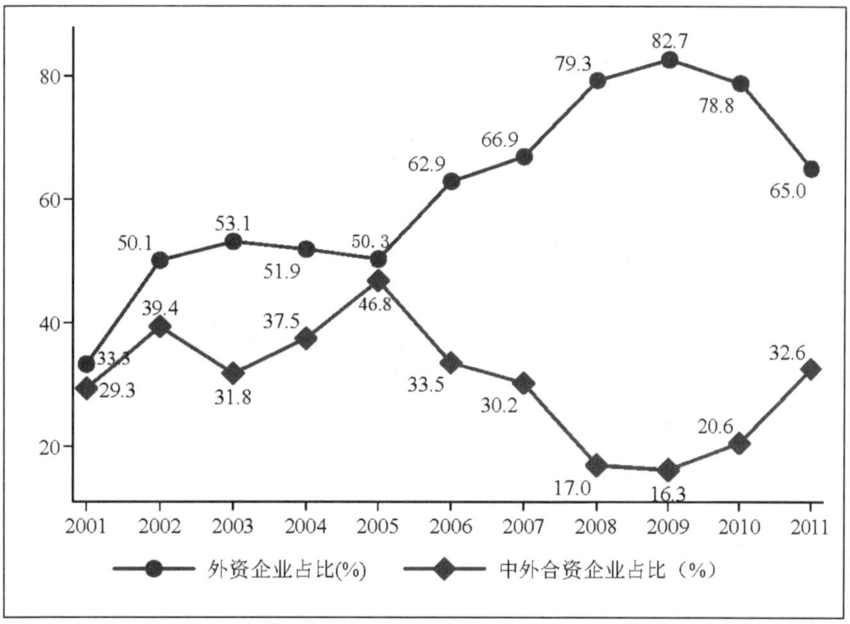

图 2.13.2　加拿大对华 FDI 方式选择

资料来源：商务部外资统计。

四、加拿大对华 FDI 行业分布

制造业是加拿大对华 FDI 最多的行业。2001-2011 年，加拿大对华制造业累计投资项目 4228 个，实际投资总额 36.1 亿美元。加拿大对制造业实际投资额从 2001 年的 1.4 亿美元，占加拿大对华投资总额的 16.9%上升至 2011 年的 2.6 亿美元，占比 56.3%(表 2.13.2、图 2.13.3)。

2001-2011 年间，加拿大对华租赁和商务服务投资增长较快，实际投资金额从 2001 年的 982 万美元增至 2011 年的 4190 万美元，占比从 1.2%升至 8.9%(图 2.13.4)。

表 2.13.2 2011 年加拿大对华 FDI 行业分布

单位:个,亿美元,%

行业	外资项目				实际使用外资			
	数目	同比	比重		金额	同比	比重	
			2011	2012 (1-7)			2011	2012 (1-7)
制造业	128	-12.9	33.9	26.1	2.6	-32.4	56.3	64.7
租赁和商务服务业	49	-19.7	13.0	13.8	0.42	-54.9	8.9	12.5
科学研究、技术服务和地质勘查业	38	35.7	10.1	15.4	0.38	363.3	8.0	4.8
水利、环境和公共设施管理业	3	50.0	0.79	1.1	0.37	1015	7.9	4.1
农、林、牧、渔业	11	22.2	2.9	1.6	0.29	59.5	6.1	4.0
批发和零售业	89	-5.3	23.5	24.5	0.16	40.8	3.5	5.3
房地产业	3	-25.0	0.79	1.1	0.13	-73.6	2.7	0.16
交通运输、仓储和邮政业	4	33.3	1.1	0.0	0.12	651.6	2.5	0.68
信息传输、计算机服务和软件业	36	44.0	9.5	9.6	0.09	-38.4	1.9	2.6

资料来源:商务部外资统计。

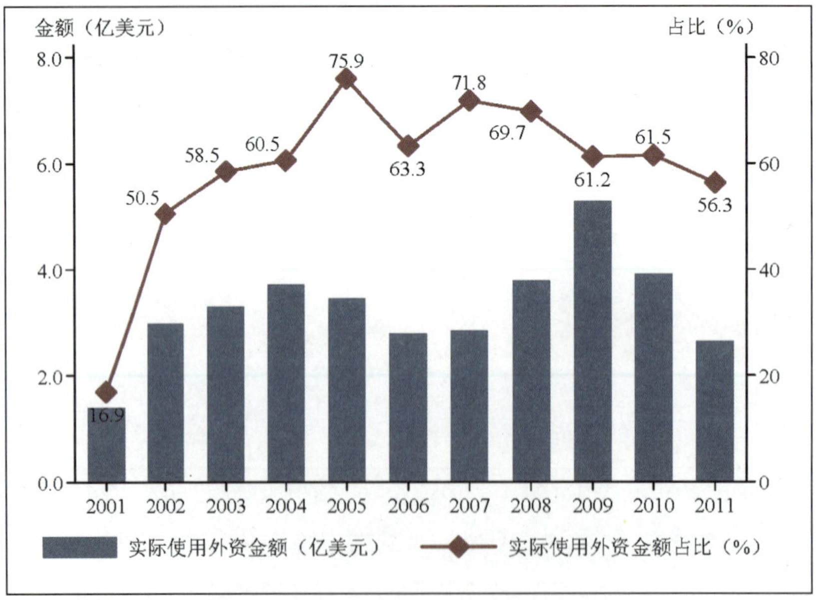

图 2.13.3 加拿大对华制造业 FDI 情况

资料来源:商务部外资统计。

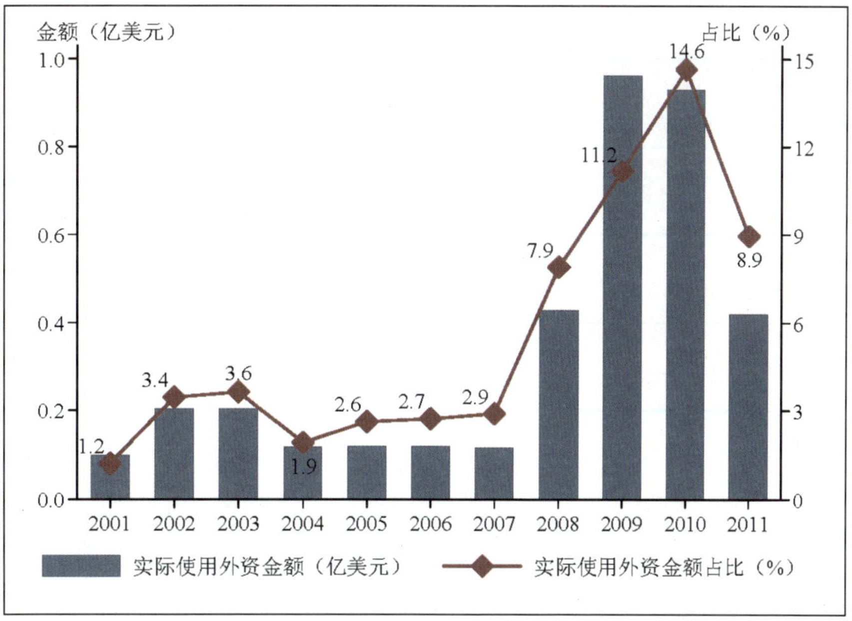

图 2.13.4　加拿大对华租赁和商务服务业 FDI 情况

资料来源：商务部外资统计。

五、加拿大对华 FDI 区位分布

加拿大对华投资集中在东部。2001–2011 年对东部合计实际投资占比 85.1%，中部和西部分别占 11.2%与 3.7%。

2011 年，加拿大对东部实际投资 3.9 亿美元，同比减少 35%，占其对华投资总额的 92.5%；中部占 2.6%；西部占 4.9%。2011 年，江苏占加拿大对华实际投资总额的 46.1%，广东和山东分别占 14.0%和 13.8%。与 2010 年相比，加拿大对广东投资增幅显著，对浙江的投资降幅明显。2012 年 1–7 月，实际利用加拿大外资较多的区域是东部，省份是江苏（表 2.13.3、表 2.13.4）。

表 2.13.3　加拿大对华 FDI 区域分布　　单位：亿美元，%

年份	东部地区		中部地区		西部地区	
	金额	比重	金额	比重	金额	比重
2001[a]	2.5	57.0	0.34	7.7	0.22	4.9
2002	4.2	71.4	1.3	21.8	0.40	6.8
2003	4.3	76.7	1.1	19.7	0.20	3.6
2004	5.0	82.3	0.93	15.1	0.16	2.6
2005	3.8	84.3	0.56	12.3	0.15	3.4
2006	3.8	85.0	0.60	13.5	0.07	1.6
2007	3.6	89.6	0.26	6.6	0.15	3.9
2008	4.6	85.1	0.62	11.4	0.19	3.5
2009	7.8	91.1	0.52	6.1	0.24	2.8

续表

年份	东部地区		中部地区		西部地区	
	金额	比重	金额	比重	金额	比重
2010	6.0	94.2	0.18	2.8	0.19	3.0
2011	3.9	92.5	0.11	2.6	0.21	4.9
2012 (1-7)	2.3	95.1	0.05	2.2	0.06	2.7

资料来源:商务部外资统计。

注释:a:2001 年东中西部占比之和不等于 100%的原因是,加拿大当年部分资金流入中国海洋石油总公司和中国石油天然气总公司,而这两个公司的资金未计入任何省市。

表 2.13.4 2011 年加拿大对华 FDI 省市分布 单位:个,亿美元,%

省市	外资项目				实际使用外资			
	数目	同比	比重		金额	同比	比重	
			2011	2012 (1-7)			2011	2012 (1-7)
江苏	113	25.6	29.9	26.6	1.9	-25.1	46.1	65.5
广东	32	14.3	8.5	6.9	0.59	404.7	14.0	3.3
山东	31	-11.4	8.2	5.3	0.58	55.9	13.8	7.5
北京	32	-30.4	8.5	11.2	0.25	31.6	6.0	6.1
浙江	23	-28.1	6.1	10.6	0.12	-85.2	2.8	4.8

资料来源:商务部外资统计。

第十四节 马来西亚对华直接投资

一、马来西亚全球 FDI

2011 年,马来西亚 FDI 流出量为 152.6 亿美元,同比增长 14.5%,占全球总量的 0.9%,居全球第 23 位,亚洲第六位。2001-2011 年,累计对外直接投资 773.5 亿美元,其中 80.1%为最近五年完成。

二、马来西亚在华 FDI 概况

2011 年,马来西亚对华直接投资项目 213 个,同比减少 7%;投资金额 3.6 亿美元,同比增加 21.7%。2012 年 1-7 月,投资项目 105 个,同比减少 17.3%;实际投资 2.6 亿美元,同比下降 26.7%(表 2.14.1)。

2001–2011 年，马来西亚累计对华投资项目 3057 个，实际投资总额 38.5 亿美元。2001–2011 年，马来西亚对华投资项目数从 2001 年的 188 个增至 2011 年的 213 个，占比略有上升；实际外资金额从 2001 年的 2.6 亿美元升至 2011 年的 3.6 亿美元，而占比有所下降(图 2.14.1)。

表 2.14.1 马来西亚对华 FDI 总体情况

单位：个，亿美元，%

年度	外资项目		实际使用外资	
	数目	同比	金额	同比
2001	188	59.3	2.6	29.6
2002	319	69.7	3.7	39.9
2003	350	9.7	2.5	–31.7
2004	352	0.6	3.9	53.3
2005	371	5.4	3.7	–4.8
2006	336	–9.4	4.6	25.6
2007	285	–15.2	4.0	–12.4
2008	219	–23.2	2.6	–35.3
2009	195	–11.0	4.4	70.5
2010	229	17.4	2.9	–33.8
2011	213	–7.0	3.6	21.7
2012 (1–7)	105	–17.3	2.6	26.7

资料来源：商务部外资统计。

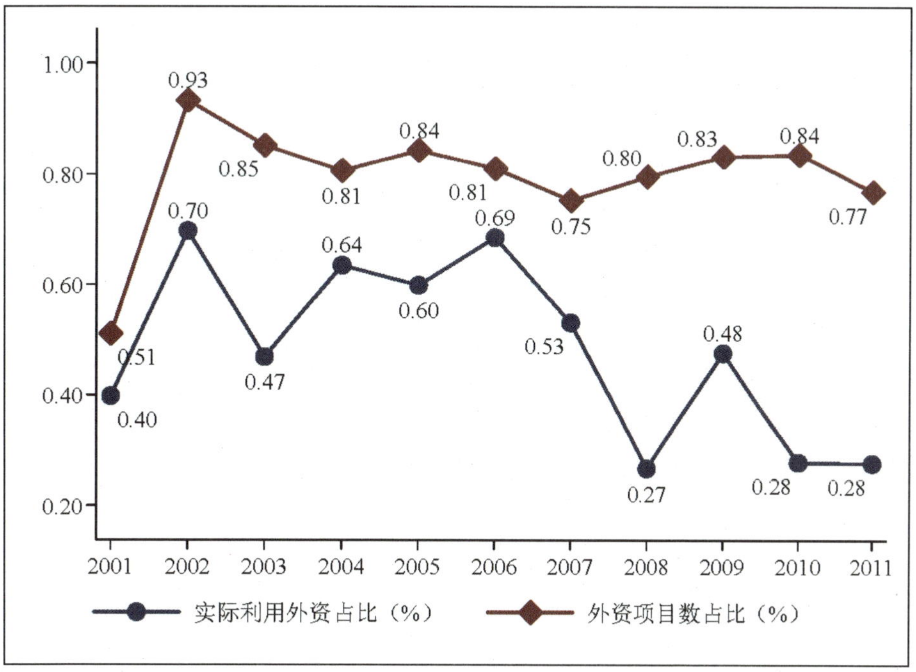

图 2.14.1 马来西亚占中国 FDI 流入份额变化

资料来源：商务部外资统计。

三、马来西亚对华 FDI 方式选择

马来西亚对华投资的主要方式是独资企业和中外合资企业。2001–2011 年,独资企业项目数占69.3%,合资企业为 27.6%;实际外资金额方面,独资企业占 71.6%;合资企业占 19.9%。

2011 年和 2012 年 1–7 月,通过独资企业形式进行的实际投资分别占 76.8%和 57.5%;合资企业相应占比分别为 8.8%和 42.1%(图 2.14.2)。

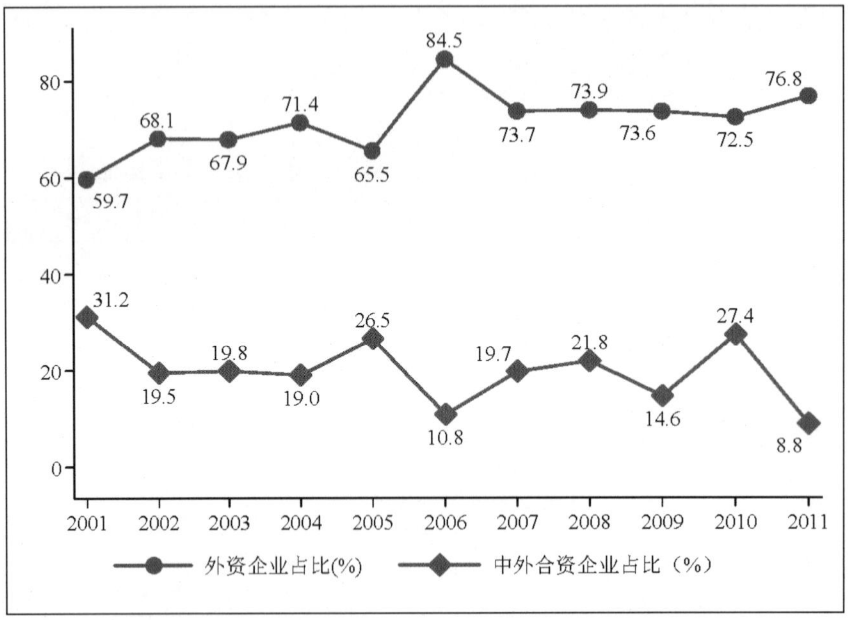

图 2.14.2 马来西亚对华 FDI 方式选择

资料来源:商务部外资统计。

四、马来西亚对华 FDI 行业分布

马来西亚对华直接投资主要流向制造业和服务业中的交通运输、仓储和邮政业。2001–2011 年,马来西亚对华制造业累计投资项目 1629 个,实际投资总额 25.0 亿美元。马来西亚对制造业的实际投资从 2002 年的 2.9 亿美元,占马来西亚对华投资总额的 78.5%下降至 2011 年的 1.1 亿美元,占比 30.5%(表 2.11.2、图 2.11.3)。

2001–2011 年,马来西亚对华交通运输、仓储和邮政业累计投资项目 33 个,实际投资总额 1.7 亿美元。交通运输、仓储和邮政业利用马来西亚资本从 2001 年的 3 万美元,占比不足 1%上升至 2011 年的 1.1 亿美元,占比 31.5%(表 2.14.2)。

表 2.14.2 2011 年马来西亚对华 FDI 行业分布 单位:个,亿美元,%

行业	外资项目				实际使用外资			
	数目	同比	比重		金额	同比	比重	
			2011	2012 (1–7)			2011	2012 (1–7)
交通运输、仓储和邮政业	0	–100.0	0.0	1.9	1.1	218.1	31.5	3.2
制造业	54	–23.9	25.4	25.7	1.1	–31.7	30.5	85.9
批发和零售业	93	8.1	43.7	42.9	0.52	17.0	14.6	2.7
卫生、社会保障和社会福利业	0	–100.0	0.0	0	0.47	0	13.2	0

资料来源:商务部外资统计。

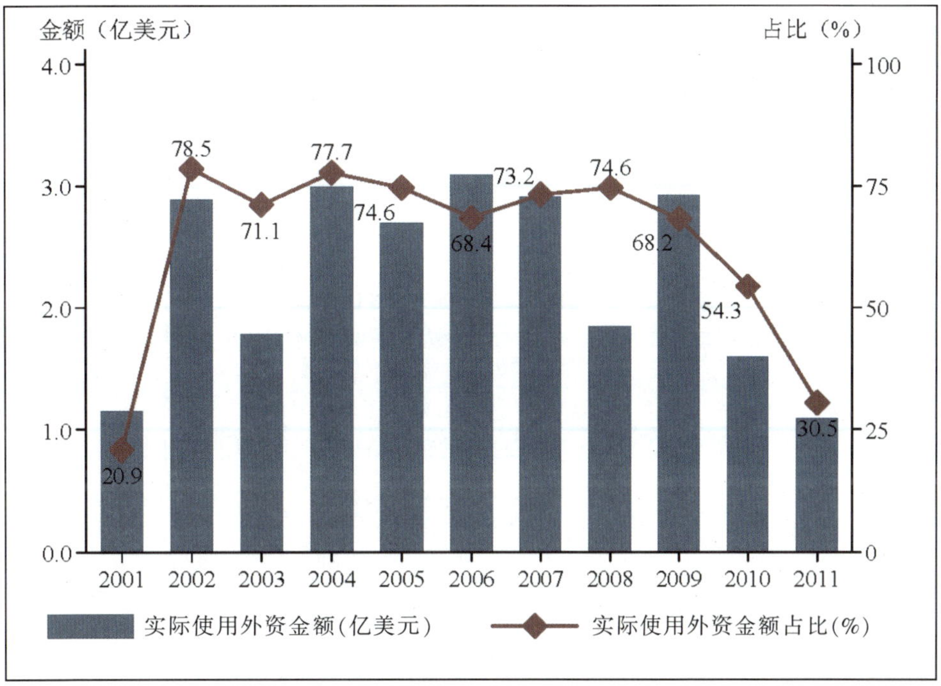

图 2.14.3 马来西亚对华制造业 FDI 情况

资料来源:商务部外资统计。

五、马来西亚对华 FDI 区位分布

马来西亚对华投资主要集中在东部地区。2001–2011 年,东部利用了马来西亚对华实际投资总额的 83%,中部和西部分别为 8%和 9%。

2011 年,马来西亚对东部投资 1.8 亿美元,同比减少 25%,占比为 55.6%;中部占 6.0%;西部1.23 亿美元,同比增长 1.80 倍,占 38.4%。2011 年,广西占马来西亚对华实际投资总额的 37.0%,广东和江苏分别占 14.6%和 11.9%。与 2010 年相比,马来西亚对广西实际投资增幅显著,江苏有所下降。2012 年 1–7 月,利用马来西亚外资较多的是江苏与福建(表 2.14.3、表 2.14.4)。

表 2.14.3　马来西亚对华 FDI 区域分布

单位：亿美元，%

年份	东部地区		中部地区		西部地区	
	金额	比重	金额	比重	金额	比重
2001	1.9	72.1	0.48	18.1	0.16	6.2
2002	3.0	81.8	0.52	14.1	0.15	4.1
2003	2.1	85.2	0.25	9.8	0.12	5.0
2004	3.2	81.9	0.57	14.9	0.12	3.2
2005	3.1	87.1	0.24	6.6	0.23	6.3
2006	4.3	94.8	0.04	0.9	0.20	4.3
2007	3.6	91.8	0.21	5.4	0.11	2.8
2008	2.0	82.2	0.14	5.6	0.30	12.2
2009	3.9	91.4	0.19	4.4	0.18	4.3
2010	2.4	81.1	0.12	4.0	0.44	15.0
2011	1.8	55.6	0.19	6.0	1.23	38.4
2012 (1–7)	2.4	90.8	0.10	3.8	0.14	5.5

资料来源：商务部外资统计。

表 2.14.4　2011 年马来西亚对华 FDI 省市分布

单位：个，亿美元，%

省市	外资项目				实际使用外资			
	数目	同比	比重		金额	同比	比重	
			2011	2012 (1–7)			2011	2012 (1–7)
广西	0	–100.0	0	0	1.2	998.2	37.0	3.0
广东	38	–19.1	17.8	23.8	0.47	–7.2	14.6	5.0
江苏	43	13.2	20.2	13.3	0.38	–58.3	11.9	46.8
浙江	9	–30.8	4.2	7.6	0.19	31.0	5.8	4.4
上海	42	13.5	19.7	19.0	0.15	9.0	4.6	1.9
福建	22	22.2	10.3	7.6	0.15	–11.6	4.6	31.8

资料来源：商务部外资统计。

第三章　FDI 地区趋势

长期以来，中国吸收外商直接投资的地区分布呈显著的非均衡特征。东部地区一直是外商投资的集中地区，中西部地区利用外资偏少。近年来，西部地区 FDI 流入有所增长。本章前四节比较详细地分析了东部、中部、西部利用 FDI 的总体趋势和特征；然后，选择上海、江苏、天津、山东、湖北、陕西和四川七个省市，较为全面地总结了其利用外资的状况、经验、问题及措施。

第一节　FDI 地区分布

截至 2011 年底，中国累计批准设立外商投资企业数 738353 家、实际使用外资金额 11671.9 亿美元。投资项目、实际使用外资金额的绝大部分集中在东部地区，中部和西部所占份额较少。东部地区外商投资项目、实际使用金额占全国比重分别为 83.4%、86.2%，中部地区为 10.7%、8.0%；西部为 5.9%、5.8%（表 3.1.1）。

表 3.1.1　截至 2011 年东中西部外商直接投资　　单位：个，亿美元，%

地区	项目数		实际使用外资	
	个数	比重	金额	比重
全国总计	738353	100	11671.9	100
东部	615876	83.4	10059.3	86.2
中部	78636	10.7	931.9	8.0
西部	43841	5.9	680.6	5.8

资料来源：商务部外资统计。

注：东部地区包括北京、天津、河北、辽宁、上海、江苏、浙江、福建、山东、广东、海南 11 个省市；中部地区包括山西、吉林、黑龙江、安徽、江西、河南、湖北、湖南 8 省；西部地区包括重庆、四川、贵州、云南、西藏、陕西、甘肃、青海、宁夏、新疆、广西、内蒙古 12 个省、市、自治区。

2001年到2012年7月期间，东部地区合计FDI项目数为334749个，占同期项目总数的86.3%；中部地区35521个，占9.2%；西部地区17834个，占4.6%。动态考察，各年外资项目数东、中、西部所占比重变化较小(图3.1.1)。

实际利用外资方面，2001年至2012年7月，东部地区为7613.7亿美元，占同期国内总额的86.1%，中部和西部地区分别为687.5亿美元和538.9亿美元，占比分别为7.8%和6.1%。2009到2011年，西部地区实际利用FDI均超过中部地区(图3.1.2)。

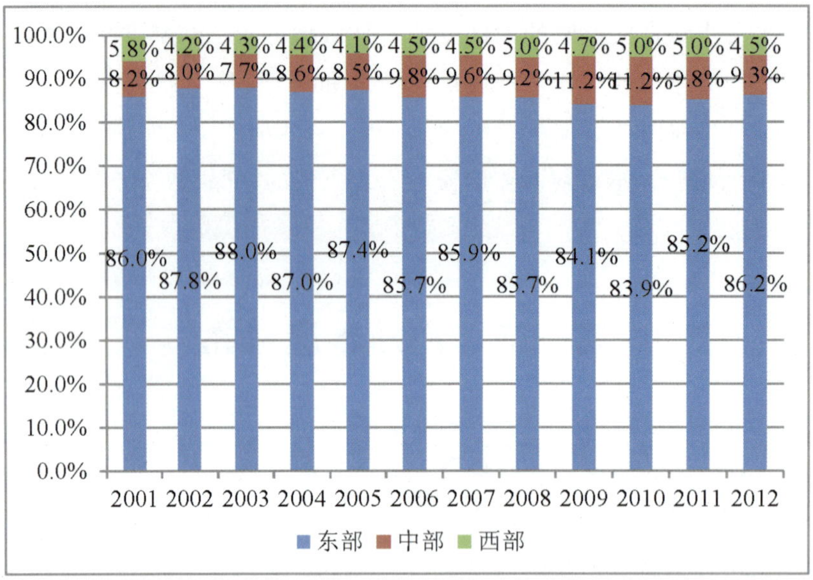

图3.1.1　东中西部利用FDI项目数比重(单位:%)

资料来源:商务部外资统计。

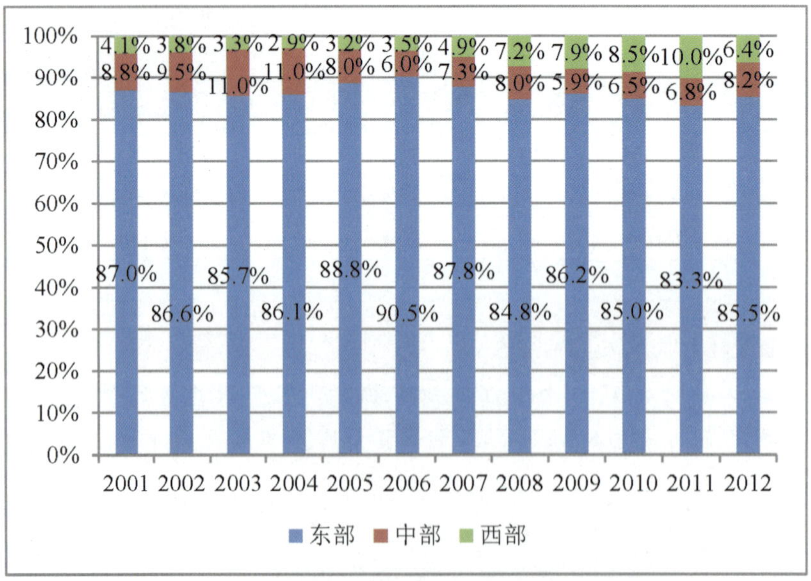

图3.1.2　东中西部实际利用FDI金额比重(单位:%)

资料来源:商务部外资统计。

2011 年，全国新批准设立外商投资项目数、实际使用外资金额分别为 27712 家、1160.1 亿美元。东部地区所占比重分别为 85.2%、83.3%，中部地区为 9.8%、6.8%，西部地区为 5.0%、10.0%。

与 2010 年相比，2011 年全国合计新批准项目数、实际使用外资金额均呈增长态势。东部地区新批准设立项目数增幅最大，同比增长 2.7%，中部地区下降幅度最大，同比下降 10.8%；在实际使用外资金额上，西部地区增速最大，同比增长 28.3%（表 3.1.2）。

表 3.1.2　2011 年东中西部吸收 FDI 情况　　单位：个，亿美元，%

地区	项目数	比重	同比%	实际外资	比重	同比%
总计	27712	100	1.1	1160.1	100	9.7
东部	23602	85.2	2.7	966	83.3	7.5
中部	2727	9.8	-10.8	78.4	6.8	14.3
西部	1383	5.0	1.8	115.7	10.0	28.3

资料来源：商务部外资统计。

第二节　东部地区利用 FDI

一、外商直接投资概况

截至 2011 年底，东部地区设立外商投资企业 615876 家、实际使用外资 10059.3 亿美元，分别占全国总量的 83.4%和 86.2%。

2011 年，东部地区新设立外商投资企业数、实际使用外资分别为 23602 家、966 亿美元，分别比 2010 年增长 2.7%、7.5%；占全国总量的比重分别为 85.2%、83.3%。

2012 年 1–7 月，东部地区新设立外商投资企业数、实际使用外资分别为 11789 家、569.8 亿美元，占全国总量的比重分别为 86.2%、85.5%。

二、FDI 来源地

2004–2011 年间，以实际使用外资计算，前九位来源地占东部地区项目总数的 83.6%、实际使用外资的 85.7%。中国香港对东部地区投资项目数和实际投资金额，占东部地区总量的比重分别为 39.9%和 44.6%（表 3.2.1）。

表 3.2.1 2004-2011 年东部地区利用 FDI 主要来源地 单位:个,亿美元,%

国家/地区	项目数	比重	实际投资	比重
东部地区总计	234349	100	5706.1	100
中国香港	93520	39.9	2544.9	44.6
英属维尔京群岛	10827	4.6	779.6	13.7
日本	16345	7.0	364.7	6.4
韩国	24452	10.4	291.1	5.1
新加坡	6558	2.8	242.4	4.2
美国	16720	7.1	208.5	3.7
开曼群岛	1600	0.7	166.6	2.9
中国台湾	21661	9.2	156.8	2.7
萨摩亚	4223	1.8	136.	2.4
九个国家/地区合计	195906	83.6	4891.2	85.7

资料来源:商务部外资统计。

2011 年,前十位来源地占东部地区外商投资项目总数的 85.9%、实际使用外资金额的 90.5%。2011 年,在东部地区投资最多的是中国香港,其投资项目数和实际投资额占东部地区总量的比重分别为49.2%、59.7%(表 3.2.2)。

表 3.2.2 2011 年东部地区利用 FDI 前十国家/地区 单位:个,亿美元,%

国别/地区	项目数	比重	实际外资	比重
东部地区总计	23602	100	966.0	100
中国香港	11620	49.2	576.3	59.7
英属维尔京群岛	639	2.7	81.6	8.5
日本	1737	7.4	58.8	6.1
新加坡	636	2.7	43.1	4.5
韩国	1245	5.3	23.6	2.4
美国	1249	5.3	21.7	2.2
开曼群岛	110	0.5	20.7	2.1
中国台湾	2222	9.4	19.8	2.0
萨摩亚	402	1.7	18.4	1.9
德国	417	1.8	10.1	1.0
十国别/地区合计	20277	85.9	873.9	90.5

资料来源:商务部外资统计。

三、东部地区各省市利用 FDI

截至 2011 年底，东部地区实际使用外资最多的是广东省，为 2480.5 亿美元，占东部地区总额的 24.7%，占全国比重 21.3%；江苏省位列第二，实际使用外资金额 2142.7 亿美元，占东部地区总额的 21.4%，占全国比重 18.4%；上海市位列第三，实际使用外资金额 1060.9 亿美元，占东部地区总额的 10.6%，占全国比重 9.1%。

东部地区累计实际使用外资最多的 5 个省市为广东、江苏、上海、山东和浙江，占东部地区累计实际使用外资总额的 72.8%，占全国总额的 62.7%。

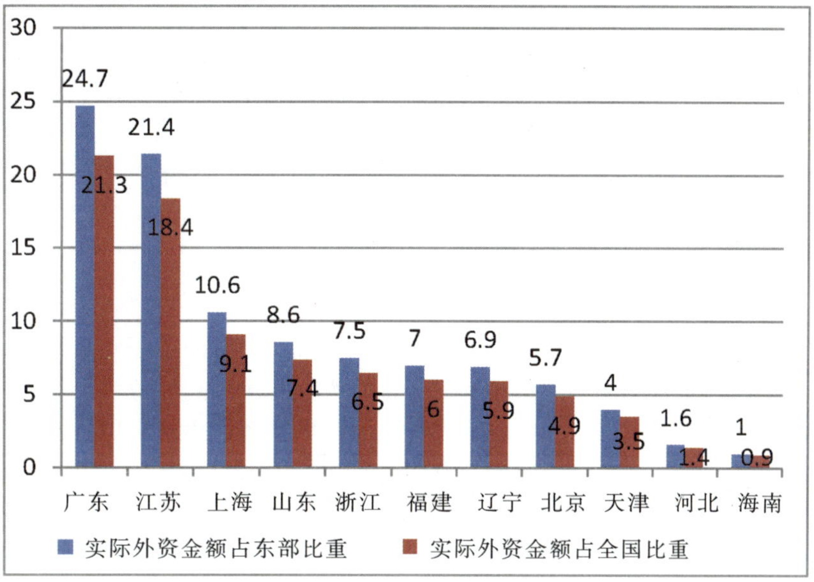

图 3.2.1 截至 2011 年底东部各省实际利用 FDI(单位:%)

资料来源:商务部外资统计。

2011 年，江苏省位居东部地区实际使用外资金额第一位，为 259.8 亿美元，占东部地区总额的 26.9%；广东省居第二位，为 171.1 亿美元，占东部地区总额比重 17.7%；上海市位列第三，为 109.9 亿美元，占比 11.4%。海南、河北、天津、福建所占比重较小。

四、外商投资行业分布

在东部地区，外商投资主要集中在制造业、房地产业、租赁和商务服务业，2000–2011 年间，三行业实际吸收外资金额分别占东部地区的 59.8%、15.4%、5.8%。随着服务业逐渐开放，服务贸易领域吸收外资比重逐年上升。农林牧渔业、教育、科技服务、卫生福利业、文化体育以及公共管理等行业，吸收外资比重仍然很小，金融业领域吸收外资比重也较低(表 3.2.3)。

表 3.2.3　2000-2011 年东部地区累计利用 FDI 行业分布　　单位:个,亿美元,%

行业	项目数		实际使用外资	
	个数	比重	金额	比重
东部地区总计	341791	100	7392.8	100
农、林、牧、渔业	8137	2.4	103.7	1.4
采矿业	850	0.2	25.9	0.3
制造业	205151	60.0	4417.3	59.8
电力、燃气及水的生产和供应业	1838	0.5	134.6	1.8
建筑业	2656	0.8	72.1	1.0
交通运输、仓储和邮政业	5343	1.6	196.4	2.7
信息传输、计算机服务和软件业	9217	2.7	139.4	1.9
批发和零售业	43301	12.7	322.6	4.4
住宿和餐饮业	5088	1.5	53.8	0.7
金融业	477	0.1	48.7	0.7
房地产业	10509	3.1	1140.1	15.4
租赁和商务服务业	23872	7.0	426.1	5.8
科学研究、技术服务和地质勘查业	10238	3.0	95.4	1.3
水利、环境和公共设施管理业	684	0.2	22.7	0.3
居民服务和其他服务业	12631	3.7	157.2	2.1

资料来源:商务部外资统计。

2011 年,制造业、房地产业、批发和零售业以及租赁和商务服务业是外商在东部地区投资规模最大的行业,四行业占东部实际外资总额的比重高达 83.1%。制造业投资增势继续趋缓,2011 年新设企业数和实际使用外资金额占东部地区总量比重分别为 38%、45.8%(表 3.2.4)。

表 3.2.4　2011 年东部地区外商投资行业分布　　单位:个,亿美元,%

行业	项目数		实际使用外资	
	个数	比重	金额	比重
东部地区总计	23602	100	966.0	100
农、林、牧、渔业	590	2.5	14.7	1.5
采矿业	24	0.1	3.2	0.3
制造业	8960	38.0	442.3	45.8
电力、燃气及水的生产和供应业	98	0.4	12.8	1.3
建筑业	174	0.7	6.8	0.7
交通运输、仓储和邮政业	365	1.5	26.0	2.7
信息传输、计算机服务和软件业	860	3.6	26.0	2.7
批发和零售业	6807	28.8	79.1	8.2

续表

行业	项目数		实际使用外资	
	个数	比重	金额	比重
住宿和餐饮业	417	1.8	6.6	0.7
金融业	131	0.1	15.2	1.6
房地产业	381	1.6	208.6	21.6
租赁和商务服务业	3119	13.2	72.7	7.5
科学研究、技术服务和地质勘查业	1261	5.3	23.4	2.4
水利、环境和公共设施管理业	102	0.4	6.1	0.6
居民服务和其他服务业	169	0.7	15.9	1.7

资料来源：商务部外资统计。

五、外商投资方式

外商在东部地区投资主要以外商独资和中外合资的方式进行。其中，外商独资占绝大比例，中外合作和外商股份制比重相对较小。2000–2011 年间，东部地区累计实际使用外资金额中，外商独资占比最大，为 72.9%；其次是中外合资 21.9%（表 3.2.5）。

表 3.2.5　2000–2011 年东部地区外商投资方式　单位：个，亿美元，%

投资方式	项目数		实际使用外资	
	个数	比重	金额	比重
总计	341792	100	7392.8	100
中外合资	80225	23.5	1617.8	21.9
中外合作	8436	2.5	311.5	4.2
外商独资	252859	74	5388.6	72.9
外商股份制	272	0.1	74.9	1.0

资料来源：商务部外资统计。

2011 年，东部地区实际使用外资金额中，外商独资占比远高于中外合资，分别为 80.1% 和 17.4%。无论年度还是累计统计，外商独资所占比重最大，其次是中外合资，中外合作与外商股份制所占比重相对较小。

表 3.2.6 2011 年东部地区外商投资方式 单位:个,亿美元,%

投资方式	项目数		实际使用外资	
	个数	比重	金额	比重
总计	23602	100	966.0	100
中外合资	3926	16.6	168.4	17.4
中外合作	152	0.6	13.7	1.4
外商独资	19499	82.6	773.9	80.1
外商股份制	25	0.1	10.0	1.0

资料来源:商务部外资统计。

六、高技术产业外商投资

东部地区高技术产业外商投资规模呈上升趋势。2000–2011 年间，高技术产业外商投资项目 34049 家,实际使用外资 980.7 亿美元。2011 年,高技术产业外商投资项目 1648 家，实际使用外资 93.1 亿美元(图 3.2.2)。近年来,项目数减少,而投资规模呈增长趋势,表明项目平均规模不断扩大。

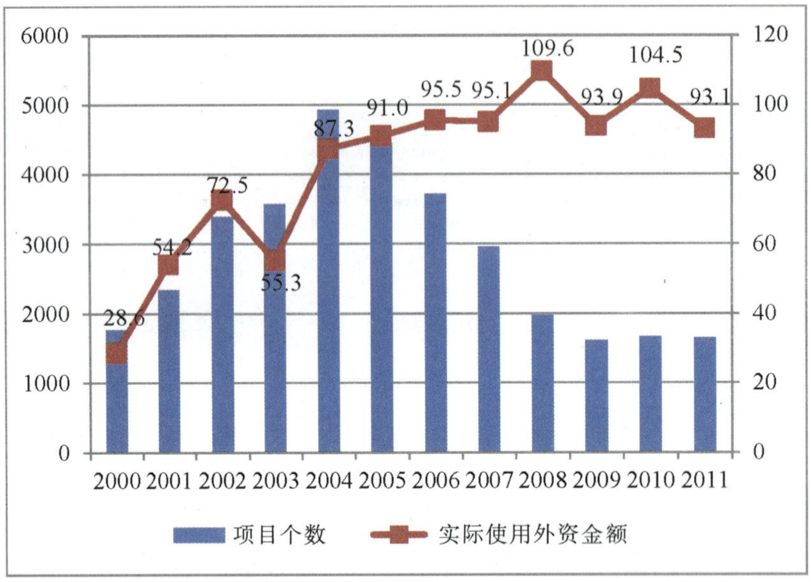

图 3.2.2 东部地区高技术产业外商投资(单位:个、亿美元)

资料来源:商务部外资统计。

第三节　中部地区利用 FDI

长期以来，中部地区在利用外资方面一直走在西部地区的前面。国家中部崛起战略实施以后，中部地区投资环境进一步改善，但其实际利用外资占全国比例近三年落后于西部地区。

一、中部地区外商直接投资概况

截至 2011 年底，中部地区设立外商投资企业 78636 家、实际使用外资 931.9 亿美元，分别占全国总量的 10.7%、8%。

2011 年，中部地区新设立外商投资企业 2727 家、实际使用外资 78.4 亿美元，分别占全国总量的 9.8%、6.8%，实际使用外资金额比 2010 年增加了 14.3 个百分点，项目数同比下降 10.8 个百分点。

2012 年 1-7 月，中部地区新设立外商投资企业数、实际使用外资金额分别为 1269 家、54.4 亿美元，分别占同期全国总量的 9.3%和 8.2%。

二、中部地区外商投资来源地

2004-2011 年间，中部地区实际使用外资主要来源于中国香港、英属维尔京群岛、新加坡、美国和中国台湾。五个来源地占中部地区总量的比重分别为：项目数 74.4%、实际使用外资 74.1%。香港对中部地区投资项目数和实际投资金额，占中部地区总量的比重分别为 50.3%、48.1%(表 3.3.1)。

表 3.3.1　2004-2011 年中部地区利用 FDI 来源地　　单位：个，亿美元，%

国别(地区)	项目数	比重	实际投资	比重
中部地区总计	26212	100	483.6	100
中国香港	13173	50.3	232.5	48.1
英属维尔京群岛	1134	4.3	74.0	15.3
新加坡	546	2.1	19.0	3.9
美国	1778	6.8	17.0	3.5
中国台湾	2866	10.9	15.8	3.3
五个国家/地区总计	19497	74.4	358.3	74.1

资料来源：商务部外资统计。

2011 年，排名前十来源地占中部地区外商投资项目数的 82.9%、实际使用外资金额的 91.4%。2011 年，香港在中部地区投资最多，投资项目数和实际投资额分别占中部地区总量的 58.9%、59.4%。其次是英属维尔京群岛，其项目数、实际投资额占中部地区总量的比重分别为 2.6%、11.5%(表 3.3.2)。

表 3.3.2 2011 年中部地区利用 FDI 来源地 单位:个,亿美元,%

国家/地区	项目数	比重	实际投资额	比重
中部地区总计	2727	100	78.4	100
中国香港	1607	58.9	46.6	59.4
英属维尔京群岛	72	2.6	9.0	11.5
新加坡	46	1.7	4.4	5.6
日本	91	3.3	3.3	4.2
卢森堡	2	0.1	1.7	2.2
中国台湾	284	10.4	1.6	2.0
萨摩亚	36	1.3	1.6	2.0
意大利	15	0.6	1.3	1.6
荷兰	7	0.3	1.1	1.5
美国	101	3.7	1.1	1.4
十国家/地区总计	2261	82.9	71.6	91.4

资料来源:商务部外资统计。

三、中部地区各省利用 FDI

截至 2011 底,湖北省是中部地区利用外资最多的省份,外商投资项目数、实际使用外资分别占中部地区总量的 16.2%、19.2%, 占全国总量的 1.7%、1.5%;湖南省位列第二,实际投资额占中部地区总量的 18.7%,占全国的 1.5%;江西省位列第三,实际投资额占中部地区的 18.3%,占全国的比重为 1.5%。

另外, 实际使用外资占中部地区总量比重超过 10%的还有河南省(11.9%)、安徽省(11%)。截至 2011 年底,前五省实际使用外资占中部地区总额的 79.1%(图 3.3.1)。

2011 年, 中部地区利用外资最多的省份是湖南省,投资项目数、实际使用外资金额分别占中部地区总量的 23.4%、24.5%;其次是江西省,实际投资额占中部地区总额的 21.4%; 湖北省位列第三,为 14.1%。2011 年,湖南和江西利用外资在中部地区占较大比例, 两省占中部实际使用外资总额的 45.9%。

四、中部地区外商投资行业分布

外商在中部地区投资主要集中在制造业,房地产业,电力、燃气及水的生产和供应业。2000–2011 年间, 三行业占中部地区实际使用外资金额的比重分别为 57.1%、16%、6.1%。此外,中部地区租赁和商务服务业比重为 3.4%, 低于东部地区的 5.8%(表 3.3.3)。

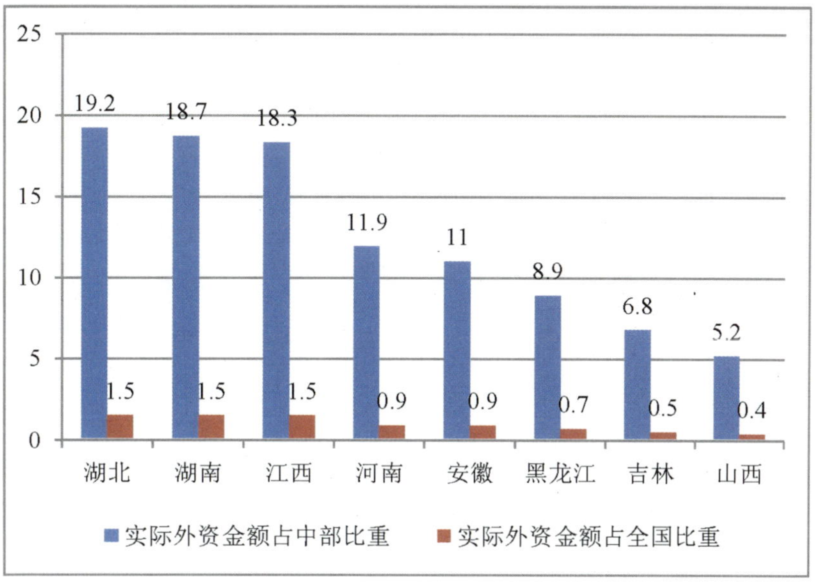

图 3.3.1 截至2011年底中部各省实际利用FDI(单位:%)

资料来源:商务部外资统计。

表 3.3.3 2000-2011年中部地区累计利用FDI行业分布

单位:个,亿美元,%

行业	项目数		实际使用外资	
	个数	比重	金额	比重
中部总计	36352	100	669.1	100
农、林、牧、渔业	2126	5.8	19.3	2.9
采矿业	633	1.7	14.9	2.2
制造业	22597	62.2	382.4	57.1
电力、燃气及水的生产和供应业	930	2.6	40.7	6.1
建筑业	671	1.8	15.5	2.3
交通运输、仓储和邮政业	339	0.9	9.1	1.4
信息传输、计算机服务和软件业	574	1.6	2.9	0.4
批发和零售业	1461	4.0	12.6	1.9
住宿和餐饮业	935	2.6	8.0	1.2
金融业	40	0.1	1.8	0.3
房地产业	2432	6.7	107.0	16.0
租赁和商务服务业	1152	3.2	22.4	3.4
科学研究、技术服务和地质勘查业	439	1.2	3.6	0.5
水利、环境和公共设施管理业	355	1.0	8.0	1.2
居民服务和其他服务业	1299	3.6	17.3	2.6
教育	86	0.2	0.8	0.1
卫生、社会保障和社会福利业	48	0.1	0.6	0.1
文化、体育和娱乐业	233	0.6	2.0	0.3

资料来源:商务部外资统计。

2011 年，中部地区吸收外资主要集中在制造业、房地产业和电力燃气及水的生产和供应业，三个行业实际投资额占中部地区比重高达 81.9%。其中，制造业所占比重最大，新设企业数和实际使用外资占中部地区比重分别为 62.3%和 60.5%（表 3.3.4）。

表 3.3.4　2011 年中部地区利用 FDI 行业分布　　单位：个，亿美元，%

行业	项目数		实际使用外资	
	个数	比重	金额	比重
中部地区总计	2727	100	78.4	100
农、林、牧、渔业	184	6.7	2.2	2.8
采矿业	35	1.3	0.9	1.1
制造业	1699	62.3	47.4	60.5
电力、燃气及水的生产和供应业	59	2.2	3.4	4.3
建筑业	19	0.7	0.8	1.0
交通运输、仓储和邮政业	31	1.1	0.7	0.9
信息传输、计算机服务和软件业	79	2.9	0.6	0.8
批发和零售业	209	7.7	2.4	3.0
住宿和餐饮业	48	1.8	1.0	1.2
金融业	14	0.5	1.0	1.2
房地产业	44	1.6	13.4	17.1
租赁和商务服务业	178	6.5	2.3	2.9
科学研究、技术服务和地质勘查业	56	2.1	0.3	0.4
水利、环境和公共设施管理业	27	1.0	1.8	2.3
居民服务和其他服务业	21	0.8	0.1	0.1

资料来源：商务部外资统计。

五、外商投资方式

2000–2011 年间，中部地区累计实际使用外资中，外商独资和中外合资占比最大，分别为 58.1%、35.2%（表 3.3.5）。地区比较表明，中部地区独资方式占比低于东部地区，中外合资则高于东部地区。

表 3.3.5　2000–2011 年中部地区外商投资方式　　单位：个，亿美元，%

投资方式	项目数		实际使用外资	
	个数	比重	金额	比重
总计	36352	100	669.1	100
中外合资	11599	31.9	235.8	35.2
中外合作	2134	5.9	35.1	5.3
外商独资	22549	62	388.5	58.1
外商股份制	70	0.2	9.7	1.4

资料来源：商务部外资统计。

2011 年，中部地区实际使用外资金额中，外商独资占 68.7%；其次是中外合资 24.4%。与累计统计相比，2011 年度外商独资比重提高了 10 个百分点(表 3.3.6)。

表 3.3.6　2011 年中部地区外商投资方式　单位：个，亿美元，%

投资方式	项目数		实际使用外资	
	个数	比重	金额	比重
总计	2727	100	78.4	100
中外合资	649	23.8	19.1	24.4
中外合作	91	3.3	1.0	1.3
外商独资	1981	72.6	53.8	68.7
外商股份制	6	0.2	4.4	5.6

资料来源：商务部外资统计。

六、高技术产业外商投资

中部地区高技术产业外商投资项目数、投资规模均呈上升趋势。2000–2011 年间，高技术产业外商投资项目 3205 家，实际使用外资 55.8 亿美元。2011 年，高技术产业外商投资项目 265 家，实际使用外资 7.2 亿美元(图 3.3.2)。

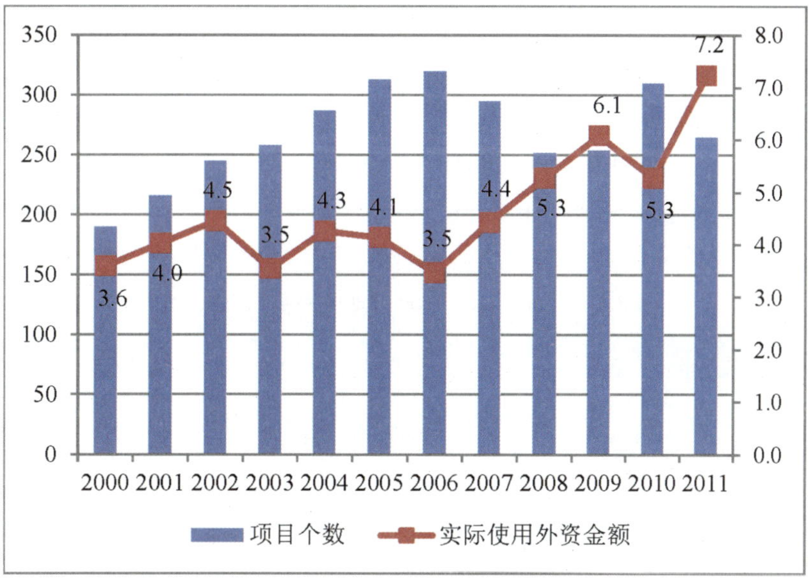

图 3.3.2　中部地区高技术产业外商投资(单位：个，亿美元)

资料来源：商务部外资统计。

第四节　西部地区利用 FDI

西部地区经济基础较为薄弱，长期以来吸引外商直接投资相对滞后。西部大开发战略实施以后，随着中央与地方制定一系列积极吸引外资的政策措施，西部地区投资环境不断改善，近年来实际利用外资规模显著增长。

一、西部地区 FDI 概况

截至 2011 年底，西部地区设立外商投资项目数 43841 家、实际使用外资 680.6 亿美元，占全国比重分别为 5.9%、5.8%。

2011 年，西部地区新批准设立外商投资项目 1383 家、实际使用外资 115.7 亿美元，比 2010 年分别增长 1.8%、28.3%。2011 年，西部地区实际使用外资占全国总量比重比 2010 年增加了 1.5 个百分点。

2012 年 1-7 月，西部地区新设立外商投资企业 619 家、实际使用外资 42.5 亿美元，占全国比重分别为 4.5%、6.4%。

二、西部地区 FDI 来源地

2004-2011 年间，按实际使用外资统计，西部地区外商投资主要来源于中国香港、英属维尔京群岛、新加坡和美国；四个来源地占西部地区总量的83.7%。与东、中部地区相同，对西部地区投资最多的是香港，2004-2011 年间，投资项目数和实际投资额分别占西部地区总量的 40.6%和 60.2%(表 3.4.1)。

表 3.4.1　2004-2011 年西部地区利用 FDI 来源地　　单位：个，亿美元，%

国别(地区)	项目数	比重	实际投资	比重
西部地区总计	12515	100	438.6	100
中国香港	5078	40.6	263.9	60.2
英属维尔京群岛	863	6.9	60.4	13.8
新加坡	558	4.5	33.0	7.5
美国	1230	9.8	9.6	2.2
四国家/地区总计	7729	61.8	366.9	83.7

资料来源：商务部外资统计。

2011 年，排名前十位来源地占西部地区投资项目数的 71.5%、实际投资总额的 94.9%。2011 年，香港在西部地区投资最多，投资项目数、实际投资额占西部地区总量比重分别为 47.9%、71%。新加坡和英属维尔京群岛位居其后，2011 年两个来源地占西部地区实际使用外资总额的比重分别为 11.6%、5.7%(表 3.4.2)。

表 3.4.2　2011 年西部地区外商投资主要来源地　单位：个，亿美元，%

国家/地区	项目数	比重	实际投资额	比重
西部地区总计	1383	100	115.7	100
中国香港	662	47.9	82.2	71.0
新加坡	58	4.2	13.5	11.6
英属维尔京群岛	47	3.4	6.6	5.7
卢森堡	4	0.3	1.3	1.1
马来西亚	16	1.2	1.2	1.1
日本	31	2.2	1.2	1.1
德国	19	1.4	1.0	0.9
美国	76	5.5	1.0	0.8
韩国	38	2.7	0.9	0.8
萨摩亚	38	2.7	0.8	0.7
十国家/地区总计	989	71.5	109.8	94.9

资料来源：商务部外资统计。

三、西部各省市利用 FDI

截至 2011 年底，在西部地区，四川省利用外资最多，外商投资项目数、实际使用外资分别占西部地区总量的 21.7%、27%，占全国比重分别为 1.3%、1.6%。重庆市位列第二，实际使用外资占西部地区总量的 24.5%，占全国比重 1.4%；广西位列第三，实际投资分别占西部及全国总量的 19.2%、1.1%。此外，实际使用外资占西部地区比重超过 10%的还有陕西省（12.2%）。截至 2011 年底，四省市区实际投资金额占西部地区总量的 82.9%（图 3.4.1）。

2011 年，西部地区实际使用外资最多的省份是重庆市，占西部地区的 42.5%；四川位列第二，占西部地区实际使用外资总额的 27.2%；陕西省位列第三，为 7.4%。重庆市和四川省占西部地区项目数和实际使用外资总额的比重分别为 46.9%、69.7%。

从全国范围看，截至 2011 年底，实际使用外资最少的 5 个省区全部位于西部地区，分别是西藏、青海、宁夏、新疆、甘肃，5 省区仅占全国累计实际使用外资总额的 0.2%。

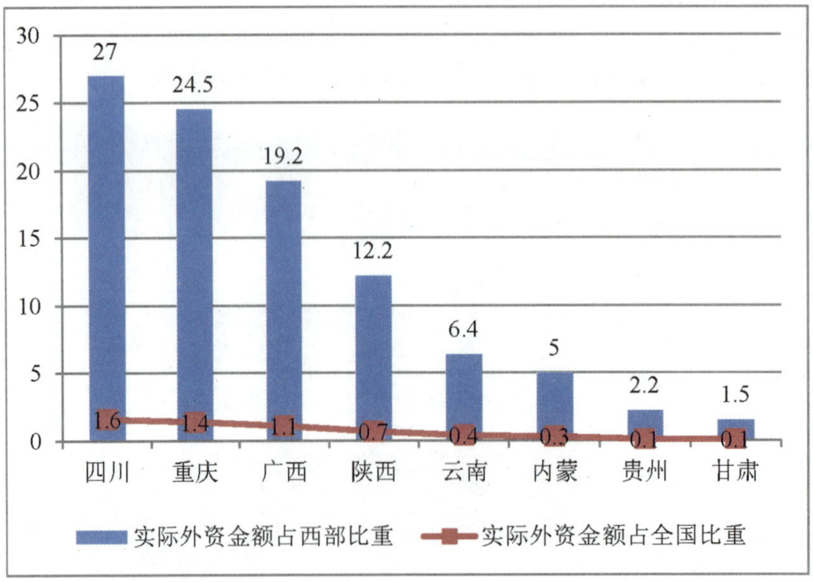

图 3.4.1 截至 2011 年底西部各省市实际利用 FDI(单位:%)

资料来源:商务部外资统计。

四、西部地区外商投资行业分布

外商在西部地区投资集中于房地产业和制造业。2000–2011 年间,两行业占西部地区实际使用外资的比重分别高达 36.8%、35%。与东部地区外商投资高度集中在制造业(比重高达 59.8%)不同,西部地区制造业比重相对较低。与中部地区一样,电力、燃气及水的生产和供应业也吸收了较多外资(表 3.4.3)。

表 3.4.3 2000–2011 年西部地区累计利用 FDI 行业分布　　单位:个,亿美元,%

行业	项目数		实际使用外资	
	个数	比重	金额	比重
总计	18622	100	514.9	100
农、林、牧、渔业	1330	7.1	12.0	2.3
采矿业	580	3.1	11.5	2.2
制造业	8351	44.8	180.5	35.0
电力、燃气及水的生产和供应业	547	2.9	26.0	5.0
建筑业	388	2.1	8.2	1.6
交通运输、仓储和邮政业	254	1.4	10.5	2.0
信息传输、计算机服务和软件业	500	2.7	4.6	0.9
批发和零售业	1548	8.3	16.4	3.2
住宿和餐饮业	583	3.1	6.5	1.3
金融业	40	0.2	4.6	0.9
房地产业	1337	7.2	189.4	36.8
租赁和商务服务业	1473	7.9	21.6	4.2
科学研究、技术服务和地质勘查业	315	1.7	4.3	0.8

续表

行业	项目数		实际使用外资	
	个数	比重	金额	比重
水利、环境和公共设施管理业	165	0.9	4.3	0.8
居民服务和其他服务业	1009	5.4	11.7	2.3
教育	42	0.2	0.8	0.2
卫生、社会保障和社会福利业	29	0.2	1.0	0.2
文化、体育和娱乐业	130	0.7	1.0	0.2

资料来源：商务部外资统计。

2011 年，房地产业吸收外商直接投资所占比重最大，实际使用外资占西部地区比重为 40.5%。其次为制造业 27.1%。租赁和商务服务业也占一定比重，为 7.7%。三行业占西部地区实际使用外资比重为 75.3%(表 3.4.4)。

表 3.4.4 2011 年西部地区利用 FDI 行业分布 单位：个，亿美元，%

行业	项目数		实际使用外资	
	个数	比重	金额	比重
西部地区总计	1383	100	115.7	100
农、林、牧、渔业	91	6.6	3.2	2.8
采矿业	28	2.0	2.0	1.7
制造业	455	32.9	31.3	27.1
电力、燃气及水的生产和供应业	57	4.1	5.1	4.4
建筑业	22	1.6	1.6	1.4
交通运输、仓储和邮政业	17	1.2	5.2	4.5
信息传输、计算机服务和软件业	54	3.9	0.4	0.4
批发和零售业	243	17.6	2.8	2.4
住宿和餐饮业	48	3.5	0.9	0.7
金融业	11	0.8	3.0	2.6
房地产业	41	3.0	46.9	40.5
租赁和商务服务业	221	16.0	8.9	7.7
科学研究、技术服务和地质勘查业	40	2.9	0.9	0.7
水利、环境和公共设施管理业	22	1.6	0.7	0.6
居民服务和其他服务业	22	1.6	2.8	2.4

资料来源：商务部外资统计。

五、外商投资方式

2000–2011 年间，西部地区累计实际使用外资中，外商独资占比 63.6%，中外合资 29.2%。地区比较发现，西部地区外商独资比重高于中部地区，中外合资则低于中部地区(表 3.4.5)。

表 3.4.5 2000-2011 年西部地区外商投资方式 单位:个,亿美元,%

投资方式	项目数		实际使用外资	
	个数	比重	金额	比重
总计	18622	100	5148825	100
中外合资	7140	38.3	1504653	29.2
中外合作	1546	8.3	269478	5.2
外商独资	9880	53.1	3272177	63.6
外商股份制	56	0.3	102517	2.0

资料来源:商务部外资统计。

2011 年,西部地区实际使用外资金额中,外商独资和中外合资所占比重分别为 72.9%和 23%。与累计统计比较,2011 年, 外商独资比重提高 10 个百分点,中外合资则下降 6 个百分点。动态看,在西部地区,外商日益偏好以独资方式进行投资(表 3.4.6)。

表 3.4.6 2011 年西部地区外商投资方式 单位:个,亿美元,%

投资方式	项目数		实际使用外资	
	个数	比重	金额	比重
总计	1383	100	514.9	100
中外合资	430	31.1	150.5	23
中外合作	41	3.0	26.9	2.4
外商独资	908	65.7	327.2	72.9
外商股份制	4	0.3	10.3	1.7

资料来源:商务部外资统计。

六、高技术产业外商投资

近年来, 西部地区高技术产业外商投资项目数有所下降,但投资规模呈快速增长趋势。2000-2011 年间, 高技术产业外商投资项目 1696 家,实际使用外资 42.9 亿美元。2011 年,高技术产业外商投资项目数 112 家, 实际使用外资 8.6 亿美元(图 3.4.2)。

图 3.4.2 西部地区高技术产业外商投资(单位:个,亿美元)

资料来源:商务部外资统计。

第五节 上海市利用 FDI 与投资环境①

一、上海市利用外资现状和趋势

2011 年,上海利用外资紧紧围绕创新驱动、转型发展“十二五”的主线,实际利用外资创历史新高。2011 年全市新批外资项目 4329 个,同比增长 10.8%。实际吸收外资同比增长 13.3%。改革开放以来,累计吸引外商投资项目 63826 个,实际使用外资金额 1190.3 亿美元。

2011 年上海利用外资中,现代服务业快速发展,产业结构进一步优化。全市第三、二、一产业实际利用外资占比分别为 82.8%、16.9%和 0.3%。

2011 年,跨国公司进一步看好上海,外商投资大项目进一步增加。全年引进投资总额 1000 万美元以上新批项目 256 个,比 2010 年增加 53 个,引进投资总额 1000 万美元以上大项目合同外资 170.2 亿美元,占全市合同外资的 84.7%,占比较去年提高 2.6 个百分点。

从投资国别地区看,欧美和亚洲等主要资金来源地呈现全面增长。2011 年,美国在沪投资合同外资 19.2 亿美元,占比为 9.5%,同比增长 4.3 倍。欧洲在沪投资合同外资 17.2 亿美元, 同比增长 37.7%,占比为 8.5%,显示出欧美资本继续看好上海。亚洲在沪投资合同外资 132.5 亿美元,同比增长 23%。其中中国香港特区仍然是第一大资金来源地,合同外资86.01 亿美元,同比增长 26.3%,占比为 42.8%;日本、韩国两国投资呈现明显增长趋势,合同外资分别为 20.5 亿美元、3.7 亿美元,同比分别增长58.1%、76.6%。

外商投资企业运营良好,对社会的贡献进一步

① 本文由上海市商委提供。

提高。据统计,2011年上海外商投资企业销售收入同比增长11.5%,纳税总额增长26.5%,利润总额增长5.5%,就业增长0.1%。2011年上海外商投资企业进出口总额2923.79亿美元,同比增长17%,占全市66.8%,规模以上外商投资工业企业工业总产值19645.8亿元,同比增长6.4%,占全市的61.4%;外商投资企业完成固定资产投资726.6亿元,同比增长11.5%,占比达到14.3%。限额以上消费品零售额达到1057.1亿元,同比增长17.5%,占比21.4%。

二、上海利用外资的特征

(一)总部经济加速发展

2002年上海率先在全国开展了引进跨国公司地区总部试点工作,近年来,随着跨国公司战略的调整以及上海投资环境的不断完善,跨国公司地区总部在上海加速发展。截至2011年底,上海累计吸引跨国公司地区总部353家。其中,近60家跨国公司在上海设立了亚太区总部或亚洲区总部,例如ABB公司将机器人事业部全球总部设在上海;IBM公司将新兴市场总部设在上海,负责管理150个新兴国家市场;霍尼韦尔公司将电子材料部门全球总部设在上海;福特公司将亚太及非洲地区总部从泰国迁至上海。

(二)利用外资领域不断拓展

上海围绕“四个中心”建设,外商投资领域进一步拓展,对外开放在金融、贸易、航运等方面取得新突破。金融领域,一批外资创业投资、融资租赁、融资担保、股权投资和管理企业落户上海,首次引进了中外合资期货经纪公司、外资商业保理公司和单机单船项目子公司。航运领域,利用外资在外资船舶经纪、船舶检验公司、飞机改装和维修、转运中心、独资邮轮船务公司、船舶油污清除公司等方面取得了突破。贸易领域,随着分销领域的全面开放,跨国公司采购中心、分拨中心等新型业态落户上海,各类贸易主体集聚,外资电子商务企业发展迅猛。

(三)外资研发中心快速发展

外资研发中心是促进技术进步的重要力量,上海一直将促进外资研发中心发展作为利用外资工作的重要内容之一,截至2011年底,上海累计吸引外资研发中心334家。落户上海的外资研发中心的行业集聚逐步形成,主要集中在医药、信息技术、汽车及零部件三个行业,特别是医药行业,位列2011年度财富500强企业的15家全球知名制药企业中,已有7家在上海设立了研发中心。研发层级不断提升。上海外资研发中心的研发活动逐步由产品本地化、应用技术研究发展到基础性研发、全球研发,通用电气、埃克森美孚、阿海珐、英特尔等都在上海设立了全球研发中心。

三、上海市投资环境

上海具有良好的城市基础设施,是中国的铁路、水运和航空枢纽城市,交通运输便捷。上海是中国大陆首座同时拥有两个国际机场的城市,浦东国际机场和虹桥国际机场。2011年,上海两大机场共保障飞机起降57.4万架次,实现旅客吞吐量7456万人次,货邮吞吐量353.94万吨,浦东机场货运量保持全球机场第三位,客运量排名全球机场第20位。截至2011年底,有95家中外航空公司开通了上海的定期航班,与上海通航的国内外城市达到226个。

上海拥有一批著名高校和科研院所,拥有一大批精通外语的专业人才和管理人才。2011年,全市共有普通高等学校66所,教育机构和教育资源雄居全国前三甲。

上海始终紧紧围绕政府职能转变，以提高行政效率和服务为抓手，不断优化投资环境。

一是加大外资审批制度改革力度，进一步提高行政效率。开通了外资网上办事系统，覆盖到市商务委、18 个区县政府和 7 个开发区管委会共 26 个审批部门。下发《市商务委关于上海市外商投资企业合同章程格式化审批试点工作扩大到全市范围的通知》，将合同章程格式化审批试点扩大到所有区县及开发区。

二是进一步简政放权。市商务委通过多次放权，将区县外资鼓励类、允许类项目核准和审批权扩大到投资总额 1 亿美元，进一步调动了区县利用外资的积极性。

三是进一步做好外商投资服务工作。编写了上海市外商投资 11 项行政许可审批事项的《办事指南》，逐项明确了办事依据、办理机构、审批条件、申报材料、审批时限及流程等，将提高审批透明度，规范行政审批和方便投资者。从 2006 年起，市商务委每年发布《上海外商投资环境白皮书》，促进外商了解上海、投资上海。完善全市外商投资企业投诉服务网络，全市外商投资企业投诉解决率达到 88%。

据 2010 年本市外商投资企业问卷调查显示，89.7%的外商投资企业认为上海是中国内地最理想的投资城市，95%的外资企业对上海投资环境的进一步改善充满信心。

四、上海市外资企业面临的困难和问题

(一)商务成本上升

上海的劳动力成本相对周边地区偏高。根据上海市统计局统计，上海地区各行业在岗职工年平均工资收入与“长三角”周边城市地区相比差异主要体现在金融服务业、建筑业、制造业和教育文化业、在非国有制企业的不同所有制企业间，上海劳动力成本与“长三角”周边地区城市相比就出现了明显的差异。总体上说，不同所有制类型的企业间工资水平存在着明显的差异，港澳台商投资与外商投资企业的工资水平在各地区都要明显大于其他所有制企业。就平均工资来说，上海劳动力的平均工资分别比江苏、浙江高出 84%和 55%，在不同所有制类型的企业间，上海的劳动力成本比江、浙同类企业高出 20%至 100%。

(二)高端人才短缺

上海目前高层次人才十分紧缺。以金融行业为例，《2008 年上海国际金融中心建设蓝皮书》(以下简称《蓝皮书》)指出，从总规模而言，世界上众多金融中心，金融从业人员占就业人口比重均为 10%以上，伦敦和纽约占比为 11.5%，香港为 14%，而上海金融业员工约 20 万(包括劳务派遣工)，仅仅占全市就业人口的 1%。《蓝皮书》认为，上海金融业面临“双紧缺”，既紧缺通晓金融、外语、法律、电子商务及熟悉 WTO 游戏规则的复合型金融人才，也紧缺熟悉私人银行金融产品创新、金融工程、保险精算、核保审赔、保险经纪、产业研究、风险资本运作、资产信托、期货业务的金融专才。因此，从长期来看，作为拥有 1500 万就业人口的上海来说，按照国际金融中心人才占比就业人口计算，金融从业人员及其配套复合型人才缺口至少在 100 万以上。

五、未来完善投资环境，有效利用外资的对策措施

(一)完善产业发展政策，进一步加强对外资发展的支持引导

一是落实国家关于金融、航运、贸易中心建设

的政策措施,以及本市"十二五"产业发展战略规划。二是完善总部经济发展的政策措施,优化支持服务措施。三是进一步完善外资参与高新技术产业化和建立开放型自主创新体系的政策措施。四是研究制定进一步提高开发区竞争力,实现转型升级、可持续发展的各项政策措施。五是完善外商投资设立创业投资企业和股权投资企业的政策。

(二)优化综合配套服务,进一步打造国际化创新创业环境

一是充分依托国际金融、航运中心建设部际联席会议机制以及浦东综合配套改革试点,争取对外开放领域和方式率先突破。二是进一步加强法制建设,强化知识产权保护力度。三是着力完善人才政策,形成更加健全的政策支持体系。四是落实部市合作机制相关措施,推进医疗、教育、文化等领域的改革试点和对外开放步伐。

(三)加强服务平台的建设,进一步建立健全促进外资发展的工作体系

一是形成市、区、开发区、专业机构共同参与、合作推进的全市投资促进工作体系。二是整合资源、创新引资方式,依托上海重点发展的产业开展产业链引资。三是健全引资工作机制,加强招商引资工作与产业发展战略、区域规划的衔接。四是吸引和集聚各类国际组织、国外非政府组织入驻上海,增强上海的国际影响力。

(四)深化外资投资管理体制改革,进一步提高投资便利化水平

一是研究借鉴国际通行规则,创新管理方式,优化审批流程。二是完善外资信息体系。三是完善外商投资企业跨区经营的财税政策,在战略性新兴产业、现代服务产业等重点引资领域,确立统一协调的引导机制。四是完善外商投资工作协调机制,加强对外商投资重大项目的推进。

第六节 江苏省利用 FDI 与投资环境[①]

一、江苏省利用 FDI 现状与趋势

江苏省是我国东部经济大省,经济外向型程度高、区位优势明显,多年来一直走在改革开放的前沿。特别是近年来,江苏省外商直接投资增长迅速,已成为我国经济发展最快、开放度最高的地区之一。具体表现为:

(一)吸引外资总体规模持续扩大

截至 2011 年底,江苏省累计外商投资企业超过 10 万家,实际利用外资超过 2500 亿美元,连续九年保持全国第一。其中,2011 年江苏省新增外商投资项目 4496 个,同比下降 3.54%;实际利用外资 321.32 亿美元,同比增长 12.75%。

(二)外资来源地日趋多元化

近年来,受经济全球化和江苏省对外开放程度

① 本文由江苏省商务厅提供。

逐渐提高的影响，来江苏省投资的外商日益增多，且呈现多元化趋势。其中中国香港特区是江苏省最大外资来源地，截至 2011 年底，中国香港在江苏省共投资项目 32933 个，实际利用外资金额 861.94 亿美元。其次是英属维尔京群岛、日本、新加坡、中国台湾等国家和地区。2011 年，上述五国及地区亦分列江苏省实际利用外资前五位。其中港资占全省实际到账外资的五成以上。

（三）三产结构更趋合理

从外商直接投资分行业看，先进制造业、现代服务业和新兴产业引资成效显著，外资结构进一步优化。具体来说，第一产业所占比重最小，实际金额占比不足 3%，且占比波动不大。第二产业所占比重最大，但自 2006 年以来，已呈逐年下降趋势，2011 年降至 61.39%。第三产业增长迅速，实际金额所占比例从 2006 年的不足 17%，稳步增长到 2011 年的 36.52%，第三产业成为近年来 FDI 的投资热点。

从总体趋势看，江苏省未来几年新设外商投资企业将减少，但实际使用外资金额将保持稳定。在制造业高端环节、服务业和以适应性技术为主的研发项目等领域的投资会加快增长，外商直接投资的结构将趋于优化、合理，利用外资水平将进一步提高。

二、江苏省利用 FDI 的典型特征

（一）产业结构“持续优化”

2011 年服务业利用外资比重进一步加大。在服务业中，现代服务业继续保持总体快速发展势头，传统服务业呈现下降趋势。商务服务、物流、科研、软件信息等现代服务业实际利用外资分别增长 10.22%、16.72%、78.01%和 42.18%，批发零售业实际利用外资微落 0.99%，住宿餐饮业实际利用外资出现 22.83%的降幅。

（二）制造业利用外资结构优化

2011 年制造业利用外资规模基本与去年持平。其中，合同利用外资 406.25 亿美元，同比微降 0.53%；实际利用外资 197.25 亿美元，同比微增 1.13%，基本延续了近几年微增微减，规模保持基本稳定的态势。

就制造业内部结构看，2011 年 IT 产业实际利用外资同比下降 16.99%，在制造业的占比较上一年下降 3.14%，与此同时，包括光伏、风电等新能源产业在内的电气行业实际利用外资同比增长 10.1%，其在制造业的占比略超 IT 产业。此外，专用设备制造、化工、非金属制品同比分别上升 5.99%、7.41%和 30.01%，在制造业的占比较上一年同期均有进一步上升。

（三）区域发展“协调共进”

2011 年苏北地区利用外资增幅高于苏南和苏中地区，保持了后发优势。其中，苏北地区合同外资增幅高于全省平均 3.85 个百分点。实际利用外资增幅高于全省平均 7.10 个百分点，占全省比重较上一年提高 1.02 个百分点，达 17.34%。其中淮安和徐州实际利用外资增幅超过 40%。

苏中地区合同外资增幅高于全省平均 2.94 个百分点，但实际利用外资仅增长 6.32%，低于全省平均水平。苏中三市实际利用外资均保持增长，但增幅均未达到全省平均水平。

（四）外资发展显示“集约效应”

2011 年全省批准外商投资项目平均合同外资规模为 1325 万美元，较去年提高 106 万美元。其中，新批及净增资 3000 万美元以上项目 762 个，较去年同期增加 102 个，同比增长 115.45%；新批

及净增资9000万以上项目320个,较上年同期增加34个,同比增长11.9%,贡献新增合同外资199.1亿美元,同比增长21.7%。在合同外资增长中,通过老项目增资方式增加的合同外资贡献率为31.9%。

(五)引资方式"丰富多样"

截止到2011年底,江苏省共有跨国公司地区总部和功能性机构107家,其中地区总部50家(投资性公司32家,管理性公司18家),功能性机构57家(其中研发中心49家,其他功能性机构8家),2011年新增的独立研发中心25家,投资性公司8家。此外,全年新增并购项目164家,占历年总数的16.3%;创投企业3家,占历年总数的8.8%;股份有限公司43家,占历年总数的23.9%。

(六)外资企业"贡献加大"

2011年全省涉外税收2123.5亿元,同比增长21%。全省外商投资企业设备进口54.4亿美元,微增0.83%。利用外资为江苏省经济社会发展做出了重要贡献,统计表明,全省四分之一的固定资产投资和税收、三成的GDP、三成的就业岗位、近七成的对外贸易和超过九成的高新技术产品进出口来自于外商投资企业。利用外资也弥补了商贸流通业投资的不足,带来了先进的经营理念、流通方式和营销技术,大大推进了商贸流通业的国际化和现代化进程。

三、影响江苏省吸引FDI的重要因素

(一)出台鼓励政策,引导外资投向

2010年6月,江苏省出台《关于调整专项资金结构加快商务领域科学发展的指导意见(2010-2012)》,明确对江苏省战略性新兴产业和服务业领域利用外资总量和增幅居前的政府,引进技术或装备带动产业升级、出口结构改善和再创新成效显著的企业予以奖励和扶持。同时对世界500强跨国公司在江苏省设立区域总部、研发中心、采购中心等功能性机构给予扶持。2012年8月江苏省政府办公厅印发了《省政府办公厅转发省商务厅等部门关于鼓励跨国公司在江苏省设立地区总部和功能性机构意见的通知》,对获认定的跨国公司在江苏设立的投资性和非投资性地区总部以及功能性机构予以便利化措施和资金补助奖励等政策扶持。相关政策措施对引导外资的投向发挥了积极的推动作用。

(二)完善利用外资评价体系,引导外资提升水平

为配合全省利用外资转型升级的需要,更加科学反映江苏省利用外资情况,更好指导全省利用外资工作,江苏省已经启动开展了包括新兴产业、高新技术产业、先进制造业和现代服务业在内的利用外资统计制度的建立工作,并考虑以此为基础,对江苏省利用外资评价体系进行修改、补充和完善,以改变原来单纯以利用外资的规模评定外资发展成绩的现状与做法,真正推进外资工作又好又快发展。

(三)提高投资便利化水平,优化投资环境

为进一步提升服务效能,江苏省进一步简政放权,并对2005年制定的"网上审批异地出证"制度进行了完善和推广,将实施范围逐步扩大到所有省辖市和部分国家级开发区和县级市。同时,为接受监督,方便基层了解项目进展情况,2010年,江苏省正式启用行政权力网上公开运行系统,实现了外资审批事项全覆盖、全透明、无纸化。另外,

还针对商务部下放的服务业审批事项，外商投资制造业企业增加分销经营范围后其后续变更事宜，以及以并购方式设立的外商投资企业其后续变更事宜，进一步简化审批流程；加强吸收外资法律法规和业务知识培训，提高服务基层和企业的能力和水平；建立全省外商投资管理服务培训平台和纠纷投诉调解工作平台，积极有效化解投资矛盾，维护江苏省优良投资环境形象；继续推进“大通关”建设，推进江苏省电子口岸建设。进一步优化海关和检验检疫监管模式，探索完善企业分类管理办法，全面推动提高通关效率和检验检疫能力，降低企业通关成本。重点加强连云港港、太仓港、南京港、禄口机场、苏南机场、南通兴东机场等重点口岸建设，大力增强口岸服务和辐射功能，开辟和增加国际(境外)航线、航班，鼓励发展旅游包机服务，进一步打造适应开放型经济转型升级要求的投资贸易环境。

(四)参与投资促进，助力招商选资

江苏省全面推行招商选资工作，在招商的领域和方式上进行调整和创新，招商的方向主要为先进制造业和现代服务业，包括服务外包行业。在招商方式上以高效务实为方针，采取专业招商、主题招商、产业链招商为主，大型活动为辅的原则，有效推进投资促进工作，取得了一定成效。

(五)抢抓沿海开发，优化区域结构

抢抓江苏省沿海开发上升为国家战略以及长三角一体化趋势的重大机遇，按照省委、省政府相关要求，举办了一系列境内外的沿海开发推介活动，同时在国内外各类投资洽谈会的组织工作上，对苏中苏北地区实行政策倾斜，还通过各种途径组织外商进行“江苏沿海行”活动。为苏中苏北地区利用外资发挥后发优势，实现新的突破提供了大量的信息渠道和有力的平台支持。

(六)利用人才等优势，加强科技领域国际合作

利用江苏高校和科研院所集聚优势，鼓励和引导海外著名高校、研究机构与跨国公司到江苏单独设立或联合共建从事技术转移服务、成果转化孵化、产业技术研发等业务的国际化创新载体。鼓励和支持对外科技合作集中的地区，建设具有国别特色或专业技术领域特色的高水平国际成果转化基地。鼓励和支持企业围绕产业升级的高端需求引进海外核心关键技术，联合高校、研究机构进行消化吸收再创新。鼓励和支持有较强国际竞争力的企业建立海外研发中心，有效利用当地科技资源；鼓励和支持企业开展国际标准认证。鼓励和支持创新型企业通过多种途径提高国际合作水平。加快知识产权保护方面的法规建设，健全知识产权保护体系，推动企业实施知识产权战略。

四、外商在江苏良好发展的案例

(一)博西家用电器投资(中国)有限公司

1994年开始，博西家电在中国投资并在无锡设立洗衣机工厂；1995年在滁州成立冰箱工厂；1997年，在南京成立了销售公司；2004年，在南京经济技术开发区投资建成了集生产、研发和物流为一体的博西家电园；2010年，在南京投资设立了博西投资中国公司，现博西投资公司作为博西家电在华总部，控股在华投资的六家全资子公司，南京3家，无锡1家，安徽滁州2家；2011年底，博西投资公司被认定为跨国公司地区总部，而该认定成为了博西家电在华发展的一个重要里程碑。过去十五年的发展，博西中国在华取得了良好的业绩，其中销售收入以每年两位数的比例增长，根据销售额统计，博西滚筒洗衣机市场份额位居第一，

冰箱市场份额排名第二，博西家电已经成为竞争激烈的中国市场中最成功的跨国企业之一。现博西中国不但是博西全球最重要的生产基地和亚太地区的数据交换中心,更是重要的研发基地之一。新设立的博西中国研发中心，已成为博西家电全球核心的研发中心之一，其研发的产品不但针对中国市场,而且有些专门为亚太、东南亚市场研究开发产品,如厨具产品;部分产品如洗衣干衣机、双开门冰箱属于中国研发中国制造，销往全球市场,大大带动了出口业务。此外,博西中国所拥有的亚太数据交换中心，不但保证博西家电在华各公司的运营，而且还向博西家电亚太地区各公司提供服务保证运营。这使得博西中国的价值链得以极大提升。

(二)强生(苏州)医疗器材有限公司

2006 年 7 月美国强生公司在苏州工业园区设立强生(苏州)医疗器材有限公司,总投资 1.4 亿美元,注册地资本 4700 万美元,是亚太区乃至全球最大的医疗器材基地。公司进驻园区的第一个品牌是 DePuy 高端制造品牌,DePuy 总投资 1 亿美元,主要从事生产关节手术(髋关节,膝关节,肩关节)植入物、创伤产品、脊柱手术产品等,计划建成 DePuy 全球最大的工厂之一，员工人数约 400 人。目前,DePuy 骨科手术医疗器材的设计、制造、生产已达 100 多年历史,产品获准在 70 多个国家和地区销售。公司厂区内目前又设立强生医疗亚太区财务共享中心、亚太区研发中心,集制造、财务、研发于一体,被称为“强生苏州产业园”。其中,亚太区财务共享中心于 2008 年设立,专为亚太区域机构提供应收、应付、总账等财务外包服务。作为公司的内部独立核算机构,目前人员规模约 150 人,本科以及以上学历员工占比约 90%；亚太研发中心 2011 年 6 月正式开业,专注于医疗器材及诊断产品的设计与开发，以满足亚太区新兴市场尤其是中国和印度患者和顾客的独特需求，目前员工约 100 人,其中硕士学历员工占约 19%,本科学历员工占约 72%。2011 年,公司实现产值 3.4 亿元,完成进出口 7255 万美元。2012 年 1–4 月,公司实现产值 1.2 亿元，同比增长 109%；完成进出口 3426 万美元,同比增长 49.7%。

五、主要困难和问题

(一)发展后劲值得关注

目前,已出现新批项目投资放缓,部分企业减资的情况。南京的十代线平板显示、瑞安地产、起亚汽车等累计近 15 亿美元的重大外资项目投资计划调整,直接影响今年实际利用外资。2011 年扬州减资和外方转股的项目有 57 个,减少协议注册外资 3.6 亿美元，其中单次减少协议注册外资超 1000 万美元以上项目 13 个。其次,各省辖市普遍反映在谈项目、储备项目严重不足,尤其是龙头骨干型、高科技含量型储备项目不足。

(二)宏观环境放大效应

中央经济工作会议指出，要保持宏观经济政策的连续性和稳定性，并根据形势的变化及时作出预调、微调。因此,今年宏观政策不会发生重大变化,但要注重宏观政策预调、微调和操作层面政策对外资的放大作用。目前,有关部门加大了外汇检查和监管力度，要求企业结汇提供严格的单据凭证,缴纳一定比例的保证金。这一政策影响了部分外资项目开户和结汇,延长了企业的到资时间。

(三)外资不能全面享受国民待遇

改革开放之初,国家对外资实施超国民待遇,随着近年来内外资政策的统一,从法律层面看,对外资已经全面实施国民待遇。但在实际政策的执行中,相关职能部门对内外资还是区别对待的。可以说,目前外资并不能完全享受国民待遇。例如,各级政府出台的产业发展配套政策措施和专项扶持资金,虽然没有明确外资企业不能享受相关鼓励政策,但是在实际操作过程中,这些促进政策往往都将外资企业拒之门外。

(四)服务业准入门槛较高

当前服务业利用外资面临许多隐形障碍和门槛,外资在某些服务行业遇到的"玻璃门"现象比较严重。很多服务业行业虽然已经对外开放,但是对准入仍限定了多重条件和前置许可,需要多部门审批,或者是对外资在企业中的占比有明确限制,这些门槛对深化服务业发展产生了许多不必要的障碍,对外资投向服务业形成了一定的阻碍。

六、有效利用 FDI 的对策举措

(一)进一步坚定信心

改革开放以及江苏省利用外资工作的历史经验表明,一轮危机的过程也是一轮抢抓机遇的过程。全省将进一步统一思想,充分认识外资工作对加速江苏省工业化进程、推动产业优化升级、推进科学发展的重大意义,坚定不移发挥利用外资在经济发展中的引擎作用,坚定不移保持利用外资工作在开放型经济中的主体地位,努力保持全省吸收外资平稳加快发展。

(二)稳定利用外资规模

今年国际国内宏观经济的不确定性,促使江苏仍要在"稳规模"上下功夫。积极组织落实重点投资促进活动,抓好全省各市、县和省级以上开发区的招商推进工作。加大苏北地区利用外资力度,做好南北共建园区引资工作。完善外资大项目协调推进机制,对全省在谈、在批、在建的重大外资项目,强化政府服务功能和推进力度,帮助解决企业实际困难和问题。进一步减少审批内容,简化审批程序,提高审批效率。研究建立促进外资科学发展的激励考核机制。

(三)紧抓结构调整不放松

虽然今年"稳规模"任务重,但必须紧抓结构调整不放松,不能因为"稳规模"而忽略"促转型"。要大力引进龙头型、基地型先进制造业项目,积极吸收跨国公司产业链高端环节向江苏省转移;引导外资投向新能源、新材料、生物技术和新医药、节能环保、新一代信息技术和软件、物联网和云计算、高端装备制造、新能源汽车、智能电网和海洋工程装备等十大战略性新兴产业;鼓励外资投向研发设计、咨询服务、营销物流、国际金融服务等现代服务业以及现代农业、节能环保和民生产业。鼓励和帮助有条件的外商投资企业申报国家高新技术企业。出台外资总部经济促进政策意见。

(四)创新利用外资方式

发挥外资并购对省内企业改组改造和产业结构升级的促进作用。引导符合条件的外商投资企业在境内上市。鼓励外商投资设立风险投资基金、创业投资基金,促进高新技术企业发展,积极探索股权投资基金等利用外资方式。推动出台江苏省鼓励外商投资企业创新的意见和措施。

(五)高度关注企业运营情况

密切关注外资企业生产经营状况,及时掌握企业的生产经营信息。鼓励企业从内部管理出发,抓住国家宏观政策调整的机遇,加快调整结构和开拓发展,对于出口型企业要帮助开拓市场,扩大内销比例。同时,做好国家政策调整的解释工作,及时向上反映企业生产经营过程中的现实困难。

第七节 山东省利用 FDI 与投资环境①

近年来,山东省紧紧围绕主题主线,坚持以项目为中心,创新利用外资方式,着力引进跨国公司战略投资,引导外资投向先进装备制造业、现代服务业、现代农业和节能环保产业,利用外资呈现规模扩大、结构优化、质量提升、贡献度提高的良好态势。截至 2011 年底,山东省累计批准外商投资项目 6.4 万个,实际使用外资 1128 亿美元。其中,2011 年,全省累计新批外商投资项目 1433 个,合同使用外资 157.9 亿美元,同比增长 15.8%。

一、利用外资的基本情况和发展趋势

(一)利用外资规模持续扩大

"十一五"期间,全省累计批准设立外商投资企业 1.1 万家,实际使用外资 463.9 亿美元,是"十五"的 1.4 倍。累计批准总投资 3000 万美元以上项目 717 个,合同外资 255.4 亿美元,分别是"十五"的 3.9 倍和 4.8 倍。其中,过亿美元项目 90 个,合同外资 91 亿美元,分别是"十五"的 3.3 倍和 4.1 倍。2011 年合同外资突破 150 亿美元,创五年来新高,实际使用外资首次突破百亿美元。新批总投资 3000 万美元以上项目 292 个,合同外资 105.4 亿美元,比"十一五"末分别增长 20.7%和 31.7%。其中,过亿美元企业 38 家,合同外资 39.3 亿美元。比"十一五"末分别增长 1.1 倍和 2.2 倍。

(二)外商投资结构明显优化

制造业是外商投资的主要领域,"十一五"期间制造业实际使用外资占 69.1%,其中以 IT 及电子设备、通用设备、专用设备制造为主的现代装备制造业实际使用外资占制造业的 25.3%,比"十五"提高 10.7 个百分点。服务业利用外资步伐加快,占全省的比重为 23.2%,比"十五"提高了 11.1 个百分点。风电等新能源领域吸收外资从无到有,规模逐步扩大,累计批准风电等新能源项目 40 个,实际使用外资 4.1 亿美元。青岛、烟台、威海三个开放前沿城市以外的城市占全省的比重为 42%,比"十五"提高了 15.5 个百分点。2011 年制造业实际使用外资占全省的 57.5%,服务业实际使用外资占 34.3%,比"十一五"末提高了 3.5 个百分点。森达美、特易购等公司在山东省设立了区域总部,在研发中心、金融担保、融资租赁、创业投资、专业旅行社以及养老机构等民生服务业领域,外资取得积极进展。

(三)引资方式呈现多样化

现有企业增资合同外资 232.2 亿美元,占同期合同外资总额的 38.4%,比"十五"提高 24 个百分点。外资并购成为利用外资的重要方式,新批外资并购项目 403 个,合同外资 21.5 亿美元,年均增长

① 本文由山东省商务厅提供。

20%。2011年，新批增资项目合同外资75.6亿美元，比“十一五”末增长40.9%。新批并购项目合同外资13.8亿美元，比“十一五”末增长95.6%。

(四)重点外资来源地作用突出

“十一五”列前六位的外资来源地分别为：中国香港(164.8亿美元，占35.5%)，韩国(109亿美元，占23.4%)，英属维尔京群岛(26.5亿美元，占5.7%)，美国(26.1亿美元，占5.6%)，新加坡(25.4亿美元，占5.5%)和日本(24.1亿美元，占5.2%)，以上六个国家(地区)占全省的80.9%。实际利用港资连续四年列全省外资来源地首位，2011年合同港资103.7亿美元，实际到账港资69.8亿美元，分别增长41%和61.1%，占全省的65.7%和62.5%，提高11.7个和15.3个百分点。

(五)大型跨国公司投资日益增多

在山东省投资的世界500强企业由“十五”末的120家增加到2011年底的178家，投资项目由287个增加至509个，实际使用外资59.8亿美元。主要有日本的三井、伊藤忠、丰田等，韩国的三星、现代、LG等，美国的摩根斯坦利、通用、朗讯、卡特比勒等，德国的西门子、德固赛等，法国的圣戈班、家乐福等，瑞典的沃尔沃，英国的联合利华，瑞士雀巢等。投资领域由山东省传统优势产业拓展到高新技术、新能源等新兴产业，形成了青岛的美国朗讯现代通讯设备生产集群、马士基前湾港口集群、伊藤忠纺织产业集群，烟台的上海通用东岳整车发动机生产集群、以鸿海集团富士康电子设备产品生产集群，日照的韩国现代威亚汽车发动机、变速箱等生产集群，济宁的日本小松山推工程机械有限公司液压挖掘机及组件集群，促进了电子信息、汽车、造船、工程机械、造纸、化工等行业的产业结构调整和行业竞争力提高。欧美跨国公司500强投资项目数占全省比重提高至25%。

二、外商投资环境持续改善

山东省高度重视对外开放和利用外资工作，注重发挥利用外资在促进产业升级、自主创新和区域协调发展中的作用，着力改善外商投资环境，不断提高招商引资的针对性和实效性。

(一)建立健全外商投资促进机制

一是搭建国际经贸交流平台。充分利用新加坡-山东经济贸易理事会、泛黄海中日韩经济技术交流会议、中韩8+8城市经济交流会议机制，推进中日韩区域经济合作试验区建设，推动与新加坡、日本、韩国经贸合作进一步发展。在中国青岛经济技术开发区内，与德国合作建立“中德生态园”，在节能环保和生态园区领域深化合作。二是实施产业招商。出台了《实施产业招商的意见》，针对全省明确发展的重点利用外资产业，“一个产业、一个部门、一套班子、一抓到底”，建立责任明确、务实高效的产业招商机制。三是发挥重点企业的主体作用。推动全省重点企业集团与跨国公司开展战略合作，促进产业结构调整优化。四是完善投促机构和网络建设。设立了省政府驻中国香港、日本、韩国、新加坡、美国、德国6个经贸代表处和北京、上海两个商务代表处，强化对外联络、重点项目开发跟进、境外舆情咨讯等方面的职能作用。

(二)强化区域带动战略的开放取向

国务院批复《黄河三角洲高效生态经济区发展规划》和《山东半岛蓝色经济区发展规划》后，山东省迅速出台贯彻落实两大国家区域带动战略规划的对外开放政策，提出引导外资投向海洋优势产业，鼓励企业开展跨国经营，推动境外合作区、资源开发基地、研发和销售中心建设，积极推进青岛中德生态园、日照国际海洋城、潍坊滨海产业园等中外合作园区和项目建设，构建海洋经济对外开放新平台。利用部省合作机制争取商务部支持，加快“蓝黄”区域带动战略对外开放规划实施，进一步完善园区发展规划，加强宣传推介，以对外开放推动“蓝黄”两区建设。2011 年，蓝黄两区合同外资 115.3 亿美元，增长 24.1%，占全省 73%；实际到账外资 83.6 亿美元，增长 28.6%，占全省的 74.9%。

(三)提高行政效能，优化投资环境

一是下放审批权限。优化审批服务，减少审批环节，提高行政效能。二是优化外资发展环境。2012 年，深入开展“访千家外企促增资发展”活动，筛选 1000 家有增资潜力和增资意向的外商投资企业，省市县三级内外联动走访企业、地区总部及境外母公司，加强信息沟通，了解现实关切，完善外商投资大项目协调服务机制，实行省、市、县(区)统一协调调度，针对存在重大问题，报请各级领导亲自督办，推动企业扩大投资加速发展。强化外商投诉处理机构服务功能，切实做好投诉调处和突发事件应对工作。在联合年检期间，坚持与省工商局合署办公，为企业提供参检便利。三是强化部门协调服务。加强商务、发改、财政、外管、工商等部门的沟通协调，在项目落户、资金到位、开工投产等各个方面实行全过程、“一条龙”服务。

三、外商投资企业发展态势良好

截至 2011 年底，山东省存续外商投资企业 1.6 万家，总体经营良好，日益成为促进经济社会发展的重要力量。2011 年度外商投资企业实现营业收入 16659 亿元人民币，增长 7.8%；进出口总额 1075.5 亿美元，占全省总量的 45.6%，其中出口额 637.6 亿美元，占全省总量的 50.7%，进口额 437.9 亿美元，占全省总量的 39.7%；纳税总额 796.7 亿元人民币，比上年增长 9.8%；实收资本占 2011 年全社会固定资产投资的 16.8%；吸纳就业 220 万人。山东省良好的投资环境，吸引了大批的外商到山东来投资，并扎根山东，实现了跨越发展。

现代威亚汽车发动机(山东)有限公司于 2006 年 11 月在山东日照市，由韩国现代威亚株式会社、现代自动车株式会社、起亚自动车株式会社和日照港(集团)有限公司共同投资设立，产品主要为现代汽车集团海内外汽车工厂配套，通过两次技术改造和 2012 年的一次增资，公司形成年产各型发动机 68 万台、发动机缸体 120 万台、变速箱壳体 42 万件的生产能力，在职员工达到 1100 人。期间，韩国现代集团还先后在日照设立了变速箱、车桥、模具等 3 个汽车及零部件产业核心项目，总投资超过 15 亿美元，带动日照瑞荣机械、日照阿泰克汽车配件、日照三宝汽车配件等 30 多个外资项目跟进配套，在日照形成了一个产品涵盖发动机、变速箱、车桥、缸体、曲轴、活塞、万向节、点火线圈、汽车模具等汽车及零部件产业集群，今年 1–7 月份实现销售收入 55.6 亿元，进出口额 7.3 亿美元，吸纳就业 8100 人。

中国重型汽车集团有限公司是国内第一家重型卡车制造商，近年来，通过与沃尔沃、德国曼等世界知名公司的合作以及香港红筹上市，公司取得了快速发展，尤其 2009 年 7 月，国际重卡巨头德国曼公司与中国重汽签署战略合作协议后，通过股权转让和向中国重汽香港有限公司定向增发可转债形式，曼公司持有了中国重汽(香港)有限公司 25%的股权，并把整车、发动机、零部件等最先进的车辆及总成技术许可给中国重汽。中国重汽形成了明显的技术优势、产品优势、营销网络优势和成本优势，被誉为“全球重卡行业增长最快、最具竞争力和成长性的企业”。在加快国际化发展的同时，中国重汽吸引大批国际知名跨国公司跟进配套，打造了以自身为龙头的产业链。拉动了德国博世公司、福士公司、大陆集团、威伯科公司、曼

胡默尔公司、贝尔公司,美国瀚瑞森公司,瑞典 SKF 公司,日本电装公司,意大利倍耐力公司等外商在山东投资,向中国重汽提供仪表、中央控制单元、汽车行驶记录仪、制动、稳定控制、自动变速控制、悬挂系统、承重桥、发动机共轨系统和轮胎等配套产品。2012 年 5 月 22 日,中国重汽自主创新欧五重卡大批量出口巴西首批交车仪式在济南举行,首批 400 辆汽车当日发往巴西。

小松山推工程机械有限公司由山东山推工程机械股份有限公司和日本的株式会社小松制作所以及日本的 3 家商社，于 1995 年共同投资设立。公司成立后，在山东省各级政府和商务部门的大力支持下,取得了较大的成功,2010 年公司销售总额首次超过 100 亿万人民币。小松山推的成功,坚定了日本小松制作所在山东进行战略性投资的决心。17 年来,小松在济宁先后投资了小松山推、小松山东、小松(中国)履带有限公司、山推工程机械机构件有限公司、大京机械山东有限公司、胜代机械山东有限公司等 6 家企业，总投资额 4 亿多美元,注册资本 2 亿美元。现在小松在山东投资的企业已形成年产主机 2.5 万台、部品 3.6 万台套的生产能力,年产值 160 亿元。2012 年,在国内工程机械市场形势严峻的情况下，小松再增资 1.4 亿美元,扩大在小松(山东)、小松(中国)履带的生产能力。除了直接投资外,小松还带动了 12 家日资配套企业在山东(济宁)投资,合计总投资 9.1 亿美元,注册外资 4 亿美元。同时小松还带动了一大批当地配套企业,形成 3.6 万台/年的配套能力,2011 年产值达 100 亿元人民币，提供了近万个就业岗位。

第八节 天津市利用 FDI 与投资环境①

一、天津市利用 FDI 现状与趋势

截至 2011 年底,天津市批准设立外商投资企业累计达 22878 家，实际使用外资 800.9 亿美元。2011 年，实际使用外资 130.6 亿美元，同比增长 20.4%。具体表现为:

(一)投资大项目占 80%以上

全市新批 1000 万美元以上项目 177 个,新批和增资合同外资总额 142.7 亿美元,同比增长 5%,占全市合同外资的 84.8%。例如中友生物技术、睿智投资管理、明阳风电投资、诺斯生物技术、新展高速公路、普利司通轮胎、三星视界移动、尤妮佳生活用品等。千万以上项目的带动战略,提升了天津吸引外资整体水平,进一步加快了大项目、好项目引进建设速度。

(二)二、三产业吸收外资增势良好

2011 年，第二产业新签外商直接投资项目 144 个,实际利用外资 58 亿美元,分别占全市总量的 33.5%和 44.5%。八大优势产业实际使用外资

① 本文由天津市商委提供。

29.6 亿美元,占全市制造业的 51.8%。

随着服务领域开放日益扩大，第三产业利用外资保持快速增长。第三产业新签外商直接投资项目 487 个，实际利用外资 72.3 亿美元，增长 25.9%,占全市实际利用外资总额的 55.3%;其中引资最多的租赁和商务服务业增长 1.2 倍,批发和餐饮业增长 17.3%。

(三)世界 500 强企业投资不断增多

2011 年,世界500 强跨国公司在津投、增资项目 32 个，合同外资额 7.8 亿美元。其中英国道达尔、美国联合利华、美国通用金融等为新进入天津投资的 500 强。截至 2011 年底,共有 151 家世界 500 强跨国公司在津投资了 411 个项目,合同外资额 88.6 亿美元。

(四)增资项目快速增长

全市 2011 年共有 482 家企业增资,新增合同外资 83.4 亿美元,占合同外资总额的 49.6%。增资项目主要集中在电子信息、交通运输及仓储、租赁和商务服务等行业。日本永旺、韩国 LG、美国哈里伯顿、荷兰壳牌等世界知名企业相继加大投资,有力带动了全市合同外资总量的增长。

(五)外资来源多元化

2011 年传统投资地投资趋势持续增长，中国香港地区实际投资增长 38.7%,日本实际投资增长 88.3%,新加坡实际投资增长 22.7%。一些新兴投资来源地在津投资保持较好势头，德国实际投资增长 79.7%,意大利实际投资增长 72.2%。按实际投资额排序,位居前十位的国家与地区依次是:中国香港、英属维尔京群岛、日本、韩国、新加坡、美国、德国、英国、意大利和中国台湾。

二、天津市利用 FDI 的典型特征

2011 年，天津市利用外资工作努力克服各种不利因素和困难，在高基点上继续保持了良好的增长势头。

(一)利用外资结构进一步优化

天津市利用外资在快速增长的同时，着力优化利用外资结构，提高利用外资质量，高端制造业、高新技术产业和现代服务业引资比重已占到近 70%。2011 年天津市制造业实际使用外资主要分布在医药化工、汽车及零部件、设备制造、电子电气等行业。主要企业有西门子机械传动、汉森风电动力设备、卡特彼勒天津公司等。服务业实际使用外资主要涉及融资租赁、房地产业、商贸服务、批发零售等行业。主要企业有中联重科融资租赁、高银地产、日邮汽车物流、仁恒北洋置业等企业。日本 7-11 新开店铺 30 家,韩国乐天百货、日本伊势丹开设第二店铺,瑞典宜家家居、日本永旺中北镇项目落成开业，推动了一批新的大型现代商业项目布点落地。

(二)新领域新方式引资快速成长

利用国家给予的先行先试政策，借助自身优势,进行积极创新,大力推进对外开放,提高投资便利化水平。开放意识的提高,投资环境的改善有力地促进了领域的拓宽和引资方式的创新。2011 年,新批外资融资租赁业项目 39 个,累计批准外资融资租赁业项目 77 个,继续保持快速增长势头。

(三)三个层面利用外资联动协调发展

滨海新区的快速发展与功能提升吸引了更多

国际投资。2011 年，滨海新区实际使用外资 85 亿美元，同比增长 20.8%，占全市的 65.1%，继续发挥龙头带动作用。农口区县结合区域特色，发挥自身优势，积极做大做强载体，充分利用各种平台，拓宽渠道，招商引资规模不断扩大，增速不断提高，呈现良好发展态势。

三、影响天津市吸引 FDI 的重要因素

2011 年天津经济保持了较快的增长势头，投资环境在不断改善。主要从以下几方面着力抓引资推动：

（一）提升项目服务水平

一是结合区域发展重点，用好天津大产业、大平台垄断性资源和优势，有针对性地规划、汇总、包装推出高质量的现代服务业外资招商大项目，与海外机构和重要媒体合作，为各区域载体定期举办项目信息推介洽谈活动，着力引进现代服务业大项目，实现现代服务业招商新突破。二是发挥外资各处与市外商投资服务中心资源整合的优势，组织专门力量，开展对 8 大支柱产业以及世界 500 强、1000 强和行业龙头企业分析研究，组织定向走访，并利用达沃斯大平台、市领导出访和会见活动，积极捕捉有价值的一手投资项目信息，不断为区域发展提供项目来源，形成天津新的产业支撑。三是建立招商推介、新设增资、开工投产三类项目库，明确责任分工，实行动态跟踪管理，促进项目落地和达产。

（二）提升平台搭建水平

一方面以我为主，联合有关区域和部门，围绕装备制造、生物医药等高端制造业、新能源、新材料等新兴产业和商业、会展等现代服务业，以欧美、日韩、中国香港等重点国别地区为重点，举办境内外高层次、大规模、叫得响的招商活动，打造招商活动品牌。另一方面积极发挥市外商投资企业协会资源优势，定期组织举办欧盟企业、美资企业、韩资企业等重点国别企业座谈会，加强与外商投资企业紧密联系和沟通，挖掘企业增资扩产信息，着力促进企业进一步增资扩产，开展以商招商。

（三）促进载体加快发展

按照“产业集群发展、资源集约利用、功能集成建设”的思路，积极营造多极支撑、各具特色、有序竞争的载体建设发展格局。一是深化与滨海新区会商合作机制，围绕先行先试、活动组织、项目引进等内容定期进行沟通，加大针对性服务，形成招商引资的合力，以东疆保税港区、南港工业区等为重点，共同促进滨海新区九大功能区加快发展。二是加大对全市各级开发区的促进支持力度，结合各开发区优势和发展目标，提出开发区差异性发展建议，分产业选择若干积极性强、基础较好的载体作为重点产业基地，从渠道资源、项目信息、平台搭建等方面进行重点扶持。三是完善全市开发区考评办法，调动各开发区招商引资积极性和主动性。落实市政府《关于促进国家级西青、武清经济技术开发区进一步提高发展水平的若干意见》，推动西青、武清两个国家级开发区招商领域实现新突破。四是主动与市内六区招商引资部门及市中小企业局形成联动和互动，积极挖掘商贸、总部、研发、创意、动漫等项目信息资源，共同推动楼宇经济和科技型小巨人的发展。

（四）促进利用外资方式拓展

结合天津市产业发展规划，借助滨海新区先行先试的政策优势，积极争取政策试点，引进新的

投资方式和新的产业业态。帮助天津发展、融创地产等境外上市企业募集资金回流；支持外商向融资租赁、消费金融、小额信贷、保理担保等金融服务业投资;落实国家有关政策,积极推进跨境人民币直接投资;鼓励外资投向服务外包产业;积极推动医疗、教育领域的对外开放。

四、外商获得良好发展的案例

(一)约翰迪尔公司在天津的投资发展

约翰迪尔公司是美国历史最悠久的工业公司之一。自 1837 年设立至今,迪尔公司已经成为全球农业、林业先进产品及服务的领先供应商,全球建筑、草坪和场地养护、景观工程、灌溉等先进产品和服务的主要供应商，全球非公路用柴油发动机的领先制造商，同时还是美国最大的设备融资公司之一。公司 1997 年开始在天津市投资,全国五个生产型企业中天津占两个，主要经营大马力拖拉机工厂和变速箱工厂。同时约翰迪尔在中国的工程技术中心、全球采购中心和国际贸易公司均建在天津。约翰迪尔(天津)有限公司是在天津开发区设立的外商独资企业，总投资 16440 万美元，主要生产拖拉机的零配件，包括机械传动系统、驱动设备以及整机总成,产品面向全球市场,一期设计产能为年产 3.7 万台套机械传动系统,目前主要产品包括不同平台拖拉机的变速箱和后桥。

约翰迪尔(天津)产品研究开发有限公司(工程技术中心）于 2005 年 5 月在天津开发区成立,是约翰迪尔(中国)投资有限公司的全资子公司,投资总额 285 万美元。去年中心增资至 800 万美元,兴建农业机械测试实验室项目。该实验室的实施将引入约翰迪尔全球先进的农业机械测试技术,使约翰迪尔(天津)产品研究开发有限公司具备 18 马力至 280 马力拖拉机整车及部件的测试能力,以及联合收割机整车及部件的测试能力。

(二)诺维信在天津的投资发展

诺维信是世界酶制剂和微生物领域的先导，拥有 100 多种、近 700 个酶制剂和微生物制剂产品，世界市场份额超过 45%，产品销售遍及全球 130 多个国家。诺维信集团是丹麦在华最大投资企业之一。自 1994 年起累计在中国投资超过 2 亿美元，在天津经济技术开发区和北京中关村科技园区分别建立了酶制剂战略生产基地和中国首家由外商投资设立的生物技术研发中心。

诺维信(中国)生物技术有限公司位于天津经济技术开发区,占地 16 万平米,投资 1.65 亿美元。该公司是诺维信在欧美之外最大的战略生产基地,生产范围是广泛的酶制剂产品,包括技术级、食品级、饲料级酶制剂和最先进的洗涤剂工业用酶。产品不仅满足中国日益增长的市场需求,还销往日本、东南亚、韩国和澳大利亚等国家和地区。2009 年诺维信在天津投资 1.4 亿美元设立诺维信(中国)生物医药有限公司,主要从事透明质酸等化学药品原药制造。

(三)三星集团在天津的投资发展

自 1992 年在天津成立第一家在华合资企业以来,天津市已与三星进行长达 20 年的卓有成效的合作。

天津开发区是三星集团在海外最大聚集地之一。目前，三星集团在开发区的企业数量达到 11 家(三星电子、通广三星、三星显示器三家合并)。2007 年至 2011 年,先后有三星泰科、三星 LED、三星通信研发中心、三星国际质量认证研究所、三星电子 LCM 项目、三星电机 MLCC 项目、三星视界移动 OLED 等 7 个三星系项目落户或增资扩产,投资总额达到 17.64 亿美元，累计新增投资 5.39 亿美元；主要产品在电视机、显示器、DVD、手机、数码相机、电视机显像管、低像素手机摄像头、偏转线圈等电子零部件基础上，新增 CCTV 监控系统、LED 光源、LCD 模组、MLCC、OLED 等高附加值产品；主营业务收入由 835 亿元增长到 1008 亿元，成为天津开发区首个超过千亿级企业集团，也是滨海新区三个超千亿的企业集团之一。

在技术研发方面，在天津三星系企业均设立了研发机构，研发人员达 830 人。天津是三星在华研发人员最多、研发能力最强大的地区。

三星集团还专门设立三星爱商国际物流公司，对各家三星公司提供专业化的国际采购和物流配送服务。三星在天津的投资已从单一的制造业向集研发、制造、服务业为一体的方向发展。

五、外资企业面临的困难和问题

(一)部分企业存在经营困难的压力

受多重因素挤压，不少企业特别是中小企业出现不同程度的经营困难。劳动力成本上升，原材料价格上涨导致出口产品竞争力下降，人民币汇率不稳定吞噬企业利润，外需不足导致出口订单减少，一些劳动密集型产业向周边国家转移，融资难、融资成本高的问题依然存在，给企业经营带来巨大压力。

(二)节能减排压力较大

“十二五”规划环保目标确定，2015 年，本市主要污染物化学需氧量、氨氮、二氧化硫、氮氧化物排放总量将分别比 2010 年减少 8.6%、10.5%、9.4% 和 15.2%，全年二级以上良好天数达到 85%以上，任务相当艰巨。天津大项目、新项目增多，导致排放总量增加，实现节能降耗是当前面临的重要挑战。

(三)航空交通条件有待进一步改善

国际航班航线相对较少，在一定程度上影响了商务活动。

(四)缺少符合国际标准的医院和诊所

优质的医疗保健设施是外籍人士和归国华人选择入住城市的一项重要考量标准。目前，天津市符合国际标准的医院和诊所还较少，需要加大对优质医疗保健设施的建设力度，为外商提供良好的就医环境。

六、未来完善投资环境，有效利用 FDI 的对策措施

(一)优化服务业发展环境

一是加快体制创新。推进南开区国家服务业综合改革试点，选择 2 至 3 个区县开展市级服务业综合改革试点，探索加快服务业发展的有效途径。推动服务业垄断行业改革，降低市场准入门槛，建立公平、规范、透明的市场准入标准。完善服务业统计调查方法和指标体系。加快推进服务业标准化，建立健全服务业标准体系。二是完善政策体系，落实促进服务业发展的政策措施。编制服务业发展重点指导目录，制定和完善扶持创意产业、总部经济等新兴服务业发展的政策。进一步完善促进现代金融、现代物流等生产性服务业发展的政策体系，加快推动大型制造业企业的内置服务功能剥离。积极培育服务业品牌，加大财政对服务业投入力度，发挥现代服务业引导资金的作用。完善鼓励消费政策，改善消费环境，保护消费者合法权益，积极促进消费结构升级。

（二）深化行政审批制度改革

简政放权，提速增效，加快职能转变。继续依法清理审批事项，以投资、社会事业和非行政许可审批领域为重点，减少审批事项；对不需要全市综合平衡的审批事项，下放审批权限；将能由社会组织承担的事项，切实转移审批职能。着力改进审批方式，推行部门内审批职能整合归口管理，强化集中审批、现场审批、联合审批、限期审批、网上审批，严格执行“一次性告知”等服务承诺制度。加强对审批权力运行的全过程监督，深入开展行政效能综合考评，建立健全审批监督机制。

（三）着力建设国际一流口岸

创新政策，提升服务，增强口岸服务辐射功能。加快口岸全面开放，推动南港、临港至汉沽港区海港口岸对外开放，推进静海、西青、武清、北辰、宝坻、宁河等地口岸对外开放。探索建立开放口岸准入退出机制。加强大通关体系建设，加快电子口岸建设步伐，建立口岸通关协同智能服务平台，建设空港、东疆保税港区、临港、南港口岸“一站式”通关服务中心。创新口岸监管模式，完善便捷通关分类管理，建立货物备案清单管理监管模式，推进无纸化通关。推进海关特殊监管区域整合，建设保税物流中心(B型)，开展“保税展示”业务。加强跨区域口岸合作，推进口岸功能延伸，继续完善以腹地中心城市为重点的无水港建设布局，加快已建成无水港的开港运营，提升现有无水港运营质量和效益。建设国际航空物流园区。

（四）推动对外交通体系不断完善

海陆空全面推进，提升城市交通枢纽地位。拓展海港对外辐射能力，加快建设30万吨级航道二期、神华煤炭码头二期、南疆专业化矿石码头、国际邮轮码头二期等重大基础设施项目。建设大型门户枢纽机场，实施滨海国际机场二期扩建工程，增开航线，加密航班，完善国内干线、区域支线和国际航线三个网络。

（五）促进“引资”与“引智”结合

在税收、人员出入境和知识产权保护等方面实行优惠政策和灵活措施，支持外资设立研发中心，鼓励外商转让关键和核心技术。积极引导外资研发机构与大学、研究机构及企业开展学术交流与科研合作。结合重点产业发展需求，科学编制“引智”项目规划，组织专项招聘活动，启动人才服务专网。在支柱产业、重点领域建设一批新的专家服务基地、博士后创新实践基地，加快推进留学回国人员创业园建设。

（六）营造宜居的生活消费环境

立足来津发展留得住过得好，着力提升生活消费水平。提高配套服务满意度，扩大涉外医疗“绿色通道”覆盖面，方便在津外籍人员子女入学，放宽来津人员落户条件，加强留学生社会保障体系建设。提高文化娱乐满意度，推动文化娱乐设施建设，丰富活跃文化演出市场，培育文化演艺精品。提高窗口服务满意度，建立行业服务规范和标准体系，强化职业道德和规范培训，健全消费者投诉机制和企业信用信息披露机制。提高出行服务满意度，实施公交优先发展战略，完善道路交通标识和地理信息服务系统。

第九节　湖北省利用 FDI 与投资环境①

一、湖北利用 FDI 的现状及趋势

湖北省利用 FDI 始于 1981 年。1981 年 12 月6 日，第一家外商投资企业"湖北派克密封件有限公司"由原国家对外经济贸易合作部批准成立。在随后的 30 年里，大量外资企业前往湖北投资办厂，截至 2011 年底，全省累计批准设立外商投资企业 12703 家，累计利用 FDI 243 亿美元。

(一)批准企业数及利用 FDI 金额

2011 年，湖北新批外商投资企业 339 家，与 2004 年(568 家)相比下降 40.32%；利用 FDI 46.55 亿美元，与 2004 年(20.71 亿美元)相比增长 1.25 倍(图 3.9.1)。

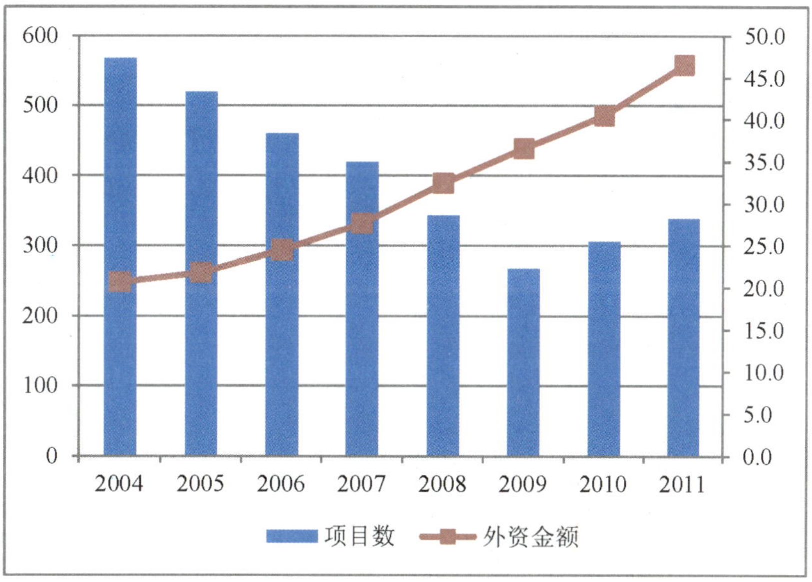

图 3.9.1　湖北省利用 FDI 趋势(单位：个，亿美元)

资料来源：湖北省商务厅。

(二)分产业利用 FDI 情况

2011 年，第一产业利用 FDI 12005 万美元，占比 2.58%，与 2004 年(755 万美元)相比增长 14.9 倍。第二产业利用 FDI 32.85 亿美元，占比 70.56%，与 2004 年(15.27 亿美元)相比增长 1.15 倍。第三产业利用 FDI 12.50 亿美元，占比26.86%，与 2004 年 (5.37 亿美元) 相比增长 1.33 倍 (图 3.9.2)。

① 本文由湖北省商务厅提供。

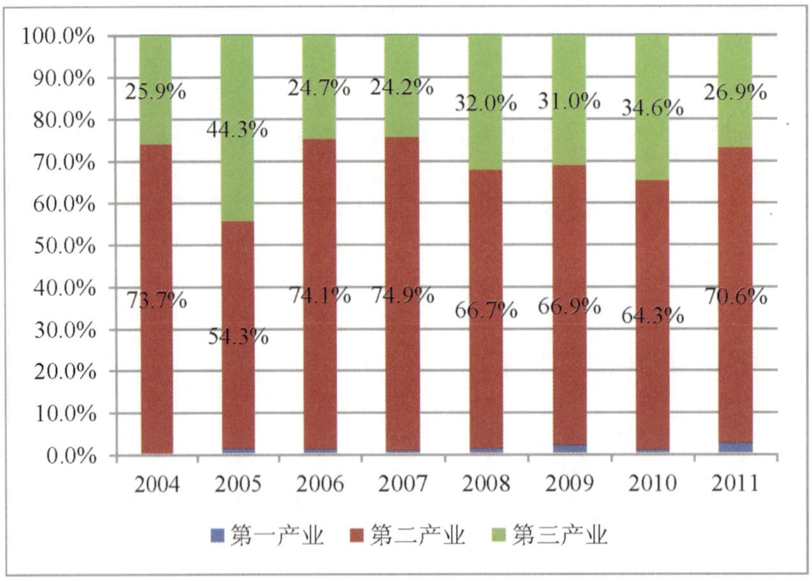

图 3.9.2 湖北省利用 FDI 产业结构变化

资料来源:湖北省商务厅。

(三)投资来源地分布情况

2011 年，来自中国香港的 FDI 25.18 亿美元，占54.1%，与 2004 年(6.15 亿美元)相比增长 5.68 倍；来自日本的 FDI 4.91 亿美元，占 10.54%，与 2004 年(4.95 亿美元)相比下降 29.35%；来自英属维尔京群岛的 FDI 3.93 亿美元，占 8.45%，与2004 年(2.22 亿美元)相比增长77.6%(图 3.9.3)。

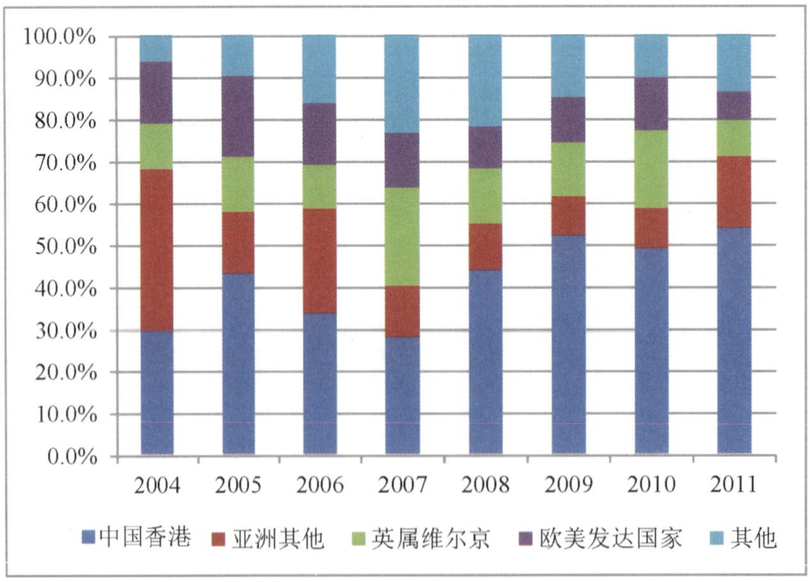

图 3.9.3 2004–2011 年 FDI 主要来源地

资料来源:湖北省商务厅。

湖北省近几年利用 FDI 呈以下特点：一是利用 FDI 逐年以 10%以上的幅度高速增长；二是第二产业逐年增长，一、三产业增速超过平均增速，结构进一步优化；三是中国香港、日本、英属维尔京群岛对湖北投资稳居前三名，近几年欧美日韩等国家对湖北省的投资力度有快速扩大的趋势。

随着开放先导战略的深入实施，湖北进一步充分发挥中部崛起的战略支点作用，未被充分激活的消费市场、相对低廉的生产力成本要素都会成为吸引外资的重要因素，利用外资规模将继续保持上升势头。

二、湖北利用 FDI 的主要成就

(一)引入境外世界 500 强企业数中部地区率先过百

1987 年，德国西门子公司在湖北设立长江西门子电传机维修中心，第一家境外世界 500 强企业在鄂落户，至今已达 100 家。其对湖北投资的主要特点是：

1. 落户速度明显加快。2007 年，在湖北落户的境外世界 500 强企业仅 72 家，随后以平均每年近 6 家的速度增长。2012 年 1–8 月，已有 7 家进入湖北，日本永旺和美国亚马逊也将于年内入驻。

2. 投资额大，入资率高。湖北省最大的外商投资企业——东风汽车有限公司是世界 500 强日产自动车株式会社投资的项目。据不完全统计，截至目前，世界 500 强企业在湖北投资项目 141 个，投资总额 124 亿美元，利用 FDI 34 亿美元，占全省总额的 14%，平均每个项目(不含分支机构和合作项目)2700 万美元，比全省平均项目利用 FDI(191 万美元)高 13 倍。实际使用外资金额甚至超过合同外资金额。

3. 投资项目多集中在高端制造业和现代服务业。除和记黄浦、摩根士坦利、宜家、富士康等有少量的房地产项目外，有 88 个项目涉及交通运输设备、通用设备、电子设备等高端制造业，36 个项目涉及金融、物流、商务服务等现代服务业。

(二)FDI 助推湖北产业集聚

利用 FDI 一个最主要的作用就是带动当地重点产业集聚，这在湖北的汽车、光伏、钢铁等千亿元产业上表现十分明显。

以汽车产业为例，东风汽车公司三大合资企业神龙汽车、东风有限、东风本田汽车先后成立，带动整个湖北汽车产业集群的发展。到 2011 年，武汉已拥有神龙、东本、东风乘用车等 8 家整车和 280 多家零部件生产企业，生产整车近 90 万辆，汽车工业产业产值约 1350 亿元，形成了独具特色的以汽车及零部件为主的现代制造业基地。同时，以东风汽车公司为核心企业，以合资企业为主导，以军工、地方企业为依托，从十堰、襄樊到武汉，从宜昌、荆州到黄石的两条汽车工业长廊已具规模。上海通用与雷诺的引入，将使湖北的汽车产业强者愈强。

汽车产业带的形成还带动钢铁、机械、橡胶、石化、电子、纺织、保险、金融、物流、汽车贸易、工业房地产等相关产业发展，形成了新的产业集群。

(三)总部经济发展迅速

湖北武汉总部经济发展能力位列全国十强，拥有 3 个总部聚集区，早在 2009 年已拥有 3000 多家企业总部和区域总部。现在更以其完善的基础设施条件、优越的区位环境、专业的服务水平、高素质的人才资源成为跨国公司华中区域总部的首选城市，施耐德、通用电气等都将华中地区总部设在武汉。2011 年底，意大利最大药企美纳里尼柏林化学公司将亚太区总部设在武汉光谷生物城，武汉有了第一个跨国巨头亚太总部。

(四)开发区是湖北利用 FDI 的主要载体

自 1989 年湖北成立第一家开发区到目前,湖北共有各级开发区 129 家,其中 6 家国家级经济技术开发区,4 家国家级高新技术开发区。随着对外开放进程的不断加快,开发区在对外开放、吸引外资、发展国民经济、产业结构调整、技术创新等方面发挥了不可替代的作用,逐步成为技术和资金的聚集地、工业产业链的龙头和产业经济升级换代、可持续增长的纽带,成为经济发展中的重要增长极,并将继续发挥引领经济发展的引擎作用。

如武汉东湖新技术产业开发区,创建于 1988 年 10 月,1993 年 3 月被国务院首批批准为国家级高新技术产业开发区,2001 年被国家批准为国家光电子产业基地——武汉中国光谷。2006 年以来,先后被国家列为建设世界一流科技园区试点,批准为国家服务外包基地城市示范区、国家生产产业基地、科技兴贸创新基地、海外高层次人才创新创业基地、国家地球空间信息产业化基地。2009 年 12 月,被国务院批准为继北京中关村之后的第二个国家自主创新示范区。东湖高新区规划面积达 518 平方公里,建成有大学科技园、光谷软件园、富士康武汉科技园以及汽车电子、金融后台等 10 多个产业园。经过 20 多年的高速发展,东湖高新区已经形成了完整的产业链和多个优势产业集群,形成了以光电子信息为主导,生物、新能源、环保、消费电子和现代装备制造等产业竞相发展的产业格局。

三、影响湖北吸引 FDI 的重要因素

(一)总体物流成本相对较高

近年来,湖北的陆路、水路、铁路、航空、高速公路等各种运输方式取得较大发展,明显改善了省内交通状况,但省内高速公路与周边六省市的高速互通还有待改进,长江干线水运发展明显短板,不同运输方式之间的衔接配套不够,制约了湖北发挥中部交通运输枢纽的作用。主要表现在以下方面:一是公路收费仍是反映比较强烈的问题。公路收费是降低物流成本的重要阻碍,而湖北取消收费进展不快,一些收费站“锁住”了地方经济发展。二是黄金水道作用未充分发挥。从水运方面看,主要是航道通过能力不足,船舶运力结构不合理,大通关建设不够,使得运输成本低廉的水运发展仍然相对滞后。

(二)劳动力制约因素

湖北虽然是人口大省,但由于人口老龄化加快,产业结构以劳动密集型为主,企业用工需求增长较快,工资水平较低,劳动力技能结构低等多种原因,用工短缺矛盾日趋加剧,特别是熟练技术工人和外贸人才缺乏,容易流失。

(三)面临越来越多的用地限制

湖北人均占有土地紧张,内资企业用地需求旺盛,导致 FDI 项目“等土地”的现象时有发生。一是用地指标少,土地供给不足,一些开发区出现了“项目等地、排队入园”的状况;二是有些地方引进项目还存在浪费土地的现象,有的为吸引大项目,放松对用地投资强度的要求;三是湖北经济发达的地区多处于平原,土地开垦的潜力不大,影响到外资项目入驻的进程。

(四)产业配套能力仍然有限

一是湖北缺乏具有较强竞争力的产业集群。湖北产业结构的上下游配套能力与东部发达地区相比较弱,产业集聚效应尚未得到充分发挥,一些地方还存在盲目争商,搞重复建设的问题,造成配套能力不强,从而影响资源有效配置、产业合理布

局和特色产业集群的形成。二是产业配套能力不足。总的来看，湖北大多数地方处于工业化初期阶段向中期阶段的转化过程中，很多产业发展不充分，没有形成完整的产业链，产业配套能力不足，导致新落户企业的外购成本和市场成本增加。如新进入湖北的施耐德，该公司目前在湖北发展的形势很好，但是该企业的配套产品的96%仍然是从外地采购。

四、FDI 获得良好发展的案例

(一)东风德纳车桥有限公司引进外资求发展

东风德纳车桥有限公司前身为东风车桥有限公司，2005 年 6 月世界 500 强企业之一的美国德纳公司通过受让股权的方式获得公司 50%的股份，变为中外合资企业，投资总额 80000 万人民币，注册资本 50000 万元人民币，注册地在湖北襄阳。

随着德纳的加入，公司开始制定新的发展战略：一是力争在产品和商务方面全部占有商用车车桥份额的同时，加强与东风商用车公司的战略合作，提高东风外围市场销售份额；二是通过德纳全球的协助，融入德纳公司全球营销体系之中，将产品推向国际市场。两项战略取得了实质成效：2011 年，东风德纳实现东风海外市场销售 20 亿元，同比增长 50%，产品远销韩国、印度、东南亚、东欧及中东等国家和地区。

目前，东风德纳车桥有限公司下设东风德纳车桥有限公司十堰工厂、东风德纳车桥有限公司襄樊工厂、东风德纳车桥有限公司十堰部件厂等三个工厂和一个分公司——厦门分公司，一个子公司——襄樊东环实业有限公司。公司已成长为亚洲最重要的商用车车桥公司，资产总额达 28.79 亿元人民币，是中国最大的汽车车桥零部件公司之一。

随着中国大型客车逐渐高端化，公司最新推出了高端产品——德纳 170 混合桥，成功拿到郑州宇通等客户的订单。5 年来，该公司累计开发新产品 4842 个，实现新产品销售收入 20 亿元，在中国商用车市场占有率超过 10%。新品研发的速度及新品对企业主营业务收入的贡献度均创下业界之最。

2009 年，公司实现销售收入 43.48 亿元，完成利润 4896 万元；2010 年，公司实现销售收入 37.83 亿元，完成利润 2629 万元；2011 年，公司实现销售收入 59.52 亿元，完成利润 2.76 亿元。

(二)旺旺集团在湖北仙桃建立地区总部

旺旺集团于 1992 年投资大陆市场，是台湾省第一个在大陆注册商标并且拥有最多注册商标的公司。2001 年旺旺集团投资 500 万元在湖北仙桃建厂。仙桃市政府以此为契机，抓住台商产业关联度高、群聚意识强、人脉观念重的特点，对其实行委托代办零收费、各项服务零距离、各种设施配套零负担、各种行政审批和承诺兑现零障碍、项目建设零干扰的“五个零”服务承诺，以真情和服务打动了企业。旺旺集团因此扎根仙桃。目前，旺旺集团在仙桃的投资由一厂变六厂，建立了旺旺集团华中地区总部，产值由最初的不足 2000 万元跃升到2010 年的 12.78 亿元，上缴税收由最初的不足 50 万元增长到 2010 年的 7000 万元，成为仙桃市工业企业的第二纳税大户，2012 年有望突破 1 亿元。2011 年旺旺又投资 6000 万美元，启动了第四期扩规工程。在旺旺的示范带动下，健鼎等一批有实力的台资企业相继落户仙桃。

(三)施耐德电气落户武汉东湖新技术开发区

法国施耐德电气有限公司是世界500强企业,在业内具有较大的影响力。施耐德电气(中国)有限公司是其在中国投资的全资公司，主要经营输配电、工业控制和自动化等电气产品,生产基地主要集中在东部沿海地区。

2011年初,施耐德电气(中国)有限公司决定在中西部地区设立分销中心、区域总部、制造工厂等。湖北省组成专班,邀请施耐德电气项目团队赴鄂考察，同时组织地市领导赴施耐德电气天津制造基地上门拜访。初步落户意向确定后,湖北多次召开省市区专场协调会,现场办公,解决项目落户过程中存在的各种问题。经过多方努力,历5个多月的考察,2011年7月,施耐德电气(中国)有限公司与武汉东湖新技术开发区管委会正式签订合作备忘录,将其华中地区总部综合项目(包括地区总部、技术和呼叫服务中心、华中地区分销中心、低压电气生产基地等)落户武汉东湖新技术开发区。11月,双方正式签订投资协议,施耐德电气(中国)有限公司总投资1亿美元，先后成立施耐德电气(中国)有限公司武汉分公司和施耐德电气制造(武汉)有限公司,从事低压断路器及工业控制产品的销售和生产。

施耐德电气两公司落地后，湖北省相关部门又继续跟进,做好服务,并多次派员全程陪同公司高层赴荆州、鄂州、仙桃等地考察供应链配套企业落户事宜。截止到8月,施耐德电气两公司销售额共计12.27亿元人民币,纳税5829万元人民币。预计3-5年后两公司销售额将达到50亿元人民币以上。

五、湖北外资企业面临的困难和问题

内外资企业公平待遇方面有待积极落实。外资企业在招投标、政府采购、土地招拍挂等方面和内资企业也不在同一起跑线上，有些项目会优先考虑内资企业。特别是部分外资企业按照《外商投资产业指导目录》、《中西部地区外商投资优势产业目录》不能享受设备进口减免税待遇,同类内资企业根据《产业结构调整指导目录》却可以享受。

解决这些问题,需从以下几个方面着手:一是切实贯彻执行《国务院关于进一步做好利用外资工作的意见》,并出台操作性强的配套政策;二是继续清理审批项目,简化审批手续;三是切实落实内外商投资企业完全享受相同待遇。

六、湖北有效利用FDI的对策

(一)加强对利用FDI的高度重视

一是进一步强化外资目标责任管理，加大利用外资在全省目标考核中的权重，从湖北实际出发,对原有的考核体系进行必要的改进。二是在完善外资目标考核的基础上，探索和建立起承接产业转移的目标考核机制,通过定量化、定向化的安排推动我省招商引资工作提速、保位,并把招商引资工作纳入各地、各相关部门领导干部考核任用体系,把招商引资工作实效作为评价的重要指标。

(二)切实改进基础性工作

各地、各部门着眼于促进本地区、本部门产业升级和结构调整,着重向外推介项目,扎扎实实做好项目准备工作;以有利于转型发展、跨越发展的思维整合梳理全省项目，在全省划分出不同的产业中心和产业重心，把零散的项目资源整合成为若干集中的大项目，并以此为依托，主动参与到世界 500 强企业、央企和大型民营企业的规划布局工作中去，把湖北的优势和企业的发展战略结合起来，寻找双方的利益共同点，让投资湖北进入这些企业的视野中，从而实现“大招商、招大商”。

(三)选择重点招商区域，把握好外资和产业的梯度转移

比如台资主要集中在闽三角地区，港资主要集中在珠三角，日资主要集中在江浙地区，韩资主要集中在胶东半岛及环渤海地区等等。在投资促进活动上，除了巩固台港澳地区，还应进一步加强对东亚的重视，拓展与欧美等地的合作。各地、各部门要根据自身的产业定位，积极组织招商小分队开展上门招商、驻点招商和项目对接活动。

(四)围绕重点产业、优势产业开展产业招商

把利用 FDI 与当地产业结构调整、产业升级紧密地结合在一起，充分利用各自优势，选择适合本地区特点的重点产业、重点项目进行招商。既要大力吸引劳动密集型、资源密集型的投资，同时也要大力吸引科技型、创新型企业投资，吸引国内外战略投资者，培育一批创新性突出、成长性强、易于产业化的科技项目，形成产业链。另一方面要对湖北省已有相当量的产业开展产业关联招商，配套招商。如汽车产业方面，可以围绕东风以及通用等项目开展配套招商，如电子产业方面，加大对施耐德电气上游产业的招商等。

(五)创新创优方式方法，实现招商引资方式的多元化

在已经形成的政策招商、资源招商、会展招商、以商招商等方式的基础上，不断探索环境招商、产业招商、特色招商、委托招商、网络招商等专业化招商的路子，改变招商针对性不强、专业化水平不高、方式不灵活、投放高产出低的局面。要在现有的基础上，进一步创优招商方式方法，着眼于“小精专实”，在现在方式方法中争取到最大的实效。

(六)拓宽利用 FDI 渠道，多途径、多层次吸引 FDI

一是鼓励现有外资企业增资扩股。现有外商投资企业增资扩股已成为湖北吸引 FDI 的重要方式，应进一步与相关部门做好沟通工作，共同帮助企业解决生产、经营方面的困难和问题，提高客商对湖北的认可度，促使现有企业增资扩股。二是鼓励跨国并购并支持外资企业境内外上市。目前，湖北省部分外资参股的企业上市的意愿十分强烈，应积极帮助企业做好上市工作，包括境内外上市。三是着力吸引更多的外资金融业企业到湖北投资。

第十节 陕西省利用 FDI 与投资环境①

一、陕西利用 FDI 现状与趋势

陕西位于中国内陆腹地,总面积 20.58 万平方公里,人口 3732 万。2011 年,生产总值 12391.3 亿元,增长 13.9%;全社会固定资产投资 10033.1 亿元;财政总收入完成 2577.9 亿元;进出口总值 146.2 亿美元,其中,出口 70.1 亿美元;进口 76.1 亿美元;实际利用 FDI 23.6 亿美元,增长 29.4%;对外承包工程和对外劳务合作业务累计完成营业额 12.6 亿美元。

(一)利用 FDI 现状

1983 年,第一家外商投资企业——西安香格里拉金花饭店在陕西投资,到 2011 年底,陕西累计批准外商投资企业 5340 个,实际利用外资 145.83 亿美元。

1. 投资国别(地区)来源广泛。截至 2011 年,全球共有 79 个国家和地区的外商在陕投资。中国香港、美国、维尔京群岛、新加坡、中国台湾列前五位,共投资 109.3 亿美元,占全省利用外资总额的 75%。

2. 世界 500 强投资蓬勃发展。至 2011 年底,共有 81 家世界 500 强企业在陕设立 128 家企业和办事处(分公司),其中,61 家世界 500 强企业在陕投资设立 82 家企业,投资总额达 21.8 亿美元。

3. 外商投资企业进出口贡献增加。2011 年,全省外商投资企业进出口 56.1 亿美元,增长 10.8%,占全省进出口的 38.4%,比 2001 年提高 21%。

4. 外商投资行业分布广泛。以制造业为主,2001-2011 年,制造业利用外资 57.2 亿美元,占利用外资总量的 49.4%;服务业利用外资 50 亿美元,占利用外资总量的 43.2%。

5. 外商投资方式不断创新。以合资方式为主,到 2011 年末,合资企业 3052 家,占投资企业总数的 57.2%;独资企业 1629 家,占 30.51%;合作企业 649 家,占 12.15%。外资并购成为近年主流,股份制企业也有所增加。

6. 外商投资地域分布仍然不平衡。以西安市和关中地区为主,2001-2011 年,西安市利用外资 93.1 亿美元,占全省利用外资总量的 80.45%,其他 10 个市区占比不到 20%。除西安市以外,目前仍没有利用外资上亿美元的市区。

(二)利用 FDI 发展趋势

陕西利用外资起步于 20 世纪 80 年代。从 1983 年到 2011 年,期间 29 年,只有 1989-1991 年、1998 年和 1999 年 5 年出现下降,其他 24 年间都是增长。1993 年陕西利用外资踏上亿美元台阶,2007 年跃升至 10 亿美元台阶。2011 年当年陕西利用外资 23.5 亿美元,增长 29.38%;2012 年 1-6 月利用外资 14.9 亿美元,增长 24.17%,预计全年可以完成 28 亿美元以上,增速保持在 20%以上,在西部列四川、重庆之后,居第三位。

①本文由陕西省商务厅提供。

(三)知名企业介绍

1. 美光半导体(西安)有限责任公司。由美光科技有限公司的全资子公司美光半导体国际有限公司在西安高新区投资的一家外商独资企业。于2006年5月由国家发改委、商务部共同批准设立,总投资2.5亿美元,注册资本8333万美元。2010年2月公司决定在2011年至2015年期间增加投资3亿美元,用于扩大生产规模和新产品制造。美光公司是目前陕西省最大的外商投资项目,也是目前陕西省最大的进出口企业。2011年,进出口总值27.6亿美元,占全省进出口的18.87%。

美光科技公司将不断提升新产品和新技术的开发,继续把美光公司中国战略中心落户在西安,为美光科技公司新产品的调整和布局起到领导的作用,以此加大和陕西的合作,共同推动陕西经济社会快速发展。

2. 延长壳牌石油有限公司。2008年,陕西延长石油集团有限责任公司、陕西天力投资有限公司与壳牌(中国)有限公司合资成立,注册资本42600万元人民币,延长石油占46%,天力投资占9%,壳牌中国占45%。目前已在省内经营管理110座加油站,经过2次增资,现注册资本增加到10.76亿元,投资总额增加到31.09亿元。2011年上缴税金2394万元。

3. IBM战略研发项目。2009年10月,IBM公司在美国对SPSS公司实施整体收购后,SPSS西安研发中心与IBM快速融合,设立了IBM中国西部开发中心暨IBM西安全球分析软件实验室,成为IBM在中国西部的重要研发基地。

2010年4月8日,IBM智慧城市解决方案开发中心落户西安高新区,在原有SPSS研发中心的基础上,不断扩大在高新区的研发业务和规模。目前拥有300多名软件高端人才,在未来5年内,预计将投入5000万美元,该中心是IBM在中国设立的唯一与智慧城市有关的全面综合解决方案研发中心。同时,IBM将与西安高新区共同打造7平方公里智慧软件新城,一方面此举将成为中国首个以云计算为基础架构的智慧城市的应用示范,具有全国“唯一性”且首创“标准化”产业环境的突破之举;另一方面将以此带动聚集智慧化应用产业,形成超过百家、年营业收入超百亿元的企业集群,从业人员过万人,基本形成从研发到高端制造的产业链,使得西安高新区成为该领域全球知名的产业高地。

4. 金红叶纸业生产基地项目。金红叶集团有限公司隶属于印尼金光集团,1996年3月注册于苏州工业园区。继投资华丰食品之后,本项目是在西北地区的首次最大投资,合同总投资5.1亿元,主要是将国外原材料纸浆进行二次包装、加工销售,是一个低能耗、无污染、绿色环保的高科技、高附加值项目。项目一期建成后将形成年产量6万吨生活用纸及纸制品的产业规模,年销售收入可达3.6亿元。选址陕西武功县工业园区,是一个典型的产业转移项目,将对提升县域经济工业经济科技含量,加速县域新型工业化,进一步壮大县域经济实力发挥积极的作用。

二、陕西利用FDI环境不断优化

经过多年建设、发展,特别是西部大开发的十年,陕西在交通物流、信息通讯、科技教育、能源电力、生活条件、自然环境等方面都发生了很大的变化。正如三星电子首席执行官权五铉说:“西安是一个很有竞争力的城市,西安有人才、电力、用水、支援体系等方面的优势,所以我们选择了西安。西安的周边环境非常适合业务的展开,我们希望西安成为一个尖端产业的核心区域。我们对西安的生活非常满意,因为西安是一个具有悠久历史的城市,生活环境非常良好”。

为了致力于打造具有竞争力的投资环境,西安市纪委列明 40 家企业作为投资环境监测点,随时掌握投资者对投资环境的评价。

三、陕西利用 FDI 成效不断提高

(一)企业运行效益不断提升

据“联合年检”统计,2011 年,全省共有 1147 家企业参检,其中,制造业参检企业占 47.6%,批发零售业参检企业占 9.33%,计算机服务及软件业参检企业占 9.15%,房地产业参检企业占 7.15%。制造业类企业占比减少,服务业类企业占比增加。

2011 年度,参检企业实现营业收入 1692.6 亿元人民币(下同),增长 7.9%,占当年全省生产总值的 13.6%;缴纳税金 123.9 亿元,增长 4.5%,占全省财政总收入的 4.8%。

外商投资企业就业人员近 20 万人,外籍人员 841 人,制造业安排就业占 67%,服务业安排就业占 32.3%,农林牧业安排就业不到 1%。

(二)外商投资企业进出口贡献不断增大

外商投资企业对进出口贡献率不断提高。2000 年以前,外商投资企业进出口占全省进出口总值仅有 1 位数,2011 年占 38.4%,其中出口占 33.4%,进口占 42.9%。

(三)在引资同时不断加强引智工作

在注重引资的同时,引智工作也取得很大成绩。据统计,截止“十一五”末,全省共引进各类外国专家 1.32 万人,执行引进国外智力项目 2401 个,吸引海外留学人员 6367 人,选派赴国(境)外培训 2386 人。17 名外国专家获得“国家友谊奖”,70 名外国专家获得“三秦友谊奖”,59 名高层次人才入选陕西省“百人计划”。引智工作为促进陕西省产业结构调整、转变经济发展方式、增强自主创新能力、缩小区域发展差距、提高对外开放程度等方面做出了积极贡献。

“十二五”期间,全省预计引进各类外国专业人才约 10000 人次,其中高层次外国人才 1000 人次,执行引进国外智力项目 1000 个,派遣各类人员出国(境)培训 2500 人次,吸引海外留学人员来陕工作或创业 3000 人。

四、陕西利用 FDI 的主要做法

(一)坚持招商决定发展、招商决定未来的理念

陕西省委、省政府始终高度重视对外开放,把利用外资工作作为对外开放的重要任务, 先后出台了一系列文件、措施,有力地促进了利用外资的持续较快发展。

(二)把优化投资环境作为生命线工程

近年来,陕西不断加大投入力度,快速、立体化的交通体系日益完善、物流环境逐步改善。同时,致力于营造良好的政策、服务环境,使对外开放和优化投资环境相互促进,相得益彰,有力促进了吸收外商投资稳定增长。

(三)依托会展搭建招商引资重要平台

陕西省全力打造西洽会、欧亚经济论坛、杨凌农高会三大国家级品牌展会。同时,通过各种形式的投资贸易展会,搭建起招商引资的重要平台,初步形成了以展会为龙头,文化、旅游、商贸、餐饮、物流相配合的会展产业体系, 成为经济发展新的增长点。

(四)开发区成为吸引外资的主要载体

近年来,陕西各级各类开发区快速发展,已经成为外商投资的主要载体。以西安高新区为代表的一批国家级开发区近年来一直保持了30%的发展速度,在陕投资的世界500强企业及大项目,绝大多数落户在开发区。

(五)积极建立招商引资长效机制

与境内外行业协会和中介组织建立合作机制,充分利用好境外商务代表处和产业转移促进中心,通过产业链招商、专业化招商、以商引商等形式,形成长期稳定的招商引资机制和渠道。

五、陕西利用FDI存在的主要问题

目前,陕西利用外资仍存在大企业、大财团不多,科技含量高的项目少,产业关联度偏低,区域分布失衡的情况,投资环境有待进一步优化,特别是外籍人员就医、子女就学问题亟待改善。

陕西资源富集,但受产业政策所限,还没有使其价值最大化;陕西不乏人才,但留住人才的措施还需加强;陕西工业基础雄厚,但国有企业吸引外资比重偏低;陕西在历史上富有盛名,但对外宣传力度仍需提高;陕西对外招商举措频频,但招商资源需要进一步整合。

六、陕西扩大利用FDI的措施

开放型经济发展不足,已成为影响陕西经济发展的短板。促进开放型经济突破发展,必须把承接国际国内产业转移,积极引进外资作为重要任务。

“十二五”期间,陕西规划累计利用外资200亿美元,其中,利用外商直接投资185亿美元,年均增长25%以上。紧紧抓住新一轮西部大开发战略契机、关中-天水经济区规划实施和西咸新区建设发展的机遇,采取切实措施,推动陕西利用外资增规模上水平。

(一)加快构建外向型经济发展的现代产业体系

按照积极利用好国际国内两个市场、两种资源,按照省委、省政府的部署,发挥陕西的传统特色产业优势,加快发展新兴产业,推动产业升级和集群化发展,着力提高产品在国际国内两个市场的竞争力,构建外向型的现代产业体系。通过招商引资,引进国内外资本、技术和先进设备,增强经济发展活力。

(二)加大对重点国家和地区招商引资力度

努力为外商营造良好的投资环境和高效便捷的服务。加大知识产权的保护力度,进一步加强与主要投资来源地政府、商协会和企业之间的互动,不断创新招商方式,加大专业化小分队招商力度。鼓励各市(区)、县建立规模适度的产业转移园区,采取灵活多样的方式,对东部地区外商投资企业再投资进行承接。

(三)增强各类园区产业承载能力

坚持产业发展园区化,把各级各类开发区和专业化园区作为招商引资的主要载体,明确产业定位,突出发展特色,实现开发区间的错位发展,壮大产业集群,优化产业结构。

(四)加大政策扶持力度

认真贯彻国家《关于进一步做好利用外资工作的若干意见》,按照中央有关西部大开发和承接产业转移等文件精神,结合陕西实际,加大对吸引外资的政策支持力度，尤其是对列入西部大开发鼓励类产业目录的企业和符合陕西优势产业发展的企业,给予重点支持。

(五)进一步优化投资发展环境

进一步减少和规范审批事项，清理和精简收费项目,提高行政服务水平。继续加大公路、铁路、机场等交通基础设施建设力度，营造快速畅通的交通环境。

第十一节　四川省利用 FDI 与投资环境①

一、四川省利用 FDI 现状与趋势

利用外资是发展开放型经济的重要引擎之一。近年来,四川承接产业转移和外资促进工作在前所未有的困难和挑战中实现突破，全省批准外企数、合同外资、实际到位外资和落户世界 500 强数量均位居西部之首,跻身全国前十位,利用外资实现了速度、质量、效益有效提升,外资经济对全省社会经济贡献度不断增加,为四川加快建设西部经济发展高地打下坚实基础。

截至 2011 年，四川省累计新批准外商投资企业 9615 家,外商投资合同外资 427.2 亿美元,外商投资实际到位 316 亿美元，在川落户的境外世界 500 强企业达到 173 家。其中,2007-2011 年全省累计新批准外商投资企业 1808 家，占外企批准总量的 18.8%,年均新批准超过 360 家;合同外资实现 258.4 亿美元,年均增长 18%,占总量的 60.5%；实际到位外资实现 275.2 亿美元,年均增长50.6%,占总量的 87%;5 年累计合同外资、实际到位外资是 2006 年前总和的 1.5 倍和 3.6 倍。2011 年,全省外商投资企业实现销售收入 3727.4 亿元人民币，同比增长 33.6%,销售收入占非公有制经济增加值的 30.7%,占同期 GDP 的 17.7%,分别比2007 年提升 1.8 个百分点和 3.2 个百分点；全省外商投资企业实现出口 120.9 亿美元,同比增长 172.1%,占同期全省出口总额的 41.6%,比 2007 年提升 16.5 个百分点;上交税金 266.1 亿元人民币,比 2007 年净增 143.1 亿元人民币;全省外商投资企业就业人数 44.6 万,就业人数比 2007 年净增 17.3 万人。

今后 5 年四川省将深入贯彻落实科学发展观，以《国务院关于进一步做好利用外资工作的若干意见》(国发〔2010〕9 号)和《中共四川省委、四川省人民政府关于进一步加强招商引资工作的意见》(川委发[2011]11 号)为统领,围绕西部地区外商投资首选地的主攻目标,坚持“利用外资与两化互动相结合、利用外资与产业升级相结合、利用外资与优化环境相结合、利用外资与工作创新相结合”的工作原则,大力实施利用外资追赶发展战略,进一步扩大外资规模、优化外资结构,提高利用外资质量和水平，增强外资对开放型经济发展的引领作用，加快建设西部内陆开放高地。

① 本文由四川省商务厅提供。

二、四川利用 FDI 典型特征

结合四川 FDI 的现状和发展趋势，我们就 2007-2011 年全省外资的产业结构、来源结构、区域布局、利用形式和来川动因等进行分析，特点如下：

（一）外资制造业、服务业两分天下

从外资产业结构看，外资三次产业项目数和实际到位外资比例分别为：4.7∶31.3∶64.0 和 0.9∶36.2∶62.9，其中，第二产业中制造业的企业数、实际利用外资数在总量中占比为：30.4%和 34.1%；第三产业实际利用外资规模排序前五的行业分别是：房地产业、批发零售业、商务服务业、信息服务和软件业、电力燃气及水生产供应业，该五大行业实际到位外资在总量中占比为：40.6%、5.5%、4.7%、4.0%、3.7%。由于行业特点所致，5 年间，制造业居外资项目数之首，而房地产业实际到位外资规模第一，房地产业实际到位外资累计比制造业多15.6 亿美元。从该两个行业走势看：2007 年制造业实际到位外资与房地产业基本相等，之后三年房地产业领先于制造业，2011 年随着富士康、仁宝、纬创等制造业重大项目以及配套项目的集中入驻，制造业实际到位外资规模超过房地产业，成为四川利用外资第一行业。

（二）外资来源地相对集中

四川实际到位外资的 95.0%来源于 10 个国家（或地区），排名前 5 位的为中国香港、英属维尔京群岛、新加坡、中国台湾、美国等。实际到位外资占总量的87.3%，其中：香港资金超过总量的一半，近两年来增幅收窄；投资来源地英属维尔京群岛资金在总量中占比下降；新加坡、中国台湾、美国直接投资资金总体稳定，在总量中占比增减幅度不大。

（三）外资集中布局在成都经济区

四川外商投资区域分布不均衡。成都市占全省实际到位外资的三分之二以上，具有领先优势。2011 年，绵阳、德阳、眉山、乐山、攀枝花、内江等城市实际利用外资迈上亿美元台阶，但成都与全省其他市（州）的差距并未缩小，山区及丘陵地区城市利用外资规模偏小。

（四）外资并购稳步发展，外资形式不断丰富

2007-2011 年累计批准外资并购企业 89 家，合同外资 11 亿美元，实际到位外资 8.9 亿美元。“走出去”和“引进来”相结合，境外上市返程投资稳步推进，攀枝花恒鼎、内江川威及广汉宏华等境外上市川企返程投资实际到位外资 10 亿美元以上；积极尝试外商投资新方式，批准金融服务类外商投资企业 13 家，占外资金融服务类企业总量 76.5%。2011 年武侯惠信小额贷款公司、裕龙叁号房地产等外资跨境人民币投资、长虹佳华跨境换股等项目实现了四川利用外资形式的突破。

（五）市场拓展型外资占总量的五分之三

成本导向、资源依赖、市场拓展、产业配套和规模经济等是促进跨国投资的内在动因。从在川落户外资项目分析看：农林、采矿等资源类项目和轻纺、电子设备制造等成本导向出口型项目量各占五分之一，其余五分之三的制造业和服务业项目入川动因主要是为四川及中西部市场服务。近年来随着四川建设西部综合交通枢纽，物流条件不断改善，服务效率不断提高，为承接出口型制造业创造了条件，出口型制造业项目增势良好。随着四川经济加快发展，内需扩大、交通物流环境改善、市场辐射能

力提升，将为外资制造业和服务业发展带来发展空间。

三、四川利用FDI取得的经验

四川外资领跑西部，得益于全省上下实施充分开放战略，积极承接产业转移，加快载体建设，促进了外资规模和质量不断提高。

(一)强化目标责任，实施高层推动

近年来，四川省委、省政府相继出台了《关于进一步加强招商引资工作的意见》、《关于加快推进承接产业转移工作的意见》、《关于进一步加强重大产业发展项目引进和推动实施工作的通知》、《关于加快开放型经济发展的意见》、《关于促进台资企业加快发展的若干政策意见》等政策措施，建立完善对外开放领导机制。各级党政主要领导亲临一线，直接推动重大项目的引进；加强目标考核，初步建立了省直部门、市县和园区、政府驻外办事机构、企业和商协会中介组织“五位一体”的投资促进体系；进一步发挥西博会、投洽会等重大活动平台作用，推进外贸、外资、外经“三外”联动，外资促进力度不断增强。成都市外资促进领先发展，对外商加快投资四川起到了积极推动作用。

(二)突出优势产业，实现关键突破

突出外资电子信息核心元器件、终端制造企业、汽车整车制造企业和油气化工领域外资引进，品牌企业、代工企业并重，推动了电子信息、汽车制造和油气化工领域产业升级。电子信息产业领域：德州仪器、思科、富士康、戴尔、仁宝、纬创、联想等重大项目及配套企业进驻，拉动全省电子信息产业增加值增幅达40.0%，带动四川跻身全国四大区域电子信息产业基地。成都成为全球重要的笔记本电脑生产基地。汽车制造产业领域：一汽丰田、一汽大众、吉利沃尔沃、现代汽车、博世、江森自控等知名汽车企业及汽车零部件生产企业集聚，初步形成以成都为中心，绵阳、资阳和成渝经济走廊沿线城市为配套聚集带的汽车制造业格局。油气化工领域：壳牌、巴斯夫、林德气体、雪佛龙、空气化工、液化空气等知名企业已投资天然气勘探开发及配套产业。

(三)瞄准龙头企业，加速产业聚集

大力推进世界500强及外资功能机构促进工作，截至到2011年底，英特尔、富士康、大众、丰田、通用电气、神户制钢、拉法基、巴斯夫、索尼、马士基等173家境外世界500强企业在川落户，有实际投资的达134家，直接投资的72家，投资总额77.1亿美元。年均引进世界500强企业10家以上；思科、IBM、微软、通用电气、卡特彼勒、摩托罗拉、爱立信、阿尔卡特朗讯、诺基亚、马士基、易安信、戴尔、佳能等二十多家世界500强公司区域总部、研发中心、后台服务中心等功能机构落户四川；设立仁宝、恒鼎、宏华、纬创、全兴、拉法基瑞安、凌御等7家投资性公司，合同外资达7.7亿美元，投资能力超过50亿美元。

(四)发展现代服务业，促进提档升级

围绕“西部物流中心、西部商贸中心、西部金融中心”建设，现代物流、服务外包、批发零售、商业地产、金融服务等成为成都经济区外商投资新亮点。沃尔玛、家乐福、伊藤洋华堂、大润发、新光三越等商贸企业增资良好，UPS、联邦快递、DHL、TNT、安博物流、和记黄埔、华润、新鸿基、九龙仓、仁恒、凯德等著名物流、地产企业及毕马威、普华永道、仲量联行、美信小贷、富登金融等金融商务服务机构入川，改善城市综合配套、提升商务和金融服务水平，促进了现代服务业提档升级。

(五)夯实产业平台,提升承接能力

抓住国家级开发区升级契机，促进德阳经开区、广安经开区、自贡高新区等三个省级开发区升级为国家级开发区；批准设立成都高新综合保税区和双流园区，保税加工和保税物流条件得到提升。海关、商检等口岸部门实行 7×24 通关制度安排;开通国际航线 49 条,国际知名第三方物流企业落户成都超过 50 家;大力推动成德绵加工贸易产业重点承接地建设,利用对口援建机制、市场机制和我国与其他国家的双边合作机制，加强四川与东部地区、发达国家园区合作,加快实施“中法生态园”落户成都、新川创新科技园建设。截止 2011 年,全省有省级以上园区 48 个,其中,国家级园区 8 个(包括国家级经开区 3 个、国家级高新区 3 个、综合保税区 1 个、出口加工区 1 个),提升了产业转移承载能力。

(六)加强外企服务,促进增资扩股

加强外企服务,改善投资环境,着力协调解决企业生产经营难题,营造公平有序的市场环境,在川外资企业发展情况良好。5 年累计实现增资项目 918 个,合同净增资 105.3 亿美元,占全省合同外资 40.7%；增资项目实际到位额为 123.0 亿美元,占实际到位总额的 44.7%,外资增资成为全省利用外资的主力。

四、困难与问题

利用外资是区域之间在产业基础、劳动力素质、营商环境、政策制度、基础设施等软硬件全方位竞争。当前世界经济下行压力增大,发达国家产业回归,新兴市场国家加大引资力度,国内区域竞争激烈,要素成本等比较优势不断弱化,与国内利用外资先进地区相比，四川在利用外资工作中存在着一些亟待解决的问题：

(一)外企营运环境存在瓶颈

与沿海发达地区相比，四川存在物流运输成本高，产业配套程度较低，市场配置功能发挥不够,社会服务体系不完善,金融、物流、信息、管理等专业人才不足，企业高技术人才缺口大等营商环境问题,直接制约了外资在川的发展,亟需改善。

(二)利用外资发展不均衡

与沿海发达地区相比,四川利用外资规模小,存在产业、布局、来源等不均衡。日本、韩国、美国、欧盟等国家和地区在川投资相对较少;市州、园区多极点、分梯次加快发展的局面还没有形成;各大经济区及重点城市外资促进产业定位不够明晰，相邻区市县竞争激烈。

五、对策措施

结合四川重点发展的产业、外资重点布局区域,针对重点国别(地区)、重大战略投资者、重点产业、重点区域布局提出外资促进的路径。

(一)突出重点国别(地区)招商引资

以承接新兴产业、产业高端、现代服务业和加工贸易为重点强化跨梯度主动承接工作。重点加强对港台地区、日韩、欧美、东盟和长三角、珠三角、环渤海经济圈等区域,开展专业化投资促进,在重点国别(地区)探索设立商务代表。

(二)突出重大战略投资者招商引资

建立世界 500 强、著名跨国公司和重要境外上市企业等重大战略投资者信息资源库，推动与

境外战略投资者建立省、市、区和企业等多层次战略合作关系。支持在川外企增资扩股,支持外企以资本公积金、未分配利润、境内公司股权、已登记债权等转增注册资本。

(三)突出重点产业招商引资

坚持把利用外资与促进产业升级、发展战略性新兴产业、建设西部"三中心"和构建产业集群紧密结合,重点针对电子信息、汽车制造、装备制造、油气化工、生物医药、新能源、新材料及节能环保产业和现代服务业等产业领域,促进具有引领性、突破性、方向性的高端产业项目投资。进一步向外资开放城市交通、公共服务、基础设施建设等投资领域;重视引进物流配送、电子商务、服务外包、研发设计等外资生产服务业;鼓励设立跨国公司总部及区域交易中心、营运中心和研发中心;积极拓展养老、医疗、教育等民生服务业利用外资。

(四)突出重点区域招商引资

结合各地承接优势,实现利用外资错位发展,形成以省会成都为中心,各大经济区重点城市多极点加快增长的良好局面。成都市:重点争取欧美、日韩等发达经济体世界500强、著名跨国公司区域产业基地布局项目和设立区域总部、功能机构;天府新区及成渝经济区中心城市:主动对接港台地区和东部沿海外资制造业和商务服务业的转移,优化产业转移,提高质量和水平,加快扩大利用外资规模;川南经济区城市:发挥临港优势,以引进出口型产业为重点,推动加工贸易集聚发展;攀西经济区、川东北经济区、川西北生态经济区城市:依托矿产、天然气、水能和特色农产品等资源优势,引进龙头企业,形成产业集聚。

(五)突出重点开放平台招商引资

一是加强对国家级园区外资招商工作指导,促进国家级开发区外资集聚。二是规划建设重点国别(地区)产业合作园区。大力推进新川科技创新园的产业招商;务实推进"中法生态园"项目合作;结合四川与日本、韩国、欧盟等重点国别和美国各州合作,规划实施日本、韩国、德国、法国、美国等国别产业合作园区。

(六)加强服务,优化环境

一是加强省级部门外资协作机制建设。加强外资工作定期协调、外资大项目跟踪协调、重点外商投资企业定期沟通等制度建设,形成外资促进合力。二是加强目标责任考核。加强对合同外资、实际到位外资督查考核。三是加强促进队伍建设。充分借助商会、行业协会、国际咨询机构等中介力量建立外资信息平台,建立以商招商、信息招商等多层次投资促进服务体系。四是加强外资政策研究。争取对四川优势产业和现代服务业发展密切相关的外资政策先行先试。五是加强激励机制建设。进一步完善外资促进奖励制度。

六、利用FDI案例

(一)GE中国创新中心落户四川成都

2012年5月31日,美国通用电气(GE公司)中国创新中心正式启动运营。GE中国创新中心(成都)位于国家级成都高新区,总面积达3.3万平方米,涵盖医疗、能源、航空、运输系统等GE所有业务,该中心内设30多个实验室,集研发、客户体验、服务、培训及运营为一体。

凭借基础医疗市场、石油天然气资源、人才优势等,成都从全球十多个城市中胜出,成为GE全球创新中心的首个试点城市。该中心将试点提升GE全球的创新战略,致力于医疗、能源、交通运输及工业智能平台等领域的创新，为 GE 在中国尤其是西部地区客户提供更加开放的沟通合作平台。GE 公司董事长杰夫·伊梅尔特表示：GE 中国创新中心（成都）开幕运营，将把公司在中国的创新活动推向新的高度，开启新的篇章。

（二）韩国现代首个海外商用车项目布局四川

2012 年 8 月 28 日，韩国现代自动车株式会社和四川南骏汽车集团有限公司的合资项目四川现代商用车生产基地项目在四川资阳开建。四川现代商用车项目是韩国现代在海外的第一个商用车合资项目，也是目前在中国唯一的商用车合资项目。该项目第一期总投资 54 亿元人民币，形成年产 16 万辆载货汽车、1 万辆客车及 2 万台现代重型发动机（满足欧洲排放标准）的生产能力。三期建成后总投资将达到 200 亿元，将形成年产 70 万辆商用车生产能力。

作为全球前五大汽车集团，韩国现代汽车集团高度重视在四川布局商用车项目，该项目从启动谈判到完成国家审批不到两年时间。四川现代将引进生产高科技、高品质的现代品牌商用车及发动机，依托现代全球研发体系，通过自身消化、吸收、再创新，全力推进包括新能源汽车在内的全系列商用车（货车/客车/发动机）本地化研发和生产，在此基础上，“四川制造”现代商用车还将充分利用现代全球销售网络大力拓展海外市场。

（三）四川德阳有效吸引 500 强跨国公司投资

1. 贸易公司延伸成为跨国公司生产基地

法国圣戈班是 2012 年世界 500 强第 161 名，房屋和建筑领域的世界领先者，建材世界首位，在 64 个国家建立了生产企业，营业额 401 亿欧元。圣戈班集团自 1985 年进入中国市场，已在华设立了 54 家企业及公司，集团 2010 年在华企业的销售总额达 10.2 亿欧元，员工一万多人。

2004 年，圣戈班落户德阳广汉，投资 1500 万美元建立了中国境内的第一家独资陶粒支撑剂工厂——圣戈班（广汉）陶粒有限公司。于 2006 年 4 月建成年产四万吨的陶粒生产线，96%产品出口，目前每年都有增资。圣戈班选择德阳投资的主要原因是因为德阳有一家圣戈班的重要贸易公司，从贸易伙伴到生产基地，四川德阳成为西部地区吸引世界 500 强跨国公司投资的典范。

2. 跨国并购吸引跨国公司投资

美国威德福公司是世界著名的创新机械工业解决方案、技术、生产和服务的提供商。2008 年360 万美元收购有“小巨人”之称的四川德阳慧剑石化装备公司，主要从事石油天然气钻采设备和一、二类压力容器及车装产品的生产制造。收购后，威德福公司增加投资 1.2 亿元，月产成套设备230 台，2011 年销售 5 亿元。产品全部出口，在美国威德福 100 余个生产基地中，目前德阳的生产量已超过加拿大生产基地。下一步计划在德阳进行大规模战略性投资，并转移部分研发职能。

威德福跨国并购之所以投资德阳，一是因为有“小巨人”慧剑石化装备公司的存在，二是德阳拥有比较多的配套供应商，威德福公司在中国有二十多家供应商，德阳占了十多家。

（四）产业链招商带动全球顶尖跨国公司汽车配套项目布局四川

2011 年 3 月，德国博世公司在对长春、沈阳、郑州、武汉、重庆、西安和成都共七个城市进行历时近半年的比较和评价后，博世汽车传感器项目最终选择了落户成都。该项目总投资 8.8 亿元，主要从事全球最先进的 ABS/ESP 系统、传感器为主的汽车零部件配套产品的生产及销售。项目全部建成投产后,产品将会覆盖整个中国市场,年平均产值预计将达到20亿元以上。博世项目选择成都主要基于当地良好的产业链配套条件和政府的高效服务。近年来,成都市委、市政府高度重视汽车产业发展,已经形成了以成都经济技术开发区为核心发展区域的汽车产业布局,以及集整车、零部件研发、制造、贸易为一体的汽车工业体系,初步成为全国汽车产业发展格局中的重要一极。成都市委、市政府主要领导主动垂范,全市已经形成“重视外商,善待外商,积极招商引资”氛围,该项目落户成都后,博世集团还与成都市政府签署“博世—成都战略框架协议”,双方将根据成都汽车产业发展,本着“互惠互利、共同发展”的原则,展开多层次、多领域的合作,把博世成都项目作为其立足西部、拓展全国的重要基地。

第四章　制造业利用 FDI

2001–2012 年 7 月，全国制造业累计利用外资项目 225061 个，占同期全国外资项目总数的 58%；合计使用 FDI 金额 5028.2 亿美元，占同期外资金额的 56.8%。外商独资企业是制造业利用外资的主要方式，占 79%以上；来源地主要集中于中国香港特区，占 52.1%。通信设备、计算机及其他电子设备制造业、电气机械及器材制造、专用设备制造业、交通运输设备制造业、化学原料及化学制品制造业、非金属矿物制品业、通用设备制造业是利用 FDI 的重点行业。

本章首先对农业和采矿业利用 FDI 情况进行分析，然后选择制造业中 15 个重要行业，从投资概况、方式选择、来源地、区位分布等视角，对各个行业的外商投资情况和发展趋势进行了总结分析。

第一节　制造业利用 FDI 概况

一、制造业 FDI 流入状况

2011 年，制造业利用 FDI 项目 11114 个，实际使用外资 521.0 亿美元，分别比上年增加 0.61%和 5.1%。2012 年 1–7 月，项目 4925 个，外资金额 301.3 亿美元，同比下降 25.9%和 6.4%。

2001–2012 年 7 月，制造业累计利用外资项目 225061 个，占同期外资项目总数的 58%；合计使用 FDI 金额 5028.2 亿美元，占同期外资金额的 56.8%。

动态分析，制造业利用 FDI 项目数占比逐年下降，从 2001 年的 73.1%，降到 2011 年的 40.1%，2012 年前 7 个月为 36.0%。实际利用外资金额，2001 年制造业占当年利用 FDI 总额的 65.9%，2011 年下降到 44.9%，2012 年为 45.2%。（图 4.1.1 和图 4.1.2）。

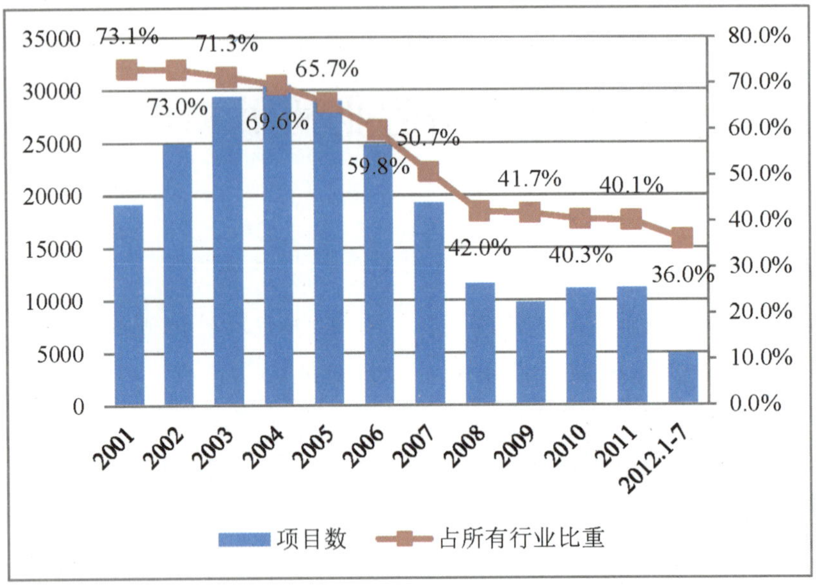

图 4.1.1 制造业利用 FDI 项目数及所占比重(单位:个,%)

资料来源:商务部外资统计。

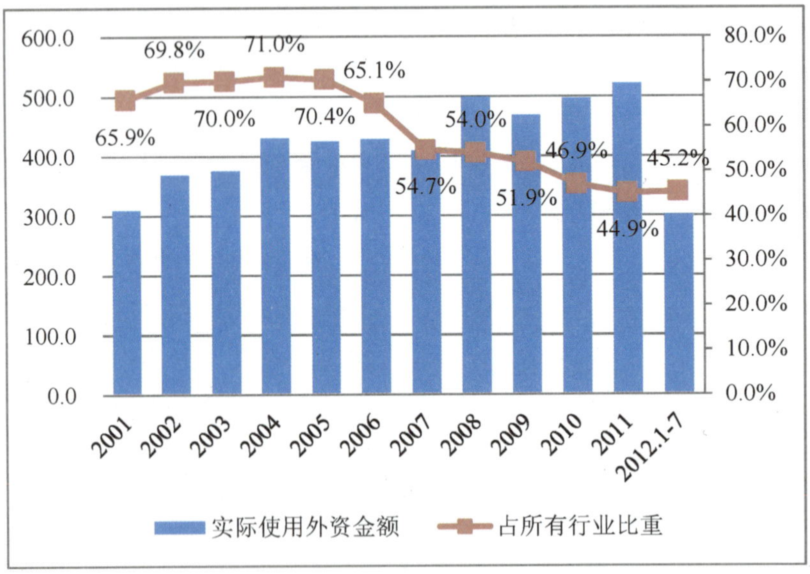

图 4.1.2 制造业实际使用外资金额及所占比重(单位:亿美元,%)

资料来源:商务部外资统计。

二、制造业利用 FDI 方式选择

外商在制造业的投资主要选择独资方式和合资方式。外商独资企业项目数占比由 2001 年的 60.5%提高至 2011 年的 79.9%，2012 年 1–7 月为 80.7%。中外合资企业比重下降，由 2001 年的 34.7%降至 2011 年 18.9%，2012 年 1–7 月为 18.4%。

以实际投资额计算，独资企业占比平均为 73.6%，其中，2011 年为 79.3%，2012 年 1–7 月是 77.0%。中外合资企业占比以年均 1.6%下降，从 2001 年的 33.8%降至 2011 年的 18.3%。

中外合作和外商投资股份制企业投资额合计占比由 2001 年的 6.7%减少至 2011 年的 2.4%。

三、制造业利用 FDI 来源地分布

近三年，制造业利用 FDI 的来源地构成较为稳定。以实际使用外资计算，中国香港、英属维尔京群岛、日本、新加坡、韩国、美国、中国台湾、萨摩亚、开曼群岛一直位居前列。2010 年上述 9 个国家和地区的项目数合计占比为 86.4%，2011 年为 87.6%，2012 年 1–7 月为 86.2%；同期，实际使用金额合计占比分别为 84.7%、86.4%、85.7%（表 4.1.1）。

表 4.1.1　制造业利用 FDI 来源地分布　　单位：个，亿美元，%

国别地区	项目数	项目数比重	外资金额	外资金额比重
中国香港	5557	50.3	239.0	48.2
英属维尔京群岛	259	2.3	50.7	10.2
日本	562	5.1	24.7	5.0
新加坡	239	2.2	22.9	4.6
韩国	802	7.3	21.0	4.2
中国台湾	1393	12.6	18.3	3.7
美国	481	4.4	17.6	3.5
萨摩亚	211	1.9	13.2	2.7
开曼群岛	30	0.3	12.8	2.6
投资性公司投资	104	0.9	6.7	1.4
2010 年合计	**9638**	**87.2**	**426.8**	**86.1**
中国香港	6324	56.9	271.6	52.1
英属维尔京群岛	306	2.8	42.3	8.1
日本	592	5.3	40.3	7.7
新加坡	165	1.5	23.0	4.4
韩国	534	4.8	19.9	3.8
萨摩亚	231	2.1	16.9	3.2
中国台湾	1116	10.0	15.4	2.9
美国	416	3.7	13.2	2.5
开曼群岛	51	0.5	8.9	1.7
德国	168	1.5	7.4	1.4
2011 年合计	**9903**	**89.1**	**458.8**	**88.1**

续表

国别地区	项目数	项目数比重	外资金额	外资金额比重
中国香港	2692	54.7	147.0	48.8
日本	336	6.8	29.1	9.7
英属维尔京群岛	85	1.7	21.1	7.0
新加坡	94	1.9	14.8	4.9
中国台湾	488	9.9	14.6	4.8
韩国	236	4.8	10.1	3.3
美国	196	4.0	8.2	2.7
萨摩亚	100	2.0	7.4	2.4
德国	82	1.7	6.3	2.1
开曼群岛	19	0.4	6.2	2.1
2012 年 1-7 月合计	4328	87.9	264.7	87.9

资料来源:商务部外资统计。

四、制造业利用 FDI 地区分布

制造业利用 FDI 主要集中在东部地区，其中江苏、广东、浙江最为密集。2010 年江苏、广东、浙江实际使用外资总额占全国总金额的比重为 60.2%,2011 年为 57.6%,2012 年前 7 个月为 59.2%;同期,项目比重分别为 56%、62.7%、61.2%(表 4.1.2)。

表 4.1.2　制造业利用 FDI 的地区分布

单位:%

2010 年			2011 年			2012 年 1-7 月		
省市	项目数比重	金额比重	省市	项目数比重	金额比重	省市	项目数比重	金额比重
江苏	25.5	31.8	江苏	24.5	30.2	江苏	27.0	36.1
广东	20.7	18.3	广东	31.3	18.8	广东	27.9	15.4
浙江	9.8	10.1	浙江	6.9	8.6	浙江	6.3	7.7
山东	8.5	6.6	山东	6.2	7.9	福建	3.2	7.6
福建	4.5	5.1	福建	3.3	5.7	山东	6.5	5.8
辽宁	4.2	4.9	辽宁	3.3	5.5	上海	2.4	4.6
上海	3.0	3.9	上海	2.2	3.4	辽宁	3.4	4.3

资料来源:商务部外资统计。

五、制造业利用 FDI 行业结构

十年来,农副食品加工业、食品制造业、饮料制造业等在内的 16 个行业,项目数占比合计平均为 77.3%。其中,通信设备、计算机及其他电子设备制造业、电气机械及器材制造业的项目数占比不断上升,成为近年来吸引外资最多的两个行业(表 4.1.3)。

表 4.1.3 制造业利用 FDI 的行业结构变化

单位:%

	2001	2004	2005	2007	2008	2009	2010	2011
通信设备、计算机及其他电子设备制造业	10.4	10.2	9.9	10.3	11.2	11.7	11.8	12.2
电气机械及器材制造业	4.4	6.5	7.3	8.4	9.9	10.3	10.9	10.5
通用设备制造业	4.8	6.1	6.9	7.8	9.2	8.6	8.6	9.1
纺织服装、鞋、帽制造业	11.2	13.3	12.4	11.0	8.6	10.2	8.8	8.1
专用设备制造业	4.2	6.5	6.6	8.0	8.0	8.6	8.0	7.0
金属制品业	5.2	4.2	4.6	5.1	5.4	5.4	5.2	5.9
交通运输设备制造业	2.6	4.5	4.4	5.7	5.9	4.9	5.8	5.2
非金属矿物制品业	3.7	4.4	4.6	4.7	5.0	4.8	4.3	4.4
化学原料及化学制品制造业	6.1	5.4	5.3	4.5	5.0	4.0	3.8	3.7
纺织业	4.6	5.1	4.4	3.5	3.1	3.3	3.2	3.0
农副食品加工业	4.9	4.7	5.2	3.1	3.0	2.9	2.9	2.2
食品制造业	2.9	2.6	2.4	2.3	2.3	1.8	1.9	1.6
医药制造业	1.8	1.7	1.6	1.4	1.6	1.4	1.2	1.1
橡胶制品业	0.7	0.8	0.9	0.8	0.8	0.8	0.9	1.1
饮料制造业	1.3	1.0	1.0	1.0	1.2	1.1	1.0	1.0
化学纤维制造业	0.4	0.4	0.3	0.2	0.2	0.3	0.2	0.2
以上制造业合计	69.1	77.4	77.9	77.9	80.3	80.1	78.6	76.3
其他行业	30.9	22.6	22.1	22.1	19.7	19.9	21.4	23.7

资料来源:商务部外资统计。

实际使用外资金额方面,2001–2011 年,16 个行业合计占比年均 79.9%,其中 2010 年最高为 83.4%。近五年,通信设备、计算机及其他电子设备制造业、电气机械及器材制造业的外资额占比均超过 10%;橡胶制品业、非金属矿物制品业、金属制品业、通用设备制造业、专用设备制造业、交通运输设备制造业投资额占比均有所增加;农副食品加工业、饮料制造业、纺织业、纺织服装鞋帽制造业、化学纤维制造业的投资额占比都有所下降;食品制造业、化学原料及化学制品制造业、医药制造业投资额占比基本稳定(表 4.1.4)。

表 4.1.4 制造业实际利用 FDI 行业结构变化

单位:%

	2001	2004	2005	2007	2008	2009	2010	2011
通信设备、计算机及其他电子设备制造业	22.9	16.4	18.2	18.8	16.9	15.3	17.0	14.0
电气机械及器材制造业	4.0	6.1	6.9	7.8	10.5	11	11.2	10.5
专用设备制造业	2.5	4.4	4.6	5.7	5.6	5.5	6.3	7.3
交通运输设备制造业	4.7	8.8	9	6.4	7.6	6.8	6.6	7.3
化学原料及化学制品制造业	7.1	6.2	6.6	7.1	8.3	8.5	6.9	7.2

续表

	2001	2004	2005	2007	2008	2009	2010	2011
非金属矿物制品业	4.0	4.3	4.1	4.9	4.7	5.2	5.4	6.3
通用设备制造业	4.3	5.0	4.8	5.3	7.0	6.4	7.0	6.1
纺织服装、鞋、帽制造业	4.0	6.9	6.7	6.0	5.1	4.7	4.9	4.5
金属制品业	3.7	4.2	4.3	4.3	3.8	5.4	4.2	4.4
农副食品加工业	3.3	4.5	3.5	2.2	2.3	2.2	2.9	3.0
纺织业	6.2	5.5	5.0	4.5	3.7	3.0	3.2	3.0
橡胶制品业	1.1	1.0	1.6	1.0	0.9	1.1	1.4	2.6
食品制造业	2.4	2.3	2.2	2.3	2.2	2.4	2.3	2.5
医药制造业	2	1.6	1.3	1.5	1.3	2.0	2.1	2.3
饮料制造业	2.2	1.1	1.1	1.6	1.1	1.2	1.6	1.1
化学纤维制造业	0.9	1.2	0.5	0.7	0.5	0.6	0.5	0.6
以上制造业合计	75.5	79.4	80.4	80.1	81.5	81.5	83.4	82.7
其他行业	24.5	20.6	19.6	19.9	18.5	18.5	16.6	17.3

资料来源:商务部外资统计。

第二节 农业利用 FDI

一、农业利用 FDI 情况

本节农业涵盖农业、林业、畜牧业、渔业以及农、林、牧、渔服务业等。

2011 年,农业利用外资项目 865 个,实际使用外资 20.1 亿美元。2011 年,农业利用外资项目数占全国总数的 3.1%, 实际使用外资金额占全国 FDI 流入总量的 1.7%。

2001-2011 年,农业累计利用外资项目 11219 个,实际使用外资总额 138.1 亿美元。长期以来,我国农业利用 FDI 规模较小,2001-2011 年, 项目数和实际使用外资金额占全国 FDI 流入总额的比重平均值分别为 3.0%和 1.6%(图 4.2.1)。

二、农业利用 FDI 的方式选择

2001-2010 年,外商独资企业项目数和实际使用外资金额占比平均值分别为 71.8%和 77.9%。2011 年和 2012 年 1-7 月,独资企业项目数占比分别为 73.2%和 75.4%,实际使用外资金额占比分别为 85.1%和 85.6%。

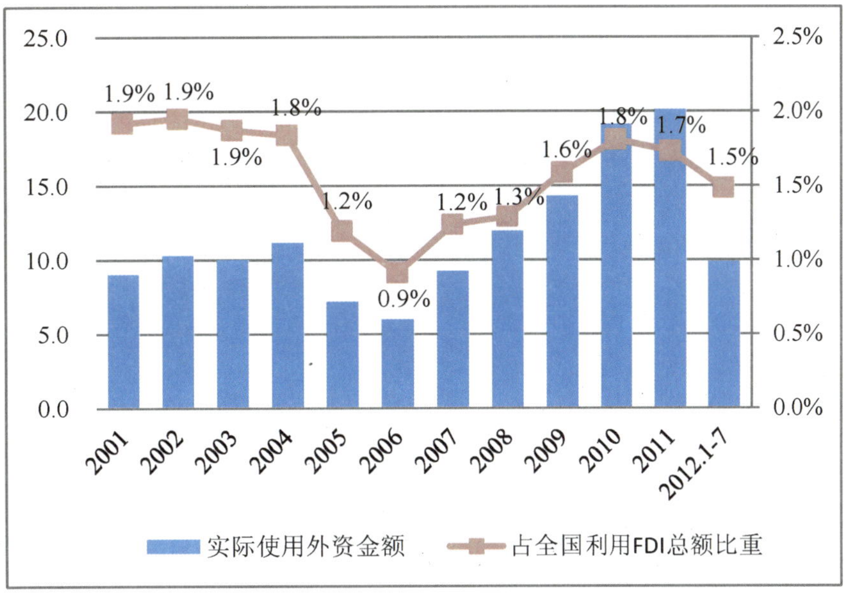

图 4.2.1　农业实际使用外资金额及其占全国比例(单位:亿美元,%)

资料来源:商务部外资统计。

三、农业利用 FDI 来源地分布

中国香港、中国台湾、英属维尔京群岛、新加坡是投资农业的主要外资来源地。

从项目来看,2011 年,中国香港 515 个,占总项目数的 59.5%;中国台湾 152 个,占总项目数的 17.6%。2012 年 1–7 月,香港 246 个,占总项目数的比重为 55.0%。台湾地区 108 个,同比增加 58.82%,占总项目数的 24.2%。

就实际利用外资金额而言,2011 年,中国香港、中国台湾、英属维尔京群岛、新加坡的外资总额占所有来源地总额的 84.9%,2012 年前 7 个月为 87.7%。其中,中国香港仍是最大来源地,2011 年投资 13.9 亿美元,同比增加 28.26%,占农业 FDI 总额的 69.4%(表 4.2.1)。

表 4.2.1　农业利用 FDI 的来源地分布　　单位:个,亿美元,%

国别地区	项目数	项目数比重	外资金额	外资金额比重
中国香港	503	54.1	10.9	56.9
英属维尔京群岛	17	1.8	1.9	10.1
中国台湾	212	22.8	1.7	9.0
新加坡	18	1.9	1.0	5.2
韩国	30	3.2	0.4	2.0
瑞典	2	0.2	0.4	1.9
日本	33	3.6	0.3	1.8
美国	31	3.3	0.3	1.4
加拿大	9	1.0	0.2	0.9
2010 年合计	855	91.9	17.1	89.2

续表

国别地区	项目数	项目数比重	外资金额	外资金额比重
中国香港	515	59.5	13.9	69.4
英属维尔京群岛	9	1.0	1.2	5.8
中国台湾	152	17.6	1.1	5.3
新加坡	16	1.8	0.9	4.4
开曼群岛	2	0.2	0.5	2.4
加拿大	11	1.3	0.3	1.4
美国	28	3.2	0.3	1.4
马绍尔群岛共和国	3	0.3	0.2	1.2
日本	24	2.8	0.2	1.1
韩国	27	3.1	0.2	1.0
2011 年合计	787	90.8	18.8	93.4
中国香港	246	55.0	6.9	69.7
中国台湾	108	24.2	0.7	7.1
新加坡	6	1.3	0.7	6.7
英属维尔京群岛	5	1.1	0.4	4.2
日本	14	3.1	0.2	2.3
加拿大	3	0.7	0.1	1.0
美国	8	1.8	0.1	0.8
阿拉伯联合酋长国	1	0.2	0.1	0.8
新西兰	3	0.7	0.1	0.7
2012 年 1–7 月合计	394	88.1	9.2	93.3

资料来源:商务部外资统计。

四、农业利用 FDI 的地区分布

农业利用 FDI 的地区分布主要集中在江苏、辽宁、广东、山东、福建。2010 年五省 FDI 项目数占全国总数的比重为 54.6%,2011 年为 60.8%,2012 年 1–7 月为 61.1%;实际使用的外资金额同期占比分别为 60.3%、63.9%和 73.3%(表 4.2.2)。

表 4.2.2　农业利用 FDI 的地区分布

单位:%

2010 年			2011 年			2012 年 1–7 月		
省市	项目数比重	金额比重	省市	项目数比重	金额比重	省市	项目数比重	金额比重
江苏	27.9	39.4	江苏	27.9	29.3	江苏	31.5	44.7
山东	6.4	6.6	辽宁	3.7	13.6	辽宁	1.8	15.1
福建	8.5	6.0	山东	7.6	9.9	福建	10.3	5.2

续表

2010 年			2011 年			2012 年 1–7 月		
省市	项目数比重	金额比重	省市	项目数比重	金额比重	省市	项目数比重	金额比重
江西	10.5	5.5	广东	13.6	6.0	江西	10.5	5.0
湖南	4.5	5.0	浙江	2.1	5.3	广东	9.4	4.7
广东	9.0	5.0	黑龙江	1.2	5.2	山东	8.1	3.7
广西	1.3	4.6	福建	8.0	5.1	黑龙江	0.9	3.7

资料来源:商务部外资统计。

五、农业大型外商投资项目

截至 2011 年，农业外商投资大型项目共 37 个,分布于 19 个省市,最多的五个省为:江苏和河南均为 5 个,江西、山东和湖北各 3 个(表 4.2.3)。

截至 2011 年,香港特区大型投资项目数达 20 个,占该行业大型项目总数的 54.1%。其他重要的来源地还包括美国、英属维尔京群岛等国家或地区。

表 4.2.3 农业利用大型 FDI 项目地区和来源地分布

数目	地区	来源地
3–5 个	江苏、河南、江西、山东、湖北	中国香港、美国、英属维尔京群岛、投资性公司、毛里求斯、马绍尔群岛共和国
2 个	内蒙古、云南、四川、辽宁	中国香港、投资性公司
1 个	上海、北京、浙江、福建、湖南、安徽、吉林、黑龙江、甘肃、宁夏、广西	中国香港、马来西亚、瑞典、英属维尔京群岛、投资性公司

资料来源:商务部外资统计。

第三节 采矿业利用 FDI

一、采矿业 FDI 流入

采矿业包括煤炭开采和洗选业、石油和天然气开采业、黑色金属矿采选业、有色金属矿采选业、非金属矿采选业及其他采矿业等。

2011 年,采矿业利用外资项目 87 个,占全国总数的 0.3%;实际使用外资 6.1 亿美元,占 0.5%。2012 年 1–7 月,采矿业外资项目 27 个,实际使用外资金额 4.8 亿美元，占全国的相应比例分别为 0.2%和 0.7%(图 4.3.1、图 4.3.2)。

2001–2011 年，采矿业累计利用外资项目 1924 个,实际使用外资总额 59.5 亿美元,项目数和实际使用外资金额呈现逐年下降趋势，同期占全国总量的比重平均值分别为 0.5%和 0.8%。

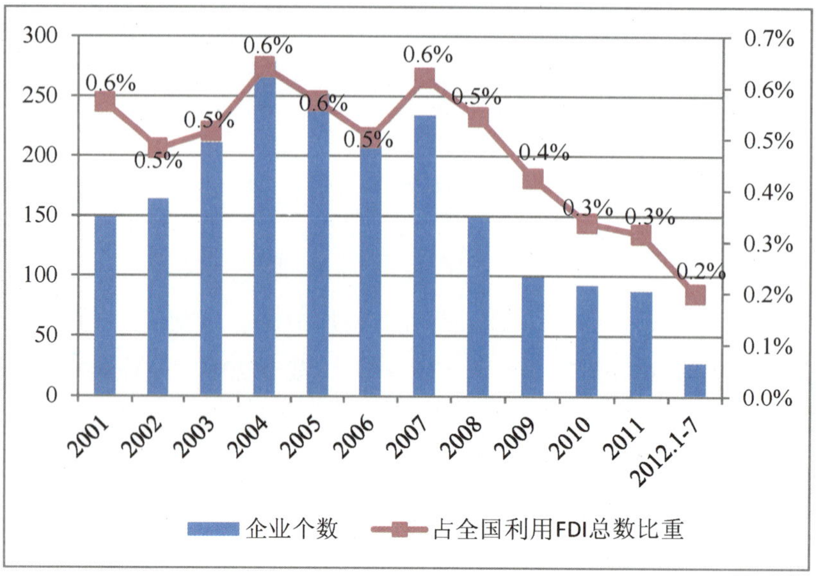

图 4.3.1 采矿业利用 FDI 项目数及其占全国比重(单位:个,%)

资料来源:商务部外资统计。

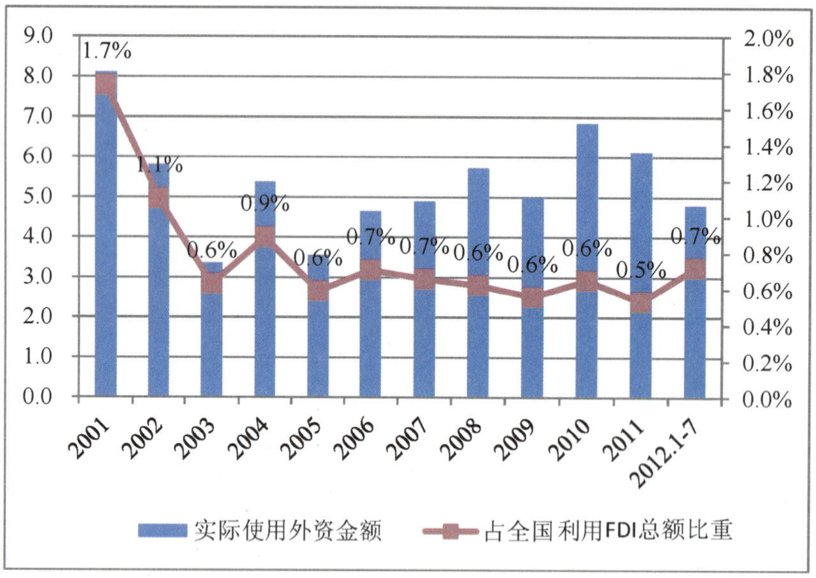

图 4.3.2 采矿业实际使用外资金额及其占全国比重(单位:亿美元,%)

资料来源:商务部外资统计。

二、采矿业利用 FDI 的方式

2001–2010 年，外商独资企业项目数和实际使用外资金额占比平均值分别为 47.5%和 36.1%；中外合资企业的相应占比分别为 38.0%和 41.6%。

2011 年和 2012 年 1–7 月，独资企业项目数占比分别为 50.6%和 44.4%，实际使用外资金额占比分别为 31.5%和 64.5%；中外合资企业项目数占比分别为 43.7%和 51.9%，实际使用外资金额占比分别为 55.0%和 20.3%(图 4.3.3)。

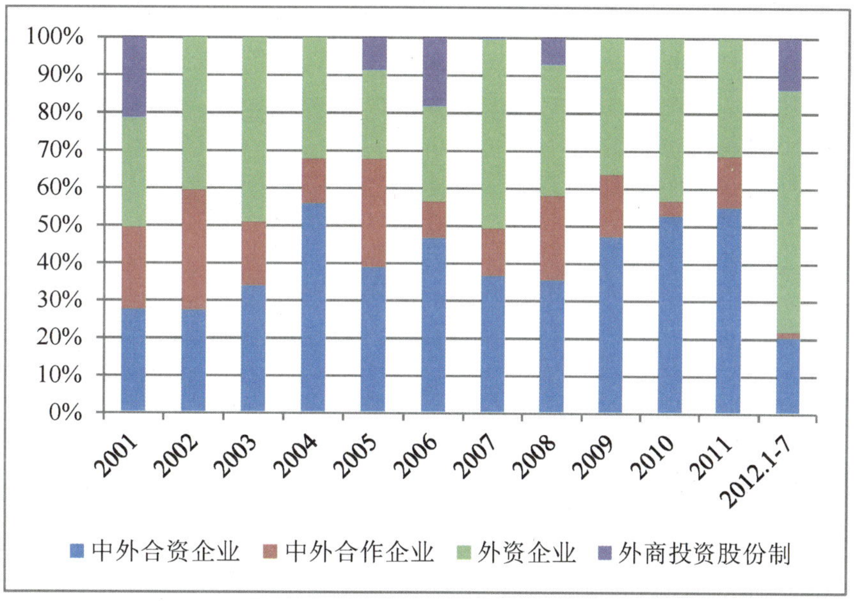

图 4.3.3　采矿业实际利用 FDI 方式(单位:%)

资料来源:商务部外资统计。

注:本书图表中外资企业指外商独资企业

三、采矿业利用 FDI 来源地分布

采矿业利用 FDI 的来源地构成基本稳定，项目和实际外资金额集中度均较高。

中国香港是主要的 FDI 项目来源地，2011 年，投向采矿业的项目为 60 个，占总项目数的 69.0%；2012 年 1–7 月同比下降 52.8%，占比为 63.0%。台湾地区 2011 年 5 个项目；英属维尔京群岛在 2012 年 1–7 月投资 3 个项目，占总项目数的 11.1%。其他国家或地区占总项目数的比例较低。

实际利用外资金额方面，中国香港是最大的来源地，2011 年投资 3.5 亿美元，同比下降 22.07%，占利用 FDI 总额的 57.5%；其次是英属维尔京群岛，为 0.9 亿美元，占利用 FDI 实际总金额的 14.1%。

2012 年 1–7 月，中国香港和英属维尔京群岛仍位居前两位，实际投资额分别为 2.8 亿和 1.0 亿美元，占利用 FDI 实际总金额的比重分别为 58.7%和 21.3%。变化明显的国家或地区有：中国台湾地区同比增长 275.2%，新加坡同比下降 88.7%(表 4.3.1)。

表 4.3.1 采矿业利用 FDI 来源地分布

单位:个,亿美元,%

国别地区	项目数	项目数比重	外资金额	外资金额比重
中国香港	63	68.5	4.5	66.1
英属维尔京群岛	6	6.5	1.2	17.7
美国	2	2.2	0.4	5.6
新加坡	5	5.4	0.4	5.2
开曼群岛	1	1.1	0.1	1.5
2010 年合计	**77**	**83.7**	**6.6**	**96.1**
中国香港	60	69.0	3.5	57.5
英属维尔京群岛	3	3.4	0.9	14.1
美国	1	1.1	0.5	7.8
中国台湾	5	5.7	0.2	2.9
日本	2	2.3	0.2	2.6
2011 年合计	**71**	**81.5**	**5.3**	**84.9**
中国香港	17	63.0	2.8	58.7
英属维尔京群岛	3	11.1	1.0	21.3
联合国和其他国际组织	0	0.0	0.7	13.8
中国台湾	1	3.7	0.1	2.6
2012 年 1–7 月合计	21	77.8	4.6	96.4

资料来源:商务部外资统计。

四、采矿业利用 FDI 的地区分布

2011 年,采矿业利用 FDI 主要集中在山东、江苏、四川、广西,四省吸收外资总额占全国总量的 54.8%。其中,广西同比增加 632.84%。河北、天津、北京具有较大幅度的增长。

2012 年 1–7 月,内蒙古、江西、陕西、新疆、广西、福建实际使用外资同比增长超过 100%;其中内蒙古增幅最大,江西、福建增加显著(表 4.3.2)。

表 4.3.2 采矿业利用 FDI 的地区分布

单位:%

2010 年			2011 年			2012 年 1–7 月		
省市	项目数比重	金额比重	省市	项目数比重	金额比重	省市	项目数比重	金额比重
江苏	7.6	33.4	江苏	5.7	27.3	内蒙古	3.7	34.3
四川	7.6	18.5	四川	3.4	16.0	江西	3.7	13.8
山东	7.6	6.5	山西	0.0	7.9	陕西	0.0	10.8
陕西	1.1	5.8	山东	6.9	6.6	新疆	0.0	6.6
江西	7.6	5.4	广西	3.4	4.9	四川	0.0	5.8
山西	0.0	4.2	河北	1.1	4.4	广西	0.0	5.4
湖南	6.5	3.5	陕西	2.3	3.9	福建	0.0	2.6
合计	38.0	77.2	合计	23.0	71.1	合计	7.4	79.3

资料来源:商务部外资统计。

五、采矿业大型投资项目

2001–2011 年，采矿业外商投资大型项目共 47 个，分布于 15 个省市。其中，大型项目最多的四个省市为：山西 7 个，四川 7 个，福建 6 个、河南 4 个（表 4.3.3）。

中国香港是外商投资大型项目最重要的来源地。2001–2011 年，香港大项目总数达 22 个，占该行业大项目总数的 46.8%。其他重要的来源地还包括英属维尔京群岛、澳大利亚和投资性公司等（表 4.3.3）。

表 4.3.3　采矿业外商投资大型项目地区和来源地分布

数目	地区	来源地
4–7 个	山西、四川、福建、河南	中国香港、英属维尔京群岛、投资性公司
3 个	陕西、青海、内蒙古、江苏、广东、新疆	美国、澳大利亚
1 个	安徽、广西、天津、山东、海南	奥地利、毛里求斯、百慕大

资料来源：商务部外资统计。

第四节　食品制造业利用 FDI

一、食品制造业利用 FDI 概况

食品制造业包括焙烤食品制造、方便食品制造、液体乳及乳制品制造、罐头制造、调味品及发酵制品制造等。

2011 年食品制造业利用 FDI 项目 180 个，实际使用外资 13.2 亿美元。2012 年 1–7 月利用外资项目 89 个，实际使用外资 12.6 亿美元，同比增加 43.7%。

2001–2011 年，食品制造业实际使用外资额持续增加（图 4.4.1），累计项目 5175 个，FDI 总额 108.4 亿美元。项目数占比总体呈下降趋势，由 2001 年的 2.9%降至 2011 年的 1.6%。

二、食品制造业利用 FDI 的方式

多年以来，外商独资企业一直是食品制造业外资选择的主要方式。2001–2011 年，独资企业项目数和实际利用外资占 60%以上，中外合资企业项目数占比约为 30%。其中，2009 年外商投资股份制企业占 20.2%。2012 年 1–7 月，中外合资企业的实际利用外资额较往年有所增长，达到 39.3%。

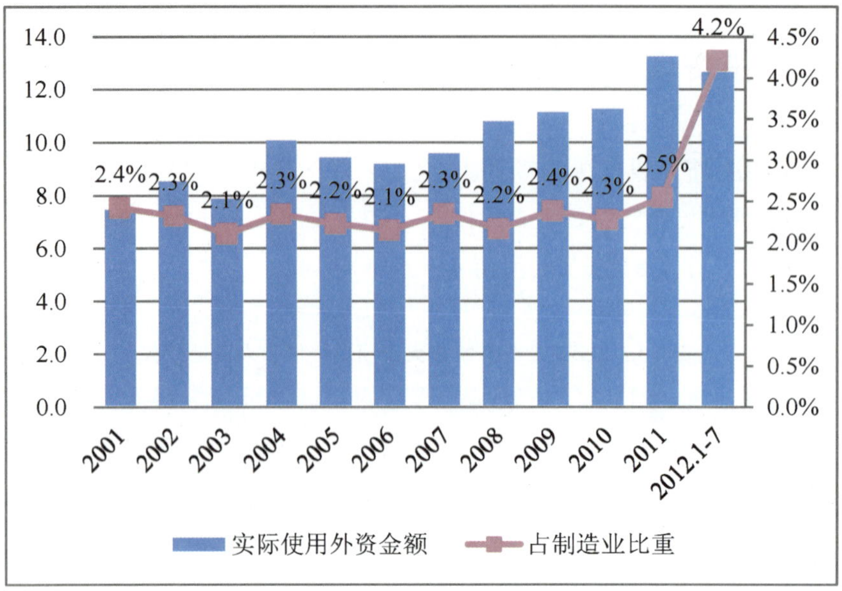

图 4.4.1 食品制造业实际使用外资金额及所占比重(单位:亿美元,%)

资料来源:商务部外资统计。

三、食品制造业利用 FDI 来源地分布

2011 年,食品制造业吸收的 FDI 主要来源于中国香港,占 44.4%,新加坡占 10.6%,日本占 9.3%;此外,卢森堡、维尔京群岛和澳大利亚均是食品制造业重要的外资来源地。2012 年 1–7 月,瑞士的实际投资金额增长显著(表 4.4.1)。

表 4.4.1 食品制造业利用 FDI 的来源地分布

单位:个,亿美元,%

国别地区	项目数	项目数比重	外资金额	外资金额比重
中国香港	92	43.8	4.7	41.7
新加坡	8	3.8	2.6	23.3
英属维尔京群岛	5	2.4	1.0	9.1
日本	8	3.8	0.5	4.9
美国	5	2.4	0.3	3.1
荷兰	2	1.0	0.3	2.7
中国台湾	34	16.2	0.3	2.6
韩国	15	7.1	0.2	2.0
西班牙	1	0.5	0.2	2.0
开曼群岛	1	0.5	0.2	1.4
2010 年合计	171	81.4	10.4	92.8
中国香港	78	43.3	5.9	44.4

续表

国别地区	项目数	项目数比重	外资金额	外资金额比重
新加坡	5	2.8	1.4	10.6
日本	22	12.2	1.2	9.3
卢森堡	1	0.6	1.1	8.0
英属维尔京群岛	4	2.2	1.0	7.8
澳大利亚	1	0.6	0.4	3.3
毛里求斯	1	0.6	0.3	2.5
瑞士	0	0.0	0.3	2.4
韩国	8	4.4	0.2	1.8
开曼群岛	1	0.6	0.2	1.7
2011 年合计	**121**	**67.2**	**12.2**	**91.8**
中国香港	37	41.6	5.7	45.4
瑞士	0	0.0	2.5	20.1
新加坡	6	6.7	1.0	7.7
开曼群岛	1	1.1	0.6	4.5
日本	10	11.2	0.5	4.3
英属维尔京群岛	3	3.4	0.5	4.1
卢森堡	0	0.0	0.5	4.0
西班牙	0	0.0	0.2	1.7
韩国	3	3.4	0.2	1.5
英国	1	1.1	0.2	1.2
2012 年 1–7 月合计	**61**	**68.5**	**12.0**	**94.5**

资料来源：商务部外资统计。

四、食品制造业利用 FDI 的地区分布

以实际使用外资额计算，食品制造业主要集中于江苏、山东、广东、上海和浙江。2010 年，以上五省市外资额合计占全国的 62%，2011 年占 53%，2012 年 1–7 月占 67.4%。2011 年外资金额占比超过 10%的地区有江苏、山东、广东。2012 年 1–7 月，福建实际使用外资金额占比增长 18.3%（表 4.4.2）。

表 4.4.2 食品制造业利用 FDI 的地区分布

单位：%

2010 年			2011 年			2012 年 1–7 月		
省市	项目数比重	金额比重	省市	项目数比重	金额比重	省市	项目数比重	金额比重
广东	10.5	15.1	江苏	16.1	17.7	福建	2.2	24.8
上海	4.3	13.6	山东	8.3	10.7	江苏	13.5	14.7
山东	11.4	12.6	广东	13.9	10.3	山东	18.0	11.7
江苏	12.4	12.1	上海	3.9	7.7	河北	3.4	8.5

续表

2010 年			2011 年			2012 年 1-7 月		
省市	项目数比重	金额比重	省市	项目数比重	金额比重	省市	项目数比重	金额比重
黑龙江	1.0	8.7	浙江	6.1	6.6	上海	1.1	7.7
浙江	4.8	7.2	福建	10.6	6.5	浙江	5.6	6.0
天津	4.3	5.8	辽宁	3.9	6.0	北京	3.4	5.7

资料来源:商务部外资统计。

五、食品制造业大型投资项目

2001-2011 年,食品制造业外商投资大型项目共 51 个,分布于 16 个省市。其中,江苏是吸收大型项目最多的省份。

中国香港是利用 FDI 大型项目最重要的来源地。2001-2011 年,香港特区大型项目数 28 个,占该行业大型项目总数的 54.9%,其次为新加坡 4 个(表 4.4.3)。2012 年,该行业有 4 个大型项目来自于香港特区,1 个来自于新加坡,分别投资在天津、河北、辽宁、江苏、山东,投资总额 14 亿美元。

表 4.4.3 食品制造业外商投资大型项目地区和来源地分布

数目	地区	来源地
6 个	江苏	中国香港、新加坡、巴巴多斯
5 个	天津、山东	中国香港、新加坡、毛里求斯、开曼群岛
4 个	内蒙古、吉林、上海	中国香港、丹麦、日本
3 个	黑龙江、辽宁、浙江	中国香港、新加坡、澳大利亚、投资性公司、卢森堡
2 个	河南、广东、重庆、西藏	中国香港、新加坡、韩国、英属维尔京群岛、加拿大
1 个	河北、安徽、湖南	中国香港、瑞士、新西兰

资料来源:商务部外资统计。

第五节 纺织业利用 FDI

一、纺织业利用 FDI 概况

纺织业包括棉、化纤纺织及印染精加工,毛纺织和染整精加工,麻纺织,丝绢纺织及精加工,纺织制成品制造,针织品、编织品及其制品制造等。

2011 年纺织业利用 FDI 项目 336 个, 实际使用外资金额 15.4 亿美元。2012 年 1-7 月项目数 113 个,同比减少 43.5%;实际使用外资金额 8 亿美元,同比减少 18.1%。

2001-2011 年, 纺织业累计利用外资项目 9764 个,实际使用外资额 211.4 亿美元。外商在纺织业的投资呈现逐年下降趋势,2001 年占全国 FDI 总额的 6.2%,2011 年降到 3.0%(图 4.5.1)。

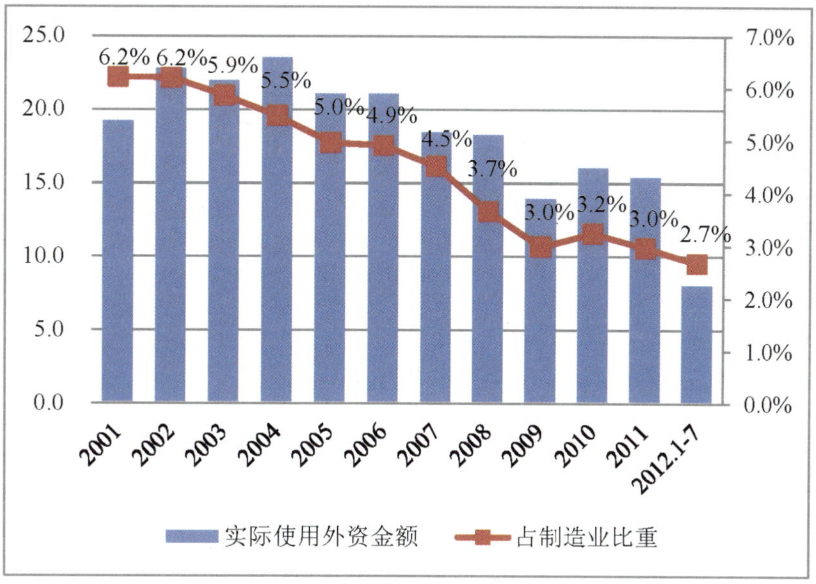

图 4.5.1 纺织业实际使用外资金额及所占比重(单位:亿美元,%)

资料来源:商务部外资统计。

二、纺织业利用 FDI 的方式

外商在纺织业的投资方式主要是独资企业,并逐年增加。2001 年独资企业项目占 53.5%,金额占 62.9%;2011 年独资方式项目占 83%, 金额占 86.3%;2012 年前 7 个月, 相应占比分别为 85.8% 和 84.1%。

三、纺织业利用 FDI 的来源地分布

纺织业 FDI 主要来源地为中国香港、英属维尔京群岛和日本。2010 年,中国香港、英属维尔京群岛、日本占该行业外资总额的 73.6%,2011 年占 74.6%,2012 年 1–7 月为 80.1%。其中,中国香港占比同期均超过 60%,中国台湾地区、美国也是重要的来源地(表 4.5.1)。

表 4.5.1　纺织业利用 FDI 来源地分布　单位:个,亿美元,%

国别地区	项目数	项目数比重	外资金额	外资金额比重
中国香港	229	64.1	10.4	64.8
英属维尔京群岛	1	0.3	0.9	5.5
日本	15	4.2	0.5	3.3
韩国	18	5.0	0.5	3.2
中国台湾	37	10.4	0.5	3.0
南非	8	2.2	0.4	2.8
美国	9	2.5	0.4	2.7

续表

国别地区	项目数	项目数比重	外资金额	外资金额比重
毛里求斯	1	0.3	0.3	1.9
新加坡	1	0.3	0.2	1.4
2010 年合计	319	89.4	14.4	89.7
中国香港	235	69.9	10.1	65.4
英属维尔京群岛	2	0.6	1.0	6.4
中国台湾	30	8.9	0.7	4.5
日本	12	3.6	0.4	2.8
美国	12	3.6	0.3	2.0
韩国	9	2.7	0.2	1.4
萨摩亚	4	1.2	0.2	1.3
2011 年合计	304	90.5	13.9	90.1
中国香港	82	72.6	5.6	69.3
日本	7	6.2	0.6	7.1
英属维尔京群岛	1	0.9	0.3	3.7
中国台湾	11	9.7	0.2	2.8
新加坡	0	0.0	0.2	2.8
中国澳门	1	0.9	0.2	2.1
美国	1	0.9	0.1	1.8
韩国	2	1.8	679	0.8
2012 年 1-7 月合计	105	92.9	686.5	94.0

资料来源:商务部外资统计。

四、纺织业利用 FDI 的地区分布

纺织业吸引外资集中于江苏、广东、浙江、福建和山东。2010 年,以上五省实际利用外资额合计占全国的比重为 90.0%,2011 年占 90.7%,2012 年前 7 个月为 86.2%。2011 年,福建项目数及外资额同比下降均超过 56%(表 4.5.2)。

表 4.5.2　纺织业利用 FDI 的地区分布　　单位:%

2010 年			2011 年			2012 年 1-7 月		
省市	项目数比重	金额比重	省市	项目数比重	金额比重	省市	项目数比重	金额比重
江苏	26.9	33.9	江苏	27.1	33.6	江苏	34.5	39.1
广东	24.1	18.9	广东	31.8	24.7	广东	24.8	25.7
浙江	17.6	18.7	浙江	9.5	19.0	浙江	8.8	11.3
福建	6.4	10.1	山东	4.8	8.8	福建	1.8	6.8
山东	6.2	8.4	福建	3.0	4.6	山东	4.4	3.3
江西	5.0	3.3	上海	1.8	3.5	新疆	0.9	2.9
上海	0.8	1.6	江西	5.4	1.6	天津	0.9	2.8

资料来源:商务部外资统计。

五、纺织业利用 FDI 政策

2011 年 12 月，国家发展改革委和商务部联合颁布《外商投资产业指导目录(2011 修订)》。纺织业鼓励类条目新增部分内容，原有条目也更加细化。具体表现在：新增采用非织造、机织、针织及其复合工艺技术的轻质、高强、耐高/低温、耐化学物质、耐光等多功能化的产业用纺织品生产；功能性、绿色环保及特种服装生产；以及采用先进节能减排技术的织染。突出了对新兴技术和节能环保的重视，鼓励外商投资上述领域。

2012 年 1 月，工信部颁布《纺织工业“十二五”规划》，提出了九项行业重点任务措施，其内容可归纳为以下三个方面：一是以调整结构为主攻方向，促进纺织工业全面发展；二是以技术进步作为重要支撑，提高发展质量和效益；三是以可持续发展为基本理念，提升纺织工业发展后劲。同时，确定了四个行业发展重点领域，包括新型纺织纤维材料、高端纺织装备制造、产业用纺织品和传统纺织行业技术提升。

第六节 化学原料及化学制品制造业利用 FDI

一、化学原料及化学制品制造业利用 FDI 概况

化学原料及化学制品制造业包括：基础化学原料制造，肥料制造，农药制造，涂料、油墨、颜料及类似产品制造，合成材料制造，专用化学产品制造，日用化学产品制造等。

2011 年，化学原料及化学制品制造业利用 FDI 项目 410 个，实际使用外资 37.4 亿美元。2012 年 1–7 月外资项目 183 个，同比减少 22.8%；实际使用外资 23.8 亿美元，同比增加 13.9%。

2001–2011 年，化学原料及化学制品制造业累计项目 11586 个，实际使用外资 335.3 亿美元。从动态变化看，该行业利用外资项目数占比呈下降趋势，从 2001 年 6.1%降至 2011 年 3.7%；实际使用外资额占比基本稳定，2011 年为 7.2%（图 4.6.1）。

二、化学原料及化学制品制造业利用 FDI 方式

2001–2011 年，外商独资企业项目数占比保持在 60%以上，实际利用外资额平均为 71.5%；中外合资企业项目数约占 30%。2012 年 1–7 月，独资企业项目数占 72.7%，中外合资企业占 25.1%，实际利用外资额独资企业占 81.4%。

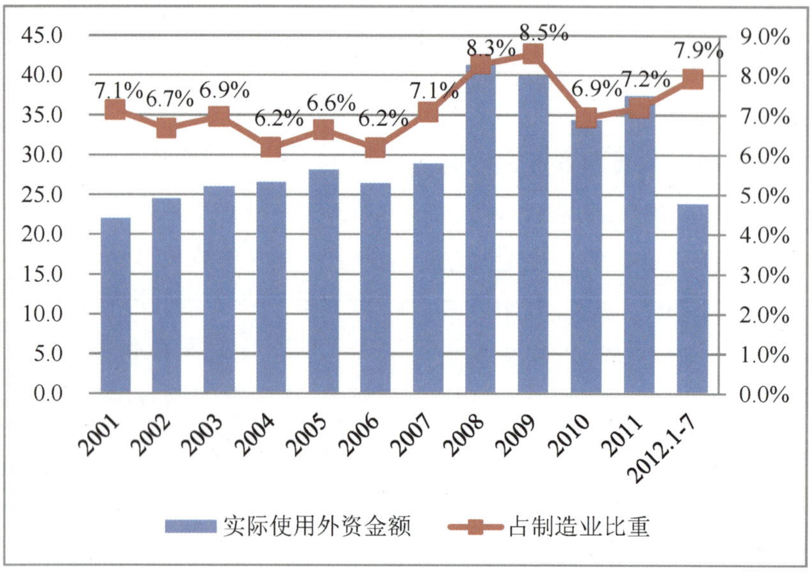

图 4.6.1 化学原料及化学制品制造业实际使用外资金额及所占比重(单位：亿美元，%)

资料来源：商务部外资统计。

三、化学原料及化学制品制造业利用 FDI 来源地分布

2011 年，化学原料及化学制品制造业利用 FDI 主要来自于中国香港、中国台湾、英属维尔京群岛、日本和德国。以上五个来源地的实际外资额合计占比 71.2%，其中中国香港占 33.6%，中国台湾同比增加 215%。2012 年前 7 个月，中国香港项目数和实际使用外资额占比均超 40%(表 4.6.1)。

表 4.6.1 化学原料及化学制品制造业利用 FDI 来源地分布 单位：个，亿美元，%

国别地区	项目数	项目数比重	外资金额	外资金额比重
中国香港	206	49.0	11.0	31.9
沙特阿拉伯	0	0.0	4.5	13.1
日本	28	6.7	2.7	7.9
新加坡	16	3.8	2.0	5.9
德国	3	0.7	1.7	5.0
英属维尔京群岛	9	2.1	1.6	4.8
中国台湾	40	9.5	1.6	4.7
韩国	28	6.7	1.5	4.2
开曼群岛	0	0.0	1.4	4.2
美国	23	5.5	1.2	3.6
2010 年合计	353	84.0	29.3	85.2
中国香港	186	45.4	12.5	33.6

续表

国别地区	项目数	项目数比重	外资金额	外资金额比重
中国台湾	29	7.1	5.1	13.6
英属维尔京群岛	15	3.7	3.8	10.3
日本	39	9.5	3.1	8.2
德国	9	2.2	2.0	5.5
韩国	26	6.3	1.9	5.1
美国	26	6.3	1.1	2.9
新加坡	6	1.5	1.1	2.9
开曼群岛	5	1.2	1.0	2.6
卢森堡	0	0.0	0.8	2.1
2011 年合计	**341**	**83.2**	**32.4**	**86.8**
中国香港	75	41.0	10.3	43.2
中国台湾	11	6.0	2.6	10.8
新加坡	3	1.6	2.0	8.5
日本	14	7.7	1.9	7.8
美国	16	8.7	1.1	4.4
英属维尔京群岛	9	4.9	1.0	4.3
荷兰	1	0.5	1.0	4.0
奥地利	0	0.0	0.7	3.0
百慕大	2	1.1	0.6	2.5
开曼群岛	0	0.0	0.5	2.3
2012 年 1-7 月合计	**131**	**71.6**	**21.7**	**91.0**

资料来源：商务部外资统计。

四、化学原料及化学制品制造业利用 FDI 地区分布

2011 年，化学原料及化学制品制造业中，江苏实际使用外资额占 34.4%。福建、重庆实际使用外资额同比增加 200%，天津、上海同比降幅超过 25%。2012 年 1-7 月，化学原料及化学制品制造业主要集中于江苏、福建、辽宁、浙江和广东（表 4.6.2）。

表 4.6.2　化学原料及化学制品制造业利用 FDI 的地区分布　单位：%

2010 年			2011 年			2012 年 1-7 月		
省市	项目数比重	金额比重	省市	项目数比重	金额比重	省市	项目数比重	金额比重
江苏	19.3	27.9	江苏	21.7	34.4	江苏	21.9	43.2
天津	2.1	13.8	广东	17.3	10.8	福建	6.6	9.9
浙江	8.1	13.6	辽宁	7.3	9.9	辽宁	5.5	8.5
广东	12.4	10.7	浙江	8.0	9.8	浙江	6.0	7.7

续表

2010年			2011年			2012年1–7月		
省市	项目数比重	金额比重	省市	项目数比重	金额比重	省市	项目数比重	金额比重
上海	4.0	10.2	福建	3.2	8.3	广东	11.5	7.5
辽宁	6.9	5.4	上海	2.4	7.0	上海	7.1	5.0
山东	10.5	5.1	山东	11.5	6.4	山东	9.8	4.5

资料来源:商务部外资统计。

专栏4-1 三井化学合资建全球最大规模EPT项目

2011年12月,中国石油化工股份有限公司(中石化)与日本三井化学株式会社(三井化学)签署合资企业协议,双方按50:50股比出资。2012年5月,上海中石化三井弹性体有限公司正式成立,产品主要用于汽车零部件、电线电缆及其他工业品。合资企业位于上海化学工业区,将新建一套采用茂金属催化剂、工艺最先进、全球规模最大的年产7.5万吨EPT生产装置,预计2014年一季度投入运营。

上海化学工业区地理环境优越,交通便利。距市中心50公里,A4高速公路连接市区和沪宁、沪杭高速公路网;专用铁路支线与全长113公里的浦东铁路相连;内河航运系统可与黄浦江、长江水系连通;专用海运码头、洋山深水港、国际机场等基础设施建设完善。

区内整合了产品项目、公用辅助、物流运输、环境保护和管理服务,实现专业集成、投资集中、效益集约。上海作为石油化工及精细化工产业基地,在化工区内落户的主体项目以上、中、下游化工产品为纽带,形成了产品项目一体化的完整产品链。

此外,化学工业区设有专项发展基金,用于区域内公用工程和配套设施建设;对每个环节的审批时限进行压缩,减少了不必要的审批内容和程序;还出台了相应的鼓励政策促进企业加大技术创新。

第七节 医药制造业利用FDI

一、医药制造业利用FDI概况

医药制造业涵盖化学药品原药制造，化学药品制剂制造，中药饮片加工，中成药制造，兽用药品制造，生物、生化制品的制造，卫生材料及医药用品制造等。

2011年医药制造业利用FDI项目119个，实际使用外资11.8亿美元。2012年1-7月利用外资项目54个，同比减少26.0%，实际使用外资6.4亿美元。

2001-2011年，医药制造业累计利用FDI项目3516个，实际使用外资82.3亿美元。从动态变化看，2001-2011年，医药业实际使用外资金额保持增长态势(图4.7.1)。

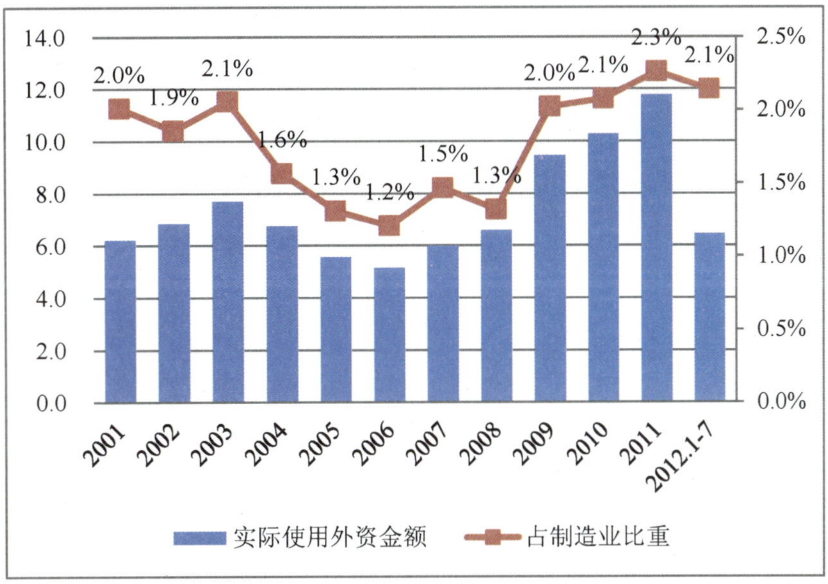

图4.7.1 医药业实际使用外资金额及其所占比例(单位：亿美元，%)

资料来源：商务部外资统计。

二、医药制造业利用FDI方式选择

医药制造业利用外资的主要方式是外商独资企业和中外合资企业。2011年，独资企业项目数占49.9%，中外合资企业占43.5%。以实际利用外资额衡量，独资企业占比不断增加，2012年前7个月独资企业占75.8%，中外合资企业占21.7%。

三、医药制造业利用 FDI 来源地分布

以项目数衡量，医药制造业外商投资主要集中于中国香港、美国、英属维尔京群岛和日本。2010 年，以上四个国家或地区占所有来源地的比重为 77.6%,2011 年占 78.1%,2012 年 1–7 月为 77.9%。其中,2012 年前 7 个月中国香港和美国合计占 66.7%。

以实际使用外资额计算,中国香港、新加坡、美国、开曼群岛和英属维尔京群岛 2010 年占所有来源地的比重为 70.2%,2011 年占 73.3%,2012 年 1–7 月为 86.2%。其中,2011 年新加坡实际使用外资额同比增长 160%，美国增长 233%，丹麦下降 76.9%(表 4.7.1)。

表 4.7.1　医药制造业利用 FDI 来源地分布　　单位:个,亿美元,%

国别地区	项目数	项目数比重	外资金额	外资金额比重
中国香港	58	45.0	5.0	48.3
丹麦	0	0.0	1.3	12.6
英属维尔京群岛	5	3.9	1.1	10.2
日本	7	5.4	0.6	6.0
新加坡	4	3.1	0.5	4.8
开曼群岛	0	0.0	0.4	3.7
美国	30	23.3	0.3	3.2
百慕大	0	0.0	0.2	2.3
法国	0	0.0	0.2	1.5
中国台湾	7	5.4	0.1	1.3
2010 年合计	111	86.0	9.7	93.9
中国香港	67	56.3	5.5	46.4
新加坡	1	0.8	1.3	10.7
美国	21	17.6	1.0	8.2
英属维尔京群岛	4	3.4	0.6	5.4
日本	1	0.8	0.6	5.3
荷兰	0	0.0	0.5	4.1
毛里求斯	1	0.8	0.4	3.6
丹麦	1	0.8	0.3	3.0
瑞典	1	0.8	0.3	2.7
开曼群岛	0	0.0	0.3	2.6
2011 年合计	97	81.5	10.8	92.0
中国香港	25	46.3	2.8	43.8
开曼群岛	0	0.0	1.3	20.7
英属维尔京群岛	3	5.6	0.7	11.6
瑞典	1	1.9	0.4	6.2
美国	11	20.4	0.4	5.6
新加坡	3	5.6	0.3	4.5

续表

国别地区	项目数	项目数比重	外资金额	外资金额比重
荷兰	0	0.0	0.2	3.3
日本	3	5.6	0.2	2.5
2012 年 1–7 月合计	46	85.2	6.4	99.2

资料来源：商务部外资统计。

四、医药制造业利用 FDI 地区分布

2011 年，医药制造业实际使用外资额占比超过 10%的省市为江苏、广东和天津，以上三省市合计占比为 51.1%。其中，广东同比增长 136.7%，天津下降 24.5%。2012 年 1–7 月，以实际使用外资金额计算，医药制造业主要分布于江苏、广东、吉林、内蒙古和上海，合计占比 83.6%(表 4.7.2)。

表 4.7.2　医药制造业利用 FDI 的地区分布　单位：%

2010 年			2011 年			2012 年 1–7 月		
省市	项目数比重	金额比重	省市	项目数比重	金额比重	省市	项目数比重	金额比重
江苏	24.8	25.9	江苏	24.4	22.0	江苏	20.4	40.7
天津	1.6	16.5	广东	8.4	18.2	广东	7.4	14.3
广东	3.9	8.8	天津	1.7	10.9	吉林	1.9	11.6
浙江	12.4	6.8	陕西	3.4	8.4	内蒙古	0.0	9.8
贵州	0.0	6.7	浙江	8.4	7.8	上海	3.7	7.2
陕西	1.6	6.1	吉林	3.4	6.7	浙江	11.1	4.6
辽宁	4.7	5.3	内蒙古	0.8	3.7	北京	0.0	2.4

资料来源：商务部外资统计。

专栏 4–2　美国致优在无锡投资高端医药制造企业

2011 年 10 月，美国致优（亚洲）无纺布有限公司投资的高端医药制造企业——致优无纺布（无锡）有限公司正式开建。美国致优（亚洲）无纺布有限公司总部位于纽约，注册地在新加坡。公司建成后将引进国际最先进的设备和生产技术，主要生产医用级和卫生用级高档无纺布，该项目的落户填补了国内医用纺织品在关键技术领域内的空白。

无锡新区高速公路等基础设施完善、各种口岸通关服务齐全；以海关直通点、出口加工区为平台，设有进出口监管仓库、公共保税仓库、集装箱提还箱点等通关物流设施。

此外，为帮助企业加快建设进度，针对致优无纺布（无锡）有限公司进口集装箱数量大、种类多、需要急的特点，无锡出口加工区检疫科为企业提供“聚焦服务”等多项措施。

一是提前介入,让企业充分掌握各类信息。第一时间组织相关人员和代理公司走进企业,了解进口货物的类别、来源地以及近期和远期的进口计划,向企业提供相关检验检疫法律法规和详细的工作流程,同时将进口国家和地区最新的疫情疫病信息和注意事项告知企业,让企业充分掌握相关信息。

二是专项服务,为企业量身定制检疫监管方案。在了解企业近期进口计划后,成立"专项服务小组",指定专人负责现场检疫查验、入厂跟踪取样和后续监管,分头并进,有序开展各项检疫监管工作,并且定期报告项目进展情况和检疫动态。

三是深化服务,有效提高通关速度和效率。进境大项目一般具有量集中、时间无固定的特点,为此检疫部门开启"7×24"全天候工作模式,确保进境集装箱第一时间检疫放行。同时定期将集装箱检疫结果和疫情信息归纳总结、及时反馈,让企业采取相应措施,避免疫情再次发生,影响下次通关放行。

第八节 通用设备制造业利用 FDI

一、通用设备制造业利用 FDI 概况

通用设备制造业主要涵盖:金属加工机械制造,起重运输设备制造,轴承、齿轮、传动和驱动部件的制造,通用零部件制造及机械修理等。

2011 年通用设备制造业实际使用外资额 32.0 亿美元,FDI 项目 1010 个。2012 年 1–7 月利用外资项目 481 个,同比减少 16.6%,实际使用外资额 25.5 亿美元,同比增加 31.5%。

2001–2011 年,通用设备制造业累计吸收 FDI 项目 14685 个,实际使用外资 256.4 亿美元。从动态看,无论是投资项目还是实际投资金额均保持稳定增长态势(图 4.8.1)。

二、通用设备制造业利用 FDI 方式选择

2001–2011 年,中外合资企业实际利用外资额占比从 43.3%降至 16.0%;外商独资企业成为主要选择方式,2011 年实际利用外资额占 84.7%。

三、通用设备制造业利用 FDI 来源地分布

2011 年,来自中国香港、中国台湾、日本的通用设备制造业外商投资项目较多,三地合计占 56.5%。以实际使用外资额衡量,中国香港、日本、美国是主要来源地,分别占 42.1%、15.8%和 6.2%。2012 年 1–7 月,中国台湾外资额占比超过美国,为 6.1%(表 4.8.1)。

图 4.8.1　通用设备制造业实际使用外资金额及所占比重(单位:亿美元,%)

资料来源:商务部外资统计。

表 4.8.1　通用设备制造业利用 FDI 的来源地分布　　单位:个,亿美元,%

国别地区	项目数	项目数比重	外资金额	外资金额比重
中国香港	386	40.5	16.2	46.7
日本	86	9.0	3.2	9.2
开曼群岛	1	0.1	2.1	6.0
美国	55	5.8	1.9	5.4
新加坡	36	3.8	1.6	4.5
中国台湾	130	13.7	1.5	4.4
英属维尔京群岛	16	1.7	1.5	4.4
韩国	67	7.0	0.9	2.6
德国	27	2.8	0.8	2.4
荷兰	4	0.4	0.6	1.8
2010 年合计	808	84.9	30.2	87.4
中国香港	434	43.0	13.5	42.1
日本	90	8.9	5.0	15.8
美国	46	4.6	2.0	6.2
英属维尔京群岛	19	1.9	1.4	4.5
德国	32	3.2	1.4	4.4
韩国	62	6.1	1.1	3.5
中国台湾	137	13.6	1.1	3.5
新加坡	18	1.8	0.8	2.4

续表

国别地区	项目数	项目数比重	外资金额	外资金额比重
开曼群岛	5	0.5	0.7	2.1
萨摩亚	14	1.4	0.6	1.8
2011 年合计	**857**	**84.9**	**27.6**	**86.3**
中国香港	183	38.0	11.2	43.9
日本	55	11.4	4.9	19.1
中国台湾	70	14.6	1.5	6.1
荷兰	5	1.0	0.9	3.7
德国	22	4.6	0.9	3.5
英属维尔京群岛	10	2.1	0.8	3.2
美国	14	2.9	0.7	2.9
新加坡	20	4.2	0.7	2.7
韩国	23	4.8	0.6	2.2
法国	4	0.8	0.4	1.4
2012 年 1–7 月合计	**406**	**84.4**	**22.6**	**88.7**

资料来源:商务部外资统计。

四、通用设备制造业利用 FDI 地区分布

通用设备制造业利用 FDI 分布较为集中,江苏为主要投资地。2010 年、2011 年、2012 年 1–7 月,江苏实际使用外资额占比均超过 50%。2012 年 1–7 月,江苏、浙江、山东、上海、广东外资额总计占比为 84.1%(表 4.8.2)。

表 4.8.2 通用设备制造业利用 FDI 地区分布

单位:%

2010 年			2011 年			2012 年 1–7 月		
省市	项目数比重	金额比重	省市	项目数比重	金额比重	省市	项目数比重	金额比重
江苏	44.4	50.7	江苏	47.5	51.1	江苏	48.4	53.6
浙江	12.9	13.7	浙江	9.9	13.2	浙江	8.7	9.8
辽宁	5.1	7.6	广东	9.1	8.5	山东	6.4	8.8
山东	7.9	7.2	山东	8.0	7.6	上海	4.0	6.1
广东	8.3	6.6	上海	3.6	4.2	广东	8.3	5.8
上海	4.8	3.0	辽宁	3.5	3.8	辽宁	5.2	4.0
河北	1.5	2.1	天津	2.0	3.3	天津	2.1	2.7

资料来源:商务部外资统计。

专栏 4-3　NTN 精密机电项目落户南京

2011 年，日本 NTN 株式会社与南京市签订项目协定，成立南京恩梯恩精密机电有限公司，总投资 10 亿美元，成为南京最大日商独资企业，是 NTN 在海外的第一个大型轴承生产基地，主要用于高速铁路、地铁、汽车以及风力发电等，预计 2012 年 10 月投产，能够解决就业 5000 人。该项目加速了 NTN 在国内生产、销售、技术一体化产业模式的展开。

该项目之所以落户南京，主要因为南京市区位优势显著，是长三角中心城市，沪宁杭经济核心区重要城市，公路、铁路、机场、港口等基础设施完善，科研实力雄厚，全市省级以上重点实验室 55 家，列全国同类城市首位，在原辅材料、交通物流、市场配套、技术用工等方面具有独特优势，同时，南京经济技术开发区已形成多个产业集群。其中，高端装备产业集群，涉及汽车及零部件、工程机械、轨道交通、机械工具、家用电器、精密仪器等门类，拥有德国博世汽车零部件、瑞典阿特拉斯科普柯矿山机械、中国传动重型装备、中铁宝桥铁路装备等重点项目。

此外，南京市“省-市-区”三级已经形成了较为完备、配套的对外资的政策支持和服务体系，为优化投资环境，促进外商投资发挥了积极作用。

第九节　专用设备制造业利用 FDI

一、专用设备制造业利用 FDI 概况

专用设备制造业主要包括：食品、饮料、烟草及饲料生产专用设备，印刷、制药、日化生产专用设备，纺织、服装和皮革工业专用设备，电子和电工机械专用设备，农、林、牧、渔专用机械，医疗仪器设备及器械制造等。

2011 年，专用设备制造业吸引 FDI 项目 779 个，实际使用外资 38.1 亿美元，同比增加 21.8%。2012 年 1-7 月实际使用外资 23.6 亿美元，外资项目 402 个。

2001-2011 年，专用设备制造业累计项目 14007 个，实际使用外资 233.9 亿美元。近年来，专业设备制造业吸引外资项目逐年减少，但实际投资金额逐年增加，成为外商对华投资的重要行业。2010 年该行业吸引 FDI 占制造业外资总额的 6.3%，2011 年占 7.3%(图 4.9.1、图 4.9.2)。

二、专用设备制造业利用 FDI 方式选择

2001-2011 年，外商独资企业是该行业吸引外资的主要方式。以项目数计算，独资企业约占 75%，中外合资企业占 24%，中外合作企业及其他占比不足 1%。以实际利用外资额衡量，独资企业占 70%以上。其中，2011 年和 2012 年 1-7 月，外商投资股份制有所增加，项目数和投资金额占比分别为 8.9%和 3.6%。

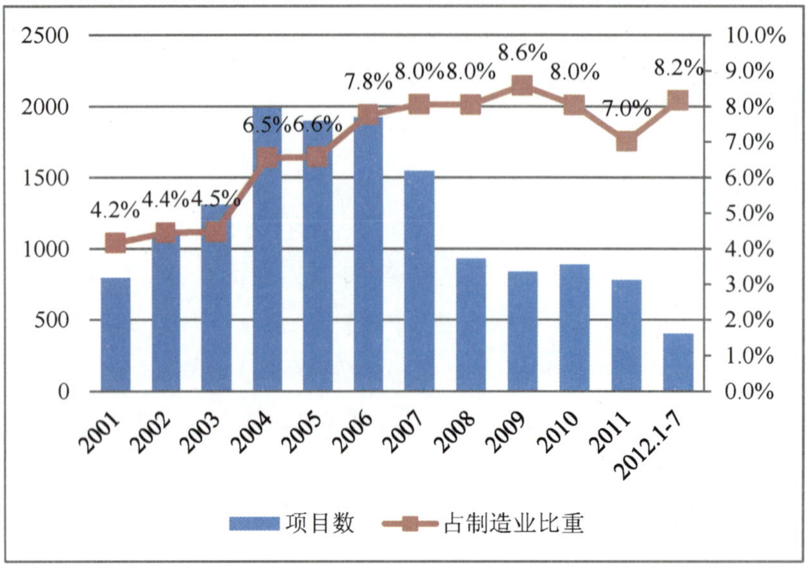

图 4.9.1　专用设备制造业利用 FDI 项目数及占制造业比重(单位:个,%)

资料来源:商务部外资统计。

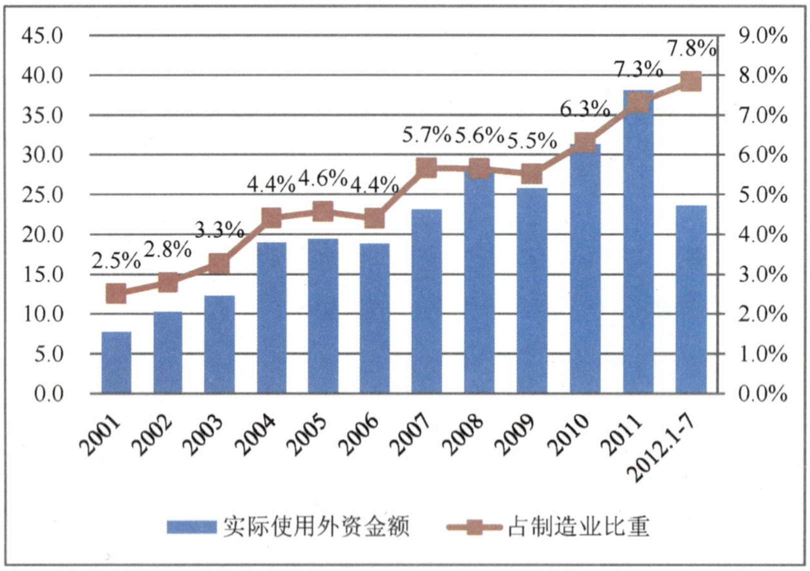

图 4.9.2　专用设备制造业实际使用外资金额及所占比重(单位:亿美元,%)

资料来源:商务部外资统计。

三、专用设备制造业利用 FDI 来源地分布

中国香港、英属维尔京群岛和日本是专用设备制造业 FDI 主要来源地。2011 年，项目数合计占比为 58.4%，2012 年 1–7 月占 58.7%。2011 年，以上三地外资金额占比合计达 74.7%，2012 年 1–7 月为 73.1%（表 4.9.1）。

四、专用设备制造业利用 FDI 地区分布

专用设备制造业利用 FDI 主要集中于江苏、广东、湖南、辽宁、浙江，2011 年五省实际使用外资额占比总计 68.6%，其中，湖南同比增长 512%。2012 年 1–7 月，主要集中于江苏、安徽、山东，合计占比 60%（表 4.9.2）。

表 4.9.1　专用设备制造业利用 FDI 的来源地分布　　单位：个，亿美元，%

国别地区	项目数	项目数比重	外资金额	外资金额比重
中国香港	386	43.5	14.6	46.6
英属维尔京群岛	18	2.0	2.9	9.2
日本	69	7.8	2.0	6.3
中国台湾	121	13.6	1.7	5.3
新加坡	20	2.3	1.6	5.0
萨摩亚	24	2.7	1.2	4.0
韩国	66	7.4	1.2	3.9
美国	51	5.7	0.9	2.9
投资性公司投资	6	0.7	0.7	2.2
加拿大	15	1.7	0.4	1.4
2010 年合计	**776**	**87.4**	**27.1**	**86.7**
中国香港	374	48.0	16.9	44.3
日本	66	8.5	6.2	16.3
英属维尔京群岛	15	1.9	5.4	14.1
新加坡	17	2.2	1.6	4.3
美国	45	5.8	1.3	3.5
中国台湾	78	10.0	1.2	3.1
德国	21	2.7	0.9	2.2
萨摩亚	18	2.3	0.8	2.1
韩国	45	5.8	0.8	2.1
毛里求斯	4	0.5	0.3	0.9
2011 年合计	**683**	**87.7**	**35.4**	**92.8**
中国香港	191	47.5	9.9	41.8
日本	41	10.2	5.3	22.4
英属维尔京群岛	4	1.0	2.1	8.9

续表

国别地区	项目数	项目数比重	外资金额	外资金额比重
中国台湾	45	11.2	1.1	4.5
新加坡	9	2.2	0.7	3.1
韩国	19	4.7	0.6	2.6
美国	28	7.0	0.5	1.9
萨摩亚	5	1.2	0.5	1.9
加拿大	6	1.5	0.4	1.9
2012 年 1–7 月合计	348	86.6	21.4	90.6

资料来源:商务部外资统计。

表 4.9.2 专用设备制造业利用 FDI 的地区分布

单位:%

2010 年			2011 年			2012 年 1–7 月		
省市	项目数比重	金额比重	省市	项目数比重	金额比重	省市	项目数比重	金额比重
江苏	37.3	51.1	江苏	37.0	40.8	江苏	34.1	41.9
广东	14.4	11.7	广东	17.5	11.2	安徽	2.0	9.1
浙江	11.0	10.4	湖南	4.0	8.7	山东	8.0	9.1
辽宁	3.9	4.7	辽宁	5.5	7.9	广东	18.7	8.0
山东	6.9	4.0	浙江	8.5	5.3	辽宁	8.2	6.4
上海	3.7	3.0	安徽	1.4	5.3	浙江	7.2	5.7
福建	3.4	2.5	山东	7.2	3.3	福建	3.0	4.6

资料来源:商务部外资统计。

专栏 4–4 奥特斯入驻重庆两江新区

奥特斯集团是欧洲最大的印刷电路板生产商,高密度互联微通(HDI)线路板技术处于世界领先地位。为迎合市场变化、科技发展及高端客户需求,并在当地发展上游供应商,2011 年 3 月,奥特斯亚太有限公司(香港)独资成立了奥特斯科技(重庆)有限公司,是迄今奥地利在中国最大的投资项目,属国家鼓励类外商投资企业。同年 6 月在重庆两江新区的鱼复工业园区正式开工奠基。项目建成后可解决 4000 人就业,将成为全球尖端的高端电路板生产基地。

此外,奥特斯投资 3 亿元建设世界级环保处理中心,确保超过 90%的工业废弃物在工厂内部和外部循环利用,所有环境指标均达到中国印刷电路行业清洁生产一级标准。

奥特斯入驻重庆两江新区,与一系列区位优势密切相关:两江新区是中国第三个副省级新区,着力打造“千亿电子城”;两路寸滩保税港区是新区重点配套项目之一,财税等配套措施完善;区内现代物流功能区,是西部最重要的水铁联运基地和港口物流集散地,以及寸滩港部分保税功能转移的主要承接地;高层次人才资源丰富,信息产业链完整。

第十节 交通运输设备制造业利用 FDI

一、交通运输设备制造业利用 FDI 概况

交通运输设备制造业主要包括：铁路运输设备、汽车、摩托车、自行车、船舶及浮动装置、航空航天器、交通器材及其他交通运输设备制造等。

2011 年，交通运输设备制造业吸引 FDI 项目 576 个，实际使用外资 38.2 亿美元。2012 年 1–7 月，外资项目 287 个，实际使用外资 27.0 亿美元，同比增加 43.5%。

2001–2011 年，交通运输设备制造业累计吸引 FDI 项目 9717 个，实际使用外资 325.7 亿美元。从动态看，实际利用 FDI 额逐年有所增长，2001 年交通运输设备制造业利用 FDI 占制造业外资比例为 4.7%，2011 年上升到 7.3%(图 4.10.1)。

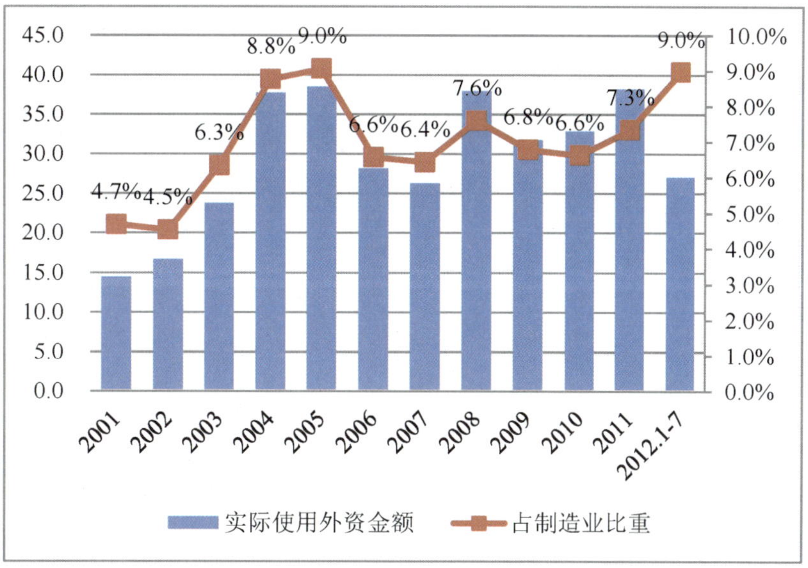

图 4.10.1 交通运输设备制造业实际使用外资金额及所占比重(单位：亿美元，%)

资料来源：商务部外资统计。

二、交通运输设备制造业利用 FDI 方式选择

外商独资企业和中外合资企业是该行业利用外资的主要方式，二者占比合计 95%以上。2005 年后，独资企业实际使用额占比超过中外合资企业，其中，2011 年独资企业占 60.9%，合资企业为 34.9%；2012 年前 7 个月，独资企业占 51.8%，合资企业占 45.5%。

三、交通运输设备制造业利用 FDI 来源地分布

交通运输设备制造业外资的主要来源地有:中国香港、日本、韩国、新加坡、英属维尔京群岛,2011 年,上述来源地合计占 72.2%(表 4.10.1)。

四、交通运输设备制造业利用 FDI 地区分布

以实际使用外资金额衡量,江苏、浙江、广东是交通运输设备制造业较为集中的省份,2010 年三省合计占全国的比重为 61.5%,2011 年为 43.6%,2012 年 1–7 月为 57.3%;项目占比合计 2010 年占 53%,2011 年为 51.3%,2012 年前 7 个月占 54.4%(表 4.10.2)。

表 4.10.1　交通运输设备制造业利用 FDI 来源地分布　　单位:个,亿美元,%

国别地区	项目数	项目数比重	外资金额	外资金额比重
中国香港	222	34.5	10.0	30.3
英属维尔京群岛	18	2.8	5.2	15.9
日本	75	11.7	3.0	9.2
韩国	75	11.7	2.3	7.0
法国	5	0.8	1.8	5.3
美国	28	4.4	1.4	4.3
新加坡	10	1.6	1.2	3.6
意大利	12	1.9	1.0	3.1
投资性公司投资	24	3.7	0.9	2.8
德国	18	2.8	0.9	2.6
2010 年合计	487	75.7	27.6	84.2
中国香港	200	34.7	14.1	37.0
日本	86	14.9	6.1	15.9
韩国	52	9.0	3.9	10.2
新加坡	10	1.7	2.1	5.5
英属维尔京群岛	23	4.0	1.4	3.6
意大利	7	1.2	1.1	2.8
毛里求斯	7	1.2	1.0	2.5
萨摩亚	10	1.7	0.9	2.3
美国	19	3.3	0.9	2.3
2011 年合计	414	71.7	31.5	82.1
中国香港	89	31.0	9.1	33.9
日本	43	15.0	4.7	17.4
德国	17	5.9	3.6	13.4

续表

国别地区	项目数	项目数比重	外资金额	外资金额比重
韩国	31	10.8	2.3	8.5
美国	12	4.2	1.0	3.8
英属维尔京群岛	3	1.0	0.9	3.2
新加坡	6	2.1	0.9	3.2
西班牙	4	1.4	0.5	1.9
法国	6	2.1	0.4	1.4
2012 年 1–7 月合计	211	73.5	23.4	86.7

资料来源：商务部外资统计。

表 4.10.2 交通运输设备制造业利用 FDI 的地区分布

单位：%

2010 年			2011 年			2012 年 1–7 月		
省市	项目数比重	金额比重	省市	项目数比重	金额比重	省市	项目数比重	金额比重
江苏	30.3	32.2	江苏	28.3	21.8	江苏	31.7	33.2
浙江	15.4	16.6	浙江	15.5	13.4	浙江	14.3	14.1
广东	7.3	12.7	山东	7.8	13.1	吉林	2.8	12.0
山东	12.4	7.3	重庆	3.6	12.7	广东	8.4	10.0
辽宁	5.3	6.6	广东	7.3	8.4	山东	9.1	4.1
上海	3.9	5.9	辽宁	5.9	5.1	重庆	2.4	3.7
湖南	3.1	4.5	上海	4.3	5.0	辽宁	3.5	3.6

资料来源：商务部外资统计。

专栏 4–5 大众汽车变速器生产基地落户天津

(一)大众汽车集团

大众汽车集团成立于 1938 年，总部位于德国沃尔夫斯堡，是欧洲最大的汽车公司，也是世界汽车行业中最具实力的跨国公司之一，在 2012 年财富 500 强中排名第 12 位。

集团的客车业务分为两大品牌，奥迪和大众各自独立管理其品牌群。奥迪品牌群包括奥迪、SEAT 和兰博基尼(Lamborghini)3 个品牌。大众品牌群包括大众客车、斯柯达(Škoda)、宾利(Bentley)和布加迪(Bugatti)4 个品牌。各个品牌均有其自己的标识，自主经营，产品从超经济的紧凑车型到豪华型小轿车，应有尽有。商用车品牌负责集团的商用车产品。

2011 年，大众汽车集团业绩显著增长，年销量首次突破 800 万辆，向全球消费者共交付汽车 816 万辆(2010 年 714 万辆，同比增长 14.3%)。其中包括大众品牌 509 万辆、奥迪品牌 130 万辆、斯柯达品牌 88 万辆、西雅特品牌 35 万辆、商用车 52.8 辆。在全球乘用车市场仅增长 5.1%的情况下，大众汽车集团的市场份额继续扩大。

(二)大众汽车在中国的投资

大众汽车1984年开始进入中国市场,是第一批在中国开展业务的国际汽车制造厂商之一。目前在中国已拥有14家企业,除了生产轿车外,还向消费者和行业提供零部件和服务。

自1984年以来,大众汽车在中国的总投资额已超过60亿欧元,在中国拥有两家轿车合资企业,分别是1984年签约的上海大众汽车有限公司和1990年签约的一汽–大众汽车有限公司。

一汽大众于1991年2月6日成立,是由中国第一汽车集团公司和德国大众汽车股份公司、奥迪汽车股份公司及大众汽车(中国)投资有限公司合资经营的乘用车生产企业。目前拥有长春、成都、佛山三大生产基地。长春基地已形成年产66万辆的生产能力;成都基地产能35万辆;佛山生产基地预计于2013年8月建成投产,首期产能将达到30万辆。

上海大众目前已在上海嘉定有三家工厂,加上江苏南京的第四工厂、仪征第五工厂以及建设中的宁波第六工厂和新疆工厂,目前上海大众已在国内布局有7家工厂,预计4年后,上海大众产能总计超过175万辆。

在一汽大众和上海大众两家合资公司在建的新工厂投产后,大众在中国的整车生产能力将达到320万辆以上,并且完成在华东、华南、西南、东北的全面产业布局。

此外,大众在华还设置有大众汽车(中国)投资有限公司、大众汽车变速器(上海)有限公司、大众汽车自动变速器(大连)有限公司、上海上汽大众汽车销售有限公司、一汽–大众销售有限责任公司、大众进口汽车销售有限公司、大众汽车金融(中国)有限公司、大众汽车(北京)中心等14家企业。

按照大众汽车的中期计划,2016年之前,大众汽车与中国的两家合资企业会在中国新增投资140亿欧元(约合人民币1299亿元),这些投资的三分之二以上将被用于发展先进技术。

根据大众公布的数据,其在华雇员数量已达41000人,2011年共在中国(内地及香港地区)销售汽车226万辆,其中有22款车型在华直接生产,还有40款进口车型。大众的中国市场占有率达18.8%。

(三)天津的区位优势

上海大众汽车有限公司位于上海,一汽–大众汽车有限公司位于吉林省长春市,大众布局中国很重要的一点就是要降低两家合资汽车的整车配套成本。环渤海恰好处于长三角和长春之间的几何中点位置,可以兼顾未来的双向的陆路物流。同时,该项目不排除长远具有辐射全球的出口,这时,天津港就可以成为其零部件的海上出口通道。

此外,大众汽车此次不仅带来高端先进技术,还将引入德国双规制职业教育系统,建立面向大众汽车集团中国各工厂的“大众汽车机床和技术培训中心”,天津深厚的汽车产业基础已经形成了较为丰厚的人力资源,为大众在此培养大批本地人才提供了帮助。

在产业基础方面,2011年,天津规模以上汽车工业企业达310家,整车产量77.4万辆,产值达1580亿元;构建了从外资、国资到民资,从国际品牌到自主品牌,从整车到零部件,从制造到研发、销售的完整汽车产业集群。同时,该项目还首次把全球成功的“蓝·创未来工厂”引入到中国,实行最严格的节能环保标准。

天津开发区主要经济指标和投资环境指标在中国国家级开发区中已连续 14 年位居第一，是国家新型工业化汽车产业示范基地和国家级汽车及零部件出口基地，也是天津汽车工业的主要载体，聚集了一汽丰田、长城汽车等整车企业，大众、艾达、大陆汽车、富士通天等核心零部件生产商，共有各类汽车产业企业 111 余家，其中整车企业 4 家。2011 年，天津开发区汽车工业产值达到 1054 亿元，成为我国重要的轿车生产基地。到 2015 年，天津预计将形成年产 200 万辆汽车整车、260 万台(套)配套零部件、10 万辆新能源汽车和 40 万台(套)电动汽车车用电池配套能力，全面构建起多品种、多层次、多系列的汽车和零部件产业高地。

第十一节 通信设备、计算机及其他电子设备制造业利用 FDI

一、通信设备、计算机及其他电子设备制造业利用 FDI 概况

通信设备、计算机及其他电子设备制造业是我国利用 FDI 的重要行业，包括通信设备制造、雷达及配套设备制造、广播电视设备制造、电子计算机制造、电子器件制造、电子元件制造、家用视听设备制造及其他电子设备制造等。

2011 年利用外资项目 1360 个，实际使用外资 73.1 亿美元。2012 年 1–7 月项目 571 个，同比减少 35.3%；实际使用外资额 39.4 亿美元，同比减少 15.5%。

2001–2011 年，该行业累计利用 FDI 项目数 23418 个，实际使用外资 835.7 亿美元(图 4.11.1)。

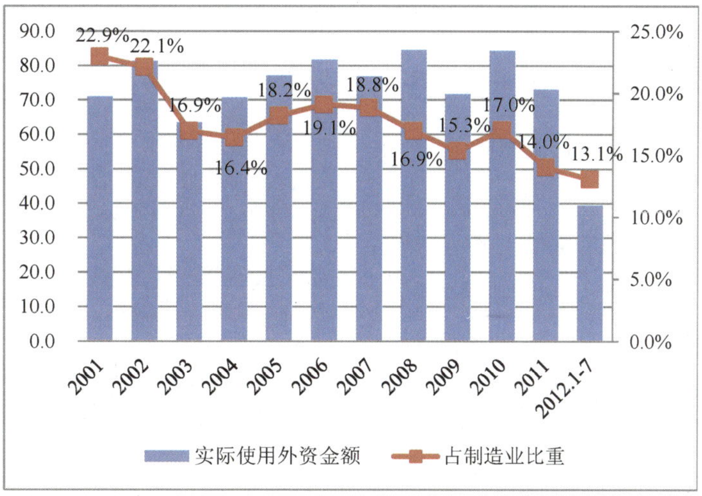

图 4.11.1 通信设备、计算机及其他电子设备制造业实际使用外资金额及占比(单位：亿美元，%)

资料来源：商务部外资统计。

二、通信设备、计算机及其他电子设备制造业利用 FDI 方式选择

以项目数衡量,2012 年 1–7 月外商独资企业占 86%,中外合资企业占 13.4%,中外合作企业占比 0.6%。2001 年–2011 年独资企业占比平均增长了 1.5%,中外合资企业平均下降了 1.3%。

以实际利用外资额衡量,外商独资企业仍占优势,2012 年前 7 月占比 83%,中外合资企业占 13.7%。相比 2001 年,2011 年独资企业占比增长了 19.8%,中外合资企业下降了 16.8%,独资企业成为该行业最主要的投资方式(图 4.11.2)。

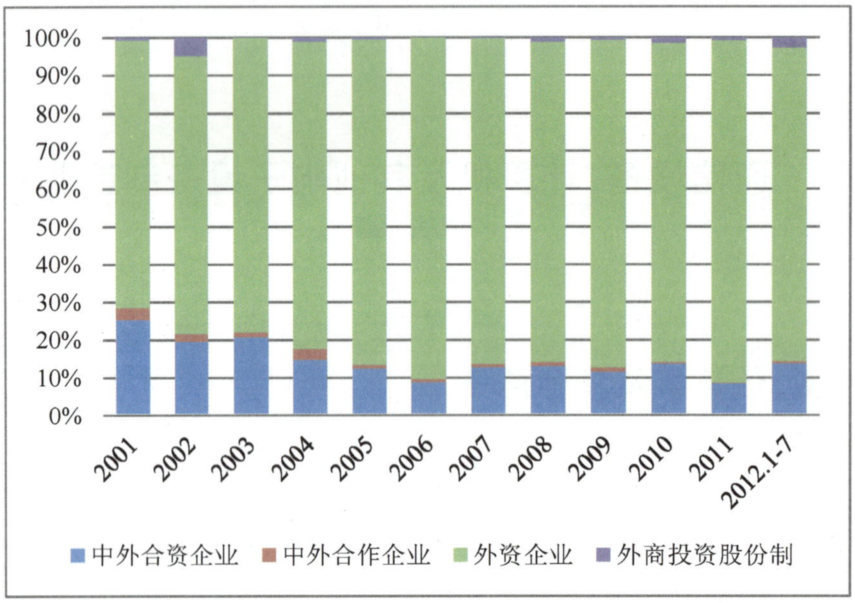

图 4.11.2 通信设备、计算机及其他电子设备制造业利用 FDI 方式

资料来源:商务部外资统计。

三、通信设备、计算机及其他电子设备制造业利用 FDI 来源地分布

近三年,中国香港、英属维尔京群岛、韩国、萨摩亚、开曼群岛、美国、中国台湾、日本、新加坡始终位列前十位 FDI 来源地。以实际使用外资额计算,中国香港特区和英属维尔京群岛是该行业吸引 FDI 的主要来源地,2010 年,两个来源地的合计占比为 56.3%,2011 年为 58.6%,2012 年前 7 个月为 45.8%。以项目数计算,来自中国香港特区、韩国、中国台湾地区的较多。2010 年,香港特区、韩国、台湾地区的合计占比为 71.5%,2011 年为 71.2%,2012 年 1–7 月为 71.5%。其中,2011 年韩国实际投资额同比减少 102%,台湾地区减少 56.9%。2011 年,来自英属维尔京群岛、萨摩亚、开曼群岛、毛里求斯的外资项目数同比增长 38.1%,实际使用外资额增长 11.1%(表 4.11.1)。

表 4.11.1 通信设备、计算机及其他电子设备制造业利用 FDI 来源地分布 单位：个，亿美元，%

国别地区	项目数	项目数比重	外资金额	外资金额比重
中国香港	591	45.3	37.3	44.3
英属维尔京群岛	46	3.5	10.1	12.0
韩国	133	10.2	7.9	9.4
萨摩亚	46	3.5	5.3	6.3
开曼群岛	7	0.5	3.5	4.1
美国	57	4.4	3.0	3.6
中国台湾	208	16.0	2.7	3.2
毛里求斯	14	1.1	2.5	2.9
日本	41	3.1	2.4	2.9
新加坡	22	1.7	2.4	2.8
2010 年合计	1165	89.3	77.1	91.5
中国香港	735	54.0	33.0	45.1
英属维尔京群岛	69	5.1	9.9	13.5
萨摩亚	62	4.6	7.8	10.6
开曼群岛	15	1.1	4.5	6.2
韩国	77	5.7	3.9	5.4
日本	33	2.4	3.8	5.1
新加坡	19	1.4	1.9	2.6
毛里求斯	10	0.7	1.6	2.2
美国	65	4.8	1.3	1.8
中国台湾	156	11.5	1.2	1.6
2011 年合计	1241	91.3	68.8	94.2
中国香港	305	53.4	13.1	33.2
英属维尔京群岛	8	1.4	4.9	12.6
新加坡	6	1.1	3.2	8.0
中国台湾	70	12.3	3.1	7.9
萨摩亚	21	3.7	3.0	7.5
韩国	33	5.8	2.7	7.0
日本	25	4.4	2.4	6.1
开曼群岛	5	0.9	2.3	5.9
马来西亚	4	0.7	1.9	4.9
美国	29	5.1	0.6	1.6
2012 年 1–7 月合计	506	88.6	37.3	94.7

资料来源：商务部外资统计。

四、通信设备、计算机及其他电子设备制造业利用 FDI 地区分布

江苏、广东是该行业吸引外资最多的两个省份,近三年两省实际使用外资合计占比均超 50%。2012 年 1–7 月,实际使用外资占比超过 10%的地区有江苏、广东、上海,三省市合计占 65.6%。此外,2010 年河北实际使用外资额同比增长 379.6%,2011 年重庆同比增长 76.7%,2012 年前 7 个月北京同比增长 515.9%(表 4.11.2)。

表 4.11.2 通信设备、计算机及其他电子设备制造业利用 FDI 地区分布

单位:%

2010 年			2011 年			2012 年 1–7 月		
省市	项目数比重	金额比重	省市	项目数比重	金额比重	省市	项目数比重	金额比重
江苏	27.8	36.8	江苏	23.5	32.0	江苏	30.1	32.6
广东	25.5	22.4	广东	38.8	29.8	广东	30.6	21.8
浙江	6.5	5.3	重庆	3.0	5.2	上海	0.7	11.2
山东	7.7	5.2	浙江	6.6	4.7	福建	3.3	8.7
上海	2.0	4.3	山东	3.6	4.1	浙江	4.6	5.8
福建	3.5	4.2	福建	3.2	4.1	北京	0.2	5.0
河北	0.5	3.5	上海	1.8	3.4	山东	4.9	3.0

资料来源:商务部外资统计。

专栏 4-6 三星电子存储芯片项目落户西安

三星电子是世界一流的 IT 企业,在全球 61 个国家拥有 179 个分支机构,总员工 20 万人,其中国内 10 万人、国外 10 万人。2011 年销售收入 1490 亿美元,其中存储器业务约占 14%,销售收入 210 亿美元。

2012 年 4 月 10 日,国内电子信息行业最大的外商投资项目——韩国三星电子一期投资 70 亿美元的存储芯片项目落户西安。这是韩国三星电子海外投资历史上投资规模最大的项目,也是三星电子继 1996 年进入美国奥斯汀之后第二次在海外建立半导体生产工厂。在西安投资的存储芯片项目将采用世界最领先的技术,进行 10 纳米级的 NAND Flash(闪存)量产。该项目将于 2013 年底投产,每月可生产 10 万片。

三星电子负责人介绍,经过一年多的全球选址,最终选择落户陕西西安的理由有以下几点:

一是西安市周边有许多三星电子的主要客户,西安的区位优势可以使顾客的需求迅速送达并能高效地采取应对。

二是西安有充分的优秀人才储备以及吸引人才的各项优惠政策。目前西安四十多所高校设有电子信息学科,电子信息领域科研院所 50 余家,信息技术类企业 2600 余家。

三是西安的区位优势比较明显。处于中国政府大力推行的西部大开发政策的要冲地位,特别是电力、供水等产业基础设施很好,被认为是半导体生产线建设的最适合地点。

四是优质高效的政府服务。近年来,西安高新区致力于打造一流的投资服务环境,在提高服务水平、健全服务功能方面不断创新,加速从"政务"到"服务"的理念转变,建立"一对一"的企业服务机制,实现 25 个部门、172 项审批和服务事项的"一厅式"办公。从 2012 年 4 月 1 日起,对工商、税务均在区内的企事业单位和个体工商户实行行政审批和政府服务"零收费"。

三星电子存储芯片项目落户西安,将进一步完善西安新一代信息技术产业链,形成西安电子信息产业的规模化、高端化和差异化特色,有力促进西安市经济结构调整和转型升级,迅速壮大西安工业产业综合实力,充分释放西安科技人才潜能,对西安今后的发展将产生深远影响。

第十二节 饮料制造业利用 FDI

一、饮料制造业利用 FDI 概况

饮料制造业主要涵盖酒精制造、酒的制造、软饮料制造、精制茶加工等。

2011 年饮料制造业吸引 FDI 项目 112 个,同比增加 4.7%,实际使用外资 5.9 亿美元,同比减少 27.2%。2012 年 1–7 月,吸引外资项目 42 个,同比减少 33.3%,实际使用外资 4.8 亿美元,同比增加 16.2%。

2001–2011 年,饮料制造业累计吸引 FDI 项目 2297 个,实际使用外资 64.6 亿美元(图 4.12.1)。

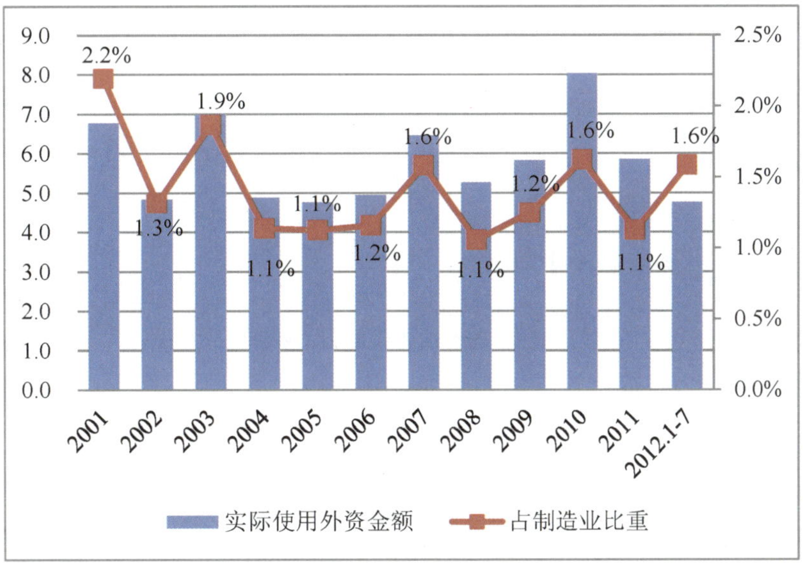

图 4.12.1 饮料制造业实际使用外资金额及所占比重(单位:亿美元,%)

资料来源:商务部外资统计。

二、饮料制造业利用 FDI 的方式

外商在饮料制造业的投资方式主要是外商独资和中外合资。以项目数衡量,2001–2008 年,独资企业平均占 45.1%, 中外合资企业平均占 46.7%。2009–2011 年,独资企业明显增加,平均约占 60%;以实际利用外资额衡量,中外合资企业比重下降,独资企业比重上升。2012 年 1–7 月,中外合资企业降至 23.1%,独资企业增至 75.8%(图 4.12.2)。

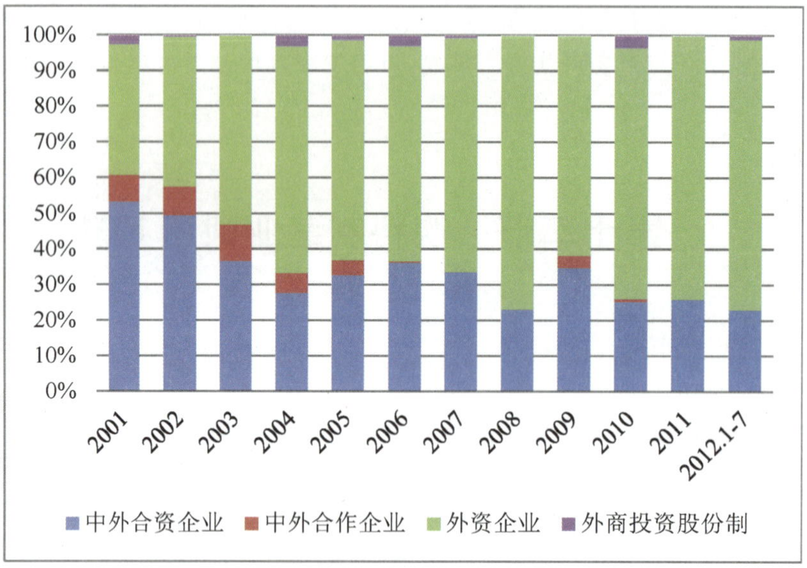

图 4.12.2 饮料制造业实际利用 FDI 的方式选择

资料来源:商务部外资统计。

三、饮料制造业利用 FDI 来源地分布

饮料制造业利用 FDI 主要来源于中国香港、新加坡、英属维尔京群岛和开曼群岛。从项目数看,2010 年以上四地占所有来源地的比重为 66.3%,2011 年为 45.5%,2012 年前 7 个月占 38.1%。从实际使用金额看, 同期占比分别为 76.5%、74.2%、75.9%(表 4.12.1)。

表 4.12.1 饮料制造业利用 FDI 来源地分布

单位:个,亿美元,%

国别地区	项目数	项目数比重	外资金额	外资金额比重
中国香港	49	45.8	3.3	41.1
英属维尔京群岛	7	6.5	2.5	31.1
日本	2	1.9	0.5	6.3
萨摩亚	0	0.0	0.4	5.0
开曼群岛	11	10.3	0.2	2.6

续表

国别地区	项目数	项目数比重	外资金额	外资金额比重
瓦努阿图	0	0.0	0.2	2.5
新加坡	4	3.7	0.1	1.7
美国	4	3.7	0.1	1.4
英国	2	1.9	0.1	1.3
巴巴多斯	1	0.9	0.1	1.0
2010 年合计	**80**	**74.8**	**7.5**	**93.9**
中国香港	36	32.1	2.6	44.0
新加坡	3	2.7	0.7	11.2
英属维尔京群岛	2	1.8	0.6	10.7
开曼群岛	10	8.9	0.5	8.3
萨摩亚	2	1.8	0.3	5.1
日本	1	0.9	0.2	4.0
塞舌尔	5	4.5	0.2	3.9
韩国	4	3.6	0.2	2.9
美国	5	4.5	0.1	2.2
2011 年合计	**68**	**60.8**	**5.4**	**92.3**
中国香港	14	33.3	2.4	49.4
新加坡	1	2.4	0.8	16.6
开曼群岛	1	2.4	0.4	8.1
日本	1	2.4	0.1	3.1
中国澳门	1	2.4	0.1	2.1
塞舌尔	2	4.8	0.1	1.8
2012 年 1–7 月合计	**20**	**47.7**	**3.9**	**81.1**

资料来源：商务部外资统计。

四、饮料制造业利用 FDI 地区分布

2011 年，以项目数衡量，饮料制造业吸引外资较为分散，各省市比重均低于 10%。以实际使用外资额统计，主要分布于广东和江苏，合计占比 51.8%。此外，2011 年福建实际使用外资额增长 302%，北京和山东分别下降 99.6%和 72.6%。2012 年 1–7 月，江苏、广东合计占比 53.8%(表 4.12.2)。

表 4.12.2 饮料制造业利用 FDI 地区分布

单位:%

2010 年			2011 年			2012 年 1–7 月		
省市	项目数比重	金额比重	省市	项目数比重	金额比重	省市	项目数比重	金额比重
广东	10.3	25.5	广东	8.0	37.6	江苏	4.8	32.2
北京	0.9	14.2	江苏	6.3	14.2	广东	7.1	21.6
山东	6.5	12.1	福建	7.1	7.2	重庆	2.4	6.8
浙江	5.6	7.9	山东	8.9	4.5	天津	0.0	6.3
江苏	10.3	6.2	吉林	2.7	4.4	福建	7.1	6.0
河北	3.7	5.5	浙江	0.0	3.6	山东	2.4	5.8
陕西	0.0	4.3	辽宁	9.8	3.6	宁夏	0.0	4.4

资料来源:商务部外资统计。

第十三节　农副食品加工业利用 FDI

一、农副食品加工业利用 FDI 概况

农副食品加工业包括:谷物磨制,饲料加工,植物油加工,制糖,屠宰及肉类加工,水产品加工,蔬菜、水果和坚果加工以及其他农副食品加工等。

2011 年农副食品加工业利用外资项目 240 个,同比减少 24.5%;实际使用外资 15.6 亿美元,同比增长 8.5%。2012 年 1–7 月,利用外资项目 100 个,同比减少 32.4%;实际使用外资金额 6.1 亿美元,同比减少 40.6%。

2001–2011 年,农副食品加工业累计利用外资项目 9249 个,实际使用外资 141.3 亿美元。动态分析,以实际使用外资额衡量,近十年均值为 12.8 亿美元,平均占制造业 FDI 的 3%。2004 年实际外资额为 19.5 亿美元,2007 年减少到 8.9 亿美元(图 4.13.1)。

二、农副食品加工业利用 FDI 方式选择

农副食品加工业利用外资的主要方式为外商独资企业和中外合资企业。2001–2012 年 7 月,外商独资企业项目数占比平均为 63.8%,中外合资企业占 31.6%,中外合作企业约占 4.4%。以实际使用外资额统计,独资企业占比较大,2001–2011 年平均占 75.1%,中外合资企业为 21.4%。

三、农副食品加工业利用 FDI 来源地分布

农副食品加工业实际使用外资金额主要来源于中国香港、英属维尔京群岛、新加坡和韩国。2011 年,中国香港占 47.3%,维尔京群岛占 15.7%,新加坡占 12.4%,韩国占 8.1%。近年来,日本的投资有所减少,韩国的投资增长显著(表 4.13.1)。

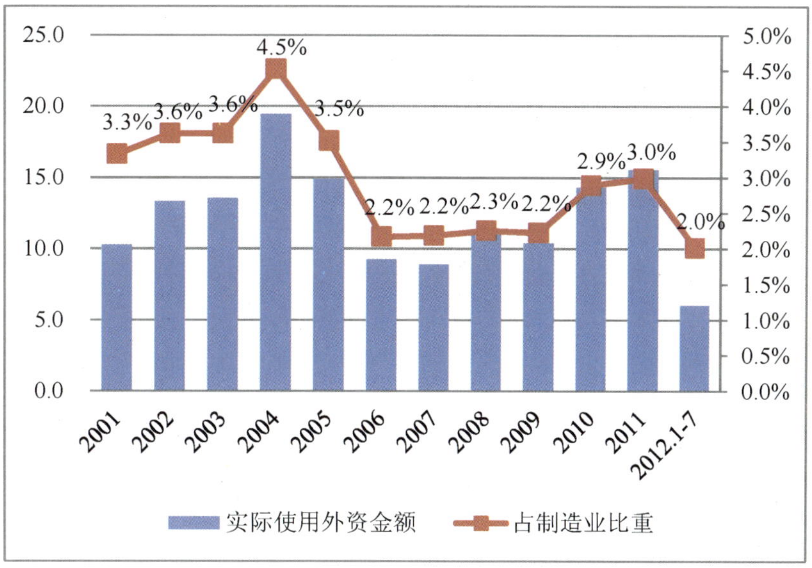

图 4.13.1　农副食品加工业实际使用外资金额及所占比重(单位:亿美元,%)

资料来源:商务部外资统计。

表 4.13.1　农副食品加工业利用 FDI 来源地分布　　单位:个,亿美元,%

国别地区	项目数	项目数比重	外资金额	外资金额比重
中国香港	157	49.4	7.8	54.3
英属维尔京群岛	7	2.2	2.0	14.0
新加坡	8	2.5	1.7	12.0
日本	26	8.2	0.7	4.5
中国台湾	45	14.2	0.6	4.1
韩国	28	8.8	0.3	2.2
美国	13	4.1	0.3	1.9
投资性公司投资	3	0.9	0.2	1.2
英国	5	1.6	0.1	1.0
马来西亚	7	2.2	0.1	0.7
2010 年合计	**299**	**94.0**	**13.8**	**96.0**
中国香港	127	52.9	7.4	47.3
英属维尔京群岛	6	2.5	2.4	15.7
新加坡	5	2.1	1.9	12.4
韩国	15	6.3	1.3	8.1
百慕大	0	0.0	0.6	3.8
日本	15	6.3	0.4	2.6
中国台湾	33	13.8	0.2	1.4
美国	11	4.6	0.2	1.0

续表

国别地区	项目数	项目数比重	外资金额	外资金额比重
马绍尔群岛共和国	2	0.8	0.1	0.8
2011 年合计	**214**	**89.3**	**14.5**	**93.1**
中国香港	45	45.0	3.1	51.4
韩国	5	5.0	0.8	13.3
英属维尔京群岛	2	2.0	0.8	12.9
新加坡	7	7.0	0.6	10.7
日本	6	6.0	0.2	2.9
中国台湾	12	12.0	0.1	1.6
美国	1	1.0	0.1	1.3
马来西亚	1	1.0	0.1	1.2
2012 年 1-7 月合计	**79**	**79.0**	**5.8**	**95.3**

资料来源:商务部外资统计。

四、农副食品加工业利用 FDI 地区分布

2011 年，农副食品加工业实际吸收外资较多的地区是江苏、山东、浙江,其中,江苏占 20.3%,比上年增长了 128.9%；山东占 15.8%，同比下降了 6.6 个百分点;浙江占 11.2%,比 2010 年增加了 6.6 个百分点。2012 年 1-7 月,山东 FDI 增长显著,占该行业外资总量的 26.1%，江苏占 22.5%(表 4.13.2)。

表 4.13.2 农副食品加工业利用 FDI 的地区分布　　单位:%

2010 年			2011 年			2012 年 1-7 月		
省市	项目数比重	金额比重	省市	项目数比重	金额比重	省市	项目数比重	金额比重
山东	23.3	22.4	江苏	10.8	20.3	山东	36.0	26.1
辽宁	9.4	11.9	山东	20.8	15.8	江苏	8.0	22.5
江苏	10.4	9.6	浙江	2.9	11.2	天津	0.0	10.0
福建	6.3	8.2	辽宁	7.5	7.4	辽宁	5.0	9.4
广西	1.3	8.1	黑龙江	1.7	7.2	浙江	7.0	5.0
黑龙江	2.5	5.0	广东	9.6	6.0	广东	6.0	4.8
浙江	3.1	4.6	河南	5.0	5.3	福建	6.0	4.4

资料来源:商务部外资统计。

第十四节　化学纤维制造业利用 FDI

一、化学纤维制造业利用 FDI 概况

化学纤维制造业包括纤维素纤维原料及纤维制造，以及合成纤维制造等。其中，纤维素纤维原料及纤维制造又包括：化纤浆粕制造、人造纤维（纤维素纤维）制造。合成纤维制造包括：锦纶纤维制造、涤纶纤维制造、腈纶纤维制造、维纶纤维制造、其他合成纤维制造等。

2011 年化学纤维制造业实际使用外资 3.4 亿美元，同比增加 41.4%；FDI 项目 22 个，同比减少 12.0%。2012 年 1–7 月，外资项目 100 个，实际使用外资 6.1 亿美元，同比减少 40.6%。

2001–2011 年，该行业累计利用 FDI 项目 771 个，实际使用外资 36.7 亿美元。总体趋势上，外资在化学纤维制造业的投资趋于减少，2001–2011 年平均吸收外资额为 3.3 亿美元，占制造业 FDI 总额的 0.8%（图 4.14.1）。

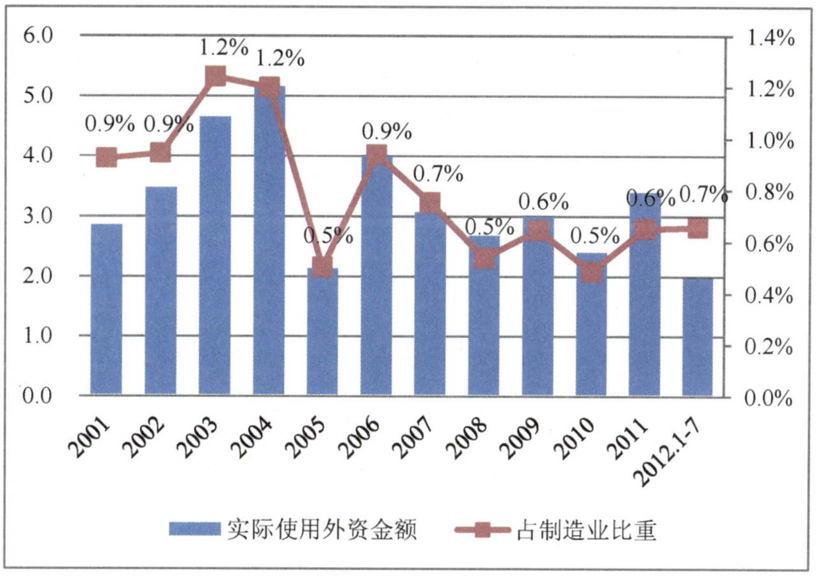

图 4.14.1　化学纤维制造业实际使用外资金额及所占比重（单位：亿美元，%）

资料来源：商务部外资统计。

二、化学纤维制造业利用 FDI 方式选择

从项目数看，2010 年外商独资企业占 84%，2011 年降至 59.1%，2012 年前 7 个月为 64.7%；中外合资企业由 2001 年的 50% 降至 2010 年的 12%，2011 年升至 31.8%，2012 年前 7 个月为 35.3%。2001–2011 年，独资企业实际使用外资额平均占比 68.4%，2012 年前 7 个月为 62.5%；中外合

资企业平均占比 27.2%，2012 年前 7 个月为 22.9%。

三、化学纤维制造业利用 FDI 来源地分布

中国香港是化学纤维制造业利用 FDI 的主要来源地，以项目数计算，2010 年和 2011 年占比 65%以上，2012 年 1–7 月为 47.1%；以实际使用外资额衡量，2010 年香港特区占比为 58.0%，2011 年为 66.9%，2012 年 1–7 月为 75.5%。2011 年，奥地利及英属维尔京群岛的实际投资额同比减少 67% 和 36.5%，新加坡同比增加显著（表 4.14.1）。

表 4.14.1 化学纤维制造业利用 FDI 来源地分布 单位：个，亿美元，%

国别地区	项目数	项目数比重	外资金额	外资金额比重
中国香港	17	68.0	1.4	58.0
韩国	1	4.0	0.3	10.6
奥地利	0	0.0	0.1	6.1
英属维尔京群岛	1	4.0	0.1	4.4
意大利	1	4.0	0.1	4.0
捷克共和国	1	4.0	0.1	2.3
2010 年合计	21	84.0	2.1	85.4
中国香港	17	77.3	2.3	66.9
新加坡	0	0.0	0.5	14.7
韩国	0	0.0	0.2	5.9
中国澳门	0	0.0	0.1	2.4
2011 年合计	17	77.3	3.1	89.9
中国香港	8	47.1	1.5	75.5
2012 年 1–7 月合计	8	47.1	1.5	75.5

资料来源：商务部外资统计。

四、化学纤维制造业利用 FDI 地区分布

化学纤维制造业 FDI 主要集中于江苏、浙江和福建。2010 年，三省实际使用外资额合计占比为 83.2%，2011 年占 90.4%，2012 年 1–7 月为 73.9%；以项目数计算，合计占比为 64%、59%和 58.6%。其中，2011 年浙江同比增长 132.2%，江苏增长 13.9%，福建增长 45.6%（表 4.14.2）。

表 4.14.2　化学纤维制造业利用 FDI 的地区分布

单位:%

2010 年			2011 年			2012 年 1–7 月		
省市	项目数比重	金额比重	省市	项目数比重	金额比重	省市	项目数比重	金额比重
江苏	12.0	40.4	浙江	4.5	37.1	江苏	35.3	41.2
浙江	32.0	22.6	江苏	27.3	32.5	浙江	11.8	19.1
福建	4.0	20.2	福建	13.6	20.8	福建	5.9	13.6
广东	16.0	6.1	广东	13.6	4.8	湖北	0.0	7.8
山东	12.0	5.6	辽宁	9.1	2.4	安徽	0.0	7.2
安徽	8.0	2.5	安徽	9.1	1.3	辽宁	5.9	5.9
江西	4.0	1.1	上海	4.5	0.8	山东	5.9	3.1

资料来源:商务部外资统计。

五、化学纤维制造业利用 FDI 政策

根据《外商投资产业指导目录（2011 年修订）》,化学纤维制造业鼓励类为:新增新型可再生能源和绿色环保工艺生产生物纤维，将单线生产能力日产 100 吨及以上聚酰胺生产改为 150 吨以上,突显了对可再生能源和绿色环保的重视。

2012 年 1 月,《化纤工业“十二五”规划》颁布,积极推进化纤行业结构调整与转型升级。具体内容为：大力促进常规产品优质化，提升产品附加值;努力提升高性能纤维产业化水平;推进生物质纤维及其原料的开发；推动节能减排和资源循环利用；加快提高重点技术与装备自主化和工程化水平;转变行业发展方式,提高企业核心竞争力,同时深度优化产业区域布局。

第十五节　橡胶制品业利用 FDI

一、橡胶制品业利用 FDI 概况

橡胶制品业主要涵盖轮胎制造、橡胶零件制造、再生橡胶制造、日用及医用橡胶制品制造和橡胶靴鞋制造等。

2011 年橡胶制品业吸引 FDI 项目 120 个,实际使用外资 13.4 亿美元,同比增加 93.8%。2012 年 1–7 月,项目数 37 个,同比减少 48.61%;实际使用外资 4.6 亿美元,同比减少 39.7%。

2001–2011 年，该行业累计利用外资项目 1926 个,实际利用外资额 63.1 亿美元,总体趋势是 FDI 规模有所增长。其中,2001 年橡胶制品业利用外资 3.4 亿美元,占制造业利用外资总额的比例为 1.1%;2006 年 6.7 亿美元,占 1.6%;2011 年占比为 2.6%(图 4.15.1)。

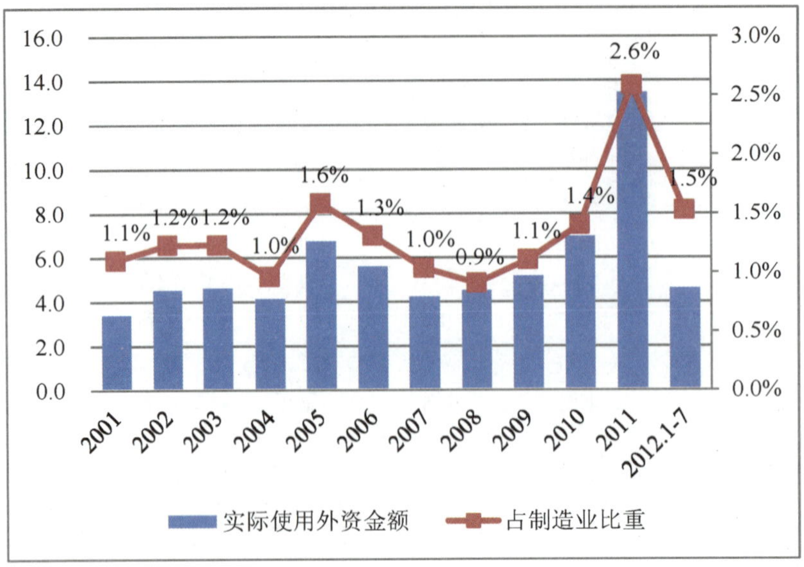

图 4.15.1 橡胶制品业实际使用外资金额及所占比重(单位:亿美元,%)

资料来源:商务部外资统计。

二、橡胶制品业利用 FDI 方式选择

2001-2011 年,外商独资企业占比不断上升,中外合资企业比例不断下降。2011 年,外商独资企业项目数占 78.3%,较 2001 年提高了 25.7%;实际使用外资额占 84.0%,较 2001 年增长了 23.3%。中外合资企业 2011 年项目数比重为 20.8%,较 2001 年下降了 20.1%;实际使用外资额比重为 15.4%,较 2001 年减少了 15.7%。

2012 年 1-7 月,独资企业项目数和实际使用外资额占比分别为 64.9%和 68.1%;中外合资企业为 32.4%和 29.6%。

三、橡胶制品业利用 FDI 来源地分布

中国香港、日本和卢森堡是橡胶制品业 FDI 的主要来源地。2010 年,以上三个国家或地区的合计占比为 59.3%,2011 年为 50.4%,2012 年前 7 个月为 46.9%。其中,2011 年中国香港同比增加 217.5%,日本下降 29.6%,卢森堡下降 80%。2012 年 1-7 月中国香港同比下降 59%,日本下降 39.3%。此外,由于两个大型投资项目,2011 年瑞士对华投资增长显著,实际使用外资额占比为 22.1%(表 4.15.1)。

表 4.15.1 橡胶制品业利用 FDI 来源地分布

单位:个,亿美元,%

国别地区	项目数	项目数比重	外资金额	外资金额比重
中国香港	50	49.0	1.8	25.5
日本	8	7.8	1.4	19.7
卢森堡	0	0.0	1.0	14.1
美国	8	7.8	0.6	9.2

续表

国别地区	项目数	项目数比重	外资金额	外资金额比重
投资性公司投资	0	0.0	0.6	8.6
韩国	3	2.9	0.4	5.7
荷兰	0	0.0	0.2	2.7
奥地利	1	1.0	0.2	2.5
英属维尔京群岛	1	1.0	0.2	2.4
2010 年合计	71	69.5	6.4	90.4
中国香港	66	55.0	5.6	41.8
瑞士	2	1.7	3.0	22.1
荷兰	1	0.8	1.0	7.5
日本	7	5.8	1.0	7.2
韩国	0	0.0	0.8	6.1
新加坡	3	2.5	0.7	5.5
投资性公司投资	0	0.0	0.3	2.1
卢森堡	2	1.7	0.2	1.5
萨摩亚	5	4.2	0.1	1.0
2011 年合计	86	71.7	12.7	94.8
中国香港	17	45.9	1.6	35.2
瑞士	0	0.0	1.6	34.9
日本	5	13.5	0.3	5.9
卢森堡	0	0.0	0.3	5.8
新加坡	2	5.4	0.2	4.9
美国	1	2.7	0.2	4.3
2012 年 1–7 月合计	25	67.5	4.2	91.0

资料来源：商务部外资统计。

四、橡胶制品业利用 FDI 地区分布

橡胶制品业实际吸收外资主要分布在江苏、辽宁、安徽、广东和山东。2010 年，以上五省合计占比为 78.4%，2011 年为 57.6%，2012 年 1–7 月为 78.7%。其中，2011 年，辽宁占比 24.6%，同比增长 218%；安徽 2011 年达到 6391 万美元；江苏、广东均有下降，同比下降分别为 11.2%和 46.2%。2012 年 1–7 月，辽宁、江苏、山东分别下降 14.8%、41.9%和 61%，广东同比增长 62.4%。此外，天津实际使用外资金额从 2010 年 775 万美元增至 2011 年 1.6 亿美元（表 4.15.2）。

表 4.15.2 橡胶制品业利用 FDI 地区分布

单位：%

2010 年			2011 年			2012 年 1–7 月		
省市	项目数比重	金额比重	省市	项目数比重	金额比重	省市	项目数比重	金额比重
江苏	25.5	30.8	辽宁	5.0	24.6	辽宁	2.7	25.6
山东	8.8	18.2	江苏	18.3	14.1	安徽	0.0	18.2
辽宁	3.9	15.0	天津	0.8	11.8	江苏	16.2	15.5
广东	24.5	14.4	福建	2.5	11.0	山东	5.4	10.4
重庆	2.0	7.2	山东	3.3	10.2	广东	32.4	9.0
湖南	2.9	4.2	重庆	2.5	6.0	福建	8.1	6.7
浙江	6.9	2.5	安徽	2.5	4.8	天津	5.4	4.1

资料来源：商务部外资统计。

专栏 4-7 米其林增资并购“回力”轮胎

米其林集团是世界 500 强企业之一，轮胎行业领导者。米其林财务公司是米其林集团所属的全资子公司，注册地为瑞士，负责米其林集团的财务统筹。米其林（中国）投资有限公司负责米其林在中国的投资。

2011 年 9 月双钱集团(安徽)回力轮胎有限公司引入战略投资者，在无为经济开发区投资设立内资企业，向米财和米投实施增资扩股。增资额约 6.67 亿元，其中双钱股份持股 40.8%，华谊集团持股 19.2%，年均销售收入 41.1 亿元，年均利润总额 4.0 亿元。

安徽回力公司位于安徽华谊生态产业园内，毗邻华谊煤基多联产基地，可共享供气、供水、制氮等公用工程系统；周边已建码头、铁路、机场等基础设施，交通便利；公司 200 公里范围内，是中国汽车生产企业重镇，奇瑞汽车、江淮汽车、上汽南京、上海通用和上海大众等都有工厂分布附近。同时，安徽规划建设 10 平方公里的芜湖保税港区和 10 平方公里的配套服务区，积极承接加工贸易产业转移。

安徽各级政府积极落实《国家九大产业调整和振兴规划的实施意见》，重点发展汽车零部件及汽车电子产业园，加快高新区新能源汽车产业基地建设。这为米其林增资“回力”轮胎创造了有利条件。

第十六节　非金属矿物制品业利用 FDI

一、非金属矿物制品业利用 FDI概况

非金属矿物制品业主要包括：水泥、石灰和石膏的制造，砖瓦、石材及其他建筑材料制造，玻璃及玻璃制品制造，陶瓷制品制造，耐火材料制品制造等。

2011 年非金属矿物制品业吸引 FDI 项目 491 个，实际使用外资 32.8 亿美元，同比增加 22.8%。2012 年 1–7 月，吸引外资项目 37 个，同比减少 32.3%，实际使用外资 4.6 亿美元，同比减少 36.6%。

2001–2011 年，非金属矿物制品业累计吸引 FDI 项目 9905 个，实际使用外资 226.3 亿美元。从动态变化看，2001 年非金属矿物制品业吸收 FDI 占制造业外资总额的 4.0%，2011 年增加到 6.3%。2006 年以后 FDI 项目趋于减少，由 2006 年的 1134 个降至 2010 年的 479 个(图 4.16.1)。

二、非金属矿物制品业利用 FDI 方式选择

2001–2011 年，外商独资企业项目数平均占 63.5%，中外合资企业由 2001 年的 41.9%降至 2011 年的 22.6%，2012 年 1–7 月为 26.4%。实际使用外资额外商独资企业占比不断上升，由 2001 年的 49.1%升至 2011 年的 75.1%，2012 年 1–7 月为 76.2%；中外合资企业持续下降，由 2001 年 47.4%降至 2011 年 23.1%，2012 年 1–7 月为 20.6%；中外合作企业比例不断减少，从 2001 年的 3.2%减至

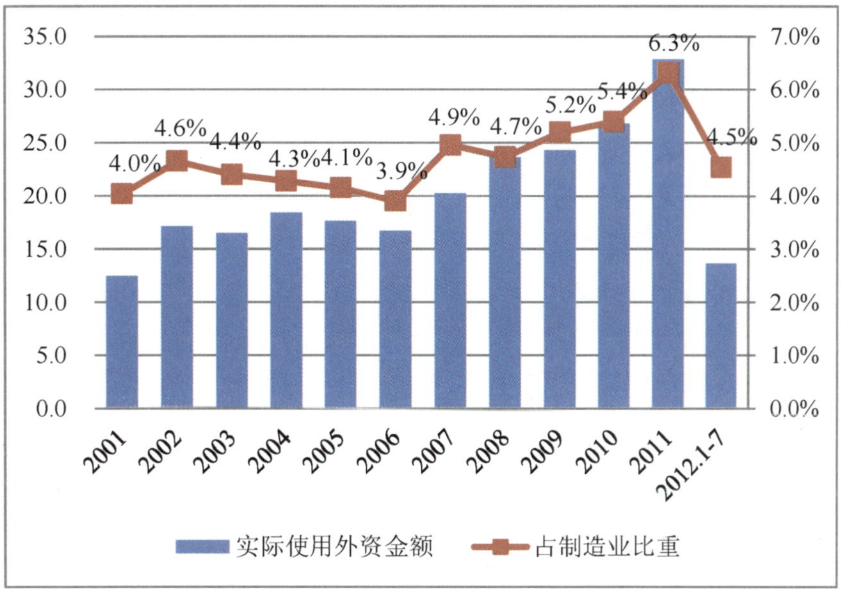

图 4.16.1　非金属矿物制品业实际使用外资金额及所占比重(单位：亿美元，%)

资料来源：商务部外资统计。

2011 年的 0.6%。

三、非金属矿物制品业利用 FDI 来源地分布

非金属矿物制品业 FDI 主要来源于中国香港和日本,2011 年中国香港的投资占 60.8%,日本占 8.7%。2012 年 1-7 月,中国香港占 56.0%,日本占 9.0%。新加坡、韩国、荷兰、英国等地均有投资,但总体投资规模较小(表 4.16.1)。

表 4.16.1 非金属矿物制品业利用 FDI 来源地分布 单位:个,亿美元,%

国别地区	项目数	项目数比重	外资金额	外资金额比重
中国香港	281	58.7	14.4	53.9
英属维尔京群岛	8	1.7	1.7	6.3
新加坡	13	2.7	1.5	5.6
日本	20	4.2	1.4	5.1
开曼群岛	2	0.4	0.9	3.2
百慕大	5	1.0	0.8	2.9
韩国	22	4.6	0.8	2.8
萨摩亚	3	0.6	0.7	2.8
中国台湾	52	10.9	0.7	2.7
阿拉伯联合酋长国	2	0.4	0.6	2.2
2010 年合计	408	85.2	23.4	87.5
中国香港	301	61.3	20.0	60.8
日本	27	5.5	2.9	8.7
百慕大	3	0.6	1.6	4.9
新加坡	9	1.8	1.4	4.1
荷兰	0	0.0	1.1	3.3
萨摩亚	10	2.0	1.0	2.9
英属维尔京群岛	14	2.9	0.9	2.7
中国澳门	7	1.4	0.5	1.4
韩国	15	3.1	0.4	1.3
2011 年合计	386	78.6	29.8	90.1
中国香港	119	60.4	7.6	56.0
日本	3	1.5	1.2	9.0
百慕大	1	0.5	0.8	5.8
英属维尔京群岛	3	1.5	0.8	5.7
新加坡	4	2.0	0.6	4.1
荷兰	1	0.5	0.3	2.2
中国台湾	17	8.6	0.3	2.1
萨摩亚	2	1.0	0.3	2.0
韩国	9	4.6	0.2	1.7
英国	1	0.5	0.2	1.5
2012 年 1-7 月合计	160	81.2	12.3	90.1

资料来源:商务部外资统计.

四、非金属矿物制品业利用 FDI 地区分布

非金属矿物制品业利用 FDI 主要分布于江苏、广东和辽宁。2011 年,广东利用外资金额占该行业总额的 25.1%,江苏占 22.6%,辽宁和福建分别占 8.7%和 7.6%。2012 年 1–7 月,吸引外商投资最多的地区依次是江苏、广东、福建。近年来江苏、河北和安徽也显示出增长势头(表 4.16.2)。

表 4.16.2　非金属矿物制品业利用 FDI 地区分布　单位:%

2010 年			2011 年			2012 年 1–7 月		
省市	项目数比重	金额比重	省市	项目数比重	金额比重	省市	项目数比重	金额比重
广东	13.6	22.0	广东	19.3	25.1	江苏	20.8	29.2
江苏	18.8	20.3	江苏	21.0	22.6	广东	16.2	18.5
辽宁	7.9	7.4	辽宁	8.6	8.7	福建	4.6	10.6
浙江	5.2	5.8	福建	4.3	7.6	辽宁	5.1	8.3
湖南	7.3	5.6	山东	7.3	4.5	河北	5.1	6.0
山东	8.1	4.7	浙江	3.3	3.9	安徽	2.5	4.0
福建	5.2	4.0	天津	1.6	2.9	四川	1.5	3.2

资料来源:商务部外资统计。

五、非金属矿物制品业外商投资大型投资项目

2001–2011 年,非金属矿物制品业外商投资大型项目共 117 个,分布于 24 个省市,其中,江苏、广东吸引大型项目最多。

2001–2011 年,中国香港特区大型投资项目 59 个,占该行业大型项目总数的 50.4%;其次为日本,7 个(表 4.16.3)。2012 年 1–7 月,该行业有三个大型项目投资在江苏,来源于中国香港和新加坡,投资总额 4.9 亿美元;一个投资在安徽,来源于百慕大,投资总额 1.6 亿美元。

表 4.16.3　非金属矿物制品业外商投资大型项目地区和来源地分布

数目	地区	来源地
15–17 个	江苏、广东	中国香港、萨摩亚、新加坡、美国、日本、英属维尔京群岛、瑞士、阿拉伯联合酋长国、百慕大、投资性公司
6–9 个	山东、四川、湖北、福建、辽宁	中国香港、新加坡、美国、荷兰、中国台湾、日本、奥地利、法国、韩国、百慕大、开曼群岛、投资性公司
3–5 个	安徽、上海、天津、河北、重庆、陕西、贵州、山西、湖南、云南	中国香港、丹麦、英国、法国、韩国、日本、巴哈马、百慕大、投资性公司投资、英属维尔京群岛、开曼群岛
1–2 个	北京、浙江、广西、河南、吉林、内蒙古、新疆	中国香港、荷兰、中国澳门、英属维尔京群岛、毛里求斯

资料来源:商务部外资统计。

第十七节　金属制品业利用 FDI

一、金属制品业利用 FDI 概况

金属制品业包含：结构性金属制品制造，金属工具制造，集装箱及金属包装容器制造，建筑、安全用金属制品制造，金属表面处理及热处理加工，不锈钢及类似日用金属制品制造等。

2011 年金属制品业吸引 FDI 项目 661 个，同比增加 15.4%；实际使用外资 22.9 亿美元，同比增加 10.8%。2012 年 1–7 月，利用外资项目 297 个，实际使用外资 15.1 亿美元。

2001–2011 年，金属制品业一直是外商投资的重要行业，累计吸引外资项目 12058 个，外资金额 218.6 亿美元。其中，2001 年吸收外资额 11.3 亿美元，2009 年增加到 25.3 亿美元；2010 年为 20.7 亿美元，占制造业 FDI 金额的 4.2%；2011 年为 22.9%，占比为 4.4%；2012 年 1–7 月，外商投资达 15.1 亿美元，占制造业外资总额的 5.0%（图 4.17.1）。

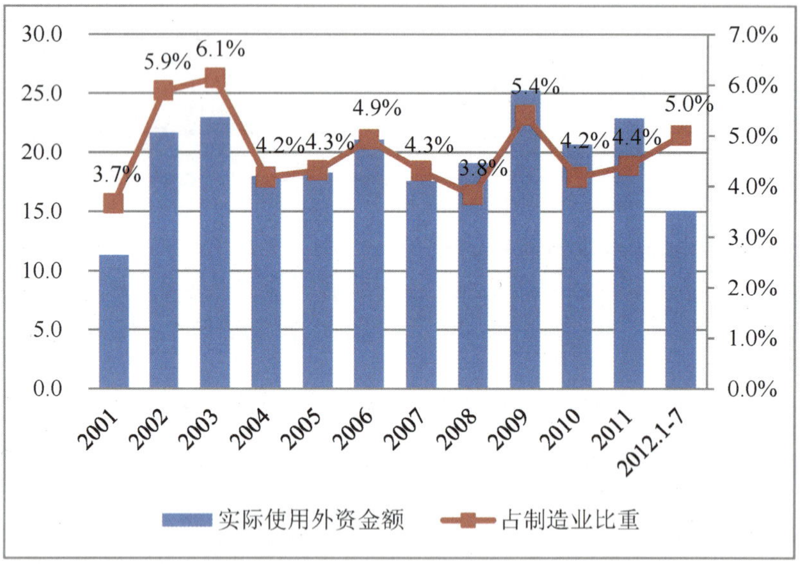

图 4.17.1　金属制品业实际使用外资金额及所占比重（单位：亿美元，%）

资料来源：商务部外资统计。

二、金属制品业利用 FDI 方式选择

2001–2010 年，外商独资企业项目数平均占比 71.7%，2011 年占 84.7%，2012 年 1–7 月为 83.1%。中外合资企业项目数占比从 2001 年 33.6%降至 2011 年 14.4%；外商独资企业实际使用外资额占比由 2001 年 61.8%升至 2011 年 77.5%，2012 年前 7 个月为 81.2%。中外合资企业从 2001 年 33.9%降至 2011 年 20.7%。

三、金属制品业利用 FDI 来源地分布

金属制品业的外资集中来源于中国香港，2010 年，中国香港实际投资占该行业 FDI 总额的 49.66%；新加坡位居第二，占 10.6%。2011 年中国香港占 54.9%；其次是日本，投资 2.2 亿美元，占 9.4%；韩国投资 1.7 亿美元，占 7.6%。新加坡、德国、中国台湾和美国均有一定规模的投资（表 4.17.1）。

表 4.17.1　金属制品业利用 FDI 来源地分布　单位：个，亿美元，%

国别地区	项目数	项目数比重	外资金额	外资金额比重
中国香港	296	51.7	10.3	49.6
新加坡	13	2.3	2.2	10.6
英属维尔京群岛	15	2.6	1.0	4.7
中国台湾	55	9.6	1.0	4.7
日本	28	4.9	1.0	4.6
美国	27	4.7	0.9	4.5
韩国	42	7.3	0.7	3.6
意大利	2	0.3	0.7	3.5
萨摩亚	14	2.4	0.6	3.1
加拿大	9	1.6	0.3	1.3
2010 年合计	**501**	**87.4**	**18.6**	**90.2**
中国香港	419	63.4	12.5	54.5
日本	41	6.2	2.2	9.4
韩国	22	3.3	1.7	7.6
英属维尔京群岛	13	2.0	1.4	6.2
萨摩亚	11	1.7	0.6	2.8
新加坡	11	1.7	0.6	2.7
德国	10	1.5	0.6	2.4
中国台湾	62	9.4	0.5	2.3
瑞典	2	0.3	0.5	2.0
美国	15	2.3	0.4	1.5
2011 年合计	**606**	**91.7**	**21.0**	**91.5**
中国香港	173	58.2	9.5	63.1
日本	20	6.7	1.4	9.1
英属维尔京群岛	6	2.0	1.2	8.2
中国台湾	39	13.1	0.7	4.7
德国	8	2.7	0.4	2.4
美国	6	2.0	0.3	2.2
萨摩亚	9	3.0	0.3	1.9
新加坡	3	1.0	0.3	1.7
丹麦	1	0.3	0.2	1.2
2012 年 1–7 月合计	**265**	**89.0**	**14.3**	**94.5**

资料来源：商务部外资统计。

四、金属制品业利用FDI地区分布

金属制品业利用FDI集中于广东、江苏、山东、浙江等地。2011年，广东金属制品业实际吸收外资占该行业总量的31.1%，江苏占27.9%，山东占9.1%，浙江和辽宁分别为7.2%和7.0%。2012年1-7月，江苏实际利用外资占比达到41.7%，广东为18.7%（表4.17.2）。

表4.17.2　金属制品业利用FDI的地区分布

单位：%

2010年			2011年			2012年1-7月		
省市	项目数比重	金额比重	省市	项目数比重	金额比重	省市	项目数比重	金额比重
江苏	21.3	27.1	广东	50.5	31.1	江苏	23.6	41.4
广东	35.3	26.7	江苏	20.1	27.9	广东	42.4	18.7
山东	7.5	14.0	山东	4.1	9.1	浙江	4.4	9.0
浙江	13.6	10.3	浙江	5.4	7.2	福建	4.0	6.5
福建	3.1	5.2	辽宁	3.3	7.0	辽宁	5.1	5.9
辽宁	3.7	4.1	天津	2.1	4.5	山东	4.7	5.6
吉林	0.0	2.7	福建	2.0	3.8	上海	2.0	3.2

资料来源：商务部外资统计。

专栏4-8　新日铁镀锡板入驻武汉

新日本制铁公司是日本最大的钢铁公司。2011年11月，武汉钢铁（集团）公司与新日本制铁株式会社（新日铁）共同出资，成立武钢新日铁（武汉）镀锡板有限公司(WINSteel)，双方各持50%的股份。公司计划投资总额约18.5亿元人民币，主要生产高端食品级镀锡板及镀锡原板，满足国内较为缺乏的高端食品饮料罐市场。

新日本制铁公司入驻武汉，与一系列区位因素有关。武汉是中国重要的铁路枢纽之一，也是华中地区航运中心，拥有多个吞吐量大的码头。政府对外来企业实行"一条龙"联合办公制度、市长对话会制度、受理投诉制度、投资环境责任制度等，为外商投资提供了良好的便利条件。

武钢拥有中国最早的现代化镀锡板生产线，在30余年的生产过程中积累了大量经验，拥有完整的产业链和地域市场优势。因此，通过与武钢建立合资企业，新日铁有望迅速打开中国市场。此外，中国对镀锡板的需求量以年均7%-8%的速度增长，也为金属制造业的外商投资提供了广阔前景。

第十八节 电气机械及器材制造业利用 FDI

一、电气机械及器材制造业利用 FDI 概况

电气机械及器材制造业主要包括:电机制造,电线、电缆、光缆及电工器材制造,电池制造,家用电力器具制造,照明器具制造等。

2011 年电气机械及器材制造业利用 FDI 项目 1164 个,实际使用外资 54.7 亿美元。2012 年 1-7 月,外资项目 473 个,同比减少 31.5%;实际使用外资 31.5 亿美元,同比减少 10.7%。

电气机械及器材制造业一直是外商对华投资的重点行业,2001-2011 年,累计 FDI 项目 15811 个,实际使用外资 384.0 亿美元。其中,2001 年外商在该行业投资 12.5 亿美元;2008 年显著增长,达到 52.2 亿美元;2010 年为 55.4 亿美元,占制造业 FDI 总额的 11.2%;2011 年为 54.7 亿美元,占比 10.5%;2012 年 1-7 月为 31.5 亿美元(图 4.18.1)。

二、电气机械及器材制造业利用 FDI 方式

独资企业是电气机械及器材制造业外商在华投资的主要选择方式,以项目数和实际利用外资额计算,2001-2011 年占比平均在 60%以上,2012 年 1-7 月占比分别为 80.1%和 76.1%。2001-2012 年 7 月,中外合资企业实际利用外资额占比维持在 20%左右。

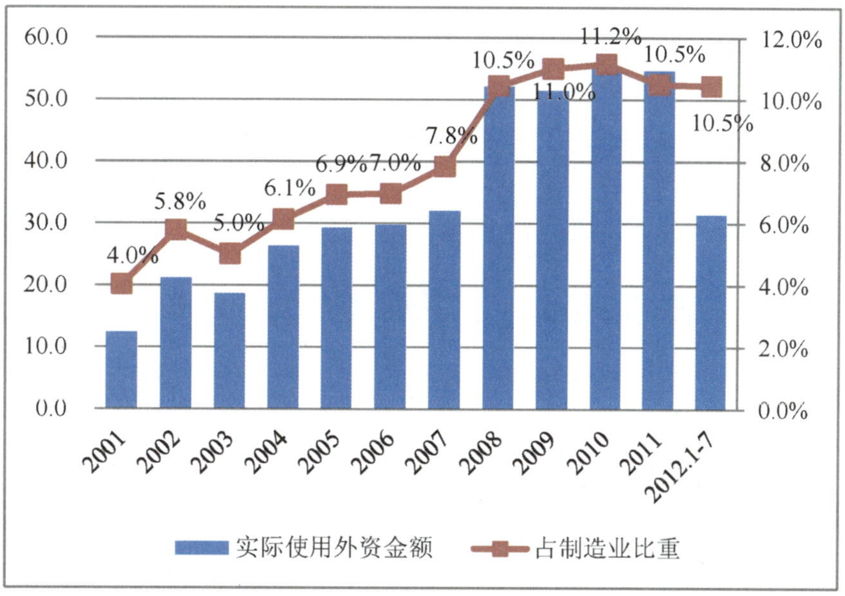

图 4.18.1 电气机械及器材制造业实际使用外资金额及所占比重(单位:亿美元,%)

资料来源:商务部外资统计。

三、电气机械及器材制造业利用FDI来源地分布

电气机械及器材制造业的外资主要来源于中国香港,2011年,香港的FDI金额占59.5%,英属维尔京群岛占9.7%,新加坡和日本分别占5.4%和4.1%,中国台湾、美国、韩国也是比较重要的FDI来源地(表4.18.1)。

表4.18.1　电气机械及器材制造业利用FDI来源地分布　单位:个,亿美元,%

国别地区	项目数	项目数比重	外资金额	外资金额比重
中国香港	617	51.1	26.5	47.9
英属维尔京群岛	33	2.7	7.8	14.1
开曼群岛	2	0.2	2.6	4.8
新加坡	39	3.2	2.4	4.2
韩国	65	5.4	2.1	3.9
美国	54	4.5	2.0	3.6
中国台湾	158	13.1	1.7	3.1
日本	42	3.5	1.6	2.8
萨摩亚	28	2.3	1.2	2.2
法国	1	0.1	1.2	2.1
2010年合计	1039	86.1	49.1	88.7
中国香港	655	56.3	33.7	61.5
英属维尔京群岛	40	3.4	5.3	9.7
新加坡	16	1.4	3.0	5.4
日本	37	3.2	2.2	4.1
萨摩亚	27	2.3	1.6	2.9
韩国	49	4.2	1.4	2.6
中国台湾	155	13.3	1.1	2.0
美国	35	3.0	1.0	1.8
荷兰	8	0.7	0.9	1.7
塞舌尔	9	0.8	0.5	0.9
2011年合计	1031	88.6	50.6	92.4
中国香港	266	56.2	18.8	59.5
英属维尔京群岛	7	1.5	3.6	11.4
日本	26	5.5	2.1	6.8
新加坡	9	1.9	1.3	4.2
中国台湾	55	11.6	1.1	3.4
美国	9	1.9	1.0	3.2
韩国	20	4.2	0.6	1.9

续表

国别地区	项目数	项目数比重	外资金额	外资金额比重
萨摩亚	14	3.0	0.6	1.9
爱尔兰	0	0.0	0.3	1.0
荷兰	5	1.1	0.3	0.8
2012 年 1–7 月合计	411	86.9	29.7	94.3

资料来源：商务部外资统计。

四、电气机械及器材制造业利用 FDI 地区分布

外商在电气机械及器材制造业的投资高度集中于江苏、广东和浙江。2010–2012 年 7 月，江苏实际使用外资额占该行业的全国投资总额比例均超过 40%，广东占比约为 20%、浙江占 10%左右。江西、辽宁也是外商投资的重要地区，近年来投资规模有所增长(表 4.18.2)。

表 4.18.2 电气机械及器材制造业利用 FDI 的地区分布 单位：%

2010 年			2011 年			2012 年 1–7 月		
省市	项目数比重	金额比重	省市	项目数比重	金额比重	省市	项目数比重	金额比重
江苏	33.1	42.8	江苏	31.5	41.8	江苏	29.8	44.8
广东	18.0	19.4	广东	27.6	19.9	广东	25.2	21.9
浙江	13.6	11.8	浙江	10.1	10.9	浙江	9.9	8.4
江西	6.9	5.2	江西	7.2	8.0	江西	10.8	4.8
辽宁	4.3	4.9	辽宁	3.4	3.4	辽宁	1.9	4.0
上海	2.9	2.6	上海	2.2	3.4	福建	3.2	3.0
山东	5.0	2.4	福建	2.8	2.6	上海	1.9	2.5

资料来源：商务部外资统计。

五、电气机械及器材制造业大型投资项目

2001–2011 年，电气机械及器材制造业外商投资大型项目共 229 个，分布于 21 个省市，其中，江苏、广东吸收大型项目最多。

2001–2011 年，中国香港大型投资项目 116 个，占该行业大型项目总数的 50.7%。其他重要的来源地包括新加坡、日本、英属维尔京群岛等(表 4.18.3)。

表 4.18.3　电气机械及器材制造业大型项目地区和来源地分布

数目	地区	来源地
32–102 个	江苏、广东	中国香港、英属维尔京群岛、美国、新加坡、萨摩亚、投资性公司、澳大利亚、开曼群岛、菲律宾、日本、中国台湾、韩国、马来西亚、加拿大、西班牙、毛里求斯、荷兰、瑞士、奥地利
9–13 个	天津、江西、上海、山东、浙江	中国香港、英属维尔京群岛、投资性公司、开曼群岛、丹麦、印度、意大利、萨摩亚、新加坡、日本、美国、爱尔兰、中国台湾、法国
3–5 个	福建、湖北、湖南、北京、河北、辽宁、重庆	中国香港、新加坡、毛里求斯、英属维尔京群岛、韩国、日本、美国
1–2 个	黑龙江、内蒙古、陕西、安徽、广西、河南、吉林	中国香港、投资性公司、韩国、新加坡、美国

资料来源：商务部外资统计。

第五章　服务业利用 FDI

2011 年，在我国 FDI 总量增加的同时，FDI 的产业结构呈现新的变化：服务业实际利用外资首次超过制造业。2011 年，服务业外资项目 14079 个，同比增长 1.3%，多于制造业的 11114 个；实际外资金额 552.4 亿美元，同比增长 13.4%，高于制造业的 521.0 亿美元。2012 年 1-7 月，服务业外资项目 7484 个，实际外资金额 307.9 亿美元；同期，制造业项目 4925 个，实际金额 301.3 亿美元。

本章总结和分析了九个服务业部门利用 FDI 的情况。2011 年，批发与零售业、租赁与商务服务业、房地产业是 FDI 流入最多的三个行业；批发与零售业、科学研究与技术服务业、金融业逐渐成为外商投资的重点行业；独资是服务业 FDI 的重要选择方式；中国香港成为服务业 FDI 的重要来源地，日本和新加坡对华服务业投资逐年增加。

第一节　服务业利用 FDI 概况

服务业是指除农业、采矿业、制造业之外的所有其他行业，主要包括租赁和商务服务业，批发和零售业，金融业，交通运输、仓储和邮政业，水利、环境和公共设施管理业，科学研究、技术服务和地质勘查业，住宿和餐饮业，信息传输、计算机服务和软件业，建筑业，电力、燃气及水的生产和供应业，房地产业等十七个行业。

一、服务业利用 FDI 概况

2001 年-2012 年 7 月，服务业累计利用 FDI 项目 134208 个，其中 2010 年 13905 个，2011 年 14079 个，2012 年前 7 个月为 7484 个。2001-2012 年 7 月，服务业累计利用 FDI 3250.8 亿美元。2010 年 487.1 亿美元，比上年增长 28.6%；2011 年 552.1 亿美元，比上年增长 14.3%；2012 年前 7 个月 307.9 亿美元，比同期下降 3.2%。

服务业在我国利用 FDI 中的地位越来越重要。2001 年-2012 年 7 月，服务业利用外资项目数和实际使用外资额占全国总量的比重持续上升，分别从 2001 年的 10.6%和 17.0%，上升至 2012 年 7 月的 54.7%和 46.2%（图 5.1.1、图 5.1.2）。

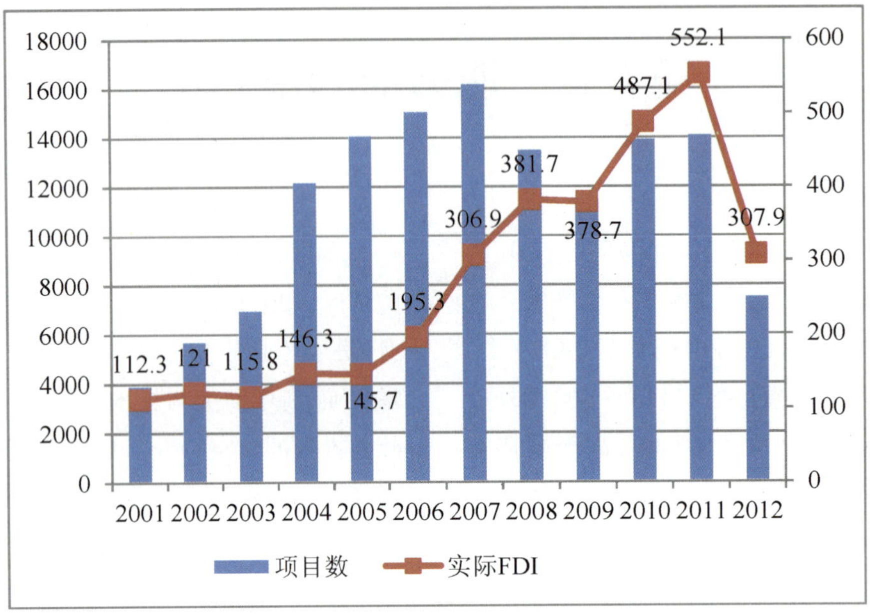

图 5.1.1 服务业利用 FDI 项目数及实际金额(单位:个,亿美元)

资料来源:商务部外资统计。

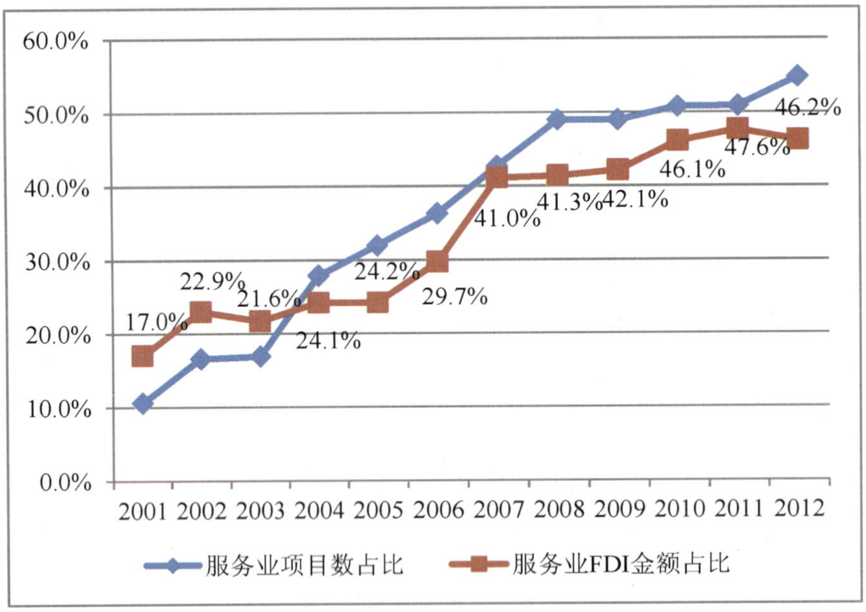

图 5.1.2 服务业利用 FDI 项目数和实际金额占全国总量的百分比

资料来源:商务部外资统计。

二、服务业利用 FDI 方式选择

2001–2011 年，外商独资企业和中外合资企业逐步成为服务业利用外资的主要方式；独资企业的项目数和实际使用外资金额占总量比例的均值分别为 75.4%和 63.6%，中外合资企业相应均值分别为 21.0%和 25.6%。其中，独资企业实际使用外资金额占比从 2001 年的 34.3%上升至 2011 年的 78.3%；中外合资企业和中外合作企业的相应占比分别从 2001 年的 34.6%和 30.2%，持续下降至 2011 年的 18.4%和 2.3%。2012 年 1–7 月，外商独资企业实际使用外资金额占总量的比例为 76.9%，中外合资企业相应占比为 19.6%(表 5.1.1)。

表 5.1.1　服务业利用 FDI 的方式：实际利用 FDI 金额占服务业总量的百分比　　单位：%

年份	独资占比	合资占比	合作占比	外商投资股份制占比
2001	34.3	34.6	30.2	1.0
2002	43.4	33.6	22.3	0.7
2003	51.0	32.0	16.0	1.0
2004	57.2	31.0	11.0	0.8
2005	63.2	25.8	6.6	4.4
2006	66.8	26.9	6.2	0.1
2007	75.2	20.8	3.1	0.9
2008	79.5	16.9	2.9	0.7
2009	76.3	19.5	3.2	1.0
2010	74.6	22.6	2.4	0.4
2011	78.3	18.4	2.3	1.0
2012(1–7)	76.9	19.6	2.9	0.6

资料来源：商务部外资统计。

三、服务业利用 FDI 来源地分布

2001 年–2012 年 7 月，中国香港、英属维尔京群岛、新加坡、日本、开曼群岛、美国、中国台湾、毛里求斯、韩国及萨摩亚十个国家和地区累计投资项目 113263 个，占项目总数的 84.4%；累计投资 2932.6 亿美元，占服务业外资总额的 90.2%。

2010 年、2011 年和 2012 年 1–7 月，上述十个国家和地区投资项目分别为 11584 个、11530 个和 6024 个；投资金额分别为 450.5 亿美元、521.2 亿美元和 291.4 亿美元。

中国香港无论在项目数还是在实际投资金额上，都是服务业 FDI 的重要来源地。2001 年–2012 年 7 月，香港累计投资项目 55561 个，占项目总数的 41.4%；累计投资总额 1840.1 亿美元，占外资总额的 56.6%。新加坡和日本对华投资呈现稳步上升趋势，实际投资金额分别从 2001 年的 4.0 亿美元和 3.4 亿美元，上升至 2012 年 7 月的 28.1 亿美元和 11.7 亿美元(表 5.1.2、表 5.1.3)。

表 5.1.2 服务业利用 FDI 项目数来源地分布

单位:个

	2001	2003	2005	2006	2007	2008	2009	2010	2011	2012
中国香港	1783	2920	4858	5455	6970	6306	5008	6250	6278	3233
英属维尔京群岛	397	580	1122	1261	940	538	379	434	403	197
新加坡	164	276	524	554	586	473	372	482	519	274
日本	288	512	1164	994	934	726	706	1075	1104	606
开曼群岛	75	69	157	267	233	137	63	68	72	52
美国	559	847	1325	1210	1173	919	886	910	899	522
中国台湾	577	675	974	1094	1059	839	1026	1363	1271	600
毛里求斯	20	38	85	115	87	51	38	44	47	13
韩国	288	513	1186	1179	1192	905	739	771	712	390
萨摩亚	48	103	239	253	292	156	113	187	225	137

资料来源:商务部外资统计。

表 5.1.3 服务业实际使用 FDI 金额来源地分布

单位:亿美元

	2001	2003	2005	2006	2007	2008	2009	2010	2011	2012
中国香港	5.0	63.9	62.2	78.2	131.7	213.8	236.7	327.8	382.5	207.0
英属维尔京群岛	10.0	16.6	30.5	50.3	88.0	67.4	48.2	46.7	49.8	19.0
新加坡	4.0	5.7	6.1	7.6	14.5	19.3	15.9	28.3	35.6	28.1
日本	3.4	4.5	7.3	6.4	6.9	7.4	9.1	10.7	16.6	11.7
开曼群岛	8.1	1.6	4.9	5.5	11.3	14.9	10.2	10.6	9.9	7.2
美国	5.0	10.0	7.1	7.1	6.2	5.9	7.0	8.9	7.7	5.4
中国台湾	3.5	5.0	3.1	3.9	3.9	2.9	3.3	4.6	5.3	3.2
毛里求斯	0.6	1.8	0.8	3.0	4.6	4.9	4.1	3.8	5.2	3.7
韩国	1.6	3.8	4.3	4.3	5.2	5.2	4.9	4.8	5.0	2.7
萨摩亚	0.5	1.7	1.5	3.4	6.7	6.8	5.2	4.3	3.6	3.4

资料来源:商务部外资统计。

四、服务业利用 FDI 的地区分布

服务业 FDI 主要分布于东部的江苏、上海、广东和辽宁。2001 年-2012 年 7 月,四省市累计利用外资金额 1773.7 亿美元,占服务业累计使用外资总额的 54.6%。

2011 年,江苏实际使用外资金额最高,为 90.4 亿美元;其次是上海和广东,分别为 73.1 亿美元和 65.2 亿美元。2011 年,实际使用外资金额变化幅度较大(超过 50%)的省市均为基数较小的中西部省市,其中新疆、宁夏、贵州和重庆增幅分别高达 484.0%、278.0%、186.9%和 88.5%,甘肃同比下降 98.7%;中部的湖南、黑龙江分别同比增长了 74.5%和 69.8%,吉林同比下降 58.2%。

2012 年 1-7 月,上海实际使用外资金额同比增长 53.3%,达 58.3 亿美元,超过江苏(49 亿)和广东(41.7 亿),跃居榜首。西部的新疆和贵州延续增长态势,增幅分别为 399.8%和 198.9%,但宁夏、山西及重庆分别同比下降 71.2%、55.5%及 58.7%。中部的江西、河南、吉林、安徽和湖北则分别同比增幅为 175.0%、71.3%、64.6%、56.4%和 55.1%(表 5.1.4)。

表 5.1.4　服务业利用 FDI 金额的地区分布　单位：亿美元

	2001	2002	2003	2004	2005	2006	2007	2008	2009	2010	2011	2012
江苏	7.6	11.3	13.2	14.9	15.4	32.4	44.9	56.7	61.2	82.9	90.4	49.0
上海	11.3	10.7	14.8	18.4	24.9	28.8	41.5	47.6	44.2	63.0	73.1	58.3
广东	24.2	25.1	17.1	22.4	26.4	36.9	59.4	68.3	69.2	69.4	65.2	41.7
辽宁	8.1	11.1	9.5	21.2	10.0	10.7	32.8	35.0	37.9	63.2	62.5	29.9
北京	8.5	7.5	6.4	10.2	12.2	20.0	35.6	27.1	29.9	33.8	42.3	24.8
浙江	5.0	4.8	7.4	8.6	9.0	15.5	21.5	20.2	23.7	34.7	39.7	21.8
山东	7.0	6.6	10.2	12.4	11.9	12.4	10.8	14.5	14.8	22.6	33.2	11.0
重庆	1.2	0.9	1.0	1.6	1.7	2.0	5.5	14.0	17.2	16.5	31.2	3.2
四川	2.0	2.2	1.2	1.7	3.2	4.5	7.4	19.3	14.5	24.1	23.7	10.5
天津	2.1	1.6	2.2	2.8	4.9	5.3	12.3	18.6	17.2	15.7	22.4	12.0
福建	12.7	10.7	6.5	4.0	5.0	4.8	4.8	12.0	12.3	12.1	14.9	9.7
湖南	2.5	3.7	4.9	7.4	5.4	4.6	4.2	4.6	2.1	4.9	8.6	5.8
云南	0.1	0.4	0.2	0.5	0.8	1.1	1.1	2.5	3.4	4.4	6.5	1.5
河北	2.2	1.8	1.7	1.2	0.7	0.8	2.3	2.5	2.9	6.0	5.4	2.2
湖北	4.9	7.8	3.6	3.1	1.8	1.2	2.5	6.4	3.6	3.8	5.1	5.2
陕西	0.6	1.0	1.1	0.6	1.4	1.0	2.3	3.9	4.8	4.7	4.4	1.8
海南	2.5	2.4	1.8	0.7	0.2	1.6	2.8	3.7	5.5	3.5	3.9	1.9
广西	1.0	1.3	1.5	1.0	1.3	0.9	2.1	3.8	3.4	2.6	3.2	1.4
黑龙江	1.0	1.1	0.8	1.1	0.6	1.0	0.7	2.0	1.3	1.8	3.1	1.2
安徽	1.4	1.2	1.0	2.0	2.6	1.9	2.8	4.2	2.3	3.8	3.1	2.6
江西	1.6	4.0	6.2	6.8	2.1	2.5	3.2	3.0	2.4	3.9	3.0	4.1
河南	1.9	1.5	1.6	1.9	2.4	3.4	3.5	6.2	1.9	3.7	2.8	3.4

资料来源：商务部外资统计。

第二节　租赁和商务服务业利用 FDI

一、租赁和商务服务业利用 FDI 概况

租赁和商务服务业包括租赁业和商务服务业，具体涉及机械设备租赁、文化及日用品出租、企业管理服务、法律服务、咨询与调查、广告业、知识产权服务、职业中介服务、市场管理、旅行社及其他商务服务等。其他商务服务涵盖会议及展览服务、包装服务、保安服务、办公服务等。

租赁和商务服务业是外商投资的重要行业。2011 年，租赁和商务服务业利用外资项目 3518 个，实际使用外资 83.8 亿美元。2012 年 1–7 月，租赁和商务服务业利用外资项目 1798 个，实际使用外资 52.3 亿美元。

2001–2011 年，租赁和商务服务业累计利用外资项目 26145 个，实际使用外资总额 455.7 亿美

元。2001 年,项目数及其占服务业的比重为 7.8%,实际利用外资金额 10.5 亿美元,占服务业外资额的 9.4%。2011 年项目数和实际外资额占服务业的比重分别为 25.0%和 15.2%(图 5.2.1 和图 5.2.2)。

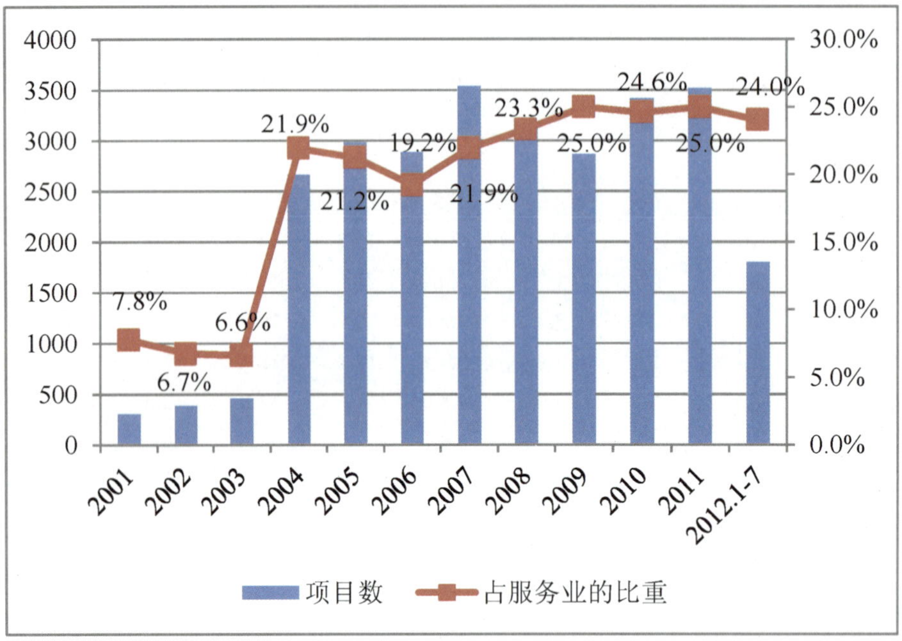

图 5.2.1 租赁和商务服务业利用 FDI 项目数及所占比重(单位:个,%)

资料来源:商务部外资统计。

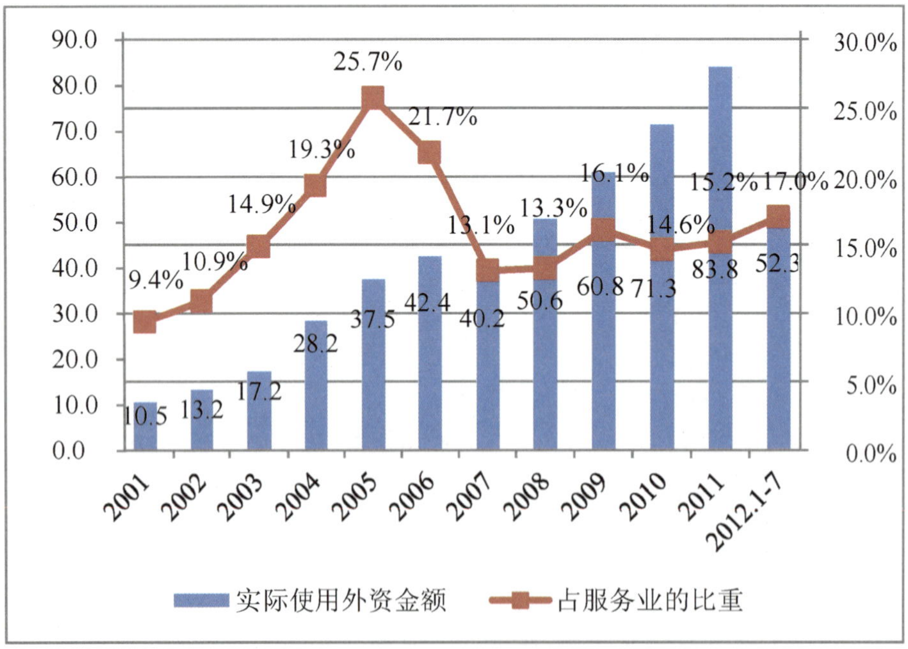

图 5.2.2 租赁和商务服务业实际使用外资金额及所占比重(单位:亿美元,%)

资料来源:商务部外资统计。

二、租赁和商务服务业利用 FDI 的方式选择

独资企业一直是租赁和商务服务业外商投资的主要方式。2001 年独资企业项目数和实际使用外资金额占比约 60%，随后逐年上升。2004 年以后，稳定在 85%左右。2011 年和 2012 年 1–7 月，独资企业项目数占比分别为 87.0%和 86.8%，实际使用外资金额占比分别为 83.2%和 89.0%。

三、租赁和商务服务业利用 FDI 来源地分布

租赁和商务服务业 FDI 来源地构成较为稳定，主要来自中国香港和日本。2011 年，中国香港项目数和实际投资额分别占行业总量 47.6%和 58.9%，日本相应比重分别为 7.4%和 7.9%。美国、新加坡、法国、德国都是重要的投资来源地，其中，美国2011 年占 3.6%，新加坡占 3.2%，法国占 3.1%。

2012 年 1–7 月，中国香港投资 26.4 亿美元，占 50.4%；日本实际投资额 6.6 亿美元，占 12.6%。美国和德国分别投资 2.6 亿美元和 2.2 亿美元，占 5.0%和 4.3%。瑞士的投资增长显著(表 5.2.1)。

表 5.2.1 租赁和商务服务业利用 FDI 的来源地分布　　单位：个，亿美元，%

国别地区	项目数	项目数比重	外资金额	外资金额比重
中国香港	1616	47.3	38.4	53.9
日本	224	6.6	5.4	7.6
英属维尔京群岛	137	4.0	4.9	6.9
美国	268	7.8	4.1	5.7
荷兰	19	0.6	2.8	3.9
新加坡	136	4.0	2.8	3.9
法国	36	1.1	2.0	2.9
德国	65	1.9	1.5	2.1
中国台湾	258	7.5	1.0	1.4
加拿大	61	1.8	0.9	1.3
2010 年合计	**2820**	**82.6**	**63.8**	**89.6**
中国香港	1674	47.6	49.4	58.9
日本	262	7.4	6.7	7.9
英属维尔京群岛	115	3.3	4.6	5.5
开曼群岛	24	0.7	3.5	4.2
美国	261	7.4	3.0	3.6
新加坡	151	4.3	2.7	3.2
法国	40	1.1	2.6	3.1
卢森堡	7	0.2	1.5	1.8
百慕大	3	0.1	1.5	1.7
德国	74	2.1	1.3	1.6
2011 年合计	**2611**	**74.2**	**76.8**	**91.5**

续表

国别地区	项目数	项目数比重	外资金额	外资金额比重
中国香港	822	45.7	26.4	50.4
日本	142	7.9	6.6	12.6
英属维尔京群岛	61	3.4	2.7	5.2
美国	144	8.0	2.6	5.0
德国	43	2.4	2.2	4.3
瑞士	10	0.6	2.1	4.0
法国	19	1.1	1.3	2.5
韩国	66	3.7	1.2	2.3
荷兰	12	0.7	1.2	2.3
百慕大	3	0.2	1.2	2.2
2012 年 1-7 月合计	1322	73.7	47.5	90.8

资料来源:商务部外资统计。

四、租赁和商务服务业利用 FDI 的地区分布

租赁和商务服务业利用 FDI 的地区分布主要集中在上海、北京、江苏、广东、天津。2010 年、2011 年及 2012 年 1-7 月,上述五个省市 FDI 项目数占全国总数的比重合计分别为 71.8%、76.6% 及 78.5%,实际使用外资金额占比合计分别为 75.3%、74.7%及 81%(表 5.2.2)。

2011 年,天津、重庆实际利用外资额分别同比上升 193.5%和 162.6%。其他增幅较大的地区包括江西、海南和广西。2012 年 1-7 月,实际利用外资金额实现较大增幅的地区有云南、广西、河南,分别比去年同期增长显著。

表 5.2.2 租赁和商务服务业利用 FDI 的地区分布

单位:%

2010 年			2011 年			2012 年 1-7 月		
省市	项目数比重	金额比重	省市	项目数比重	金额比重	省市	项目数比重	金额比重
上海	28.5	25.1	上海	31.2	25.3	上海	33.5	32.6
北京	13.5	21.5	北京	15.1	17.0	北京	15.2	19.3
广东	16.6	13.3	江苏	7.6	12.1	江苏	7.0	12.9
江苏	8.7	11.3	广东	18.2	10.2	广东	19.4	12.6
浙江	4.9	4.9	天津	4.5	10.1	浙江	3.8	6.7
天津	4.5	4.1	重庆	2.0	6.7	天津	3.4	3.6
辽宁	4.3	3.8	浙江	3.5	4.6	福建	2.7	2.0
合计	81.0	84.0	合计	82.1	86.0	合计	85.0	89.8

资料来源:商务部外资统计。

五、租赁和商务服务业大型投资项目

2001–2011 年，租赁和商务服务业外商投资大型项目共 223 个，分布于 22 个省市。其中，吸收利用大型项目最多的五个省市为：北京 42 个、上海 41 个、天津 24 个、江苏 24 个及广东 19 个（表 5.2.3）。

中国香港是外商投资大型项目最重要的来源地。2001–2011 年，中国香港大型投资项目数达到 119 个，占该行业大型项目总数的 53.4%。其他重要的来源地包括日本、美国、德国、法国及英属维尔京群岛等国家或地区（表 5.2.3）。2012 年，瑞典亚萨合莱集团出资 1 亿美元设立亚萨合莱（中国）投资有限公司。

表 5.2.3　租赁和商务服务业大型项目地区和来源地分布

数目	地区	来源地
19–42 个	北京、上海、天津、江苏、广东	中国香港、英属维尔京群岛、美国、日本
8–12 个	辽宁、福建、浙江、重庆、四川	开曼群岛、新加坡、投资性公司、韩国、荷兰
2–5 个	山西、黑龙江、贵州、河南、青海、陕西	毛里求斯、加拿大、德国、中国澳门、百慕大、以色列、比利时、丹麦
1 个	内蒙古、湖南、江西、山东、广西、云南	巴巴多斯、摩尔多瓦、马绍尔群岛共和国

资料来源：商务部外资统计。

第三节　批发与零售业利用 FDI

一、批发与零售业利用 FDI 概况

批发与零售业包括批发业和零售业，涵盖食品、饮料及烟草制品批发与零售，纺织、服装及日用品批发与零售，文化、体育用品及器材批发与零售，医药及医疗器材批发与零售，矿产品、建材及化工产品批发，机械设备、五金交电及电子产品批发，贸易经纪与代理，再生物资回收与批发，综合零售，汽车、摩托车、燃料及零配件专门零售，家用电器及电子产品专门零售，五金、家具及室内装修材料专门零售，无店铺及其他零售等。

批发与零售业近年来成为外商对华投资的重点行业。2011 年，该行业利用外资项目 7259 个；实际使用外资 84.2 亿美元。2012 年 1–7 月，批发与零售业利用外资项目 3850 个，实际使用外资 54.0 亿美元。

2001–2011 年，批发与零售业累计外商投资项目 45458 个，实际外资总额 343.0 亿美元。2001 年，批发与零售业外资项目数占服务业外资项目总数的 31.6%，实际外资金额占服务业的比重为 10.4%。2011 年分别提高到 51.6% 和 15.3%（图 5.3.1、图 5.3.2）。

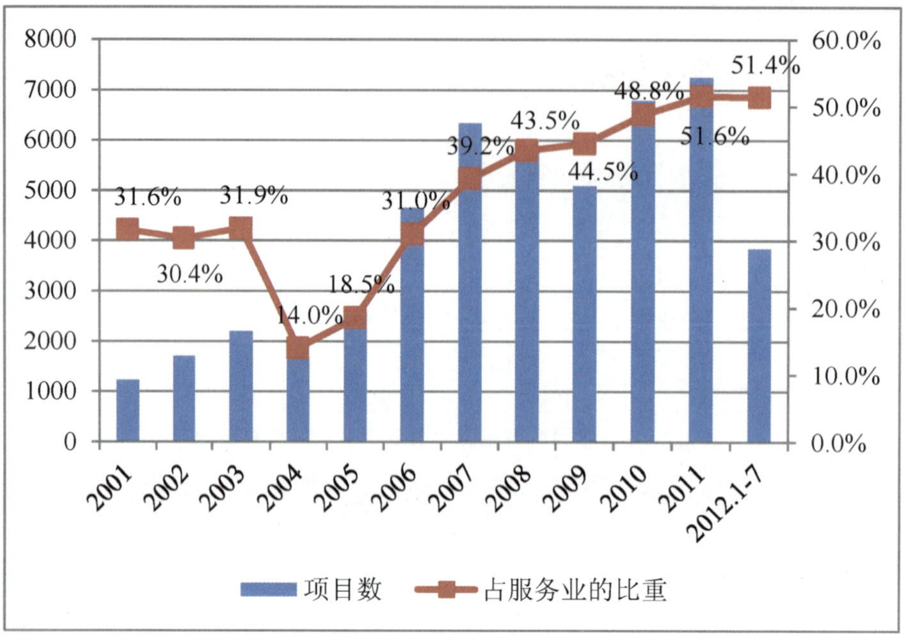

图 5.3.1 批发与零售业利用 FDI 项目数及所占比重(单位:个,%)

资料来源:商务部外资统计。

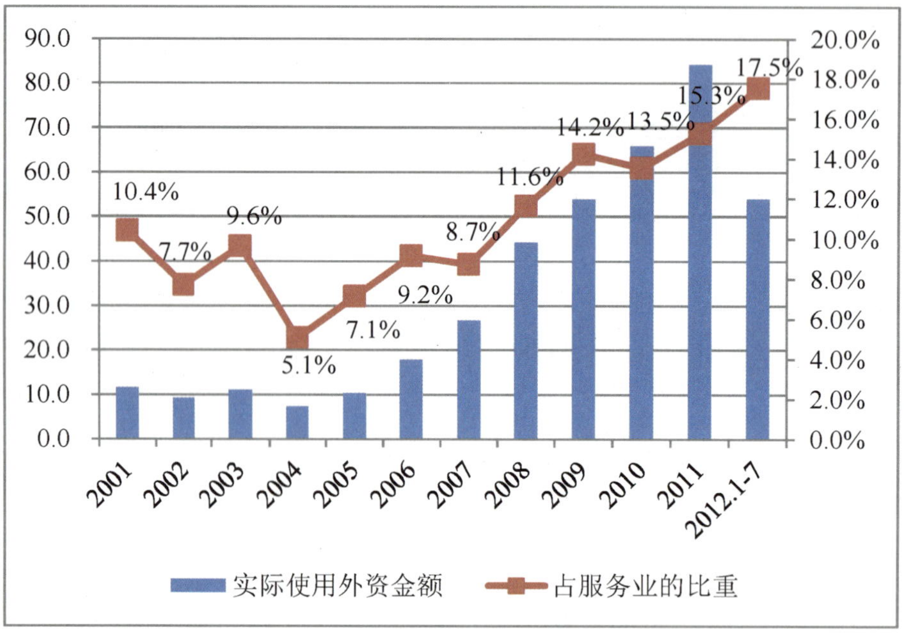

图 5.3.2 批发与零售业实际使用外资金额及所占比重(单位:亿美元,%)

资料来源:商务部外资统计。

二、批发与零售业利用 FDI 的方式选择

独资企业是外商投资批发与零售业的主要方式。2001–2011 年,独资企业项目数占 84.1%;实际使用外资额占 71.9%。2011 年和 2012 年 1–7 月,独资企业实际利用金额分别占比 86.3%和 87.4%;合资企业相应占比分别 13.2%和 12.2%。

三、批发与零售业利用 FDI 来源地分布

批发与零售业利用 FDI 主要来源于中国香港、日本、新加坡、美国、中国台湾、韩国、荷兰等国。2011 年，中国香港的投资项目为 2862 个，占 39.4%；实际投资 44.4 亿美元，占 52.7%；项目数和实际外资均比上年显著增长。2012 年 1–7 月，FDI 流入达 33.1 亿美元，占批发与零售业外资总额的 61.3%。

日本在华批发与零售业的投资逐年增长，2010 年为 4.2 亿美元，占总来源地的 6.4%；2011 年达 6.0 亿美元，占 7.2%；2012 年 1–7 月投资额达到 5.3 亿美元，占 9.8%。

中国台湾的投资项目较多，2011 年为 757 家，实际投资 1.8 亿美元。美国和新加坡都是比较重要的投资国，2011 年美国投资 3.2 亿美元，占 3.8%；新加坡投资 3.1 亿美元，占 3.6%(表 5.3.1)。

表 5.3.1　批发与零售业利用 FDI 的来源地分布　单位：个，亿美元，%

国别地区	项目数	项目数比重	外资金额	外资金额比重
中国香港	2695	39.7	32.7	49.6
英属维尔京群岛	152	2.2	7.5	11.4
日本	643	9.5	4.2	6.4
新加坡	187	2.8	2.7	4.0
美国	345	5.1	2.2	3.4
荷兰	31	0.5	2.2	3.3
韩国	448	6.6	2.2	3.3
萨摩亚	133	2.0	1.4	2.1
开曼群岛	20	0.3	1.3	2.0
中国台湾	819	12.1	1.2	1.8
2010 年合计	**5473**	**80.8**	**57.6**	**87.3**
中国香港	2862	39.4	44.4	52.7
英属维尔京群岛	158	2.2	12.4	14.7
日本	710	9.8	6.0	7.2
美国	335	4.6	3.2	3.8
新加坡	198	2.7	3.1	3.6
韩国	453	6.2	2.1	2.5
中国台湾	757	10.4	1.8	2.2
开曼群岛	19	0.3	1.4	1.6
毛里求斯	27	0.4	1.2	1.5
英国	63	0.9	1.2	1.4
2011 年合计	**5582**	**76.9**	**76.8**	**91.2**
中国香港	1450	37.7	33.1	61.3
日本	381	9.9	5.3	9.8
英属维尔京群岛	79	2.1	3.4	6.2
新加坡	106	2.8	2.2	4.1
美国	173	4.5	1.6	3.0
韩国	252	6.5	1.3	2.5

续表

国别地区	项目数	项目数比重	外资金额	外资金额比重
中国台湾	373	9.7	0.9	1.7
萨摩亚	95	2.5	0.7	1.3
荷兰	22	0.6	0.7	1.2
法国	24	0.6	0.4	0.8
2012 年 1–7 月合计	2955	76.9	49.6	91.9

资料来源:商务部外资统计。

四、批发与零售业利用 FDI 的地区分布

以实际使用外资额计,批发与零售业吸引 FDI 均高度集中在东部地区。2011 年,上海占 26.0%,广东占 22.2%,江苏占 13.6%,北京、辽宁、福建和浙江也占有较高比重。近年来,批发与零售业的 FDI 地区分布变化较小,2012 年 1–7 月,山东吸引的外资有所增长(表 5.3.2)。

表 5.3.2 批发与零售业利用 FDI 的地区分布 单位:%

2010 年			2011 年			2012 年 1–7 月		
省市	项目数比重	金额比重	省市	项目数比重	金额比重	省市	项目数比重	金额比重
广东	28.0	27.7	上海	32.1	26.0	上海	32.5	25.6
上海	28.8	23.1	广东	26.4	22.2	广东	28.4	22.8
江苏	9.5	17.9	江苏	9.2	13.6	江苏	7.8	13.2
北京	6.9	9.3	北京	5.7	7.8	浙江	6.5	7.8
浙江	5.4	3.6	辽宁	2.7	6.5	北京	4.9	6.6
山东	3.8	3.1	福建	5.0	5.4	山东	4.7	6.4
福建	4.8	2.7	浙江	6.1	5.2	福建	4.5	4.0
合计	87.1	87.4	合计	87.2	86.7	合计	89.3	86.3

资料来源:商务部外资统计。

专栏 5-1 江守商事设立意爱崎

(一)公司背景

江守商事株式会社是一家超过 100 年历史的中型商社,总部位于日本福井市,经营品种以基础染料/化学品为主,涵括电子设备、电子材料、合成树脂等工业材料、信息机器和软件进口/开发等业务。公司在全球 11 个国家和地区拥有 36 个分支机构、驻外事务所及子公司,其中日本本土 22 家,东盟 6 家,欧洲和美国各 1 家,中国上海和中国香港各有 4 家和 1 家。

(二)对华投资

公司 2011 年在华销售约 680 亿日元,超过其在日本的销售额。公司计划将在华业务作为核心业务加以扩大,除以往的主力业务外,计划 2012 年大力发展委托加工业务等新业务,力争使在华销

售额提高 100 亿日元以上、达到 870 亿日元；估计 2013 年以后在华销售额将突破 1000 亿日元。

公司在上海设立的江守商事(中国)贸易有限公司，已经在全国十个主要城市设立了分公司、子公司或联络处。

意爱崎(上海)国际贸易有限公司是由公司下属投资公司在上海普陀区全额投资设立的外资企业，目前注册资本为 2500 万美元，投资总额为7500 万美元，业务集中在新能源、新材料、新市场三个领域。

(三)政策激励

在吸引外商投资因素中，政策因素十分重要，服务业和零售批发业的政策环境近年来得到了较大改善。

1. 国务院 2008 年 3 月《关于加快发展服务业若干政策措施的实施意见》指出：提高服务领域对外开放水平，稳步推进服务领域对外开放，优化结构、扩大服务业利用外资规模，各类金融机构对符合条件的服务贸易给予货物贸易同等便利，改进服务贸易企业外汇管理，保证合理用汇。

2.《国民经济和社会发展十二五规划纲要》

2011 年 3 月，中国发布的《国民经济和社会发展十二五规划纲要》指出：提高利用外资水平，优化结构，引导外资更多投向现代农业、高新技术、先进制造、节能环保、新能源、现代服务业等领域，鼓励投向中西部地区。鼓励外资以参股、并购等方式参与境内企业兼并重组，促进外资股权投资和创业投资发展。优化投资软环境，保护投资者合法权益。有效利用国外优惠贷款和国际商业贷款，完善外债管理。

3. 商务部 2012 年 1 月《关于“十二五”时期促进零售业发展的指导意见》提出：不断提高零售行业利用外资的质量与水平。鼓励和规范外资开拓中小城市零售市场，带动欠发达地区流通业升级改造和健康发展；鼓励外资依托零售业拓展电子商务和现代物流等新型流通业；借鉴发达国家经验，引导建立外资零售企业社会责任机制，倡导企业自发规范经营行为。

第四节 金融业利用 FDI

一、金融业利用 FDI 概况

金融业包括银行业、保险业、证券业和其他金融活动，其他金融活动涵盖金融信托与管理、金融租赁、财务公司、邮政储蓄、典当等。

金融业是外商在华投资的重要行业之一，近年来，无论是项目数还是实际投资额都增长显著。2011 年，金融业利用外资项目数同比增长 83.5%，为 156 个；实际使用金额同比增长 70%，达 19.1 亿美元。2012 年 1–7 月，金融业利用外资项目数同比增长 105.6%，达 148 个；实际使用资金同比增长

55.7%,为16.0 亿美元。

2001-2011 年,金融业累计利用外资项目 552 个,实际使用外资总额 54.6 亿美元。2001 年金融业利用外资项目较少,占服务业外资项目总数的 0.2%,实际利用外资金额占服务业外资总额的 0.3%。2011 年,该行业利用 FDI 项目数和实际外资金额占服务业的比例,分别提高到 1.1%和 3.5%(图 5.4.1、图 5.4.2)。

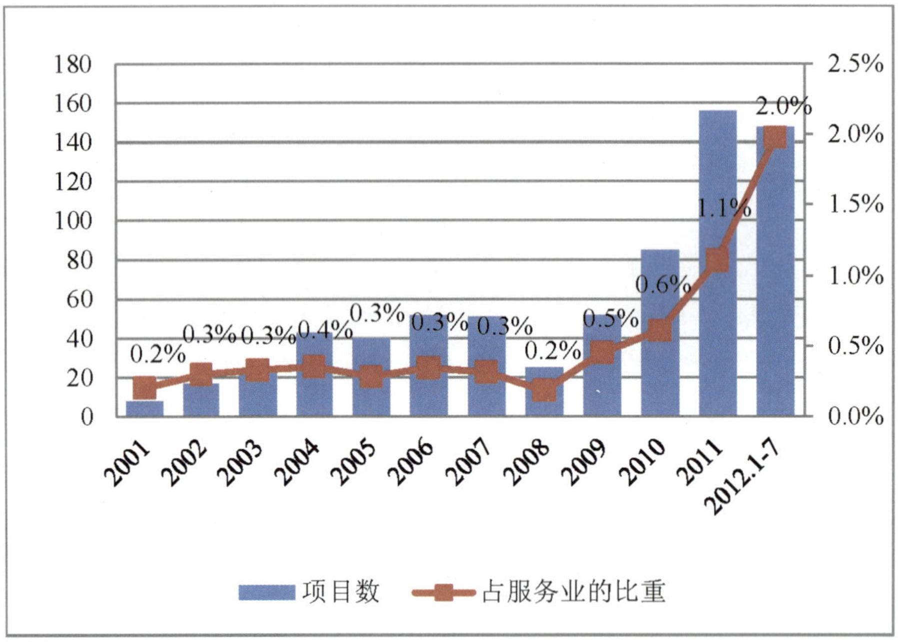

图 5.4.1 金融业利用 FDI 项目数及所占比重(单位:个,%)

资料来源:商务部外资统计。

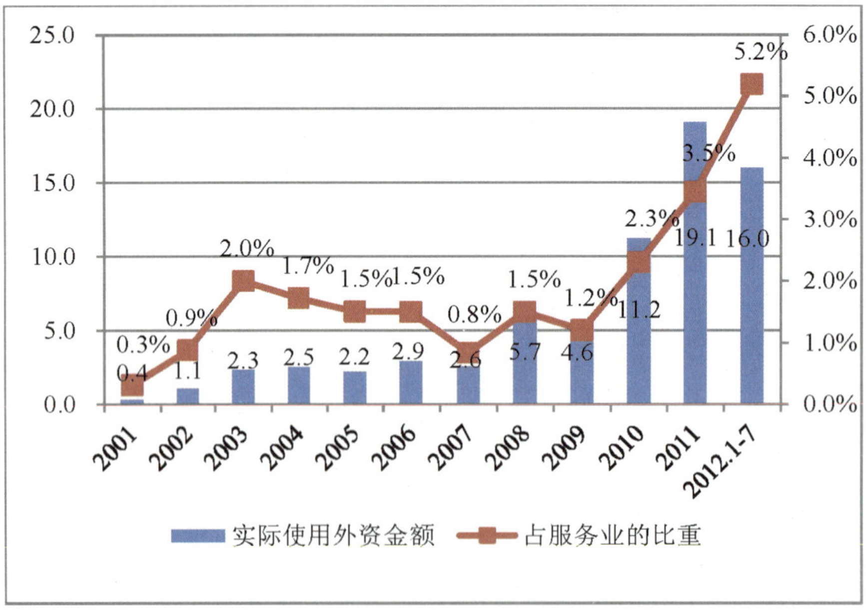

图 5.4.2 金融业实际使用外资金额及所占比重(单位:亿美元,%)

资料来源:商务部外资统计。

二、金融业利用 FDI 的方式

独资企业和中外合资企业是外商在金融业投资的主要方式选择。2001–2011 年，独资企业项目数占 44%，合资企业约占 50%；实际外资金额独资企业约占 70%，合资企业约占 25%(2004 年除外)。

2011 年和 2012 年 1–7 月，独资企业实际利用金额分别占 73.9% 和 71.8%；合资企业同期占 22.5%和 27%(图 5.4.3)。

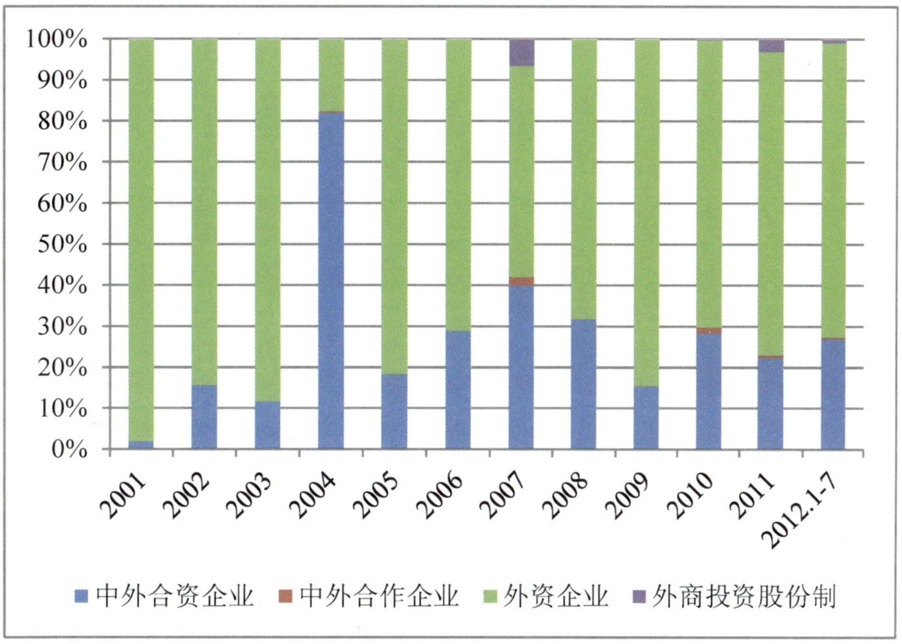

图 5.4.3　金融业实际利用外资金额的方式选择

资料来源：商务部外资统计。

三、金融业利用 FDI 的来源地分布

中国香港是金融业的主要投资来源地，近年来呈现逐年递增态势。2010 年，香港投资的项目数和实际投资额分别占金融业 FDI 总量的 67.1% 和 55.6%，2011 年增至 73.1%和 62.4%，2012 年 1–7 月达到 78.4%和 69.0%。

2011 年，日本投资 1.4 亿美元，占 7.4%，实际投资金额比上年显著增长。德国投资 1.3 亿美元，占 6.7%，新加坡投资 1 亿美元，占 5.4%。维尔京群岛、毛里求斯和中国台湾在金融业均有一定规模的投资(表 5.4.1)

表 5.4.1　金融业利用 FDI 来源地分布　　单位：个，亿美元，%

国别地区	项目数	项目数比重	外资金额	外资金额比重
中国香港	57	67.1	6.2	55.6
英属维尔京群岛	5	5.9	2.4	21.3
毛里求斯	1	1.2	0.8	7.3
日本	1	1.2	0.6	5.2
韩国	1	1.2	0.3	2.8
投资性公司投资	2	2.4	0.2	2.0

续表

国别地区	项目数	项目数比重	外资金额	外资金额比重
新加坡	4	4.7	0.2	2.0
菲律宾	1	1.2	0.1	0.9
德国	1	1.2	0.1	0.7
2010 年合计	**73**	**86.1**	**10.9**	**97.8**
中国香港	114	73.1	11.9	62.4
日本	3	1.9	1.4	7.4
德国	0	0.0	1.3	6.7
新加坡	1	0.6	1.0	5.4
英属维尔京群岛	14	9.0	0.9	4.8
毛里求斯	1	0.6	0.8	4.1
中国台湾	4	2.6	0.5	2.4
韩国	2	1.3	0.3	1.6
2011 年合计	**139**	**89.1**	**18.1**	**94.8**
中国香港	116	78.4	11.0	69.0
新加坡	1	0.7	1.6	10.1
英属维尔京群岛	8	5.4	1.5	9.2
日本	4	2.7	0.9	5.7
韩国	1	0.7	0.5	2.9
萨摩亚	1	0.7	0.2	1.1
中国台湾	3	2.0	0.2	1.0
美国	4	2.7	0.1	0.6
2012 年 1-7 月合计	**138**	**93.3**	**16**	**99.6**

资料来源:商务部外资统计。

四、金融业利用 FDI 的地区分布

金融业实际利用 FDI 金额集中于经济发达的上海、北京、天津、广东和江苏。2011 年,上海占全国金融业利用 FDI 总量的 24.0%, 江苏占 19.4%,北京占 12.1%,四川占 10.0%,广东和天津分别占 8.3%和 8.0%。与2010 年相比,江苏占比增长显著,天津下降较多。2012 年 1-7 月,金融业利用外资较多的地区是上海、天津、广东和北京(表 5.4.2)。

表 5.4.2 金融业利用 FDI 的地区分布

单位:%

2010 年			2011 年			2012 年 1-7 月		
省市	项目数比重	金额比重	省市	项目数比重	金额比重	省市	项目数比重	金额比重
上海	10.6	34.9	上海	21.2	24.0	上海	27.0	41.6
天津	21.2	28.2	江苏	10.3	19.4	江苏	11.5	18.6
北京	10.6	7.0	北京	6.4	12.1	天津	19.6	9.6
广东	10.6	6.8	四川	2.6	10.0	广东	16.9	9.1
山东	9.4	6.2	广东	12.8	8.3	北京	6.8	7.7
江苏	4.7	4.4	天津	20.5	8.0	四川	0.7	4.5
云南	1.2	3.2	重庆	1.3	4.5	江西	0.0	2.5
合计	68.2	90.7	合计	75.0	86.2	合计	82.4	93.6

资料来源:商务部外资统计。

第五节 交通运输、仓储与邮政业利用 FDI

一、交通运输、仓储与邮政业利用 FDI 概况

交通运输、仓储和邮政业包括铁路运输业、道路运输业、城市公共交通业、水上运输业、航空运输业、管道运输业、装卸搬运和其他运输服务业、仓储业以及邮政业等。

2011 年,交通运输、仓储与邮政业利用外资项目 413 个,实际使用外资 31.9 亿美元。2012 年 1–7 月,交通运输、仓储与邮政业利用外资项目 221 个,实际使用金额 17.2 亿美元。

2001–2011 年,交通运输、仓储与邮政业累计利用外资项目 5630 个, 实际使用外资总额 205.8 亿美元。同期,该行业实际使用外资金额逐年增加,但占服务业外资的比重呈下降态势,2001 年占 8.1%,2011 年下降到 5.8%(图 5.5.1)。

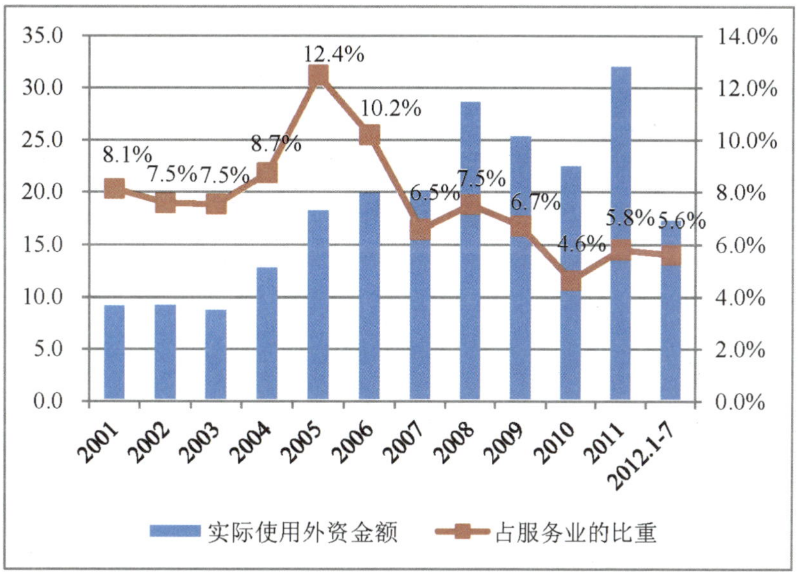

图 5.5.1 交通运输、仓储与邮政业实际使用外资金额及所占比重(单位:亿美元,%)

资料来源:商务部外资统计。

二、交通运输、仓储与邮政业利用 FDI 的方式

独资企业和中外合资企业是交通运输、仓储与邮政业利用 FDI 的主要方式。2001–2011 年,以实际使用金额计算,独资企业和中外合资企业占比平均值为 40.2%和 44.8%;以项目数计算,独资企业和中外合资企业占比平均值为 65.7%和 28.8%。

2011 年和 2012 年 1–7 月,独资企业项目数分别占 66.8%和 76.5%, 实际使用金额分别占60.8%

和 65.2%；同期中外合资企业占比分别为 30.8%、22.2%以及 35.0%、24.2%。

三、交通运输、仓储与邮政业利用FDI的来源地分布

中国香港是交通运输、仓储与邮政业利用 FDI 的主要投资来源地。2010 年中国香港投资 239 个项目，实际投资额为15.4 亿美元，占行业总额的 68.7%;2011 年投资 213 个项目,实际投资 18.6 亿美元，占 58.4%;2012 年 1–7 月投资项目数为 116 个,金额 9.3 亿美元。2011 年,新加坡的实际投资额达 5 亿美元,比上年大幅增长,占交通运输、仓储与邮政业外资总量的 15.6%。维尔京群岛和马来西亚也成为2011 年该行业的重要投资来源地。美国、中国台湾、韩国在交通运输、仓储与邮政业也有了一定规模的投资(表5.51)。

表 5.5.1 交通运输、仓储与邮政业利用 FDI 来源地分布

单位:个,亿美元,%

国别地区	项目数	项目数比重	实际外资金额	实际外资金额比重
中国香港	239	60.4	15.4	68.7
英属维尔京群岛	14	3.5	1.4	6.3
日本	21	5.3	0.8	3.6
巴巴多斯	2	0.5	0.5	2.4
新加坡	18	4.5	0.5	2.2
中国台湾	20	5.1	0.4	1.8
开曼群岛	3	0.8	0.4	1.7
马来西亚	2	0.5	0.4	1.6
美国	8	2.0	0.3	1.3
荷兰	5	1.3	0.3	1.3
2010 年合计	**332**	**83.8**	**20.4**	**90.8**
中国香港	213	51.6	18.6	58.4
新加坡	42	10.2	5.0	15.6
英属维尔京群岛	19	4.6	3.2	10.0
马来西亚	0	0.0	1.1	3.5
巴巴多斯	1	0.2	0.9	2.7
百慕大	1	0.2	0.7	2.2
日本	20	4.8	0.5	1.6
中国台湾	21	5.1	0.3	1.1
荷兰	1	0.2	0.3	0.9
美国	14	3.4	0.2	0.5
2011 年合计	**332**	**80.4**	**30.8**	**96.5**
中国香港	116	52.5	9.3	53.8
新加坡	20	9.0	2.6	15.4
英属维尔京群岛	9	4.1	1.3	7.5
百慕大	0	0.0	1.0	5.7
荷兰	2	0.9	0.8	4.8
韩国	9	4.1	0.4	2.3
萨摩亚	2	0.9	0.3	1.7

续表

国别地区	项目数	项目数比重	实际外资金额	实际外资金额比重
日本	15	6.8	0.3	1.5
美国	5	2.3	0.2	1.4
2012 年 1–7 月合计	178	80.6	16.2	94.1

资料来源：商务部外资统计。

四、交通运输、仓储与邮政业利用 FDI 的地区分布

交通运输、仓储与邮政业主要集中于山东、广东、江苏和上海。2011 年，山东实际利用外资金额占总量的 18.4%，同比增长 77.9%；广东占 16.5%，同比上升 68.9%；江苏占 14.8%，与上年相比有所下降；上海实际投资金额占 9.4%，但项目数最多，占总量的 22.8%。2011 年，实际利用外资额同比增幅较大的地区有陕西、重庆、广西和天津（表 5.5.2）。

2012 年 1–7 月，广东实际利用外资同比增长 99.6%，行业占比升至 29.9%；江苏和上海占比分别为 13.6%和 12.7%；实际利用外资增长较多的还有吉林、河南和安徽。

表 5.5.2　交通运输、仓储与邮政业利用 FDI 的地区分布　单位：%

2010 年			2011 年			2012 年 1–7 月		
省市	项目数比重	实际使用外资金额比重	省市	项目数比重	实际使用外资金额比重	省市	项目数比重	实际使用外资金额比重
江苏	15.2	22.8	山东	8.0	18.4	广东	12.2	29.9
山东	8.8	14.7	广东	14.3	16.5	江苏	15.8	13.6
广东	16.9	13.9	江苏	12.1	14.8	上海	21.7	12.7
上海	18.9	12.9	上海	22.8	9.4	天津	15.8	5.8
辽宁	4.3	8.8	天津	13.8	5.7	浙江	1.8	5.7
北京	2.3	6.7	重庆	1.7	5.4	新疆	0.5	5.5
浙江	3.0	5.0	广西	1.2	5.1	山东	6.8	5.4
合计	68.2	90.7	合计	73.8	75.3	合计	74.7	78.5

资料来源：商务部外资统计。

专栏 5–2　吉宝投资芜湖三山港口

吉宝企业是一家具有 42 年历史的上市集团公司，总部在新加坡，经营范围涵盖岸外与海事、基础设施、房地产及战略性投资四大领域，业务遍及全球三十多个国家和地区，在全球拥有 3 万多名员工。2011 年，公司收入 100.8 亿新元，净利润 14.9 亿新元。公司收入主要来自新加坡本国、欧洲、北美及南美，合计占比 82.1%。来自中国内地与中国香港地区的收入仅 2.14 亿新元，占公司收入的 2.4%，未来拓展潜力巨大。2012–2013 年，吉宝电讯与通运公司的主要战略就是：在中国的高增长地区拓展业务，并通过采用新技术提高服务品质。

(一)在华业务分布

公司四大业务遍及中国21个城市(包括中国香港特区和澳门特区)，共计44个项目；其中房地产项目26个，主要分布在天津、江苏、四川及上海；基础设施项目16个，主要分布在天津和广东；岸外与海事业务2个，分布在江苏和广东。

表 5.5.3 吉宝集团在华业务

单位：个，%

	岸外与海事	基础设施	房地产	项目数合计	占比
天津	0	7	6	13	29.5
江苏	1	1	6	8	18.2
广东	1	4	1	6	13.6
四川	0	1	4	5	11.4
上海	0	0	4	4	9.1
辽宁	0	0	2	2	4.5
北京	0	0	2	2	4.5
安徽	0	1	0	1	2.3
吉林	0	1	0	1	2.3
河北	0	1	0	1	2.3
云南	0	0	1	1	2.3
占比	4.5	36.4	58.1	100	—

资料来源：吉宝公司2011年财务报表及其官网。

(三)2011年对华投资典型案例：芜湖三山港项目

芜湖三山港口有限责任公司(芜湖三山)成立于2010年1月8日，是由中国外运长航集团有限公司(中国外运长航)的子公司中国外运股份有限公司(中国外运)在中国安徽芜湖市三山区投资设立的港口建设和运营企业。

1994年，吉宝集团下属的吉宝电讯与通运有限公司(吉宝讯通)曾与中国外运长航下属的中国外运广东有限公司，在广东省佛山市沿珠江的澜石港合资设立了吉宝物流(佛山)有限公司。双方1994年的合作为第二次合资办厂奠定了良好的基础。

2011年，吉宝讯通以增资方式投入1.4亿人民币，获得芜湖三山50%股权。芜湖三山由此转变为中外合资企业，初始注册资本变为人民币2.8亿元。

芜湖三山港口项目占地约830亩，码头长度662米，设4个万吨级件杂多用途泊位，以及配套的生产、生活和办公设施，总投资达8亿元。

芜湖三山港项目是吉宝讯通在中国主要贸易航线——长江上的首个河港项目，其业务经营范围是建设和经营港口及配套设施、仓储、配送、拖运和国际货代业务。

芜湖三山港口项目选址的战略考虑为：其一，芜湖市临近上海市和江苏省省会南京市等发达城市；其二，芜湖市是华东地区的重要铁路枢纽，共有五大铁路线穿城而过；其三，芜湖三山港口项目位于长江下游主要工业中心交叉点；其四，芜湖市是安徽省第二大城市，具有良好的亲商投资环境，皖江城市带承接产业转移示范区建设的推进，芜湖市及三山区的经济和产业将快速发展，水运需求快速上升，港口需求将迅速增长；其五，芜湖三山港口项目位于芜湖市最具潜力的新兴城区三山区，地理位置优越，紧临芜湖大桥、繁昌、临江、芜江示范区以及芜湖市高新区等工业园区，有助于聚集产业优势，形成产业集群，增加业务需求和改善运营效率。

第六节　科学研究、技术服务和地质勘查业利用 FDI

一、科学研究、技术服务和地质勘查业利用FDI 概况

科学研究、技术服务和地质勘查业包括研究与试验发展、专业技术服务业、科技交流和推广服务业以及地质勘查业。

2011 年，科学研究、技术服务和地质勘查业利用外资项目 1357 个，实际使用外资 24.6 亿美元。2012 年 1–7 月，科学研究、技术服务和地质勘查业利用外资项目 735 个，实际使用外资 16.5 亿美元。

2001–2011 年，科学研究、技术服务和地质勘查业累计利用外资项目 10885 个，实际使用外资总额 102.7 亿美元。其间，项目数和实际使用外资金额及其在服务业占比均呈现稳定增长态势；项目数从 2001 年的 207 个、占比 5.3%上升至 2011 年的 1357 个、占比 9.6%；实际使用外资额从 2001 年的 1.3 亿美元、占比 1.17%提高到 2011 年的 24.6 亿美元、占比 5.37%(图 5.6.1)。

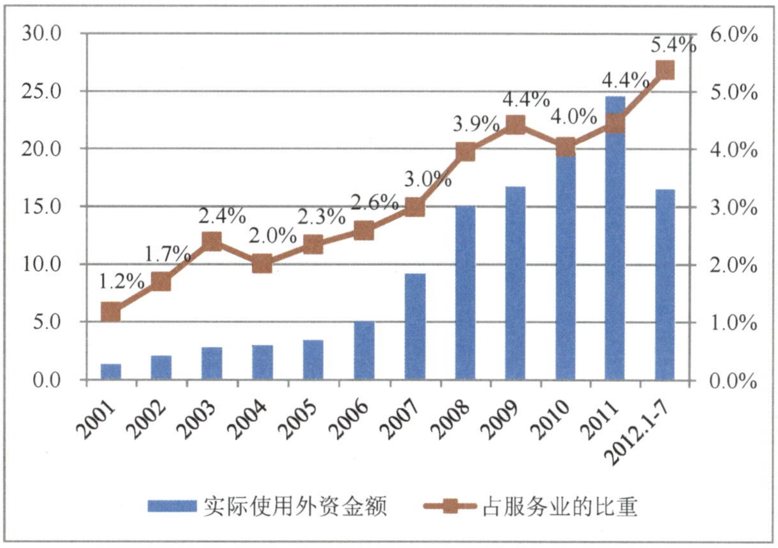

图 5.6.1　科学研究、技术服务和地质勘查业实际使用外资金额及所占比重(单位：亿美元，%)

资料来源：商务部外资统计。

二、科学研究、技术服务和地质勘查业利用 FDI 方式选择

中外合资企业和独资企业是外商在科学研究、技术服务和地质勘查业投资的主要选择方式。2001–2011 年,独资企业项目数占比 67.1%,中外合资企业占 20.7%;实际利用外资额方面,独资企业占62.5%,中外合资企业占 18.3%。2011 年,独资企业实际利用外资金额占 85.9%,中外合资企业占 12.1%。

三、科学研究、技术服务和地质勘查业利用 FDI 来源地分布

科学研究、技术服务和地质勘查业的 FDI 主要来源于中国香港。2010 年香港投资的项目和实际投资金额占行业的比重分别是 41.6%和 54.4%;2011 年,分别为 43.1%和 53.3%。

英属维尔京群岛、日本、美国、新加坡都是重要的投资来源地;其中英属维尔京群岛 2011 年占 9.2%,日本为 8.0%,美国占 6.2%。2011 年,实际投资金额增幅明显的有英属维尔京群岛、日本和中国澳门。2012 年 1–7 月,中国香港实际投资 10.2 亿美元,占比增至 61.9%;美国、日本分别投资 1.2 和 1.0 亿美元,占比分别为 7.1%和 6.0%(表 5.6.1)。

表 5.6.1 科学研究、技术服务和地质勘查业利用 FDI 来源地分布 单位:个,亿美元,%

国别地区	项目数	项目数比重	外资金额	外资金额比重
中国香港	540	41.6	10.7	54.4
开曼群岛	15	1.2	2.6	13.4
美国	163	12.5	1.8	9.0
英属维尔京群岛	54	4.2	1.1	5.5
新加坡	34	2.6	0.5	2.6
德国	28	2.2	0.4	2.2
韩国	91	7.0	0.4	1.8
中国台湾	126	9.7	0.4	1.8
日本	90	6.9	0.4	1.8
法国	9	0.7	0.3	1.6
2010 年合计	1150	88.6	18.6	94.1
中国香港	585	43.1	13.1	53.3
英属维尔京群岛	39	2.9	2.3	9.2
日本	73	5.4	2.0	8.0
美国	183	13.5	1.5	6.2
开曼群岛	9	0.7	0.9	3.7
新加坡	48	3.5	0.6	2.4
百慕大	0	0.0	0.6	2.3
中国澳门	9	0.7	0.5	2.1
法国	19	1.4	0.5	2.0
韩国	52	3.8	0.5	1.9
2011 年合计	1017	75	22.5	91.1
中国香港	301	41.0	10.2	61.9

续表

国别地区	项目数	项目数比重	外资金额	外资金额比重
美国	114	15.5	1.2	7.1
日本	31	4.2	1.0	6.0
英属维尔京群岛	20	2.7	0.9	5.2
开曼群岛	12	1.6	0.7	4.4
新加坡	26	3.5	0.6	3.7
卢森堡	1	0.1	0.2	1.2
萨摩亚	16	2.2	0.2	1.2
韩国	40	5.4	0.1	0.9
2012 年 1–7 月合计	561	76.2	15.1	91.6

资料来源:商务部外资统计。

四、科学研究、技术服务和地质勘查业利用 FDI 的地区分布

以实际使用外资额计算,科学研究、技术服务和地质勘查业主要集中在江苏、广东、北京、上海和浙江。2011 年江苏占全国的比重为 23.1%,广东占 18.4%，北京占 15.6%，上海占 12.4%，浙江占 11.8%。2011 年,江苏占比增长较多;实际利用外资增幅显著的有山东和云南。2012 年 1–7 月,北京实际利用外资占全国比重增幅最大，上升至 22.3%,山东吸引外资增幅明显，同比增长 196.4%(表 5.6.2)。

表 5.6.2　科学研究、技术服务和地质勘查业利用 FDI 的地区分布　　单位:%

2010 年			2011 年			2012 年 1–7 月		
省市	项目数比重	金额比重	省市	项目数比重	金额比重	省市	项目数比重	金额比重
江苏	14.0	18.4	江苏	11.9	23.1	北京	26.9	22.3
北京	22.1	18.0	广东	17.1	18.4	广东	12.7	16.4
广东	15.6	15.1	北京	24.5	15.6	浙江	9.9	14.8
浙江	7.2	12.1	上海	11.8	12.4	江苏	12.9	13.7
上海	6.7	12.0	浙江	8.8	11.8	上海	14.6	10.9
辽宁	16.2	7.6	天津	4.8	4.9	山东	2.7	6.6
天津	4.5	4.5	辽宁	6.2	4.1	天津	7.6	5.5
合计	86.4	87.7	合计	85.2	90.3	合计	87.3	90.1

资料来源:商务部外资统计。

五、科学研究、技术服务和地质勘查业大型投资项目

2001–2011 年,科学研究、技术服务和地质勘查业外商投资大型项目共 72 个，分布于 15 个省市。其中,外商投资大型项目分布最多的四个省市为:江苏 12 个、天津 11 个、广东和北京均为 8 个(表 5.6.3)。

中国香港的大型投资项目比较多,2001–2011 年大型投资项目数达到 34 个，占该行业大型项目总数的 47.2%。美国、日本、英属维尔京群岛、开曼群岛、韩国、新加坡等国家或地区均有一定的大型投资(表 5.6.3)。

表 5.6.3 科学研究、技术服务和地质勘查业大型项目地区和来源地分布

数目	地区	来源地
7个以上	江苏、天津、广东、北京	中国香港、美国、日本、英属维尔京群岛、开曼群岛
4-7个	辽宁、上海、山东	投资性公司、韩国、加拿大、日本
1-3个	浙江、湖北、吉林、内蒙古、四川、西藏、黑龙江	巴巴多斯、百慕大、澳大利亚、文莱

资料来源:商务部外资统计。

第七节 住宿和餐饮业利用 FDI

一、住宿和餐饮业利用 FDI 概况

住宿和餐饮业分为住宿业和餐饮业,前者包括旅游饭店、一般旅馆和其他住宿服务等,后者包括正餐服务、快餐服务、饮料和冷饮服务及其他餐饮服务等。

2011 年,住宿和餐饮业利用外资项目 513 个,实际使用外资金额 8.4 亿美元。2012 年 1–7 月,住宿和餐饮业利用外资项目同比增长 2.2%,达 281 个;实际使用外资金额却同比减少 20.3%,达 3.4 亿美元。

2001–2011 年,住宿和餐饮业累计利用外资项目 6606 个,实际使用外资总额 68.3 亿美元。该行业实际使用外资额在服务业的占比持续下降,2004 年占 5.7%,2011 年下降到 1.5%,2012 年 1–7 月为 1.1%(图 5.7.1)。

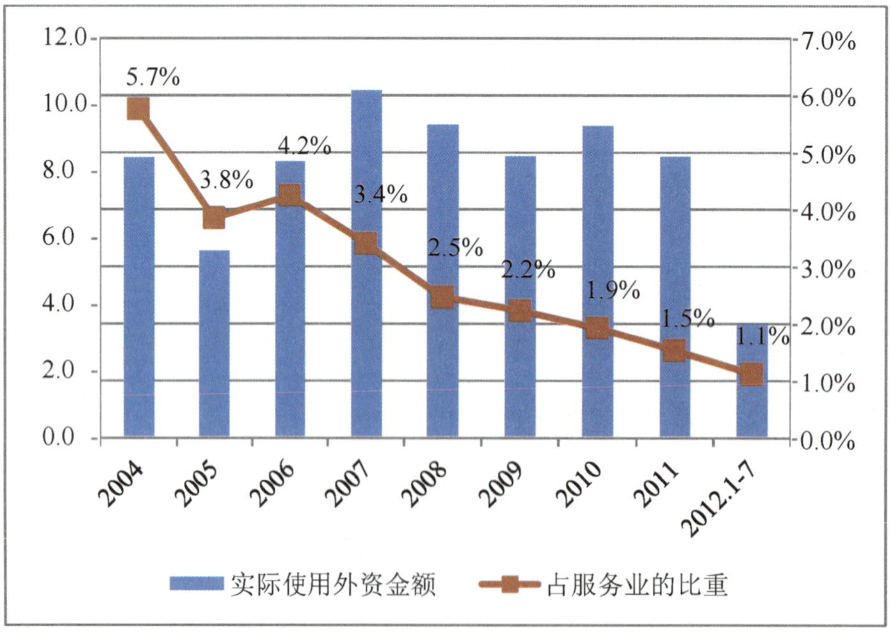

图 5.7.1 住宿和餐饮业实际使用外资金额及所占比重(单位:亿美元,%)
资料来源:商务部外资统计。

二、住宿和餐饮业利用 FDI 的方式选择

独资企业是住宿和餐饮业利用外资的主要方式。2001–2011 年，独资企业项目数和实际使用外资金额在服务业的占比平均约为 80%。

2011 年独资企业的项目数占 84.6%，实际使用外资金额比重为 77.9%；同期，中外合资企业相应占比为 14.8%和 18.3%。

三、住宿和餐饮业利用 FDI 来源地分布

中国香港、英属维尔京群岛是住宿和餐饮业主要的FDI 来源地。2011 年，中国香港实际投资金额占行业比重为 50.9%，英属维尔京群岛占 10.5%。新加坡和中国台湾是重要投资来源地，新加坡 2011 年占 9.7%；台湾省实际投资增长显著，占 8.0%。2012 年1–7 月，中国香港投资 2.3 亿美元，占 67.0%，英属维尔京群岛投资 0.3 亿美元，占 7.7%（表 5.7.1）。

表 5.7.1　住宿和餐饮业利用 FDI 来源地分布

单位：个，亿美元，%

国别地区	项目数	项目数比重	外资金额	外资金额比重
中国香港	232	40.1	6.0	63.8
英属维尔京群岛	9	1.6	0.9	9.3
新加坡	30	5.2	0.6	6.9
美国	31	5.4	0.4	4.3
中国台湾	67	11.6	0.3	3.6
日本	54	9.3	0.3	2.9
中国澳门	13	2.2	0.2	2.2
英国	2	0.3	0.1	1.0
萨摩亚	4	0.7	0.1	1.0
2010 年合计	**442**	**76.4**	**8.9**	**95.0**
中国香港	220	42.9	4.3	50.9
英属维尔京群岛	8	1.6	0.9	10.5
新加坡	18	3.5	0.8	9.7
中国台湾	71	13.8	0.7	8.0
中国澳门	7	1.4	0.3	3.8
日本	36	7.0	0.3	3.5
美国	14	2.7	0.2	2.0
毛里求斯	1	0.2	0.1	1.7
2011 年合计	**375**	**73.1**	**7.6**	**90.1**
中国香港	118	42.0	2.3	67.0
英属维尔京群岛	6	2.1	0.3	7.7
美国	14	5.0	0.1	3.2
毛里求斯	1	0.4	0.1	3.0
新加坡	8	2.8	0.1	3.0
中国台湾	32	11.4	0.1	3.0
日本	23	8.2	0.1	2.5
法国	3	1.1	0.1	2.3

续表

国别地区	项目数	项目数比重	外资金额	外资金额比重
韩国	41	14.6	0.1	1.9
萨摩亚	4	1.4	0.1	1.8
2012 年 1-7 月合计	250	89	3.4	95.4

资料来源:商务部外资统计。

四、住宿和餐饮业利用 FDI 的地区分布

住宿和餐饮业实际利用 FDI 金额主要集中于江苏、广东、上海和浙江。2011 年,江苏占行业总量的 18.3%, 广东占 16.8%, 上海占 11.1%, 福建占 8.3%,浙江占 7.2%。与 2010 年相比,福建、辽宁所占比例显著提高,浙江占比下降较多。2012 年 1-7 月,利用外资最多的是江苏、广东、上海。黑龙江、河北实际利用外资增长显著(表 5.7.2)。

表 5.7.2 住宿和餐饮业利用 FDI 的地区分布 单位:个,亿美元,%

2010 年			2011 年			2012 年 1-7 月		
省市	项目数比重	金额比重	省市	项目数比重	金额比重	省市	项目数比重	金额比重
江苏	8.1	21.0	江苏	9.4	18.3	江苏	12.5	23.3
广东	14.7	14.5	广东	18.9	16.8	广东	13.5	15.0
浙江	5.0	11.0	上海	25.3	11.1	上海	29.5	13.2
广西	1.7	9.9	福建	3.1	8.3	浙江	5.7	8.1
上海	24.0	9.3	浙江	4.1	7.2	黑龙江	1.1	7.8
重庆	0.7	7.7	辽宁	5.5	6.5	河北	0.4	6.2
安徽	1.2	4.7	陕西	1.2	5.2	辽宁	5.7	6.0
合计	55.4	78.1	合计	67.4	73.5	合计	68.3	79.7

资料来源:商务部外资统计。

五、住宿和餐饮业大型投资项目

2001-2011 年,住宿和餐饮业外商投资大型项目共 25 个,分布于 14 个省市。其中最多的三个省市为:广东 6 个、上海 3 个、湖南 3 个(表 5.7.3)。

中国香港是外商投资大型项目最重要的来源地。2001-2011 年, 香港大型投资项目数达到 14 个,占该行业大型项目总数的 56%。其他重要的来源地还包括英属维尔京群岛、新加坡、美国、中国台湾和日本等国家或地区(表 5.7.3)。

表 5.7.3 住宿和餐饮业大型项目地区和来源地分布

数目	地区	来源地
6 个	广东	中国香港、其他太平洋岛屿、开曼群岛、英属维尔京群岛
2-3 个	上海、湖南、山东、浙江	美国、巴巴多斯、古巴
1 个	广西、河北、山西、四川、安徽、重庆、黑龙江、海南、内蒙古	投资性公司、萨摩亚、泰国

资料来源:商务部外资统计。

第八节　信息传输、计算机服务和软件业利用 FDI

一、信息传输、计算机服务和软件业利用 FDI 概况

信息传输、计算机服务和软件业包括电信和其他信息传输服务业、计算机服务业和软件业。电信和其他信息传输服务业涵盖电信、广播电视传输服务和卫星传输服务，计算机服务业包括计算机系统服务、数据处理、计算机维修和其他计算机服务，软件业包括公共软件服务和其他软件服务。

2011 年，信息传输、计算机服务和软件业利用外资项目 993 个；实际使用外资金额 27 亿美元。2012 年 1–7 月，信息传输、计算机服务和软件业利用外资项目 551 个；实际使用外资金额同比增长 40.7%，至 21.9 亿美元。

2004–2011 年，信息传输、计算机服务和软件业累计利用外资项目 10291 个，实际使用外资总额 146.9 亿美元。2004–2011 年，项目数和实际使用外资额占服务业的比重持续下降。项目数从 2004 年的 1622 个，占比 13.4%下降至 2011 年的 993 个，占比 7.1%；实际使用外资额占比从 2004 年 6.3%降至 2011 年的 4.9%，但金额从 2004 年的 9.2 亿美元提高到 2011 年的 27.0 亿美元（图 5.8.1 和图 5.8.2）。

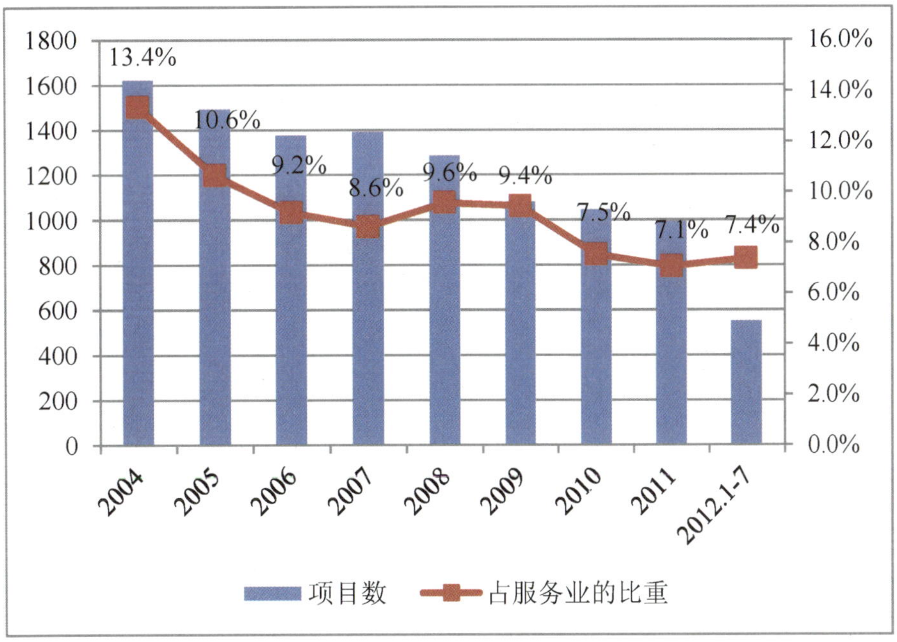

图 5.8.1　信息传输、计算机服务和软件业利用 FDI 项目数及所占比重(单位：个，%)

资料来源：商务部外资统计。

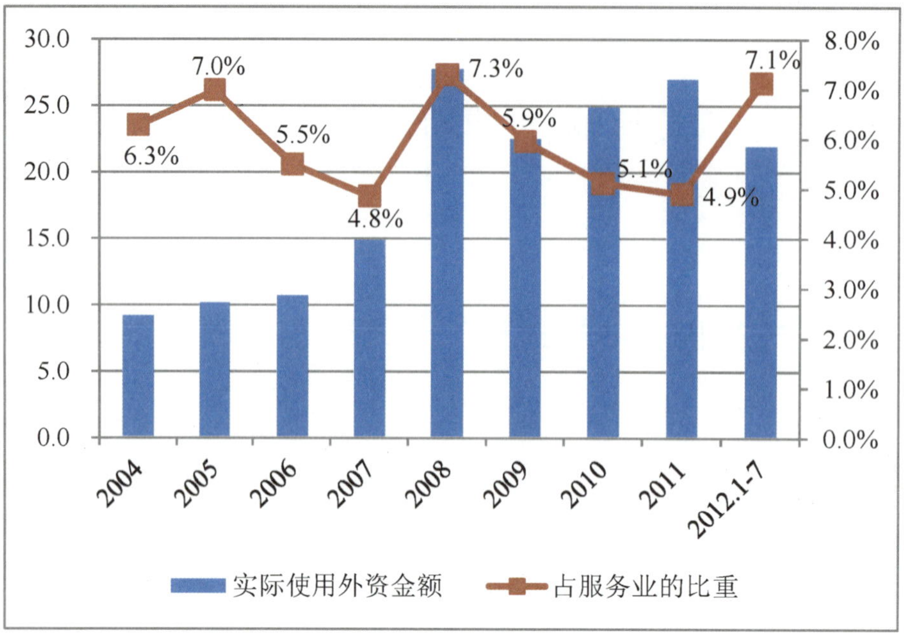

图 5.8.2 信息传输、计算机服务和软件业实际使用外资金额及所占比重(单位:亿美元,%)

资料来源:商务部外资统计。

二、信息传输、计算机服务和软件业利用 FDI 的方式选择

独资企业是外商在信息传输、计算机服务和软件业投资的主要选择方式。2004-2011 年,独资企业项目数占比 83%,合资企业为 16%;实际外资金额方面,独资企业占 90%,合资企业占 8%。

2011 年和 2012 年 1-7 月,独资企业实际利用外资金额分别占 92.8%和 97.3%;中外合资企业同期占比分别为 6.6%和 2.4%。

三、信息传输、计算机服务和软件业利用 FDI 来源地分布

信息传输、计算机服务和软件业利用 FDI 来源地构成较为稳定,主要是中国香港、英属维尔京群岛和开曼群岛。2011 年,中国香港实际投资额占行业比重为50.9%,开曼群岛占 10.5%,英属维尔京群岛占 9.7%。美国、日本也是重要投资来源地,2011 年分别占 8.0%和 3.5%。2012 年 1-7 月,中国香港投资 9.5 亿美元,占比 43.5%;开曼群岛投资 5.1 亿美元,占23.1%;英属维尔京群岛投资 4.6 亿美元,占21.0%。新加坡的实际投资额增长显著(表 5.8.1)。

表 5.8.1　信息传输、计算机服务和软件业利用 FDI 来源地分布　单位：个，亿美元，%

国别地区	项目数	项目数比重	外资金额	外资金额比重
中国香港	457	43.7	13.4	53.9
英属维尔京群岛	32	3.1	4.1	16.4
开曼群岛	20	1.9	3.0	12.1
美国	125	12.0	1.0	4.2
日本	88	8.4	0.7	2.7
新加坡	37	3.5	0.4	1.4
百慕大	0	0.0	0.3	1.4
中国台湾	79	7.6	0.3	1.0
萨摩亚	13	1.2	0.2	0.9
文莱	1	0.1	0.2	0.6
2010 年合计	852	81.5	23.6	94.6
中国香港	463	46.6	14.8	50.9
开曼群岛	14	1.4	4.8	10.5
英属维尔京群岛	38	3.8	3.2	9.7
美国	126	12.7	1.1	8.0
萨摩亚	16	1.6	0.7	3.8
日本	76	7.7	0.7	3.5
新加坡	26	2.6	0.2	2.7
中国台湾	47	4.7	0.2	2.0
毛里求斯	6	0.6	0.2	1.7
卢森堡	1	0.1	0.2	1.6
2011 年合计	813	81.8	26.1	94.4
中国香港	241	43.7	9.5	43.5
开曼群岛	13	2.4	5.1	23.1
英属维尔京群岛	10	1.8	4.6	21.0
美国	81	14.7	0.8	3.6
日本	39	7.1	0.5	2.3
新加坡	13	2.4	0.3	1.4
荷兰	1	0.2	0.3	1.2
德国	8	1.5	0.2	0.7
韩国	22	4.0	0.1	0.5
加拿大	18	3.3	0.1	0.3
2012 年 1–7 月合计	446	81.1	21.5	97.6

资料来源：商务部外资统计。

四、信息传输、计算机服务和软件业利用 FDI 的地区分布

信息传输、计算机服务和软件业实际利用 FDI 金额集中在北京、上海、广东和浙江。2011 年,北京实际利用外资额占全国总量的 34.7%，广东占 16.1%,上海占 14.1%,浙江占 11.6%;与 2010 年相比,北京占比增长显著,上海下降较多。2012 年 1–7 月,利用外资较多的地区是北京、四川、上海和浙江，其中四川实际利用外资金额是上年同期的 16 倍，占比增至 15.8%；广东占比大幅下降至 3.7%(表 5.8.2)。

表 5.8.2 信息传输、计算机服务和软件业利用 FDI 的地区分布

单位:%

2010 年			2011 年			2012 年 1–7 月		
省市	项目数比重	金额比重	省市	项目数比重	金额比重	省市	项目数比重	金额比重
北京	21.0	30.0	北京	19.2	34.7	北京	16.2	39.0
上海	18.3	19.1	广东	14.4	16.1	四川	3.6	15.8
广东	13.9	13.0	上海	16.5	14.1	上海	14.0	14.1
浙江	6.0	11.9	浙江	8.2	11.6	浙江	12.5	13.0
江苏	10.0	7.2	江苏	14.3	8.8	江苏	18.9	5.8
福建	2.8	5.6	辽宁	5.7	4.5	广东	11.4	3.7
辽宁	8.2	3.2	福建	3.6	2.9	福建	2.4	2.3
合计	80.2	89.9	合计	81.9	92.7	合计	78.9	93.7

资料来源:商务部外资统计。

专栏 5–3 信息传输、计算机服务和软件业利用 FDI 促进措施

为贯彻落实《国务院关于加快发展服务业的若干意见》,各级政府和机构纷纷出台相应措施,改善当地投资环境以促进信息传输、计算机服务和软件业的外商投资。

工业和信息化部 2012 年 4 月公布的《软件和信息技术服务业“十二五”发展规划》要求,各级政府应努力营造良好的政策环境,鼓励外商投资软件和信息技术服务业,鼓励跨国软件企业在我国设立离岸服务中心、研发中心、经营总部,着力提高利用外资的质量和水平。

上海市经济和信息化委员会 2009 年 9 月《上海推进软件和信息服务业高新技术产业化行动方案(2009–2012 年)提出:建立健全以政府投入为导向、企业投入为主体、社会投入和外资投入为重要渠道,与市场经济及国际惯例接轨的多元化投融资体系,鼓励民间资本、社会资本和外资投入信息服务业领域。

浙江省 2011 年 6 月《浙江省软件和信息服务业“十二五”发展规划》提出:加强区域合作和国际合作,加大招商引资、招才引智和重大项目引进力度,鼓励国内外知名企业来我省设立研发机构、服务中心和地区总部。

第九节 房地产业利用 FDI

一、房地产业利用 FDI 概况

房地产业包括房地产开发经营、物业管理、房地产中介服务及其他房地产活动。

2011 年,房地产业利用外资项目 466 个,实际使用金额 268.8 亿美元。2012 年 1-7 月,房地产业利用外资项目同比下降 21.9%,至 196 个;实际使用金额同比下降 9.3%,至 139.4 亿美元。

2001-2011 年,房地产业累计利用外资项目 13594 个,实际使用外资总额 1389.9 亿美元;2001-2011 年,房地产项目数占服务业的比重持续下降,从 2001 年的 820 个,占比 21.0%,下降至 2011 年的 3.3%;实际使用外资金额 2001 年为 51.4 亿美元,占 45.7%,2011 年实际使用外资金额占比为 48.7%(图 5.9.1、图 5.9.2)。

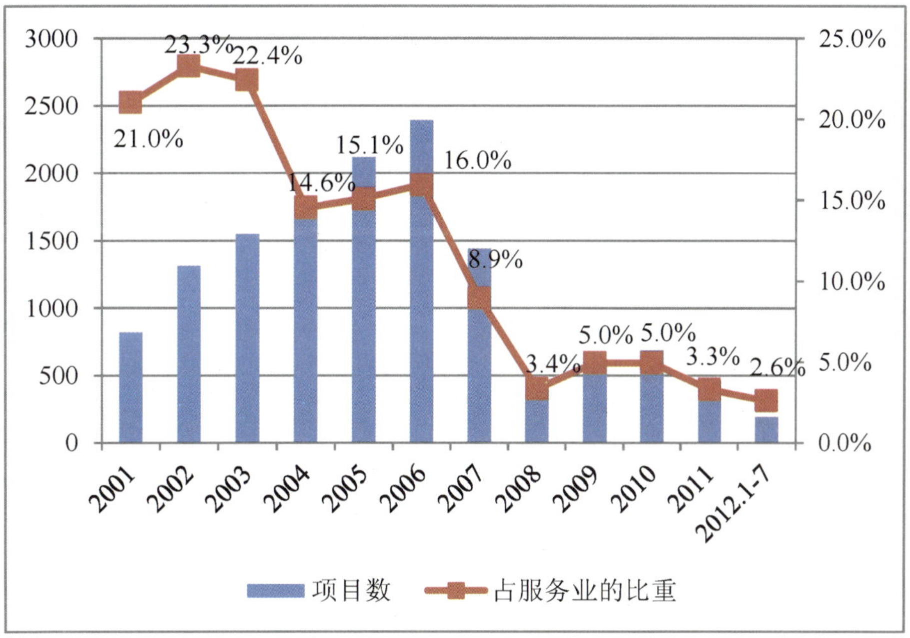

图 5.9.1 房地产业利用 FDI 项目数及所占比重(单位:个,%)

资料来源:商务部外资统计。

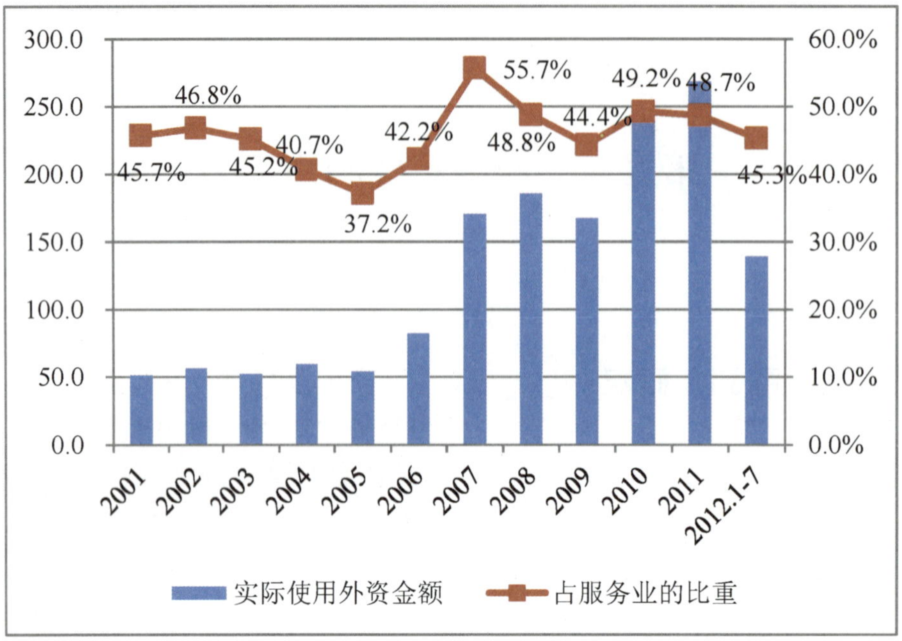

图 5.9.2 房地产业实际使用外资金额及所占比重(单位:亿美元,%)

资料来源:商务部外资统计。

二、房地产业利用 FDI 的方式

独资企业和中外合资企业是外商投资房地产业的主要方式。2001-2011 年,独资企业的项目数占 58.4%,中外合资企业为 34.8%;实际利用外资方面,独资企业占 61.4%,中外合资企业占 26.6%。

2011 年和 2012 年 1-7 月,独资企业实际利用外资金额分别占 77.6%和 70.3%;中外合资企业的相应占比分别为 19.3%和 25.0%。

三、房地产业利用 FDI 来源地分布

房地产业利用 FDI 的主要来源地是中国香港。2010 年中国香港投资的项目数和实际投资金额占行业的比重分别是 74.5%和 76.5%;2011 年分别占 74.7%和80.4%;2012 年 1-7 月,分别为 70%和 74.7%。

英属维尔京群岛和新加坡是重要的投资来源地。2011 年,英属维尔京群岛占全行业比重为 7.6%,新加坡占7.4%。2012 年 1-7 月,新加坡投资 16.7 亿美元,占 12.0%;英属维尔京群岛投资 8.5 亿美元,占6.1%(表 5.9.1)。

表 5.9.1 房地产业利用 FDI 来源地分布　单位:个,亿美元,%

国别地区	项目数	项目数比重	外资金额	外资金额比重
中国香港	513	74.5	183.5	76.5
英属维尔京群岛	49	7.1	21.4	8.9
新加坡	37	5.4	19.1	8.0
开曼群岛	0	0.0	2.5	1.0
巴巴多斯	0	0.0	2.1	0.9
日本	11	1.6	1.7	0.7
萨摩亚	3	0.4	1.6	0.7
毛里求斯	3	0.4	1.2	0.5
中国澳门	16	2.3	1.1	0.5
美国	6	0.9	1.0	0.4
2010 年合计	**638**	**92.6**	**235.2**	**98.1**
中国香港	348	74.7	216.2	80.4
英属维尔京群岛	17	3.6	20.4	7.6
新加坡	33	7.1	19.9	7.4
毛里求斯	1	0.2	2.2	0.8
日本	12	2.6	1.9	0.7
开曼群岛	2	0.4	1.6	0.6
中国澳门	8	1.7	1.5	0.6
中国台湾	17	3.6	0.8	0.3
巴巴多斯	0	0.0	0.7	0.3
韩国	3	0.6	0.7	0.2
2011 年合计	**441**	**94.5**	**265.9**	**98.9**
中国香港	137	70.0	104.2	74.7
新加坡	11	5.6	16.7	12.0
英属维尔京群岛	9	4.6	8.5	6.1
毛里求斯	1	0.5	2.4	1.7
日本	11	5.6	1.9	1.3
萨摩亚	2	1.0	1.3	0.9
中国台湾	11	5.6	0.8	0.6
中国澳门	6	3.1	0.6	0.4
2012 年 1–7 月合计	**188**	**96.0**	**136.4**	**97.7**

资料来源:商务部外资统计。

四、房地产业利用 FDI 的地区分布

房地产业实际利用 FDI 金额集中于江苏、辽宁、上海、广东和浙江。2011 年,江苏占全国房地产业 FDI 总量的 17.7%,辽宁占 14.7%,上海占 11.2%,重庆占 8.8%,广东和浙江均占 8.5%。与 2010 年相比,重庆占比增长显著,广东下降较多。2012 年 1–7 月,房地产业利用外资较多的地区是上海、江苏和辽宁(表 5.9.2)。

表 5.9.2 房地产业利用 FDI 的地区分布

单位：%

2010 年			2011 年			2012 年 1–7 月		
省市	项目数比重	金额比重	省市	项目数比重	金额比重	省市	项目数比重	金额比重
江苏	12.3	16.8	江苏	14.4	17.7	上海	15.8	20.5
辽宁	26.1	16.0	辽宁	16.1	14.7	江苏	14.8	17.1
广东	14.9	12.5	上海	8.2	11.2	辽宁	14.3	13.7
上海	5.8	11.3	重庆	3.0	8.8	广东	18.4	8.9
四川	3.9	8.0	广东	14.8	8.5	浙江	6.1	6.7
浙江	5.2	8.0	浙江	8.4	8.5	四川	2.6	5.5
重庆	1.7	5.8	四川	2.1	6.3	湖南	0.5	3.7
合计	70.1	78.2	合计	67.0	75.8	合计	72.4	76.1

资料来源：商务部外资统计。

第十节 电力、燃气及水的生产和供应业利用 FDI

一、电力、燃气及水的生产和供应业利用 FDI 概况

电力、燃气及水的生产和供应业包括电力、热力的生产和供应业、燃气的生产和供应业以及水的生产和供应业。

2011 年，电力、燃气及水的生产和供应业利用外资项目 214 个，实际使用外资 21.2 亿美元。2012 年 1–7 月，电力、燃气及水的生产和供应业利用外资项目 90 个，同比下降 26.8%；实际使用外资 8.9 亿美元，同比下降 34.9%。

2001–2011 年，电力、燃气及水的生产和供应业累计利用外资项目 3208 个，实际使用外资总额 178.8 亿美元。项目数占服务业总项目数的比例从 2001 的 3.5%下降到 2011 年的 1.5%，2012 年 1–7 月为 1.2%。实际利用外资金额 2001 年为 22.7 亿美元，占服务业总额的比例为 20.2%，2011 年下降到 3.8%，2012 年 1–7 月占比为 2.9%。（图5.10.1、图 5.10.2）。

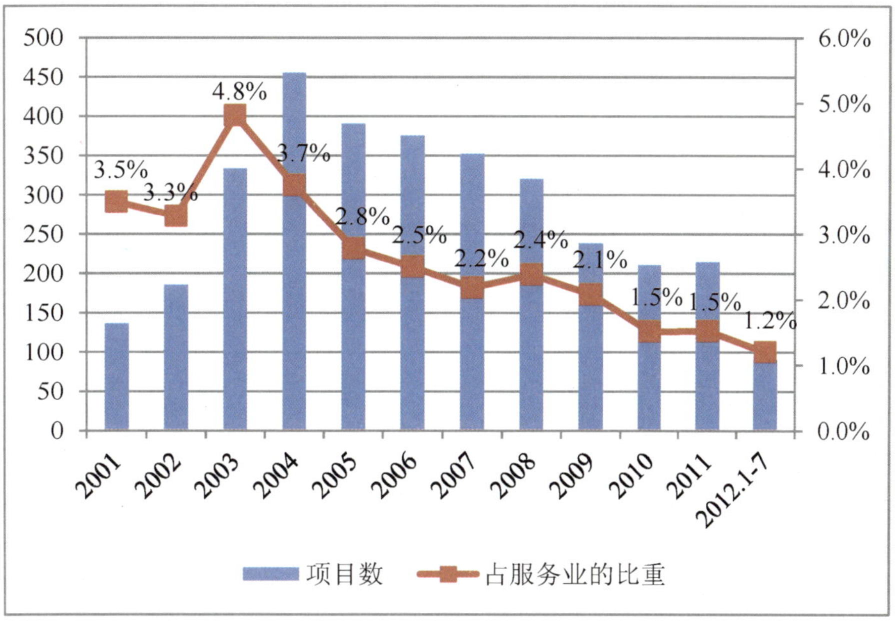

图 5.10.1　电力、燃气及水的生产和供应业项目数及所占比重(单位:个,%)

资料来源:商务部外资统计。

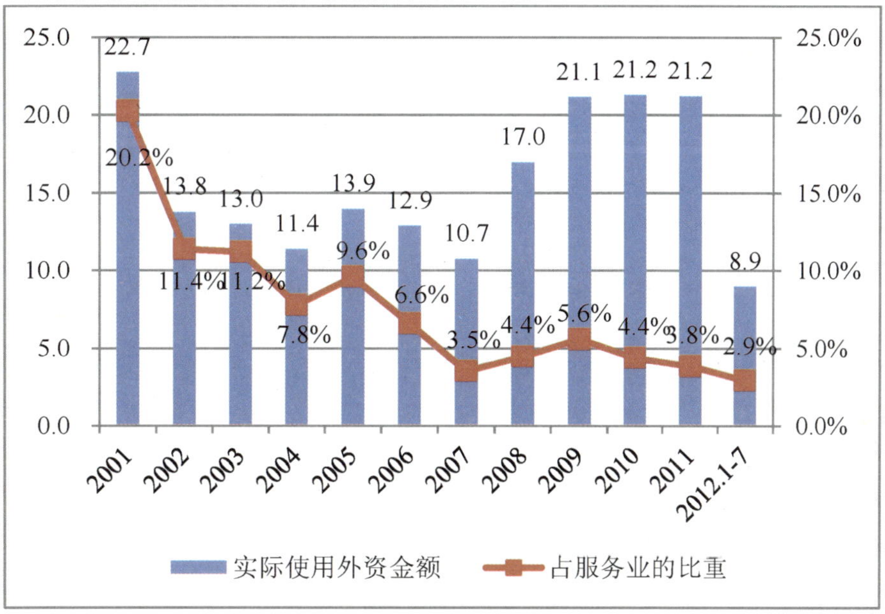

图 5.10.2　电力、燃气及水的生产和供应业实际使用外资金额及所占比重(单位:亿美元,%)

资料来源:商务部外资统计。

二、电力、燃气及水的生产和供应业利用 FDI 的方式选择

独资企业和中外合资企业是电力、燃气及水的生产和供应业利用外资的主要方式。2001-2011年,独资企业项目数占 45.5%,合资企业占 42.9%;实际利用外资金额独资企业占 35.9%,合资企业占48.7%。

2011 年和 2012 年 1-7 月,独资企业项目数分别占总体的 59.8%和 56.7%,实际使用金额分别占48.2%和 54.7%;中外合资企业的相应占比分别为37.9%、40%以及 40.8%、43.5%(图 5.10.3)。

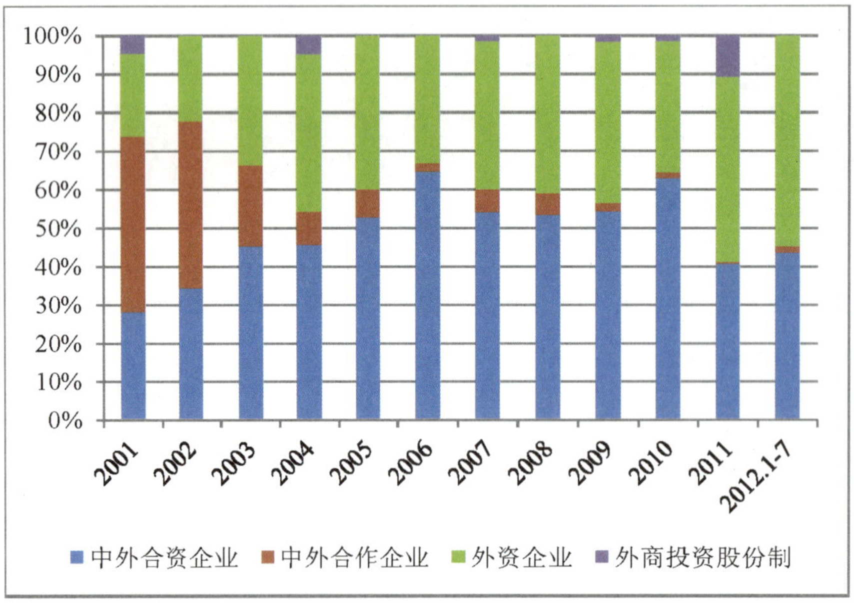

图 5.10.3 电力、燃气及水的生产和供应业实际利用外资金额方式选择

资料来源:商务部外资统计。

三、电力、燃气及水的生产和供应业利用 FDI 来源地分布

电力、燃气及水的生产和供应业所利用 FDI 主要来自中国香港、法国以及英属维尔京群岛。2011 年,中国香港的实际投资额占行业比重为71.5%,法国为 7.5%,英属维尔京群岛为 8.3%。新加坡是重要的投资来源国,2011 年占 4.9%。英国是实际投资额增幅最大的国家,是 2010 年的 17倍,跃居第五。2012 年 1-7 月,中国香港投资 6.6亿美元,占 73.8%;法国和新加坡均占 4.8%,英属维尔京群岛占 7.2%(表 5.10.1)。

表 5.10.1 电力、燃气及水的生产和供应业利用 FDI 来源地分布 单位:个,亿美元,%

国别地区	项目数	项目数比重	外资金额	外资金额比重
中国香港	129	61.4	9.9	46.4
法国	2	1.0	4.0	18.7
英属维尔京群岛	13	6.2	3.1	14.4
投资性公司投资	36	17.1	1.1	5.1

续表

国别地区	项目数	项目数比重	外资金额	外资金额比重
新加坡	6	2.9	1.0	4.7
开曼群岛	1	0.5	0.2	1.0
韩国	3	1.4	0.2	0.9
西班牙	1	0.5	0.2	0.8
2010 年合计	**191**	**91**	**19.7**	**92**
中国香港	108	50.5	15.2	71.5
英属维尔京群岛	13	6.1	1.7	8.3
法国	1	0.5	1.6	7.5
新加坡	14	6.5	1.0	4.9
英国	1	0.5	0.6	2.7
韩国	3	1.4	0.2	0.9
2011 年合计	**140**	**65.5**	**20.3**	**95.8**
中国香港	41	45.6	6.6	73.8
英属维尔京群岛	5	5.6	0.6	7.2
新加坡	6	6.7	0.4	4.8
法国	0	0.0	0.4	4.8
百慕大	2	2.2	0.4	4.5
2012 年 1-7 月合计	**54**	**60.1**	**8.4**	**95.1**

资料来源：商务部外资统计。

四、电力、燃气及水的生产和供应业利用 FDI 的地区分布

电力、燃气及水的生产和供应业利用 FDI 的地区分布结构稳定；其中广东、山东、江苏、辽宁始终位列其中。2011 年，广东实际利用外资占行业总量的比重为 13.4%，山东占 12.0%，江苏占 10.4%，辽宁占 8.8%。与 2010 年相比，广东占比显著下降，四川、北京、宁夏增长显著。2012 年 1-7 月，利用外资较多的地区为江苏、广东、山东，重庆增幅较为显著（表 5.10.2）。

表 5.10.2　电力、燃气及水的生产和供应业利用 FDI 的地区分布　　单位：%

2010 年			2011 年			2012 年 1-7 月		
省市	项目数比重	金额比重	省市	项目数比重	金额比重	省市	项目数比重	金额比重
广东	7.6	26.0	广东	7.0	13.4	江苏	8.9	16.6
江苏	12.9	11.7	山东	8.4	12.0	广东	10.0	16.1
山东	11.0	8.5	江苏	10.7	10.4	山东	8.9	13.5
辽宁	12.4	8.3	辽宁	13.6	8.8	辽宁	11.1	7.8
河南	4.8	5.4	四川	3.7	8.0	广西	3.3	7.5
甘肃	1.4	4.8	北京	0.9	6.9	重庆	2.2	6.6
四川	2.9	3.7	宁夏	0.5	5.5	四川	5.6	5.8
合计	52.9	68.3	合计	44.9	65.1	合计	50.0	73.9

资料来源：商务部外资统计。

第六章　跨国公司在华投资与发展

本章主要报告世界500强跨国公司及其在华投资。截至2012年7月,500强跨国公司累计在华投资项目8442个[①], 投资总额801.9亿美元。500强跨国公司通常被看作是高质量、高水平FDI的标志,由于500强跨国公司规模庞大,投资战略影响国际分工,分析500强跨国公司在华投资情况,有利于全面了解我国利用外资的质量和水平。本节从来源地、行业分布、地区布局等多个视角,分析了500强企业在华的投资和发展, 并且选择8家500强样本, 较为详细地阐述了其在中国的投资和发展战略。

第一节　500强跨国公司

"世界500强跨国公司"是由美国《财富》杂志每年按照企业的年销售收入评选的全球最大500家企业。

进入世界500强的企业,大都拥有众多的技术优势,并具有较高的国际化水平。500强企业的一切经营活动远远超出一国的边界,从事跨国界的经营,要素获得与投入的国际化,技术研发的国际化,生产流程的国际化,以及产品市场的国际化,从而实现企业整个产业链条基于比较优势的国际最优配置。

特别是近年来,世界500强的资产、销售及雇员中来自母国份额逐年下降, 许多行业50%以上的收入来自于国外市场,越来越呈现出"全球公司"的特征。根据联合国贸易与发展会议2012年《世界投资报告》测算,世界非金融100强跨国公司的跨国指数,1993年为47.2%,2006年上升到61.6%,2011年达到62.3%(UNCTAD,2012)。

500强跨国公司对一个国家的投资规模和投资定位,对于东道国的经济发展和技术进步,特别是国际分工地位和角色具有重要的影响。其来源地的变化通常反映一个国家或地区总体经济实力或国际竞争力的水平。1995年美国的500强为152家,日本有148家,德国有44家,法国有40家,英国有35家,意大利有11家,韩国有8家,中国只有2家。至2012年,美国为132家(期间,2002年达到顶峰, 为199家)。日本的500强数量持续下降,2012年为68家。中国的500强跨国公司快速增长,2005年达到15家,2009增加8家,2010年增加8家,2011年增加16家,2012年又添11家,总数达79家, 排除中国台湾和中国香港的跨国公司后,为69家,超过日本,成为500强数量位居世界第二的国家(表6.1.1)。

① 投资项目数是依据500强的累计投资项目计算,不代表500强在华投资的外商投资企业数据,可能是对同一家企业的多次投资,也可能是一个投资项目就是一家企业。

表 6.1.1　2003–2012 年 500 强跨国公司的来源地分布　　单位：家

	2003	2004	2005	2006	2007	2008	2009	2010	2011	2012
美国	192	189	175	170	162	153	140	139	132	132
中国	11	14	15	19	22	26	34	42	58	69
日本	88	82	81	70	67	64	68	71	68	68
法国	40	37	39	38	38	39	40	38	35	32
德国	35	34	37	35	37	37	39	38	34	32
英国	34	35	35	38	33	34	26	31	31	27
瑞士	11	12	11	12	13	14	14	15	15	15
荷兰	11	12	14	14	14	13	10	13	12	13
韩国	13	10	11	12	14	15	14	10	14	13
加拿大	14	13	13	14	16	14	14	11	11	11
意大利	9	8	8	10	10	10	10	11	10	9
澳大利亚	6	7	9	8	8	8	9	8	9	9
西班牙	5	7	8	9	9	11	12	10	9	8
巴西	4	3	3	4	5	5	6	7	7	8
印度	1	4	5	6	6	7	7	8	8	8
俄罗斯	3	3	3	5	4	5	8	6	7	7
中国台湾	1	1	2	3	6	6	6	7	7	6
比利时	4	4	4	4	5	5	4	6	5	4
瑞典	6	6	7	6	6	6	6	4	3	4

资料来源：《财富》杂志统计。

第二节　500 强跨国公司在华投资与发展

500 强跨国公司在华投资项目和投资规模不断提升。1993 年到 2012 年 7 月，投资项目从 29 个提高到 674 个，实际投资金额从 1.4 亿美元提高到 104.5 亿美元。在此期间，500 强跨国公司累计对华投资项目 8442 个[①]，投资总额 801.9 亿美元（图 6.2.1）。

①投资项目数是依据 500 强的累计投资项目计算，可能是对同一家企业多次投资，也可能是一个投资项目就是一家企业。

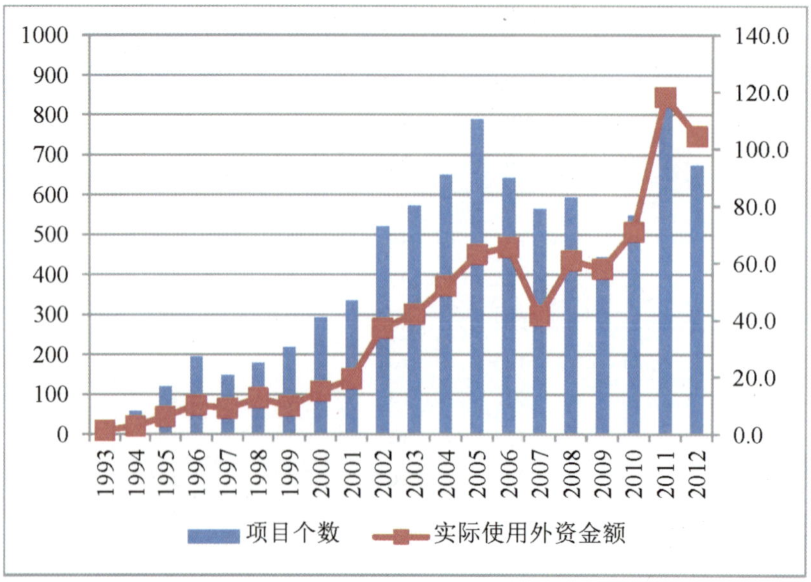

图 6.2.1　1993 年–2012 年 7 月 500 强跨国公司在华投资情况(单位:个,亿美元)

资料来源:商务部外资统计。

一、500 强跨国公司与投资性公司

500 强跨国公司在华投资总量中,无论是项目数还是实际投资金额,投资性公司均占有一定比重①。1993 年–2012 年 7 月, 在华投资性公司累计项目数 964 个, 累计投资金额 172.54 亿美元, 分别占 500 强在华投资总额的 11.4%、21.5%。动态看,投资性公司在华投资不断增加, 项目数从 1993 年的 2 个增加到 2012 年的 160 个, 实际投资金额从 0.39 亿美元大幅提高到 25.12 亿美元(表 6.2.1)。

表 6.2.1　500 强跨国公司与投资性公司投资情况　　单位:个、亿美元

	500 强项目数	投资性公司项目数	500 强金额	投资性公司金额
1993	27	2	0.99	0.39
1994	57	1	2.88	0.04
1995	117	3	6.08	0.18
1996	189	6	8.85	1.41
1997	142	5	9.00	0.14
1998	171	9	10.97	1.79
1999	207	11	10.12	–0.21
2000	286	7	14.58	0.58
2001	318	17	17.02	2.38
2002	472	49	29.05	8.26

①投资性公司大部分是由 500 强跨国公司在华设立的具有投资职能的机构,因此,投资性公司投资被看作是 500 强的对华投资项目。

续表

	500强项目数	投资性公司项目数	500强金额	投资性公司金额
2003	510	63	31.62	10.56
2004	580	70	38.77	13.25
2005	695	94	42.90	20.29
2006	560	83	44.07	21.54
2007	508	58	36.03	5.62
2008	529	64	47.77	13.13
2009	401	43	49.80	8.22
2010	481	69	56.03	14.97
2011	714	150	93.40	24.86
2012	514	160	79.42	25.12
总计	7478	964	629.34	172.54

资料来源：商务部外资统计。

二、500强跨国公司在华投资行业分布

500强跨国公司对华投资高度集中于制造业和服务业。制造业项目有5436个，占64.4%，累计投资金额477.13亿美元，占59.5%；服务业2675个，占31.7%，投资总额275.53亿美元，占34.4%；电力、燃气及水生产和供应业、采掘业和农林牧渔业所占比例均较小（表6.2.2）。

表6.2.2　500强跨国公司在华投资行业分布　单位：个、亿美元、%

行业	项目数	项目比例	金额	金额比例
制造业	5436	64.4	477.13	59.5
服务业	2675	31.7	275.53	34.4
电力、燃气及水生产和供应业	251	3.0	40.29	5.0
农、林、牧、渔业	43	0.5	3.14	0.4
采掘业	37	0.4	5.79	0.7

资料来源：商务部外资统计。

细分行业方面，制造业主要集中在通信设备、计算机及其他电子设备制造业，交通运输设备制造业，化学原料及化学制品制造业以及电气机械及器材制造业，四个行业项目总数2933个，实际投资金额302.33亿美元，分别占制造业500强投资总量的54%和63.4%。服务业则主要集中在商务服务业，房地产业以及电力、热力的生产和供应业。三行业项目总数996个，占服务业总量的37.2%，实际投资金额191.68亿美元，占服务业总量的69.6%（表6.2.3）。

表 6.2.3　500 强跨国公司在华投资细分行业分布

单位:个、亿美元

行业代码	产业名称	项目数	实际投资金额
C40	通信设备、计算机及其他电子设备制造业	1020	136.16
L74	商务服务业	549	110.08
C37	交通运输设备制造业	779	70.14
K72	房地产业	275	53.80
C26	化学原料及化学制品制造业	612	48.86
C39	电气机械及器材制造业	522	47.17
D44	电力、热力的生产和供应业	172	27.80
H63	批发业	498	23.29
C31	非金属矿物制品业	240	23.21
C35	通用设备制造业	396	22.25
H65	零售业	451	21.06
C25	石油加工、炼焦及核燃料加工业	81	16.84
C15	饮料制造业	141	14.40
C41	仪器仪表及文化、办公用机械制造	153	11.73
D45	燃气生产和供应业	63	11.42
C34	金属制品业	263	11.24
J71	其他金融活动	50	10.50
C14	食品制造业	147	10.05
F54	水上运输业	32	9.95
C36	专用设备制造业	168	9.90
F56	管道运输业	4	9.35
C29	橡胶制品业	62	8.62
C27	医药制造业	82	7.55
C13	农副食品加工业	127	7.45
C32	黑色金属冶炼及压延加工业	62	6.85
C33	有色金属冶炼及压延加工业	85	6.35
C30	塑料制品业	147	6.23
F53	城市公共交通业	9	5.09
B07	石油和天然气开采业	15	5.06
F58	仓储业	138	4.76
M75	研究与试验发展	52	4.66
C28	化学纤维制造业	30	3.90
G62	软件业	156	3.76
M76	专业技术服务业	94	3.00
F52	道路运输业	29	2.94
083	其他服务业	38	2.90
C22	造纸及纸制品业	45	2.81
A03	畜牧业	15	2.18
E47	房屋和土木工程建筑业	18	2.05
G61	计算机服务业	36	1.67

续表

行业代码	产业名称	项目数	实际投资金额
I67	餐饮业	62	1.49
C17	纺织业	67	1.35
C42	工艺品及其他制造业	45	1.33
F57	装卸搬运和其他运输服务业	65	1.27
C23	印刷业和记录媒介的复制	35	1.16
D46	水的生产和供应业	16	1.07
M77	科技交流和推广服务业	21	0.96
C18	纺织服装、鞋、帽制造业	77	0.67
C24	文教体育用品制造业	18	0.41
A01	农业	10	0.40
B06	煤炭开采和洗选业	4	0.37
J69	证券业	3	0.35
A05	农、林、牧、渔服务业	9	0.35
C21	家具制造业	15	0.31
N80	环境管理业	8	0.29
L73	租赁业	11	0.28
N81	公共设施管理业	4	0.27
E50	其他建筑业	6	0.27
P84	教育	5	0.26
G60	电信和其他信息传输服务业	4	0.23
A02	林业	9	0.21
E48	建筑安装业	9	0.18
F55	航空运输业	3	0.16
C43	废弃资源和废旧材料回收加工业	7	0.15
B10	非金属矿采选业	8	0.15
R92	娱乐业	11	0.13
J70	保险业	4	0.13
B08	黑色金属矿采选业	4	0.13
F51	铁路运输业	1	0.12
E49	建筑装饰业	13	0.10
B09	有色金属矿采选业	6	0.08
R89	广播、电视、电影和音像业	6	0.05
O82	居民服务业	4	0.04
C20	木材加工及木、竹、藤、棕、草制品	7	0.03
I66	住宿业	2	0.03
F59	邮政业	1	0.03
N79	水利管理业	1	0.02
M78	地质勘查业	2	0.01
C19	皮革、毛皮、羽毛(绒)及其制品	3	0.01

资料来源：商务部外资统计。

对行业分布的动态考察,2001 年-2012 年 7 月,通信设备、计算机及其他电子设备制造业(C40)一直是 500 强在华投资的重点行业,交通运输设备制造业(C37)、化学原料及化学制品制造业(C26)、非金属矿物制品业 (C31)、商务服务业(L74)、零售业(H65)、批发业(H63)等行业,在华投资均呈现显著的增长态势(表 6.2.4)。

表 6.2.4 2001 年-2012 年 7 月 500 强跨国公司对华投资的行业分布

单位:个

代码	2001	2003	2004	2005	2006	2007	2008	2009	2010	2011	2012	合计
C40	74	94	78	97	79	52	66	47	46	65	41	1020
C37	11	50	79	134	79	58	59	32	48	70	61	779
C26	19	53	59	54	48	35	46	25	40	59	39	612
L74	8	42	49	48	58	41	43	32	48	62	48	549
C39	30	35	44	44	34	27	32	26	24	34	28	522
H63	17	20	25	36	32	56	39	35	48	72	49	498
H65	10	19	21	32	22	22	22	22	29	104	99	451
C35	20	26	27	37	32	17	24	27	21	35	38	396
K72	8	11	13	24	22	28	22	18	22	36	29	275
C34	10	16	25	23	20	19	20	11	13	22	18	263
C31	5	15	13	29	21	20	21	17	18	29	18	240
D44	1	5	3	8	6	10	25	26	24	32	11	172
C36	7	8	13	12	16	15	16	11	12	13	15	168
G62	7	12	19	13	7	15	5	12	15	16	10	156
C41	11	14	16	11	18	6	11	5	6	9	8	153
C14	10	10	7	11	12	5	7	8	6	8	12	147
C30	6	19	17	17	8	7	6	3	8	8	8	147
C15	13	7	6	8	3	4	8	2	9	13	17	141
F58	7	7	8	10	12	11	7	8	7	12	9	138
C13	3	8	17	8	5	7	11	3	9	21	9	127
M76	1	6	5	5	6	8	11	9	10	18	6	94
C33	5	9	11	9	7	10	5	1	3	7	2	85
C27	5	7	7	6	2	3	3	4	7	10	5	82
C25	6	6	5	6	6	6	5	2	5	5	7	81
D45	1	0	3	5	3	2	1	5	8	14	13	63
C29	4	4	6	2	3	2	6	3	6	5	4	62
C32	2	6	6	11	5	5	4	3	0	0	1	62
M75	0	3	5	5	4	8	2	2	2	9	10	52
J71	0	1	0	6	4	7	8	3	6	6	6	50
C22	4	1	2	3	2	3	2	1	1	1	3	45
O83	1	2	2	3	3	6	5	3	3	6	1	38
F54	0	1	1	3	2	3	7	1	4	2	1	32
C28	2	4	1	2	6	5	3	0	0	1	1	30
F52	0	1	4	4	1	3	2	2	4	1	2	29
E47	0	1	2	0	1	1	0	1	3	3	2	18
B07	1	0	2	1	0	0	0	0	1	7	2	15
A03	1	0	1	1	1	0	0	1	1	5	0	15

资料来源:商务部外资统计。

三、500强跨国公司在华投资来源地

500强跨国公司在华投资主要来源于中国香港、日本、投资性公司、韩国、英属维尔京群岛等，五大来源地投资项目数6335个，实际投资547.12亿美元。其中，中国香港投资规模最大，投资项目数1824个，实际投资198.75亿美元。其次是日本，项目数2685个，实际投资金额182.28亿美元（表6.2.5）。

表6.2.5　500强跨国公司在华投资来源地分布　单位：个、亿美元

来源地	投资项目数	实际投资金额	来源地	投资项目数	实际投资金额
中国香港	1824	198.75	瑞士	74	9.50
日本	2685	182.28	巴哈马	38	6.35
投资性公司	1012	76.21	毛里求斯	83	6.17
韩国	400	47.28	其他	42	4.93
英属维尔京群岛	414	42.60	意大利	30	4.00
德国	283	41.65	瑞典	28	3.54
美国	362	37.41	卢森堡	8	2.73
荷兰	319	33.31	丹麦	21	2.70
开曼群岛	53	26.13	芬兰	8	1.19
新加坡	255	23.91	中国台湾	39	0.68
法国	212	16.73	巴巴多斯	8	0.57
萨摩亚	72	11.34	爱尔兰	7	0.53
英国	99	10.08	西班牙	7	0.35
百慕大	31	10.04	马来西亚	4	0.32

资料来源：商务部外资统计。

动态来看，近年来，中国香港地区投资项目数增速较大，2000年74个，2011年226个。美国投资趋势减少，2000年24个，2011年为12个（表6.2.6）。

表6.2.6　500强跨国公司在华投资来源地动态变化　单位：个

	2001	2002	2003	2004	2005	2006	2007	2008	2009	2010	2011	2012
日本	94	198	244	271	326	236	181	164	125	150	206	144
中国香港	80	98	88	84	124	110	108	137	130	153	226	138
维尔京群岛	24	20	24	38	33	40	38	43	22	21	33	26
韩国	11	25	43	43	44	37	18	26	27	31	33	22
美国	20	34	38	31	28	20	21	18	7	12	12	7
荷兰	13	23	26	21	36	20	27	28	13	19	22	22
德国	12	21	19	23	30	29	18	15	14	11	22	11
新加坡	9	17	16	23	19	23	16	29	13	19	18	15
法国	11	10	8	12	23	24	19	17	13	20	18	9
英国	6	7	3	7	11	8	9	7	7	6	6	1
瑞士	6	4	2	2	6	2	4	5	4	4	7	7
意大利	1	1	4	2	1	1	2	2	1	3	3	1

资料来源：商务部外资统计。

四、500 强跨国公司在华投资区位分布

500 强跨国公司在华投资区位主要集中在中国东部地区,中、西部地区较少。2001 年–2012 年 7 月,500 强跨国公司在广东、江苏、北京、上海、辽宁投资位居前列,五省市项目数 6207 个、投资金额 624.91 亿美元。其中,广东项目数 2655 个,投资金额 227.26 亿美元;其次是江苏,项目数 2020 个,投资金额 183.47 亿美元(表 6.2.7)。

表 6.2.7 2001 年–2012 年 7 月 500 强在华投资地区分布 单位:个、亿美元

省市	项目数	金额	省市	项目数	金额
广东	2655	227.26	湖南	46	6.82
江苏	2020	183.47	河南	75	6.54
北京	613	113.49	安徽	98	5.58
上海	557	67.46	吉林	68	3.90
辽宁	362	33.23	广西	44	3.20
天津	276	27.12	江西	57	3.09
山东	338	25.25	陕西	57	2.90
浙江	400	20.18	新疆	9	2.45
福建	200	18.90	内蒙	20	2.36
四川	153	12.48	黑龙江	57	1.91
河北	123	11.26	宁夏	8	1.41
湖北	81	10.49	山西	9	1.05
重庆	52	6.91	海南	12	1.03

资料来源:商务部外资统计。

在动态发展上,与 2010 年比较,2011 年投资项目增加的省市区有广东、江苏、北京、辽宁、天津、山东、浙江、福建、四川、重庆、湖北、吉林、河南、安徽、广西和陕西,上海、河北、湖南等少数省市则呈减少趋势。其中,项目数增加最多的是江苏省,达 96 个;其次是广东省,为 65 个(表 6.2.8)。

表 6.2.8 500 强跨国公司投资项目数地区动态趋势 单位:个

	2001	2003	2004	2005	2006	2007	2008	2009	2010	2011	2012	合计
广东	149	129	173	246	190	165	199	114	130	195	142	2655
江苏	68	143	118	150	171	118	142	126	135	231	170	2020
北京	0	51	67	58	71	74	54	40	50	72	42	613
上海	0	55	73	71	59	57	52	30	39	25	37	557
辽宁	32	31	36	33	20	27	14	16	22	48	38	362
天津	0	30	37	69	23	15	12	9	14	23	27	276
山东	5	18	24	45	33	21	14	14	20	60	38	338
浙江	15	35	47	29	24	20	34	22	31	35	34	400
福建	6	15	16	16	8	13	17	16	16	26	20	200
四川	15	10	11	11	7	11	4	5	12	20	17	153
河北	8	13	9	3	3	5	9	9	15	13	17	123

续表

	2001	2003	2004	2005	2006	2007	2008	2009	2010	2011	2012	合计
湖北	7	5	7	10	6	5	1	3	3	8	10	81
重庆	3	1	2	5	2	2	3	2	9	12	5	52
湖南	2	3	1	7	5	3	1	3	5	3	5	46
河南	4	6	6	7	3	3	4	0	3	12	10	75
安徽	4	4	3	3	5	6	5	3	5	23	19	98
吉林	2	3	7	7	5	2	4	4	5	7	8	68
广西	2	–	2	4	4	4	6	5	4	8	3	44
江西	5	4	2	1	0	2	2	2	4	4	8	57
陕西	1	8	2	2	0	6	2	7	4	10	5	57

资料来源：商务部外资统计。

在投资金额区域动态分布上，与2010年比较，2011年广东、江苏、北京、辽宁、山东、天津、浙江、四川、河北、湖北、重庆增长明显。其中，江苏投资金额增加最多，为18.86亿美元；其次是广东，为8.99亿美元(表6.2.9)。

表6.2.9　500强跨国公司投资金额区位分布　　单位：亿美元

	2001	2003	2005	2006	2007	2008	2009	2010	2011	2012	合计
广东	8.25	8.61	15.82	16.82	11.81	17.94	16.13	19.01	28.00	19.65	227.26
江苏	4.00	8.93	8.91	14.16	9.45	15.03	15.27	16.93	35.79	22.85	183.47
北京	0.00	6.36	15.54	14.65	7.37	10.69	5.46	9.52	12.73	17.26	113.49
上海	0.00	5.92	8.82	8.23	3.56	5.14	3.32	8.91	2.12	5.08	67.46
辽宁	2.77	1.14	2.39	1.73	0.99	0.94	1.57	1.43	5.21	9.70	33.23
天津	0.00	1.45	4.17	6.48	0.23	0.46	0.43	0.47	3.51	3.17	27.12
山东	0.24	1.19	2.03	0.68	2.95	0.57	2.56	1.48	8.10	3.33	25.25
浙江	0.25	0.94	0.84	0.69	0.42	2.10	3.26	1.41	2.40	2.55	20.18
福建	0.09	0.43	0.30	0.10	1.17	4.55	3.37	1.70	1.80	3.96	18.90
四川	1.11	0.47	1.11	0.29	0.81	0.08	1.62	1.27	3.52	1.02	12.48
河北	0.36	0.63	0.34	0.09	0.64	0.39	1.64	1.08	2.97	2.45	11.26
湖北	0.34	4.56	0.44	0.09	0.16	0.04	0.16	0.21	1.27	1.85	10.49
重庆	0.62	0.28	0.03	0.09	0.19	0.37	0.20	1.19	1.81	1.92	6.91
湖南	0.19	0.39	0.49	0.82	0.11	0.30	0.40	1.22	1.12	1.16	6.82
河南	0.32	0.14	0.53	0.23	0.41	0.47	0.00	1.25	1.07	1.50	6.54
安徽	0.23	0.10	0.06	0.07	0.13	0.07	0.46	0.21	1.01	1.71	5.58
吉林	0.33	0.03	0.79	0.13	0.03	0.11	0.17	0.10	0.29	1.00	3.90
广西	0.03	0.00	0.21	0.25	0.12	0.78	0.33	0.13	1.08	0.07	3.20
江西	0.12	0.03	0.02	0.00	0.08	0.03	0.03	0.09	0.10	2.16	3.09
陕西	0.02	0.26	0.01	0.00	0.13	0.07	0.74	0.31	1.01	0.10	2.90

资料来源：商务部外资统计。

第三节 三星电子在华投资与发展

一、公司基本情况

三星电子成立于1969年1月，其业务主要涉及半导体、移动电话、显示器、笔记本、电视机、电冰箱、空调、数码摄像机以及IT产品等。2012年世界财富500强中,三星电子以营业收入1489.44亿美元名列第20位。

二、全球化运营

(一)三星电子全球网络

三星电子全球共有199家子公司。子公司业务涵盖生产、销售、配送和研发等环节。其中,生产子公司40个,销售子公司50个,研发子公司18个,其他子公司91个。此外,三星电子有10个正在运营的区域总部,分别位于韩国、北美、欧洲、中国、东南亚、西亚、拉丁美洲、独联体、中东和非洲(表6.3.1)。

表6.3.1 三星电子全球网络统计表 单位:个,人

区域性总部名称	生产子公司	销售子公司	研发子公司	其他子公司	员工数
全球总部	9	0	0	1	95662
欧洲总部	4	17	2	18	10609
北美总部	3	5	2	12	10373
中国	12	3	6	11	37599
东南亚总部	7	9	0	10	17456
西亚总部	2	1	3	4	8212
南美总部	2	6	0	7	5778
独联体总部	1	3	2	6	2725
中东总部	0	4	2	12	969
非洲总部	0	2	0	7	394
日本	0	0	1	3	687
总计	40	50	18	91	294064

资料来源:2011年三星电子可持续发展报告。

(二)未来国际化战略

随着非洲年平均经济增长率达5%以上,速度超过欧美国家,并出现越来越多中产阶级,其国际重要地位日益显现。根据GSMA的调查,非洲是全球增长最快的移动市场，到2012年底将拥有7.38亿台手机。而且,非洲人口差异大,既有广大贫困人口,也有追求品牌的中产阶级,这为三星电子带来多种机会。目前,三星电子致力于“塑造非洲”系列产品,已推出太阳能上网本,有防止电压骤增功能

的电视等适合非洲市场的电子产品。三星电子预计在2015年底将其在非洲的业务扩展到100亿美元,而2012年的目标是30亿美元。

(三)近年重大战略事项

1. 新建

2012年4月,三星电子在其LCD部基础上创建新公司。

2012年4月,三星电子一期投资70亿美元,在中国西安建立工厂生产存储芯片。

2. 并购

2010年4月,三星电子并购三星SDI,拥有其25.5%的股权。

2011年1月,三星电子并购三星光州电子,以提升数字媒体竞争力。

2011年2月,三星电子取得三星医疗43.5%的股份。

2012年4月,三星电子并购三星LED,旨在提升管理效率,增强与公司现存业务的协同性。

3. 增资

2011年4月,三星电子又取得三星医疗22.3%的股份,至此,三星医疗成为三星电子绝对控股的子公司。

2012年1月,三星电子取得S-LCD另外50%的股份,达到完全控股。

三、在华投资历程

中国三星电子的生产经营活动是目前在华最大的业务部分。三星电子的生产、销售和服务网络遍及北京、天津、山东、上海、江苏、浙江、广东、香港、台湾等地区。目前,中国三星在华设立了171个机构,包括39个生产法人、49个销售法人、7个研究所、76个代表处和办事处,雇佣员工数量达到102000多人。其中,三星电子具有代表性的生产子公司有12个(表6.3.2),销售法人5个(表6.3.3),研究所4个。其中,研究所分布在北京、南京、苏州和上海等地,四大研发机构分工明确,各司其责。

表6.3.2　三星电子在华部分生产子公司统计表　　单位:万美元

设立时间	地点	名称	投资规模	投资领域	设立方式	业务范围
1983年	海南	三星(海南)光通信技术有限公司	2500	信息通讯	新建	光纤、光缆、光配件等
1993年3月	山东	三星(山东)电子数码打印机有限公司	2980	数码多媒体	新建	打印机、传真机及通信电子产品
1993年4月	天津	天津三星电子有限公司	9480	数码多媒体	新建	数码摄像机、DVD、监控系统、录放机等
1993年9月	惠州	惠州三星电子有限公司	3200	数码多媒体	新建	组合音响、家庭影院、MP3等音响产品
1994年2月	天津	天津通广三星电子有限公司	9960	数码多媒体	新建	等离子、液晶、背投、纯平电视等
1994年12月	苏州	三星电子半导体有限公司	15000	半导体	新建	System LST, Memory 产品
1995年	苏州	苏州三星电子有限公司	33000	家电	新建	冰箱、空调、洗衣机等家电及旋转压缩机
1998年2月	天津	天津三星电子显示器有限公司	4580	数码多媒体	新建	液晶、CDT显示器
2001年8月	天津	天津三星通信技术有限公司	—	信息通讯	新建	GSM手机

续表

设立时间	地点	名称	投资规模	投资领域	设立方式	业务范围
2002 年	深圳	深圳三星科健移动通信技术有限公司	6000	信息通讯	新建	CDMA 手机等
2002 年 9 月	苏州	苏州三星电子液晶显示器有限公司	57000	LCD	新建	TFT-LCD 等
2003 年 4 月	苏州	苏州三星电子电脑有限公司	>30000	数码多媒体	新建	笔记本电脑等

数据来源:三星电子网站。

表 6.3.3 三星电子在华销售法人统计表

法人名称	成立时间	管辖范围
三星投资有限公司北京支社	2003 年 3 月	北京、天津、山东、河北、河南、山西
三星投资有限公司上海支社	2003 年 3 月	上海、江苏、浙江、安徽、湖北
三星投资有限公司广州支社	2003 年 3 月	广东、福建、湖南、广西、江西、海南
三星投资有限公司成都支社	2004 年 3 月	四川、重庆、陕西
三星投资有限公司沈阳支社	2004 年 3 月	辽宁、吉林、黑龙江

数据来源:三星电子网站。

四、未来在华投资规划

中国三星以在中国再建“第二个三星”为目标,以“做中国人民喜爱的企业,贡献于中国社会的企业”为志向,运用最优秀的人才、最先进的技术为消费者提供最优质的产品和服务。中国三星致力于产业升级战略,立足于半导体、面板项目,努力将中国由生产基地向研发基地转化,实现中国设计、中国制造、中国销售的一条龙体系。此外,中国三星积极投身社会公益事业,集中力量在农村支援、教育支援、社会福利、环境保护等诸多方面进行投入,进行形式多样的社会公益活动。

第四节 西门子公司在华投资与发展

一、公司基本情况

总部位于柏林和慕尼黑的西门子公司是世界上最大的电子和电气工程公司之一。公司拥有大约 36 万名员工,主要从事产品的开发及生产、复杂系统和项目的设计与安装,并为客户个性化的需求提供广泛的解决方案。西门子成立 160 多年来,以其卓越的技术成就、不懈的创新追求、出众的品质、令人信赖的可靠性和广泛的国际性在业界独树一帜。西门子公司是世界上最大的环保技术供应商,其绿色产品和解决方案创造了约 230 亿欧元的营业收入，约占西门子营业收入的三分之一。2011 财年(截至 2011 年 9 月 30 日),西门子公司总营业收入达到 735 亿欧元,净收入为 63 亿欧元。

西门子的全球业务划分为四大领域：工业、能源、医疗以及基础设施与城市。

二、公司全球化投资、运营布局和发展

西门子业务遍布一百九十多个国家。公司在全球运营着大约 1000 个法律实体、超过 285 个主要生产和制造工厂，并在几乎每一个国家都有办公楼、仓库、研发设施和销售办事处。

截至 2011 财政年度，西门子在德国本土拥有 76 个主要生产基地,员工人数占全球总数的 32%,营业收入占全球总额的 15%;在美洲拥有 77 个主要生产基地,员工人数占全球总数 23%,营业收入占全球总额的 28%;在欧洲(德国除外)、独联体、非洲和中东拥有生产基地 67 个，员工人数占全球总数的 28%,营业收入占全球总额的 38%;在亚澳地区拥有生产基地 71 个，员工人数占全球总数的 17%,营业收入占全球总额的 19%。

目前,人类社会的发展面临着巨大的挑战。包括:人口变化、城市化、气候变化和全球化。不断增长的城市人口和城市化要求建立高效且环保的基础设施;人口老龄化也呼唤建立经济高效的长效医疗体系和适合各个年龄阶段的基础医疗;全球气候变暖要求企业降低二氧化碳的排放并提高能源效率;全球化则促使企业不断提高生产和能源效率以保持其竞争力。西门子为应对全球几大发展趋势，于 2011 年 10 月 1 日，对其业务结构进行了调整。在原来工业、能源、医疗三大业务板块基础上,新增加了基础设施与城市业务板块,专注于满足城市化带来的对交通、能源供应、楼宇和照明等多方面日益增长的需求。

三、在华投资发展

1984 年，西门子为中国建设了第一条高压直流输电线,将电力从葛洲坝水电站输送到上海;

1985 年,与中国签署备忘录,成为第一家与中国开展全方位合作的跨国公司;

1989 年，成立西门子在中国的第一家合资厂——北京西门子技术开发有限公司;

1994 年,成立西门子(中国)有限公司;

1998 年,在北京成立西门子中国研究院;

2004 年，西门子参与建设世界首条投入商业运行的上海磁悬浮高速列车项目;

2008 年，为北京奥运会提供了一系列先进的技术和解决方案（如三号航站楼的行李运送系统;京津城际动车的信号、通讯设备和供电系统),西门子(北京)中心正式投入使用,总面积近 60000 平米;

2011 年，与中国签署延续全面合作的谅解备忘录，西门子（上海）中心投入使用，总面积达 64000 平米。

截至 2011 财政年度，西门子合计在华投资超过 20 亿欧元,通过合资兴建、并购、增资等形式设立 65 家运营公司(独资和合资企业),开设 65 个地方办事处;拥有 29000 名员工,其中 99%的雇员为中国本土员工，成为国内最大的外商投资企业之一。

四、对华投资发展的影响因素

中国经过 30 多年的蓬勃发展，成为世界第二大经济体,站在了新兴金砖国家的前列,为发展中国家树立了可持续发展的榜样。就西门子而言，63.9 亿欧元的总收入使中国成为西门子在全球的第二大海外市场。中国国土面积是德国的 27 倍,西

门子在德国拥有16万名员工；而中国到目前为止只有3万名员工。考虑到中国的经济发展空间,这无疑意味着西门子在中国市场上有着巨大的发展前景。西门子已把中国作为第二故乡。为支持中国实现可持续发展,建设创新型国家和和谐社会的目标,西门子将不遗余力地以其独特的解决之道为中国贡献自己的力量。

五、未来5–10年在中国的投资发展规划

中国是发展中国家的领跑者。调整经济增长方式,实现可持续发展,建设创新型国家的战略无疑会为国内外投资者展现出宽广的舞台和众多的机遇。

西门子公司在未来5到10年里的投资主要会集中在如下领域里:(1) 根据中国和世界两个市场的需求,继续有序地扩大现有的产能和规模;(2)加大对战略新兴产业(包括新能源、节能减排、高端装备制造业等领域)的投资力度;(3)加大并强化以服务中国市场需求的研发和投入;(4) 加大对中西部地区的投资力度,其中包括建立生产基地和研发设施;(5)加快打造不同业务领域的中国能力中心,以服务于中国和世界市场。

第五节　飞利浦公司在华投资与发展

一、公司基本情况

荷兰皇家飞利浦电子公司是一家多元化公司,在心脏监护、紧急护理和家庭医疗保健、节能照明解决方案和新型照明应用、男性剃须和仪容产品、便携式娱乐产品以及口腔护理产品等领域均居于世界领先地位。飞利浦公司总部位于荷兰,在全球拥有大约122000名员工,销售和服务遍布世界一百多个国家。

二、实施“本土市场”战略

飞利浦1985年在中国设立第一家合资企业,目前,在中国的业务遍及六百多个城市,拥有26家合资及独资企业,共有18500多名员工,总部位于上海。公司重视本土研发,在中国有12个研发中心,雇用了2100多名专业研发人员,每年研发投入超过1亿欧元。飞利浦亚洲研究院成立于2000年,位于上海,是飞利浦全球第二大研究院。2011年,中国的总体业绩增长近20%。目前,中国是飞利浦在全球的第二大市场。

飞利浦于2010年9月宣布将中国打造成为继荷兰和美国之后的全球另一个“本土市场”,中国在飞利浦全球版图上的战略地位进一步提升。飞利浦将中国建设成“本土市场”有两个重要特征:一是除传统的制造、销售外,需在中国建立从市场研究、产品定位、研发、设计、采购、生产到营销的完整产业链,使中国成为产生价值的核心运营部分,既满足本地客户的需求,又能辐射全球其他市场;二是在中国建立与本地业务具相关性的业务总部,并派驻主要管理成员,直接在中国做出相关的重要决策。

2011年6月,飞利浦与成都高新区管委会签

署战略合作备忘录，在成都设立面向中西部的第二个中国地区总部，其职能和业务包括在西部的地区总部、西部销售总部、网上销售技术支持中心、医疗保健事业部中国培训中心以及照明事业部研发测试中心等。未来，飞利浦将借助成都独特的地理条件、资源优势和良好的投资环境，加强公司在内地城市的人才部署和市场渠道建设，以更好地服务于中西部地区。

飞利浦长期投入中国医疗保健市场，通过本土收购不断夯实业务基础，建立了强大的本地设计和生产能力。2007 年，飞利浦收购全球治疗阻塞性睡眠呼吸中断的领导者伟康公司，成为睡眠管理、呼吸关护和非创伤辅助呼吸的全球领导者，增强了家庭医疗保健实力。2008 年，收购中国第二大病人监护解决方案制造商金科威公司，进一步提升了在中国市场的地位，扩大了在其他成长型市场的业务覆盖率。2009 年，投入 5400 万美元在苏州建立医疗影像基地，集研发和制造于一体，开发符合中国市场需求的、为本地医院量身定制的影像系统，建立飞利浦在早期诊断和疾病预防领域的领导地位。2010 年 7 月，收购超声传感器制造商上海爱培克公司，扩大和巩固了飞利浦专门面向成长型市场经济型细分市场的高品质传感器系列产品。

作为本土市场战略实施的切实步骤，飞利浦医疗保健事业部在 2011 年第一季度正式成立了基础医疗业务部，并将该业务部的总部设在深圳金科威，进一步专注于向基础市场的渗透。通过投资适合的新产品开发、新的服务模式、临床培训项目，进一步开发和完善销售渠道等领域，为基础医疗机构服务，并迅速拓展这一快速成长的市场，即全新的飞利浦“基础医疗解决方案”。

飞利浦优质生活事业部活跃于个人护理、健康护理、家居及厨房电器、影音和配件、咖啡机五大领域，提供全方位的解决方案，满足中国消费者在“健康舒适、优质生活”方面的需求。无论是在产品市场份额还是品牌价值方面，飞利浦优质生活事业部均位居中国市场领先地位。坚持“以客户为中心”，飞利浦优质生活事业部在中国有条不紊地践行“本土化战略”。这意味着，中国在飞利浦全球资源分配、组织架构、产品设计和决策速度上处于最优先的地位之一，从而保障更快、更好地服务消费者。2011 年初，飞利浦优质生活事业部把家居护理业务的全球总部和管理团队迁至中国上海，同时健康护理和个人护理业务也在上海设立专门的中国团队。与之相对应，飞利浦优质生活事业部大力投入在中国本地的业务拓展能力，致力于建设从消费者调研、产品研发与设计、市场营销、生产管理到渠道销售的“端到端”全程业务模式。这些举措主要目的就是为了进一步提升中国本土事业的开创能力，真正从市场研究、产品研发以及市场活动等方面满足中国消费者需求。

2011 年 10 月，飞利浦对奔腾电器的收购正式完成。此次收购不仅丰富了飞利浦优质生活事业部在中国厨电领域的产品组合，也进一步提高了市场的反应速度。

目前，飞利浦照明在中国的业务涵盖整个照明产业链：从光源到灯具，从照明控制到整合的照明解决方案，成为目前唯一拥有整合产业链的照明企业。在 LED 领域，飞利浦一直引领着中国照明行业的快速发展。预计到 2015 年，LED 将占到整个飞利浦照明业务的百分之五十。无论是在市场份额还是品牌价值方面，飞利浦照明均位列中国照明市场领先地位。作为实施“本土市场”战略切实举措，飞利浦于 2011 年在成都投资兴建 LED 专业照明项目。

三、飞利浦中国大事记

1985 年，飞利浦在中国的第一家合资企业——北京飞利浦有限公司正式成立；

1996年，飞利浦中国公司总部从香港迁至上海；

1999年，飞利浦(中国)投资有限公司在上海成立；

2000年，飞利浦亚洲研究院在上海成立；

2008年，收购金科威公司——飞利浦首次在中国本土收购；

2009年，飞利浦宣布在苏州工业园区建立飞利浦医疗影像中国基地；

2010年，发布战略计划，把中国打造为飞利浦全球的另一个“本土市场”，收购本土超声传感器公司“爱培克”和娱乐照明公司“嘉力时”；

2011年，优质生活事业部家居护理业务全球总部迁至上海；收购奔腾电器；在成都成立中国第二地区总部，并在成都投资兴建LED专业照明项目。

第六节 欧姆龙公司在华投资与发展

一、关于欧姆龙

欧姆龙集团是全球知名的自动化控制及电子设备解决方案提供商，掌握着世界领先的传感与控制核心技术。自1933年创业以来，通过不断创造新的社会需求，公司业务遍及35个国家和地区，拥有36299名员工，全球销售额达6195亿日元。产品多达几十万种，涉及工业自动化控制系统、电子元器件、汽车电子、社会系统以及健康医疗设备等广泛领域。

二、欧姆龙的全球化战略

欧姆龙2011年正式启动VG2020“超全球化”十年发展战略，致力为世界范围内的所有顾客、股东、员工以及社会等利益相关者创造价值。欧姆龙“超全球化”十年发展战略的具体目标是，到2020年，集团销售额达到并超过1兆日元，营业利润达1500亿日元以上，营业利润率达15%。

“超全球化”十年战略划分为“GLOBE”和“EARTH”两个阶段。2011到2013年为GLOBE阶段，主要任务是发展新兴市场。2014到2020年为EARTH阶段，本阶段将进一步扩大GLOBE阶段的成果，建立起创造崭新价值的事业核心。根据社会需求的变化，推进环境与社会系统、生活相关等新事业领域的共同发展。在已开展的节能、创新能源业务的基础上，同步开展智能电网、电动汽车、新一代环境事业以及网络健康管理等全球性的新业务。中国是欧姆龙最重要的海外市场，将成为欧姆龙实现“超全球化”十年发展战略目标的重要战场。欧姆龙将持续以工业自动化为重点，发展在华业务。

“超全球化”十年战略还包括全球的人才战略，欧姆龙不仅要扩大对职业性、实操性教育的投资，以培养能够承担重要工作岗位的人才；还要建立国际化的人事制度，积极推进本地化经营。作为“超全球化”十年发展战略的人才规划重要组成部分，欧姆龙于2011年10月在上海建立其在中国的首家企业大学——欧姆龙大学，为中国乃至世界制造业培养更适应全球工业自动化发展的技术及管理人才。

三、欧姆龙在中国的投资

1991年，欧姆龙在大连设立了第一家生产健康医疗设备的工厂——欧姆龙（大连）有限公司。1994年，欧姆龙成为第一家被国家有关部门批准成立投资性公司的日本电子制造企业，并于同年在上海浦东开发区内建造了3家控制设备生产厂。这意味着欧姆龙在华业务的全面展开，同时也是欧姆龙实现本地化生产、销售的良好开端。进入21世纪，欧姆龙除了把中国定位为最重要的海外市场外，也展开对中国更大规模的投资。2004年至2006年间，欧姆龙在华追加总投资300亿日元。2006年，欧姆龙工业自动化全球基地——欧姆龙（上海）有限公司落成。2007年6月，欧姆龙在华首家研究开发中心，暨欧姆龙传感与控制研究开发（上海）有限公司落成开业。

欧姆龙在中国设有五个事业部：工业自动化、电子元器件、健康医疗、汽车电子和社会系统。这五个事业部在中国下设的分公司共31家，覆盖中国经济最发达地区，包括北京、上海、广州、深圳、大连、浙江、苏州、湖南、东莞、香港、台湾在内的11个地区/城市。目前，欧姆龙在中国已形成集研发、设计、生产、物流和集中采购于一体的全方位管理体制。2010年，欧姆龙的中华圈销售额达985亿日元；截至2011年4月，欧姆龙在华员工已达17020人，为中国创造了众多就业机会。

四、欧姆龙的中国战略视角

中国是欧姆龙最重要的海外市场，也是欧姆龙“超全球化”十年发展战略中的关键海外市场。欧姆龙将在未来十年关注和集中力量继续开拓中国市场，以工业自动化业务为重点，力争在推动中国工业自动化发展、助力中国制造业转型升级的同时，为集团实现“超全球化”十年发展战略的既定目标贡献更多力量。

欧姆龙在中国生产的产品不仅仅供应本地市场，中国同时也是欧姆龙重要的全球生产基地。“中国制造”的欧姆龙产品销往世界各地，被应用于欧姆龙在全球的各种工业自动化解决方案中。欧姆龙在积极推进“中国制造”的同时，也致力于开发“中国创造”。欧姆龙在中国开设研发企业OHP和上海研发中心，并于2007年投资970亿美元在上海紫竹科学院建立规模仅次于其京阪奈研发中心的研究开发协创中心，并积极与包括上海交大、清华大学、西安交大、浙江大学等重点院校在内的高校进行合作，共同研究、开发产品。

欧姆龙认为，在中国投资，最主要的影响因素在于生产成本的不断提高。东部地区聚集着优秀的生产型人才，但是随着人力成本的不断提高，公司近年经营压力也在不断增加。然而，目前中国地区吸引力仍然大于成本增加的不利因素，因此，欧姆龙仍会持续对中国东部地区的投资，并致力开拓西部市场。

五、在华长期发展规划

借助于中国“十二五”规划对中国制造业转型升级的大力扶持，欧姆龙决定在今后的5-10年里，在中国实践其“超全球化”十年发展战略，以工业自动化业务为重点，进一步加强在中国的发展，并致力为中国制造业的转型升级作贡献。

欧姆龙把中国视为其最重要的海外市场。目前在中国已有非常可观的投资，并建立众多生产基地，以此为基础，未来欧姆龙将会考虑加大力度，将在中国的发展模式更加集中在研发方面。同时，也会积极开发市场，发展欧姆龙此前尚未在中国深度涉足的市场，如基础设施建设。欧姆龙将会依靠其传感与控制核心技术，为中国提供铁路及道路智能交通的信号设施，为中国交通建设作贡献。

第七节　戴姆勒东北亚投资公司在华投资与发展

一、戴姆勒东北亚投资有限公司

戴姆勒东北亚投资有限公司设立于北京,是中国唯一涵盖所有汽车业务领域的汽车集团。目前在中国共有包括梅赛德斯–奔驰(中国)汽车销售有限公司、梅赛德斯–奔驰汽车金融有限公司、戴姆勒东北亚零部件贸易服务有限公司、梅赛德斯–奔驰融资租赁有限公司及戴姆勒卡车中国等多家实业公司及业务单元,以及包括北京奔驰汽车有限公司、福建奔驰汽车工业有限公司、北京福田戴姆勒汽车有限公司和深圳比亚迪戴姆勒新技术有限公司在内的四家中外合资公司。戴姆勒东北亚投资有限公司主要负责梅赛德斯–奔驰轿车、梅赛德斯–奔驰轻型商用车、戴姆勒卡车、梅赛德斯–奔驰汽车金融、戴姆勒东北亚零部件贸易服务以及梅赛德斯–奔驰融资租赁在中国和韩国的业务。

二、戴姆勒集团全球化投资、运营布局和发展

戴姆勒股份公司(Daimler AG)总部位于德国斯图加特,在德国开发、生产和销售轿车、卡车和轻型商用车,管理戴姆勒各业务单元。戴姆勒集团包括戴姆勒股份公司在世界直接控股或间接控股的所有子公司,通过这些子公司开展各种业务,如客车、金融服务业务等。截至 2011 年 12 月,戴姆勒在全球 18 个国家拥有生产基地,在世界各地拥有约 8000 个销售中心,员工人数达到 271370 人。2011 年,戴姆勒获得 1065 亿欧元收入。

三、戴姆勒在华投资历程

戴姆勒东北亚投资有限公司自 2001 年成立以来,在华投资活动不断拓展。2011 年至 2012 上半年,戴姆勒东北亚投资有限公司在华业务持续增长,对华投资始终充满信心,视中国为十分重要的市场。主要业务活动包括:

2011 年 2 月,深圳比亚迪戴姆勒新技术有限公司获得深圳市市场监管局颁发的营业执照;

2011 年 5 月,福建奔驰举行研发中心开工奠基仪式。该项目总投资 5 亿元人民币,整体工程预计两年内完成;

2011 年 6 月,戴姆勒股份公司与北汽集团在德国签署战略合作框架协议,双方将共同投资 20 亿欧元在中国扩大生产规模,具体包括:进一步扩大在华乘用车的本地化生产、设立全新的发动机厂及成立新的研发中心;

2011 年 7 月,梅赛德斯–奔驰全球第五个高级设计中心在北京成立,印证了戴姆勒对中国市场的承诺,显示了中国市场的重要性;

2011 年 7 月,北京奔驰新发动机厂在亦庄开发区奠基,将其首个海外发动机厂建在北京,体现了向中国全面转移的战略方向;

2011 年 12 月,北京福田戴姆勒汽车有限公司取得营业执照;2012 年 7 月正式投入运营;

2012年6月，梅赛德斯–奔驰继北京、广州、上海、扬州之后，在成都设立了第五个零配件仓库，并计划在未来五年内，在中国建立戴姆勒亚洲最大的零配件集散中心，满足在华客户的需求。

表6.7.1　2001–2012年戴姆勒在华投资历程

项目	时间	地点	规模	方式
戴姆勒东北亚投资有限公司	2001年1月	北京	员工人数：692人 注册资本：约19.2亿人民币	外资
北京奔驰汽车有限公司	2005年8月	北京	员工人数：8998人 注册资本：58.6亿美元 投资总额：13.67亿美元	合资
梅赛德斯–奔驰（中国）汽车销售有限公司	2005年9月	北京	员工人数：930人 注册资本：1.176亿美元	外资
梅赛德斯–奔驰汽车金融有限公司	2005年11月	北京	员工人数：359人 注册资本：18.78亿人民币	外资
福建奔驰汽车工业有限公司（原名：福建戴姆勒汽车工业有限公司）	2007年6月	福州	员工人数：1733人 注册资本：2.04亿欧元 投资总额：2.56亿欧元	合资
戴姆勒东北亚零部件贸易服务有限公司	2008年4月	北京	员工人数：216人 注册资本：2200万美元	外资
深圳比亚迪戴姆勒新技术有限公司	2011年2月	深圳	员工人数：N/A 注册资本：15亿元人民币 投资总额：30亿元人民币	合资
北京福田戴姆勒汽车有限公司	2011年12月	北京	员工人数：N/A 注册资本：56亿元人民币 总投资65.3亿元人民币	合资
梅赛德斯–奔驰融资租赁有限公司	2012年1月	北京	员工人数：N/A 注册资本：3亿元人民币	外资
戴姆勒卡车中国	—	—	—	—
戴姆勒卡客车（中国）有限公司	—	北京	注册资本：5000万元人民币	外资
戴姆勒文化发展有限公司	—	北京	注册资本：6000万元人民币	合资

资料来源：戴姆勒公司官网。

四、未来在华投资战略和计划

(一)投资战略

中国持续的经济增长为戴姆勒未来在中国的可持续发展带来信心,在 2015 年之前,戴姆勒在汽车金融、轻型商务车、乘用车、卡车及新业务等领域将投资 30 亿欧元,实现在华可持续、赢利性的增长。

1. 汽车金融——成为在华产品、经销和客户满意度方面的标杆;

2. 轻型商务车——成为在华高档轻型车的领先厂商,到 2015 年在华销量突破 3 万台;

3. 乘用车——成为在华豪华车领先厂商,到 2015 年,进口和国产车在中国销量达到约 30 万台;

4. 卡车——加强戴姆勒卡车在中国的地位,与福田建立合资企业;

5. 新业务——深圳比亚迪戴姆勒新技术有限公司是中国第一家中外合资电动车研发企业,也是第一家中外双方共创电动品牌的企业,将成为第一家批量生产、投放自有品牌电动车的合资公司。

(二)具体计划

1. 从 2010 年起至2012 年底,在华雇员人数增加 50%;继续扩大北京奔驰产能;

2. 为国产轿车和轻型商用车建设发动机厂;

3. 奔驰金融公司将进一步增加零售城市数量以配合在华销售;

4. 支持在华销售增长战略,每年将增加超过 50 个经销商;

5. 在北京奔驰和福建奔驰设立研发中心并设立一个戴姆勒东北亚研发中心;

6. 未来三年,戴姆勒东北亚零部件贸易服务在华的零部件仓储面积将增加一倍;

7. 2013 年,戴姆勒合资企业深圳比亚迪戴姆勒新技术有限公司将在华生产、投放其自有品牌“腾势”新型电动车。

第八节　罗地亚公司在华投资与发展

一、公司基本情况

罗地亚作为苏威集团成员,是一家提供广泛的产品和解决方案,致力于提高生活质量的国际工业公司。罗地亚拥有 14250 名员工,2011 年销售额达到 61.7 亿欧元,是世界领先的特种化学品的开发和生产企业。罗地亚公司通过 11 个全球业务部门(GBUs)提供增值产品,以高效解决方案应对瞬息万变的市场,其业务领域包括汽车、电子、香精香料、健康、个人和家庭护理。

二、国际化战略

罗地亚的企业战略包括可持续发展——力求增长:销售额中有 32%来自能够满足可持续发展需求的产品,迅速有效地回应客户的需求,以提出可持续性更佳的解决方案;有针对性的收购——巩固在成长型市场中的领导地位;创新——将研发新资源作为满足客户需求的首要因素:罗地亚针对客户需求提供具有可持续性发展的解决方案,并在全球所有主要地区建立研发中心。该战略的基础是均衡的地域分布,罗地亚集团已在欧洲和北美立足,并早已进入亚洲和拉丁美洲。如今,近50%的销售额来自于新兴市场。

三、在华投资发展历程

罗地亚在中国的业务发展可追溯到20世纪60年代,前身为罗纳普朗克公司,多年来,业务发展迅猛。现在,罗地亚由上海总部协调在亚太区的整体业务(包括市场营销和销售、研发、制造和投资)。罗地亚中国投资有限公司总部设在上海,下属公司分别位于上海、江苏、浙江、山东、北京和内蒙古,专业生产高性能材料(聚酰胺),功能化学品(家庭、个人护理、工业原料和稀土、白炭黑及双酚)和服务(能源服务)。此外,罗地亚还在华设立了实力雄厚的技术研发中心。

表 6.8.1　罗地亚在华投资发展历程

时间	在华历程	时间	在华历程
20世纪70年代	罗地亚在中国开始发展业务(前身为罗纳–普朗克公司),基本业务:与中石化集团合作,向其销售产品。获得技术许可证:己二酸(1973年)	2001	建立罗地亚恒昌(磷酸衍生物) 建立罗地亚无锡制药
		2002	创建贸易公司:罗地亚(上海)国际贸易有限公司。入驻外高桥保税区(上海/北京/广州有联络办公室)
1980	在北京建立第一家代表处办公室	2003	收购罗平磷化工公司的部分股份
1991	在中国台湾(毛利)建立工程塑料工厂		
1993	建立第一家合资公司:青岛白炭黑	2004	罗地亚(中国)投资有限公司被正式作为大中华区总部;改建上海实验室为研发中心
1994	建立罗纳–普朗克无锡精细化工(表面活性剂) 建立包头罗地亚稀土有限公司	2006	建立罗地亚无锡香料公司;在上海建立罗地亚工程塑料部(聚酰胺);在镇江建立工业基地,建立罗地亚镇江精细化工公司(双酚);在溧阳建立新稀土分离实验室
1995	在北京建立控股公司:罗纳–普朗克(中国)有限公司	2008	在上海建立新集团研发中心
1997	建立北京东方精细化工和罗地亚上海有机硅公司;建立罗地亚公司(罗纳–普朗克原化工业务部分);入驻上海科技园区(莘庄工业园区),增添5个代表办公室	2010	建立青岛工厂(产量为70千吨高分散性白炭黑);收购领先胺生产商飞翔化工(张家港);罗地亚无锡香料精细化工搬迁
2000	罗地亚(中国)投资有限公司从北京搬迁至上海, 在无锡建立玉石精细化工公司	2011	STP的工程塑料工厂突破瓶颈,增加产量10千吨;创立表面活性剂新工厂(镇江);罗地亚璞华工厂开建(消费及工业专用化学品);收购Hi Pro(瓜尔胶衍生物);创建用于环保节能灯的绿色磷光粉生产线(溧阳);建立国际联合实验室(上海);罗地亚集团与苏威集团合并

资料来源:罗地亚公司官网。

四、未来在中国的发展规划

1. 中国将是集团重要的开拓市场,公司在此区域有加大业务发展的决心和信心。

2. 随着新集团的整合和内部资源的整合,中国地区的投资将会有新的增长以满足企业及市场发展的需要。

3. 作为全球十大化工集团之一,未来五至十年是公司进一步发展的关键时期,将会把中国作为集团在亚洲的战略中心,进一步平衡中西部战略布局,开拓新市场和新业务。

第九节　圣戈班公司在华投资与发展

一、圣戈班概况

圣戈班创建于1665年,是设计、生产及销售实用材料的世界领先集团。集团由五大业务部组成:平板玻璃、玻璃包装、建筑产品、建材分销和高功能材料。圣戈班已在巴黎、伦敦、法兰克福、苏黎世、布鲁塞尔、阿姆斯特丹等交易所上市。2012年财富世界500强中,圣戈班以营业收入585.603亿美元位列161位。

二、圣戈班全球化运营

(一)圣戈班全球网络

圣戈班集团总部位于法国,是一个日益国际化的公司。2012年,其业务遍布64个国家,有近195000名员工。

1. 圣戈班全球投资布局

圣戈班集团在全球的总代表处共有12个,分别是巴黎总部,中欧和北欧代表处,东欧总代表处,英国、爱尔兰和南非总代表处,俄罗斯、乌克兰和独立国家联合体总代表处,西班牙、葡萄牙和摩洛哥总代表处,意大利、埃及、希腊和土耳其总代表处,印度、孟加拉和斯里兰卡总代表处,亚太总代表处,北美总代表处,墨西哥、哥伦比亚、厄瓜多尔、秘鲁、委内瑞拉和中美洲国家总代表处,巴西、阿根廷和智利总代表处。

2. 圣戈班全球市场分布

圣戈班集团市场分布广,就销售额而言,2011年法国市场销售额仅为27%,海外市场占比73%(图6.9.1);具体业务上,2011年创新材料(包括平板玻璃和高功能材料)销售净额占总销售净额的22%,建筑产品占25%,建材分销占44%,玻璃包装占9%(表6.9.1)。

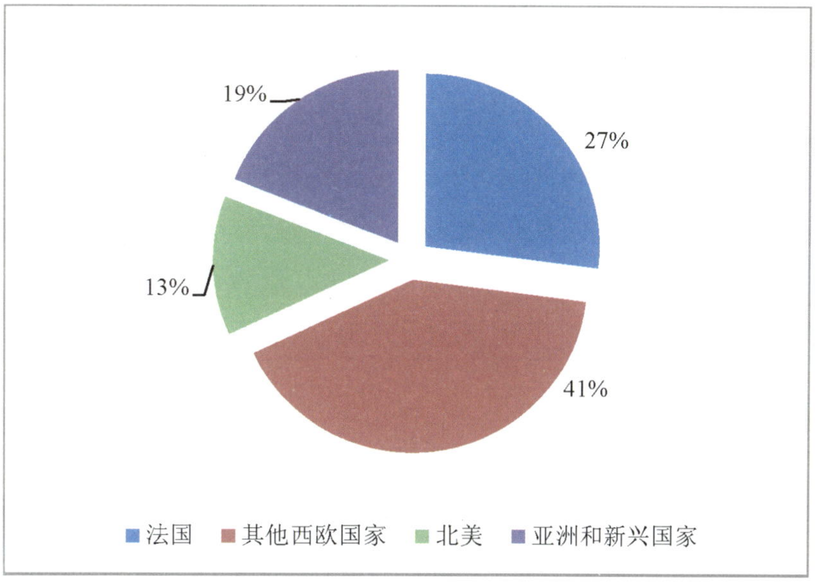

图 6.9.1 2011 年圣戈班全球各区域销售额占总销售额比例(单位:%)

数据来源:2011 年圣戈班集团年报。

表 6.9.1 2011 年圣戈班集团五大业务表

单位:亿欧元,人

业务名称	销售额	员工数	分布国家数	发展业绩
平板玻璃	55	超过 34000	41	欧洲第一,世界第二
高功能材料	42	近 27000	42	磨料磨具、陶瓷材料、高功能塑料、纺织品解决方案等领域均世界领先
建筑产品	114	48000	55	球墨铸铁管、石膏板和石膏粉以及瓷砖粘结剂全球第一,隔音保温产品及外墙粉刷产品欧洲第一
建材分销	185	67000	26	瓷砖分销世界第一,建材分销网点欧洲第一,供暖、卫浴及管道欧洲第一
玻璃包装	36	15000	14	葡萄酒、列酒瓶及食品罐世界领先,食品行业玻璃包装世界第二

数据来源:2011 年圣戈班集团年报。

(二)圣戈班未来国际化战略

1. 发达市场

能源需求日益上升,促使发达经济体市场进一步向前发展。在西欧,新规程即将实施。这些规程将扩大新建筑中大窗口的使用,并鼓励安装绝缘装置。集团旨在提升其在高附加值建筑领域的地位,将该领域占净销售额的比例从 2011 年的 52%提高到 2015 年的 60%。此外,集团还将通过并购战略和增加资本支出促进产业发展。

2. 亚洲及新兴市场

在高速发展国家,由于经济迅猛发展及对基础设施需求的增加,建筑市场发展潜力巨大。圣戈班集团旨在利用这一强劲需求,加速其在亚洲和新兴市场的发展。集团目标是将新兴市场净销售额占总销售额的比重由 2011 年的 19%上升为 2015 年的 26%,新兴市场占创新材料和建筑产品销售额的比例由 2011 年的 33%上升为 2015 年的 39%。除此之外,2011-2015 年间,80%的新增投资将涵盖新兴市场的太阳能计划和高附加值建筑领域。

三、圣戈班在华投资历程

1985年,圣戈班集团开始进入中国市场。1990年,集团设立第一家合资企业。1996年,圣戈班中国投资有限公司成立。2005年,圣戈班上海研发中心成立。目前,集团已在华设立了54家企业及公司,包括48家企业、两家贸易公司、一家咨询公司、一家投资公司、一家研发中心和一家管理公司,雇佣员工数达10933人(表6.9.2、表6.9.3)。

表6.9.2 圣戈班集团部分制造企业统计表

设立年度	设立地点	企业名称	投资规模	投资领域	设立方式	在华业绩
1990	北京	北京西普耐火材料有限公司	—	电容耐火材料产品	合资新建	电熔耐火材料行业的第一批中外合资公司,在国内同行中居领先地位
1993	昆山	昆山永新玻璃制品有限公司	1640万美元	玻璃制品	独资新建	国内耐热玻璃行业的知名企业,国内最主要的微波炉厂商的配套厂
1995	上海	圣戈班高功能塑料有限公司	3000万欧元	高技术工程塑料	独资新建	为汽车、建筑、机电、纺织、制冷等行业提供各种适用于不同应用要求的产品
1999	上海	圣戈班石膏建材(上海)有限公司	4314.5万美元	石膏建材	独资新建	提供美观、保温、隔音、舒适、安全、环保、创新的室内建筑系统解决方案
2002	上海	圣戈班韩格拉斯世固锐特玻璃有限公司	1.83亿美元	汽车安全玻璃	合资新建	圣戈班安全玻璃全球最大工厂
2003	青岛	青岛圣戈班韩洛玻玻璃有限公司	7496万美元	浮法玻璃、平板玻璃	合资新建	采用中国洛阳浮法玻璃工艺,整体装备处于国内先进水平,产品质量可达到国际水平
2004	北京	麦克斯特建筑材料(北京)有限公司	1.5亿元人民币	建筑材料	合资新建	产品代表了世界建筑材料的最新成果和最高水平
2004	广汉	圣戈班(广汉)陶粒有限公司	1500万美元	陶粒生产	独资新建	中国年产量最大的陶粒生产厂家之一
2005	邯郸	圣戈班西普磨介(邯郸)有限公司	9000万元人民币	锆制品及其衍生物	并购	最早进入中国市场的高质量研磨介质国际供应商,在业内具有极高声誉
2006	苏州	圣戈班磨料磨具(苏州)有限公司	1700万欧元	涂附磨具	独资新建	拥有最新技术的生产设备,可生产几乎所有涂附磨具类产品

数据来源:圣戈班集团网站。

表 6.9.3　圣戈班集团非制造企业统计表

企业名称	成立时间	性质
圣戈班高功能塑料国际贸易(上海)有限公司	1995 年	贸易公司
圣戈班(中国)投资有限公司	1996 年	投资公司
圣戈班磨料磨具国际贸易(香港)有限公司	1998 年 9 月	贸易公司
嘉汇恒合(上海)管理公司	2005 年 7 月	管理公司
圣戈班研发(上海)有限公司	2005 年	研发中心

数据来源:圣戈班集团网站。

四、未来在华投资规划

在圣戈班集团的国际化拓展中,亚太地区享有优先权,而中国在亚太地区地位显著。集团正逐渐在华成立一个制造业基地,并且巨大的中国市场也在逐步形成,集团产品和品牌形象日益鲜明。集团在华发展的重要一步是与当地现有合作伙伴建立合资企业,发现并发挥在技术和市场方面的协作优势,让各方在更广阔的舞台上分享成功。除此之外,圣戈班还将积极新建企业,合资与新建双管齐下,使得业务不断发展壮大。

第十节　沃尔玛公司在华投资与发展

一、公司基本情况

沃尔玛公司于 1962 年在阿肯色州成立。经过近 50 年的发展,沃尔玛公司已经成为世界最大的私人雇主和连锁零售商,多次荣登《财富》杂志世界 500 强榜首。

日前,沃尔玛在全球 27 个国家开设了超过 10270 家商场,下设 69 个品牌,全球员工总数 220 多万人,每周光临沃尔玛的顾客 2 亿人次。2012 财政年度(2011 年 2 月 1 日至 2012 年 1 月 31 日)销售额达 4439 亿美元,比 2010 财年增长 5.9%。2012 财年,沃尔玛公司和沃尔玛基金会慈善捐赠资金累计 3.418 亿美元、物资累计 6.163 亿美元。

与在世界其他地方一样,沃尔玛在中国始终坚持“尊重个人、服务顾客、追求卓越”的核心价值观,专注于开好每一家店,服务好每一位顾客,履行公司的核心使命——“帮助顾客省钱,让他们生活得更美好”,以不断地为顾客、会员和员工创造美好生活。

二、公司全球化投资、运营布局和发展

沃尔玛公司多年来坚持全球化发展策略。自 1991 年在墨西哥开设第一家山姆会员店,目前沃尔玛已在美国本土以外开设 5600 多家商场,拥有 78000 名员工。沃尔玛海外发展情况如下:

表 6.10.1 沃尔玛海外发展情况

时间	进入的国家	时间	进入的国家
1991	墨西哥	1994	加拿大
1995	巴西、阿根廷	1996	中国
1999	英国	2002	日本
2005	哥斯达黎加、萨尔瓦多、危地马拉、洪都拉斯、尼加拉瓜	2009	智利、印度
		2011	非洲

资料来源:沃尔玛公司官网。

三、在华投资历程

沃尔玛于 1996 年进入中国,在深圳开设了第一家沃尔玛购物广场和山姆会员商店。目前沃尔玛在中国经营多种业态和品牌,包括购物广场、山姆会员商店、社区店等,截至 2012 年 6 月 30 日,已在全国 21 个省、4 个直辖市的 143 个城市开设了 377 家商场,在中国创造了超过 10 万个就业机会。

沃尔玛在中国的经营始终坚持本地采购。目前,沃尔玛中国与近 2 万家供应商建立了合作关系,销售的产品中本地产品超过 95%;同时,沃尔玛中国注重人才本土化,鼓励人才多元化,特别是培养和发展女性员工及管理层。目前沃尔玛中国超过 99.9%的员工来自中国本土,商场总经理 100%由中国本土人才担任,女性员工占比超过 60%,管理团队约 40%为女性。2009 年公司成立了"沃尔玛中国女性领导力发展委员会",以加速推动女性的职业发展。

沃尔玛中国致力于成为地道的中国企业公民,其企业社会责任计划重点体现在环境可持续发展、回馈社区、关爱儿童、支持教育及救助灾区五个方面。自进入中国以来,沃尔玛在全国范围内累计向各种慈善公益事业捐献超过 6500 万元人民币的资金和物品,沃尔玛全国员工在社会公益事业方面投入累计 20 多万个小时。2012 年沃尔玛企业社会责任主要关注妇女经济自立、回馈社区、营养与健康、环境可持续发展、支持教育及救助灾区等六个方面。

1996 年,沃尔玛进入中国,在深圳开设了第一家沃尔玛购物广场和山姆会员商店,并在深圳建立了第一家配送中心;

2002 年,全球采购办公室设立于深圳;

2007 年 2 月 27 日,沃尔玛百货有限公司宣布购买好又多公司 35%股权;

2008 年 9 月,沃尔玛中国第一家节能环保新型店在北京开业;

2010 年,年底在深圳推出山姆会员网购服务,并于 2011 年 5 月将网购服务推广至北京;

2011 年 5 月 13 日,沃尔玛百货有限公司宣布已就投资发展迅速的中国电子商务企业 1 号店控股公司少部分股权达成协议;

2011 年 6 月 27 日,沃尔玛与上海市商务委员会签署了《关于推进沃尔玛在沪发展电子商务合作框架备忘录》,正式宣布在上海设立沃尔玛全球电子商务中国总部;

2012 年 2 月 19 日,沃尔玛百货有限公司宣布已达成协议,增加对中国电子商务网站 1 号店控股公司的投资,使沃尔玛持有股份增至近 51%。

四、未来 5-10 年在中国投资发展规划

作为在华领先的跨国零售企业,沃尔玛对中国

经济充满信心。公司将坚持在华长期投资战略。公司坚信,社会在发展,顾客需求也在不断变化,零售商必须努力通过便捷和安全的零售渠道满足顾客需求。

公司将继续致力于多种业务模式,为顾客提供多种购物解决方案和购物体验,如大卖场、会员制的山姆会员店、网上购物和电子商务,同时公司将继续寻找发展机会,以实现业务增长,服务更多中国顾客。

沃尔玛全球采购办公室在深圳和上海设有采购中心，将中国产品纳入沃尔玛全球供应体系,为中国的供应商提供市场、技术、可持续发展实践,帮助其提高效率,减少成本,保护环境。

沃尔玛能够伴随中国成长而成长，在食品安全、可持续发展、零供(零售商与供应商)关系等方面的核心原则与中国政府一致,未来将在上述方面持续努力。

第七章　中国国际经济合作与发展政策

加强国际经济合作是我国开放经济发展战略的必然要求，也是融入经济全球化与区域一体化的必然选择。目前,我国已建立160余个双边经贸合作机制，签订150余项双边投资协定，并与美国、欧洲、日本等国家或地区建立经济高层对话。在巩固双边合作机制的同时，我国也在积极促进自由贸易区建设,并不断加强与“10+1”、“10+3”内区域经济体的合作。自2010年以来,我国在多边经济合作与发展、双边与区域自由贸易区建设、国际投资保护协定、避免双重征税协定等方面进展迅速。这为我国营造良好的国内与国际双重环境进一步创造了有利条件,也对中国企业“走出去”与跨国公司来华投资产生了促进作用。

第一节　中国多边经济合作与发展

2010年至今，中国在多边经济合作与发展领域做出的努力主要体现在积极参与联合国气候变化谈判、世界贸易组织多边贸易体系谈判与国际货币基金组织增资谈判。作为发展中国家的领军者，中国的坚定态度与积极措施不仅有助于维护国际经济秩序以及促进国内经济运行方式与国际规则接轨,同时也展示了中国希望在国际事务中发挥重要作用的决心。

2011年11-12月，联合国气候大会在南非德班召开。大会决定建立德班增强行动平台特设工作组，正式启动2010年墨西哥坎昆气候变化大会确定创建的“绿色气候基金”并成立基金管理框架,以及从2013年开始实施《京都议定书》第二承诺期。尽管会议取得一定成果,但中国认为发达国家在自身减排问题以及向发展中国家提供资金与技术转让方面政治意愿不足,这已经成为国际社会合作应对气候变化行动的不利影响因素。同时,中国代表团也在气候大会上强调,中国政府将继续实施有效应对气候变化的政治措施,并致力于推动绿色低碳发展。

2011年11月,国务院新闻办公室在联合国德班大会召开前发表《中国应对气候变化的政策与行动(2011)》白皮书,深入阐述“减缓气候变化”、“参与国际谈判”、“加强国际合作”等议题。白皮书重申中国参与气候变化国际谈判的基本立场,包括“坚持《公约》和《议定书》基本框架,严格遵循巴厘路线图授权”、“坚持‘共同但有区别的责任’原则”、“坚持可持续发展原则”、“坚持统筹减缓、适应、资金、技术等问题”以及“坚持联合国主导气候变化谈判的原则”。

2011年12月,世界贸易组织(WTO)第八届部长级会议在瑞士日内瓦举行,主要议题包括“多边贸易体系和世贸组织的重要性”、“贸易和发展”、“多哈发展议程”以及俄罗斯加入 WTO 的问题。参会的中国代表团团长陈德铭强调中国将会对符合 WTO 原则的任何谈判新思路持开放态度并致力于推动各方谈判，也愿意在南南合作和 WTO 促贸援助框架下对最不发达国家提供力所能及的帮助，同时呼吁金砖国家共同努力促进多边贸易体系建设。WTO 多哈回合自 2001 年启动以来曾取得一定的阶段性成果，但 2008 年以来再无新进展，WTO 倡导的多边贸易体系因双边及区域自由贸易区不断增加而面临挑战。因此，中国呼吁并积极促进多边贸易体系建设具有全局意义。WTO 总干事拉米认为，中国参与 WTO 的成功经验有助于多边贸易体制谈判各方坚定信心。

2011 年也是中国加入 WTO 十周年。据国务院新闻办公室在 2011 年底发布的《中国对外贸易》白皮书，截至 2010 年，中国加入世界贸易组织的所有承诺已经全部履行完毕。十年间，中国在降低关税与削减非关税措施、全面开放外贸经营权、扩大服务市场开放以及营造公平市场竞争环境等方面取得重大进展。此外，2010 年 6 月与 2012 年 6 月，世界贸易组织(WTO)分别结束对中国的第三与第四次贸易政策审议，两次审议均肯定了中国在开放市场与抵制贸易保护主义方面的贡献。WTO 的贸易政策审议制度旨在增强政策透明度、加深政策理解以及促使各成员国遵守规则并信守承诺。根据 WTO 规则，贸易额名列全球前四位的成员国需接受每两年一次的政策审议。WTO 对中国贸易政策的前两次审议分别在 2006 年与 2008 年完成。

2012 年 1 月，国际货币基金组织(IMF)宣布启动新一轮目标为 6000 亿美元的增资。截止 2012 年 2 月举行的二十国集团(G20)财长和央行行长会议闭幕，参会各方并未就 IMF 增资问题达成共识。IMF 实行加权投票表决制，投票权由基本投票权与按照各国出资份额分得的加权投票权组成。IMF 的投票权主要由发达国家掌握，仅美国所占比例就达到 17.67%。尽管 IMF 在 2010 年 11 月通过的改革方案将中国投票权份额占比提升至 6.39%，仍然未能改变美国所拥有的“否决权”。因此，外界普遍认为这是中国扩大其对 IMF 出资以提升投票决策权的良好契机。目前，美国已公开表态不再参与出资，外界期盼的金砖国家出资计划尚不明晰。中国曾在 2012 年 6 月的 G20 峰会上宣布将出资 430 亿美元参与 IMF 增资，但该承诺仅属于预防性安排，具体出资额尚无定论。

第二节　双边与区域自由贸易区建设

迄今为止，中国已与东盟(2002)、智利(2005)、巴基斯坦(2005)、新西兰(2008)、新加坡(2008)、秘鲁(2009)与哥斯达黎加(2010)签订自由贸易区(以下简称自贸区)协定。加上内地与香港、澳门已签署并实施的更紧密经贸关系安排(CEPA)以及大陆与台湾已签署并实施的海峡两岸经济合作框架协议(ECFA)，中国总计已签署 10 个自贸区协定。统计数据显示自贸区建设成效显著。2010 年，我国与 10 个自贸伙伴的双边贸易额达到了 7826 亿美元，占同期我国进出口总额的 26.3%。此外，中国目前正与澳大利亚、海湾合作委员会(包括沙特阿拉伯、科威特、阿联酋、阿曼、卡塔尔与巴林)、瑞士、挪威、冰岛等国家或地区进行自贸区谈判。

2011 年至今，中国在自贸区谈判与建设方面成绩显著,体现在以下四个方面:

一、自贸区协定的新增与修改

2011 年 7 月，中国与新加坡在第八次双边合作联委会期间签署《关于修改<中华人民共和国和新加坡共和国政府自由贸易协定>的议定书》,对中国与新加坡原有自贸区协定中的原产地规则做出修订,同时将双方在中国-东盟自贸区的《服务贸易协议》纳入协议之中。

2011 年 8 月,《中国-哥斯达黎加自由贸易区协定》正式生效,这是中国与中美洲国家签署的第一个一揽子自贸协定。该协定谈判在 2009 年 1 月启动,并在 2010 年 4 月正式签署,进展迅速。根据该自贸区协定,在货物贸易领域,双方承诺将对各自 90%以上的产品分阶段实施零关税；在服务贸易领域，哥伦比亚将进一步开放 45 个部门或分部门,而中国将进一步开放 7 个部门或分部门;双方还就知识产权、卫生与植物卫生措施等议题达成共识。

二、与哥伦比亚启动自贸区可行性研究,中日韩自贸区研究结束

2012 年 5 月,中国与哥伦比亚签署《中华人民共和国商务部与哥伦比亚共和国贸易工业旅游部关于开展双边自由贸易协定联合可行性研究的谅解备忘录》，正式启动自贸区联合可行性研究。目前,中国是哥伦比亚全球第二大贸易伙伴,而哥伦比亚是中国在拉美的第八大贸易伙伴。

中日韩自贸区谈判各方在 2010 年 5 月启动自贸区官产学联合研究,后在 2010 年 9 月与 2011 年 6 月间共举行四次联合研究会议,分别就自贸区的经贸关系概况、货物贸易、服务贸易与投资问题等进行探讨与协商。2011 年 12 月,自贸区官产学联合研究最后一次会议对联合研究报告进行最终修订,并宣布三国自贸区官产学联合研究完成。联合研究报告认为,自贸区建设不仅有利于进一步发展三国贸易与投资,还有利于促进该制度框架下的三国合作与东亚区域经济一体化,但自贸区建设的推进必须依靠三国强烈的政治意愿。此外,在 2012 年 5 月举办的第九次中日韩经贸部长会议期间,三方也就自贸区建设等议题交换意见。

三、与瑞士、韩国启动自贸区谈判，与巴基斯坦进入第二阶段降税谈判

继 2010 年 8 月启动自贸区联合可行性研究后,2011 年 1 月,中国-瑞士在达沃斯论坛签署《关于启动中瑞自贸协定谈判的谅解备忘录》，正式启动自贸区谈判。这是两国在互为欧洲第九大贸易伙伴与亚洲最大贸易伙伴以及中瑞双边投资不断增长的背景下的积极举措。2011 年 4 月,中国-瑞士自贸区首轮谈判在伯尔尼举行,双方在确定谈判大纲的基础上就货物贸易、服务贸易、知识产权等问题进行磋商并交换意见。2011 年 7 月至 2012 年 5 月期间,双方共进行了四轮谈判,就降税模式、原产地规则、技术性贸易壁垒等内容交换意见并取得一系列共识。

2010 年 5 月结束的中韩自贸协定的官产学联合研究认为,自贸协定将促进两国经贸显著增长并有望成为东亚经济一体化的出发点,可将两国合作推向更深层次水平。2012 年 5 月，中韩两国发表《部长联合申明》,宣布启动自贸区谈判。两国部长一致认为两国自贸区建设中货物贸易与服务贸易的自由化水平应超越各自在世贸组织中承诺的水

平，同时强调双方将确定自贸区内投资自由化的水平与涵盖范围并以适当的方式处理双边投资议题。此后，中韩两国在2012年5月、7月与8月先后举行了三轮自由贸易协定谈判。目前，中国是韩国的第一大贸易伙伴。

2011年3月，中国与巴基斯坦在伊斯兰堡举行自贸区第二阶段降税首轮谈判，双方确定第二阶段降税谈判大纲并就降税模式交换意见。双边降税谈判源于2006年签订的中巴自贸协定，该协定中双方承诺经两阶段对90%的货物进行关税减让。其中，第一阶段的降税措施在协议生效后五年内执行，降税涉及双方各自税目总数85%的产品。自《中巴自贸协定》签订以来，两国经济贸易增长迅速。

此外，2012年8月，中国与朝鲜共同开发和管理的罗先经济贸易区与黄金坪、威化岛经济区联合指导委员会第三次会议在北京召开。至此，双方已完成包括通关便利化与人才培训等在内的一系列规划纲要。

四、东盟、东亚自贸区建设继续推进

2011年11月，中国在第十四次中国-东盟领导人峰会期间签署《关于实施中国-东盟自贸区<服务贸易协议>第二批具体承诺的议定书》，该议定书在各国完成国内法律审批程序后于2012年1月1日正式生效。这是2007年1月中国与东盟签署中国-东盟自贸区《服务贸易协定》并随即启动第二轮具体承诺谈判后取得的又一实质性成果。自中国-东盟自贸区在2010年1月全面建成后，双边贸易增长迅速。2011年1月至10月，双边贸易总额达到2959亿美元，较2010年同期增长25.7%。目前，中国是东盟第一大贸易伙伴，而东盟是中国第三大贸易伙伴。

2004年至今，历次“10+3”峰会均强调继续推进东亚自贸区建设。2010年，温家宝总理宣布向“10+3”合作资金注资100万美元以推动自贸区工作。2011年3月，东亚自贸区国际研究会在安徽省召开，商务部代表出席会议并提出“加快东亚自贸区建设进程，尽快提出实质性举措”、“发挥东盟核心作用，加强各国间充分协商，就贸易与投资自由化问题开展官方研究”、“坚持循序渐进、从易到难原则，兼顾各国不同的经济发展水平和现实情况”三项建议。根据自贸区研究报告，建设东亚自贸区将使区域内13个国家的国内生产总值(GDP)总体提升1.2%。其中，东盟各国GDP总体增长3.6%，中日韩三国GDP总体增长0.9%。同时，报告建议自贸区各方谈判应不迟于2012年启动。虑及区域内多个自贸区协定重叠产生的“意大利面碗”效应，自贸区谈判有助于解决原产地规则与降税安排等一系列问题，从而促进区域内资源整合与区域一体化进程。2012年4月，中国-东盟自贸区联合委员会及下设各特别工作组在广西南宁举行会议，对自贸区协定的执行情况进行评价并就贸易自由化与便利化的再促进等议题展开讨论。

第三节 双边投资保护协定

为加强双边投资保护并促进双向投资,我国累计已签订150余项双边投资协定。2010年至今,中国与乍得、刚果民主共和国、利比亚、乌兹别克斯坦与博茨瓦纳签订了双边投资协定,其中,与乌兹别克斯坦的双边投资协定已经生效。此外,国家商务部投资促进事务局致力于构建双边投资促进合作机制,目前已与42个国家或地区的83家投资促进机构签署79个投资促进备忘录。

2011年5月,第三轮中美战略与经济对话在美国华盛顿举行,对话围绕"建设全面互利的中美经济伙伴关系"这一主题展开,并对新兴产业领域合作、金融监管、全球宏观经济挑战与欧洲主权债务危机等重大议题进行讨论。此间,中美签署了《中美关于促进经济强劲、可持续、平衡增长和经济合作的全面框架》。

2012年5月,中日韩三国在北京正式签署《中华人民共和国政府、日本国政府及大韩民国政府关于促进、便利和保护投资的协定》。中日韩投资协定谈判自2007年启动,先后经历13轮正式谈判与数次非正式磋商。该协议是中日韩签订的第一个促进和保护三国间投资行为的法律文件和制度安排,对中日韩自贸区建设具有重大战略意义。

第四节 避免双重征税协定

截至2012年2月底,我国政府已对外签署90余项避免双重征税协定,并与香港、澳门两个特别行政区签署了两项税收安排,基本覆盖了我国主要的投资来源地和对外投资目的地。通过执行税收协定,中国企业在2011年享受的税收优惠已超过100亿元人民币。

在全球经济一体化的大背景下,加强国际性的税收监管与合作十分必要。2011年9月与2012年7月,中国分别与开曼群岛、圣马力诺签署《关于税收情报交换的协定》。加上中国在2010年与阿根廷、巴哈马、英属维尔京、马恩岛、根西、泽西和百慕大签署的协定,中国共计已签订10项税收情报交换协定,为防止纳税人利用离岸金融中心进行不良税收筹划提供了切实的法律依据。2012年,中国还与荷兰签署了《2013-2015年度中华人民共和国国家税务总局与荷兰王国税务和海关管理局技术合作安排》。

2011年6月,中国与英国在伦敦签订新的《避免双重征税协定》,取代1984年的税收协定与1996年的议定书,为中英双边税收安排提供了新依据。该协定采用中国近年来常用的税收协定条款,同时也参考了OECD税收协定范本中的"情报交换"等内容。此外,相比原有协定,新协定增加了"反滥用协定"、"服务型常设机构"、"技术费税务处理"等规定，并下调了股息预提所得税的协定税率。

根据中国香港特别行政区政府税务局公示信息，香港在2010年与奥地利、爱尔兰、匈牙利、科威特、列支敦士登、日本、卢森堡、荷兰、新西兰、法国、文莱以及印度尼西亚签订的《避免双重征税协定》。除科威特外，香港特区与其余国家的协定已经全部生效。香港在2011年分别与葡萄牙、西班牙、马耳他、捷克签订《避免双重征税协定》，并于2012年全部生效。2012年，香港与泽西岛签订《避免双重征税协定》，但尚未生效。加上此前与比利时(2003)、泰国(2005)、中国内地(2006)、卢森堡(2007)、越南(2008)签订的协定，香港共计与22个国家或地区签订了《避免双重征税协定》。

第五节 边境经济合作区发展与政策

一、边境经济合作区发展概况

1992年，为进一步加快对外开放，发展与周边国家的经贸合作，繁荣沿边少数民族地区经济，国务院先后批准设立了广西的凭祥、东兴，云南的河口、畹町、瑞丽，新疆的伊宁、博乐、塔城，内蒙古的满洲里、二连浩特，黑龙江的黑河、绥芬河，吉林的珲春和辽宁的丹东14个边境经济合作区，2011年，国务院又批准设立了吉木乃边境经济合作区。目前，15个边境经济合作区总核准面积共计92平方公里。

边境经济合作区自成立以来，在经济社会的发展上取得了显著成绩。2011年，14个边境经济合作区共实现地区生产总值433亿元人民币，工业总产值567亿元人民币，进出口总额143亿美元，实际利用外资金额5.6亿美元。并且边境经济合作区的发展带动了当地边贸的发展，14个边境城市的边境进出口贸易总额由1992年的14亿美元增加到"十一五"期末的约100亿美元。不仅促进了边境地区的经济发展，并且加快了边境地区工业化和城镇化建设，增进了与周边国家的合作与交流，有力地提升了我国的沿边开放水平。

二、边境经济合作区的发展目标与方向

"十二五"期间，边境经济合作区要进一步把握国内外新形势、新变化，加快转变经济发展方式，深化改革、扩大开放，全面规划、因地制宜、突出重点，积极推进外引内联，深化与周边国家的经贸合作，进一步扩大和提升沿边开放水平和质量，完善沿边地区互利共赢、安全高效的开放型经济体系，优化整合和提升区域功能，形成沿边地区参与国际竞争的新优势。把边境经济合作区建设成为集边境贸易、加工制造、生产服务、物流采购等功能于一体的特殊经济功能区；成为吸纳周边国家资源与开发境内资源相结合的经济振兴带支撑点；成为贯彻睦邻友好、务实合作、互利共赢的区域经济合作典范；成为提升沿边开放水平、促进对外合作交流、推动区域经济一体化的重要载体平台；成为经济发展、边疆稳定、民族团结、社会和谐的开放示范区。

在发展方向上，第一要坚持科学管理，合理规划，进一步加强基础设施建设，发挥边境合作区的

经济带动作用。落实《商务部关于落实科学发展观,促进边境经济合作区又好又快发展的意见》,利用国家级开发区土地计划单列的条件,单独申请土地用地指标,并对土地出让价格予以优惠。同时强化管委会功能,充分发挥其在组织管理、规划、人才和资金等方面的援助优势,制定相关政策,建设并完善合作区基础设施。

第二,充分利用区位优势,进一步加强与周边地区的经济合作,找到发展的切入点。边境城市和边境经济合作区协同运作,并轨管理,良性互动,最大限度地发挥它们的地缘与政策优势,充分利用境内外两种资源、两个市场,不断提高对外开放水平和边境贸易水平。

第三,加大政策资金的支持力度,改善观念,积极招商引资。利用好国家对沿海地区和开发区的优惠政策,继续实行由中央财政给合作区基础设施建设贴息政策,根据周边国家的发展形势与要求,进行招商引资。

第四,加强区域经济共建,实现资源充分利用。在发展中把合作区与当地的经济力量通过市场联合起来,优化配置有限的资金、设备、原料、技术和劳动力等生产要素,提高资金资源利用率,使资金资源优势得到充分发挥,实现地区经济跨越式发展。

三、支持边境经济合作区的政策措施

边境经济合作区可以享受国家赋予的行业相关优惠政策和西部大开发、东北老工业基地振兴、出口加工区、边境互市贸易区等相关优惠政策。其中西部地区可按《关于深入实施西部大开发战略有关税收政策问题的通知》继续享受税收优惠,其他地区按国家鼓励支持行业分类享受税收优惠。在财政问题上,可按财政部2009年颁布的《边境地区专项转移支付资金管理办法》享受中央政府的专项转移支付。在融资政策问题上,根据财政部出台的《国家级经济技术开发区、国家级边境经济合作区基础设施项目贷款中央财政贴息资金管理办法》(2012年3月19日发)与《国家级边境经济合作区基础设施项目贷款财政贴息资金管理办法》(2009年),规定边合区在融资过程中不受现行相关的政府性融资平台限制,属于鼓励的贷款对象。在基础设施建设过程中,享受由财政部贴息的低息贷款。中央财政对西部地区开发区、战略性新兴产业集聚和自主创新能力强的开发区,给予重点贴息支持。各个边境经济合作区可以制定区内的相关优惠政策。

第八章　国内投资政策与发展

近年来，商务部贯彻落实国务院《关于进一步做好利用外资工作的若干意见》致力于为外商投资企业创造开放公平的良好环境。“坚持所有在中国经过法律注册的外商投资企业都视同于中国企业，其制造的产品都视同于中国制造，其在中国设立的研发中心、创新的各种产品也都是中国产品的创新，这些外资企业将享受与中国企业一样的国民待遇”。

外资政策是影响外商投资区位选择的重要因素，报告全面介绍了中国的投资政策和环境，特别是针对外商关注度较高的产业政策、市场准入、科技创新、政府采购、知识产权保护、产业转移、总部经济、战略性产业等，系统归纳了当前中国的投资政策框架和发展趋势，包括16节，有助于外商清晰地了解中国政府致力于加强和改善投资环境的举措。

第一节　产业政策与发展

一、外资产业政策的历史变迁

1. 20世纪90年代中期：优惠政策导向

1995年6月，国务院批准发布《指导外商投资方向暂行规定》和《外商投资产业指导目录》，明确了外商投资的领域，加强了以产业、技术引进和地区为导向的“差别性”优惠政策，将利用外资从单纯资金引进向技术引进、促进产业结构调整以及产业升级的方向倾斜。产业指导目录将外商投资项目分为鼓励、允许、限制和禁止四类。

2. 本世纪以来：扩大市场范围

入世后我国在三方面对外资政策进行了调整。一是适应扩大对外开放和引进先进技术的需要，将国内急需发展的产业增列为鼓励类条目；二是放宽外资准入范围，加快服务业对外开放步伐；三是对部分出现投资过热倾向的行业或产品，提高标准，防止低水平重复建设。

3. 后金融危机：结构调整优化

在后危机时代，世界经济进入结构调整和体制重建期，低碳与生态经济将引领新一轮产业革命的方向。同时，转变经济增长模式，从低效能的制造为主向环保、可持续的技术创新发展也成为中国国内产业结构调整的核心方向。在国际国内这样大背景和总趋势的影响下，中国吸收外资的产业政策势必发生新一轮阶段性的转变，即从过去以吸引外来资本为主的政策目标，逐步向改善国内资源配置效率的目标，基于资源、环境、安全、技术等要素的外资政策调整，在产业政策导向上将把外资引入到适合中国经济发展模式转变，合乎时代要求的可持续产业。

二、新时期外资产业政策的调整步骤

2010年4月13日,中国发布了《国务院关于进一步做好利用外资工作的若干意见》标志着中国FDI的产业政策迈入一个新的时期。此后关于外资产业政策的调整依照如下步骤有序调整:

第一,2010的《国务院关于进一步做好利用外资工作的若干意见》明确提出,将根据经济发展需要,修订《外商投资产业指导目录》(简称《目录》),扩大开放领域,鼓励外资投向高端制造业、高新技术产业、现代服务业、新能源和节能环保产业。严格限制"两高一资"和低水平、过剩产能扩张类项目,具体而言,一是优化利用外资结构,扩大开放领域,鼓励外资投向高端制造业、新能源和节能环保等产业,对用地集约的国家鼓励类外商投资项目优先供应土地。修订的《目录》旨在鼓励外资投向高端制造业、高新技术产业、现代服务业、新能源和节能环保产业,适应金融危机后培育新经济增长点的要求,保持中国的国际竞争力。外资投资方向将进一步向技术类跨进,配合国内自主创新产业的兴起,推动中国进入科技强国的行列。二是鼓励外商在中西部地区发展符合环保要求的劳动密集型产业。一方面,国家在制定政策时将更关注可持续、环保的发展方式,对于外商投资产业、结果的限制也将更严格地执行符合环保标准的范式;另一方面,政策鼓励发展劳动密集型产业,其目的一是解决当地就业问题,二是缓解人才大量集中于沿海经济较发达区域以及随之而来的就业压力与社会稳定问题。

第二,2011年3月,十一届全国人大四次会议审议通过的"十二五"规划纲要,提出以加快转变经济发展方式为主线,经济结构战略性调整为主攻方向,发展结构优化、技术先进、清洁安全、附加值高、吸纳就业能力强的现代产业体系。今年中央经济工作会议要求,要充分认识国际金融危机给我国发展带来的机遇和风险,更加注重统筹国内国际两个大局。外商投资是我国开放型经济的重要组成部分,通过修订《目录》,适时调整外资产业政策,有利于积极引导外商投资方向,促进我国经济结构调整优化和经济发展方式转变。根据《纲要》精神,要提高利用外资水平,明确提出利用外资要优化结构,引导外资更多投向现代农业、高新技术、先进制造、节能环保、新能源、现代服务业等领域,鼓励投向中西部地区。丰富方式,鼓励外资以参股、并购等方式参与境内企业兼并重组,促进外资股权投资和创业投资发展。引进海外高层次人才和先进技术,鼓励外资企业在华设立研发中心,借鉴国际先进管理理念、制度、经验,积极融入全球创新体系。

第三,经国务院批准,国家发展改革委、商务部于2012年初发布了新的《外商投资产业指导目录》(以下简称《目录》),这也是自1995年以来第五次进行的修订。这次修订主要遵循了如下几个原则:一是贯彻落实"十二五"规划纲要。紧紧围绕加快经济发展方式转变这一主线,按照《纲要》提出的政策导向、重点任务和重大举措开展《目录》修订工作。更加注重提高利用外资水平,鼓励引进先进技术和高素质人才。二是严格履行入世承诺。坚持对外开放基本国策,遵循WTO规则,凡是入世承诺开放的行业和领域,新《目录》不新设投资限制。在此基础上,实行更加积极主动的开放战略。三是加强与国内政策法规衔接。将2007年版《目录》实施以来国家出台的法律法规和政策中有关外商投资的内容列入新《目录》,形成统一、规范、透明的外商投资准入指导,提高投资便利化。四是促进产业结构优化升级。引导外资更多投向现代农业、高新技术、先进制造、新能源、现代服务业等领域,发展现代产业体系。通过服务业扩大开放,增强三次产业的协调性。鼓励跨国公司增加在华研发投入,设立研发中心,与内资企业开展研发合作,促进利用外资与增强我国自主创新能力相结合。着力推进节能减排，严格限制或禁止“两高一资”类外商投资项目。

三、新时期外资产业政策调整的具体内容

一是进一步扩大对外开放。适应经济全球化深入发展新形势，实行更加积极主动的开放战略，扩大开放领域，以开放促改革、促发展，营造良好的投资环境。新《目录》总条目473条，其中鼓励类354条、限制类80条、禁止类39条，分别比原来增加3条、减少7条、减少1条。同时，鼓励类和限制类中有股比要求的条目比原来减少11条，体现出总体进一步开放的原则。

二是促进制造业改造提升。将高端制造业作为鼓励外商投资的重点领域，促进外商投资使用新技术、新工艺、新材料、新设备，改造和提升传统产业。此次修订在鼓励类中增加了纺织、化工、机械制造等领域新产品、新技术条目。同时，考虑汽车产业健康发展的要求，将汽车整车制造条目从鼓励类中删除；为抑制部分行业产能过剩和盲目重复建设，将多晶硅、煤化工等条目从鼓励类中删除。

三是培育战略性新兴产业。抓住国际战略性新兴产业发展机遇，鼓励外商投资节能环保、新一代信息技术、生物、高端装备制造、新能源、新材料、新能源汽车等战略性新兴产业，提升我国承接国际产业转移的层次和水平，培育国际合作和竞争新优势。此次修订在鼓励类增加了新能源汽车关键零部件、基于IPv6的下一代互联网系统设备等条目，将鼓励类中液晶面板条目明确为6代以上。

四是促进服务业发展。积极引导外商投资服务业，推动产业结构调整。鼓励外商投资现代服务业，支持面向民生的服务业扩大利用外资，推进服务业开放进程。此次修订，服务业增加了9项鼓励类条目，包括机动车充电站、创业投资企业、知识产权服务、海上石油污染清理技术服务、职业技能培训等，服务业条目在鼓励类中的比重进一步增加；将外商投资医疗机构、金融租赁公司等从限制类调整为允许类。

五是促进区域协调发展。贯彻落实“十二五”规划纲要提出的推进新一轮西部大开发、全面振兴东北地区等老工业基地、大力促进中部地区崛起等部署，此次修订中删除的部分鼓励类条目，将根据促进中西部地区承接产业转移、发展中西部地区特色优势产业等原则，在修订《中西部地区外商投资优势产业目录》时予以考虑。

第二节 跨国并购与市场准入

中国政府十分重视和促进外商投资方式的多样化，鼓励外商投资企业并购境内企业，并且出台了一系列政策措施。

2003年3月7日，由原对外贸易经济合作部、国家税务总局、国家工商行政管理总局和国家外汇管理局共同颁布了《外国投资者并购境内企业暂行规定》。

2006年8月8日，四部委联合国务院国有资产监督管理委员会和中国证券监督管理委员会共同颁布了《关于外国投资者并购境内企业的规定》。

2009年6月22日,为保证《关于外国投资者并购境内企业的规定》与《反垄断法》和《国务院关于经营者集中申报标准的规定》相一致,对《关于外国投资者并购境内企业的规定》进行了部分修改,出台了《关于外国投资者并购境内企业的规定》,共计58条,是一个具有操作性的规定。

2011年2月3日,国务院办公厅出台了《关于建立外国投资者并购境内企业安全审查制度的通知》,对并购安全审查范围、内容、程序、工作机制等进行了明文规定。在此基础上,2011年9月1日,商务部出台了"实施外国投资者并购境内企业安全审查制度的规定",要求外国投资者并购境内企业,属于《国务院办公厅关于建立外国投资者并购境内企业安全审查制度的通知》明确的并购安全审查范围的,外国投资者应向商务部提出并购安全审查申请。对于外国投资者并购境内企业,应从交易的实质内容和实际影响来判断并购交易是否属于并购安全审查的范围。对于外国投资者并购境内企业行为已经对国家安全造成或可能造成重大影响的,根据联席会议审查意见,可终止交易,或采取转让相关股权、资产或其他有效措施,消除该并购行为对国家安全的影响。

另外,外商投资企业并购境内企业的其他规定包括:

1. 依据《反垄断法》规定,外国投资者并购境内企业达到《国务院关于经营者集中申报标准的规定》规定的申报标准的,应当事先向商务部申报。

2. 遵循《外商投资产业指导目录》规定,对于不允许外国投资者独资经营的产业,并购不得导致外国投资者持有企业的全部股权;需由中方控股或相对控股的产业,该产业的企业被并购后,仍应由中方在企业中占控股或相对控股地位;禁止外国投资者经营的产业,外国投资者不得并购从事该产业的企业。

3. 如果被并购企业为境内上市公司,应根据《外国投资者对上市公司战略投资管理办法》,向国务院证券监督管理机构办理相关手续。

4. 外国投资者并购境内企业涉及企业国有产权转让和上市公司国有股权管理事宜的,应当遵守国有资产管理的相关规定。

5. 外国投资者并购境内企业并取得实际控制权,涉及重点行业、存在影响或可能影响国家经济安全因素或者导致拥有驰名商标或中华老字号的境内企业实际控制权转移的,应向商务部进行申报。

第三节 外资管理与便利化措施

一、外资管理

自2004年我国启动投资体制改革,外商投资项目开始实行核准制,对进一步完善投资环境、提高利用外资质量、加强宏观调控发挥了积极作用。为规范外商投资项目管理,2004年10月国家发展和改革委员会发布《外商投资项目核准暂行管理办法》,对外商投资项目的申报内容、核准机关及权限、核准程序及时限、核准条件、项目变更核准和核准文件效力等做出明确规定,使外商投资项目核准更加法制化、规范化,更具可操作性。在此基础上,国家发改委于2008年7月颁布《进一步加强和规范外商投资项目管理的通知》，从五方面进一步规范外商投资项目管理，防止外汇资金异常流入。这五方面为：严格执行外商投资项目核准制；加强对外商投资项目真实性的审查；落实外商投资项目分类分级管理制；规范新开工项目管理，严格各项项目核准条件；加强对已核准项目的监督检查等。为做好相关工作，提高外资管理效率，商务部于2011年3月颁布《关于外商投资管理工作有关问题的通知》，将部分外商投资审核管理权限下放到省级商务主管部门并取消了部分外商投资审批事项。

2012年8月，国家发改委对《外商投资项目核准暂行管理办法》进行修订，公布《外商投资项目核准管理办法》(征求意见稿)。更加细化外商投资项目核准管理，规定按照《外商投资产业指导目录》分类，总投资3亿美元及以上的鼓励类、允许类项目和总投资5000万美元及以上的限制类项目，由国家发展改革委核准项目申请报告；总投资3亿美元以下的鼓励类、允许类项目和总投资5000万美元以下的限制类项目，由地方发展改革部门核准，其中限制类项目须由省级发展改革部门核准。

依据外商投资的领域不同，我国政府也制定了相应管理规定。《关于外商投资管理工作有关问题的通知》加强对外商投资股份有限公司的管理，规定境内上市的外商投资股份公司批准证书应记载外国投资者及其股份，如外国投资者减持股份变动累计超过总股本的5%，需向商务主管部门申请办理批准证书变更。

2011年12月，商务部与外汇局联合颁布《关于进一步完善外商投资性公司有关管理措施的通知》，明确各级商务部门应加强对外商投资性公司审批统计信息的审核管理，外商投资性公司的境内贷款不得用于境内再投资。

2012年4月，商务部就《外商投资商业领域管理办法》作出补充规定，形成《外商投资商业领域管理办法补充规定(五)》，明确了外商投资者从事粮食销售的相关事项，指出对于在内地累计开设店铺超过30家、销售来自多个供应商的不同种类和品牌粮食的同一香港、澳门服务提供者，允许其试点以独资形式经营，但仅限于广东省范围内；对于其他境外投资者，出资比例不能超过49%。2012年5月，商务部又出台《关于完善外商投资创业投资企业备案管理的通知》，指出各省级商务主管部门审批设立外商投资创业投资企业，应即时通过外商投资企业审批管理系统向商务部备案。商务部须在商务部网站及时发布和更新完成备案手续的创投企业名单。

此外，2011年10月，商务部还颁布《关于跨境人民币直接投资有关问题的通知》，对外国投资者以合法获得的境外人民币依法来华开展直接投资活动做出了相关规定，明确跨境人民币直接投资在中国境内不得直接或间接用于投资有价证券和金融衍生品，以及用于委托贷款。

二、便利化措施

我国政府在推进外资管理的同时，也不断完善外资法律法规，提高政策简洁性，规范行政行为，为外商投资提供便利化措施，使外资工作效率不断提升。

自2001年行政审批制度改革工作全面开展以来，国务院已先后六批取消和调整行政审批项目。至今，共取消和调整了2497项行政审批项目，占原有总数的69.3%。其中对于外商投资领域，累计取消审批百余项。

2002年11月，国务院出台了《国务院关于取消第一批行政审批项目的决定》(国发[2002]24号)。其中直接涉及外商投资的有4项，包括取消外商投资特许权项目试点审批、取消外商投资企业和外国企业所得税预算级次的审核、取消限制类(乙)

外商投资项目建议书批复、取消对利用外资项目增资行业审查。

2003 年 2 月,国务院出台《关于取消第二批行政审批项目和改变一批行政审批项目管理方式的决定》(国发[2003]5 号),对于外商投资领域,实施 9 条整改措施,包括取消外商投资企业列支福利费的审核、取消外商投资企业和外国企业计提坏账准备金的审批、取消外商投资企业财产转让收益分期计入应纳税所得额的核准等。同年国家税务总局积极落实这一决定,发布《关于取消外商投资企业和外国企业所得税若干审批项目后续管理有关问题的通知》(国税发[2003]127 号),对国务院此次决定中所涉及到的审批项目,作了逐项细化安排。

2004 年,国务院出台了《关于第三批取消和调整行政审批项目的决定》(国发[2004]16 号),其中包括银监会、税务总局、商务部等在内的 6 部门,参与到了外商投资方面的审批项目调整, 共取消了 17 个审批项目,例如取消外国贸易商、制造商、货运代理商等九类企业在华常驻代表机构核准,取消外商投资企业坏账损失审核,取消外国证券类机构驻华代表处撤销核准,取消经营外国烟草制品零售业务申领特种烟草专卖经营企业许可证审批等。

2007 年,国务院办公厅发布《关于进一步清理取消和调整行政审批项目的通知》(国办发[2007]22 号)。商务部、司法部针对这一精神,均作出相应安排,继续压缩审批项目、下放审批权限,达到简政放权的目的。出台了《关于第四批取消和调整行政审批项目的决定》(国发[2007]33 号)。此项决定包含审批项目 128 项,其中有关外商投资的便利化措施有 21 项,涉及发改委、财政部、税务总局、商务部、证监会 5 个部门。这些措施中,包括了取消外商投资企业有关企业所得税减免事项审批、取消外商投资企业的外国投资者再投资退税审批、取消外商投资企业定期减免企业所得税审批、外商投资商业企业设立及变更审批等项目。

2010 年 4 月,国务院发布《关于进一步做好利用外资工作的若干意见》,明确要下放审批权力,调整审批内容,简化审批程序,最大限度缩小审批、核准范围。

2010 年,按照国务院的统一部署,继续深化行政审批制度改革,国务院颁布《关于第五批取消和下放管理层级行政审批项目的决定》(国发[2010]21 号),对于外商投资方面,共取消了 6 项审批项目,分别归属于商务部、海关总署以及外汇管理局。例如取消外商投资企业进口作为出资的设备清单审批、取消外商投资企业在优惠期内因不可抗拒力提前解散免予补税审批、取消外商投资企业或中资企业使用跨国公司非贸易售付汇管理政策审核等。同时将 30 项原属于商务部管辖的外商投资审核项目,下放到省级商务主管部门。例如外商投资非融资租赁的租赁业企业设立及变更审批、限额以下外商投资股份公司的设立及变更事项审批。

2012 年 10 月,国务院公布《关于第六批取消和调整行政审批项目的决定》国发[2012]52 号。再次取消和调整 314 项部门行政审批项目,包括取消 171 项、下放 117 项、减少 9 项、合并 17 项。其中,有关外商投资领域的审批, 取消了 25 项, 下放了 22 项,合并了 3 项。涉及政府部门包括商务部、外汇管理局、银监会、证监会、质检总局和交通运输部。

此次决定指出,深化行政审批制度改革是一项长期任务。各地区、各部门要按照党中央、国务院的部署和要求,抓好监督检查,完善规章制度,确保行政审批项目的取消和调整及时落实到位。积极适应经济社会发展需要,坚定不移地深入推进行政审批制度改革。

一、进一步取消和调整行政审批项目。凡公民、法人或者其他组织能够自主决定,市场竞争机制能够有效调节,行业组织或者中介机构能够自律管理的事项,政府都要退出。凡可以采用事后监管和间接管理方式的事项，一律不设前置审批。

二、积极推进行政审批规范化建设。新设审批项目必须于法有据，并严格按照法定程序进行合法性、必要性、合理性审查论证。没有法律法规依据，任何地方和部门不得以规章、文件等形式设定或变相设定行政审批项目。

三、加快推进事业单位改革和社会组织管理改革。把适合事业单位和社会组织承担的事务性工作和管理服务事项，通过委托、招标、合同外包等方式交给事业单位或社会组织承担。

四、进一步健全行政审批服务体系。继续推进政务中心建设，加强行政审批绩效管理，推行网上审批、并联审批和服务质量公开承诺等做法，不断提高行政审批服务水平。

五、深入推进行政审批领域防治腐败工作。深化审批公开，推行“阳光审批”。加快推广行政审批电子监察系统。

六、把行政审批制度改革与投资体制、财税金融体制、社会体制和行政管理体制改革紧密结合起来。进一步理顺和规范政府与企业、政府与社会的关系，规范上下级政府的关系。进一步优化政府机构设置和职能配置，提高行政效能和公共管理服务质量。

第四节　税收政策

近年来，中国政府通过不断修订和完善外资法律法规，努力推进我国投资环境透明化进程。税收政策是投资环境透明化的重要组成部分。

2010 年，国务院下发《关于进一步做好利用外资工作的若干意见》(简称《意见》)。《意见》中有两部分与税收政策有关，即：(1)在优化利用外资结构部分强调“在 2010 年 12 月 31 日以前，对符合规定条件的外资研发中心确需进口的科技开发用品免征进口关税和进口环节增值税、消费税”。《意见》通过对外资研发中心确实需要进口的科技开发用品免征进口关税和进口环节增值税、消费税，旨在吸引更多的跨国公司来华设立研发中心，优化我国利用外资的结构，提升我国科技创新能力。(2)在引导外资向中西部地区转移和增加投资部分，《意见》明确提出，“根据《外商投资产业指导目录》修订情况，补充修订《中西部地区外商投资优势产业目录》，增加劳动密集型项目条目，鼓励外商在中西部地区发展符合环保要求的劳动密集型产业。对符合条件的西部地区内外资企业继续实行企业所得税优惠政策，保持西部地区吸收外商投资好的发展势头”。《意见》通过企业所得税优惠政策，鼓励外资投资于中西部地区符合环保要求的劳动密集型产业，旨在适当兼顾区域协调发展和经济可持续发展，通过利用外资解决当地就业问题，缩小地区差距，避免社会问题，保护环境资源。

2010 年 10 月，国务院下发《关于统一内外资企业和个人城市维护建设税和教育附加制度的通知》(以下简称《通知》)。《通知》的目的是，进一步统一税制、公平税负，创造平等竞争的外部环境。《通知》规定，“自 2010 年 12 月 1 日起，外商投资企业、外国企业及外籍个人适用国务院 1985 年发布的《中华人民共和国城市维护建设税暂行条例》和 1986 年发布的《征收教育费附加的暂行规定》。1985 年及 1986 年以来国务院及国务院财税主管部门发布的有关城市维护建设税和教育费附加的法规、规章、政策同时适用于外商投资企业、外国企业及外籍个人”。

2011年11月,商务部等部门发布《关于继续执行研发机构采购设备税收政策的通知》(以下简称《通知》)。《通知》主要包括四部分:(1)详细阐明了研发中心取得相关研究设备免征进口税收的条件。外资研发中心适用《科技开发用品免征进口税收暂行规定》(财政部、海关总署、国家税务总局令第44号)和《关于修改〈科技开发用品免征进口税收暂行规定〉和〈科学研究和教学用品免征进口税收规定〉的决定》(财政部、海关总署、国家税务总局令第63号)免征进口税收。对2009年9月30日及其之前设立的外资研发中心,企业研发经费年支出额不低于1000万元;同时独立法人的投资总额不低于500万美元,公司内设部门或分公司的非独立法人的研发总投入不低于500万美元。专职研究与试验发展人员不低于90人。设立以来累计购置的设备原值不低于1000万元。对2009年10月1日及其之后设立的外资研发中心,独立法人投资总额不低于800万美元,公司内设部门或分公司的非独立法人的研发总投入800万美元。专职研究与试验发展人员不低于150人。设立以来累计购置的设备原值不低于2000万元。外资研发中心须经商务主管部门会同有关部门按照上述条件进行资格审核认定。(2)对于适用采购国产设备全额退还增值税政策的内资研发机构和外资研发中心做出了规定。研发中心包括《科技开发用品免征进口税收暂行规定》(财政部、海关总署、国家税务总局令第44号)规定的科学研究、技术开发机构,《科学研究和教学用品免征进口税收规定》(财政部、海关总署、国家税务总局令第45号)规定的科学研究机构和学校,符合本通知第一条规定条件的外资研发中心。具体退税管理办法由国家税务总局会同财政部另行制定。(3)定义了《通知》中的“投资总额”、“研发总投入”、“研发经费年支出额”、“专职研究与试验发展人员”、“设备”。(4)说明了本通知规定的税收政策执行期限为2011年1月1日至2015年12月31日,具体从内资研发机构和外资研发中心取得资格的次月1日起执行。《财政部、海关总署、国家税务总局关于研发机构采购设备税收政策的通知》(财税[2009]115号)和《商务部财政部海关总署国家税务总局关于外资研发中心采购设备免/退税资格审核办法的通知》(商资发[2010]93号)同时废止。对于在2011年1月1日至11月1日期间批准设立的外资研发中心,从取得资格的次月1日至11月1日期间进口的科技开发用品,已缴纳税款的,可按照海关有关规定向海关申请办理退税手续。

针对具体产业,我国政府还分别做了具体的相关政策规定。2011年1月,工信部公布《轮胎产业政策》(以下简称《政策》)。《政策》阐明了“引导和鼓励轮胎生产企业加强技术中心建设,利用技术集成和新技术工程化应用开发,提升自主创新能力和新产品开发能力,鼓励开展‘产学研用’联合开发和委托开发。按照税收法律法规的规定,企业用于开发新技术、新产品、新工艺发生的费用,可享受相关税收优惠政策”。2012年国务院下发《关于印发节能与新能源汽车产业发展规划(2012-2020)的通知》(以下简称《通知》)。《通知》出台的目的是,落实国务院关于发展战略性新兴产业和加强节能减排工作的决策部署,加快培育和发展节能与新能源汽车产业。《通知》强调提供保障措施,加大财税政策支持力度,研究完善汽车税收政策体系。“节能与新能源汽车及其关键零部件企业,经认定取得高新技术企业所得税优惠资格的,可以依法享受相关优惠政策。节能与新能源汽车及其关键零部件企业从事技术开发、转让及相关咨询、服务业务所得的收入,可按规定享受营业税免税政策”。对于节能与新能源汽车及其关键零部件企业,应该包括所有在我国注册的属于节能与新能源汽车及其关键零部件企业。

对于外商独资、中外合资、中外合作等形式的外商投资企业，也是在我国注册的，是我国法律承认的法人，只要它们被认定为高新技术企业，就可以获得所得税优惠，享有相关优惠政策。

2012 年 1 月，海关总署发布《海关总署公告 2012 年第 4 号》(以下简称《公告》)。《公告》强调“自 2012 年 1 月 30 日起，对属于《外资目录(2011 年修订)》鼓励类范围的外商投资项目(包括增资项目)，在投资总额内进口的自用设备以及按照合同随上述设备进口的技术和配套件、备件，除《外商投资项目不予免税的进口商品目录》和《进口不予免税的重大技术装备和产品目录》所列商品外，按照《国务院关于调整进口设备税收政策的通知》(国发〔1997〕37 号)、海关总署公告 2008 年第 103 号及其他相关规定免征关税，照章征收进口环节增值税”。《外资目录(2011 年修订)》中，鼓励类新增了新能源、城市轨道交通装备、综合交通运输、公共安全与应急产品等 14 个门类；对于限制类则提高了准入门槛。这些政策变化全面反映了结构调整与产业升级的方向要求。

第五节　知识产权保护

经过 30 多年的发展，中国知识产权事业取得了长足进步。知识产权法律法规体系逐步健全，运用和保护知识产权的能力逐步提高，知识产权领域的国际影响力不断增强，相关的国际交流与合作也日益增多。知识产权制度日益成为国家科技进步、文化繁荣和经济增长的重要支撑，为中国企业和在华外资企业提供了全新的发展机遇和更为健全的投资环境。

2008 年 6 月，我国颁布了《国家知识产权战略纲要》(以下简称《纲要》)，明确要将知识产权作为国家发展战略进行推进。《纲要》全面阐述了新时期我国知识产权工作的指导思想、战略目标、战略重点、专项任务以及战略措施。《纲要》明确了知识产权工作的“激励创造、有效运用、依法保护、科学管理”的十六字方针；提出了完善知识产权制度、加强知识产权保护等五个方面的战略重点；明确了专利、商标、版权、商业秘密等七个方面的专项任务；提出了提升知识产权创造能力、加快知识产权法制建设、提高知识产权执法水平、加强知识产权行政管理等九项战略措施。《纲要》以优化知识产权制度资源配置为核心，以建设知识产权强国为目标，对我国知识产权的创造、运用、保护和管理做出全面战略性部署，对于增强我国自主创新能力、完善市场经济体制、增强企业市场竞争力、提高国家核心竞争力、扩大对外开放、保护外商投资者知识产权利益，具有十分重要的意义。

根据《纲要》总体要求，近年来我国大力推进知识产权战略实施，知识产权各项工作取得显著进展。2011 年，我国新制定、修订有关知识产权法律法规和规范性文件 38 项，出台相关政策措施 101 项，开展知识产权执法行动 43 项，建立、完善公共服务平台 16 个。国家相关部门印发实施了《国家知识产权事业发展“十二五”规划》、《专利工作“十二五”规划》、《2011 年国家知识产权战略实施推进计划》和《2011 年中国保护知识产权行动计划》；《商标法》、《著作权法》、《专利法》继续修改和完善；《非物质文化遗产法》已于 2011 年 6 月起实施；印发《2012 年全国专利事业发展战略推进计划》，并制定《〈2012 年全国专利事业发展战略推进计划〉组织实施方案》;颁布《关于加强专利行政执法工作的决定》、《关于加强重大项目和高层次人才知识产权维权援助服务工作的通知》等一系列政策文件,有效推进和规范执法工作。

截至 2011 年底,已有 26 个省区市、11 个城市的人民代表大会颁布了专利保护条例等地方性法规,2 个省区市、3 个副省级城市人民政府出台了专利保护办法等地方性规章。最高人民法院积极推动知识产权审判庭统一受理知识产权民事、行政和刑事案件试点工作,截至 2011 年底,全国已有 5 个高级法院、50 个中级法院和 52 个基层法院开展“三审合一”试点工作。

2011 年,我国在全国范围内继续开展打击侵犯知识产权和制售假冒伪劣商品专项行动。为进一步加大打击侵权和假冒伪劣行为力度,有效惩治犯罪,2012 年国务院常务会议通过了《关于做好打击侵犯知识产权和制售假冒伪劣商品工作中行政执法与刑事司法衔接的意见》,强化了刑事打击力度;此外《意见》还就完善工作机制、加强监督考核、保证衔接工作落到实处作了具体规定,并要求行政执法机关依法将侵权和假冒伪劣案件纳入政府信息公开范围,接受社会监督。

除大力营造良好的国内知识产权环境外,我国还积极参与知识产权国际事务,深化与各知识产权机构及组织的合作关系。2011 年,我国继续深化与世界知识产权组织(WIPO)的良好合作,特别是在专利合作条约(PCT)、自动化、专利文献等领域的合作。国家知识产权局与世界知识产权组织签署了《关于发展知识产权局信息服务的合作协议》,国家工商总局与非洲知识产权组织以及非洲地区知识产权组织签署了《合作谅解备忘录》;国家知识产权局参与了中、美、欧、日、韩五局合作并推进了基础合作项目,通过了《中日韩关于加强知识产权领域合作的联合声明》,与波兰、柬埔寨、埃塞俄比亚、西班牙签署了《谅解备忘录》,与吉尔吉斯签署了知识产权领域合作协议,启动与日、美专利审查高速路合作试点。此外,还积极推进《海峡两岸知识产权保护合作协议》的后续落实工作,与香港地区签署了《关于在知识产权领域合作的协议》。

未来,中国将从五个方面继续推动落实国家知识产权战略各项任务。一是完善知识产权政策体系,促进知识产权与经济发展融合;二是推动知识产权法律修改,强化执法保护;三是加强知识产权对外工作力度,提高我国知识产权外交软实力;四是加快推进知识产权文化建设,营造良好社会氛围;五是进一步加强战略实施工作的组织协调。

第六节　贸易发展与政策

入世以来,我国的对外贸易实现了跨越式发展。2011 年,我国货物进出口总额全球排名第二,达 36421 亿美元,是 2002 年的 4.9 倍。其中,进口总额 17435 亿美元,出口总额 18986 亿美元,与 2002 年相比分别增长了 4.9 倍和 4.8 倍,占全球货物进出口的比重分别增至 10.4%和 9.5%,并连续三年保持了出口额第一、进口额第二的世界排名。2011 年,一般贸易和加工贸易进出口总额分别为 19246 亿美元和 13052 亿美元,与 2002 年相比,一般贸易进出口占进出口总额的比重由 42.7%增至

52.8%，而加工贸易进出口占进出口总额的比重由48.7%降至35.8%。

与此同时，我国的外商投资企业的进出口总额持续保持增长趋势，从2002年的3302.23亿美元增长至2008年的14105.76亿美元，其中出口总额从1699.37亿美元增长至7906.20亿美元，进口总额由1602.86亿美元增长至6199.56亿美元，2009年受全球金融危机的影响，进出口总额降至12174.37亿美元，2010年全球经济开始复苏，进出口总额又增至16003.07亿美元，2011年达到了18601.56亿美元，其中出口9953.3亿美元，进口8648.26亿美元，与2002年相比分别增长了5.63倍、5.86倍和5.40倍。2011年外商投资企业进出口在保持增长的同时也呈现出一些发展特点。

一、2011年外商投资企业进出口概况

1. 进出口总额增速减缓，占全国比重下降

2011年外商投资企业进出口总额同比增长16.24%，增幅比全国平均水平(22.46%)低6.22个百分点，在全国进出口总额中的比重为51.08%，与2010年相比下降了2.75个百分点。2011年外商投资企业出口9953.30亿美元，同比增长15.43%，增幅比全国平均水平低4.87个百分点，在全国出口总额中的比重为52.42%，与2010年相比下降了2.23个百分点；进口8648.26亿美元，同比增长17.18%，增幅比全国平均水平低7.72个百分点，在全国进口总额中的比重为49.53%，与2010年相比下降了3.38个百分点(表8.6.1)。

表8.6.1　外商投资企业进出口商品总值统计　　单位：亿美元，%

年度	进出口			进口			出口		
	全国	外资企业	比重	全国	外资企业	比重	全国	外资企业	比重
2002	6207.9	3302.2	53.2	2952.2	1602.9	54.3	3255.7	1699.4	52.2
2003	8512.1	4722.6	55.5	4128.4	2319.1	56.2	4383.7	2403.4	54.8
2004	11547.9	6631.6	57.4	5614.2	3245.6	57.8	5933.7	3386.1	57.1
2005	14221.2	8317.2	58.5	6601.2	3875.1	58.7	7620.0	4442.1	58.3
2006	17606.9	10364.4	58.9	7916.1	4726.1	59.7	9690.7	5638.3	58.2
2007	21744.4	12568.5	57.8	9562.8	5609.5	58.7	12181.5	6959.0	57.1
2008	25616.3	14105.8	55.1	11330.9	6199.6	54.7	14285.5	7906.2	55.4
2009	22072.4	12174.4	55.2	10056.0	5452.1	54.2	12016.6	6722.3	55.9
2010	29727.6	16003.1	53.8	13948.3	7380.0	52.9	15779.3	8623.1	54.7
2011	36419.4	18601.6	51.1	17460.4	8648.3	49.5	18986.0	9953.3	52.4

资料来源：海关统计(外资企业指外商投资企业)。

外商投资企业进出口总额增速减缓、比重下降的趋势与外商在华投资增速减缓有关。根据商务部外资司的统计，2011年全国新批设立外商投资企业27712家，同比增长仅为1.12%，与2010年的同比增速(16.94%)相比下降了15.82个百分点；2011年我国实际利用外资金额1160.11亿美元，同比增长9.72%，同比增速低于2010年(17.44%)7.72个百分点。另外，外商投资企业进出口总额占我国对外贸易总额比重下降的趋势也与民营企业(包括集体、私营企业及其他企业)进出口增速较快有关。根

据海关总署的统计，2011年民营企业进出口总额为10212.8亿美元，首次突破1万亿美元大关，同比增长36%，比同期我国进出口总体增速高13.5个百分点，在进出口总额中的比重为28%，比2010年提高了2.8个百分点。

2. 进出口顺差小幅增加，占全国的比重有所提高

2011年外商投资企业贸易顺差为1305.04亿美元，比2010年提高了61.99亿美元，但顺差占外资企业进出口总额的比重由2010年的7.77%下降到了7.02%，降幅为0.75个百分点（表8.6.2）。2011年外商投资企业进出口的顺差来源于加工贸易的顺差（3143.73亿美元），同比增长16.38%，占全国的85.98%。而一般贸易为逆差（844.83亿美元）。

表8.6.2 外商投资企业贸易差额 单位：亿美元

年度	外资企业进出口总额	外资企业出口额	外资企业进口额	外资企业贸易差额	贸易差额占进出口总额的比重
2010年	16003.1	8623.06	7380.0	1243.1	7.77%
2011年	18601.6	9953.30	8648.3	1305.0	7.02%

资料来源：商务部外资统计。

在外商投资企业进出口顺差略有增加的情况下，2011年全国外贸进出口顺差却在收窄，因此其占全国顺差总额的比重有所提高，达到了84.1%，比2010年提高了16.2个百分点。从图8.6.1中可以看出，自2006年以来外商投资企业顺差占全国总顺差的比重在逐年增加。

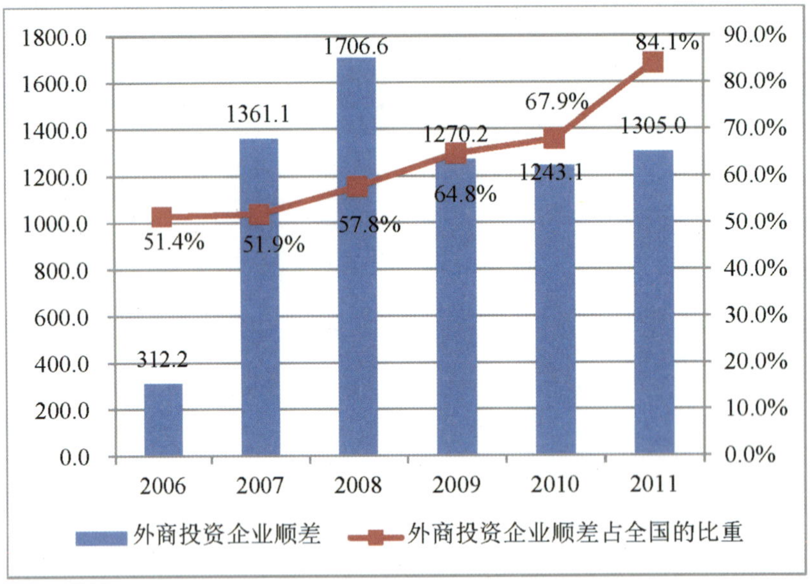

图8.6.1 外商投资企业顺差情况（单位：亿美元，%）

数据来源：商务部外资统计。

3. 不同贸易方式增速不一

(1)一般贸易增长强劲

2011 年，外商投资企业一般贸易进出口总额 5919.76 亿美元，同比增长 24.3%，在外商投资企业进出口总额中所占比重 31.82%，所占比重比 2010 年提高了 2.08 个百分点。其中，一般贸易出口 2537.46 亿美元，同比增长 21.3%，比全国一般贸易增长（27.3%）低 6 个百分点；一般贸易进口 3382.29 亿美元，同比增长 26.7%，比全国一般贸易增长(31%)低 4.3 个百分点。

(2)加工贸易增速减缓，但在全国加工贸易中的份额基本稳定

2011 年外商投资企业加工贸易进出口总额 10842.77 亿美元，同比增长 11.67%，比 2010 年同比增长下降了 15.33 个百分点，在外商投资企业进出口总额中的比重为 58.29%，所占比重比 2010 年同期低 2.38 个百分点。其中，加工贸易出口 6993.25 亿美元，同比增长 12.7%，比 2010 年同比增长下降了 12.99 个百分点，在外商投资企业出口总额中的比重为 70.26%，所占比重比 2010 年同期低 1.7 个百分点；加工贸易进口 3849.52 亿美元，同比增长 9.86%，比 2010 年同比增长下降了 19.53 个百分点，在外商投资企业进口总额中的比重为 44.51%，所占比重比 2010 年同期低 2.97 个百分点。外商投资企业加工贸易进口中，进料加工进口 3264.4 亿美元，同比增长 13.26%；来料加工进口 585.12 亿美元，同比下降 5.88%。

2011 年外商投资企业加工贸易进出口额在全国加工贸易进出口总额中的比重为 83.07%，所占比重比 2010 年同期低 0.79 个百分点，其中加工贸易出口额在全国加工贸易出口总额中的比重为 83.71%，所占比重比 2010 年同期低 0.11 个百分点，加工贸易进口额在全国加工贸易进口总额中的比重为 81.94%，所占比重比 2010 年同期低 2 个百分点。2006 年开始，外商投资企业进出口总额在全国进出口总额中的占比出现小幅降低趋势，而其加工贸易在全国中的占比降低趋势并不显著，如图 8.6.2 所示。

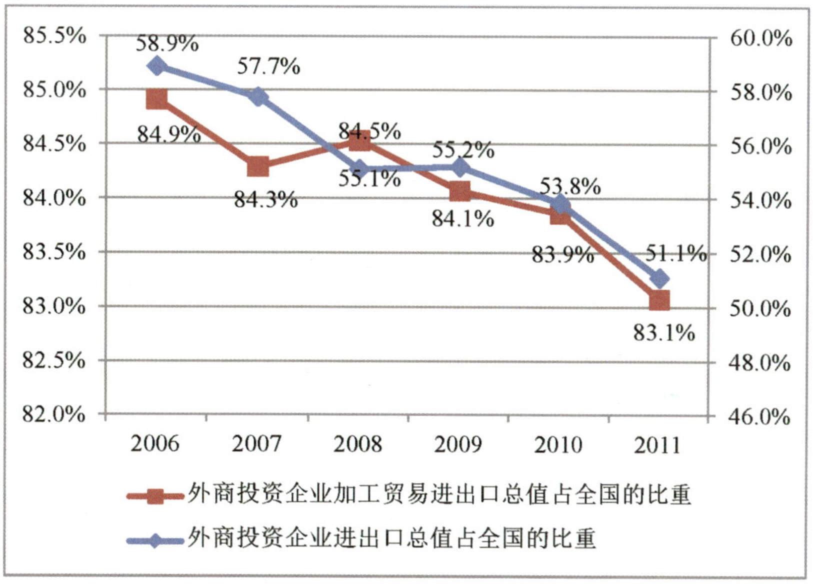

图 8.6.2　外商投资企业贸易在全国对外贸易中的份额

资料来源：商务部外资统计。

二、外商投资企业进出口相关政策及分析

近年来,国家就转变外贸发展方式、促进外贸稳定增长出台了一系列的相关政策措施,主要集中在提升外贸发展结构、促进加工贸易转型以及增加贸易便利化措施等方面。

国家在“十二五”规划中就贸易发展方面确定了如下政策:提升劳动密集型出口产品质量和档次,扩大机电产品和高新技术产品出口,严格控制高耗能、高污染、资源性产品出口;促进加工贸易从组装加工向研发、设计、核心元器件制造、物流等环节拓展,延长国内增值链条;完善海关特殊监管区域政策和功能,鼓励加工贸易企业向海关特殊监管区域集中。

2012 年 4 月商务部发布的《对外贸易发展“十二五”规划》中,进一步提出了要鼓励加工贸易企业从沿海向内陆地区转移和延伸产业链、增值链,提高本地增值、本地配套比重,同时明确要继续保持出口退税、贸易融资和出口信用保险等外贸政策的基本稳定,进一步改善通关、结算环境,加强进出口环节的收费监管,清理并逐步取消进出口环节的不合理限制。

2012 年 9 月,为确保外贸的良好发展,国务院出台了《关于促进外贸稳定增长的若干意见》,确定了五个方面的政策,即:做好出口退税和金融服务、提高贸易便利化水平、改善贸易环境、优化贸易结构、加强组织领导。这五个政策层面分别包括加快出口退税进度和扩大贸易融资规模、提高通关效率、积极应对贸易摩擦、优化出口商品结构、增强工作的针对性和主动性等共计十六项的具体支持措施。

三、外商投资企业进出口前景展望

国际金融危机和主权债务危机的爆发使世界经济整体不景气,国际货币基金组织预测 2012 年世界商品和服务贸易额的增长率为 3.8%,将比 2011 年下降 3.1 个百分点。同时,欧盟委员会预测,2012 年欧盟经济增速将只有 0.6%;美联储预测,2012 年美国的 GDP 增速只可能维持在 2.5% 到 2.9%之间。因此,在我国的外商投资企业面临的国际环境较为严峻。外商投资企业面临的另外的不利因素是人民币的汇率升值及劳动力成本的上升。这将导致劳动密集型外商投资企业投资回报率的减少,外商投资和贸易或转向高附加值产业。

中国良好的宏观经济环境对外商投资企业的吸引力仍然强劲。国际货币基金组织在 2012 年 2 月发布的《中国经济展望》报告中预测,在全球经济低速发展的形势下,虽然中国经济增速会略有降低,但硬着陆的情况不会出现,依旧会成为 2012 年世界经济增长的亮点。

从中国美国商会、中国欧盟商会、日本贸易振兴机构 2011 年发布的调查报告中可以看出,近两年仍有较高比例的企业有意愿扩大在华投资。另外,国家出台的一系列促进加工贸易转型、提高贸易便利化水平的政策措施也会对外商投资企业的进出口产生积极影响。综上,近期,外商投资企业进出口增速会减缓;但长期看,增长趋势或将继续保持。

第七节　服务贸易发展与政策

进入新世纪以来，我国服务贸易稳步发展，服务贸易进出口总额 2000 年为 660 亿美元，2005 年增加到 1571 亿美元，2011 年达到 4191 亿美元，2000–2011 年年均增长率 18.7%，占世界服务贸易总量的比例，2000 年为 2.2%，2011 年则上升至 5.2%。但我国总体服务贸易发展水平仍然偏低，2011 年我国服务进出口额与货物和服务进出口总额之比为 10.3%，低于同期 18%的世界平均水平，且我国服务贸易逆差持续扩大。

一、2011 年服务贸易概况

1. 服务贸易进出口持续增长

2011 年，世界服务进出口总额 80150 亿美元，较 2010 年增长 10.6%，其中，出口 41500 亿美元，同比增长 11%；进口 38650 亿美元，同比增长 10%。

中国服务贸易在经历了 2010 年较为强劲的恢复性增长之后，2011 年仍保持了较快的增长势头。2011 年我国服务贸易进出口总额为 4209 亿美元，首次突破 4000 亿美元，较 2010 年增长 18.4%，其中，出口 1828 亿美元，增长 12.7%；进口 2381 亿美元，增长 23.2%，服务出口和进口呈现出不同的发展态势，进口增速明显高于出口增速。

2. 服务贸易逆差迅速扩大

我国服务贸易逆差在 2011 年继续扩大，逆差额达 552 亿美元，较 2010 年增长 76.9%，创历史新高。逆差仍主要集中于专有权利使用费和特许费、保险服务、旅游、运输等四项服务行业，其中，运输逆差达 449 亿美元，较上年增长 55%，占服务贸易总逆差的 81%，我国外贸进出口总量增长迅速，境内企业对国际货物运输的需求上升，带动运输服务支出的较快增长。实现较大数额顺差的服务贸易行业则是建筑服务及其他商业服务，顺差额分别为 110 亿美元、140 亿美元。中国在服务贸易中具有比较优势的仍系劳动密集型行业，而在技术、人力资本密集型行业，则处于比较劣势，持续较大贸易逆差。

我国服务贸易逆差持续扩大，在一定程度上反映了中国经济，特别是制造业的迅速增长带动了对服务业的需求。

3. 我国服务贸易的世界排名[①]、国家和地区分布

2011 年中国服务贸易进出口总额及出口额、进口额的世界排名与 2010 年持平，其中，服务进出口总额仍位居世界第四位（前三位依次为美国、德国、英国），美国服务进出口总额 9690 亿美元，继续以较大优势居于首位，德国、英国和中国服务进出口总额分别为 5370 亿美元、4450 亿美元和 4209 亿美元，我国服务出口居世界第四位（前三位依次为美国、英国、德国），进口居世界第三位（前两位依次为美国、德国）。

我国服务贸易伙伴国家和地区集中度高，主要服务贸易伙伴集中在与我国相邻近地区和欧美发

①该部分数据主要来源于国家外汇管理局《2011 年中国国际收支报告》及商务部网站。

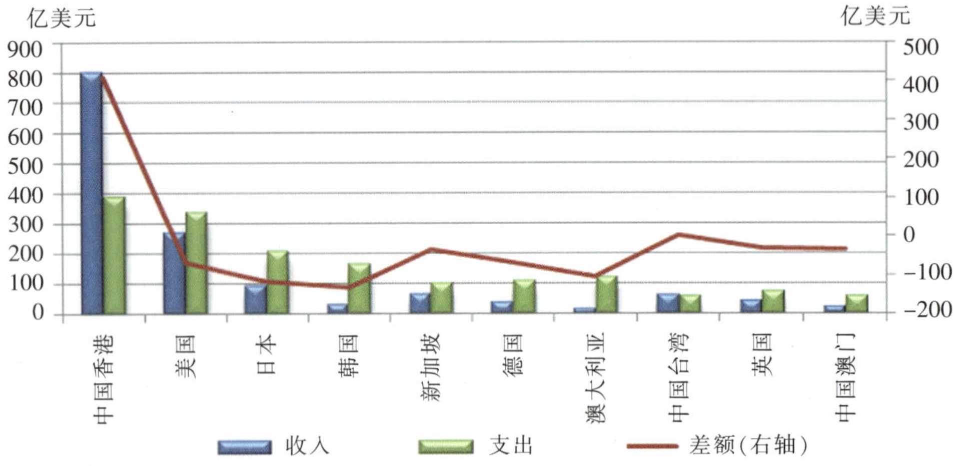

图 8.7.1 2011 年服务贸易分国别和地区的收支情况

数据来源:国家外汇管理局,《2011 年中国国际收支报告》。

达国家,2011 年,我国服务贸易收支前十名伙伴国家和地区占服务贸易总额的约 73%(图 8.7.1)。

其中,内地对香港特区顺差达 412 亿美元,大陆对台湾地区小幅顺差 4 亿美元,而对其他主要伙伴国家和地区则均系逆差,逆差较大的国家包括韩国、日本、澳大利亚和美国,分别为 131 亿、116 亿、105 亿和 66 亿美元。

二、2011 年服务贸易行业结构

1. 运输和旅游。这两个传统行业仍占据中国服务贸易的主导地位,两者出口均略有增加,而进口则大幅增长,逆差均显著扩大。运输出口 356 亿美元,进口 804 亿美元,逆差 449 亿美元,仍为我国最大服务贸易逆差行业;旅游出口 485 亿美元,进口 726 亿美元,逆差 241 亿美元,系我国第二大服务贸易逆差行业。

2. 建筑服务行业。进口显著下降,出口与上年基本持平,实现较大顺差。建筑服务出口 147 亿美元,进口 37 亿美元,顺差 110 亿美元,为我国第二大服务贸易顺差行业。

3. 保险与金融服务。保险进出口均大幅增长,贸易逆差扩大,出口 30 亿美元,较 2010 年大幅增长 76.5%,进口 197 亿美元,逆差 167 亿美元;金融服务进出口均较小,进出口值分别为 7 亿、8 亿美元,在服务贸易进出口额中占量微小。

4. 计算机和信息服务。进出口均显著增加,其中出口 122 亿美元,较上年增长 31.2%,进口 38 亿美元,比上年增长 26.7%,实现贸易顺差 83 亿美元。

5. 专有权利使用费和特许费。出口由 2010 年的 8 亿美元减至 7 亿美元,进口则由上年的 130 亿美元增至 147 亿美元,逆差 140 亿美元。

6. 咨询服务进出口均有较大增长,咨询出口 284 亿美元,较上年增长 24.6%,进口 186 亿美元,比上年增长 23.2%,顺差 98 亿美元。

7. 广告、宣传服务。进出口均较大幅度增加,其中出口 40 亿美元,较上年增长 37.9%,进口 28 亿美元,增长 40%,顺差 12 亿美元。

8. 通讯服务、电影和音像。通讯服务实现顺差 5 亿美元,电影、音像逆差 3 亿美元,两者进出口值在服务贸易中的占比微小。

9. 其他商业服务出口较大幅度增长,进口微弱增长,顺差大幅增加,出口达 323 亿美元,进口 183 亿美元,实现顺差 140 亿美元。

三、2011年服务外包发展①

(一)服务外包行业发展概况

2011年,我国服务外包增长迅速,企业承接服务外包合同执行金额323.9亿美元,其中,承接国际离岸服务外包合同执行金额238.3亿美元。我国服务外包在世界市场中所占份额大幅提高,2011年我国承接服务外包额占世界市场的23.2%,较上年提高了6.3个百分点。近年来,我国软件服务外包迅速发展,产业规模不断扩大,逐步形成了五大软件服务外包产业集群——环渤海、长三角、珠三角、中西部和东北集群。在电信服务外包行业,我国处于优势地位,保持着持续增长的态势,发展前景广阔。生物医药外包初具规模,目前中国已超过印度成为亚洲医药研发外包的首选地。

(二)服务外包行业发展趋势

软件服务外包作为服务外包基础性行业将会持续发展,这是由国内外较大市场需求和我国具有丰富软件开发、服务人力资本而决定的。随着东部沿海城市人力和商务成本的提升,软件服务外包业务(特别是其中的低附加值业务)将会逐步向中西部地区二三线城市转移,软件服务外包的交付方式亦可能会发生变化,即一线城市接单,二、三线城市交付。生物医药研发行业的服务外包目前仍处于起步阶段,但我国拥有较雄厚的生物医药研发实力及政府对医药研发的重视和支持,生物医药研发服务外包将会得到进一步发展。随着我国金融市场的进一步对外开放及金融改革的深化,金融服务外包也将会有更广阔的发展空间。

四、服务贸易相关政策

国家"十二五"规划就"十二五"时期中国服务贸易的发展,提出了如下总括性要求:要扩大服务业对外开放,提高服务贸易在对外贸易中的比重;稳定和拓展旅游、运输、劳务等传统服务出口,努力扩大文化、中医药、软件和信息服务、商贸流通、金融保险等新兴服务出口;大力发展服务外包,扩大金融、物流等服务业对外开放水平。

根据国务院2009年发布的《关于促进服务外包产业发展问题的复函》(国办函 [2009]9号),北京、天津、上海、重庆、大连、深圳、广州、武汉、哈尔滨、成都、南京、西安、济南、杭州、合肥、南昌、长沙、大庆、苏州、无锡等20个城市被确定为我国服务外包示范城市,支持在上述城市深入开展承接国际服务外包业务、促进服务外包产业发展试点,具体政策措施包括:在苏州工业园区技术先进型服务企业有关税收试点政策继续执行的基础上,自2009年1月1日起至2013年12月31日止,对符合条件的技术先进型服务企业,减按15%的税率征收企业所得税;技术先进型服务企业职工教育经费按不超过企业工资总额8%的比例在企业所得税税前扣除;对技术先进型服务企业离岸服务外包业务收入免征营业税。中央财政对服务外包示范城市公共服务平台设备购置及运营费用和服务外包企业创建品牌、知识产权保护、参加境内外各类相关展览、国际推介会、取得国际资质认证等给予必要的资金支持。中西部地区国家级经济技术开发区内的服务外包基础设施建设项目贷款,可按规定享受中央财政贴息政策。电信企业经营者为服务外包企业网络接入、国际线路租赁提供便利,做好服务外包园区直达国际通信出入口的国际专用通道的调配和相关通信服务工作。建立和完善与服务外包产业特点相适应的通关监管模式,提供相应的通关便利。支持符合条件的服务外包企业境内外上市,拓宽服务外包企业融资渠道,扩大融资能力。对服务外包企业对外支付一定金额以下的服务贸易、收益和经常转移外汇资金,免交税务证明;采取多种方式对符

①本部分数据主要来源于中国服务外包研究中心《中国服务外包行业发展现状与趋势分析》,及中国产业信息网《2012-2016年中国服务外包行业调研及未来前景研究报告》。

合条件的服务外包企业发展离岸外包业务给予账户开立、资金汇总等方面的政策便利。

商务部于2011年9月正式公布了《服务贸易发展"十二五"规划纲要》,该规划纲要明确提出要更加重视服务领域对外开放,鼓励外资参与软件开发、跨境外包、物流服务,更加重视稳步扩大现代服务进口,支持引进设计、研发和营销等方面先进技术和管理经验,更加重视充分利用自由贸易协定加强与有关国家和地区的服务贸易交流与合作,深化"两岸四地"服务贸易领域的合作,进一步扩大咨询服务等前沿服务领域的对外开放。《服务贸易发展"十二五"规划纲要》还进一步提出,"十二五"期间,要在符合世界贸易组织规则的前提下,制定和完善促进中国服务贸易发展的法律法规,依法规范市场主体行为,明确激励措施,加强服务贸易管理、促进、统计等工作,健全企业知识产权管理制度,加强知识产权执法,提高社会公众保护知识产权的意识,形成重视知识产权保护的文化氛围等等。

五、中国服务贸易未来发展前景预测

作为服务贸易的产业基础,我国的服务业还有很大的发展空间。2010年,我国人均国内生产总值超过4000美元,按照世界大多数国家经济发展经验和一般规律,人均收入跨过这一门槛后服务业将进入加速发展时期。另一方面,2011年我国服务进出口额与货物和服务进出口总额之比为10.3%,远低于同期18%的世界平均水平,2011年我国货物出口占全球市场份额10.6%,服务出口仅占比5.3%,服务出口仅为货物出口占全球市场份额的一半,服务贸易、服务出口尚有很大的发展空间,而迅速发展的货物贸易也将会带来巨大的服务贸易需求。

近期来看,美国经济在2012年前两季度,按年率计算分别增长0.4%和1.0%,远低于去年各季度增速。欧元区经济二季度环比增长仅为0.2%,明显低于一季度的0.8%。日本经济一季度环比下降0.9%,二季度延续下滑态势,环比负增长0.5%。受世界主要经济体经济发展低迷及自身经济发展回落的影响,中国服务贸易在近期将保持较平稳增长。全球金融与经济危机虽然在一定程度上暂时减缓了国际服务贸易的发展速度,但世界及我国服务贸易发展的总体趋势不会改变。随着全球经济的逐步复苏,货物贸易将回到上行通道,并带动运输、保险、金融等生产性服务贸易的快速增长,我们可以期待未来我国服务贸易将会迎来快速发展的时期。

第八节 金融投资环境与政策

一、中国金融发展现状

金融体系从"单一型、集权式"转向"多元化、分散式",形成了金融要素种类繁多、层次结构较为复杂、以银行中介为主导的金融体系。

(一)金融机构种类齐全,银行居于主导地位

我国已经形成了以银行为主体,多种非银行金融机构并存的局面,各项金融中介机构类别齐全。截至2011年底,我国银行类金融机构包括2家政

策性银行及国家开发银行,5家大型商业银行,12家股份制商业银行,144家城市商业银行，农村金融机构(含农村商业银行、农村合作银行、农村信用社、村镇银行和农村资金互助社)3300多家,1家邮政储蓄银行,4家金融资产管理公司,40家外资法人金融机构,66家信托公司,127家企业集团财务公司,18家金融租赁公司,4家货币经纪公司,14家汽车金融公司,4家消费金融公司,10家贷款公司,银行业金融机构的本外币资产总额为113.3万亿元,大型商业银行和股份制商业银行占银行业金融机构资产的份额分别为47.3%、16.2%。此外,我国还有证券公司109家，证券公司总资产为1.57万亿元,保险公司控股集团10家,保险资产管理公司11家,保险公司120家(其中人寿保险公司61家),保险公司的资产总额为5.9万亿元①。

总体来看,我国金融机构类别齐全,但从资产规模和分支数量来看,银行特别是国有大型商业银行占据了主导地位,其他金融机构特别是信托和租赁公司规模偏小。

(二)多层次金融市场体系初步形成,债券和金融衍生品市场有待发展

中国的金融市场总体上形成了由货币市场,股票、债券和股权交易市场,外汇市场,保险市场,黄金市场等多层次市场体系。截至2011年底,中国股票市值排名全球第三，债券市场规模排名第五,国内债券余额位居全球第四,公司信用类债券余额在全球排名第三,商品期货成交量也多年在世界名列前茅,铜、铝、大豆等基础产品期货价格已具备一定的国际影响力。

从金融资产的总量构成看,我国金融资产中短期资产（货币类）占比最大，其次是股票（占比16.76%),债券市场规模仍非常小。从2011年全社会融资情况看，在12.83万亿元的融资总额中,人民币贷款占58.3%,委托贷款占比10.1%,未贴现的银行承兑汇票占比8.0%,企业债券占比10.6%;截至2011年底，我国沪深A股融资规模为7941.90亿元,公司债融资1291.20亿元,而银行本外币贷款余额约58万亿，两者之和还不到后者的16%；表明整个社会融资来源仍集中于银行体系,直接融资还有待进一步发展。

表8.8.1　中国金融资产构成概览(2011年12月31日)　单位:亿元,%

金融资产种类	数量	比重
货币类金融资产	895565.37	81.4
债券类金融资产	15400	1.4
股票类金融资产	184346	16.76
保险费收入	4835	0.44

数据来源:中国人民银行《中国货币执行报告》2012年第一季度。

由于金融市场结构中债券发展相对滞后,直接融资比例处于较低水平,银行间接融资仍占有绝对地位,而在利率受到管制的情况下,资金优化配置功能难以充分发挥;另一方面,从债券的结构看,目前主要发行中长期债券,国债、政策性和地方政府债券占比过高,企业通过商业债券和票据融资的潜力巨大,中小企业融资难问题突出;此外,我国的金融衍生品市场还处于起步阶段,期权、抵押资产证券化等金融工具规模较小,缺乏金融风险的管理和分散工具。

①数据来源:中国人民银行《2011年中国金融市场发展报告》。

(三)金融服务基本开放,证券资本流动仍受严格外汇管制

就开放程度而言,我国早在1994年就通过人民币特种股票(B股)以及境内企业海外上市等方式,为外国投资者提供了投资渠道,2001年后,金融服务业逐步放开市场准入,外资银行、证券、基金和保险公司在中国的数量和规模不断扩大。直接投资项目下的资本金兑换已经逐步放开,而证券投资仍受到比较严格的管制,通过实施合格的境外机构投资者(QFII)和合格的境内机构投资者(QDII)等方式,在额度审批管理下实现了证券投资的有管理的双向流动。

二、吸引FDI的金融环境

从金融发展程度来看,我国的金融体系的发展程度在全球处于中等水平,外资金融机构规模还有待扩大,对外资企业的资金支持和投资渠道还比较有限,存在巨大的发展潜力。

(一)总体金融发展程度居全球中等偏上,存在巨大发展潜力

根据世界经济论坛的金融发展指数报告,在60个国家和地区中,2012年中国的金融发展指数排名第23位,高于南非、巴西、印度和俄罗斯等发展中国家,但距离发达国家仍存在较大的差距。中国的各项指标得分和排名情况充分说明了我国金融体系发展的特征,一方面金融机构经营日益多元化,银行和非银行体系的金融服务方面排名靠前,与此同时,政府加强金融安全防范,金融稳定性状况尚可;然而,我国金融体系的市场化程度特别是利率市场化程度不够,政府对金融体系的管制措施相对严格,直接融资市场发展不完善,也使得我国在制度环境、经营环境以及金融可获得性方面有较大的改进空间,外商投资和中小企业仍面临融资难的局面,对外资在金融市场准入、产品投资、外汇兑换等方面的限制则对我国的投资环境产生了负面影响。

表8.8.2　2012年世界主要国家(地区)金融发展指标

	金融发展总指标		制度环境		经营环境		金融稳定性		银行金融服务		非银行金融服务		金融市场		金融获得性	
中国香港	5.31	1	5.77	9	6.03	2	5.35	8	6.15	1	3.76	10	5.04	4	5.08	4
美国	5.27	2	5.65	13	5.58	13	4.36	38	4.28	21	6.11	1	5.86	1	5.06	5
英国	5.21	3	6.00	2	5.75	8	4.12	43	5.80	2	4.85	3	5.44	2	4.51	12
新加坡	5.10	4	6.24	1	6.03	1	5.67	3	4.78	10	3.44	12	5.11	3	4.45	14
加拿大	5.00	6	5.90	6	5.72	9	5.06	13	4.60	13	4.24	7	4.27	10	5.21	2
日本	4.90	7	5.58	15	5.27	19	4.93	19	5.69	3	4.32	6	4.71	5	3.81	27
法国	4.43	14	5.49	17	5.12	22	4.18	42	4.39	19	2.85	17	4.26	11	4.69	11
德国	4.61	11	5.75	10	5.61	11	4.93	18	4.69	12	3.06	16	3.80	13	4.40	16
中国	4.00	23	4.1	35	3.95	47	4.89	20	4.43	17	4.48	4	2.98	21	3.15	41
南非	3.71	28	4.74	25	4.31	42	4.94	17	3.51	38	2.45	22	2.67	25	3.39	36
巴西	3.61	32	3.72	46	3.74	49	4.82	24	3.55	36	3.60	11	2.37	32	3.48	32
印度	3.29	40	3.18	56	3.39	55	3.95	46	3.14	45	3.94	9	2.48	28	2.94	45
俄罗斯	3.30	39	3.06	59	4.50	32	4.19	41	2.37	58	4.09	8	2.05	35	2.83	50

注:每一项指标下,第一列是得分情况(0–7),第二列是在全球60个经济体中的排名。

资料来源:世界经济论坛(World Economic Forum),Financial Development Report 2012.

(二)外资金融机构迅速扩张,市场份额有待提升

2001 年底中国实现金融服务业逐步开放以来,在华外资银行营业机构数量稳步增加,总资产规模也不断壮大。截至 2011 年底,在华外资银行机构达到了 387 家,45 个国家和地区的 181 家银行在华设立 209 家代表处;14 个国家和地区的银行在华设立 37 家外商独资银行(下设 245 家分行)、2 家合资银行(下设 7 家分行,1 家附属机构)、1 家外商独资财务公司;26 个国家和地区的 77 家外资银行在华设立 94 家分行。外资银行在我国 27 个省(市、区)50 个城市设立机构网点,较 2003 年初增加 30 个城市。外资银行机构数量相比 2004 年翻了一倍,总资产从 2004 年的 5823 亿元增加到 21535 亿元,增长了 270%。其他外资金融机构数量也在迅速增长,截至 2012 年 8 月,共有合资证券公司 13 家,合资基金公司 40 家,保险公司 54 家(2011 年底数据),外资保险公司保费规模从 2004 年的 97.9 亿元到 2011 年的 439 亿元,增长了 4 倍多。

表 8.8.3　2004-2011 年在华外资银行营业机构数与总资产情况　　单位:个,亿元,%

项目	2004	2005	2006	2007	2008	2009	2010	2011
营业机构数量	188	207	224	274	311	338	360	387
总资产	5823	7155	9279	12525	13448	13492	17423	21535
占银行业总资产比重	1.84	1.91	2.11	2.38	2.16	1.71	1.85	1.93

数据来源:中国银监会。

尽管规模扩张迅速,但外资金融机构的相对市场份额仍有较大提升潜力。截至 2011 年,外资银行在银行业总资产中的百分比不足 2%,2007 年外资寿险公司在中国寿险市场的份额为 8%,2012 年 6 月进一步降低到 4.28%,外资财险份额则在 1%左右。造成外资金融机构在华市场份额较低的原因多种多样,包括渠道网点欠缺、本土化竞争优势不足等,但利率不能完全自主定价、缺乏人民币资金来源、外汇资金管制等则是其政策性根源。

(三)外商企业的融资渠道相对单一,证券投资受到严格限制

我国外商投资企业的主要融资方式是直接投资(股权投资)、银行信贷和贸易信贷、境外借款等方式,利用国内资本市场融资非常有限。

在债券融资方面,目前仅有少量的外资企业能够在银行间债券市场以及香港市场上发行人民币债券融资。2005 年,亚洲开发银行和国际金融公司分别发行了人民币金融债券 11.3 亿元和 10 亿元;2009 年,汇丰银行(中国)、东亚银行(中国)赴香港发行人民币债券。2010 年 4 月 6 日,国务院发布了《关于进一步做好利用外资工作的若干意见》,提出要“促进利用外资方式多样化”,支持符合条件的外商投资企业境内公开发行股票、发行企业债和中期票据,拓宽融资渠道,引导金融机构继续加大对外商投资企业的信贷支持;稳步扩大在境内发行人民币债券的境外主体范围等。随后,外资机构在华融资渠道开始拓展。2010 年 5 月,三菱东京日联银行(中国)在中国内地银行间债券市场发行了总额 10 亿元的人民币金融债券,麦当劳公司在香港发行 2 亿元人民币债券,为其中国业务融资,此外,境外人民币债券业务也极大推进,汇丰控股在 2012 年 4 月在伦敦发行了 20 亿元人民币债券,为其中国业务和人民币业务提供资金支持。整体来看,对外资企业在中国境内发行人民币债券的审批和限制将逐步放松,外资企业不仅能够通过控股公司或关联

公司在香港和境外发行人民币债券融资,也可以逐步进入中国的债券和票据市场。

在股票市场融资方面,1992 年 2 月,上海联合纺织实业股份有限公司发行了我国第一只中外合资企业股票,此后,在人民币特种股票市场(B 股)上,外资企业可以发行股票融资,外资企业也可在 B 股市场上买卖证券。在证券投资方面,我国境内的外资企业,除外商投资股份公司即战略投资者在经过审批后,可以通过协议转让、定向发行等方式获得上市公司股票,并在持有期满后转让外,尚未放开外资企业直接或间接投资上市交易的有价证券和金融衍生品,而在 2011 年 10 月推出的跨境人民币直接投资试行办法中,也规定外商投资企业跨境人民币资金在中国境内不得直接或间接用于投资有价证券和金融衍生品,以及用于委托贷款。

三、金融改革发展及对吸引 FDI 的影响

根据我国最新颁布的金融业发展和改革“十二五”规划,金融结构调整和发挥市场化的资源配置功能是重中之重,其中大力推进利率市场化,提高非金融企业直接融资占社会融资占比规模,加快建设多层次金融市场体系,将对利用 FDI 产生重要的影响。

(一)利率市场化将有助于实现资源的最优配置,提高企业运营效率,增强对外商投资的吸引力

自从 1996 年 6 月 1 日人民银行放开了银行间同业拆借利率,启动利率市场化进程以来,利率市场化取得了阶段性的进展。1999 年实现了银行间市场利率、国债和政策性金融债发行利率的市场化;先后多次扩大了金融机构贷款利率浮动区间和定价自主权,目前商业银行贷款利率浮动区间扩大到[0.8,1.7];存款利率浮动区间的上限调整为基准利率的 1.1 倍;对于境内外币利率,2000 年 9 月放开了贷款利率限制,以后又逐步放开了英镑、瑞士法郎和加拿大元的外币小额存款利率管理,仅对美元、日元、港币、欧元小额存款利率实行上限管理。

总体来看,按照先外币、后本币,先贷款、后存款,存款先大额长期、后小额短期的基本步骤,我国将逐步建立由市场供求决定金融机构存、贷款利率水平的利率形成机制,金融机构的利率定价自主权不断扩大,市场机制在金融资源配置中将发挥主导作用。这一进程对我国吸引外资将产生深远的影响。

首先,市场化利率能够有效、准确、及时地反映资金价格,大型外资企业面对全球资本市场,对利率变动更为敏感,利率市场化能够便于其对资本和资产运营进行有效配置。其次,利率市场化将赋予金融机构灵活的利率定价权,使经营状况好、业绩稳定的外资企业能够获取低成本融资的便利,淘汰经营不善,业绩波动频繁的外资企业,提高我国外资企业的质量,从长期来看将促进外商直接投资的发展。

(二)大力发展直接融资,促进资本市场对外开放,将极大地拓展外资企业的融资渠道,增强对 FDI 的吸引力

目前,我国已经形成了主板市场(沪深交易所)、中小企业板市场、创业板市场、以天津股权交易所为代表的场外交易市场和区域性产权交易市场等多层次的股票交易市场体系,债券市场、中短期票据市场等债权融资手段,但总体来说,直接融资的规模仍有待进一步扩大,从“十一五”期间 11.08%增加到 15%,未来增加非金融企业股票和债券融资规模。培养多层次的机构投资者,提供更多的融资渠道,未来可能进一步放宽养老基金和保险资金的投资领域,培植产业基金等机构投资者,

积极发展资产证券化业务，增强金融机构和金融市场的流动性。

2010年4月6日，国务院发布了《关于进一步做好利用外资工作的若干意见》，提出要“促进利用外资方式多样化”，鼓励外资以参股、并购等方式参与国内企业改组改造和兼并重组；支持符合条件的外商投资企业境内公开发行股票、发行企业债和中期票据，拓宽融资渠道，引导金融机构继续加大对外商投资企业的信贷支持；稳步扩大在境内发行人民币债券的境外主体范围；支持A股上市公司引入境内外战略投资者，鼓励外商投资设立创业投资企业，积极利用私募股权投资基金，完善退出机制。此后，我国于2011年推出了人民币直接投资，外资企业在境内开始发行人民币债券，便利外资企业在我国境内上市融资的国际板也正在筹划中。

2012年6月，中国证监会进一步就《关于实施合格境外机构投资者境内证券投资管理办法有关问题的规定》公开征求意见，拟降低门槛准入、将境外投资者持股限制从20%提升到30%，允许其开立多证券账户、扩大投资范围，允许参与股指期货交易和进入银行间债券市场等。可以预计，我国资本市场对外开放程度将进一步提升。

资本市场深化和开放的过程将对我国的FDI产生几个方面的影响：(1) 资本市场发展将极大拓宽金融服务外资企业的市场机会，相关的证券、保险、基金等机构投资者，以及会计、律师、审计、咨询等相关服务机构将充分发挥其竞争优势，提升市场份额。(2)发展多层次资本市场，将拓宽现有外资企业的融资渠道，降低其资金成本。外商投资企业在境内通过股票、企业债和中期票据方式进行人民币融资，能够降低对银行融资的依赖性，降低外汇风险。(3)资本市场的对外逐步开放，将有助于大型外资机构在全球范围内实现资金运作，提高运营效率，从而吸引更多优质外资企业到华投资。因此，随着资本市场建设和开放程度的不断提高，将极大改善FDI在我国的金融投资环境。

第九节　外汇管理环境与政策

一、中国现行外汇制度

中国的外汇管理制度，最早实施严格的计划经济管理(1953-1978年)，改革初期(1979-1993年)实行了外汇留成和汇兑双轨制。1994年，我国的外汇管理制度进行了重大改革，实施银行结售汇制度，统一外汇市场，实行以市场供求为基础的、单一的、有管理的浮动汇率制度；1996年底实现人民币经常项目完全可兑换；2005年7月实施汇率制度改革，加速了汇率形成机制的市场化以及人民币自由兑换的进程。

目前，我国的外汇管理职能部门是中国国家外汇管理局，受国务院的直接领导，人民币汇率形成机制归属人民银行管理。

(一)人民币汇率形成机制

2005年7月，我国实施汇率制度改革，人民币对美元一次性升值2%，并开始实行以市场供求为基础、参考一篮子货币进行调节、有管理的浮动汇率制度。现行汇率形成机制的基本框架是：企业、个人和金融机构参与银行柜台和银行间两个层次的外汇市场交易,由供求关系在国家规定的中间价波动幅度内决定市场汇率,国家对中间价的形成方式和市场汇率的波动幅度实施管理和调控。

自 2006 年 1 月 4 日起,中国人民银行授权中国外汇交易中心于每个工作日上午 9 时 15 分对外公布当日人民币对美元、欧元、日元、港币和英镑汇率中间价,银行间即期外汇市场人民币对美元交易价在中间价上下 0.5%的幅度内浮动(2012 年 4 月扩大到 1%),银行对客户挂牌人民币对美元汇价实行最大买卖价差幅度管理,当日现汇(钞)最高卖出价与现汇(钞)最低买入价区间应包含中间价,且现汇和现钞买卖价差不得超过中间价的 1%和 4%,在上述价差幅度内,银行可自行调整美元现汇和现钞的买卖价。人民币对欧元、日元、港币和英镑四种非美元货币交易价在中间价上下 3%的幅度内浮动;银行可自行决定对客户人民币对非美元货币挂牌现汇和现钞买卖价。

自 2005 年 7 月人民币汇率制度改革后,人民币汇率弹性逐步增加,截至 2012 年 6 月,人民币对美元汇率累计升值约 28%,实际有效汇率累计升值约 20%,但实际有效汇率每月波动幅度在 0.05%以下。

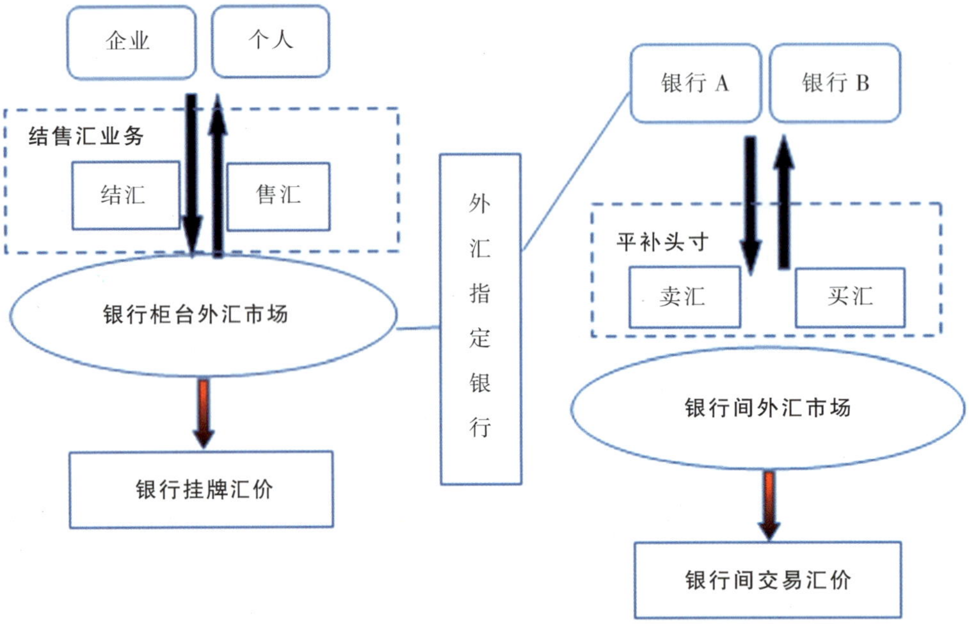

图 8.9.1 外汇交易与人民币汇率形成机制

资料来源:国家外汇管理局网站。

(二)资本流动管制和货币兑换

人民币目前在经常账户项目已经实现了自由兑换,在资本账户下则还存在比较严格的管制,特别是在证券投资和短期资本流入方面。

我国在 1996 年 12 月 1 日宣布接受 IMF 第八条,实施了经常项目可兑换,此后逐步取消了经常项目外汇收入限额管理和支付限制,2006 年,企业无需外管局批准就可直接开立经常项目外汇账户,2008 年修订后的《外汇管理办法》规定,企业和个人可按规定保留外汇或将外汇卖给银行,2009 年逐步废除了强制结售汇的相关文件。

在资本与金融账户方面,我国对外商直接投资的管理逐步放松,2011 年开始允许外国企业以合法获得的人民币资金在境内投资,进一步开辟了人民币资金回流的通道,但对外债和对外担保方面仍实施严格管理，对短期资本流动实施严格管理，通过合格的境内机构投资者(QDII)、合格的境外机构投资者(QFII)以及合格的人民币境外直接投资机构(RQFII)制度，控制证券流动的额度。截至2012年8月30日，已批准QFII 152家，金额298.68亿美元，QDII101家，金额842.97亿美元，人民币境外直接投资机构(RQFII)21家，额度为370亿元人民币。2010年8月以后，我国允许部分外国货币当局、商业银行和保险公司在一定的额度内投资银行间债券市场，但其总规模不到国内债券市值的2%。

总体来说，人民币汇率波动幅度较小，而在资本账户管制方面，我国目前在非居民参与国内货币和基金信托市场、买卖衍生工具等4个项目完全管制；在债券、股票、房地产交易和个人资本交易等22项下部分可兑换，而在信贷工具交易、直接投资及清算等14个项目已经实现了基本可兑换。

二、与利用FDI相关的外汇管理政策

外商企业的外汇相关业务主要集中在三个方面：企业投资融资、日常经营和贸易往来、报酬和利润汇出等。我国在经常账户下已基本实现自由兑换，因此，目前的外汇管理政策集中于资本项目下的外汇管理，包括直接投资资本金汇入和利润再投资，外债管理以及在经常账户非贸易项目下的报酬、利润汇出等。在进行外汇管理时，强调“真实性”原则，实施属地管理和事前审批制度，外商投资企业需要开立专门的外汇资金专用账户。

外汇管理局通过审批、登记、核准对境内机构资本项目外汇的流出入和汇兑进行管理，具体涉及到外国直接投资企业的主要包括：外汇出资与资本金登记、入账和结汇、外汇账户管理、股权转让、境内外汇划转、清算资金汇出、利润和其他所得再投资等。2011年，我国开始试点允许合格投资者以境外获得的人民币在华投资，进一步放宽了外汇管制。

此外，外商直接投资企业借用外债需遵从外债总额管理控制，实施逐步审批，通常流程是由企业签订贷款协议，随后到注册所在地外汇管理局办理外债登记，申请在银行开立外债专用账户或还本付息外债专用账户，凭外汇管理局核准文件在银行开户。截至2011年12月，我国累计外债余额6950亿美元，其中外商直接投资企业借债1363.6万亿，占比约19.6%，外资金融机构外债累计余额540.5亿美元，占比约7.78%，债务余额相比2001年分别增长了2.87倍和2.17倍。

三、我国外汇管理政策发展及影响

伴随着中国经济的成长以及全球影响力的提升，未来外汇管理政策的重点将集中在三个方面，即推进人民币跨境使用、推进人民币资本项目可兑换以及形成更为市场化的汇率机制。

(一)人民币国际化进程加速，将极大促进对外经济贸易

人民币国际化主要是推进人民币跨境业务的发展，包括贸易结算、投资货币和官方储备货币的使用，其趋势是从经常项目向资本和金融项目逐步延伸。

我国在2008年开始试点对外贸易人民币结算，目前结算范围已经扩展到全国，境外不受地域限制，截至2012年6月末，境内银行办理业务量规模已经达到3.8万亿，人民币在跨境货币贸易结算中的比重也逐步提高，2012年1至8月已经达到7.8%。在拓展人民币投资方面，目前已经推出人民币外商直接投资，并允许部分外国机构投资于我国银行间债券市场，未来可能进一步拓宽人民币资金的回流渠道，旨在增加人民币投资渠道，吸引更多

优秀外国企业来华上市的“国际板”也正在推进中。在官方储备货币方面，目前我国已经同18个央行或货币当局签订了总额为1.6万亿美元的本币互换协定,愿意将人民币纳入国际储备货币的国家也日益增多。

总体来看,人民币国际化进程正在加速,将给贸易和投资带来极大的便利，对外商直接投资而言,其投资的币种选择增加,融资更为容易,经营和投资过程中的外汇风险管理手段也更加多样化。

(二)资本账户的逐步开放将为外商直接投资提供便利化,促进双向投资

在对流入的管制方面,我国将逐步取消外商直接投资项下外汇账户开立及入账核准、简化外商投资性公司境内再投资外汇管理、取消直接投资项下境内外汇划转核准等,这些举措降低了外商直接投资的制度性障碍,更有利于我国对外经济合作和外商直接投资的发展。

在短期证券流入方面,在实现利率和汇率市场化之前,为了维护本国的金融稳定,可以预见在一段时间内仍将维持比较保守的管制态度,但该管制不会对正常的直接投资经营活动带来较大的负面影响。

(三)人民币汇率形成机制更为灵活,将增强经济主体管理外汇风险的主动性

我国目前已经放大了人民币对美元交易的波动幅度,并增加了人民币对日元等其他货币的直接交易渠道,随着人民币对内和对外直接投资和证券投资渠道的逐步放开,境内金融和外汇市场的发展深化,最终目标将实现人民币汇率的双向浮动形成机制。随着居民持有外汇资产和非居民持有人民币资产的自由度提高,经济主体管理外汇风险意识和主动性也将大大增强,远期外汇交易、期货和期权交易等衍生产品市场的发展和壮大则为其提供了管理外汇风险的市场化途径,便于其合理对冲或规避外汇风险。

第十节　科技发展与创新政策

进入21世纪，科技创新成为国际竞争中成败的主导因素,科技竞争力决定着一个国家或地区在未来世界竞争格局中的命运与前途,成为维护国家安全、增进民族凝聚力的关键所在。建设国家创新体系,促进科技创新,成为世界各国关心的重要问题。

我国自《国民经济和社会发展第十个五年计划纲要》中首次提出“国家创新体系建设”之后,经过“十一五”科技与经济发展的五年,国家创新体系建设取得积极进展;在“十二五”期间,国家创新体系必将得到进一步完善与发展。

2005年12月,国务院发布了《国家中长期科学和技术发展规划纲要（2006-2020)》(以下简称《科技规划纲要》)。《科技规划纲要》以“自主创新,重点跨越,支撑发展,引领未来”为指导方针;立足我国国情、面向世界,对我国未来15年科学和技术的发展做出了全面规划和部署,是新时期指导我国科学和技术发展的纲领性文件。《科技规划纲要》共分十个部分:(1)序言;(2)指导方针、发展目标和总体部署;(3)重点领域及其优先主题;(4)重大专项;

(5)前沿技术;(6)基础研究;(7)科技体制改革与国家创新体系建设;(8)若干重要政策和措施;(9)科技投入与科技基础条件平台;(10)人才队伍建设。《科技规划纲要》强调了当前和今后一个时期,科技体制改革的重点任务是:(1)支持鼓励企业成为技术创新主体;(2)深化科研机构改革,建立现代科研院所制度;(3)推进科技管理体制改革;(4)全面推进中国特色国家创新体系建设。《科技规划纲要》的发布,旨在营造激励自主创新的环境,推动企业成为技术创新的主体,努力建设创新型国家。

2006 年 2 月,国务院又发布了《实施〈国家中长期科学和技术发展规划纲要(2006–2020 年)〉若干配套政策》(以下简称《配套政策》)。该《配套政策》从科技投入、税收激励、金融支持、政府采购、引进消化吸收再创新、创造和保护知识产权、人才队伍、教育与科普、科技创新基地与平台、加强统筹协调共计十个方面提出了 60 条政策。为落实《配套政策》,16 个部门又制定出台了 70 多项实施细则。《配套政策》及其实施细则的核心目标和重点内容是:"支持企业技术创新"。在《配套政策》60 多条政策和相应的实施细则中,超过三分之二的政策与企业技术创新相关。

在《科技规划纲要》及其《配套政策》中,与外商投资有关的方面需要特别注意四点:

1. 强调企业在科技创新中的重要地位。但未区别企业性质,即一视同仁在我国境内注册的国有企业、民营企业、外商投资企业;外商投资企业也是我国国家创新体系的不容忽视的重要组成部分,同样享有与国内企业相同的政策支持。

2. 加强对引进技术的消化、吸收和再创新。一方面,避免盲目重复引进,过分依赖引进技术,以及避免跨国公司通过内部贸易进行价格转移。另一方面,强调重点引进,注重引进技术结构,支持在引进的基础上消化、吸收和再创新。

3. 强调扩大国际和地区科技合作与交流。一方面,支持我国企业"走出去"。扩大高新技术及其产品的出口,鼓励和支持企业在海外设立研究开发机构或产业化基地。另一方面,积极主动参与国际大科学工程和国际学术组织。特别强调,"鼓励跨国公司在华设立研究开发机构,提供优惠条件,在我国设立重要的国际学术组织或办事机构"。这一点充分体现我国政府旨在打破研究资源的国别限制,特别注重跨国公司的研发能力,整合国内外优秀科技资源,优化我国科技资源配置。

4. 加速高新技术产业化和先进适用技术的推广。特别强调,"优化高新技术产业化环境,继续加强国家高新技术产业开发区等产业化基地建设,制定有利于促进国家高新技术产业开发区发展并带动周边地区发展的政策。"该政策旨在鼓励外商来华投资于高新技术产业,优化外商来华投资结构。

2010 年 10 月,国务院发布《关于加快培育和发展战略性新兴产业的决定》(以下简称《决定》)。《决定》共分八个部分:(1)抓住机遇,加快培育和发展战略性新兴产业;(2)坚持创新发展,将战略新兴产业加快培育成为先导产业和支柱产业;(3)立足国情,努力实现重点领域快速健康发展;(4)强化科技创新,提升产业核心竞争力;(5)积极培育市场,营造良好市场环境;(6)深化国际合作,提高国际化发展水平;(7)加大财税金融政策扶持力度,引导和鼓励社会投入;(8)推进体制机制创新,加强组织领导。

《决定》在"深化国际合作,提高国际化发展水平"部分,明确强调:

1. 大力推进国际科技合作与交流。发挥各种合作机制的作用,多层次、多渠道、多方式推进国际科技合作与交流。鼓励境外企业和科研机构在我国设立研发机构,支持符合条件的外商投资企业与内资企业、研究机构合作申请国家科研项目。支持我国企业和研发机构积极开展全球研发服务外包,在境外开展联合研发和设立研发机构,在国外申请专利。鼓励我国企业和研发机构参与国际标准的制定，鼓励外商投资企业参与我国技术示范应用项目,共同形成国际标准。

2. 切实提高国际投融资合作的质量和水平。完善外商投资产业指导目录,鼓励外商设立创业投资企业,引导外资投向战略性新兴产业。《决定》进一步表明我国政府积极吸引高质量外商投资,促进产业结构升级，转变经济增长方式的原则不变,主要体现于以下三点:(1) 境外企业为我国国家创新体系的重要组成部分。进入“十二五”时期,我国继续坚定不移的坚持对外开放政策,境外企业享有与中国境内企业同样的科技政策支持，比如税收激励、金融支持等,有权利参与相关科研项目,共同创造我国国家创新体系。(2)调整我国吸引外商投资结构,强调择优选资,重点鼓励高质量、高水平的外商投资,引导外商投向战略性新兴产业,抑制高投资、高能耗、低效率的外商投资。(3)鼓励境内外企业深层次合作,促进“引资”与“引智”相结合,鼓励境外企业和科研机构在我国设立研发机构,支持符合条件的外商投资企业与内资企业、研究机构合作申请国家科研项目;共同研发,共同形成国际标准等。

2011 年 7 月,科技部发布《国家“十二五”科学和技术发展规划》(以下简称《科技发展规划》),《科技发展规划》坚持“自主创新,重点跨越,支撑发展,引领未来”的指导方针,以科学发展为主题,以支撑加快经济发展方式转变为主线,以提高自主创新能力为核心,深化改革开放,深入实施《科技规划纲要》,着力攀登科技发展制高点,着力促进产业结构优化升级，着力满足改善民生的重大科技需求,着力提升科技创新基础能力,着力培养造就创新型科技人才队伍,全面推进国家创新体系建设,实现我国科技发展的战略性跨越,为进入创新型国家行列奠定坚实基础。

《科技发展规划》共分十二个部分:(1)形势与需求;(2)总体思路、发展目标和战略部署;(3)加快实施国家科技重大专项;(4) 大力培育和发展战略性新兴产业;(5)推进重点领域核心关键技术突破;(6)前瞻部署基础研究和前沿技术研究;(7)加强科技创新基地和平台建设;(8) 大力培养造就创新型科技人才;(9)提升科技开放与合作水平;(10)深化科技体制改革，全面推进国家创新体系建设;(11)强化科技政策落实和制定，优化全社会创新环境;(12)切实保障规划实施。之后,全国各省、自治区、直辖市、计划单列市也都根据各自的实际情况,在深入贯彻落实《科技规划纲要》和《科技发展规划》的基础上,相继出台各自的“十二五”科学技术发展规划。

在《科技发展规划》突出强调的五个基本要求中，继续坚持把深化改革和扩大开放作为强大动力，凸显我国政府整合国内外研发资源的决心不变,重点建立企业主导型技术研发创新的体制机制的决心不变,深化科技体制改革的决心不变。这非常利于增强外商来华投资的信心。

之后,为进一步贯彻落实《科技规划纲要》、《科技发展规划》以及其他相关政策,推动相关技术和产业创新发展,科技部单独或者与其他部委共同组织编制了相关产业科技发展“十二五”专项规划,主要涉及新能源、新材料、生物医药,现代服务业,高端制造业,信息产业等。专项规划的出台再次向境外企业传递了我国政府致力于择优选资,“引资”与“引智”相结合,整合国内外科研资源,调整我国外资结构的信号。

“十二五”时期是我国全面建设小康社会的关键时期,是提高自主创新能力、建设创新型国家的攻坚阶段,也是继续全面落实《科技规划纲要》的各项战略任务、用科技力量推动经济发展方式加快转变的重要阶段,也是鼓励高质量、高水平的境外企业投资于我国,引导境外企业投资于战略性新兴产业,吸引境外企业来华设立研发总部,推动外商投资企业融入我国国家创新体系建设之中的重要阶段。《科技规划纲要》以及其他一系列相关科技政策的出台与实施，在新时期对于境外企业来华投资的类型与方式具有重要的指导作用，将极大地激励高新技术境外企业、高效率低能耗低投资的境外企业、科技型境外企业来华投资，以及境外企业来华设立研发总部；抑制低附加值加工、低效率高能耗高投资的投资。

第十一节 产业转移政策

产业转移是优化生产力空间布局、形成合理产业分工体系的有效途径，是推进产业结构调整、加快经济发展方式转变的必然要求。促进产业转移不仅有利于推动东部沿海地区经济转型升级，而且有利于加速中西部地区新型工业化和城镇化进程，促进我国区域协调发展。

近年来，国家积极引导和支持产业有序转移和科学承接，相继出台了一系列政策措施。2010 年，国务院发布《关于中西部地区承接产业转移的指导意见》，明确了指导思想和基本原则，提出应因地制宜承接发展优势特色产业、促进承接产业集中布局、改善承接产业转移环境、加强资源节约和环境保护、完善承接产业转移体制机制、强化人力资源支撑和就业保障、加强政策支持和引导等七个方面要求。

2011 年，国务院出台《关于支持河南省加快建设中原经济区的指导意见》指出，要发挥区位优越、劳动力资源丰富等优势，完善产业配套条件，打造产业转移承接平台，健全产业转移推进机制，全方位、多层次承接沿海地区和国际产业转移，形成有序承接、集中布局、错位发展、良性竞争的格局。支持设立承接产业转移示范区。认真落实财税、金融、投资、产业、土地等方面的支持政策。

2012 年，国务院颁布《关于支持赣南等原中央苏区振兴发展的若干意见》指出，要坚持市场导向与政府推动相结合，发挥自身优势，完善产业配套条件和产业转移推进机制，依托现有产业基础，促进承接产业集中布局。支持设立赣南承接产业转移示范区，有序承接东南沿海地区产业转移，严禁高污染产业和落后生产能力转入。推动赣州“三南”（全南、龙南、定南）和吉泰走廊建设加工贸易重点承接地。推动瑞金、龙南省级开发区加快发展，支持符合条件的省级开发区升级，在科学规划布局的基础上有序推进未设立开发区的县（区、市）设立产业集聚区。支持设立国家级高新技术产业园区。赣南地区经济社会发展存在特殊困难和问题，应给予特别的政策支持。

在中央政府的战略指导下，中西部各省相继出台了促进产业转移的一系列政策措施。四川省《关于加快推进承接产业转移工作的意见》，对承接产业转移的财税扶持、金融促进、要素支持等做出专门规定；鼓励东部沿海地区各类投资主体来川兴办产业园区；建立承接产业转移网络信息平台；对推动形成产业链的关键企业或产业集群的核心企业，可由承接地政府给予奖励或补助；加强法制环境建设，保障产业转移企业的合法权益。

湖南省《关于积极承接产业转移促进加工贸易发展的意见》，强调切实加强口岸大通关平台建设，营造高效便捷的通关环境；加快发展现代物流业，增强产业配套能力；加强载体建设，创新承接方式；

加强用地统筹,确保产业转移项目用地;加强加工贸易专业队伍建设;进一步加强和改进服务,大力营造良好的产业承接环境;强化和完善政策配套,加大财税、金融等方面的支持力度。

河南省《关于积极承接产业转移加快开放型经济发展的指导意见》,提出扩大招商推动产业大转移、提高承接质量、构建特色园区、培育重点承接地等6项主要任务;并在土地利用、环境容量、财税扶持、金融支持等方面加大支持力度。

江西省《关于积极承接产业转移促进加工贸易发展的意见》指出,要在加强口岸大通关建设、构筑现代物流体系以及推进开放载体建设等方面进一步改善承接产业转移条件;在完善项目用地保障体系、加大财税支持力度、加大金融支持力度、优化人才体系建设等方面加大政策支持力度。

中央和地方政府政策的引导和支持,推动了我国产业转移速度空前加快:一是中西部地区利用境外资金规模不断增长,实际利用外资增长速度高于全国水平;二是中西部利用东部资金规模不断扩大;三是中西部产业结构不断优化。近年来,境内省外资金在中西部地区投资逐步由劳动密集型产业向资本密集型、技术密集型产业转化,第三产业正成为投资的主要领域。

目前,我国存在产业空间转移的内在要求和有利条件。东部地区资源日益紧张,劳动力等生产要素成本高涨;东部产业面临升级压力,传统产业转移是必然选择;中西部地区资源丰富、要素成本低、市场潜力大,成为东部地区产业特别是劳动密集型产业转移的重要驱动;高铁、高速路等交通网络的便捷大大降低了运输成本,这些因素必然成为促进我国产业转移的长期驱动力量。

外商直接投资是促进东中西部产业转移的有效途径,中西部地区的经济成长,市场吸引,要素禀赋凸显,基础设施完善,以及激励措施提供,将为外商投资企业布局中西部提供难得发展机遇。

第十二节　战略性新兴产业发展政策

2010年10月,国务院正式发布了《关于加快培育和发展战略性新兴产业的决定》,将战略性新兴产业的发展提高到了国家战略的高度。2010年2月初,发改委牵头成立加快培育战略性新兴产业研究部际小组,成员包括发改委、科技部、工信部、财政部等20个部委或单位负责人。与战略性新兴产业有关的政策措施包括财税、投融资、技术、人才、市场、进出口等诸多方面。

一、财税金融政策

中央财政于2011年设立了战略性新兴产业发展专项资金,通过需求激励、商业模式创新等综合扶持方式,以组织实施参股创投基金、重大应用示范工程、重大产业创新发展工程等为载体,推动战略性新兴产业的发展。截至2011年底全国共有24个省市设立了战略性新兴产业专项资金,新批复了41个创投基金的设立方案,吸引社会资本70多亿元。出台了《关于促进融资性担保行业规范发展的意见》、《银行业金融机构知识产权质押贷款业务指引》、《关于进一步做好创业板推荐工作的指引》等一系列政策,促进有利于战略性新兴产业发展的金融产品创新。高校增设25种战略性新兴产业相关专业,积极推动科技成果转化处置权和收益权、股权激励个人所得税改革等试点政策。自2009年1月1日起,我国启动增值税转型,由生产型增值税转为消费型增值税。

具体政策有:国家发展改革委、财政部发布《关于实施新兴产业创投计划、开展产业技术研究与开发资金参股设立创业投资基金试点工作的通知》;中国人民银行、银监会、证监会、保监会联合发布的《关于进一步做好金融服务支持重点产业调整振兴和抑制部分行业产能过剩的指导意见》加大对新能源等战略性新兴产业的金融支持;中国证监会发布的《关于进一步做好创业板推荐工作的指引》要求保荐机构应该重点推荐生物医药、新能源和其他符合国家战略性新兴产业发展方向的企业在创业板上市;国家发改委、财政部、中国人民银行、国家税务总局和银监会联合发布《关于加强中小企业信用担保体系建设的意见》;国家发改委等部门制定《关于创业投资引导基金规范设立与运作指导意见》;科技部、中国保监会推出《关于开展科技保险创新试点工作的通知》;科技部颁布实施《科技企业孵化器(高新技术创业服务中心)认定和管理办法》;科技部、中国出口信用保险公司联合出台《关于进一步发挥信用保险作用支持高新技术企业发展有关问题的通知》;财政部、国家税务总局下发《关于促进创业投资企业发展有关税收政策的通知》;财政部下发《关于进一步支持出口信用保险为高新技术企业提供服务的通知》;证监会正式颁布实施《公司债券发行试点办法》;中国银监会下发《关于商业银行改善和加强对高新技术企业金融服务的指导意见》;中国银监会颁布实施《支持国家重大科技项目政策性金融政策实施细则》;中国证监会发布《首次公开发行股票并在创业板上市管理暂行办法》和《关于进一步做好创业板推荐工作的指引》,中国深圳证券交易所发布《深圳证券交易所创业板股票上市规则》;科技部、中国银行股份有限公司发布《关于科技部与中国银行加强合作促进高新技术产业发展的通知》。

二、技术创新和人才政策

1. 建设企业技术创新能力:构建新兴产业技术创新和支撑服务体系,建立由企业牵头组织、高等院校和科研机构共同参与实施的有效机制;依托骨干企业发展企业主导、产学研用紧密结合的产业技术创新联盟,支持联盟成员构建专利、制定技术标准等。

2. 建设知识产权体系:重大发明专利、商标等知识产权的申请、注册和保护,鼓励国内企业申请国外专利;建立公共专利信息查询和服务平台与预警应急机制、海外维权和争端解决机制;完善知识产权转移交易体系。

3. 建设技术标准体系:制定并实施战略性新兴产业标准发展规划,在重点产品和关键共性技术领域同步实施标准化,支持产学研联合研制重要技术标准并优先采用,加快创新成果转化和产业化步伐。

4. 建设高素质人才队伍:吸引海外优秀人才来华创新创业,依托“千人计划”和海外高层次创新创业人才基地建设,在重点学科、重大专项、高新技术和金融管理领域加快引进海外高层次人才。在重大专项实施过程和战略性新兴产业的发展中,大力培养和造就一大批创新型人才,高度重视管理人才和创业型专业人才的培养。

技术方面的具体政策包括:国家发改委先后颁布《关于建设国家工程实验室的指导意见》、《国家工程研究中心管理办法》、《国家工程实验室管理办法(试行)》、《关于支持中小企业技术创新的若干政策》、《“十一五”重大技术装备研制和重大产业技术开发专项规划的通知》等；国家发改委、科技部、财政部、海关总署、国家税务总局共同发布《国家认定企业技术中心管理办法》并根据该办法对国家认定企业技术中心名单进行撤销和调整；科技部、财政部、教育部、国务院国资委、中华全国总工会、国家开发银行六部门联合发布《关于推动产业技术创新战略联盟构建的指导意见》；国防科工委出台《国防重点学科实验室管理办法》；科技部、财政部、教育部、国务院国资委、中华全国总工会、国家开发银行出台《国家技术创新工程总体实施方案》；国家发改委、财政部、商务部出台《鼓励进口技术和产品目录》；科技部出台《关于推动产业技术创新战略联盟构建与发展的实施办法》；并且国家发改委还组织实施工业自动化、先进制造、新材料、现代农业等一批高技术产业化重大专项，科技部、国务院国资委和中华全国总工会从2008年起联合组织开展创新型企业评价工作；国家发改委颁布《当前优先发展的高技术产业化重点领域指南》；国家发改委、科技部、财政部、教育部、中国人民银行、国家税务总局、知识产权局、中科院、工程院联合出台《关于促进自主创新成果产业化的若干政策》等。

人才方面的具体政策包括：科技部制定《关于在重大项目实施中加强创新人才培养的暂行办法》；教育部、国家发改委、财政部、人事部、科技部、国务院国资委共同制定《关于进一步加强国家重点领域紧缺人才培养工作的意见》；教育部发布《关于进一步加强引进海外优秀留学人才工作的若干意见》；人事部、全国博士后科研流动站管理协调委员会联合制定《博士后工作“十一五”规划》；人事部、教育部、科技部、财政部、外交部、国家发改委、公安部、商务部、中国人民银行、国务院国资委、国务院侨办、中科院、国家外专局、海关总署、国家税务总局、国家工商行政管理总局等留学人员回国服务工作部际联席会议成员单位及有关部门共同制定《关于建立海外高层次留学人才回国工作绿色通道的意见》；财政部、国家发改委、科技部、劳动保障部联合制定《关于企业实行自主创新激励分配制度的若干意见》；国务院国资委、财政部、科技部联合出台《中央科研设计企业实施中长期激励试行办法》。

三、市场环境

主要涉及市场培育、应用与准入政策。鼓励绿色消费、信息消费、健康消费，培育与引导节能环保、新能源、新能源汽车等新业态，组织实施了节能惠民、十城万盏、十城千辆、金太阳等重大应用示范工程。建立相关标准和重要产品技术标准体系，2011年共批准发布了90余项战略性新兴产业领域的国家标准。优化市场准入的审批管理程序。

具体政策包括：财政部、住房和城乡建设部公布《关于加快推进太阳能光电建筑应用的实施意见》；财政部下发《太阳能光电建筑应用财政补助资金管理暂行办法》、《太阳能光电建筑应用示范项目申报指南》；财政部、科技部、国家能源局公布《金太阳示范工程财政补助资金管理暂行办法》；国家发改委、科技部、财政部、国防科工委联合出台《首台(套)重大技术装备试验、示范项目管理办法》；财政部相继出台《自主创新产品政府采购预算管理办法》、《自主创新产品政府采购合同管理办法》、《自主创新产品政府首购和订购管理办法》、《自主创新产品政府采购评审办法》、《政府采购进口产品管理办法》等管理办法；信息产业部、科技部、国家发改委共同制定《我国信息产业拥有自主知识产权的关键技术和重要产品目录》。针对新能源汽车领域，科技部、财政部、国家发改委、工业和信息化部于2009年1月共同启动十城千辆节能与新能源汽车示范推广应用工程；针对节能环保领域，财政部、国家发改委全面启动实施节能产品惠民工程，明确提出中央财政将对能源效率等级为 1 级或 2 级产品的生产企业给予补助，再由生产企业按补助后的价格进行销售。

四、国家高新区

国家高新区作为战略性新兴产业发展的核心载体，是战略性新兴产业的策源地或聚集区。目前，我国战略性新兴产业的布局，形成了以国家高新区为代表的一大批创新和产业集聚基地，培养和集聚了一批优秀的创新型企业，已在电子信息、生物、新能源、先进制造等多个战略性新兴产业领域取得了许多重大技术突破，推动实施了一批自主创新技术和产品的示范推广工程，为战略性新兴产业的发展奠定了坚实的技术基础和产业基础。目前国家重点推进股权激励、财税等政策协调和突破，努力使中关村国家自主创新示范区、上海张江高新区、深圳高新区、成都高新区、西安高新区、武汉东湖国家自主创新示范区的建设工作形成齐头并进的发展态势。

五、国际合作与发展

根据《"十二五" 国家战略性新兴产业发展规划》，深化国际合作的措施包括引导外资投向战略性新兴产业，丰富外商投资方式，拓宽外资投资渠道，不断完善外商投资软环境，支持引进先进的核心关键技术和设备。鼓励我国企业和研发机构在境外设立研发机构，参与国际标准制定，支持有条件的企业开展境外投融资。完善相关出口信贷、保险等政策，支持拥有自主知识产权的技术标准在国外推广应用。支持企业通过境外注册商标、境外收购等方式，培育国际化品牌，开展国际化经营，参与高层次国际合作。国家支持战略性新兴产业发展的政策同等适用于符合条件的外商投资企业。中央财政安排专项资金，支持 21 个示范城市服务外包公共平台建设，推动我国服务外包产业向生物医药研发、技术研发、工业设计研发等高端研发服务外包拓展。目前已有 4 项"射频连接器"国际标准提案成为国际电工协会(IEC)标准，我国地面数字电视国家标准(DTMB)、时分长期演进技术(TD-LTE)等成为国际电信联盟(ITU)标准。

具体政策包括：财政部、商务部出台《关于对外经济技术合作专项资金支持政策有关问题的通知》；国家外汇管理局出台《外汇管理条例》、《境内机构境外直接投资外汇管理规定》等管理办法；中国进出口银行还专门设立支持高新技术企业发展特别融资账户，并颁布实施《中国进出口银行支持高新技术企业发展特别融资账户实施细则》以鼓励高技术企业发展；国家发改委、商务部联合发布《外商投资产业指导目录》；商务部连续几年出台《关于全国吸收外商投资工作的指导性意见》以及《境外投资管理办法》、《外商投资商业领域管理办法补充规定》、《禁止出口限制出口技术管理办法》等管理办法；国务院颁布《国务院关于修改〈外商投资电信企业管理规定〉的决定》、《关于进一步做好利用外资工作的若干意见》。

六、专项产业政策

有关部门根据《关于加快培育和发展战略性新兴产业的决定》和"十二五"规划纲要，编制了战略性新兴产业"十二五"规划和节能环保、新一代信息技术、新能源等 7 个产业发展规划，以及物联网、集成电路、航空、航天等一系列细分领域的专项规划，形成了系统完整的规划体系。国家相继出台了新的软件产业和集成电路产业政策、高技术服务业指导意见、海洋工程装备产业创新发展战略、鼓励和引导民营企业发展战略性新兴产业的实施意见等一系列产业政策,启动了战略性新兴产业发展指导目录的编制工作,引导新兴产业发展。具体包括《节能环保产业发展规划》、《新兴能源产业发展规划》、《生物产业“十二五”发展规划》、《促进生物产业加快发展若干政策的通知》、《“十一五”重大技术装备研制和重大产业技术开发专项规划》、《当前优先发展的高技术产业化重点领域指南》、《第一批国家鼓励的集成电路企业名单》、《关于促进卫星应用产业发展的若干意见》、《航天发展“十一五”规划》、《国防科技工业风力发电装备产业发展指南》、《中医药创新发展规划纲要(2006~2020)》、《软件产品管理办法》等。

七、地方政府政策

上海相继出台《关于进一步推进科技创新加快高新技术产业化的若干意见》、《上海市战略性新兴产业发展“十二五”规划》、《上海市战略性新兴产业发展专项资金管理办法》、《上海市推进战略性新兴产业“新能源汽车与汽车电子”专项工程实施方案(2012-2015年)》等政策。从总量规模、结构水平、创新能力、企业主体、空间布局和辐射能力六个方面详尽设定战略性新兴产业“十二五”期间的发展目标,提出重点发展五大主导产业、积极培育两大先导产业(节能环保、新能源汽车)的实施计划,设立13个重点领域专项工程与2个综合支撑专项工程,并提供企业主体、成果转化、人才激励、金融服务、管理机制与国际合作六个方面的保障措施。同时成立战略性新兴产业科技创新推进工作小组,由市科委牵头负责相关工作,并制定《上海市战略性新兴产业科技创新推进工作方案》。作为国家高新区建设国家自主创新示范区,上海张江提出要成为全球创新资源整合者,培育和发展战略性新兴产业的核心载体、产业集群转变的先行示范区。

江西根据产业基础和优势特点,确立发展光伏、风能与核能及节能、新能源汽车及动力电池、航空制造等10大战略性新兴产业,并发布了战略性新兴产业发展规划,出台一系列配套政策扶持产业发展,如《江西省战略性新兴产业配套基地建设项目申报办法(试行)》、《全省推进战略性新兴产业发展考核评价办法(试行)》、《江西省“十二五”新能源发展规划》。2009年,将10大战略性新兴产业作为科技创新“六个一”工程的中心任务,重点培育壮大。2012年起安排投资引导资金并出台《江西省战略性新兴产业投资引导资金管理暂行办法》,对引导资金投资项目选定、资金投入与收回、资金监管与考核加以规范。江西省工信委、发改委和科技厅联合出台《江西省战略性新兴产业重大招商项目册》,共有招商项目256个,总投资达1893亿元。

2011年,安徽省委、省政府制定了《关于加快和发展战略性新兴产业的意见》,明确全省发展战略性新兴产业的目标任务、发展重点、主要措施、支持政策和组织保障。《意见》根据安徽特色优势增加公共安全产业,将发展重点确定为八大产业,并明确各个产业发展的侧重点,如电子信息产业着重于平板显示、信息家电、半导体照明;节能环保产业以节能环保装备制造为主;新材料突出高性能金属材料、硅材料等。具体的路径是实施“千百十工程”,即到2015年,开工建设1000个左右重点项目,培育和引进100个左右重点企业,培育10个左右特色产业基地,围绕这一工程,加强创新平台建设、关键技术攻关和人才引进培养和体制机制创新。安徽相继出台《安徽省战略性新兴产业“十二五”发展规划》、《安徽省战略性新兴产业发展引导资金项目管理办法》、《安徽省“十二五”及2011年节能综合性工作方案》等政策加快培育和发展战略性新兴产业。2012年纳入全省战略性新兴产业“千百十工程”调度的292个项目,上半年累计完成投资388.4

亿元，占年度计划的65.6%。

广西相继出台《广西壮族自治区战略性新兴产业发展“十二五”规划》、《广西壮族自治区人民政府关于加快培育发展战略性新兴产业的意见》、《广西壮族自治区战略性新兴产业骨干企业培育和认定实施方案(试行)》、《广西壮族自治区加快推进战略性新兴产业发展实施方案(征求意见稿)》等。自治区发展改革委、工信委等十一家部门联合出台《广西战略性新兴产业发展重点领域指导目录(2012年)》，明确当前加快培育和发展的生物农业、节能环保产业、先进装备制造业、新材料产业、新能源产业、生物医药产业、养生长寿健康产业、海洋产业、新能源汽车产业、新一代信息技术产业等十大战略性新兴产业发展的重点领域。自2011年8月起组织开展《加快推进广西战略性新兴产业发展研究》课题研究工作，为广西战略性新兴产业的规划与发展提供意见与建议。

根据《北京市关于加快培育和发展战略性新兴产业的实施意见》、《北京市人民政府关于印发北京市加快培育和发展战略性新兴产业实施意见的通知》，五年内北京市战略性新兴产业将贡献全市25%的地区生产总值，到2020年这一比重将提升至30%左右。2011年，500亿元重大科技成果转化和产业项目资金中统筹安排200亿元资金，重点支持战略性新兴产业；300亿元的政府采购总额中统筹安排200亿元资金采购战略性新兴产业的技术和产品。另外，中关村作为国家自主创新示范区建设的龙头，提出要成为中国战略性新兴产业策源地。北京利用部市会商机制，搭建重大科技成果产业化、科技金融、人才、新技术新产品政府采购和应用推广、政策先行先试以及示范区规划建设等重点工作的服务平台，形成促进科研机构、高等院校、中央企业、民营企业和政府协同创新的服务机制。

2010年8月，江苏确定重点发展新能源、新材料、节能环保、软件和服务外包、物联网等6大新兴产业，并且省政府办公厅成立了省推进战略性新兴产业发展工作领导小组。江苏《“十二五”培育和发展战略性新兴产业规划》确定了新能源、新材料、生物技术和新医药、节能环保、新一代信息技术和软件、物联网和云计算、高端装备制造、新能源汽车、智能电网和海洋工程装备等十大战略性新兴产业，并对苏南、苏中和苏北不同区域发展战略性新兴产业确定了不同的方向路径。江苏较为突出的地方是，在财税与金融支持以及土地方面力度较大。2004年起，设立科技创新与成果转化专项资金，并将资金规模从每年3亿元逐年增加到21亿元，其中70%以上用于培育壮大新兴产业。2009年成立注册资本为30亿元的再担保公司，解决科技型中小企业的融资困难。安排20亿元专项资金支持重点产业的调整和振兴，主要向发展新兴产业倾斜，并且对新兴产业重点企业的土地和房屋使用税进行适当减免。

重庆定位清晰，打造西部经济转型升级的“重庆路径”。依据《重庆市人民政府关于加快发展战略性新兴产业的意见》，实施“2+10”产业链集群建设方案，建设笔记本电脑和离岸数据开发处理2个全球重要基地，培育10个“千百亿级”产业集群。在金融支持方面，通过构建“投、保、贷”一体化的科技投融资体系，设立了10亿元风险投资引导基金，成功组建7只规模35亿元的创投基金、1亿元的天使基金；引导高新技术企业参加科技保险，同时三年内从市应研资金中安排5000万元专项资金组建科技融资担保公司；成立科技创新金融服务中心，开展推进知识产权质押贷款，已促成金融机构落实科技贷款3.5亿元。在“十二五”期间，重庆将通过与科技部“部市共建”等方式，将两江新区打造为研发总部和战略性新兴产业的聚集高地。近日，重庆市发改委、市财政局、市经信委等部门联合拟定的《关于加强重庆市战略性新兴产业知识产权工作的实施意见》。

第十三节　总部经济发展与政策

发展总部经济是我国利用外资、提高外资质量的重要组成部分。目前,总部经济在我国基本形成以上海、北京为主,其他省市为辅的格局。截止到2012年7月,上海先后认定380家地区总部,主要集聚于陆家嘴金融区,以批发和零售、交通运输(包括物流)、房地产、能源、金融保险业等一些传统行业为主。世界上许多著名的跨国公司都在上海设有地区总部,比如艾默生电气、埃克森美孚石油、德尔福汽车系统、霍尼韦尔、吉列、强生、柯达、通用电气、通用汽车、米其林、欧莱雅、资生堂、汉高、拜尔、统一企业、联合化学、先锋电子、奥地斯电梯、陶氏化学、中信泰富行业。截止到2012年2月,北京共计认定112家地区总部,已经初步形成商务中心区(CBD)、金融街、中关村科技园区海淀园三大集聚区。行业主要集中于电子及通讯设备类制造业。IBM、朗讯、摩托罗拉、北电网络、西门子、日立、松下、索尼、欧姆龙、爱普生、佳能、东芝、三星、LG电子、诺基亚、施耐德、ABB等著名电子及通讯设备类跨国公司在北京均设有地区总部。入驻我国的地区总部来源国以美国、欧洲、日本等发达经济体为主,但是发展中经济体也显示了良好的态势。在发达经济体中,主要包括美国、日本、法国、德国、瑞士、瑞典、英国、新西兰、比利时、荷兰等国。发展中经济体主要包括印尼、中国香港、中国台湾、新加坡、泰国、韩国等。

总体来看,我国总部经济发展态势良好,商务部、各省市甚至区县都相继制定出台了吸引地区总部入驻的相关政策。商务部在2004年2月30日修订实施的《关于外商投资举办投资性公司的规定》第二十一条中明确指出"符合条件的投资性公司可申请被认定为跨国公司地区总部(以下简称地区总部),并依法办理变更手续",并具体规定了相关申请条件、经营的具体业务范围、申请程序、申请范围等。除商务部外,北京、上海、天津、江苏等省市,以及厦门、深圳、苏州等市分别颁布了吸引地区总部的相关政策。北京于1999年在全国范围内第一个制定出台了《关于鼓励跨国公司在京设立地区总部的若干规定》,并于2009年进行了进一步修订与完善;上海2002年出台《上海市鼓励外国跨国公司设立地区总部的暂行规定》;天津2006年出台《天津市促进企业总部和金融业发展优惠政策》; 江苏出台2012年《关于鼓励跨国公司在我省设立地区总部和功能性机构的意见》等。厦门2004年出台《厦门市人民政府关于鼓励境内外企业在厦门设立地区总部的暂行规定》;苏州2010年出台《关于加快总部经济发展的若干意见》等。另外,广州市东山区于2003年出台《关于进一步加快总部经济发展的若干意见》;成都市成华区2009年出台《关于促进总部经济发展若干政策的意见》等。

在未来一定时期内,积极的鼓励政策依然占据主流。2012年7月17日,国家发展改革委在新发布的《"十二五"利用外资和境外投资规划》中进一步明确强调"吸引外资要更加强调择优选资,促进'引资'与'引智'结合,注重引入先进技术、管理经验和高素质人才",进而强调"鼓励跨国公司在华设立地区总部、研发中心、采购中心、财务管理中心等功能性机构,由加工装配环节向上下游延伸"。

第十四节 研发中心政策

近年来，我国政府连续颁布了鼓励跨国公司在我国设立研发中心的相关政策。2010年，国务院下发《关于进一步做好利用外资工作的若干意见》(简称《意见》)。《意见》出台的目的是，“为提高利用外资质量和水平，更好地发挥利用外资在推动科技创新、产业升级、区域协调发展等方面的积极作用”。《意见》的出台，具体体现了我国坚持积极有效利用外资，坚持以我为主、择优选资的指导方针。《意见》明确了在新形势下我国利用外资工作的总体要求，主要包括五个部分，即优化利用外资结构、引导外资向中西部地区转移和增加投资、促进利用外资方式多样化、深化外商投资管理体制改革、营造良好的投资环境。在第一部分“优化利用外资结构”，《意见》明确提出，“鼓励跨国公司在华设立地区总部、研发中心、采购中心、财务管理中心、结算中心以及成本和利润核算中心等功能性机构。在2010年12月31日以前，对符合规定条件的外资研发中心确需进口的科技开发用品免征进口关税和进口环节增值税、消费税”。该政策表明，我国更注重外资质量及其智力因素，更注重外资在促进我国经济发展方式转变、优化经济结构中的作用。

2011年3月，我国政府颁布了《国民经济和社会发展第十二个五年规划纲要》(简称《纲要》)。《纲要》强调指出，“十二五”时期提高利用外资质量的关键和重点是，积极有效地利用外资，优化利用外资产业和地区结构，更加注重“引进海外高层次人才和先进技术，鼓励外资企业在华设立研发中心，借鉴国际先进管理理念、制度、经验，积极融入全球创新体系”。对于未来五年我国利用外资的方针，温家宝总理在《政府工作报告(2011)》(以下简称《报告》)中则明确指出，“坚持积极有效利用外资的方针，注重引进先进技术和人才、智力资源、鼓励跨国公司在华设立研发中心，切实提高利用外资的总体水平和综合效益。抓紧修订外商投资产业目录，鼓励外资投向高新技术、节能环保、现代服务业等领域和中西部地区”。我国政府第一次把鼓励跨国公司在华设立研发中心纳入到《纲要》和《报告》中，充分证明我国政府旨在科学发展观指导下，转变吸引外资理念，优化吸引外资结构，融入全球创新体系，提升国际分工地位。

2012年7月17日，国家发展改革委发布了《“十二五”利用外资和境外投资规划》(简称《规划》)。《规划》的制定和发布，是利用外资和境外投资领域落实“十二五”规划纲要的重要工作，也是国家发展改革委继《“十一五”利用外资规划》后，再次发布利用外资和境外投资领域的五年规划。《规划》中与研发中心有关的政策包括：(1)吸引外资要更强调择优选资，促进“引资”与“引智”结合，注重引入先进技术、管理经验和高素质人才，要“鼓励跨国公司在华设立地区总部、研发中心、采购中心、财务管理中心等功能性机构，由加工装配环节向上下游延伸。提高产业综合配套能力，培育引资新优势，推动我国从全球加工制造基地向研发、制造和服务基地转变。进一步利用外资提高我国服务业整体水平。”(2)构建开放的创新体系。“抓住研发国际化机遇，完善科技创新和利用外资政策，加快和利用国际创新资源，把我国创新体系进一步融入全球创新网络，促进自主创新能力增强和经济发展方式转变。支持科研技术型企业通过人才引进、技术引进、合作研发、研发外包等方式开展国际科技合作与交流。吸引跨国公司在华增加研发投入,培养研发人才,引入先进技术。进一步鼓励和规范外资企业与内资企业、科研机构优势互补、共同研发、共享成果。增强外资企业和内资企业的产业关联,提高境内配套企业研发能力”。(3)鼓励中外企业加强研发合作,进一步支持符合条件的外商投资企业与内资企业、研究机构合作申请国家科技开发项目、创新能力建设项目等,申请设立国家级技术中心认定。吸引境外企业和研发机构参加科技攻关项目,加快实现我国在关键技术领域上的突破。建立知识产权审议制度,为研发合作、科技攻关提供支持。

我国政府部门积极制定和完善关于研发中心的法律法规,推进我国投资环境透明化。2011 年 11 月,商务部等部门发布《关于继续执行研发机构采购设备税收政策的通知》(以下简称《通知》)。《通知》明确指出,“为了鼓励科学研究和技术开发,促进科技进步,经国务院批准,继续对外资研发中心进口科技开发用品免征进口关税和进口环节增值税、消费税(以下统称进口税收),继续对内资研发机构和外资研发中心采购国产设备全额退还增值税。”《通知》内容主要包括四个部分:研发中心取得相关研究设备免征进口税收的条件;具体规定了适用采购国产设备全额退还增值税政策的内资研发机构和外资研发中心;定义了《通知》中的“投资总额”、“研发总投入”、“研发经费年支出额”、“专职研究与试验发展人员”、“设备”;本通知规定了税收政策执行期限。

第十五节　国家级经济技术开发区发展与政策

一、基本情况

国家级经济技术开发区 1984 年创立,第一批 1984-1988 年,先后成立 14 个开发区;第二批为 1990-1993 年期间成立的 23 家;第三批集中在 2000、2001 年,17 家开发区建立起来。2008 年以前保持 54 家的规模。自 2009 年起,国务院先后批准了 77 个省级开发区升级为国家级开发区。截至目前,国家级开发区达到 131 个,其中东部沿海地区 66 个,中部 38 个,西部 27 个。

二、发展业绩

经过 28 年的发展,国家级经济技术开发区取得了辉煌成就,成为中国经济发展最快、吸引外资最多、投资环境最优的现代化产业集聚区,有效发挥了窗口、示范、辐射和带动作用。

2010 年,国家级开发区共实现地区生产总值 26849 亿元人民币,占全国的比重为 6.7%。税收 4650 亿元,占全国的比重为 6%。工业总产值 77542 亿元,占全国的比重为 11%。高新技术产品出口额 1644 亿美元,占开发区出口总额的 64.8%,

占全国高新技术产品出口额的33.4%；高新技术产品进口额1272亿美元，占开发区进口总额的52.3%，占全国高新技术产品进口额的30.8%。高新技术产值33922亿元，占开发区工业总产值的43.7%。共有服务外包企业1318家，占全国总数的10.4%，承接离岸服务外包合同执行金额为32.6亿美元，占全国总数22.6%。引进外商投资总额达到306亿美元；截至2010年末，设立外商投资企业27000多家，累计实际使用外资金额2372亿美元。世界500强公司在开发区共投资了1700多个项目。就业规模达到1000万人。

2011年，国家级开发区实现地区生产总值40753亿元，占全国的比重为8.6%。财政收入8367亿元，占全国的8.1%。税收7183亿元，占全国的8.0%。进出口总额6532亿美元，占比17.9%。实际利用外资金额426亿美元，占比36.7%。同时，除进出口总额外，其他主要指标的增幅都超过全国同期增幅(表8.15.1)。

表8.15.1　2011年国家级开发区主要经济指标

指标	实际数额	同比增长	占全国比重	增幅大于全国同期增幅
地区生产总值	40753亿元	34.7%	8.6%	25.5%
财政收入	8367亿元	30.9%	8.1%	6.1%
税收收入	7183亿元	35.5%	8.0%	12.9%
进出口总额	6532亿美元	19.7%	17.9%	-4.6%
实际利用外资金额	426亿美元	23.6%	36.7%	13.9%

资料来源：商务部外资统计

三、影响因素与问题

国家级开发区能够取得优秀的业绩，主要归结于：(1)坚持不断探索、大胆创新、开拓进取的创业精神；(2)坚持精简高效的管理体制和亲商务实的运营机制；(3)坚持发展开放型经济，充分利用国内国外两个市场、两种资源；(4)坚持集约高效开发利用土地，实现经济增长与环境保护、社会进步的和谐发展；(5)坚持转变经济体制和发展方式，发挥辐射带动作用，促进本地区经济结构调整和区域协调发展；(6)坚持因地制宜，发挥比较优势，推进当地工业化、城市化和国际化进程。

当前，国家级开发区整体上依然处于成长和转型阶段，尚存在一些问题：产业分工处于国际产业链低端，具有竞争力的高端产业比重偏低；科技创新能力需进一步加强；发展空间瓶颈较为突出；高端人才供给偏少；功能定位及管理体制有待进一步完善。

四、发展目标和方向

今后一个时期，国家级开发区要加快转变经济发展方式，深化改革，扩大开放，遵循“先进制造业与现代服务业并重，利用境外投资与境内投资并重，经济发展与社会和谐并重，致力于提高发展质量和水平，致力于增强体制机制活力，促进国家级经济技术开发区向以产业为主导的多功能综合性区域转变”的“三并重、二致力、一促进”的发展要求。

其中，东部沿海地区的国家级开发区要率先转变经济发展方式，坚持高端发展的战略取向，进一步提高对外开放水平，深化与港澳台的经贸合作，打造若干规模和水平居世界前列的先进制造业基地，建设一批主体功能突出、辐射带动能力强的现代服务业集聚区。

中部地区的国家级开发区要改善投资环境,加速要素集聚,积极促进产业结构调整,承接东部地区和国际产业转移,以新型工业化、城镇化带动区域协调发展,积极发展现代制造和高技术产业,加快传统产业的升级改造,促进资源型城市转型,充分利用市场和地理比较优势发展现代物流产业,打造中部新的开放高地,成为实施中部崛起战略和振兴东北老工业基地的重要平台和载体。

西部地区的国家级开发区要发挥当地资源和特色产业优势,进一步做大做强优势产业,发展壮大一批规模和水平居全国前列的产业集群,统筹产业承接、科技创新和绿色发展,在实施西部大开发和沿边开发开放战略中发挥示范引领作用。

(一)构筑现代产业体系

一是要着力提高先进制造业竞争力。积极发展高端制造业,优先发展产业链中关键技术、核心零部件和关键材料制造,以及前端的研发、设计、检测等环节。加强利用先进技术改造工艺流程和促进节能减排,加快利用信息化等手段改造提升传统制造业,增强品牌创建能力和产品定价能力。推动优化企业间的生产协作和配套,搭建产业集群发展载体,形成若干个国际知名、各具特色的制造业产业集群。

二是要推动现代服务业加快发展。大力发展金融商贸、现代物流、电子商务、法律咨询、会计审计、工程咨询、信用评估等生产性服务业。主动承接国际服务外包业务,优先承接产品研发、信息服务、金融财务、创意媒体流程整合、云计算等高端服务外包业务,培育一批取得国际资质、具备较强全球交付能力的全面性服务外包企业。利用国家相关扶持政策,重点支持现代服务业人才培训、公共信息平台、公共技术平台、国际认证和保护知识产权等领域的建设发展。

三是要壮大提升高新技术产业。促进技术创新链与产业链融合,将科研活动、产业化基地与产业集群有机结合起来,推进信息技术、新材料、新能源、生物医药、环境保护、航空航天等重点技术领域的产业集群发展。积极引导传统产业领域的企业创办科技型企业。鼓励跨国公司设立研发机构,并与区内企业开展多种形式的技术合作。

四是要大力发展战略性新兴产业。吸引国家重点战略性新兴产业项目在开发区投资布局。研究制定支持龙头企业加快发展的政策措施,引导财政、税收、金融、人才、土地等政策向龙头企业倾斜。建设战略性新兴产业企业加速器,规划建设一批产业优势明显、配套完善、龙头企业主导、创新能力突出、辐射带动作用强的国家战略性新兴产业发展基地。

(二)整合利用要素资源

一是要切实提高土地集约利用水平,将产业结构调整与优化土地利用结构有机结合,提高开发利用强度和投入产出效率,进一步拓展发展空间。二是要多渠道提高资本集聚能力,吸引境内外投资,创新招商引资模式。鼓励企业上市融资,积极走向资本市场,支持利用多层次金融市场和金融产品提高资本利用效率,支持国有、民营、外商投资等各种所有制企业平等竞争共同发展,为各类产权及资本进入、退出、转让、流动创造规范有序的市场环境。三是要加快培养各类人才,通过产学研合作,整合社会资源,加快培养企业工程技术和管理人才,推动科技人才向企业集聚,重点引进战略型和创新型领军人才,同时培育大批熟练掌握先进技术、工艺和技能的技术工人队伍。探索建立符合发展需要的薪酬、激励制度和人才培养、交流机制。

五、鼓励政策及措施

认真贯彻《国务院办公厅关于促进国家级经济技术开发区进一步提高发展水平若干意见的通知》

(国办发[2005]15 号)文件精神,切实加强对当地园区的管理、支持和服务,为园区实现科学发展创造良好的制度环境和政策环境。研究促进园区增创发展新优势的政策措施,支持园区推进体制创新。进一步下放管理和审批权限,依法给予园区管理机构充分授权。充分发挥园区的示范、辐射和带动作用,支持和鼓励园区的合作发展。积极协调有关方面,切实帮助园区解决发展中遇到的难题。支持和帮助园区拓展发展空间,对土地资源集约利用水平高的园区,在用地指标上给予适当倾斜。

根据商务部《关于促进国家级经济技术开发区进一步提高发展水平若干意见》(2005 年),国家级经济技术开发区原则上行使市级经济、社会管理职权, 开发区为地市级以上人民政府的派出机构,享受同级人民政府的审批权限。同时,国家级经济技术开发区在土地审批过程中可以单独上报国务院审批。

商务部《关于 2009 年国家级经济技术开发区工作的指导意见》(商资发[2009]138 号)中提出,进一步完善投资环境,不断推进投资便利化。将创建政策透明、行政规范、营商便利、公平竞争的投资环境作为当前提升我国引资竞争力的重要手段。进一步清理涉及外商投资企业的收费和检查事项,大力构建政府公共服务平台。同时,商务部将加强对国家级开发区的分类指导、支持和服务,着力加强政策、人才培训、宣传交流、统计与环境评价等平台建设。

财政部出台了《国家级经济技术开发区、国家级边境经济合作区基础设施项目贷款中央财政贴息资金管理办法》(2012 年 3 月 19 日发), 明确指出国家级经济技术开发区在融资过程中不受现行相关的政府性融资平台限制, 属于鼓励的贷款对象。在基础设施建设过程中,享受由财政部贴息的低息贷款。中央财政对西部地区开发区、战略性新兴产业集聚和自主创新能力强的开发区,给予重点贴息支持。

税收政策方面, 由于新的企业所得税法的实施,原有的国家级开发区内企业所得税优惠政策已基本取消,受国家鼓励发展的产业仍可获得税收优惠。西部地区可按《关于深入实施西部大开发战略有关税收政策问题的通知》继续享受税收优惠。对于开发区内符合相应规定的进出口产品,给予关税优惠,按照《财政部海关总署国家税务总局关于国内采购材料进入出口加工区等海关特殊监管区域适用退税政策的通知》进行管理。

2012 年 10 月 19 日, 商务部第 70 次部务会议,审议并通过"国家级经济技术开发区和边境经济技术合作区'十二五'发展规划"。会议对"规划"的发展方针提出"三并重、二致力、一促进"新的发展要求, 即坚持先进制造业与现代服务业并重,利用境外投资与境内投资并重,经济发展与社会和谐并重,致力于提高发展质量和水平,致力于增强体制机制活力,促进国家级开发区向以产业为主导的多功能综合性区域转变。同时,"规划"中明确了边境合作区要积极推进外引内联,深化与周边国家经贸合作, 进一步扩大和提升沿边开放质量和水平,完善沿边地区互利共赢、安全高效的开放型经济体系,优化、整合和提升区域功能,形成沿边地区参与国际竞争的新优势。

附表

2001-2011 年中国实际利用 FDI 来源地情况

单位：万美元

国别(地区)	2001-2003 年	2004-2006 年	2007 年	2008 年	2009 年	2010 年	2011 年
总计	6032469	6582100	7476789	9239544	9003272	10573524	11601100
亚洲	3571889	3688394	4211735	5634512	6062289	7759053	8954928
阿富汗	1264	195	233	228	786	1240	76
巴林	6	120	190	205	360	105	0
孟加拉国	885	642	145	65	93	18	495
文莱	16039	30749	37688	34042	34812	30956	21431
缅甸	374	736	326	330	339	352	1021
柬埔寨	276	212	634	292	1337	1035	1737
塞浦路斯	774	645	2317	2139	1015	1756	659
朝鲜	129	85	92	193	151	1122	54
中国香港	1794879	2130718	2770342	4103640	4607547	6056677	7141361
印度	2140	5292	3404	8805	5520	4931	4277
印度尼西亚	8676	10685	13441	16725	11172	7684	4607
伊朗	420	696	745	2702	1912	1786	468
伊拉克	311	150	27	324	140	212	99
以色列	633	804	2495	2649	1757	2596	4394
日本	652977	475941	358922	365235	410497	408372	633194
约旦	894	164	520	341	87	640	619
科威特	45	10	29	63	54	47	25
老挝	0	0	300	670	243	945	588
黎巴嫩	421	687	97	245	115	249	215
中国澳门	60046	67774	63700	58161	81471	65524	67053
马来西亚	36139	45122	39725	24696	42874	29433	32083
蒙古	134	322	94	141	231	325	0
尼泊尔	1	36	23	0	0	25	0
阿曼	0	0	52	0	0	5	0
巴基斯坦	768	620	248	1452	380	570	959
巴勒斯坦	10	0	25	0	5	6	80
菲律宾	18890	14227	19532	12687	11101	13806	10144
卡塔尔	0	76	0	0	7	51	73
沙特阿拉伯	937	816	12265	27524	11365	48397	2194
新加坡	220432	246300	318457	443529	360484	542820	546065
韩国	516834	399319	367831	313532	270007	269217	243969
斯里兰卡	61	225	7	40	147	143	68
叙利亚	96	73	148	136	188	810	89
泰国	9590	14860	8948	12921	4866	5134	10120
土耳其	2216	1345	984	729	1864	986	1485
阿拉伯联合酋长国	9203	14156	10080	9381	10273	11003	7265
也门共和国	70	207	151	484	442	2079	888

续表

国别(地区)	2001－2003 年	2004－2006 年	2007 年	2008 年	2009 年	2010 年	2011 年
越南	127	1395	73	207	592	203	129
中国台湾省	215171	222990	177437	189868	188055	247574	216929
亚洲其他	21	0	8	131	0	219	15
非洲	107086	129560	148683	166788	130969	127992	163757
阿尔及利亚	101	658	379	904	0	40	29
安哥拉	18	78	232	239	609	295	255
贝宁	0	250	0	339	0	0	0
博茨瓦那	0	5	14	651	0	0	170
喀麦隆	0	65	-18	218	181	87	21
佛得角	65	227	0	0	0	0	0
中非	80	0	0	0	0	0	0
刚果	10	0	0	0	0	0	11
吉布提	343	35	0	0	100	0	0
埃及	532	127	678	758	1090	803	552
赤道几内亚	68	0	208	143	0	0	215
埃塞俄比亚	58	255	53	0	20	85	0
加蓬	0	316	224	176	112	0	0
冈比亚	132	175	170	633	308	0	60
加纳	40	10	22	82	23	62	0
几内亚	49	21	0	0	46	456	97
几内亚(比绍)	0	84	0	56	60	225	302
科特迪瓦	0	0	0	0	25	0	0
肯尼亚	0	300	80	99	202	48	235
利比里亚	771	10	0	84	23	18	5
利比亚	25	21	96	10	25	5	121
马达加斯加	156	938	1589	300	576	0	0
马里	6	0	0	0	4	0	46
毛里塔尼亚	0	0	0	0	5	0	0
毛里求斯	90777	110551	133250	149371	110378	92884	113631
摩洛哥	166	6	48	45	1	7	4
纳米比亚	644	371	1295	50	0	875	0
尼日尔	0	0	0	75	115	310	0
尼日利亚	856	2303	1211	5504	33	500	2616
塞内加尔	0	0	0	7	0	40	0
塞舌尔	440	1635	1594	4226	11790	22837	42706
塞拉利昂	147	0	0	15	6	45	44
索马里	170	110	9	0	0	0	0
南非	10635	9623	6916	2560	4120	6647	1323
苏丹	60	102	80	10	0	0	255
坦桑尼亚	0	33	0	0	32	8	0
多哥	21	0	15	0	0	0	0

续表

国别(地区)	2001－2003年	2004－2006年	2007年	2008年	2009年	2010年	2011年
突尼斯	0	0	0	80	258	683	185
乌干达	197	63	45	52	18	18	488
布基纳法索	79	105	50	0	0	0	0
赞比亚	289	539	100	0	50	407	1
津巴布韦	24	346	219	101	39	39	60
莱索托	12	22	0	0	0	0	0
厄立特里亚	0	12	8	0	0	0	0
非洲其他	115	164	116	0	720	568	325
欧洲	564310	584371	436511	545937	551771	592345	587065
比利时	5384	8109	9584	5586	5660	3838	12098
丹麦	10043	19615	12514	29376	31552	36537	17451
英国	96475	75452	83094	91401	67902	71032	61909
德国	153004	200297	73397	90049	121657	88840	112542
法国	61506	39534	45601	58775	65365	123820	73815
爱尔兰	973	2405	6103	19829	10125	6638	13071
意大利	32201	35810	34792	49326	35168	39609	38736
卢森堡	14200	9491	8246	13283	16060	24550	38322
荷兰	104358	86460	61666	86216	74128	91449	81169
希腊	184	21	235	1309	897	451	215
葡萄牙	413	990	823	829	1175	1058	1334
西班牙	19690	24282	21324	20890	30285	25449	28877
阿尔巴尼亚	15	0	0	0	1	0	0
奥地利	7630	15250	8234	13255	8857	12531	10238
保加利亚	23	311	258	30	380	1837	1598
芬兰	2172	5588	5589	5410	5294	6452	11094
直布罗陀	155	320	1588	1549	113	0	0
匈牙利	4545	3207	2109	1748	2026	2369	1207
冰岛	15	220	600	101	85	6	4
列支敦士登	286	46	75	496	7	212	200
马耳他	10	27	103	0	51	5	170
摩纳哥	4	0	0	0	14	4	0
挪威	2624	1464	3424	2409	3988	3847	1290
波兰	749	835	920	1109	1084	1243	701
罗马尼亚	5710	1779	3044	3205	385	404	517
圣马力诺	0	177	224	10	26	211	0
瑞典	11145	20643	12636	13917	32712	16105	17478
瑞士	20588	21034	29932	24259	30169	26130	55672
爱沙尼亚	53	0	42	63	83	22	4
拉脱维亚	0	0	0	79	15	0	200
立陶宛	32	180	14	21	24	39	30
格鲁吉亚	0	0	0	0	0	0	0

续表

国别(地区)	2001-	2004-	2007年	2008年	2009年	2010年	2011年
亚美尼亚	0	0	0	0	0	0	24
阿塞拜疆	74	37	40	14	12	0	0
白俄罗斯	0	53	35	0	0	10	664
哈萨克斯坦	233	372	159	663	2240	155	1127
吉尔吉斯	53	423	660	464	0	0	0
摩尔多瓦	0	0	0	0	0	0	0
俄罗斯	8199	6752	5207	5997	3177	3497	2504
塔吉克斯坦	21	0	0	0	2	7	0
乌克兰	126	467	1855	409	462	790	622
乌兹别克斯坦	1	0	0	0	0	0	457
南斯拉夫联盟共和国	78	475	76	0	10	0	0
斯洛文尼亚共和国	83	104	285	86	161	69	410
克罗地亚共和国	2	131	20	9	0	50	15
捷克共和国	552	1910	1490	3579	161	748	432
斯洛伐克共和国	97	90	109	16	11	32	486
马其顿共和国	0	0	0	0	5	0	0
波斯尼亚—黑塞哥维那共和国	0	3	25	0	0	0	0
欧洲其他	604	7	379	170	242	2299	382
南美洲	1129333	1465446	2011799	2090344	1468433	1352563	1207472
安提瓜和巴布达	0	0	0	102	0	0	218
阿根廷	1089	686	1113	1266	1241	94	732
巴哈马	7467	8552	13493	35141	9868	5592	3961
巴巴多斯	9701	54900	70958	125520	55754	35584	28639
伯利兹	2284	2510	2421	6302	1988	1673	2069
玻利维亚	164	306	129	99	338	460	189
巴西	2461	6375	3164	3879	5248	5725	4304
开曼群岛	194754	213175	257078	314497	258189	249880	207396
智利	636	560	719	466	323	146	1679
哥伦比亚	0	35	5	10	14	5	1
多米尼加	102	35	16	119	176	274	134
哥斯达黎加	60	10	0	0	0	10	22
古巴	30	280	63	0	0	727	2300
多米尼加共和国	204	164	182	5	35	50	6
厄瓜多尔	76	10	100	49	26	203	3
危地马拉	0	160	116	0	0	0	0
格林纳达	0	6	0	250	36	0	0
洪都拉斯	290	131	168	214	0	301	260
牙买加	100	79	0	29	110	20	0
墨西哥	710	1257	566	385	91	1525	453
巴拿马	4291	6028	2580	3539	1797	2481	2788
巴拉圭	142	158	58	215	301	234	0

续表

国别(地区)	2001 - 2003 年	2004 - 2006 年	2007 年	2008 年	2009 年	2010 年	2011 年
秘鲁	338	73	527	267	4	2	87
圣文森特和格林纳丁斯	166	478	320	507	200	246	13
萨尔瓦多	0	20	0	0	63	0	0
苏里南	0	0	28	0	48	0	0
特克斯和凯科斯群岛	350	52	114	130	92	164	495
乌拉圭	104	13	10	0	221	132	63
委内瑞拉	276	98	209	237	198	358	209
英属维尔京群岛	902167	1167728	1655244	1595384	1129858	1044734	949794
圣其茨--尼维斯	623	1007	1577	1363	193	418	263
拉美洲其他	748	560	841	369	2021	1525	1394
北美洲	372996	385742	339027	395780	367672	401372	348735
加拿大	45413	44175	39658	54328	86177	63485	42226
美国	306123	299995	261623	294434	255499	301734	241281
百慕大	21400	41269	37684	46898	25771	35963	65198
北美洲其他	60	303	62	120	225	190	30
大洋洲	199898	236724	274290	316987	252877	232777	252674
澳大利亚	40093	57055	35387	40707	39437	32501	30384
库克群岛	457	271	2614	2030	0	300	150
斐济	105	4	16	50	0	0	0
瑙鲁	64	10	300	400	7	0	0
瓦努阿图	171	298	283	16	147	2997	1002
新西兰	12991	8430	6391	6923	8495	14229	7282
巴布亚新几内亚	20	36	34	0	0	0	0
所罗门群岛	0	0	0	0	3	0	0
汤加	0	49	13	0	36	0	0
萨摩亚	136083	161977	216988	254975	202003	177333	204487
图瓦卢	0	0	0	0	0	0	0
基里巴斯	60	40	7	20	0	0	0
密克罗尼西亚联邦	124	0	0	0	0	0	0
马绍尔群岛共和国	4580	3057	7391	9456	1063	3031	6370
贝劳共和国	57	0	0	0	0	0	0
瓦利斯和浮图纳	0	8	0	0	0	0	0
其他太平洋岛屿	4459	4178	3627	889	1147	1555	2331
大洋洲其他	634	1311	1239	1521	539	831	668
其他	86957	91863	54744	89196	169256	107133	86354
国(地)别不详的	1429	550	137	222	806	1310	10406
联合国和其他国际组织	905	4428	-46	2430	0	942	2599
投资性公司投资	84583	86885	54653	86544	159816	104881	72569
我国在境外机构投资	40	0	0	0	8634	0	780

后　记

《外商投资报告:政策与环境》是当前全面了解外商对华投资情况,把握中国投资环境与政策的重要报告。报告由商务部外国投资管理司组织领导,委托南开大学跨国公司研究中心撰写。

报告撰写工作于 2012 年 6 月启动,8 月收集资料、整理数据,历时半年完成初稿,许多人员付出了艰辛的劳动。王超副部长十分关心和支持报告的撰写工作,并为报告撰写序言。外资司刘亚军司长对报告给予了全局性的指导。黄峰副司长、吉小枫处长、葛顺奇教授多次就报告主题选择、内容架构、具体写作等进行深入讨论;召集 20 多家跨国公司代表举行座谈会,对中国的投资环境开展问卷调查;特邀商务部政研室张向晨主任、国务院发展研究中心外经部隆国强部长、中国社科院世经所张宇燕所长、中国社科院亚太所李向阳所长、中央财经大学商学院副院长崔新建教授、商务部研究院马宇研究员、南开大学国经所张诚教授等,召开专家讨论会,对报告初稿加以修改完善。报告还得到了中国社科院经济所裴长虹所长、上海社科院世经所全芳研究员、哥伦比亚大学维尔可持续研究中心 Karl P. Sauvant 博士、联合国贸易与发展会议企业司詹晓宁司长等专家的大力支持和专业指导。

上海、江苏、天津、山东、湖北、四川、陕西 7 省市商务部门提供了大量区域性投资政策和环境资料,为报告第二章的撰写做出了直接贡献。特别感谢:四川省商务厅刘欣副厅长和王尉苳、林辉丽处长,德阳商务局陈若愚局长;湖北省商务厅谭作刚副厅长、杨本初处长、杜国正、王胜祥;天津市商委杨兵副主任和李胜功、王建武处长;山东省商务厅孟建新巡视员、张庆伟处长、朱希昕、周向军、邹晶。

报告还得到了西门子、飞利浦、沃尔玛、罗地亚、壳牌、欧姆龙、三星电子、戴姆勒奔驰等跨国公司的鼎力支持,为报告的第六章提供了丰富的翔实内容。特别感谢杨国华、刘颖、程晓蓓、刘志刚、孙晖、赵粤北、王旋、周伟萍。

南开大学国经所朱彤教授、阎大颖副教授、万志红副教授,河南财经政法大学郭宏教授,天津商业大学任永菊副教授参与了报告第八章的写作。国经所王璐瑶、罗伟、田珍、段然、谭人友、胡倩、张薇、王媛、徐国方、沙源、何楠、陈丽同学参与了报告第三章、第四章、第五章、第七章的资料收集、整理分析和部分内容的撰写工作。马鑫、王森、金虎杰为报告的专栏提供了丰富内容。

报告最后由葛顺奇教授统稿,外资司综合处审核。

南开大学出版社为报告的高质量印刷和及早出版付出了极大努力,谨致谢意。

本报告时间紧迫,如有疏漏之处,敬请谅解。

2012 年 12 月 16 日